황금의 섬
2

황금의 섬 2

재음

발행일_ 2022년 11월 23일
발행처_ 갇샌드
발행 및 편집인_박재은
등록번호_ 제2020-000036호
등록일자_ 2020년 8월 27일
주소_ 서울시 동대문구 홍릉로17길 36-1
이메일_ godsendbooks.reader@gmail.com

* 이 도서는 한국출판문화산업진흥원의
  '2022년 우수출판콘텐츠 제작지원' 사업 선정작입니다.

황금의 섬
2

제주도,
1945년 일본이 수탈한
5천 톤 금괴의 비밀

GODSEND
book

목 차

전쟁의 시작

비극의 시작

정화의 시작

'황금의 섬'의 시작

전쟁의 시작

특종

아침에 신림이 눈을 뜬 것은 다급히 걸려 오는 전화벨 때문이었다. 힘겹게 눈을 뜨고 핸드폰을 보니 연구소 후배였다. 시간은 5시를 조금 지난 시간이었다. '너무 이른데?'

"여보세요?"

"지금 난리났어요. 당장 인터넷 들어가 봐요!"

태훈이 작성한 7페이지짜리 도지사 유물 도굴 사건 기사가 거의 모든 포털의 전면 탑으로 올라와 있었다. 모자이크 처리는 했지만, 도굴 과정을 생생히 확인할 수 있을 정도의 사진이 적재적소에 배치되어 기사는 매우 흥미진진했다. 댓글만 만 개를 돌파했고, 그 기사를 인용한 또 다른 기사들까지, 사회면 상위 기사 10개 중 9개가 유물 도굴 관련 내용이었다.

신림은 입술을 지그시 깨물었다. 제멋대로인 남자.

연달아 핸드폰이 울려 댔다. 낯선 번호.

"여보세요?"

"아, 안녕하십니까? 지난번에 현장에서 뵌 M일보의 최 기자입니다."

"네? 그런데요?"

"이번 도지사 도굴 사건 관련해서 현장에 유물이 있었던 사실을 알고 계셨습니까?"

"아니… 전….'"

신림은 순간 당황해서 뭐라고 말해야 하나 생각하다가, 이 통화가 곧 자신과의 인터뷰라는 제목으로 기사화될 것임을 깨달았다. 무슨 말을 하든지 그대로 '연구원 관계자에 따르면….' 이라는 말로 퍼져나갈 것이었다. 신림은 죄송하다는 말과 함께 전화를 끊었다.

그리고 이어 수많은 전화가 쏟아져 들어오기 시작했다. 번호는 어떻게 알고 전화들을 하는 것인지. 건너 할아버지 방에서도 핸드폰 벨이 울리기 시작했다.

"할아버지 받지 마세요."

사정 설명을 하고 신림은 얼른 연구소원들에게 문자를 돌려 입단속을 했다. 아직 공식적인 입장을 정리하지 않은 상태이니 개인적으로 흘러나가는 이야기는 위험했다.

신림은 서둘러 정부조사단 측 사람들에게 연락을 넣었다. 국정원 측이나, 서울로 돌아간 다른 이들과 연락이 되지 않았다. 모두들 같은 곤경에 빠져 있는 듯했다. 일단 정부 측과 논의하지 않으면 어떠한 입장 발표도 할 수가 없었다.

"그래도 이렇게 된 상황에서 공식 입장 발표 안 하면, 우리가 알고도 숨기고 있었다는 식으로 몰릴 수도 있어요."

신림의 우려는 맞았다. 벌써부터 그런 의혹을 제기하는 기사들이 뜨고 있었다. 기사에 달린 댓글에서는 또 다른 음모론이 커져 가고 있었다. 도지사 뒤에는 정부가 있었다느니 의도적으로 빼돌리려 했다느니 하는. 꼭두새벽부터 세수도 못한 채 눈곱 낀 눈으로 정신없이 연락을 돌리자니 신림은 뒷골이 뻐근해지는 느낌이었다.

파렴치한 인간. 생각할수록 태훈에게 이가 갈렸다. 어제 저녁 먹을 때 언질이라도 줬으면 이런 어처구니없는 상황은 안 겪었을 것 아닌가. 벌써 수차례 그에게 전화를 걸었으나, 전화는 꺼져 있었다. 원래 기자들은 이런 식인가? 자기 할 말만 다 하고 문 닫아 버리는? 절대 이대로 넘어가지 않을 것이라 마음먹었다.

파장은 생각보다 더 컸다. 기사 말미에는 조만간 동영상을 추가 발표할 것이라는 문구를 넣은 것 때문에, 태훈네 신문사 홈페이지는 서버가 다운되기 직전이었다. 사람들이 아예 홈페이지에 상주하며 초 단위로 새로고침을 눌러 업데이트를 기다리고 있었다.

국장은 국장대로 기대 이상의 반응에 신은 나면서도, 또 한편으로는 사방으로 치이고 불려 다니느라 의자에 엉덩이 붙일 틈도 못 내고 있었다.

사건에 대한 편집국의 입장은 단호했다. 감정적으로 복수하고픈 마음이 드는 것도 없진 않았지만, 언론의 업을 가진 사람으로서 무력으로 진실을 은폐하고 입막음하려는 이들은 용납할 수 없었다. 그 상대가 누구이든, 개인이든, 단체이든, 애송이든, 전문가든.

그래서 본지의 기자가 의문의 차량에 습격을 받았다는 내용과 경찰 조사가 진행 중이라는 기사를 도지사 사건과 함께 1면에 실었다. 그 사람이 그 사람이다라고는 하지 않아도 두 사건의 묘한 연관성을 유추해 볼 수 있도록 한 편집이었다.

이것으로 최소한 공격해 온 이들이 누구이든, 도지사든, 경찰청장이든, 혹은 다른 누군가이든 당분간은 함부로 움직이지는 못할 것이었다.

물론 임시방편이었다. 이런 데 겁먹을 만한 자들이 아니라면 오히려 전면전을 알리는 선전포고로 받아들일 수도 있었다. 전화로 죽여버린다고 협박을 하거나, 편집부로 기자의 가족사진을 찍어 보내는 일이 간혹 있기는 했지만, 실제로 차로 받아 버리는 것은 차원이 다른 문제였다.

도지사의 단독 범행은 아닐 것이라 추측했다. 도지사는 그럴 깜냥의 인간이 못 되었다. 혹시 그와 엮여 문화재 도굴이나 장물 거래 조직이 있다면, 그런 조직이야말로 이런 일을 벌인다 해도 새삼스럽지 않았다.

사실 도지사나 경찰청장쯤 되는 이들이 인생 말아먹을 위험을 무릅쓰고 직접 도굴에 나섰다는 사실부터도 상식적으로 납득이 안 되었다. 단지 돈만이 목적은 아닐 거라는 데 의견이 모아졌다. 이들 역시 협박을 당하고 있거나, 거절할 수 없는 약점을 잡혀 있는지도 몰랐다.

태훈을 차로 밀어 버리려는 자들이라면, 도지사건 경찰청장이건 역시 같은 위험 아래 놓여 있었다고 봐도 무방했다. 그렇게 보면 차라리 지금처럼 구속되어 버리는 쪽이 더 나을 수도 있었다. 사회적으로는 매장되더라도.

보안을 위해서도, 또 한 건 했으니 출장비 지출 눈치도 안 보이고 해서 일단 태훈은 지난밤에 숙소를 호텔로 옮겼다. 전에 신림과 식사 예약을 했다가 취소된 그 호텔이었다. 다행인지 호텔 한 층 전체를 빌렸다는 그 귀빈 일행이 아직 묵고 있어서 호텔은 보안이 다른 때 이상으로 철저했다.

태훈은 방으로 룸서비스를 불러 여유 있게 아침을 먹었다. '여유 있게'라고는 하지만 총알이 빗발치는 전쟁통 한가운데서 혼자 귀 막고 눈 가리고 누리는, 폭풍 전의 고요나 다름없었다. 일단 꺼놓은 전화를 켜고, 문밖으로만 나가면 그때부터 들이닥칠 포탄들은 그를 만신창이로 만들 것이었다.

'전쟁 영화에 나오는 행운의 여신이라도 따라 주어야 할 텐데.'

문득 신림이 떠올랐다.

매섭게 차가워졌을, 혹은 불같이 뜨거워졌을 그녀를 상상했다. 아마 이번에는 조용히 넘어가지는 못할 것이었다. 따귀 한 대 정도는 맞아 줄 각오를 해야겠다고 생각했다.

신혼여행, 모슬포

일국과 정화는 토요일 오전 일찌감치 트럭을 타고 일주도로에 올랐다. 신혼여행이랄 것까지는 없지만, 주말을 모슬포에서 보내기로 한 것이었다.

대정읍은 일국 아버지의 고향이었다.

본래 테우리로서 산에서 지내는 시간이 더 많았던 아버지는, 조천 출신인 어머니와 결혼한 후에는 완전히 대정을 떠나게 되었지만, 대정읍에는 여전히 일국의 친할머니와 먼 친척들이 살고 있다. 일국이 어렸을 때는 여름을 친할머니 댁에서 난 적도 있었고, 아버지가 돌아가시기 전까지는 시시때때로 할머니를 방문해 왔기에, 모슬포는 일국에게 낯선 동네가 아니었다.

이재수의 난과 의병 활동의 본거지인 대정은 본래 터가 그런 것인지 청년들 성격부터 화끈하였다. 일국의 호방한 성격은 바로 이런 대정의 핏줄을 이은 탓이라고, 친할머니는 말하곤 하셨다.

이미 일흔이 넘으신 할머니는 일국의 결혼 소식을 듣고 누구보다 기뻐하셨다. 어떤 예쁜 색시가 일국의 짝이 되었는지 보고 싶다고 아이처럼 즐거워하셨다. 하지만 거동이 편치 않으셔서 제주읍의 결혼식까지 참석하실 수 없었다.

그래서 일국은 손주 며느리도 보여 드릴 겸, 자신이 나고 자란 대정을 소개하고자 정화와 모슬포행을 계획했던 것이다.

중간에 한림에서 점심을 먹고 모슬포에 도착한 것은 오후 즈음이었다. 바로 할머니 집으로 들어갈까 하다가 마침 물때가 맞기에 일국은 정화를 해변으로 데려갔다. 일국도 어린 시절 외에는 해변을 걸어 본 적이 없었기 때문에, 10여 년 만에 옛 추억이 떠오르는 표정이었다.

그런데 해안은 과거와는 사뭇 달랐다.

여기저기 마구잡이로 헤집어 놓은 굴과 거기서 파내어 쌓아 놓은 돌더미로 엉망이었다. 일본군이 파 놓은 갱도들이었다. 선흘이나 조천에도 이런 군용 갱도 굴착의 흔적은 남아 있었지만, 모슬포는 한층 더 심각했다. 마치 두더지 구멍처럼 뻥뻥 뚫려 있는 해안의 동굴들은 미군 잠수정을 격파하기 위한 카미카제식 특공대들이 대기하기 위한 장소였다.

일국과 정화는 섬의 주민들이 맨손의 곡괭이질로 파 들어간 흔적이 선명히 남아 있는 해안 벽을 보고 한동안 말이 없었다.

동굴 저만치에 몇 명의 사람이 보였다. 일국은 실눈을 뜨고 살펴보다가 이내 그들을 알아보았다.

"승진이 형!"

이승진과 강준구, 홍규태. 이들은 대정공립중학교 교사들로, 대정읍 청년 치안대의 우두머리 삼인방이었다. 일국을 알아본 이들이 웃으며 다가왔다. 무언가 동굴을 측정하고 있는지 줄자와 지도 등의 장비들을 들고 있었다.

"일국, 장가갔다며? 어때, 좋아?"

짓궂게 말을 건네던 승진은 일국의 뒤에 다소곳이 서 있는 정화를 발견하고는 화들짝 놀라 했다. 일국은 은근히 자랑스러움이 담긴 표정으로 자신의 아내를 소개했다. 청년들은 반갑게 정화에게 눈인사를 건네며 맞아 주었다.

"뭐하고 있던 거요?"

"일본 놈들이 여기저기 워낙 쑤셔 놓은 게 많아서, 정리도 할 겸 알아보는 중이야."

일국은 이해한다는 의미로 고개를 끄덕여 보였다.

어느 동네든 마찬가지였다. 일본군이 남기고 간 땅이며 집이며, 섬 곳곳에 헤집어 놓은 것들이 산재해 있어서, 정확한 집계가 되지 않았다. 그러다 보니 은근슬쩍 제 호주머니를 채우는 사람도 늘고 있어 주민들이나 원주인들 입장에서는 피해가 적지 않았다. 딱히 누구를 탓할 수 없는 것이 선흘곶 안의 일국의 비밀 목장 역시 그런 것들 중의 하나였기 때문이다. 지금쯤은 누군가 발견해서 말들을 **빼돌렸**을지도 모를 일이었다. 예전엔 섬을 돌아다니는 중간중간 목장에 들러 방목 중인 말들에게 신경도 써 주고 하였으나, 벌써 가 보지 못한 지 달포를 넘기고 있었다.

"그런데, 여기저기 많이도 뚫어 놨네. 선흘도 마찬가지예요. 제주 전역이 구멍 투성이야."

"그만큼 다급했던 거지."

승진의 말투에서 뭔가 속사정을 아는 듯한 묘한 여운이 느껴졌다.

"일본 어디 탄광에 노역 갔다가 돌아온 사람들 이야기로는, 본토에도 이런 동굴을 무수히 뚫었다더라고."

"본토에는 왜?"

"폭격에 대비해서 숨겨 두려고."

"자기 땅인데, 뭘 그렇게 숨겨?"

"없어지면 안 되는 것들, 행여 전쟁에 패해도 빼앗기면 안 되는 것들."

승진의 말에 준구와 규태는 자기들끼리 눈빛을 주고받았다. 무언가 알고 있는 것이 있는 듯한 분위기였다. 그리고 은근히 일국이 궁금해하도록 흘리는 기미까지도 느껴졌다. 보통 때 같았으면 한 발 더 들어가 캐물었을 일국이었으나, 오늘은 정화도 함께한 자리이다 보니 일단은 그 이상 묻지 않았다. 이따 밤에나 다시 만나서 술 한 잔 놓고 물어볼 생각이었다.

"육지에는 호열자가 돈다던데?"

"호열자? 육지고 섬이고 난리구만. 호열자에 기근에. 일정 시대보다 더 살기 힘들어졌어. 그나마 일본에서 들어오던 물건들도 다 끊기고."

"밀항도 많아졌다던데?"

"왜놈들 붙어먹던 놈들이 미군에 붙어먹고 인민을 등쳐 먹고 있으니 나라꼴이 이 모양이지."

어딜 가나 사람들의 이야기는 다르지 않았다. 어른이고 아이고, 청년이고 노인이고 살기 힘들다는 이야기, 기대했던 새 나라가 아니라는 이야기, 그리고 이 지경으로 만든 이들에 대한 불만이 이어졌다.

정화는 제주읍보다 한결 과격하게 반응하는 대정의 청년들이 약간 불안하게 느껴졌다. 이들은 단지 불만 토로만 하고 있지 않았다. 당장 오늘밤에라도 일어설 준비가 되어 보였다. 무엇에 대해? 알 수 없는 불안감과 함께 일국을 대하는 이들의 태도가 맘에 걸렸다. 초면이라 잘 파악은 되지 않지만, 이들은 일국을 한편으로 끌어들이려는 끈끈한 시선으로 바라보았다.

그에 비해 일국은 함께 흥분하지도 말려들어 가지도 않고, 그저 무심한 표정이었다. 하지만 실은 일국은 머릿속으로 마늘에 대해 생각 중이었다. 호열자에는 마늘이 제격이었다. 육지에 호열자가 돈다면, 곧 섬에도 퍼질 것이고, 마늘값이 오를 것이다. 섬의 경제는 육지보다 한 발 늦게 돌았다. 지금이 적기였다. 읍내로 돌아가는 대로 대양상회 영감과 논의해서 마늘을 대량 구매해 두어야겠다고 일국은 생각했다.

"언제 돌아가?"

"오늘 하루 자고 내일 가야죠."

"가기 전에 잠깐 볼 수 있으면 좋겠는데…."

승진은 직접적으로 일국에게 만남을 청했다. 일국은 내일 떠나기 전에 찾아가겠노라 대답하고 자리를 옮겼다.

일국이 친할머니 댁에 도착했을 때, 그곳에서는 이미 작은 잔치가 마련되어 있었다. 신부상까지는 아니어도, 손주 며느리의 방문을 환영하는 친척들이 맛난 여름 반찬을 준비하고 새신랑 신부를 기다리고 있었다.

본래 제주 전통대로라면 혼례식 전 신부집에서 이틀, 식후 신랑집에서 이틀씩 총 닷새간 이어졌을 잔치였다. 서양식으로 간단하게 하자고 합의했던 터라 읍에서는 혼례식 하루로 끝이 났지만, 고향에서는 나름 흥겹게 잔치 준비를 해 두었던 것이다.

예상치 못한 환대에 정화는 크게 감격했다. 일국의 가족들은 활달하고 강한 성격임에도 정이 넘쳤다. 초면의 정화에게 다투어 인사를 걸고, 맛난 음식들을 슥슥 밀어 주며 이것을 먹어 봐라 저것을 먹어 봐라 과한 친절을 베풀어 주었다.

일가들 외에 마을 사람들 중에도 새색시 구경을 온 사람도 많았다. 일국 아비의 고향이니만큼 일국이 대정에서 색시를 고를 것이라 기대했던, 과년한 딸을 둔 부모들은 내심 '어디 얼마나 괜찮은 여자기에.' 하는 삐딱한 심사로 찾아왔다. 외지 여자, 그것도 분수에 안 맞게 일본에서 대학까지 나온 여자를 맞아들였다니 질투를 넘어, 일국의 결정을 타박하는 낌새까지 보이던 참이었다.

　하지만 축하 반, 시샘 반 모여든 사람들 틈에서 정화는 모든 뒷소리를 잠재울 만큼 곱고, 참한 모습으로 사람들의 마음을 사로잡았다. 술이 거나하게 들어가자 나라도 저런 여자라면 인생 걸어 보겠다고 큰소리치는 남자들이나, 패배감에 젖어 입을 삐죽이면서도 일국이네 조상님이 업을 잘 쌓았나 보다며 마지못해 정화를 인정하는 여자들. 그리고 다른 셈 없이 마냥 예뻐해 주시는 친할머니와 어르신들의 배려 속에 정화는 잊지 못할 결혼 첫 상을 받았다.

　늦게까지 이어진 술자리가 정리되고, 피곤한 신혼부부를 위해 자리를 물려 주었을 때는 이미 자정에 가까운 시간이었다.

　일국은 여름이면 갈대발을 걸고 할아버지가 늘어지게 낮잠을 주무시던 뒷채에 자리를 깔았다. 대정에 들를 때면 늘 일국이 머물던 곳이었다.

　불빛에 모여든 날벌레들을 물리려고 피워 둔 모깃불에 타닥타닥 벌레 타는 소리를 들으며 정화는 일국의 팔을 베고 누워 길었던 하루의 여운을 음미했다.

　이 남자가 자란 곳, 어린 시절을 함께했던 사람들. 주말 이틀을 두고 와야 하는 거리상의 이유도 있었지만, 조천보다도 먼저 대정에 데려온 일국의 마음을 알 것 같았다.

　"일국 씨는 자신이 대정 사람이라고 불리길 바래요, 조천 사람이라
　고 불리길 바래요?"

　정화의 질문에 일국은 '음' 하고 길게 생각에 잠기었다.

　아버지의 고향과 어머니의 고향. 약간은 짓궂은 질문일 수도 있었지만, 정화는 오늘 이곳에서 비로소 일국의 피 속 깊이 묻혀 있던 속사람의 정체를 본 기분이었다.

"우리 집안은 증조할아버지 때부터 테우리였어."

3대를 거슬러 올라간 일국의 이야기는 오래도록 이어졌다. 이조 말기 임금의 목장을 관리하던 할아버지에 대하여, 어린 나이에 재질을 타고나 테우리가 되었으나 이재수의 난에 연관되었던 집안 이야기도.

할아버지에서 아버지, 그리고 자신까지 이어져 내려온 그 천한 테우리의 피를 일국은 사랑하고 있었다. 말과 함께해 온 그의 삶은 야생의 강하고 힘찬 뜀으로 산야를 누비는 자연에 대한 갈망으로 넘쳐나고 있었다. 천하지만 뜨겁게 살아 있는 피. 정화는 그의 그런 모습에 반했던 것인지도 몰랐다. 교육에, 예절에 가려지지 않은 자연 그대로의 내면에.

"그래서… 결론은 대정이 더 좋다는 거죠?"

일국은 다시 '끙' 하였다.

정화가 장난기 가득한 눈으로 일국을 올려다보았다. 약 올려 주고 싶어 하는 표정. 이거 나중에 제 어미한테 전해지면 실없는 놈이라는 소리 듣기 십상이었다.

"조천은 아다마 몰라?"

"아다마? 머리? 그게 무슨 소리에요?"

"조천은 머리, 모슬포는 완력, 중문은 배짱. 제주에는 그런 말이 있어. 근데 나는 어머니는 조천이고, 아버지는 모슬포니까 머리와 완력을 함께 타고난 남자라는 거지."

엉터리 하고 정화는 웃으며 일국의 품을 밀치고 빠져나왔다.

"그러면 배짱은? 남자가 배짱 없으면 말짱 헛 거 아니고요?"

"나 말 테우리야. 배짱 없이 되겠어? 뒷발에 맞으면 죽어 버릴 수말대장도 밧줄 하나로 내 손안에 수그리게 만들어야 되는 거야."

"아까는 말과 친구가 되어야 한다더니?"

"친구가 되어야지. 하지만 밑 보이면 안 돼. 그럼 친구도 안 돼. 대등하다고 인정받아야 친구 시켜 주는 거야."

정화는 제 좋을 대로 해석하는 일국에게 신뢰가 안 간다는 듯 애교 있게 눈을 흘겼다.

"그래서 결론은 머리와 완력과 배짱을 다 가진 남자다?"

"그렇지. 좋겠다. 이런 남자 가져서."

"하하하 아유, 정말 어이없어서…."

정화가 못 말린다는 표정으로 일국을 밀어냈다. 하나하나 잘도 갖다 붙이네. 곧 죽어도 자신감 하나는 하늘을 찌르는 일국이었다. 일국은 구박하는 정화가 실은 그런 자신을 자랑스러워한다는 것을 알고 있었다. 그는 문득 생각났다는 듯이 이야기를 꺼냈다.

"말들이 교미할 때 보면, 수말이 암말을 계속 계속 핥아 준다. 그러면 암말이 기분이 좋아져서 수말을 받아들일 준비가 되는 거지."

"정말?"

"그럼 수말은 정말로 기뻐해. 수말은 끈기 있게 정성을 다한다고. 자기 여자를 위해서."

"기특하네."

정화는 일국의 이야기가 마음에 든다는 듯한 표정으로 들어 주었다.

"하지만 여자밖에 모르지는 않아. 다른 짓도 많이 하고 관심도 많지. 암컷도 여럿 거느리고. 그래도 여자는 자기만 봐야 돼."

"나 들으라고 하는 이야기죠, 지금?"

정화는 뾰루퉁한 표정으로 말했다.
일국은 그런 정화를 지그시 바라보다가, 그녀의 팔을 잡아끌었다.

"이리와."

"왜요?"

"핥아 줄게."

"뭐야… 꺄! 하하하."

흑가라 같은 대정의 밤은 길게 길게 이어졌다.

1946년 6월, 미군의 요구, 동굴 안내

정화와의 결혼 후, 일국은 자연스럽게 미군들과 어울렸다.

하지만 정화가 어울리는 부류들과는 조금 달랐다. 일국을 알아본 미군들은 권력이 아닌 무력을 가진, 이른바 한주먹 하는 병사들이었다.

당시 미군들 사이에서 한국은 일본 파병 군인 중에서도 문제를 일으키거나 윗선에 잘못 보인 이들이 문책성으로 보내지는 곳으로 통했다. 당연히 처치 곤란에 문제아로 낙인 찍힌 이들이 한가득 모인, 군인이라기보다는 군대를 돈벌이로 선택해 도망 온 떨거지들의 집합소나 다름없었다.

하지만 획일적인 군대 조직에 적응하지 못한다고 해도 그들만의 세계에서까지 낙오자들은 아니었다. 특히 힘과 힘이 만나는 남자들의 세계에서는 의리도 있고, 호방하게 인정하는 질서도 있었다. 그들은 일국이 한눈에 그가 자기들과 같은 부류임을 알아보았다. 그리고 얼마 지나지 않아 그런 일국이 무료하기 짝이 없는 섬 생활에 활력을 가져다줄 수 있는 적임자라는 것도 알게 되었다.

주말이면 한 무리의 미군들은 일국을 안내자로 삼아 섬 곳곳을 탐험하기 시작했다. 일반적으로 경치가 좋다는 곳이 아니라, 동굴, 절벽, 무인도 등 보통 사람이라면 절대 다가가지 않을 섬의 위험한 장소들이 주요 목적지가 되었다. 어느 곳을 가든 일국은 마치 자기 손바닥 보듯 알고 있었고, 그것이 바로 미군들이 원하는 것이었다. 비록 말은 통하지 않았지만, 변죽 좋은 일국의 성격과 다부진 배포 덕분에 이들은 언어와 인종을 넘어 최고의 친구가 되었다.

이런 친교 관계는 일국에게 매우 도움이 되었다. 미군들은 배급으로 나온 과자나 껌, 옷, 담요, 치약 등의 자잘한 생필품에서부터 밀가루나 설탕, 커피 등을 일국에게 넘겨주었고, 이는 불경기에 일국의 든든한 장사 밑천이 되었기 때문이다. 얼마지 않아 윗선에서 이를 눈치채게 되었지만, 일국이 정화의 남편이라는 이유로 눈감아 주었다.

미군 지휘부에서 정화를 보는 시선은 반반이었다.

호감을 느끼고 매우 친밀하게 지내는 이들이 있는가 하면, 그녀가 섬의 유지들을 대변하는 역할이어서 거리를 두고 예의 주시하는 이들도 있었다. 하지만 어느 편이든 정화가 제주도에서 가장 정확한 영어를 구사하는 통역관이라는 것은 인정했고, 그 가치를 높게 평가했다.

그리고 정화로 인해서만이 아니라 이들에게 일국은 다른 의미에서 매우 이용 가치가 높은 인물로 여겨지고 있었다.

"쾅, 쾅."

밤늦게 대문을 두드리는 소리에 정화는 문간방 창문을 살짝 열어 보았다. 미군 군복이 보였다. 이 시간에 무슨 일이지? 문을 열어 보니 스티븐슨 대위가 서 있었다.

"밤늦게 죄송합니다만, 매우 급하게 부탁할 것이 있어서 왔습니다."

"아, 괜찮은데, 무슨 일이시죠?"

"미스터 정을 만나고 싶습니다."

정화는 처음엔 그의 말을 알아듣지 못했다.

미스터 정을 만나고 싶다는데, 그게 누구인지 알 수 없어 난처한 기색을 보이려다가, 불현듯 그것이 일국을 의미함을 깨달았다. 평소 일국과 친분 있는 미군들은 '일쿡'이라는 어설픈 한국 발음으로 그를 불렀기 때문에 '미스터 정'이라고 호칭되는 것을 한 번도 들어 본 적이 없었다.

정화는 그를 집 안으로 들이면서도, 이 상황을 어떻게 이해해야 할지 알 수 없었다. 제아무리 미 군정 관리들과 친분을 유지하는 정화였지만 스티븐슨 대위와는 몇 번 만나 보지 못했었다. 평소에 안면은 있었지만, 예의에 맞게 인사를 주고받을 뿐 그는 일반인들에게 필요 이상으로 마음을 열지 않는 매우 신중한 성격이었다. 그런 그가 자정이 다 된 시간에 불쑥 집에 찾아와서 뜬금없이 일국을 만나고 싶다는 것이었다.

"여보, 손님이 찾아오셨어요."

정화는 안방에서 장부 정리를 하고 있는 일국에게 스티븐슨 대위가 찾아왔다는 사실을 알렸다.

정화만큼이나 일국 역시 당황스럽기는 마찬가지였다. 일국은 사병들과만 어울려 다녔지 스티븐슨 같은 이들과는 아예 교통이 없었기 때문이었다. 결혼식 때 정화의 손님으로 찾아온 것을 본 것이 전부였다. 혹시나 배급을 빼돌리고 있는 것이 문제가 된 것은 아닌지 불길한 예감이 들었다.

일국은 흐트러진 셔츠의 단추를 단정히 채우고 마루로 나갔다.

스티븐슨 대위는 일국이 나오자 일어서서 맞이하였다. 서양식 악수와 간단한 자기소개가 오가고 대위는 마침 차를 내온 정화에게 통역을 부탁하였다. 세 사람이 마주 앉았다.

"급하게 부탁할 일이 있어서 왔다."

"이야기하시오."

"내일 미군의 높은 사람들이 제주도를 방문할 것이다. 그들은 제주도의 이곳저곳을 보고 싶어 하는데, 안내자가 필요하다."

일국은 어떻게 이런 제안이 자신에게 오게 된 것인지 어리둥절했다.

실제로 많은 지휘관들의 미국인 친구들이나 사업상의 파트너들이 제주를 방문하고 있었다. 일부는 사냥을 위해 제주를 즐겨 찾기도 했다. 그때마다 주로 통역관들이 알아서 제주의 명소들을 구경시켜 준다는 사실을 일국은 잘 알고 있었다.

스티븐슨 대위는 낮게 고개를 저으며 이들의 목적이 단순한 유희를 위한 것이 아님을 분명히 하였다.

"군병들로부터 미스터 정이 제주도의 곳곳을 가장 잘 아는 사람이라
는 말을 들었다. 일반인들이 모르는 산이나 굴 등을 모두 파악하고
있다고 하던데 사실인가?"

"그렇긴 한데…."

대답을 하면서도, 일국은 이들이 원하는 무언가를 자신이 과연 제공할 수 있는지 의심스러웠다. 방문한다는 상관들이 그의 미군 친구들처럼 제주도 탐험을 하기를 원하는 것인가?

정확히 어떤 곳에 가기를 원하는지 알아야 미리 적당한 곳들을 생각해 둘 수 있을 거라는 일국의 질문에 스티븐슨 대위는 답변을 거부했다. 내일 새벽 일찍 출발해야 한다고만 말했다.

갑작스러운 요구에 일국은 조금 난처했다. 처리해야 할 주문도 밀려 있었고, 하루 전에 일을 뺄 수 있을 만큼 가게일이 한가하지 않았기 때문이다. 곤란하다는 말을 하려는데, 스티븐슨은 일국의 마음을 읽은 듯 말을 가로막았다.

"당신이 하고 있는 일, 미군 군수품 뒷거래에 대해 우리는 일절 금지
하지 않을 거요. 그리고 밀가루와 설탕, 커피 등에 관한 지원품 배급
에 있어서 당신에게 독점 권한을 주겠소. 물론 내일 당신이 제 역할

을 잘한다는 전제하에서."

　고민의 여지가 없는 조건이었다. 요즘같이 궁핍한 시기에, 상인들은 저마다 배급품을 하나라도 더 확보하는 데 혈안이 되었다. 이런 파격적인 제안이라면 일국은 할 수 없는 일도 해내고, 모르는 곳도 찾아서 안내할 각오가 되어 있었다.

　스티븐슨 대위의 말을 통역하면서 정화는 조금 불길한 생각이 들었다. 자기가 아는 일국이라면 감히 거절할 꿈도 꾸지 못할 만큼 좋은 기회였기 때문이다. 이런 기회를 잡으려고 얼마나 많은 장사치들과 친일계 사업가들이 미군에 줄을 대고 있는지 그녀는 잘 알았다. 그런데 그 모든 이권을 일국에게 송두리째 넘겨주겠다고 말하고 있는 것이다. 그저 섬의 길 안내를 하라는 조건으로. 도대체 그들이 찾는 곳이 어디이기에 이렇게까지 하는 것인지 의심이 들었다.

거문오름, 일국의 비밀, 렌즈데일

　다음 날은 꼭두새벽부터 몹시 바빴다.

　약속 장소인 미군 부대에 일국이 도착했을 때, 통역관과 스티븐슨 대위가 기다리고 있었다. 이들은 한 지프에 탔다. 운전병 옆자리에 길 안내를 맡은 일국이 타고, 통역관과 대위는 뒤에 탔다. 그리고 얼마 후 이야기했던 높은 분들이 나타났다. 이들은 일국 일행과는 다른 지프를 타고 뒤에서 따라왔다.

　차가 출발하고 방향을 한라산 쪽으로 잡았다.

　그제야 스티븐슨 대위는 일국에게 오늘의 목적지에 대해 말해 주었다. 오늘 가게 될 장소는 대정의 가마오름, 어승생악, 조천의 거문오름이었다. 대위는 일국에게 이 오름에 있는 모든 일본군 갱도를 비롯하여 천연 동굴들로 자신들을 안내해 줄 것을 요구했다.

　전혀 어려울 것 없었지만, 예상 밖의 지시였다.

　일본군 갱도야 군사적인 이유에서 그렇다 치고, 천연 동굴까지 알려 달라는 것은 정말 뜻밖이었다. 다행히 섬의 거의 모든 굴이란 굴은 일국의 발이 안 닿은 곳이 없으므로 이들이 원하면 질리도록 안내해 줄 수 있을 터였다. 하지만 왜? 분위기로 보아서는 전혀 탐험을 위한 목적은 아닌 것이 분명했다.

　어승생악에 도착해서 일본군들이 뚫어 놓은 갱도 입구에 도착하자, 뒤따라오던 지프에서 사람들이 내렸다. 선글라스를 끼고 입에 파이프 담배를 문 나이 많은 군인과 예리한 눈매의 날씬한 젊은 남자였다. 파이프 담배를 문 남자는 건장한 체격에 약간 대머리가 벗겨졌는데, 동행한 스티븐슨이 그에게 깍듯하게 자세를 취하며 말끝마다 'Sir'이라는 호칭을 붙이는 것으로 보아 매우 높은 지위의 사람임을 알 수 있었다.

그리고 그의 곁에 동행하는 젊은 남자는 편안한 여름 셔츠에 역시 선글라스를 끼고 있었는데, 아무리 봐도 군인으로는 보이지 않았다. 그는 무언가 비밀스러운 미소를 띠며 동굴을 살펴보았는데, 많아야 30대 중반 정도로 보이는 나이에도 불구하고 파이프 담배 남자나 스티븐슨 대위를 비롯한 모두가 그의 눈치를 보는 분위기였다.

어승생악은 최후 방어시 본부로 쓰기 위해 만든 곳이다 보니 갱도 내부는 거의 완성된 상태였다. 일국도 안쪽까지 들어가 본 것은 처음이었는데, 안은 제법 짜임새 있게 지어져 있었다. 하지만 이곳은 땅을 파서 만든 갱도는 아니었다. 산등성이를 둘러 방공호를 짓고 그 위에 천장을 덮어 산처럼 위장해 놓은 것으로, 내부는 갱도의 형태이지만 실제는 지어 올린 건축물이었다. 이런 사실을 알게 되자 그 젊은 남자는 굴을 몇 개 보지도 않고 바로 다음으로 이동을 지시했다.

두 번째 목적지인 선흘에 도착했을 때는 이미 점심시간이 다 되어 있었다. 이들은 적당한 장소에 자리를 잡고 준비해 온 도시락을 먹었다. 일국도 그들과 함께 앉아 식사를 했는데, 어차피 영어를 알아듣지 못했기 때문에 그들은 일국을 전혀 개의치 않고 이야기를 나누었다.

"헤이, 렌즈데일."

일국은 파이프의 사내가 그 젊은 남자를 그렇게 부르는 것을 몇 번이나 들었다. 렌즈데일이 그의 이름인 모양이었다. 스티븐슨 대위는 그의 심기를 거스르지 않으려고 노력하는 기색이 역력했다. 외국인들의 행동이나 표정을 읽는 데는 그다지 익숙지 않았지만, 일국은 직감적으로 이 젊은 남자가 다른 사람을 조종하는 데 능하다는 느낌을 받았다. 장군도 뭣도 아니지만 뒤에서 전체를 움직이는 실세라고 할까? 그런 힘을 즐기는 거만한 미소가 남자의 얼굴에 문득문득 떠오르곤 했던 것이다.

선흘의 거문오름에 도착하고 나서부터 비로소 본격적인 길 안내가 시작되었다. 일본군이 물러간 후 우거질 대로 우거진 나무와 들풀들은 오름과 곶자왈을 짙은 녹음으로 뒤덮어 버렸다. 과연 여기 길이 있었나 의심스러울 정도였지만, 일국은 망설임 없이, 거침없이 앞으로 나아갔다. 정말 예상치 못한 곳에 이르러 휙휙 덤불을 헤치고 굴의 입구를 찾아내면, 일행은 모두 감탄을 마지않았다. 일국을 향해 'Good job!', 'Great!' 하는 감탄사를 연발하며 그를 향해 엄지손가락을 내보이거나 등을 두드려 주기도 했다. 특히 렌즈데일은 그런 일국에게 매우 호감을 나타내었다. 뭐랄까 일국의 능력을 높이 평가하고, 그를 인정해 주는 눈빛이었다.

그들이 굴에 들어간 동안 일국은 운전병과 함께 밖에서 기다렸다. 굴 안에 들어간 미군들은 한참이 지난 후에 나와서 지도에 표시를 하고 여러가지 이야기를 나누곤 했는데, 그들의 표정을 보아 대부분은 흥미를 느끼지 못했지만, 몇몇 곳은 매우 마음에 들어 한다는 것을 알 수 있었다.

길 안내는 3일에 걸쳐 이루어졌다.

첫날은 행여 실수를 할까 긴장해서 느끼지 못했으나, 하루하루 지나가면서 일국은 뭔가 이상한 낌새를 채게 되었다. 미군들은 단순히 굴을 살펴보기 위해 돌아다니는 것이 아니었다. 무언가를 찾고 있었다.

처음엔 그들이 일본군이 남긴 흔적을 조사하는 것이 아닐까 생각했다. 그러나 단순한 조사라고 하기에 그들은 과도하게 진지했다. 그들은 무엇인가를 필사적으로 찾고 있었다. 그것이 무엇인지는 알 수 없었지만, 파이프의 사내나 렌즈데일까지, 딱 보아도 더럽고 험한 일을 겪지 않고 살아도 될 법한 위치의 이들이 땀과 습기에 쩔도록 탐사를 멈추지 않는 것으로 보아 보통 중요한 것이 아닌 듯했다.

실제로 그들은 몇몇 굴에서 나온 후 스티븐슨 대위에게 이런저런 지시를 내리기도 했는데, 굴을 가리키며 설명하는 폼을 보아 그곳에서 이후 무언가 또 다른 조사를 진행할 계획임을 짐작할 수 있었다.

일국은 이 모든 것을 본능적인 직감으로 눈치챘지만, 겉으로는 전혀 내색하지도 나서지도 않았다. 아무것도 모른다는 듯이 그저 묵묵히 다음 굴로 이들을 안내했다.

그러면서 이들이 원하는 굴의 형태를 나름 파악하게 되었다. 다시 말해 이들이 찾는 무언가가 숨겨져 있을 법한 장소를 예측하게 되었던 것이다. 그러자 일국의 머릿속에는 이들이 처음에 제시한 어승생악, 거문오름, 가마오름 외에도 그 후보가 될 만한 굴들이 자연스레 떠올랐다.

하지만 그는 이런 이야기를 미군들에게 하지 않았다. 딱히 설명하기도 어려웠고 아직까지는 섣불리 이야기했다가 헛다리 짚으면 입장이 곤란해질 수 있었기 때문이었다. 하지만 그런 일국의 판단은 맞아서, 이들은 일국이 데려가는 굴들에 점점 더 만족하게 되었고, 일국을 전적으로 신뢰하게 되어 일국이 안내하는 대로 믿고 따라가게 되었다.

3일 후 파이프의 사내와 렌즈데일은 섬을 떠났다.

그러나 그 후로 그들은 종종 섬을 방문했다. 매우 바쁜 듯 오래 머물지는 못했지만, 틈이 나는 대로 섬에 온다는 것을 알 수 있었다. 그때마다 그들은 일국을 불렀는데, 어떤 때는 한밤중에, 혹은 대낮에 일국이 일하는 곳으로 찾아와 그를 데려가곤 했다.

이렇게 급한 일이면 자신들이 오지 못하는 동안 다른 군인들에게 찾아 놓으라고 시킬 법도 한데, 그들은 절대 그러지 않았다. 심지어 스티븐슨 대위조차도 정확히 그들이 찾는 것이 무엇인지, 어떤 장소가 이들이 원하는 장소인지는 알지 못하는 듯했다.

일국이 미군들, 그중에서도 최고위급 인사들과 함께 다니는 모습이 자주 눈에 띄게 되면서, 본래 미군에 가깝게 줄을 대던 친일 인사들은 불편한 심기를 감추지 못했다.

이제까지는 일국이 말단의 병사들이랑 어울리는 것을 보고 우습게 여겼지만, 어느 순간 일국은 자신들도 다가가지 못하는 고위급 인사들과만 다니기 시작했기 때문이었다.

누군가는 그들 중 한 명이 극동 지역 미군 사령관인 맥아더라고 주장했다. 다른 이들은 이 말을 믿지 않았다. 맥아더가 제주도에 왔다면 이렇게 소리 소문 없이 왔다 가지는 않을 것이라는 의견이었다. 그저 닮은 미국인일 뿐이다. 외국인들은 다 비슷비슷하게 생기지 않았나. 그럼에도 이들은 본능적으로 일국이 무언가 중요한 일에 연관되었다는 냄새를 맡았고, 그 비밀을 엿듣고자 꾸물꾸물 일국에게 접근해 왔다.

하지만 일국은 처음 일을 맡을 때 약속했던 대로 자신이 보고 들은 모든 것에 대해 함구했다. 원래 입이 무거운 일국이었지만, 이 일에 대해서는 정화에게조차 말하지 않았다. 거친 삶을 살아온 일국의 경험상, 남들에게 숨겨야 하는 일치고 좋은 일이 없었다. 설령 옳은 일이라 해도 떳떳이 세상에 공개하지 못한다는 것은 어떤 식으로든 어두운 구석이 있게 마련이었다. 그 어두움이 정화에게, 자신의 가정에 드리워지길 원하지 않았다. '나 하나로 충분하다.' 그리고 '나 하나여야만 한다.'라고 그는 생각했다.

그리고 이런 일일수록 무엇보다 퇴로 확보가 중요했다. 좋을 때는 내 편이지만, 상황이 나빠지면 끌어 주고 잡아 주고 할 사람들이 아니므로, 튀어야 할 순간이 오면 때를 놓치지 말고 동물적 직감으로 빠져나와야 했다. 그럴 때는 혼자가 편했다. 가족이든 친구든 엮인 사람이 많으면 모두가 위험했다.

그리고 여기에 한 발 더 나아가 일국은 상황을 파악하고 싶었다.

생각 없이 시키는 일을 하다가는 이용만 당하고 버려질 수 있기 때문이다. 그건 정일국의 성미에 맞지 않았다.

어느 날 밤 정화는 거실에 앉아 일국의 와이셔츠를 다리고 있었다.

일국은 그 옆에서 이제는 수월히 읽게 된 신문을 보고 있었다. 읽어 가다가 한자나 모르는 말이 나오면 정화에게 물어보았다. 그럼 정화는 예전에 야학에서 처음 일국을 만났던 때를 떠올리며 선생님 흉내를 내곤 했다. 한참 조용하던 일국이 불쑥 물었다.

"텐 빌리언… 이 뭐야?"

"텐 빌리언? 영어요? 그건… 100억?"

"그렇구나."

"네."

"그럼 골드는?"

"금."

"금? 노다지?"

"네, 왜요? 그런 내용이 나와요, 신문에?"

"응, 아… 응."

일국은 은근슬쩍 말을 돌리며, 신문을 넘겼다. 정화는 오늘따라 싱겁게 구는 남편이 우스워서 혼자 미소 지었다. 그런데 갑자기 왜 영어에 관심을 가질까? 미군들과 일하려다 보니 못 알아들어서 답답했나? 정화는 문득 일국에게 혹시 영어를 배워 보지 않겠느냐고 제안을 할까 생각이 들었다. 그러나 이내 그만두었다. 영어가 어디 한글과 같은가. 대학 나온 사람도 어려워하는 게 영어인데….

바로 그때였다.

"나한테 영어 좀 가르쳐 줄래?"

정화는 자기도 모르게 남편을 빤히 바라보았다.

마음을 읽기라도 한 것일까? 아니면 그게 부부인 걸까? 그런 건 중요하지 않았다. 배움에 대해 도전하는 남편이 무척 자랑스럽게 여겨졌다.

"네! 얼마든지."

그렇게 일국의 영어 공부는 시작되었다.

전문적으로 배울 시간은 없었기에, 가장 기본적인 문법만 우선적으로 배우고, 그 이후에는 일국이 미군들을 만나고 와서 들은 단어들을 들려주면, 정화가 뜻을 알려 주는 식으로 하였다. 사람들이 사용하는 단어의 수는 한정되어 있기 때문에, 그런 식으로 매번 조금씩 단어를 익혀 가다 보니 의외로 오래지 않아, 그들이 무슨 이야기를 하는지 정도는 알아들을 수 있게 되었다.

문제는 예상치 못한 곳에서 일어났다.

일국이 영어를 알아듣지 못한다고 생각했던 렌즈데일 일행은 일국 앞에서 스스럼없이 자신들의 비밀을 이야기했던 것이다. 일반적인 자리에서라면 굳이 입에 담지 않으려고 주의했을 단어들까지도 그들은 개의치 않고 말했다. 귀 뚫린 귀머거리가 눈앞에 있다는 사실이 은근한 발설의 쾌감을 주었기 때문이다. 그들은 일국이 없는 사람처럼 그 앞에서 아무 말이나 지껄여 댔다.

많은 단어들이 일국의 귀에 담겼고, 그는 알지 말았어야 할 내용들을 알게 되었다. 어느 순간 일국은 만약 자기가 이 내용을 알고 있다는 것을 이들이 눈치 챈다면, 자신은 살아남기 힘들 거라는 사실을 깨닫게 되었다. 그래서 더욱 못 알아듣는 척하였다.

그러면서 정화에게 단어를 물을 때도 되도록 조심하게 되었다.

행여 아내가 이런 비밀들을 눈치 챘다면, 그녀 또한 위험에 빠질 수도 있기 때문이었다. 일국은 결국 사전 사용법을 배웠고, 그 후로는 혼자 단어를 익혀 나갔다.

그리고 주위에도 소문이 퍼지지 않도록 배는 신중히 행동하였다. 몰랐으면 부주의하게 흘렸을 내용에 대해서도 완강히 입을 다물었다. 미군들의 비밀은 미군 그들에게보다 일국에게 더 큰 비밀이 되었다.

한편 미군의 이상 행동에 대해 일국이 예상 외로 완강하게 입을 다물자, 친일 협력자들은 다른 방향으로 뒤를 캐기 시작했다.

미 군정에는 친일 협력자들의 끄나풀들이 많았다. 하지만 이번에는 그마저도 별 소용이 없었다. 처음에는 미군들이 운전병이나 통역을 대동하고 다녔지만, 점차 일국에게 직접 운전을 시키고, 통역도 없이 다니게 되었기 때문이다.

그래서 이들은 직접 나서는 쪽을 택했다. 미군이 관심 갖는 지역에 자신들도 직접 가서 쑤시기 시작한 것이다. 낯선 지프를 타고 돌아다니는 미국인들은 좁은 섬에선 눈에 띄게 마련이었다. 미행에 주민 탐문을 거쳐 그들이 찾아낸 사실은 그 높은 직급으로 추정되는 미군들은 섬의 중산간 지역에 무척이나 관심을 갖고 있다는 것이었다. 중산간. 가난한 주민들과 돌밖에 없는 오름의 지역. 그곳에 미군들이 관심을 갖는 이유가 도대체 무엇일지 짐작조차 할 수 없었다.

1946년 여름, 이상한 '방문객들', 궁출 무력 저항

1946년 여름의 제주도는 뜨거웠다.

6월 2일 미 군정 1인자인 군정장관 러치 장군의 제주 방문을 시작으로, 7월 14일에는 이승만과 함께 초대 대통령 후보인 김구가 제주를 찾았고, 8월 3일 민정장관 참페니와 상무부장, 신한공사 총재가 함께 섬을 방문하였다.

이러한 대단한 사람들이 갑작스레 섬에 관심을 갖는 이유가 무엇인지 아무도 몰랐다. 무엇이 이들을 제주에 오게 하는지. 사실 보통 사람들은 이런 이들이 섬을 다녀갔다는 사실조차 알지 못하는 경우가 대부분이었다.

하지만 일국은 이들이 무엇 때문에 제주에 방문하는지 알고 있었다. 제주에 찾아온 이들은 은밀하게, 때론 노골적으로 섬의 이곳저곳을 둘러보기를 원했다. 일국은 직감적으로 이들 역시 미군들과 같은 것을 찾고 있음을 알았다.

이들에게 제주의 경제적 상황이나 도민들의 생활은 관심 밖이었다.

1946년, 도민들의 상태는 최악으로 치닫고 있었다. 호열자가 기승을 부려 수많은 이들이 죽었고, 대흉작으로 주식인 보리 농사는 물론 조나 고구마 등의 작물까지도 수확량이 감소해 당장 끼니를 걱정해야 하는 상황이 되었다.

그나마 해안가에 사는 사람들은 형편이 나았다. 물질을 할 수 있는 식구가 있으면, 무어라도 건져 먹을 수 있었으니까. 하지만 그렇지 못한 사람들은 해산물인 톳과 보릿겨를 섞어서 만든 '톳밥'이라는 음식으로 식량을 대신해야 했다.

섬의 기아 상태는 흉작뿐 아니라 미 군정의 미곡 정책 실패 탓이 컸다. 한국 실정에 맞지 않게 도입된 자유경제체제는 일부 부유한 지주들의 매점매석 투기로 이어졌고, 쌀값은 해방 전보다 3백 배가 증가했다. 시장에서는 쌀을 찾아볼 수조차 없었다.

뒤늦게 쌀의 자유매매를 폐지하고, 그 대타로 마련한 것은 과거 일제 식민정권이 시행했던 쌀 공출제도였다. 만약 일제 치하의 사람들이 가혹한 일제 공출에 얼마나 진저리를 내고 있었는지 알았다면, 그래서 이후 악화될 대민 감정을 미리 예측할 수 있었다면, 공출이 최악의 선택임을 알았을 것이다.

그러나 철저하게 한국 실정에 무지했던 미 군정은 일제 강점기 기관인 조선식량공단, 동양척식회사, 조선수입품통제공사 등을 그대로 되살려, 조선생필품영단, 신한공사, 조선물자공사 등으로 이름만 바꾼 채 부활시켰다. 게다가 설상가상으로 당시 근무하던 친일 한국인들을 그 자리에 재등용하였다.

쌀 공출을 위한 식량대책위원회가 발족되었고, 지역별 공출량이 할당되어 집집마다 공출이 시작되었다. 애시당초 불가능한 목표였다. 당장 먹을 식량이 없어서 다음 해 파종을 위한 종자조차 마련하지 못한 판에, 공출에 내놓을 여분의 쌀이 있을 리 만무했다.

농민들은 생명을 건 저항을 시작하였고, 이런 집단적인 반대 움직임이 강해지자 담당자들은 경찰을 대동하여 강압적인 공출을 시작했다.

저항한 도민들은 '공권력에 반항했다.'는 죄목이 붙여져 그 자리에서 체포되었다. 1천여 명이 넘게 도민들이 투옥되는 사태가 벌어졌고, 오죽했으면 동네에서보다 감옥에서 더 많은 이웃들과 만날 수 있다는 말이 돌았다.

상황이 이렇게까지 되자 인민위원회는 가만히 있을 수 없었다.

전국 각지의 인민위원회는 도민들의 편에 서서 정부기관과 대치했다. 특히 제주도 인민위원회는 보다 실질적으로 미 군정의 곡물 수집에 거부하는 움직임을 전개하였고, 여기에 도민들이 합세하여 공출 담당 관리와 물리적으로 충돌하는 일까지 발생하게 되었다.

충돌은 조천과 대정에서 가장 먼저 일어났다.

직접적 행동으로 노선을 돌린 이덕구는 조천 인민위원회의 주도적 인물로 올라서, 조천과 제주읍뿐 아니라 애월까지 연합적인 움직임을 일으키고 있었다. 대정에서는 이승진과 그 친구들이 일찍부터 선두에 섰다.

조천과 대정, 두 지역은 일제 강점기부터 서우봉이나 모슬포 기지 건설 등을 위한 강제 노역과 공출로 친일 협력자들의 극심한 탄압을 받아 왔고, 따라서 반발심도 더욱 큰 지역이었다.

게다가 주동적 역할을 하는 이덕구나 이승진 모두 일본에서 유학한 신지식인들이어서 미국인들을 두려워하거나 그들을 우월하게 생각하지 않았고, 도리어 대학시절부터 심취한 사회주의 사상의 영향으로 미 자본주의에 반기를 드는 경향이 강했다.

이덕구가 인민위 활동에 본격적으로 뛰어들면서 야기된 뜻밖의 현상은 중등학생들의 정치 운동 참여가 급격히 늘었다는 것이었다.

조천중학교에서 교편을 맡고 있던 이덕구를 따르는 학생들이 많았다. 학생들은 젊은 혈기와 정의감으로 똘똘 뭉쳐 인민위원회의 새로운 세력으로 자리 잡았다.

그리고 그 학생들의 선두에 세영이 있었다.

어느 순간부터 세영은 학생 운동의 중심이 되었다. 뛰어난 화술과 설득력, 그리고 청년들의 우상 이덕구의 전폭적 신뢰를 힘입어 세영의 위치는 점점 굳건해졌다.

게다가 세영은 전혀 다른 사람이 된 듯이 뒤로 물러나지도 않았다. 마치 지금 당장 뛰어들어 스스로를 불태우지 않으면 못 견디겠다는 듯이 스스로를 몰아갔다.

세영의 아버지는 그런 아들을 걱정스럽게 바라보고 있었다.

사춘기의 열정이라기엔 세영은 지나치게 조급해져 있었다. 무언가에 쫓기는 것 같았다. 공부는 뒷전으로 미루고 사회운동이니, 정치활동이니, 선전이니 하는 데에만 미쳐 버린 아들을 걱정하는 어머니의 잔소리도 더 이상 세영을 제지하지 못했다. 이제 아들은 어미의 꾸지람에 기가 죽는 나약한 소년이 아니었다. 도리어 어머니가 세영의 눈치를 봐야 할 지경이었다.

게다가 세영의 어미 역시 먹을 것이 없어 고통받는 빈궁한 도민의 한 사람이었다. 굶어 죽게 생긴 판에 공부는 다 무슨 소용이냐 마음을 비우게 되자, 이런 상황을 타개하기 위해 적극적으로 일어서는 남편과 아들이 든든하게 느껴지기도 하는 것이었다.

장물 거래, 새로운 생명

변한 것은 세영만이 아니었다.

일국 역시 결혼 후 전과는 다른 모습을 보였다. 제아무리 장사 수완 좋고 그동안 맺어 놓은 신뢰가 높은 일국이라도 경제가 어려워지자 필요한 물건을 제때에 마련하기가 쉽지 않았다. 그러나 상인으로서 그의 자존심과 지금까지 어렵게 이루어 놓은 사업은 실패를 용납지 않았다. 하는 수 없이 일국은 점점 더 과감해졌다.

먼저 미 군정과의 뒷거래를 적극적으로 이용하게 되었고, 더 나아가 모리배들과의 거래 규모도 차츰 늘려 가게 되었다. 어차피 현실 경제는 파탄이나 다름없었고, 암시장이 아니면 쌀 한 톨이라도 구할 수 없는 상황이었다. 자신에게 돌아오는 몫이 박해질수록 어느 정도의 불법은 생존을 위한 필요악이 될 수밖에 없었다. 그리고 다른 사람의 것을 가로챈다 한들 어차피 불법적으로 들여오는 물건들이었다. 정당하지 못한 물건을 정당하지 못하게 **빼앗기**는 것은 인과응보라는 논리로 스스로를 합리화했다. 그리고 일국의 뒤에는 이런 불법에 대해 눈감아 주는 미 군정이 있었다.

이런 굳건한 연결고리가 드러나기 시작하자 친일계 경찰들이나 친일 협력자들은 일국이라는 줄을 잡기 위해 앞다투어 그에게 몰려오기 시작했다. 일국의 어미나 그 밖의 다른 마을 어른들은, 일국이 친일 인사와 친분을 갖는 것을 못마땅하게 생각했지만, 일국은 과거의 감정에 묶여 지금의 이익을 포기할 수 없었다.

그에게는 일본이나 조선이나 매한가지였다.

그의 아버지가 일제에 의해 죽임을 당하긴 했지만, 그의 할아버지
는 이재수의 난 때 조선 왕조에 의해 죽임을 당했다. 지배자가 누구
이건 민중이 당하고 사는 것은 마찬가지였다. 오히려 자기 몫 잘 챙
긴 이들은 윗대가리가 몇 번이 바뀔 동안에도 무사히 배 두드리며 살
아남는 모습을 확실히 보아 왔다.

일국에게는 선택의 여지가 없었다. 그에게는 지켜야 할 가족이 있
었다. 자신 하나만 믿고 인생을 맡긴 여자를 굶기지 않아야 했다. 좋
은 집에서 좋은 것을 누리고 살게 해 주고 싶었다.

그리고 일국에게 드디어 그런 기회가 찾아왔다.

당시 일본의 자본가들 중에는 거금을 들여 조국을 재건하기 위한
지원물품을 보내는 이들이 많았는데, 이를 중간에서 가로채는 무리
들이 있었다. 밀수 담당관과 이를 관리하는 경찰들이 한통속이 되었
고, 미군 중령이 눈감아 주는 식이었다.

그렇게 가로챈 물건의 판로를 제공할 상인이 필요했다.

처음 제안을 받았을 때, 제아무리 무뎌져 가는 일국의 양심이라도
망설이지 않을 수 없었다. 이건 단순한 불법이 아닌 도둑질이었기 때
문이었다. 아무리 좋게 말해도 장물을 처리하는 일밖에 안 되었다.
하지만 이 한 번으로 떨어지는 몫은 상상을 초월했다. 게다가 일국
은 거절하고 말고를 선택할 수 있는 상황이 아니었다. 이미 여러 차
례를 자잘한 범법행위로 서로 얽혀 버린 사이들이었다. 거절하려 해
도 과거에 저지른 다른 건들이 그물이 되어 그의 목을 죄어들었다.

딱 한 번만.

일국이 그렇게 마음먹은 대가로, 여름이 지나기 전에 일국과 정화
는 제주읍의 작은 정원까지 딸린 방 넷짜리 적산가옥을 구입할 수
있었다.

작은 마당에 강아지도 한 마리 있고, 마당의 귤나무에서 시퍼런 귤들이 익어 가고 있는 아담한 집이었다. 정화는 아이처럼 기뻐했다. 일국은 확신했다. 지금은 이 선택이 옳은 것이라고. 그리고 거래의 규모는 조금씩 커져 갔다.

이런 상황 속에서 정화는 일국을 믿었다.

일국이 조금 위험한 치들과 어울린다는 느낌은 받았지만, 본래 그런 아버지 밑에서 자라난 정화였다. 남자가 사업을 하려면 어느 정도 험한 사람들과도 어울릴 수밖에 없다는 인식이 저도 모르게 자리잡고 있었다.

그리고 설마 일국이 자기 아버지처럼 돈만 바라보는 비도덕적이고, 비양심적인 사람이 되지는 않을 것이라고 믿었기 때문에 다른 의심은 하지 않았다. 자신들만의 보금자리도 생기고 난생 처음 부모 덕이 아닌 자신과 사랑하는 남자와 둘이 만들어 가는 삶은, 그녀에게 다른 무엇도 더 바라지 않을 만큼 완전한 만족감을 주었다.

그리고 그 둘이 만들어 낸 또 다른 완전한 생명이 그녀 안에서 자라나고 있었다.

도지사 집 앞, 임마누엘, 백발 노파, 십장 김 씨

　아침 일찍부터 제주경찰청과 도지사의 자택, 그리고 제주도청까지 제주시는 드물게 취재진들로 바글바글했다. 각종 신문사, 방송사 차량들과 취재 기자들, 카메라 앞에서 멘트를 읊는 방송사 기자들의 모습을 심심찮게 볼 수 있었다.

　지난 밤 자택에서 체포된 도지사와 경찰청장에 대한 조사는 오전 내내 진행되었다. 점심 무렵 도지사의 자백에 따라 그 집 지하에 숨겨져 있던 유물들을 검찰이 회수한다는 소식이 전해졌다.

　태훈은 정철과 함께 도지사의 집으로 출발했다.

　도지사 관련 취재는 일단 정철이 이어받게 되었다. 신변 안전 문제도 있고, 또 태훈의 팔목 부상 때문이었다. 다행히 왼손이었고 간단한 촬영 정도는 가능했지만, 당분간 경찰 조사로 불려 다닐 일도 많을 것이고 치열한 취재 경쟁에 밀리지 않을 몸싸움은 불가능했기 때문이다.

　이미 한 발 앞서 도착한 기자들로 주택 입구부터 북새통이었다. 기자들은 사진 한 컷이라도 건질까 담 위로 기어오르고, 이웃집의 양해를 얻어 옥상에 대기하는 등 난리도 아니었다.

　태훈은 차를 한적한 뒤편 골목에 세우고 멀찍이서 동태를 살폈다.

　한참 만에 경찰의 경호를 받으며 검찰 관계자들이 모습을 드러냈

44

다. 이들의 두 손에는 큼직한 나무 상자가 들려 있었다.

"아이씨."

혹시나 했지만 역시나 정부는 일반에 유물을 공개하지 않으려는 속셈이었다. 저대로라면 상자마다 세기의 골동품들이 들어 있는지, 신문지로 가득 차 있는지 외부에서는 확인할 방법이 없었다. 기자들의 야유와 공개 요구가 빗발쳤지만, 검찰 일행은 아랑곳도 않고 상자를 하나하나 차에 실었다.

그 와중에 눈에 띄는 일행이 있었다.

외국인들이었다. 인상도 곱지 않았지만, 복장도 무슨 중동 파병 부대처럼 보이는 차림새였다. 시커먼 스타크래프트 밴 두 대를 타고 온 이들은, 차량 위에 장착된 일종의 크레인을 타고 공중에서 현장을 촬영하고 있었다. 얼핏 보아도 수천만 원을 호가하는 특수 망원렌즈 서너 대를 동원하여 이들은 검찰이 운반하는 상자들을 향해 쉴 새 없이 셔터를 눌러대고 있었다.

"어, 저 녀석들이 여기 웬일이지? 어제까지만 해도 여기 온다는 말 없었는데…."

"그 보물사냥꾼들?"

"아, 그리고 저거… 특수 카메라 같은데?"

정철은 보물사냥꾼들이 사용하는 장비들을 유심히 살폈다.

지난 몇 주간 따라다니며 들은 기억으로는 군용 투시 장비가 분명했다. 검찰들이 옮기는 상자 안의 물건을 촬영하고 있는 듯했다.

정철은 차에서 내려 그 보물사냥꾼들에게로 다가갔다. 보물사냥꾼들은 정철의 등장에 여유로운 미소로 알은체했다. 정철은 뭐라고 대화를 하다가 차 속에 앉아 있는 태훈을 손으로 가리켰다. 렌터카의 진한 선팅으로 태훈의 모습이 보이지 않을 것임에도 에드먼드는 태훈을 향해 손을 들어 인사를 해 보였다.

잠시 후 정철은 통역을 맡았던 라틴계 청년과 함께 차로 걸어왔다.

"안녕하세요."

"네…."

"보물이 나왔다는 이야기는 안 해 주셨네요?"

태훈은 그렇게 됐다는 표정으로 구겨진 미소를 보냈다.

"뭐, 이해해요."

당연히 말했어야 하는 것도 아닌데, 태훈은 자신이 그 사실을 숨겼다는 것에 약간의 죄책감이 느껴졌다. 처음 만난 자신을 100% 믿어버린 듯한 라틴 청년의 태도 때문이었다. 티 없이 밝게 웃고 있지만, 서운한 마음을 드러내는 표정이었다. '이래서 너무 순수한 사람들은 오히려 대하기가 어렵다.'고 태훈은 생각했다.

"뭐… 미안하게 됐어요. 근데 이미… 그쪽… 에서 알았다 해도 어차
피 대한민국에 귀속될 것들이고."

"임마누엘. 제 이름은 임마누엘입니다."

청년은 태훈이 '그쪽'이라고 지칭하자, 청년은 그제야 제 소개를 하지 않았다는 것을 기억하고 재빨리 이름을 밝혔다.

"네, 임마누엘… 씨."

"그냥 임마누엘이라고 하셔도 됩니다."

외국인 이름만을 부르는 것에 익숙지 않은 태훈이 어색해하자, 임마누엘은 제 쪽에서 싹싹하게 대답하고 나왔다. 상대방이 불편해하지 않도록 스스럼없이 굴면서도, 일 처리는 깨끗하게 해내는 마음에

드는 청년이었다. 이런 후배 있으면 매일 데리고 다니면서 이것저것 다 가르쳐 주고 싶겠다고 태훈은 생각했다.

임마누엘은 정중하게 자신들을 도와줄 것을 부탁했다.

"아시겠지만, 저희는 일본군이 2차 세계대전 중 모았던 보물을 찾고 있어요. 특히 1945년, 한국이 독립하기 전까지 숨겨진 보물이요. 이번에 나온 것들을 저희가 가질 수 없다는 것은 알아요. 그걸 노리는 것이 아니라, 단지 시기가 같은지만 알고 싶은 거예요. 그건 저희한테는 아주 중요한 단서가 되거든요."

"같은 시기 맞을 수도 있고 아닐 수도 있어요."

의아해하는 임마누엘에게 태훈은 가능한 선에서 자세히 대답을 해주었다. 두 시대의 시체가 공존한다는 것, 대부분은 1945년 이전이지만, 일부는 훨씬 나중인 독립 이후로 추측된다는 것도.

"독립 이후라고요?"

"1948년에서 1949년 정도로 예상하고 있어요."

"그럼 왜 죽은 거죠?"

"그때, 제주도에 좀 큰일들이 있었거든요. 사람이 많이 죽었어요."

임마누엘의 얼굴에 묘한 표정이 지나갔다. 제주 역사를 알 리가 없으니 4·3이니 뭐니 하는 부분까지는 굳이 설명할 필요가 없다고 태훈이 생각하는 찰나, 때마침 검찰들이 도지사 자택에서 빠져나오기 시작했다. 기자들이 달려들고, 경찰들은 이를 저지하느라 순식간에 주위는 난리가 되었다. 정철과 태훈도 임마누엘에게 양해를 구하고는, 서둘러 기자들 무리에 합류했다.

밀고 밀리고 치이고 쓰러지는 와중에 태훈은 임마누엘이 보물사냥 꾼들의 밴이 아닌 저만치 떨어진 검은 벤츠 승용차로 다가가는 것을 보았다. 차 창문이 내려지고, 거짓말처럼 머리가 온통 하얀 백발의 여인이 모습을 드러냈다. 역시 짙은 선글라스로 얼굴의 반 이상을 가리고 있었지만, 몹시 늙은 듯, 피부의 전체에 스며든 잔주름들은 감출 수 없었다. 임마누엘이 그 노파에게 굉장히 은밀한 태도로 무슨 이야기를 전했고, 노파는 천천히 고개를 끄덕였다.

그리고 우연처럼 그녀는 태훈을 바라보았다.

태훈과 노파. 둘의 눈이 마주쳤다. 어두운 선글라스에 가려 확신할 수 없었지만, 태훈은 그녀가 자신을 바라보고 있는 것을 알았다.

검찰 측 증인으로 조사를 받아야 했기에, 태훈은 검찰청으로 향했다. 무음으로 해 놓은 핸드폰에 때마침 통화 신호가 떠올랐다. 번호만 힐끗 보고 받을 생각은 없었는데, 액정에 떠오른 발신인 이름이 태훈을 잡아끌었다. 그는 후다닥 통화 버튼을 눌렀다.

"네, 유태훈입니다."

"네, 저 그때 찾아오셨던…."

"네, 알고 있습니다. 김 팀장님."

발굴 당시 가장 먼저 현장에 들어간 십장 김 씨였다.

"왜, 그때 말했던 거 아직도 가능한 거요? 보호해 준다는 거."

"물론입니다. 무슨 일 있으신가요?"

"어제부터인가 미행을 당하는 것 같소. 그리고 신문에서 당신이 공격당했다는 기사를 봤소."

십장에게 붙은 자들이 태훈을 공격한 자들과 같다면, 정말 위험한 것이 맞았다.

"언제부터 미행당하는 것 같은 낌새를 느끼셨나요?"

"어저께부터인데 지금도 그런 것 같소. 마누라는 그때 친정으로 보내서 나 혼자 지내고 있는데, 외출을 했다가 집에 와 보니 누가 다녀

간 흔적이 있소. 경찰에 신고할까 하다가 혹시 몰라서 유 기자한테
먼저 연락한 거요."

도지사와 경찰청장까지 모두 구속된 상태에서 이런 일이 일어났다
면, 이건 심각할 수 있는 문제였다. 보다 조직적인 제삼자의 존재를
증명하는 것일 수도 있으니까.

"댁이 어디신가요? 바로 그리로 가겠습니다. 그동안 서울로 출발할
수 있게 준비를…."

"아니… 난 제주도를 떠나기 싫소. 여기 그냥 있고 싶소…."

무서워서 피하고는 싶은데 섬은 떠나기 싫다? 뭐 근거지에서 멀리
벗어난다는 게 쉬운 결정은 아니지만.

"그럼 제가 모텔을 하나 잡아드리겠습니다."

"모텔… 은 좀… 거기라고 안전하겠소?"

"그럼 펜션으로 하시죠. 제가 잘 아는 곳이 있습니다."

태훈은 순간적으로 사촌동생 집을 떠올렸다. 관광지라 주변에 사
람도 많고, 나름 잘나가는 동네라 연예인 별장이다 뭐다 해서 치안도
괜찮은 편이었다. 게다가 얼마나 도움이 될지는 모르나, 시베리안 허
스키니 뭐니 하는 소만 한 개도 몇 마리 키우고 있어서 안전할 것 같
았다. 또 그곳이라면 태훈의 시야 안이기 때문에 비상사태에도 여러
모로 대처하기 쉬울 것이었다.

"거기에 나 혼자 있는 거요?"

이 사람 참… 겁을 먹어도 단단히 먹었구만. 무슨 보디가드라도 붙
여 달라는 건가?

"제가 잘 아는 곳입니다. 잘 말해 둘 테니 안심하셔도 될 겁니다."

김 씨는 더 이상 가타부타 말이 없었다. 하지만 썩 마음에 들어 하지는 않는 기색이었다. 마냥 다 받아 줄 수도 없지 않나.

　태훈은 검찰청에서 내리고, 정철을 김 씨가 있는 곳으로 보냈다.

　정철이 김 씨를 사촌동생 집까지 데려다 줄 것이었다. 경찰 쪽에 신고할까도 생각했지만, 경찰이 어디까지 연루되어 있는지를 알지 못하는 이상, 오히려 은신처만 더 노출하는 셈이 될 것을 염려해 일단은 그대로 두는 쪽을 택했다.

검찰 조사, 미국으로부터의 전화, 석유진

제주역사연구소 사람들은 이들대로 이른 시간부터 연구소에 모여 대책 마련에 고심이었다. 새벽부터 국정원 측과는 연락이 되지 않았다. 그저 조사단에 함께했던 서울의 한 교수로부터 '일단 대기' 하라는 전갈이 왔을 뿐이었다. 얼마나 대기해야 하는지, 그 책임은 누가 질 것인지에 대해서는 언급이 없었다.

한두 번 당하는 일이 아니었다. 이렇게 난리가 나도록 연락도 안 받고 미루다가, 도지사 사건에 밀려, 백골은 또 다시 뒷전이 되어 버리는 것이 정해진 수순이었다. 언론 이용에 조금 익숙한 몇몇 젊은 연구원들은 이 김에 우리도 정식 발표를 해서, 그 유물들과 관련하여 백골의 연대는 언제로 추정된다는 식으로 묻어가야 한다고 주장했다. 그래야 유물이 회자되는 동안 백골도 함께 스포트라이트를 받을 수 있다고.

아무튼 결론 없는 논의를 계속하다가 세영과 신림은 검찰 조사를 받으러 검찰청으로 갔다. 유물 도난을 알고도 신고하지 않은 책임을 물을 것이 분명했다. 예상했던 일이지만 막상 닥치니 마음이 좋지 않았다. 내부적으로는 도굴 사건은 몰랐던 것으로 하기로 입을 맞추어 두었다. 사실 태훈에게 듣지 않았다면, 유물이 그곳에 있었다는 사실조차 몰랐을 것이기 때문이다.

세영은 노쇠한 상태임에도 생각보다 담담하게 조사에 응했다.

곁에서 보조하는 신림은 할아버지의 상태를 끊임없이 체크했다. 다행히 시간은 오래 걸리지 않았다. 처음부터 검찰이 이들에게 원하는 것은, 아침에 굴에 도착했을 때의 현장 상황을 확인하는 것뿐이었다. 당시 사진 자료 등을 제출하고 혹여 다른 유물이 발견되거나 한 것이 없는지 등 만약을 위한 조사였다.

30분이 채 못 되어 조사실에서 나왔을 때, 뜻밖에 문 앞에는 태훈이 앉아 있었다.

"앗…."

신림과 태훈은 의외의 장소에서 서로를 발견하고 깜짝 놀랐다.

"아, 선생님. 죄송합니다…."

태훈은 저도 모르게 세영을 향해 꾸벅 고개를 숙였다.

"험한 일 당했더구만…."

화가 났을 법도 한데, 세영은 태훈에게 가타부타 따지지 않고, 옆을 지나치며 그의 어깨를 살짝 두드려 주었다. 이제 와 저 기자 양반에게 화내 무엇하겠는가.

하지만 신림은 달랐다. 용서가 안 되었다. 터트려야 할 쌓인 감정이 많았지만, 보는 눈도 많고 할아버지와 함께였으므로 굳게 입을 다문 채 태훈을 지나쳐 갔다. 태훈은 내심 마음에 걸려 하던 신림의 상태를 눈으로 확인하자 마음이 더욱 좋지 않았다. 이전까지의 쌀쌀하고 차가운 태도가 그리울 만큼, 신림는 표나게 달라져 있었다. 아예 태훈의 시선 자체를 외면했다. 태훈은 씁쓸한 표정으로 조사실에 들어갔다.

검찰청을 나와 신림의 차에 오르자마자, 세영은 지난밤 신림이 가져다준 복장 통계 파일을 다시 훑어보았다. 일제 말기 노역자들과 4·3 피난민들. 이 분류가 맞다면, 정일국은 후자에 속했다. 세영이 그를 마지막으로 본 것이 1948년 10월 즈음이었다. 그 후로 일국이 얼마의 시간을 더 버텼는지는 알 수 없지만, 결국 선흘의 굴 속을 벗어나지 못한 것이었다. 그가 견뎠을 암흑 속의 최후. 설마 이런 식일 것이라고는 상상하지 못했지만, 세영은 평생 단 한순간도 그 암흑을 외면한 적이 없었다.

그 안에서 일국은 죽음을 앞두고 도대체 무슨 일을 벌인 것인가? 그곳에서 그는 어떻게 이런 유물들을 발견한 것인가?

"뚜르르르르."

신림의 핸드폰이 울렸다.

"여보세요?"

약간 이상한 대화가 오갔다. 누군가 낯선 사람으로부터의 전화인 듯했다.

"무슨 일이냐?"

"전화에요. 미국이라는데, 할아버지를 찾네요. 받아 보시겠어요?"

미국? 그에게는 미국에서 전화를 걸어올 만큼 각별한 사이의 지인이 없었다. 무언가 알 수 없는 예감에 세영은 전화를 받았다.

"여보세요."

"네, 갑작스럽게 이렇게 연락드리게 되어 죄송합니다. 제가 선생님 연락처를 좀 전에서야 알게 되었거든요. 잠시 후에 제가 한국으로 가는데, 출발 전에 그래도 전화를 드려야 할 것 같아서요. 실례인 줄 알고 있습니다."

연륜이 느껴지는 여자 목소리. 기억에 없는 음색이었다. 세영은 가만히 눈썹을 쓸었다. 여전히 떠오르는 얼굴이 없었다.

"무슨, 괜찮습니다. 그런데 누구신지요?"

감이 먼 국제전화 너머로 부산스러운 현장음이 흘러들어 왔다. 여자는 잠시 말이 없었다. 세영은 통화가 끊긴 것인가 '여보세요?' 하고 확인했다.

"저는… 석유진이라고 합니다."

석유진. 역시나 낯선 이름. 당연히 자신을 알 거라는 여자의 태도에 반해 세영은 그 이름이 전혀 금시초문이었다. 아무래도 전화를 잘못 건 것 같았다.

"지금 바로 비행기를 타야 합니다. 내일쯤엔 제주도에 도착할 거예요. 꼭 만나 뵙고 싶습니다. 내일 섬에 계시는 것 맞지요?"

"그렇소만…."

'석유진 씨, 나는 당신이 누구인지 모르겠소.'라는 말을 하려고 세영이 '석'이라는 성을 입에 머금은 순간, 그의 머릿속을 60년의 세월이 단번에 훑고 지나갔다. 그리고 그 오래전 봉인해 놓은 기억의 문을 연 것처럼, 세영은 단번에 그녀가 누구인지, 자신을 어떻게 알았는지, 그리고 자신을 왜 만나려고 하는지를 알아차렸다.

"기다리고 있겠습니다."

석유진이 온다. 섬에. 정일국이 돌아오고, 수많은 사람들이 있는 이곳으로.

대한민국의 아홉 번째 도, 제주도제 실시

1946년 8월 1일, 제주도는 행정구역상 전라남도에서 분리되어 대한민국의 아홉 번째 도道가 되었다.

"제주도는 지리적으로 바다와 떨어져 본토 육지와 멀리 위치하고 기후 풍토가 또한 판이하다. 따라서 주민의 생활과 문화가 독자적인 형태를 이루고 있다. 고로 자치제를 진정한 도민의 건의가 타당하다고 인정하여 군정장관의 직권으로 도 승격을 허가한다."

군정장관 러치는 제주도 승격 통고문에서 다음과 같이 발표했다. 하지만 실제로 주민의 건의 때문에 제주도를 독자적인 지방 행정구역으로 인정한 것은 아니었다.

본래 일제 점령 이전까지만 해도 제주도는 제주, 정의, 대정 세 개의 군으로 이루어진 독립된 행정구역이었다.

과거 유배지로 천시받기도 했지만, 험난한 환경 속에서 강인하게 살아온 도민들은 자립심이 매우 강하였고, 전국적으로 가장 반골 기질이 강한 지역으로 알려져 있었다.

일제는 이러한 도민들의 독립정신을 무너뜨리고자 제주도를 전라남도의 일부로 통합시켰다. 제주도는 더 이상 탐라의 정신을 이어받은 섬나라가 아닌 전라남도에 귀속된 제주읍이 되어 36년의 시간을 보냈다.

1945년에 해방을 맞이한 후에도 제주도는 여전히 전남에 소속되어 있었고, 조국의 해방은 곧 섬의 해방이기를 원했던 도민들은 행정상의 분리를 요구하였다. 아놀드 이후 군정장관이 된 러치 장군이 1946년 3월 2일 제주에 방문했을 때 섬의 유지들은 적극적으로 도제 승격을 건의했고, 그로부터 긍정적인 약속을 받아 내게 되었다.

　그러나 그 약속이 이렇게 빨리 이행되리라고는 누구도 생각지 못했다. 다들 도제 실시 이전에 조국의 정부 수립이 더 시급하고 우선해야 할 사항으로 여겼기 때문이다. 인민위원회에서도 평소 전남과 분리되어 독자적인 노선을 추구하기를 원하면서도 도 승격은 미 군정 하에서가 아닌 우리 정부에서 추진할 사항이라고 생각해 왔다.

　때마침 남북한의 동시 선거냐 남한만의 단독 선거냐를 두고 정국이 시끄러운 상황이었고, 극심한 생활고와 경제구조의 붕괴로 시급하게 해결해야 할 사항이 산적해 있었다. 도제 전환이 가져올 경제적 부담은 물론, 경제적, 행정적 여파를 생각하면 누가 보아도 아직은 시기상조임이 분명했다.

　그런데 미 군정은 불쑥 제주도제 실시를 결정한 것이었다.

　이러한 결정은 섬에 적잖은 파문을 일으켰다.

　사회주의 성향이 짙었던 청년들은 도제 실시를 적극 반대하며 미 군정을 비난했는데, 의도가 의심스럽다는 이유에서였다. 육지에서는 좌익과 우익의 대립이 점점 치열해지고 있었고, 제주도가 도로 승격되던 시기는 미 군정이 좌익에 대한 공세를 취하던 시점이었다.

　이미 올 초부터 여덟 개의 도에서는 지역별로 1연대씩 경비대가 창설된 상태였고, 제주도도 도로 승격되면 법적으로, 또 물리적으로 군대의 창설이 가능했다.

　경찰기관 역시 전남경찰청 산하 경찰서에서 제주감찰청으로의 승격이 가능해지는 것이었다.

　청년들은 이것이 좌파 세력에 비해서 상대적으로 약세에 있던 도내의 물리력을 강화하려는 속셈이라고 비난하였다. 이런 주장은 처음에는 그다지 진지하게 받아들여지지 않았다. 1946년 여름까지 제주도에서는 사회주의자들의 움직임이 그다지 왕성하지도 않았고, 오히려 제주도의 인민위원회는 미 군정과 긴밀한 협력관계를 유지하고 있었기 때문이었다. 물론 곡물 공출로 인해 도민들의 반발이 커져 가고 있었지만, 이것은 좌익이냐 우익이냐의 문제는 아니었다. 공출을 맡은 친일계 행정관리들이 자신들에게 반발하는 도민들을 매도하기 위해 사회주의자들로 몰아가는 면도 없지 않았지만, 기본적으로 중심에서는 인민위원회가 굳건히 도민과 미 군정 사이의 가교 역할을 담당하고 있었고, 육지에서야 어떻든 섬에서는 미 군정과 큰 어려움 없이 당면 현황들을 헤쳐 나가고 있었다.

그런데 갑작스러운 도제 실시는 미 군정과 인민위원회 간의 갈등을 불러오는 시발점이 되었다. 미 군정이 도제 실시를 무리하게 강행하는 이유를 인민위원회는 납득할 수가 없었기 때문이다. 이렇다 할 설명도 근거도 없이 미 군정의 입장은 단호했다.

도사였던 박경훈이 최초의 도지사로 임명되고 그 밖에 진행된 행정 수순들도 도민 정서에 크게 거부감을 일으킬 만한 것이 없었지만, 무언가 쫓기듯이 도제를 실시하고 경찰과 군 기관을 창설하는 미 군정의 행보는 납득하기 어려운 점이 많았다.

지휘급 상관들과 친분이 높았던 정화에게는 내부 사정을 물어보길 바라는 어른들의 요구가 많았지만, 정화가 친하게 지내는 이들은 '위에서 내려온 지시'라는 정도밖에 알지 못했다. 그렇다면 그 '위'는 어디서부터라는 말인가.

이 일에 관하여 일국은 조금 다른 생각을 갖고 있었다.

여름이 가까워 올수록 높은 분들이 제주를 방문하는 횟수가 부쩍 많아졌다. 대외적으로는 사냥 여행이라는 명목이었지만, 서울의 중앙 미군 사령부에서 온 사람들, 특히 그 파이프 사내와 렌즈데일은 특정 몇몇 오름의 굴들에 대해 어떤 확신 같은 것을 갖고 있는 듯이 보였다. 이제 당장이라도 그 굴을 본격적으로 뒤지고 싶어 안달하는 듯했다.

하지만 그러기엔 보는 눈이 너무 많았다.

지프로 이동하는 지금도 어쩌다 마을 주민들과 마주치는 일이 종종 있었고, 그럴 때면 주민들은 난생 처음 보는 코쟁이들의 출현에 드러나게 호기심을 표했다.

그리고 끈질기게 따라붙는 친일계 인사들도 문제였다. 한 번은 렌즈데일이 점찍어 놓은 굴에 몰래 들어가 여기저기를 쑤셔 놓은 흔적이 발견되기도 했다. 렌즈데일은 크게 놀라 그날 이후 굴의 입구에 철책을 세워 출입할 수 없도록 막아 놓았다. 하지만 섬에 머무는 시간이 길지 않기 때문에 늘 불안함을 느끼고 있다는 것을 일국은 알고 있었다. 그렇다고 오름 한가운데 미군 보초병을 세워 둘 수도 없는 노릇이었다. 이들에게는 무언가 다른 방법이 필요했다. 일국 역시 돌아가는 상황에 대해 마치 자기 일처럼 불안감을 느끼던 중이었다.

그런데 갑작스럽게 도제 실시가 발표되었다. 누구도 예상치 못했고, 누구도 원하지 않았던 순간에, 제주도는 대한민국의 아홉 번째 도가 되었다. 설명할 수는 없지만 도제 실시가 그 굴들과 무언가 연관이 있으리라고 일국은 혼자 생각해 볼 뿐이었다.

1946년 8월, 미군 기지 건설, 반미 운동의 확산

　일국의 예감이 틀리지 않았음을 증명하는 또 다른 움직임이 감지되었다. 8월 중순 무렵 제주도에 대규모 미군 기지가 설치된다는 소문이 돌기 시작하더니, 가을이 되자 미국에서 이와 관련된 내용이 언론에 보도되었다.

　AP통신에 따르면 제주도의 장거리 폭격기지로서의 잠재력이 높으며, 실제로 일제가 중일전쟁 당시 중국 폭격을 위한 출격용 비행기지로 제주도를 이용했다. 당시의 비행술로는 일본에서 중국까지의 장거리 폭격이 불가능하였기 때문에, 중간 기착지로서 제주도, 그중에서도 모슬포 비행장을 이용했던 것이다.

　이런 제주의 지정학적 장점 덕에 미군 기지 설치가 필요하다는 주장이 대두되었을 때, 일국은 파이프의 사내가 미군을 동원하여 본격적으로 굴을 뒤질 준비를 한다고 생각했다.

　그런데 이 계획은 뜻밖의 장벽에 부딪쳤다. 미군 기지 건설에 대한 소문이 돌자마자 미군에 대한 도민 정서가 급격히 악화되었던 것이다. 인민위원회나 청년 단체들은 당장에라도 폭발할 듯 끓어올랐다. 예상외의 여론에 당황한 미 군정에서는 기지 건설 계획을 전면 부인하였지만, 그럼에도 들끓는 여론은 쉽게 가라앉지 않았다.

　이런 상황을 지켜보며 일국은 불길한 예감이 들었다. 이로써 이제까지 드러나지 않았던 도민들의 본심이 완전히 노출되었기 때문이다. 미군을 좋아하지 않을 뿐 아니라 어서 빨리 이들이 사라져 주기를 바라는 마음. 이번에야 어떻게 기지 건설을 막았지만, 부정적인 도민 정서가 드러난 이상, 미군들이 다음에 무언가를 추진할 때에는 분명 이에 대한 조치를 취하고 움직일 것이 틀림없었다. 그리고 자신들을 환영하지 않는 미개한 동양인들에게 어떤 자세를 취할지는 누구도 예측할 수 없었다.

가을이 지나 겨울에 들어서기까지 미군에 반대하는 도민 정서는 수그러들지 않았다. 보다 못한 미 군정은 여론을 잠재우기 위해 중앙지 기자들을 제주로 불러들였다. 미군 기지 설치설의 진실에 대해 취재하도록 한 것이었다.

그들이 의도했던 대로 제주를 다녀간 기자들은 미군 기지 설치는 계획에 없다는 기사를 연거푸 발표하였고, 반미 감정은 진정되었다.

그러나 예상보다 적극적이었던 기자들은 자신들도 모르는 사이 미 군정이 노출되기를 바라지 않을 비밀들까지 공개하는 역효과를 내고 말았다. 그것은 주민들의 말을 인용하여 미군이 이 섬에 진주한 후 무슨 목적인지는 모르나 측량을 하며 조사를 다닌 일이 있다는 사실이었다.

일국은 단번에 그것이 자신이 안내하고 다닌 일행이라는 것을 알아챘다. 물론 이런 조사의 이유는 제주의 지정학적 위치가 중요하기 때문이라고 기사는 결론 맺고 있었지만, 이 사실은 언급조차 되지 말았어야 했다. 분명 이 일은 미 군정 높은 분들의 심기를 불편하게 만들 것이고, 또 다른 한편으로 조바심 나게 만들 것임에 틀림없었다. 알아보지 못할 아주 작은 단서였지만, 우연히 누군가 알아차리게 된다면, 당장이라도 이들이 감추고 싶어 하는 비밀과 연결될 수도 있기 때문이었다.

일국은 점점 불안해졌다.

렌즈데일의 신경질적인 반응, 분위기는 극도로 날카로워져 갔고,

만약 이런 분위기가 계속된다면, 이들은 무언가 좋지 않은 선택을 할 것만 같았다. 그 한복판에 자신이 서 있다는 사실이 일국을 초조하게 했다.

태훈의 생가, 어머니, 사봉낙조

국장으로부터 전화가 걸려 왔을 때, 태훈은 검찰 조사를 마치고 서귀포로 넘어가는 중이었다. '당장 인터넷 확인하라.'는 명령에 차를 갓길에 대고, 포탈에 들어가니 C일보 발 특종 기사가 탑1에 올라 있었다. 경식이었다. 어디서 소스를 얻었는지 유물 관련 정보들을 상세히 밝히고 있었다. 값어치를 매길 수 없는 세기의 유물이니 어쩌니 하면서 과거 소더비 경매 기록까지 소개하며 호들갑을 떨었다. 태훈은 기사를 올리면서도 정부 측과 마찰을 줄이기 위해 유물의 연대나 출처에 대해는 말을 아꼈는데, 경식은 거침없이 모두 밝혀 버렸다.

'엉뚱한 데서 일이 꼬이네.'

국장은 한 방 먹었다고 억울해했지만 전혀 문제될 것 없었다.

태훈에게는 바로 그 국보급 유물들의 실물 사진이 있었으니까. 사실 검찰 조사가 진행되는 동안 도굴되었던 유물은 공개하지 않기로 약속했지만, 경식네가 이렇게 나오는 이상 선택의 여지가 없었다.

태훈은 육지에서 보낸 죄수들이 닦은 도로의 삼나무숲 갓길에서 15분 만에 기사를 완성했고, 데스크에서는 사진을 업데이트했다. 중국의 국보급 문화재 30여 점이 생생하게 찍힌 사진이 올라가자마자, 신문사 서버는 드디어 다운되어 버렸다.

태훈의 휴대폰은 다시 한번 마비 상태에 놓였다.

대부분은 다 무시하는데, 가장 끈질기게 울리는 번호가 있었다. 정철이었다.

"야, 지금 나 정신 하나도 없다."

"어디야? 지금 좀 봤으면 좋겠는데."

전화 연결 상태가 좋지 않았다. 산을 넘어가는 중이라 그런가? 태훈은 보행 신호가 걸린 횡단보도 앞에서 이어폰을 고쳐 꽂았다.

"나 지금 서귀포 가는 중이야. 이 와중에 집에 가고 있다. 어머니 때문에."

"몸도 성치 않으면서…. 그래서 언제 오는데? 너 꼭 보자고 난리다."

"누가?"

"그 보물사냥꾼들말야. 그 팀들 서귀포에서 철수하고 다 제주읍으로 옮겨 왔어. 그치들 후원하는 거물이 지금 제주에 와 있거든. 미국에서 사업하는 큰손이라는데, 그 사람이 너를 좀 보고 싶어 한대."

"나를 왜?"

"뭐 묻고 싶은 게 있대."

묻고 싶은 것이라? 어쩌면 자신과 같은 궁금증을 갖고 있는지도 몰랐다. 동굴의 다른 입구. 그 보물들을 옮겨 온 통로.

"알았어. 근데 많이 늦을지도 몰라."

"오케이. 늦게라도 괜찮아. 너 묵고 있는 호텔 7층에 자리 잡았으니까."

7층? VIP가 통째로 빌렸다는 층이었다. 그 VIP가 보물사냥꾼들을 후원하는 그 미국인 거물이었다니. 이쯤 되자 태훈도 강하게 구미가 당겼다. 어차피 어머니 집에서 잘 것도 아니니까. 아니 안 잘 수 있는 핑계가 생겨 버린 셈이어서 다행이었다.

마을 초입에 현대식으로 지어진 보건소와 주민센터가 격세지감을 느끼게 했다. 바닥엔 콘크리트 길이 깔려 있고, 집들도 새로 올려서 도회적으로 보였다.

하지만 조금 더 들어가니 집집으로 이어지는 올레는 여전했다. 그 구불거리는 좁고 긴 통로 끝에 낡아 가는 가족이 있다는 사실도 변하지 않았다. 이 집에는 누가 있고, 어떻게 늙어 가고 뭣처럼 살아가는지, 10년이 넘게 보지 않았어도 알 것만 같은 고루함.

그나마 하루에 다섯 번 시외버스가 들어오고, 도전정신 강한 올레꾼들이 간혹 방향을 잃고 흘러들어 와 낯선 얼굴이 심심찮게 보였다. 그러나 와인을 담아도 막사발은 막사발인 것처럼, 시대에 뒤떨어진 촌마을의 본 모습은 감출 수가 없었다. 5공 사회정화 사업으로 시작된 '범죄 없는 마을' 표지는 여전히 자랑스레 걸려 있었다.

차로 갈 수 있는 곳까지 가서 적당히 주차를 하고, 태훈은 걸어서 올레로 접어들었다. 마을 전체가 콘크리트 길로 바뀐 지금, 태훈네 집으로 들어가는 올레만은 여전히 흙길이었다. 다행인 것은 바닥을 고른 듯 예전처럼 돌투성이 길은 아니었다. 물론 태훈의 발은 수천 번도 더 지나친 그 크고 작은 장애물들을 모두 다 꿰고 있었지만.

올레 끝에 야트막한 돌담 안으로 모습을 드러낸 집은 10년 전 그가 마지막으로 본 모습과 놀라울 만큼 똑같았다. 기억의 차이가 없다는 사실이 오히려 태훈을 불안하게 했다. 이곳만 시간이 비껴가기라도 한 것일까? 아니면 오랜 시간 후에 찾아올 아들을 위해 그대로 남겨 둔 지도 몰랐다. 어머니라면 능히 그러고도 남았다. 변치 않아야 한다는 사실에, 세월에 모질게 저항하는 것이 그분의 인생이 아니었던가.

철마다 새를 엮어 새 지붕을 얹는 전통 방식의 지붕에서 슬레이트 지붕으로 교체하는 데도 얼마나 큰 싸움을 벌여야 했던가.

동네 모든 집이 슬레이트 지붕으로 바뀌고, 홀로 사는 윤 씨 할멈의 집조차도 주민회에서 나서서 지붕을 교체해 줄 때까지 태훈의 집은 새로 엮어 얹은 지붕 아래서 살았다. 장마가 지면 비가 새고, 물에 썩어 들어간 밧줄을 때마다 바꿔 매고, 그러기 위해 밤이면 새를 꼬는 지난한 잔업을 쉼 없이 계속해야 했다.

마지막으로 엮은 지붕을 올리던 날을 기억한다.

큰삼촌은 지붕 위로 올라가서 한쪽 밧줄을 잡고, 아래에서 작은삼촌이 다른 한쪽 끝을 동여매고, 그렇게 장정 두 명이 있어야 가능한 작업이었다. 어린 태훈은 능숙하게 새 지붕을 올리고 밧줄로 엮어 매는 삼촌들의 솜씨를 흥미롭게 지켜보았었다.

그때도 삼촌들은 처음부터 끝까지 불평을 입에 달고 있었다. 요즘에 누가 이런 지붕을 쓰나, 슬레이트가 얼마나 편리하고 비싸지도 않구만, 요즘은 새 구하기도 쉽지 않구만, 이건 또 다 언제 엮었소…. 어머니는 동생들이 뭐라고 잔소리를 하건 말건 들은 척도 않고 지붕이 오른쪽으로 치우쳤다, 왼쪽으로 기울어졌다 지휘하며 시간의 흐름에 타협하지 않은 스스로를 대견해했다. 어머니는 모든 것을 완벽하게 통제하고, 세상의 변화까지도 그녀를 비껴간다는 데에 자부심을 느끼는 사람이었다.

그러다가 어느 날, 아예 맘을 잡은 큰삼촌이 어머니가 목포로 시집간 막내네 집에 다녀오는 틈을 타, 트럭에 자재와 인부를 싣고 와서 슬레이트 지붕으로 교체해 버린 것이 태훈이 초등학교 올라가던 해였다. 그 후로 얼마나 오래 큰삼촌과 어머니가 연락을 끊고 지냈는지 태훈은 기억할 수 없다. 그저 무수히 오랜 시간, 셀 수 없이 긴 시간 동안 그의 가족에 큰삼촌은 없는 사람이 되었다.

그런 어머니기에 태훈은 지금 자신이 보는 이 집의 모습에서 어머니의 존재를 실감했다. 10년이라면 더 볼품없이 낡아 버리거나, 아니면 다른 집들처럼 대대적으로 개보수를 하여 새로 기와라도 얹어야 정상이었다. 어떻게 이 집만 시간의 흐름을 거슬러 그 상태 그대로 그 자리에 덩그러니 놓여 있을 수 있단 말인가. 누군가의 끈질긴 노력을 증명하는 모습. 대다수는 잃어진 고향의 옛 모습이 그리워 눈물을 적신다는데, 태훈은 고향이 변하지 않았다는 사실이 오히려 더 절망스럽게 느껴졌다.

태훈이 주춤거리는 발걸음으로 집 마당에 접어들었을 때, 귀 밝게 기척을 느낀 어머니가 마루문을 밀어 열었다.

아들과 어머니. 어머니와 아들. 태훈은 마치 오래전에 헤어진 연인을 길에서 우연히 만났을 때 같은 기분으로 깊이 고개 숙여 인사를 했다. 어머니는 문을 열어 두고 돌아 들어갔다.

집 안도 모든 것이 같았다. 조부의 흑백사진이 걸려 있는 위치며, 태왁이 놓인 폼새까지도 변하지 않았다. 어딘가 흐릿해진 느낌이 들 뿐이었다. 온통 선명한 것들 사이에서 지내 온 태훈의 눈에 낡아지고 스러지는 고향 집의 세간들은 미세한 손길에 닳고 닳아 모서리마저 뭉툭하게 보였다.

주방에서 나오는 어머니의 손에는 미숫가루가 들려 있었다.

태훈의 앞에 그리 가깝지도 멀지도 않은 위치에 미숫가루 대접이 놓여졌다. 집어 들려면 몸을 반쯤 일으켜야 할 거리였다. 마치 어머니와 자신의 거리 같다고 태훈은 생각했다. 한 번에 서로 손이 닿을 위치까지 이르기는 어려울 것이다. 몸을 일으키고, 한 발을 다가서는 노력과 불편함이 동반되어야 한다고, 별것 없는 미숫가루 한 그릇이 말하고 있었다.

태훈은 길게 손을 뻗어 대접을 집었다. 시원하고 달달했다. 어머니가 좋아하는 사탕수수 설탕을 듬뿍 넣었을 테고, 수돗물을 얼린 것이겠지만 얼음도 몇 덩이 동동 띄워져 있었다.

"보내 주는 돈은 잘 받고 있다."

어머니가 갑자기 돈 이야기를 꺼내자 태훈은 흠칫했다.

잘 받고 있노라는 어머니의 감사 표현은 마치 왜 돈을 보내지 않냐는 힐난처럼 들리기까지 했다. 태훈도 어머니도 고맙네 감사하네 사랑하네 하는 말들에 익숙지 않았다. 갑작스런 상황에 태훈은 그냥 미숫가루 그릇에 고개를 처박고 끄덕이는 것인지 마시느라 움찍거리는 것인지 알 수 없는 몸동작만 해 보일 뿐이었다.

"결혼은?"

"생각 없어요. 아버지는요?"

"육지 갔다."

전형적으로 잘못된 대화의 예를 보여 준다고 태훈은 생각했다.

서로가 대답하기 싫은 질문만 던지고, 답변은 서로를 불편하게 만들었다. 대화가 이어질수록 감정선은 날카로워지고 결국 채각채각채각… 쾅! 아는데 알면서도 멈출 수 없는 폭탄 돌리기.

"언제요?"

"재작년쯤 한 번 돈 부쳐 오고 연락 없다."

"어디 있는데요?"

"낸들 아냐. 살았는지 죽었는지."

"그러고도 엄마는 결혼하라는 말이 나와요?"

전형적인 나쁜 부부의 예. 무책임한 남편과 무관심한 아내, 밖으로 나도는 남편과 안으로 침잠하는 아내. 태훈은 자신이 결혼한다 한들 이 모습 외에 다른 부부의 모습을 그려 볼 수가 없었다. 너무나 깊게 각인되어 뼛속까지 파내도 다 긁어낼 수 없을 것만 같은 불화.

"저 갈게요."

너무 빠르다. 어디를 방문해도 이렇게 빨리 일어나는 법은 없다. 하지만 좁은 마루는 태훈이 두어 걸음 옮기자 이미 현관까지 그를 옮겨 놓았다.

"밥은?"

'먹고 가라.'는 뒷말은 나오지 않았다.

밥은. 밥은? 단지 그것뿐이라면, 의례적인 대답만으로 죄책감 없이 자리를 뜰 수 있었다.

"깔린 게 밥집인데 굶어 죽을까 봐요?"

10년 만의 상봉. 어차피 죽지 않고 살아 있다는 것을 보이는 거면 충분하지 않냐고, 태훈은 왕복 2시간을 들여 10여 분 만에 끝나 버린 방문을 합리화했다.

어머니와 처음부터 사이가 안 좋았던 것은 아니었다.

물론 언제고 살가운 모자 사이였던 적은 없었지만, 지금처럼 대화 하나하나가 가시처럼 서로를 찌르지 않고도 말을 이어 가던 때도 있었다. 하지만 너무 오래전이라 그런 일이 있었는지조차 가물가물했다.

둘의 사이가 틀어지기 시작한 것은 아마 태훈이 서울로 대학을 가겠다는 뜻을 밝혔을 때였을 것이다. 어미의 반대가 그처럼 강렬할 것이라고는 가족 누구도 짐작 못 했다. 심지어 목포에 나가 사는 큰삼촌이 기특한 조카의 첫 해 대학 학비를 대 주겠노라고 했음에도 어머니는 길길이 뛰며 막내의 서울행을 반대했다. 3대 명문대는 아니었지만, 다섯 손가락에 꼽으면 들어갈 학교였다. 과도 나쁘지 않았다. 사회학과라고, 그게 뭐하는 곳이냐고 하면 태훈도 딱히 한 문장으로 설명하긴 쉽지 않았지만 점수도 높았다. 태훈의 고등학교에서는 서울로 대학을 가는 학생이 한 해에 세 명도 안 되었기 때문에, 태훈의 합격은 교문에 현수막이 걸릴 일이었다.

그런데 어미는 절대 안 된다고 반대하며, 그날부터 입을 다물어 버렸다. 큰삼촌이 설득하고, 작은삼촌이 설득하고. 다행인지 불행인지 아버지는 그 당시 원양어선 타고 나가 몇 해째 돌아오지 않고 있어서, 이렇다 저렇다 의견을 제시할 입장이 못 되었다.

이 모든 상황에 태훈은 크게 상처받았다.

19살까지 그는 그저 열심히 공부하면 되는 줄 알았다. 자신이 할 수 있는 유일한 것이었고, 당연히 학생은 공부만 열심히 하면 되는 거라고 생각했다. 그래서 했고 결과도 나왔는데, 어머니의 난데없는 반대에 부딪친 것이었다.

솔직히 그날의 상황을 태훈은 대학 시절 내내, 이후 취직을 하고 이 나이까지 혼자 살아오도록 수십 수백 번을 되짚어 보았다. 그때 다른 선택을 했어야 했나? 어미의 말대로 서울행을 포기하고 제주 국립대에 들어가 선생님이 되어 섬에 정착했어야 했을까? 그럼 적당한 나이에 적당한 혼처를 얻어 적당하게 평화롭고 안락한 삶을 살아갔을까? 적적하고 외로운 날 맘이 허해 소주 한 잔 하지 않으면 잠들 수 없고, 반밖에 열리지 않는 12층 오피스텔 환기창으로 뛰어내리기라도 할 것 같은 날이면, 태훈은 자신이 놓친 다양한 선택들을 되짚어 보고 또 되짚어 보았다.

어차피 모두 가지 않은 길이었다. 후회는 아니었다. 잘못된 선택이었다고 생각하지도 않았다. 그런데 왜 지금의 선택에 만족하지 못할까? 왜 모든 게 공허하고 텅 비어 나를 채워 주지 못하는가? 그럴 때마다 어미의 이상할 정도로 극심했던 반대가 문득문득 떠오르는 것이었다.

어미는 알았던 것이었을까? 아들의 삶이 안정되기 위해 어느 길이 가장 좋은 길인지를.

그리고 대학 졸업과 함께 태훈은 남들이 칠전팔기로 입사한다는 신문사 시험에 단번에 합격하여 남들이 다 하는 휴학이나, 연수를 핑계로 한 1, 2년의 휴식도 없이 신문기자로서 사회생활을 시작하였다.

신문사 입사가 결정되고 태훈은 한 번 고향에 내려왔었다. 이때는 마을 어귀부터 현수막이 붙었다. 큰삼촌은 공항까지 마중을 나와 태훈의 어깨를 얼싸안았다. 그러나 집에 도착했을 때, 태훈은 싸늘한 집 안 공기를 단박에 알아챘다. 어미는 한 번도 웃지 않았다.

그때 태훈은 결심했다. 두 번 다시 고향을 찾지 않겠노라고.

3박 4일의 일정을 겨우 마치고 서울로 돌아온 후 그는 뒤도 돌아보지 않았다. 그리고 10년이 흘렀다.

어떻게 도착을 했는지도 모르게 거의 기계처럼 차를 몰아 제주읍에 도착했을 때는 막 석양이 질 무렵이었다. 신호에 걸려 멍하니 붉어 가는 하늘을 바라보다가 문득 한 단어가 떠올랐다.

'사봉낙조'

제주의 7대 명물 중 하나를 일컫는 말이었다. '사라봉에서 보는 낙조'. 마침 도로의 말미는 사라봉까지 이어져 있었다. 그러고 보니 제주 출신이어도 그는 한 번도 사라봉에서 낙조를 본 적이 없었다. 신호가 켜지고 태훈은 우측 깜빡이를 켰다. 충동적으로 우회전, 직진, 그리고 다시 우회전. 사라봉이었다.

차로 오를 수 있는 데까지 오르고, 그 뒤는 숨가쁘게 걸어서 정상까지 올랐다. 해가 지기 전에 정상에 도달해야 하는데 회오리처럼 돌아 오르는 산은 예상외로 뱅글뱅글 끝이 보이지 않았다.

숨을 헐떡이며 겨드랑이에 축축하게 땀이 배어 오고 심장이 욱신거릴 무렵, 정상에 도착했다. 빠르게 내려가는 해를 따라잡지 못해 해는 이미 바다 아래로 빨려 들어가고, 붉은 띠 같은 끄트머리만 수면에 남아 있을 뿐이었다.

주위는 어느새 어둑어둑했다. 놓쳐 버린 낙조. 이미 져 버린 석양.

태훈은 피식 웃음을 지으며 동네 주민을 위한 운동기구에 걸터앉아 담배에 불을 붙였다.

태양도 가로등도 서로에게 자리를 양보하느라 어쩌면 하루 중 가장 어두운 시간. 담배 불꽃이 환하게 타올랐다. 제주 시내에는 때맞춰 조명들이 파닥파닥 피어나기 시작했다. 마치 반짝 빛나는 별들이 크게 빛을 튕기며 살아나듯이, 잠들었던 도시가 깨어나듯이.

태훈이 담뱃갑을 넣으려고 주머니에 손을 넣는데, 무언가 넓적한 물체가 손에 닿았다. 뭔가 싶어 꺼내 보니 낡은 지갑이었다. 아! 돌려준다고 하면서 매번 깜빡해서 아직 갖고 있었다.

태훈은 잠시 지갑을 바라보다가 핸드폰을 꺼내 들었다. 부재중 28통. 알 수 없는 번호 반, 타 신문사 기자들 반. 무표정하게 지난 며칠간의 통화 기록을 훑어 내려 '이신림'이라는 이름에서 멈추었다. 멈칫거리는 태훈의 손가락이 스크린을 건드렸는지 전화가 걸렸다.

'뚜르… 찰칵.'

"여보세요."

귀에 익은 신림의 낮은 목소리. 태훈은 순간 아무런 말도 준비하지 못한 채 연결된 전화에 당황하여 자기도 모르게 통화 종료 버튼을 눌러 버렸다.

'이게 뭐하는 짓이냐. 바보같이….'

요즘처럼 자신이 싫은 적이 없었다.

꽁초가 타들어 가도록 담배 연기를 빨아 대며 태훈은 괜히 취재 카메라에 저장된 사진들을 돌려 보았다. 어느 틈엔가 훔치듯 셔터를 누른, 밝게 웃는 신림의 얼굴이 액정 화면에 떠올랐다. 싱그러움. 메마른 그를 재촉하는 듯이.

꽁초를 비벼 끄고, 이번에는 자세를 고쳐 잡고, 그는 다시 통화 버튼을 눌렀다.

'뚜르르르, 뚜르르르, 찰칵.'

"저, 지금 나올래요?"

엉겁결에 내지른 태훈의 말에 묻혀 낭랑한 여자 목소리가 들려왔다.

"…전화를 받을 수 없어 소리샘으로 연결됩니다. 연결이 된 후에는 통화료가…."

태훈은 쓴웃음을 지으며 터덜터덜 사라봉을 내려왔다.

1946년 10월, 시철의 입대, 오현중 맹휴사건

세영은 일국이 장가를 간 후, 일국과 지내던 방에서 홀로 자취생활을 했다. 방 값의 부담이 적지 않았지만, 고집스레 아들의 전학을 지지하던 세영 어미가 이 또한 감당하겠다고 선언한 덕이었다.

그러다가 가을 즈음에 룸메이트가 생겼다. 어릴 적 뭉쳐 다니던 시철이었다. 북촌을 벗어나고 싶어 좀이 쑤셔 하던 시철은 어느 날 짐을 싸들고 무작정 제주읍으로 옮겨 왔다.

시철과 함께 지내는 동안 세영은 그의 마음을 인민위원회 쪽으로 돌려 보려고 시도했다. 시철같이 깡촌에서 자란 강단 있는 녀석이 합류한다면, 이념과 사상만 좇으며 현실성 없는 이상론을 앞세우는 읍내 청년들에게 자극이 될 수 있을 것이라 생각했던 것이다. 하지만 시철은 청년 활동에는 별 관심을 보이지 않았다. 그러다가 어느 날 제9경비대 모집 공고를 보고는 군인이 되겠다고 결정해 버렸다. 지금 창설되는 제9경비대는 실은 정식 군대가 아니며, 우리 국군이 창설되기 전 시험용으로 미군의 용병이나 다름없다는 소문이 돌고 있었다. 하는 일도 친일파 놈들이 꽉 잡고 있는 경찰의 따까리 노릇이라 하여 모병에 어려움을 겪고 있었다.

그러나 이런 이야기를 들어도 시철은 별로 실망하지 않았다.

딱히 두근거리는 기대감이나 엄청난 열정으로 경비대에 지원하는 것도 아니다 보니 혹 부정적인 이야기를 듣는다 해도 큰 충격을 받거나 하지 않았다. 이래도 한세상 저래도 한세상, 그러다 문득 군인에 꽂혀 한번 해 볼까 하는 심사로 지원하는 것이었다. 너같이 제멋대로인 놈에게 군인은 어울리지 않는다고 세영은 타박을 하였지만, 내심 시철이라면 잘 적응할지도 모른다는 생각이 들었다. 서울로 유학을 간 학순이나, 일본으로 밀항을 하여 일하러 간 현겸이나, 중학생이 된 세영 자신에 비해 시철은 매사에 냉소적이면서도 또래답지 않게 자잘한 데 얽매이지 않는 구석이 있었다. 어쩌면 그런 냉정함이 군인이라는 직업과 잘 맞을지도 몰랐다. 세영은 너무나 시철다운 결정에 더 이상 반대하지 않았다.

이런 시철이지만 막상 군대에 적응하기는 쉽지 않았다.

당시 미 군정은 사설 군사단체를 해산시킨 후 '군사영어학교'와 '경비사관학교'를 통해 경비대 간부를 양성하였는데, 그를 통해 간부가 된 대부분이 일본군과 만주군 출신의 군인들이었다. 거의 전부라고 할 정도로 지휘관들은 미 군정에 협조적인 친일 인사들이었던 것이다. 이것이 시철의 비위에 거슬렸다.

물론 그들이 지휘관이 된 데에는 타당한 근거들이 있었다. 일본군 출신의 경우 지휘관으로서의 군대 경험이 있었고, 학도병 출신은 영어가 가능했으며, 만주군 출신은 일본 군사고문단과 함께한 경험이 있었기 때문에 미군과 맞춰 가기에 수월했다. 미 군정 입장에서는 이들이 친일 인사임에도 쓸모가 있었기 때문에 채용하지 않을 수 없다는 변명이었다. 그리고 중간중간 옹색하게나마 독립군 출신 지휘관이 끼어 있었다.

다만 그 수는 극히 적었다. 미 군정은 상해의 임시정부를 부정하는 입장에 있다 보니, 막강한 조직력을 갖고 있던 조선국군준비대나 광복군 계열을 군에서 배제시키는 분위기였다.

이런 상황을 모른 채 경비대에 들어간 시철은 딱 봐도 미 군정에 잘 보이려 애쓰는 친일 지휘관들로 깔린 경비대가 마음에 들지 않았다.

다행히 경비대는 그 지역의 지원자로 충원되고 있어서, 지휘관을 제외한 사병은 모두 제주도 출신들이었다. 그들은 시철과 비슷한 생각을 갖고 있어서 지휘관과 무관하게 의기투합할 수 있었다. 몇 주간의 군사훈련을 마친 후 시철은 곧 제9경비대의 기지가 있는 모슬포로 이동하게 되었다.

시철이 이런 과도기적 한국군의 한계에 좌절하는 동안, 세영은 과도기적 중학교의 한계에 저항하고 있었다. 제주읍에 와서 중학교를 다니면서 세영이 느낀 것 중의 하나는 선생의 상당수가 일제 치하 때에도 중학교 교원으로 근무하면서 황국신민화 교육에 앞장서던 이들이라는 것이었다.

물론 정화 선생님이나 덕구 선생님처럼 일본에서 돌아온 애국 유학파들도 있었지만, 그 숫자는 극히 일부였다. 타지에서 새로 들어왔다는 선생들도 알고 보면 다른 곳에서 일제식 교육에 전념했다가 해방 후 자신을 모르는 새로운 곳에서 다시 시작하려는 이들이 많았다. 드높아 가는 도내 교육열로 인해 교원의 수가 부족하다 보니 교원 경력을 가진 이들을 우선적으로 채용했지만, 그 일제 강점기의 교원 경력이라는 것은 곧 황국신민화에 앞장섰다는 증명서나 다름없었던 것이다.

새로 설립된 제주제일중학원 역시 사정은 마찬가지였다.

10월에는 이름도 오현중으로 새롭게 바꾸고 새로 온 선생님과 새로 모인 학생들로 꾸려졌지만, 누군가는 그 선생들의 과거를 알고 있었고, 그런 소문은 아이들 사이에 빠르게 퍼져 나갔다. 그리고 머리가 큰 아이들은 그런 선생들을 대놓고 무시하는 일이 빈번하게 발생하였다.

교권이라는 것은 애시당초 세워질 수가 없었다. 교원들 본인부터가 학생들에게 면이 서지 않아 아이들 눈치를 보며 수업을 진행했다. 자격이 못 된다는 자격지심 탓에 아이들의 인성, 사상, 윤리적인 면에 대해서는 감히 말도 꺼내지 못하고 오로지 지식 전달을 위한 선생

노릇뿐이었다. 당연히 아이들의 발언권은 점점 더 세져 갔고, 기본적인 사제 간의 서열이 정립되지 못하는 지경에 이르렀다.

그쯤 되자 참다못한 교원들 사이에서 선생으로서의 권위를 되찾아야 한다는 목소리가 높아져 갔다. 개개인의 잘못을 정죄받는 것과 교권 정립은 별도의 문제였기 때문이다. 하지만 이들의 돌연한 입장 변화는 아이들의 반발을 불러왔다. 가뜩이나 칼을 차고 수업에 임하던 일제 강점기 파쇼 교원들에게 치를 떠는 아이들이었다. 조금이라도 권위주의적으로 행동하려는 기미가 엿보이자 아이들은 크게 반발하였다. 선생들과 아이들 사이의 골은 깊어만 갔고, 아이들의 기를 꺾음으로써 교권이 선다고 생각하는 선생들은, 우두머리만 잡으면 나머지는 자연히 따라온다는 속설에 따라 행동했다.

그런 상황 속에서 영어 연극반 사건이 일어났다.

사건의 발단은 세영이 집필한 대본이었다. 다분히 사회주의적인 사상을 담은 현대 미국 작가의 작품을 각색한 것으로, 영어 영극반에서는 이 작품을 가을 학생 문화제 때 선보이기 위해 준비 중이었다. 발표 날짜가 가까워 오자 아이들은 늦게까지 학교에 남아 대본을 수정하고 연습을 하고, 무대 배경을 만들었다. 때론 많이 늦어져서 자정에 가까운 시간까지 학교에 남아 있는 일이 잦았다.

이들의 적극적인 부서 활동을 주시하던 한 교사는 어느 날 밤, 퇴근 후 다시 학교에 찾아왔다. 그리고 마침 세영을 비롯한 리더급 학생들이 회의를 위해 자리를 비운 틈을 타, 무대 소도구를 만들고 있던 몇몇 여학생과 남학생들을 꾸짖기 시작했다. 그는 늦은 시간까지 남녀 학생들이 함께 있는 상황을 불순하게 매도하더니 변명할 틈도 주지 않고 연극반원들을 강제 해산시켰다. 그리고 이들이 만들던 연극 소품을 압수하였다.

다음 날 이 사실을 알게 된 세영과 학생 대표들은 긴급회의를 소집하였다. 학생들의 분노는 대단했다. 이는 단순히 연극에 관한 문제나 방과 후 활동에 대한 저지가 아니며, 평소 자신들을 마음에 들어 하지 않았던 데 대한 복수라고 소리 높였다. 일부 과격한 학생들은 학생을 믿고 인격적으로 대해 주지 않는 이 같은 처사가 모두 일제 교육의 잔재이며, 당시 교원으로 활동한 일제에 세뇌된 교원들은 모두 해임시켜야 한다고 주장하였다.

세영은 그 선생의 평소 행동으로 미루어 이번 충돌이 의도적으로 문제를 일으키려는 것임을 눈치챘다. 한 번쯤 혼쭐을 내 주려고 벼르고 있다는 것을 알았기 때문이었다. 일단 일이 터지자 학생들 쪽에서 자제가 되지 않았다. 세영의 냉정한 판단이나 의견 제시는 씨도 먹히지 않았다. 아이들은 둘 중 하나는 학교를 떠나야 한다는 극단적인 방향으로 몰려갔다.

이 상황에서 가장 곤란해진 것은 정화 선생님이었다. 학교 내에서 영어 연극반 고문 선생으로서 이런 상황을 미리 대처하지 못했다는 질타와 함께, 아이들을 잘못 관리했다는 비난이 몰렸던 것이었다. 가뜩이나 미 군정 통역 일을 겸하느라 학교에 온전히 몰두하지 못하는 정화에 대해 아니꼬워하는 이들이 있었다. 그러다가 정화가 무식쟁이 테우리와 결혼하게 되어 얕잡아 보았는데, 얼마 못 가 일국이 장사로 성공을 거두더니 제주 읍내에 정원까지 딸린 집까지 구입하게 되자 배 아픈 심사는 더욱 커졌던 것이다.

마침 문제가 일어난 밤에도 정화는 아이들과 함께 학교에 남아 있지 못하고, 박경훈 도지사의 통역으로서 중앙사령부 주최 저녁 만찬에 참석 중이었다. 고문 선생이 양키들 파티 쫓아다니시느라 바쁘셔서 정작 제자들을 관리할 틈이 없었다는 비아냥거림에 정화는 한마디 변명도 할 수 없었다. 말하려면 할 말이 없겠냐만 학교가 이처럼 시끄러워진 상황에서 자신조차 말 보태는 것이 옳은 행동이 아니라고 생각했기 때문이다. 그리고 이와 같은 사태에 대해 책임을 지고 정화는 사직서를 제출했다.

정화의 퇴직이 결정되자, 영어 연극반 학생들은 물론 그나마 침착함을 잃지 않았던 세영까지 폭발하고 말았다. 이제 선생들은 더 이상 스승이 아니라 적이 되었다. 아무도 말릴 수 없었고, 학생들 스스로도 자제할 수 없는 수준이 되었다. 학생들은 파쇼적 교원 절대반대, 파쇼적 교육 숙청, 교장 반대, 학원의 자유 등 4개항의 구호를 내걸었다.

이즈음에는 학생들 뒤에 사회주의 청년 지도자들과 인민위원회가 있었기 때문에 이들의 행동을 지지하는 여론이 형성되었고, 이런 분위기에 힘입어 학생들의 항의 운동은 보다 강력해졌고 구체화되었다.

학교 측에서는 이 요구를 받아들일 수 없으며 만약의 상황에는 교장 이하 직원이 총사퇴를 하겠다고 맞섰다. 그리고 더 나아가 학교를 폐교하겠다고 협박하였다. 그러나 학생들은 꿈쩍도 않았다. 밟을수록 고분고분해지는 것은 말 그대로 권위주의적이고 힘이 우선인 사회에서 볼 수 있는 모습일 뿐, 자유와 인권이 존중받는 시대의 사람들은 밟을수록 질겨지고 단호해진다.

그리고 이들은 굴복하느니 죽고 말겠다는 선택을 할 정도로 극단적인 나이였다. 학생이라는 약점을 잡고 협박을 선택한 순간 선생들은 이미 돌이킬 수 없는 강을 건넌 셈이었다. 학생들은 무기한 휴학을 선언하고 전원 등교 거부에 돌입했으며, 섬의 다른 모든 중학교 역시 이들에 찬동하여 동맹휴학을 선언했다.

정화의 설득, 10월 1일 대구

　이 와중에도 정화 선생님은 아이들과 다른 선생님들 간의 관계를 원만하게 풀어 보고자 양방향으로 애를 썼다. 상황이 이 지경까지 이른 데에는 명목상이 아닌 실질적으로도 자신의 책임이 크다는 것을 정화는 알고 있었다. 학생 리더로서 세영은 아이들을 선동하거나 진정시킬 수 있는 충분한 영향력을 갖고 있었다. 그런 세영이 그답지 않게 화해의 편이 아닌 투쟁의 편에 서 있으니 타협의 여지가 없는 것이었다. 그리고 세영의 그런 굳은 마음에는 다름 아닌 자신을 위한 복수가 있다는 것을 정화는 알고 있었다.

　동맹휴학이 결정되고 얼마 지나지 않아 정화는 세영을 집으로 초대했다. 일국과 정화의 신혼집. 세영은 이 초대를 받아들일 것인지 오랜 시간 고민했다. 가장 보고 싶지 않은 광경을 못 견디게 보고 싶어 하는 모순을 느끼며, 그는 정화 선생님의 집 문밖에 서서 한참이나 망설였다. 선생님을 사모하던 철없던 어린 시절쯤은 이미 깨끗이 털어 버렸노라 생각했지만, 여전히 화사하게 웃음 짓는 정화 선생님의 눈앞에 무너지는 세영이었다. 오늘 선생님의 위로를 들으며, 그 다정한 다독임을 들으며 자신은 엉엉 울어 버릴지도 몰랐다.

　그럼에도 이 자리에 가야만 하는가? 게다가 그날 오후에는 각계 대표들이 모인 대책위원회가 준비되어 있었다. 세영 역시 학교 대표 중 한 명으로 그 자리에 참석해야만 했다. 이런 중요한 날, 중요한 순간 가장 크게 자신을 흔들 수 있는 사람을 만나러 가는 것이 옳은가? 이런 자문은 사실 의미가 없었다. 이미 세영의 마음속에서는 정화 선생님을 만나러 가고 싶은 마음으로 몰아치는 스스로를 깨닫고 있었기 때문이었다.

"세영아!"

세영이 죄진 사람 마냥 흠칫했다. 마침 장을 보고 돌아오던 정화 선생님이 세영의 뒤에서 생글생글 웃으며 서 있었다. 오래도록 들어가지 못하고 문 앞에서 서성이던 모습을 들킨 것이 창피하여 세영은 고개를 들지 못했다. 하지만 정화는 아무것도 모르는 척, 아무렇지도 않은 척 밝게 세영을 집으로 잡아끌었다.

그리고 세영에게 도와달라고 하여 감자를 벗기고 면을 삶아 내어 칼국수를 끓였다. 세영은 아무 생각 없이 걸쭉하게 국물이 우러난 칼국수 면을 쪽쪽 빨아 먹었다. 푸근하지만 깔끔한, 선생님다운 맛이었다.

맹휴 사건에 대해 이야기할 줄 알았던 정화 선생님은 예상외로 그에 대한 이야기는 하지 않았다. 그저 올해는 동백꽃이 예상보다 일찍 피었다는 둥, 눈이 오면 한라산에 눈꽃을 보러 가고 싶다는 둥 뜬금없이 들뜬 눈으로 소녀처럼 말했다.

선생님의 살림은 가지런하고 단정하고 그러면서도 삭막하지 않았다. 이런 집에서 선생님과 함께 사는 일국 삼촌은 얼마나 행복할까. 이런 여자를 지키기 위해서라면 삼촌은 무엇이든 할 것이다. 목숨을 걸어서라도 선생님을 행복하게 해 줄 것이다. 그런 생각이 들자 문득 쓸쓸해졌다. 자신에게는 자신의 싸움이 있었다.

이제 돌아갈 시간이 되었다고 생각하고 일어나려는데, 갑자기 선생님이 세영의 팔을 잡았다. 그리고 말했다.

"세영아, 이런 이야기 좀 부끄러운데…"

세영은 갑작스런 선생님의 이야기에 놀라 선생님을 바라보았다.

"실은 아기가 태어날 거야."

"네?"

"아직 일국 씨한테도 말 안 했어. 깜짝 놀래 주려고."

정화 선생님의 두 뺨은 동백꽃만큼 붉어졌다. 아기는 제자이지만 남자아이에게 이런 이야기를 한다는 것이 많이 쑥스러운 듯했다. 세영은 자기도 모르게 선생님의 배에 시선을 주었다. 아직은 별로 불러 보이지 않았다. 그럼에도 선생님은 마치 그곳에서 무럭무럭 자라 가고 있는 아기를 느끼는 듯 이미 어머니 같은 표정이었다.

"그래서 그만둔 거야. 내가 힘들어서."

그러니 탓하지 말고 미워하지 말라고. 선생님의 눈동자는 말하고 있었다. 세영은 그게 너무 싫었다. 선생님의 마음을 제꺽 알아들을 수 있다는 것이. 그 눈빛은 다른 어떤 말보다 강력해서 세영으로서는 외면할 수도, 거부할 수도 없었다.

"언제 태어나는데요?"

"아마 내년 5월쯤?"

아직 멀었으면서. 만삭까지 물질하다 항구에서 아기를 낳곤 하는 것이 제주 여인들이었다. 그런데 여섯 달도 더 남은 아기 때문에 학교를 그만둔다는 어설픈 핑계를 대는 여자. 그렇게 말하면 내가 곧이곧대로 믿을 줄 알고. 하루가 다르게 쑥쑥 자라는 자신을 몰라보고, 여전히 조천을 뛰어다니는 어린아이인 줄 아는 건가?

아니다. 아무리 나쁘게 생각하려 해도 세영은 선생님의 마음을 이해할 수 있었다. 자신을 무시해서가 아니라, 그렇게 말하면 알아들어 줄 거라고 믿어 의심치 않는 것이었다. 그러니 싸우지 말라고.

그날 밤 각계 대표들이 모인 대책위원회 회의에는 학교 당국을 비롯해 학부형들, 도의 학무과와 교육단체인 문화협회, 교혁동맹, 교사회, 그리고 제주농업중학교, 제주중학원, 제주여중 학생 대표들이 참여하였다. 이번 동맹휴학은 제주 읍내 여러 중학교들이 하나로 뭉치는 계기가 되었는데, 각 학교의 리더들은 상당수가 이덕구와 함께 모이는 자리에서 함께 어울리던 터라 이와 같은 단체행동이 가능했다.

　회의 전에 학생들이 모인 자리에서 세영은 차분하게 학생들을 진정시켰다. 우리의 입장을 알린 것만으로도 소기의 성과는 달성했다, 어차피 모든 선생들을 다 해임시킬 수는 없지 않나, 어른들까지 우려하고 계시니 이쯤에서 한 발 물러서는 것도 우리가 성숙했음을 보여 줄 수 있는 방법이다.

　세영의 돌연한 변화에 불만스러워하는 이들도 있었지만, 대체적으로는 이 의견에 동의했다. 일단 홧김에 일은 벌렸지만, 어린 자신들이 감당하기엔 문제가 너무 커졌고, 이처럼 급진적이고 비타협적으로 밀어붙이는 데 대한 부정적인 여론 또한 제기되고 있던 참이었다.

　이렇게 학생 측 입장이 정리되고 대책위원회가 중재에 나서자 사건은 수월하게 일단락되었다. 논란이 되었던 몇몇 교사가 사의를 표명함으로써 한 달여 만인 1월 22일에 학생들이 맹휴를 풀고 등교를 재개하였다.

　학생들의 단체 동맹이 제주도 최대의 이슈로 불거질 동안 육지에서는 피비린내 나는 투쟁과 저항의 사건들이 벌어지고 있었다.

　10월 1일 대구에서는 미 군정에 반발하는 시위 군중에게 경찰이 발포를 함으로써 10월 사태가 벌어지게 되었고, 이는 전국적으로 파급되어 12월까지 두 달간 전국적으로 경찰관 200여 명이 죽고, 총 사망자가 1천여 명에 이르는 끔찍한 상황이 이어지게 되었다. 경찰 대 인민위원회 산하 주민들의 총전투가 전국적으로 진행되었지만, 제주도 인민위원회는 이 봉기에 참여하지 않았다.

제주도에서는 친일 경력 교사들에게 대항하는 학생들의 저항이 있었을 뿐이었다. 육지에 비한다면 오현중의 동맹휴학은 말그대로 '애들 장난'이었던 셈이다. 그만큼 제주도는 평화로웠다. 중앙이 어떻든, 전국이 어떻든 제주도는 제주도만의 시간표에 따라 돌아가고 있었다.

석주명 학술대회

태훈은 눈을 뜨기 무섭게 호텔을 나섰다.

아직 완전히 회복되지 않은 팔목에 침이라도 맞을 겸 한의원에 가볼 생각이었다. 직장인들을 위해 일찍 문을 연다는 한의원임에도 아직은 진료 시간 전이어서 태훈은 근처 국밥집에서 아침을 먹으며 기다렸다. 뜨끈한 국물로 속을 채운 후, 한의원 문 열자마자 들어가 가운도 채 갈아입지 못한 여의사를 재촉해 침을 맞았다. 팔목에 고슴도치처럼 침을 꽂고 치료용 침대에 누워 있는데, '딩동' 하는 문자 도착음이 울렸다.

'메일 확인. 금일 오후 1시 석주명 학술대회, 석유진 인터뷰'

국장이었다. 휴가 처리 해 줄 테니 팔목 나아질 때까지 당분간 쉬라고 할 때는 언제고. 노는 꼴은 못 보지. 태훈은 체념하며 메일을 열었다. 국장의 메일에는 두 개의 링크가 걸려 있었다. 하나는 나비학회 홈페이지 공지사항이었고, 다른 하나는 제주방언학회 홈페이지 학회 동정이었다. 링크 주소를 누르자 서버 관리가 잘 안 되는지 느릿하게 열리는 창에 투박한 폰트의 제목이 드러났다.

'한국의 파브르 석주명의 딸, 제주 방문'

'제주학의 선구자 석주명 학술회, 석유진 여사 참석'

가지각색 종류의 나비 사진과 함께, 동그란 안경에 재치 있는 눈동자를 한 석주명의 흑백사진이 따라 나왔다. 길고 긴 석주명 관련 서술들을 훑어보니, 석주명이 남긴 눈부신 업적들은 끝이 없었다. 최초의 근대 제주학 연구자, 제주 방언 연구가, 국내 최초로 에스페란토어 사전 집필, 조선산악회 멤버 등 처음 보는 내용이 줄줄이 딸려 나왔다.

'에스페란토어 사전이라니? 석주명은 나비학자 아니었나?'

혹시 동명이인인 다른 석주명이 아닌가 싶어 태훈은 석주명에 관한 정보들을 빠르게 검색했다.

동일 인물이었다. 75만 마리의 나비를 수집하고 한국과 일본 나비의 계통을 밝혀냈다는, 그래서 한국인 최초로 영국 왕실에 논문이 보관되었다는 그 남자는, 한국어-에스페란토어 사전도 만들었고, 안익태와 함께 만돌린도 연주했으며, 조선산악회 회장을 지낸 한국에서 가장 많은 산을 오른 산악인이며, 그 무엇보다 제주도학의 기틀을 잡은 선구자였다.

나비 채집을 위해 일 년의 반 이상은 전국의 산야를 돌았던 나비학자였으니, 그가 제주도에 관심을 가진 것은 어찌 보면 당연한 일이었을 것이다. 우리 영토의 식물군상이 가장 다양한 지역이 제주 아니겠는가. 당연히 나비 또한 적지 않았겠지.

다만 놀라운 것은 이 모든 일을 이루어내는 데 불과 10년이 걸리지 않았다는 사실이다. 석주명은 일제 강점기 말기 경성제대 생약연구소 제주도 시험장에 부임해 2년간 제주도에서 살던 짧은 기간 동안, 제주도의 곤충뿐만 아니라 문화와 사회, 자연, 언어 등에 대한 광범위한 조사와 수집으로 〈제주도수필〉을 집필하여 제주학 연구의 기틀을 마련하였다.

이후 석주명은 한국전쟁 피난길에도 방대한 제주 관련 자료들을 짊어지고 내려갔고, 1950년 의문의 죽음을 당한 후로는 그의 여동생이 오빠의 뒤를 이어 30여 년간 그 자료들을 지켰다. 1980년대에 와서야 자료들은 외부에 공개되어 출판되었지만, 제대로 된 가치 평가를 받지 못하다가, 근래에 들어 제주에 대한 국내외적 관심이 커지면서 석주명의 업적 또한 재평가받게 된 것이었다. 이제라도 그리되었으니 다행이긴 하지만, 거의 반세기가 지나도록 석주명이 제주에 쏟은 땀과 노력이 일반에 알려지지조차 못했다는 것은 의아한 일이 아닐 수 없었다.

아무튼 그런 석주명의 딸이 제주에 온다는 것이다. 석유진은 미국의 한 대학에 교수로 재직 중인 나름 저명한 인물이었다. 대한민국이 낳은 희대의 천재의 딸다웠다.

석유진은 어젯밤 제주에 도착하여 오늘 오후부터 다양한 학회에 참석할 예정이었다. 무리하게 촬영해야 하는 일이 아니니 겸사겸사 그쪽 취재에 가 보라는 국장의 지시였다.

'쉬라더니… 10년 만에 내려와서 아예 뽕을 뽑고 올라가겠구만….'

투덜거리면서도 태훈은 석주명에 대해 개인적으로도 관심이 생기는 것을 부인할 수 없었다. 오전에 별 다른 일도 없으니, 인터뷰 전에 짬을 내서 석주명의 저서인 〈제주도수필〉을 한번 훑어봐야겠다 싶었다. 다행히 검색해 보니 회견장 근처의 도립도서관에 책이 비치되어 있었다.

그렇게 오전 일정을 잡고 움직여 보려는 찰나, 또 다른 핸드폰 문자음이 울렸다. 신림이었다. 태훈은 허겁지겁 문자를 열었다.

'제주역사연구소 선흘굴 백골 관련 기자회견. 해변공연장 1층 회의실. 오늘 11시.'

태훈에게 온 것이 아닌 '유태훈 기자님'에게 온 단체문자였다. 그럼 그렇지… 하고 실망하기에 앞서 '11시'라는 글자에 얕은 신음이 새어 나왔다.

"겹치네…."

해변공연장에서 11시, 학술대회 인터뷰는 서귀포에서 1시. 제주
도의 말도 안 되는 교통체증을 고려하면, 산 넘어가는 데 1시간은 족
히 걸릴 거리였다. 뭐, 하려고만 하면 안 될 스케줄은 아니지만, 대
신 석주명에 대해 미리 알아보려던 생각은 포기할 수밖에 없었다. 조
선을 대표하는 대학자의 딸을 인터뷰하러 가면서, 인터넷에서 서치
한 정도의 사전 지식으로 갈 수는 없었다. 인터뷰의 깊이는 딱 준비
한 만큼 나오는 법이니까.

그렇다고 역사연구소를 외면해? 자신이 터트린 기사 때문에 이들
처지가 어떤지 뻔히 아는데? 아니 그보다 이것이 어쩌면 마지막 기
회가 될지 모른다는 사실이 더 태훈을 고민하게 만들었다. 모르긴 몰
라도 신림의 성격상 단체 문자 리스트에서 자신의 이름을 빼 버리지
않은 게 다행이었다.

태훈은 하는 수 없이 해변공연장 쪽으로 차를 몰았다.

역사연구소 기자회견, 음모론, 생매장

어제 검찰 조사 후 세영과 역사연구소 사람들은 장시간 회의 끝에, 연구소 단독으로 공식 기자회견을 갖기로 결정하였다. 도지사 도굴 사건으로 인해 백골은 완전히 뒷전이 되어 버리는 분위기였기 때문이다.

그도 그럴 것이 도지사 건은 정부나 군 입장에서는 단순한 유물 도굴이 아니었다. 유물과 함께 다른 더 '중요한' 무언가가 새어 나갔을지도 모르는 민감한 사안이었다. 정확히 처음에 무엇이 거기 있었는지부터 확인이 안 되니 더 민감해질 수밖에 없었다. 도지사의 집을 화장실 변기 안까지 샅샅이 뒤졌으나 훔쳐 간 유물 외에 무기나 여타 의심 가는 물품들은 나오지 않았다. 그럼에도 이미 처분했을 가능성을 배제할 수는 없었다.

외부에 노출할 수 없는 속사정 때문에 심문 조사는 마냥 길어졌고, 공식적인 표명은 미뤄져만 갔다. 이러한 상황에서 언론의 관심은, 도지사의 또 다른 비리과 횡령 쪽으로 옮겨져 가고 있었다. 기자들이 알아서 파헤치는 것도 있었고, 은근히 그런 쪽으로 관심이 몰리도록 밑밥을 뿌리는 움직임이 있었다.

세영은 결단을 내리지 않을 수 없었다. 도지사 도굴 조사의 명목으로 선흘굴 내부의 출입이 통제되었고, 백골을 포함한 여타의 모든 유물들에 대한 압수 명령이 떨어질 것이라는 측근의 귀띔이 있었기 때문이다.

정부조사단에 의해 몰래 빠져나간 유물 따위는 없다는 것은 현장에 있던 군 관계자나 국정원 측 누구나 잘 알고 있었지만, 이들은 침묵했다. 시끄러워질 백골 사건도 이 김에 덮고 가려는 속셈이 엿보였다. 연구소 입장에서 선택의 여지가 없었다. 마지막 몸부림이 되더라도 알릴 수 있는 데까지 알려야 했다.

신림은 서둘러 공식 발표 공문을 기자들에게 보냈다. 그리고 연구소의 연구자들은 급하게 발표 자료 준비에 들어갔다. 발표 시간과 장소는 오늘 오전 제주 해변공연장의 예전 본부로 정해졌고, 발표는 정부조사단장이었던 세영이 맡기로 하였다.

기자회견장으로 향하는 태훈의 발걸음은 가볍지만은 않았다.

어차피 언젠가 벌어질 일이었고 잘못된 선택이었다고도 생각지 않지만, 연구소 사람들을 곤경에 빠뜨린 결정적인 역할을 했다는 점에서는 죄책감을 느끼지 않을 수 없었다. 일적으로라기보다 개인적으로, 인간적으로 괘씸죄라고나 할까. 기자로서는 유일하게 굴 안까지 들어가는 특별 대우 받아 놓고 연구소의 뒤통수를 친 셈이 되었으니….

그러니 최소한 사죄 정도는 해야 했다. 그래서 가는 거라고 자기합리화하면서도 오로지 태훈의 염두에는 신림 하나뿐이었다. 어떻게 그녀의 화를 풀 수 있을까, 어떻게 두 마리 토끼를 다 잡을 수 있을까? 벌어진 일은 이미 벌어진 거고, 가능한 연구소 쪽에도 힘을 실어 줄 수 있다면…. 물론 자신의 이런 행동을 국장은 달가워하지 않을 것이다.

그럼에도 태훈은 신림과의 끈을 놓고 싶지는 않았다.

태훈은 발표가 한참 진행되고 있을 즈음에 살짝 뒤로 들어갔다.

아니나 다를까 발표는 기자들에게 큰 관심을 끌지 못하고 있었다.

어제, 오늘 제주도에 들어와 있는 기자 수를 생각하면 참석 인원도 얼마 안 되었다. 단상 위의 연구원들은 공들여 준비한 PPT를 토대로 세영이 백골의 연대, 복장 상태 등을 차근차근 설명하고 있었다. 수백여 구의 일제 노역 동원 주민들의 시체가 발견되었다는 데에서 세영은 울분을 토했지만, 기자들은 크게 흥미를 보이지 않았다.

이런 분위기를 아는지 모르는지 세영네의 발표는 지루하게 이어졌다. 학술적이고 전문적이지만 절대 기자들이 관심 갖지 않을 스타일로.

태훈은 시간을 확인했다. 11시 45분. 서귀포로 출발해야 하는 시간은 점점 다가오는데, 이 상태로는 이도저도 아니었다. 뒤에서 보면 노트북으로 다른 기사를 작성하며 딴짓하는 기자들을 훤히 다 볼 수 있었다. 이런 식으로는 기껏 마련한 공식 발표도 별 의미가 없을 것이었다. 연구소 사람들도 축 처진 분위기를 감지하고 조금씩 낙담하는 기색이었다.

세영의 발표를 옆에서 보조하던 신림이 태훈을 알아본 것은 그즈음이었다. 둘은 정확히 눈이 마주쳤다. 찰나였지만, 그녀의 눈빛에서 태훈은 분노가 아닌 원망을 느꼈다. 그리고 당장이라도 울어 버릴 듯한 움찔거림이 그녀의 입가에 스쳐 가는 것을 보았다. 태훈은 저도 모르게 손을 들고 일어섰다.

"저 질문이 있습니다."

순간 그 방 안의 모든 사람들이 고개를 들어 그를 바라보았다.

어제 특종 터트린 유태훈이 이 자리에? 순식간에 기자들은 먹이를 발견한 하이에나처럼 눈빛을 번득였다. 시선몰이에 성공한 태훈은 묵직한 한 방을 위한 심호흡을 했다.

"저는 H신문사의 유태훈 기자입니다. 아시다시피 동굴 안에서는 중국의 국보급 유물이 숨겨져 있던 것으로 밝혀졌는데요, 그 유물이 어떻게 그곳에 들어갔는지 정부 측에서도 의문으로 여기고 발표를 미루고 있습니다. 그런데 방금 연구소 측 발표대로라면 이 유물들은 일제 강점기, 일본군에 의해서 묻히게 되었다는 해석이 가능합니다."

회장 안 기자들의 손가락이 빠르게 움직였다.

충분히 타이핑할 여유를 주려는 의도로 태훈은 잠시 말에 여백을 두었다가 웅성거림이 잦아들자 한 단어 단어에 강세를 주며 말을 이었다.

"그렇다면 일본군들은 이 유물들을 감추기 위해 주민들을 동원해서 동굴을 만든 것이고, 그리고 동굴을 완성한 후에는 비밀을 지키기 위해 이곳에서 노역한 수백 구의 시체, 즉 제주도의 한국인 노동자들을 희생시켰다고 볼 수 있는 건가요? 집단 학살이거나 아니면 생매장으로?"

생매장. 얼마나 핫한 단어인가? 태훈은 무리수를 던졌다. 하지만 그만한 가치가 있었고, 근거도 있는 일이었다. 기자들의 반응은 뜨거웠다. 빠르게 내리꽂히는 타이핑 소리와 펑펑 터져 대는 카메라 플래시가 그 관심을 증명했다. 순식간에 회견장은 걷잡을 수 없는 웅성거림으로 가득 찼고, 기자들의 시선이 단상 위의 세영을 향해 쏟아졌다.

이 기사가 흘러 나가면 정부의 반응도, 일본의 반응도 그러할 것이었다. 생매장. 그것도 수백 명을 한자리에서. 유례가 없는 일이니까.

연구소로서는 예상치 못한 주제로의 방향 전환이었지만, 논의되지 않은 부분은 아니었다. 단지 학술연구가들 입장에서 함부로 꺼냈다가는 뒷감당하기 힘든 가설이었다.

신림은 태훈의 의도를 알아챘다. 질문인 척하면서 연구소를 대신하여 매력적인 음모론을 펼쳐 보인 셈이었다. 논란을 만들어 내는 질문. 유물 사건으로 두 번 묻힐 뻔한 백골들을 햇빛 아래로 끌어 올려

줄, 반일 감정이라는 거대한 부표와 엮이는 순간이었다. 이건 먹으라고 준 거나 다름없었다. 여기서 Yes를 외치기만 하면, 백골은 두 번다시 뒤로 물려지지 않을 것이었다.

기자들의 눈이 세영을 재촉했다. YES, YES. 제발 그 한마디만. 하지만 어떻게 단언할 수 있겠는가? 무엇이 진실인지. 학자로서의 생명과 연구소의 신뢰도가 걸린 문제일 수도 있었다. 세영이 결정을 내리지 못하고 있자, 신림이 대신 마이크를 끌어당겼다.

"일본군은 실제로 필리핀이나 일본에서는 노역에 동원된 주민들을
산 채로 묻어, 노역 동원 사실을 은폐한 전적이 있습니다. 1945년 우
키시마마루 호의 경우에는 일본 본토로 끌려갔던 5천 명의 한국 노
동자들을 싣고 오던 중, 고의적으로 선체를 침몰시켜…."

신림은 책임은 회피하면서 질문에는 수긍했다. 영리한 답변이었다. 이 정도면 충분하다. 기사는 멋지게 쓰여질 것이고, 신림의 발언은 법적인 문제로까지는 비화되지는 않을 것이었다. 기자들의 질문이 이어졌다. 연구소 측도 이 페이스에 발을 맞추어 답변을 해 나갔다. 회견장의 분위기는 순식간에 달아올랐다.

기자회견은 성공적이었다.

참석한 거의 모든 언론 매체에서 이 기사를 전면에 내세울 것이 틀림없었다. 여론의 관심이 집중되고, 여론몰이만 좀 되면 정부에서도 조사가 진행되는 것을 임의로 막기는 힘들 것이었다. 일단은 소기의 목적을 달성한 셈이었다.

발표가 끝나자마자 기자들은 이번엔 태훈에게로 몰려들었다. 그가 잡은 특종에 대해 다른 정보들을 얻기 위해서였다. 태훈은 그들에게 노코멘트를 던지며 인파를 뚫고 발표장 앞 테이블로 다가갔다. 신림이 발표에 사용한 자료들을 챙기며 뒷정리를 하고 있었다.

태훈이 다가가자 연구원들도 태훈에게 밝은 표정으로 알은체를 해

주었다. 한 배를 탔다는 데 대한 동질감의 미소였다. 세영도 다소간의 불안함은 있었지만, 지금의 상황을 긍정적으로 받아들이기로 마음먹은 터였다. 그들이 계획하던 것에서 다르게 방향 전환이 되긴 했지만 어쨌든 태훈이 아니었다면 이런 적극적인 관심은 불가능했을 것이다. 세영이 태훈을 향해 희미한 미소로 고개를 끄덕여 주었다.

태훈은 마지막으로 신림을 바라보았다.

은근한 기대감에 부풀어서. 이 정도면 그녀도 어느 정도 화가 풀리지 않았을까? 하지만 신림은 태훈을 쳐다보지도 않았다. 태훈은 괜히 옆으로 다가가 정리를 돕는 척하였다.

"어제 왜 전화 안 받았어요?"

"왜 걸어 놓고 그냥 끊었는데요?"

겉보기엔 한 치도 밀리지 않는 그녀였지만, 말투는 이미 새침한 코맹맹이 소리로 돌아와 있었다. 태훈은 고개를 숙이고 웃었다. 신림은 괜히 옆에서 실실대는 태훈을 보며 어처구니가 없었다. 하지만 더 어처구니없는 것은 이 남자를 미워할 수 없는 자기 마음이었다.

기자회견 뒤풀이 겸 연구소 사람들끼리 식사 자리가 마련되어 있었다. 태훈도 당연히 함께하자는 제의를 받았지만 다음 일정을 위해서라면 당장이라도 자리를 떠야 했다.

"할 수 없죠."

섭섭함을 애써 감추는 신림의 말투를 태훈이 놓치지 않았다.

"이따 저녁 먹어요. 내가 살게요."

신림은 이렇다 할 승낙도 거절도 아닌 애매한 표정으로 지나쳐 갔다. 예스. 태훈은 고개를 저으며 웃었다. 감정 표현에 솔직하지 못한 건 태훈의 특기였는데, 어느새 신림이 그런 자기를 닮아 가고 있었다.

석주명, 〈제주도수필〉, 도서관 사서

태훈은 석유진 인터뷰 전에 꼭 〈제주도수필〉을 읽을 생각이었다. 어떻게든 한번 들춰 보기라도 해야겠다고 미친 듯이 택시 운전수를 재촉해 도중에 있는 도서관에 들렀다. 열람실로 달려가 검색하고 대출을 요청하니, 〈제주도수필〉은 향토자료로 분류되어 외부 대출이 되지 않는다는 것이었다.

"아니, 무슨 황당하게…. 그렇게 대단한 책이에요?"

태훈은 저도 모르게 짜증 섞인 불평을 토했다. 고서적도 아니고 그냥 현대에 들어 출판된 책에 대해 유난스레 까탈스럽게 구는 이유를 납득할 수가 없었다. 꽉 막힌 공무원들의 고루함에 진저리를 내려는데, 사서는 의외로 미안해하며 상황을 설명했다.

"애시당초 한정판으로 몇백 부밖에 찍지 않은 책이라서 그래요. 시중에서는 살 수도 없고, 그나마 도서관이나 대학 등에만 보관된 게 전부거든요."

황당함. 그리고 답답함. 제주학의 기틀을 마련한 책이라면서, 몇백 부 없어서 대출조차 할 수 없는 현실. 왜일까? 그냥 순간, 그럼 그렇지, 섬이 그렇고 그렇지 하는 자조 섞인 체념이 흘러나왔다.

"혹시 무슨 일 때문에 그러세요?"

포기하고 나가려는 태훈을 부른 건 오히려 사서 쪽이었다.

떨떠름하게 태훈은 자신의 신분을 밝혔다. 그리고 석주명의 딸을 인터뷰하러 가는 길이라는, 이야기한들 무슨 소용이 있겠나 싶은 자신의 사정을 털어놓았다. 그러자 놀랍게도 사서는 특별 대출을 허용해 주었다. 하루 안에 바로 반납한다는 조건으로. 태훈은 뒷통수를 얻어맞는 느낌이었다.

'융통성이 있네?'

그러자 순간 이곳이 섬이라는 것이 떠올랐다.

여긴 서울이 아니지. 그리고 그게 얼마나 큰 차이인지, 섬이 어떤 곳인지가 떠올랐다.

버스를 타고 가다가 접촉사고가 나서 한참을 멈춰 서게 되어도, 승객들 모두 앉아 기다리며 버스 기사를 위로하는 것이 섬사람들의 인심이다. 서울 같았으면 당장 내려서 다음 차 타고, 애꿎은 버스기사에게 싫은 소리 하겠지. 아니 버스기사에게는 아니더라도 재수없는 일진에는 한바탕 짜증은 냈을 것이다.

태훈은 허탈한 웃음이 흘러나왔다. 너무도 싫어서 떠났고, 지난 10년간 일말의 그리움도 없이 잊고 지낸 고향인데…. '섬은 그렇지 않아.'라고 이 작은 도서관의 사서가 알려 주는 것만 같았다.

소중하게 구한 〈제주도수필〉을 들고 도서관을 나오자마자 태훈은 택시를 잡았다. 학술대회장으로 이동하는 동안에 훑어볼 생각이었다.

그러나 태훈의 예상은, 불과 10여 페이지를 넘어가지 못하고 부서지고 말았다. 제주도 기행문 정도로 술술 읽힐 줄 알았던 〈제주도수필〉은 제목과 다르게 수필이 아니었다. 1940년대 제주도를 항목별로 상세하게 기록한 일종의 백과사전이었다.

실린 내용은 굉장히 다양하고 흥미로웠다. 제주도에 대해서 외국에 소개된 것은 1933년 독일 기이센 대학교수가 10개월 반 동안 한국을 여행하고 돌아가 쓴 〈제주도와 울릉도〉라는 저서였다는 것이나, 제주도에는 까치와 포플러가 없다는 내용, 해방 이후 제주도에 관한 기사가 가장 많이 실린 신문은 자유신문이었다는 말도 안 되는 정보까지도 실려 있었다.

'이런 건 다 어떻게 알았냐고?'

제주도 주민들은 활기에 넘치고, 분칠을 한 부녀들이 많다고 했다. 간판들을 보면 조선이나 대한민국에 대한 것은 없고 모두 '제주도'적인 것들뿐이었으며, 한림 지역에는 '춘향이발관'이 눈에 띄었다고 적혀 있는 부분에서 태훈은 웃음을 터트렸다.

'석주명. 재밌는 사람이구만….'

비가 일 년의 3분의 1 이상 내렸다는 통계나, 계절별 바람의 변화, 눈이 내리는 시기, 5월 하순부터 6월 상순까지의 날씨가 가장 유쾌하다는 등의 내용은 거의 기상청을 능가하는 수준이었다. 과연 기상청에 이 시기 제주도의 기후 자료가 있기나 할까 의문이었다.

이 밖에도 하천은 700m 이상의 상류와 해안가에서만 볼 수 있다는 내용이나, 조선 말 일본으로 수출한 품목은 소, 말, 소가죽, 소뼈, 마른멸치, 우뭇가사리, 그리고 특이하게 상어 지느러미도 있었다는 내용, 또 한라산의 갖가지 식생과 중부 이하는 파괴되고 있으므로 사냥과 채벌을 금해야 한다는 내용까지, 지리, 외교무역, 환경 어느 하나 놓치지 않았다. 제주도라면 안 쑤시고 다닌 곳이 없고, 관심을 뻗치지 않은 곳이 없었다.

〈제주도수필〉을 읽어 갈수록, 섬의 작은 것 하나에까지 닿아 있는 석주명의 애정이 느껴졌다. 삼다도라는 이름을 처음으로 만든 것도 석주명이었을 정도니까.

왜 그가 제주도학의 선구자로 불리고, 어떻게 〈제주도수필〉이 당시 제주도를 이해할 수 있는 신뢰할 만한 인문학 사료로 평가받게 되었는지를 충분히 알 수 있었다.

태훈은 점점 더 석유진과의 인터뷰가 기대되었다. 석주명의 딸. 어떤 사람일까? 유명한 사람일수록 사생활이 더 궁금하게 마련이니까. 하지만 이번에는 가십거리가 궁금한 것이 아니었다. 이미 태훈의 머릿속에 신화적 존재로 느껴지는 석주명이었다.

존경할 사람이 없는 시대. 아무리 갖다 붙이려 해도, 단점투성이 인간들만 수두룩한 시대. 모처럼 드문 인물 하나를 알게 되는 것인가 태훈은 괜히 설레었다.

석유진 인터뷰, 세영과의 만남, 석주명의 일지

인터뷰 장소로 약속된 학술대회 참가자 대기실에 도착할 때까지, 태훈은 책을 절반도 읽지 못했다. 속독이라면 자신 있었지만, 그러지 못했다. 훑어 넘길 수 있는 내용이 아니었다. 아껴 두고 오래오래 끝까지 읽고 싶은 책이었다.

근데 이 모든 작업을 혼자, 직접 했다는 건가?

석주명이라는 사람은 도대체 무슨 생각을 하고 산 사람인지, 왜 이렇게까지, 무엇을 위해… 라는 질문이 하염없이 흘러나왔다. 단지 미래와 후손들을 위한다는 희생정신이 이런 고되고 지난한 작업을 가능하게 했다는 사실이 믿기 어려웠다. 대단하지만 그만큼 또 알 수 없는 사람이라는 생각이 들었다.

그런 저런 상념에 빠져 있는데, 대기실 문이 열리더니 노년의 여성이 불쑥 들어왔다. 태훈은 한눈에 그녀가 석유진임을 알아보았다. 미국에서 성공한 한국인 대학교수, 게다가 뒤늦게 공로가 인정된 천재 아버지를 둔 여성. 까다롭게 굴 수 있는 인터뷰였지만 석유진은 초면에도 예상외로 시원한 미소로 인사를 건넸다. 그리고 태훈이 갖고 있는 〈제주도수필〉에 시선을 주었다.

"관심 갖기 쉽지 않은 책일 텐데요."

"그래도 재미있는데요? 제가 제주가 고향이어서 더 그럴지도 모르고요."

"아, 그러시군요."

석유진은 본인은 다섯 살 이후로는 제주에 온 적이 없어서 섬에 대한 기억이 별로 없다고 했다. 그저 이곳에서 아버지는 늘 바빴고, 연구에 미쳐 있었다고 말했다. 동경제대 농경대학 실험장 내에 있던 사택에서 살았는데, 자신은 학교가 끝나면 험한 돌길을 30분 넘게 걸어 집에 돌아와야 했다는 것 정도가 그녀가 기억하는 제주와 아버지에 대한 기억의 전부였다.

실은 그보다는 좀 더 기억하는 것들이 있었지만, 석유진은 낯선 신문 기자에게 그런 것까지 털어놓지는 않았다. 지난밤 세영을 만났을 때도 말하지 않은 이야기들이었다.

어제 석유진이 제주도에 도착한 시간은 밤 10시가 넘어서였다.

늦은 시간이었지만, 석유진이 가급적 빨리 만나기를 원했기 때문에 세영은 그녀가 머무는 호텔로 찾아갔다. 12시가 가까운 시각 둘은 호텔 최상층에 위치한 라운지에서 만났다.

이미 신문에서 세영의 최근 사진을 보았던 터지만, 석유진은 백발에 주름으로 뒤덮인 이세영과 마주한다는 것이 도무지 실감 나지 않았다. 70여 년 세월의 힘은 무시할 수 없는 것인가.

석유진이 세영을 처음 만난 것은 다섯 살이었던 해 여름이었다. 아버지가 웬 남자아이를 집에 데려왔다. 아버지가 세영을 길 안내인이라고 부르며 몹시 유쾌해하던 것을 유진은 기억했다. 그날 이후, 그녀의 머릿속에서 이세영은 새까맣고 깡마른 열 살 섬 소년으로 남아 있었다.

짧은 만남이었지만, 이후로도 아버지는 세영에 대해 자주 이야기했고, 잊을 만하면 되새겨지는 이름 덕에, 그녀는 가족이 서울로 돌아오고 전쟁 시기를 지나 사춘기에 이르기까지 세영의 이름을 잊지 않을 수 있었다.

　세영은 아련한 기억으로 자신을 바라보는 석유진을 향해 어색한
듯 허허 웃어 보였다.

　사실 세영은 석주명 선생님의 어린 딸을 만났던 기억 같은 것은 까
맣게 잊고 있었다. 선생님 집에 방문했던 그날, 오색찬란한 나비 표
본이 벽 한가득 놓인 선생님의 연구실에 정신이 팔려 방문 뒤에서 훔
쳐보는 다섯 살 여자아이의 존재는 애당초 머릿속에 입력되지도 않
았던 것이다.

　그러나 석유진이라는 이름은 잘 알고 있었다. 석주명 선생님이
6·25 피난 중에 의문의 죽음을 당하셨다는 기사를 신문에서 읽은 그
날부터, 세영은 늘 선생님과 그 가족을 지켜봐 왔다. 처음 만나는 것
이나 다름없는, 그러나 평생토록 같은 비밀에 움츠리며 살아온 두 사
람이었다. 형식적인 안부인사는 필요 없었다. 예의상으로라도 밝고
가볍게 대화하기에 둘 사이의 공통분모가 너무나 무거웠다.

　"솔직히 말하면, 저는 얼마 전까지도 석주명 선생님께서 제주도에 대
　해 이렇게 많은 연구를 해 놓으신 줄 몰랐습니다."

　석유진은 태훈의 말에 상념에서 깨어났다. 인터뷰 중이라는 사실
이 문득 떠올랐다.

　태훈은 실수하지 않기 위해서 미리 자백하는 쪽을 택했다. 이렇게
불쑥 잡혀 버린 인터뷰 일정에 비해 석주명에 대한 자신의 사전 지
식이 너무나 부족했다. 물론 인터넷에서 검색한 정보들이야 알고 있
었고, 그 정도면 기자생활 10년 짬밥으로 그럭저럭 갖다 붙일 수 있
었다.

　하지만 다른 사람이 아닌 석주명이었다. 그런 인물에 대해 인터
뷰를 하려면 최소한 그 흉내라도 내야 예의에 맞지 않겠는가. 그렇

지 못할 바에야 처음부터 모른다고 인정하고 시작하는 편이 나았다.

준비 부족에는 변명이 있을 수 없지만, 석유진은 솔직한 태훈의 태도가 마음에 들었다. 아버지를 닮은 탓인지 노력 없이 포장만, 겉치레만 가득한 사람이 싫었다. 안이 들어찬 사람은 한두 마디만 나누어 보아도 알 수 있었다. 어차피 아버지에 대해 제대로 아는 사람이 얼마 없다는 사실은 누구보다 잘 알고 있는 그녀였다. 어제 서울에서 만난 기자들도 과거 인터뷰 기사 읽고 나온 수준이었고, 기껏해서 준비 좀 했다는 사람도 전기 좀 훑어보고 아는 척하는 정도였다. 그에 비해 태훈은 〈제주도수필〉 책을 갖고 이 자리에 나왔다. 읽었든 아니든 그것만으로도 석유진은 충분히 높은 점수를 줄 생각이었다. 그 사람을 알기 위해, 사변적인 정보들보다 저작물을 찾아볼 정도면 삶에서 정공법을 택하는 사람이라는 뜻이니까.

대략적인 질문과 답변이 오가고, 기사 작성을 위한 분량이 어느 정도 채워졌다 싶자 태훈은 석주명에 대한 보다 개인적인 호기심으로 대화를 옮겨 갔다.

"관련 자료를 보니까 송도중학교를 사직하실 때 애지중지 60만 표본을 교정에 내어놓고 태워 버리셨다면서요? 상당히 뭐랄까…. 기인이셨던 것 같더라고요."

석주명에 대해 조금만 아는 사람이라면, 누구나 궁금해할 만한 부분이었다. 실제로 석유진은 아버지에 대해 이런 질문을 많이 들어 왔었기에, 적당한 대답을 이미 갖고 있었다. 아버지의 명성을 실추시키지 않으면서도 질문을 만족시킬 만한 무난한 대답들.

"아버지가 좀 별난 분이셨던 것은 사실이에요. 아버지에 대한 설화들이 많지만, 딸인 저로서도 어디까지가 사실이고, 무엇이 과장인지는 잘 모르겠습니다. 다만 아버지는 애착을 갖는 것에 대해서는 끝까지 최선을 다하는 분이셨던 것은 확실해요. 어떤 때는 논문 한 편을 쓰기 위해 나비 16만여 마리를 분석한 적도 있다는 기록도 있죠."

태훈도 그 내용을 읽었다. 학자로서의 결벽성과 자긍심이 잘 드러나 보이는 부분이었다. 그런 완벽함 덕분에 일제 강점기에도, 또 미군정 시대에도 관련 분야 학자로서 인정받고 그에 합당한 지위를 누릴 수 있었던 것이다.

하지만 이 부분에 대해서는 껄끄러운 시선도 있었다.

그는 자신이 추구하는 학문을 위해 일본과도 타협하고 미국과도 타협했다. 석주명을 알던 일본 군인의 증언에 따르면, 석주명은 그가 조선인이었다는 것을 눈치챌 수 없을 정도로 완벽한 일본 정신의 화신처럼 행동했다고 한다. 그랬는데 어느 날 일본의 항복 소식이 전해지자마자 '조국이 독립했다.'고 외치더니 돌아가 버렸다는 것이다. 한마디로 철저하게 본색을 숨기고 살아남아 때를 기다렸다고나 할까?

그런 그의 행동이 옳은 것이었냐, 친일이냐 아니냐는 여전히 논란이었다. 죽은 자는 말이 없으니 변명도 정죄도 이미 소용없는 것이지만, 만약 석주명의 삶을 조금이라도 관심 있게 살펴본 사람이라면 알 것이다. 저렇게 자신의 삶에 충실하게 살다간 사람이라면, 그의 판단이 설혹 완전하지 못했더라도, 그 실수에 적어도 '나'는 돌을 던질 수 없을 것이라는.

스케일이 달랐다. 그의 업적은 조선을 위한 것 이상으로 인류를 위한 것이었다. 하물며 그만한 삶을 살고 있지 못하는 내가, 손바닥만한 척도로 그의 삶을 판단하는 것 자체가 가소롭게 느껴지는 것이었다. '5분 만에 잠들지 않는다면 왜 계속 자리에 누워 있는 것이냐.'고 했다는 석주명. 1시간에 10분씩은 반드시 운동을 하고, 연구 중에는 누가 찾아와도 만나지 않았다는 그의 철저한 자기 관리는, 서른셋 짧은 삶에도 이렇게 많은 업적을 이뤄 놓을 수 있게 했다.

태훈으로서는 도저히 따라갈 수 없는 것이었다. 나름 완벽주의자 소리 듣는 태훈이었기에, 그런 석주명의 삶은 도달할 수 없으나 도

전하고픈 목표와 같았다. 그래서 그의 기묘한 행동이며 판단에 더욱 호기심이 갔다.

"그런데요, 선생님이 왜 하필 제주도에 관심을 가지셨던 거죠?"

왜? 왜…. 석유진 그녀 자신도 수도 없이 던졌던 질문이었다.

일단은 제주도에 발령받아 와서 여러 해 동안 지내야 했기 때문이라는 답이 가장 먼저 나왔다. 그렇지만 제주도에 대한 아버지의 관심은 단순히 그 때문만은 아니었다. 이곳에서 지내는 동안 이곳의 식생, 생태, 문화에 대해 관심을 가진 것은 이해할 만했다.

그런데 아버지는 섬을 떠난 후에도 제주도의 정치, 경제 상황에 민감하게 반응하며 관심을 놓지 않았다. 심지어 아버지는 1945년 해방 이후 1950년 한국전쟁 때까지 5년간 서울에서 구할 수 있는 모든 신문의 제주도 기사를 전부 다 스크랩했다. 마치 제주도가 고향이라도 되는 것처럼, 아니 그 이상으로 남겨 둔 가족이라도 있는 것처럼 지나친 관심을 보였다. 특히 1946년부터 1949년까지의 기간에 대한 아버지의 관심은 남달랐다.

그리고 결국은 1948년, 아버지는 정말 의아한 행동을 하셨다.

그때를 석유진은 너무나도 생생히 기억하고 있었다. 아버지가 갑자기 제주도에 다녀와야 한다며 짐을 꾸리던 그날, 어머니는 절대로 안 된다며 아버지와 마치 당장 끝이라도 볼 듯이 크게 싸우셨다. 그때 어머니는 제주도가 전쟁 중이라고 했다. 가면 죽는다고 했다. 어머니의 만류에도 아버지는 기어이 집을 나섰고, 짧은 일정이나마 제주도에 다녀오셨다.

지금 돌이켜보면 그때 제주도는 4·3사태 중에서도 초토화작전이 일어나기 바로 직전, 말 그대로 불바다나 다름없는 상황이었다. 서울에서 제주도가 '전시'라고 보도되고 있었다. 어머니의 만류는 지극히 정상적인 것이었다.

이상한 건 아버지였다.

제주도로의 일반인 출입 자체가 금지되어 있는 상황에서 미 군정 여러 곳에 승인을 얻고 미 군용기를 이용하면서까지 제주도행을 감행하셨다. 아버지는 왜 그때 그렇게 위험한 곳에 다녀오셔야 했을까? 아버지는 그곳에서 무엇을 보았으며, 아버지에게 제주도는 도대체 무엇이었을까?

사실 석유진은 그 답을 아버지의 일지에서 찾았다.

아버지의 모든 일정과 생각이 정리된 일지. 인간 석주명의 내면을 엿볼 수 있는 사적인 기록이어서, 이모가 돌아가시기 전에는 전기 작가에게도 공개하지 않은 일지였다.

불과 10여 년 전에야 비로소 석유진의 손에 넘어온 그 일지는 한참 동안이나 아버지의 자료를 모아 놓은 상자 안에 잠들어 있었다. 그러다 몇 년 전 제주도에 대한 석주명의 학문적 업적을 기리는 작업이 시작되었고, 비로소 석유진은 반세기 동안 묻어 놓았던 어린 시절의 궁금증을 다시 떠올리게 되었던 것이다.

그리고 아버지가 제주도에 다녀온 그 기간, 1948년 초, 아버지가 일지에 남긴 메모에는 전혀 뜻밖의 내용이 적혀 있었다.

'세영 만나 동굴 위치 전달'

'나비는 무사하다.'

세영, 동굴, 그리고 나비.

그게 목숨을 걸 정도로 중요한 것인지는 알 수 없었지만, 아버지에겐 그만한 가치를 지닌 것이었다는 말이다. 왜?

석유진은 그 답을 듣기 위해 세영을 만나고 싶었다. 하지만 70여 년이 지난 지금 어디에서 그 소년을 찾을 수 있겠는가? 포기하려 했다. 며칠 전 제주도 백굴 발견 소식을 듣기 전까지는.

때마침 제주 학술회의 일정이 잡혀 모처럼 입국을 계획하던 중이었는데, 우연히 제주도 선흘곶에서 동굴이 발견되었다는 기사를 보게 되었다. 그리고 기적처럼 그 조사단장 이름으로 이세영이라는 글자가 적혀 있었다. 이 모든 것이 운명의 장난이 아닐 수 없었다. 석유진은 처음에는 반신반의했다. 이 이세영이 그 세영일 리가? 무리한 추측일 수 있으나, 한 번쯤 풀어 보고 싶은 매듭이었다. 그리고 그녀의 추측은 틀리지 않았다.

'아버지에게 세영 씨는 어떤 존재였나요?'

지난밤 석유진은 세영에게 물었다.

"석주명 선생님은… 제 생명을 구해 준 은인이십니다."

세영은 질문에 답하지 않았다.

그리고 그 나비. 아버지가 그토록 집착했던 나비가 무엇인지 석유진은 알고 싶었다. 하지만 세영은 모른다고 했다. 선생님이 보셨다는 나비를 세영 자신은 직접 본 적이 없다고. 1948년, 자신의 목숨을 살려 주셨던 선생님이 나비가 다른 사람 손에 들어가지 않게 지켜 달라고 했지만, 자신이 굳이 지키지 않아도, 사람들은 나비 따위엔 관심도 없던 시기였다고 했다.

그 말을 할 때, 세영의 표정은 거짓 같아 보이지는 않았다.

하지만 동굴에 대해서는 침묵했다. 아버지와 세영. 둘은 같은 것을 숨기고 있었다. 그리고 그것이 무엇인지 자신은 영원히 알 수 없을 것임을 알았다.

하지만 제주까지 와서 이세영을 만난 것은 잘한 일이었다.

이젠 조금 알 것 같았다. 설명할 수 없지만, 아버지에 대해. 그렇게 맹목적으로 살다가 끝나야 했던 아버지의 삶에 대해 조금은 알 것 같았다.

"아버지도 당신도, 바보예요. 자신의 삶이 망가져 버렸다는 것을 모르고 있으니까."

석유진의 말에 세영은 미소지었다. 가볍지 않은, 아주 오랜 시간 숙성되어 여러 가지 맛을 갖게 된 듯한 미소였다.

"때론 삶을 희생해서라도 지켜야 하는 것이 있죠."

석유진은 끄덕였다. 충분한 대답이다. 일지를 세영에게 넘기면 많은 비밀들이 풀릴 것이라 기대했던 석유진의 희망은 이루어지지 않았다. 하지만, 만약 세영도 모르는 아버지의 비밀이 어딘가 숨겨져 있다면, 최소한 자신보다는 세영이 그것을 찾아낼 가능성이 크다고 생각했다. 그래서 아무런 미련 없이 그에게 일지를 넘길 수 있었다.

아버지는 도대체 어떤 비밀을 갖고 계셨고, 왜 마지막 순간 의문의 죽임을 당하셔야 했는지에 대한 해답을 언젠가 세영이 밝혀 줄 수 있길 바라면서.

"석 교수님, 혹시 준비되셨으면…."

학회 참가자들이 사전에 석유진을 만나 인사를 건네기 위해 대기실로 들어오기 시작했다. 석유진과의 인터뷰는 이렇게 마무리되는 듯했지만, 태훈은 그녀와 헤어지기가 아쉬웠다. 무언가 더 듣고 싶었다. 석주명이라는 사람에 대해. 그렇게 많은 일을 이루어 놓고 어이없이 생을 마감한, 그 인생의 많은 부분이 미스터리인 인물에 대해.

석유진이 눈인사를 하고 자리를 뜨려는 순간, 태훈은 알 수 없는 다급함에 그녀를 잡았다. 그리고 물었다.

"아버지가 그렇게 이상한 삶을 살다 가신 것에 대해, 그렇게 빨리 가버리신 것에 대해 아쉽지 않으셨나요?"

이상한 질문이었다. 무슨 대답을 듣고 싶은지 태훈 자신도 알 수 없었다. 그저 자신이 느끼는 안타까움을 그녀가 이해하는지 듣고 싶었다. 어쩜 그녀 자신은 평생 마음에 담고 살아왔을 안타까움. 석유진은 세월에 닦인 깊은 눈으로 잠시 태훈을 바라보다가 입을 열었다.

"무언가를 얻기 위해서는, 다른 무언가를 포기해야 하는 게… 인생이지요."

그렇게 그녀는 자리를 떠나갔다.

석유진은 더 많은 무언가를 알고 있었다. 하지만 그녀는 아버지에 대한 모든 사실이 밝혀지기를 원치 않았고, 또 앞으로 절대 그럴 생각이 없다는 것을 태훈은 알았다. 비밀 많은 딸이었고, 그 이유는 비밀이 많은 아버지 때문이었을 것이다.

차마 털어놓고 싶어도 털어놓을 수 없는 짐.

궁금했지만 그런 가벼운 호기심으로 다가설 수 없는. 그리고 듣는다 한들 자신이 무엇을 할 수 있겠는가? 한낱 기자 나부랭이. 대놓고 기사화할 수도 없는 속이야기일 뿐. 태훈은 아쉬움 속에 대기실을 빠져나왔다.

곧이어 학술대회가 시작되었다.

초대된 사람들 면면이나, 제작한 팸플릿 등을 보아 제주도 차원에서 공들여 준비한 티가 났다. 학술대회의 주요 의제는 석주명이 제주도학에 미친 영향이 주를 이루었다. 강연들은 여러 분야에 걸쳐 진행되었는데, 그만큼 석주명이 이루어 놓은 분야가 넓었기 때문이었다.

외국어 분야에서는 '석주명과 에스페란토 정신'에 대해, 건축학과에서는 '석주명 선생 활동의 기반이었던 아열대 농업연구소의 보존과 활용의 필요성'에 대해, 국어국문학과에서는 '석주명의 제주어와 몽골어'에 대해, 그리고 '석주명의 〈제주도 총서〉의 출판학적 의미' 등을 두고 주제발표가 이어졌다.

불과 2년 1개월의 제주 체류 기간 동안 제주도의 역사와 자연, 언어, 민속학 등 여러 분야에 걸쳐 자료를 수집하고 분류해 6권으로 구성된 〈제주도 총서〉를 출판하게 된 것은 분명 상상할 수 없는 대업적이 아닐 수 없었다.

태훈이 감동받은 것 이상으로 석주명의 업적이 남긴 의의는 컸고, 각계 학자들은 그런 석주명에게 존경과 감사를 보내길 마지 않았다. 특히 요즘과 같이 학문의 대통합을 지향하는 시대에, 곤충학자이자 생물학자인 한 연구가가 자연과학뿐 아니라 인문과학, 사회과학 분야를 총망라하여 자료를 수집하고 분류 및 정리하여 총서를 기획, 집필했다는 것의 의미는 학술대회 몇 시간으로 다 말할 수 없는 것이었다.

석주명은 분명 '제주도학'이라고 이름 붙여질 학문의 초석을 제공했다. 혼자서. 그것도 70년 전에.

이 사람은 도대체 무엇을 위해 이렇게까지 했을까? 이 땅을 고향으로 둔 그 자신도 이만큼 이 땅을 사랑하지 못하는데…. 태훈은 제주도에 대한 그의 사랑의 근원에는 과연 무엇이 있는지 궁금했다. 애타심이나 애국심, 혹은 정의감… 같은 것만으로 할 수 있는 일이었을까? 무언가, 무언가 다른 목적이 있지 않았을까?

석주명의 큰 뜻을 세속화시키려는 자신이 추하게 느껴지기도 했지만, 이렇게라도 생각하지 않으면 태훈은 스멀스멀 올라오는 자괴감을 떨쳐 버릴 수 없을 것 같았다. 제주도를 고향으로 둔 입장에서, 섬을 위해 지금 시대 기자로서 자신이 할 수 있는 일들이 분명히 있다는 것을 너무나 잘 아는 태훈이었다. 그래서 석주명의 노력과 희생이 더 대단하게, 그리고 무섭게 느껴졌다. 무언가 다그치고 요구하는 것 같았다.

한 시대를 살아가는 사람으로서 가져야 할 책임감.

석주명만큼 천재는 아니어도, 누구나 내 자리에서 내 힘으로 할 수 있는 무언가, 후대를 위해 남겨줄 수 있는 무언가가 분명히 있다는 생각이 학술대회 내내 태훈의 마음을 무겁게 했다.

석주명

故 석주명 국립과학박물관 동물학 연구부장(1908~1950)은 세계적인 박물학자로서 75만 마리의 나비를 채집해 표본 조사 및 통계 분석을 실시하고 한국산 나비에 대한 영문 단행본을 출시하며 민족의 자긍심을 고취시켰다.

> "나비의 학문이라도 깊이 들어가려면 지질학, 물학(物學)을 포함하는 박물학(natural history)도 바라보아야 하며, 더 나아가 박물학에 상대되는 물리, 화학도 최소한 알아야 자기의 나비 학문을 자연과학의 계통에 맞출 수 있다. 동시에 natural history(자연역사, 즉 박물학)에 상대되는 human history(인문역사, 즉 협의의 역사)에도 손이 뻗어야 인생 관계에 이르러 철학적 경지에 들어가, 비로소 나비 학문의 계통이 서는 것이다."
>
> – 석주명, 『한국본위 세계박물학연표』, 신양사, 1992, 105~106쪽

고등교육 기회를 뺏긴 식민지 한국에서 과학기술자로 활약할 수 있는 한국인은 극히 드물었다. 그러나 박물학처럼 실험기기나 전문 지식보다 채집과 분류 같은 발품이 중요한 분야는 한국인 학자의 참여가 가능했다. 석주명은 이 고된 길을 오로지 끝없는 학구열과 과학적 헌신으로 개척하며 세계적 학자의 반열에 올랐다.

1. 성장 과정: 파브르의 10년

"어느 날 생물수업 시간에 석주명 선생님은 파브르 이야기를 해 주셨다. 선생님은 파브르의 행동을 따르겠다고 강조하시며, 남이 하지 않는 곤충 연구에 10년이라는 세월을 바쳐 정진한 그 노력에 감탄하기

때문이라고 말씀하셨다. 자신도 조선인 중학교의 일개 조선인 선생에 지나지 않지만, 조선 나비를 10년간 연구했기 때문에 이제는 조선 나비에 관한 한 파브르처럼 세계적인 학자가 되었다는 말씀이셨다."
– 김병철(전 중앙대 영문학과 교수) (이병철, 『석주명 평전』, 그물코, 2011, 62~63쪽)

　석주명은 1908년 11월 13일 평안남도 평양에서 태어났다. 1919년 3월 1일 당시 보통학교 학생이었던 석주명은 "대한 독립 만세" 소리가 들려오자 거리로 뛰쳐나가 시위 행렬에 동참했다. 민족의 처절한 항거를 가슴 깊이 새긴 그는 1921년 민족 교육의 온상으로 유명한 숭실고등보통학교에 입학했다. 석주명은 선배 안익태 등과 함께 신극(新劇) 운동을 펼치다 동맹휴학 사태를 맞아 송도고등보통학교로 전학했다. 미국에서 농학 유학을 마친 윤치호가 교장으로 부임하면서 학교는 신식 농학교육을 강화했고, 자연스레 석주명도 농업에 흥미를 갖게 됐다. 특히 척박한 땅을 개간해 낙농업으로 부국을 이룬 덴마크 농업을 배우면서 조국의 미래를 보는 듯한 감명을 받았다.

　1926년 석주명은 농업으로 진로를 정하고, 일본의 농학 명문인 가고시마고등농림학교에 입학했다. 그는 농학과에서 1년을 공부한 뒤 박물과로 전공을 바꿔 농생물학을 공부했다. 농작물과 밀접한 관련이 있는 응용곤충학을 배우면서, 인류가 생긴 이래 가장 먼저 발달한 학문인 나비와 꽃의 세계에 눈을 떴다. 이 시기 석주명은 곤충학과 더불어 평화와 평등을 기치로 내건 에스페란토에 심취했다. 석주명의 뛰어난 에스페란토 실력은 훗날 그가 세계 학자들과 교류하며 그의 연구업적을 국제적으로 알리는 데 유용한 도구가 됐다.

　석주명과 각별했던 오카지마 긴자 교수는 일본 곤충학회 회장을 지낸 저명한 학자로 일찍이 석주명의 학자적 재능을 눈여겨봤다. 그는 졸업을 앞둔 석주명에게 미개척 분야인 한국 나비를, 한국 학자의 손으로 파고들면 세계적 업적을 남길 수 있다고 권하며 자신의 품을 떠나는 제자를 나비의 길로 인도했다.

1929년 졸업과 동시에 귀국한 석주명은 영생고등보통학교에서 교편을 잡았고, 1931년 송도고등보통학교로 옮겨 박물 교사로 근무했다. 나비를 연구하겠다고 마음은 먹었지만 지도해 줄 스승도, 참고할 문헌도 없는 백지상태에서 석주명은 우선 나비 채집부터 시작했다. 자신의 몸만 한 자루를 메고 키만 한 장대를 휘두르며 산과 들의 나비를 쫓았다. 전국 각지에서 모인 제자들이 방학을 맞아 집으로 돌아갈 땐 나비 채집을 숙제로 내줬고, 어쩌다 희귀한 나비를 잡아 온 학생은 졸업할 때까지 박물 점수는 수(秀)를 줬다. 십 년 후 석주명이 송도고보를 떠날 때 그의 연구실에 보관 중인 나비표본은 60만 마리였다. (이병철, 같은 책, 42~72쪽)

2. 생애: 조선적 생물학

"나는 논문 한 줄을 쓰려고 나비 3만 마리를 만졌다."

한국의 근대 생물학 연구는 19세기 중반 탐사를 목적으로 온 서양 해군들의 채집 활동에서 비롯됐다. 일제 강점기 한국의 생물학 연구는 일본 학자들이 주도했으며, 특히 채집이 쉽고 종이 다양한 나비는 분류학적 연구가 활발히 진행됐다. 그러나 일본 학자들은 자국의 자생 곤충을 분류하는 것이 학문적 목표이지 식민국의 나비엔 관심이 없었다. 단지 새로운 종을 발견해 자신의 이름을 학명에 붙여 연구업적을 쌓는 것이 목적이었기 때문에 오로지 종의 수를 늘리는 계량적 연구에 치중했다.

1931년 제대로 된 곤충도감이 없던 일본에서 마쓰무라의 『일본곤충대도감』이 출간됐다. 당시 논문을 써야겠다고 마음먹은 석주명은 자신이 채집한 나비의 종을 파악하기 위해 마쓰무라의 책을 살펴봤다. 그는 나비의 종을 아는 것 못지않게 저작의 숱한 오류를 발견했다. 중학교 교사가 당대 손꼽히는 이학박사의 이론을 반박하는 것은 버거운 일이었지만, 그가 채집한 방대한 나비표본이 가리키는 방향은 명확했다. 석주명은 한국의 나비를, 한국 학자의 손으로 새로 쓰겠다고 결심했다.

마쓰무라 연구의 가장 큰 허점은 적은 표본으로 나비의 종을 분류했기 때문에 개체변이를 파악하지 못하고 같은 종의 나비를 별종으로 분류해 놓은 것이었다. 적어도 개성 지방 나비의 형편은 손바닥 보듯 꿰고 있던 석주명은 마쓰무라가 마구잡이로 갈라놓은 나비들이 모두 같은 종임을 알아봤다. 석주명은 생물학의 입구는 분류학이며, 이 분류학의 토대는 개체변이라는 것을 깨달았다. 그는 수많은 종을 모아 평균을 결정하고, 개체변이의 범위를 밝혀 동종이명(同種異名, synonym)을 삭제하는 석주명식 분류학 연구에 착수했다.

석주명 연구의 독보성은 엄청난 채집량에서 비롯됐다. 가능한 많은 나비를 채집한 다음, 나비의 모든 구석을 샅샅이 재고, 객관적인 형질을 추출해 통계를 내는 생물학적 발품이 석주명 연구의 원천이었다. 1933년 석주명은 『조선박물학회잡지』에 은점표범나비의 3개 아종명이 동종이명임을 발표하면서 한국 나비의 계보를 독자적으로 정립해 갔다. 1936년 석주명은 한국에서 가장 흔한 배추흰나비의 개체변이 연구를 발표했다. 그는 총 167,847개체를 표본으로 날개의 형태·무늬·띠의 색채·모양·위치·앞날개 길이에 따른 정량적 형질을 추출해서 한국 나비의 동종이명 20개를 제거했다. 석주명은 학자 인생 동안 무려 75만 개체를 표본으로 잘못된 한국 나비의 아종·변종을 추려내고 동종이명 844개를 제거했다. (문만용, 「나비분류학에서 인문학까지」, 탐라문화 40호(2012년), 46~47쪽)

그는 마쓰무라가 명명한 한국 나비의 동종이명 150개를 제거했으며, 마쓰무라는 석주명의 이론에 반론을 제기하지 않았다.

1938년 한국 나비에 관한 한 최고 학자의 경지에 오른 석주명은 영국 왕립 아시아학회 한국지부로부터 한국산 나비의 총목록을 집필

해 달라고 의뢰받았다. 석주명은 그간의 나비 연구를 집대성하는 차원에서 학교까지 쉬면서 논문 집필에 몰두했다. 1940년 석주명 필생의 역작 『A Synonymic List of Butterflies of Korea』가 세상에 나왔다. 그는 한국산 나비 255종의 학명을 확정 짓고, 일부 미기록종과 함께 동종이명 212개를 제거해서 한국산 나비의 총목록을 완성했다. 일제 강점기 한국인 학자가 펴낸 최초의 영문 과학서는 세계 각국의 박물관으로 진출했다. 방대한 표본 위에 세운 독보적 분류학은 세계 학자들의 감탄을 자아냈으며, 이로 인해 석주명은 세계 30여 명의 학자에게만 문을 연 만국 인시류 학회(萬國鱗翅類 學會)의 회원으로 선출됐다.

3. 대표 업적: 국학적 생물학

"국학이란 국가를 주체로 한 학문이니 국가를 가진 민족은 반드시 국학을 요구하는 것이다. 국학이란 인문과학에 국한될 것이 아니고 자연과학에도 관련되는 것으로 더욱이 생물학 방면에서는 깊은 관련성을 발견할 수 있다. 조선에 많은 까치나 맹꽁이는 미국에도 소련에도 없고, 조선 사람이 상식(常食)하는 쌀은 미국이나 소련에서는 그리 많이 먹지를 않는다. 이처럼 자연과학에서 생물학처럼 향토색이 농후한 것은 없어서 '조선적 생물학' 내지 '조선 생물학'이라는 학문도 성립될 수가 있다."
– 석주명이 1947년 발표한 「국학과 생물학」 내용 중 일부분. (이병철, 같은 책, 30쪽)

석주명은 『A Synonymic List of Butterflies of Korea』를 발표하면서 나비의 분류학 연구는 일단락하고, 한국의 땅과 나비의 유연(類緣) 관계를 파헤치는 분포 연구로 눈을 돌렸다. 나비 채집을 위해 거미가 거미줄을 치듯 한반도 곳곳을 누빈 석주명은 나비의 형태분석에서 나아가 나비 종과 서식 지역의 환경을 분석하는 생태학 연구로 진일보했

다. 그의 궁극적 목표는 특정 지역에서 한 떼의 나비를 통해 계절 변화
나 농작물 상태, 유행병의 침입 여하 등 지역의 형편을 예측할 수 있는
나비학 체계를 구축하는 것이었다. 한반도의 전 자연을 개체 표본으로
삼는 원대한 생물학적 도전이었다.

1942년 석주명은 송도고보를 떠나 경성제국대학 생약연구소로 자리
를 옮겼다. 1943년 생약연구소가 제주도에 시험장을 개설하자 그의 연
구에서 취약한 부분이었던 제주산 나비를 보충할 기회로 삼고 파견근
무를 자처했다. 이미 분포 연구로 시야를 확장한 석주명은 제주도의 독
특한 자연문화에 매료됐다. 그는 곤충 채집·방언·인구·옛 문헌 등을 조
사하며 자연과학과 인문학을 포괄한 제주도 자체를 연구했다. 지역연
구나 융합연구의 개념이 없던 시절에 석주명은 6권의 제주도총서를 발
간하며 제주학(濟州學)의 토대를 구축했다. 특히 에스페란토를 접하면
서 언어의 중요성을 실감한 그가 심혈을 기울여 집필한『제주도방언집』
은 제주도 사투리뿐 아니라 한국 고어(古語)와 언어 역사를 규명할 수
있는 귀중한 문헌적 자료이다.

1945년 5월, 2년의 제주도 생활을 정리하고 돌아온 석주명은 곧 광
복을 맞이했고 이듬해 9월 국립 과학박물관 동물학 연구부장으로 취임
했다. 석주명은 나비의 역사 연구를 위해 왕조실록이나 개인 문집 등
의 고전자료를 조사하면서 자신의 연구 영역을 인문학으로 확장했다.
그는 국사·국어 연구를 중심으로 조선학 운동을 펼쳤던 학자들과 활
발한 교류를 가지면서 자신의 나비 연구를 자연과학에서 국학의 테두
리 안에 위치시켰다. 오직 한국 안에 살아 숨쉬는 나비를 대상으로 삼
은 석주명 연구의 토속성은 '조선적 생물학'이라는 독립적 과학관을 주
창했다.

석주명은 국토와 국어를 회복한 진정한 독립 학문을 위해 나비의 우
리말 짓기 작업을 시작했다. 그는 일본어로 불리던 한국산 나비 248종
의 이름을 우리말로 고치거나 새로 지어 1947년 조선생물학회에서 통
과시켰다. 나는 모양이 까불대서 팔랑나비, 반투명한 날개를 가진 모

시나비, 지옥처럼 험준한 고산에 살아서 지옥나비. 세밀한 관찰과 깊은 애정에서 품어 나온 아름다운 우리말 이름이 제각기 주인을 찾았으며, 현재 한국 나비 이름의 2/3 이상은 석주명이 지은 것이다. 그는 민족문화 향상을 출판 기치로 내건 을유문화사와 손을 잡고 『조선산접류(蝶類)총목록(조선나비의 조선 이름)』,『제주도의 접류(蝶類)』를 출간해서 우리말 작업을 완성했다.

일본 유학 시절 에스페란토를 배운 석주명은 한국 에스페란토 운동의 선구자로 평가받는다. 제국주의 국가의 언어가 아닌 인류 공동체의 관점에서 탄생한 평화적 언어라는 측면에서 석주명은 에스페란토를 신뢰했다. 일제는 에스페란토를 반(反)정부의 상징으로 규정하고 탄압했지만, 석주명은 자신의 논문에 꾸준히 에스페란토 초록을 수록했다. 광복 이후 석주명은 조선 에스페란토 학회 창립을 주도했으며 에스페란토 사전과 교과서를 발간해서 에스페란토 보급에 앞장섰다.

1946년 조선산악회 이사로 선출된 석주명은 학술 탐험과 함께 우리의 자연문화에서 일제의 잔재를 없애는 작업을 수행하며 국토재건사업을 이끌었다. 석주명은 학술답사기를 신문에 연재하며 자연문화에 대한 사회적 관심을 호소했고, 학술 탐험의 결과를 담은 영상 상영과 학술발표회를 주도하며 자연문화 알리기에 일조했다.

한국 나비의 내부적 분류를 완성한 석주명은 식민을 벗어난 독립 학자의 관점에서 세계 나비와 한국 나비의 유연관계를 밝히는 연구에 천착했다. 나비의 세계분포도 작업은 과학선진국의 학자도 시도한 적 없는 미지의 영역이지만, 소수의 학자만이 성공한 나비분류학을 완성한 학자로서 석주명은 자신만만했다. 그는 한국산 나비 250종의 채집 위치를 지도에 표시했고, 세계 각지에서 입수한 학술자료를 분석해 해당 종의 채집 위치를 세계지도에 표시했다. 이런 방식으로 한국산 나비 250종에 대한 국내분포도 250장, 세계분포도 250장을 합한 500장의 나비 지도가 완성됐다. (신동원, 「한국과학사에서 본 석주명」, 탐라문화 40호(2012년), 97쪽) 석주명은 작업 중인 원고와 지도를 배낭에 넣어 어디든 메고 다녔고, 잠잘 때조차 꼭 껴안을 정도로 애지중지했다.

1950년 10월 6일 석주명은 과학박물관의 재건 회의에 참석하러 가다 의문의 총격을 당해 사망했다. 석주명이 몹시 아꼈던 원고는 1973년 『한국산접류(蝶類)분포도』라는 제목으로 출간됐다. 1964년 석주명은 한국산 나비 연구의 기틀을 마련한 공로로 건국공로훈장에 추서됐고, 2008년 '과학기술인 명예의 전당'에 헌정됐다.

– 석주명 (대한민국 과학기술유공자 백과)

1947년 1월, 동굴, 시체들

겨울이 되도록 미군들이 찾는 무언가는 쉽게 모습을 드러내지 않았다. 거의 반년이 넘는 시간이 흘렀고, 이들이 초조해한다는 것을 일국은 알 수 있었다. 이런 식으로는 한계가 있었다. 몇 명 찾아내기에 섬은 너무 크고, 눈은 너무 많았다.

"뭔가 다른 방법이 필요해. 좀 더 확실한…"

파이프 사내의 말을 일국은 분명히 들었다. 그들은 무언가 새로운 방식을 찾고 있었다.

그러던 어느 날 렌즈데일은 일국만 데리고 산으로 향했다.

처음 있는 일이었다. 운전병도 없이 일국에게 운전을 맡기고 그가 즐겨 가는 거문오름의 한 굴로 가자고 했다. 극도로 조심성 있는 렌즈데일이 이런 제안을 한 것은 그만큼 일국을 신뢰하고 있다는 의미였다.

선흘 거문오름의 한 동굴에 도착하자 일국은 늘 그렇듯이 차에서 기다리려 했다. 그런데 렌즈데일은 함께 굴에 들어가자는 손짓을 했다. 갑작스런 제안에 일국은 조금 당황했지만, 렌즈데일이 굴 안에서 조명을 들어 줄 사람이 필요하다는 제스처를 보이자 곧 승낙하고 함께 굴 안으로 들어갔다.

일국은 테우리 일을 하던 때 이후로는 굴에 들어간 적이 없었기 때문에, 이 굴에도 몇 년 만에 처음으로 들어가 보는 것이었다.

처음엔 별다를 것 없는 동굴이었다. 숨 막힐 듯한 습기나 칠흑 같은 어둠, 막힌 공간에서 느껴지는 적막감까지도. 여느 동굴과 다름없었다. 그 안에서 제멋대로 뒤둥그러진 시체들을 보기 전까지는.

처음엔 그 형체를 보고 그것이 사람의 시체라고는 생각지 못했다. 흙투성이가 되어 더러웠고 주위는 어두웠으니까. 그러다 그것이 중년의 평범한 섬사람의 시체라는 것을 깨닫게 되자, 연이어 그 주변에 흩어진 서너 구의 시체가 더 눈에 띄었다. 시체들은 완전히 썩지도 않은 채 삭아 가고 있었다.

일국이 놀라 발걸음을 떼지 못하고 있는데, 렌즈데일이 다가왔다. 그는 시체들을 보더니, 아무렇지도 않은 듯 이런 것은 수도 없이 널려 있다는 포즈를 취했다. 그리고는 흥미로운 표정으로 일국을 바라보았다. 순간 일국은 그가 자신을 시험하고 있을지도 모른다는 생각이 들었다. 흥분하면 안 된다. 일국은 침착하게 물었다.

"니혼진이?"

"아마도."

렌즈데일은 일국의 질문이 예상 밖이라는 듯 잠시 멈칫하더니 곧 고개를 끄덕였다. 일국은 모든 분노를 일본인에게 돌린 채 담담한 표정으로 돌아왔다. 렌즈데일이 기대한 것이 무엇이었는지, 분노였는지 무관심이었는지 알 수 없지만, 지금 일국의 선택은 그를 묘하게 안심시킨 것 같았다.

렌즈데일은 일국을 더 깊은 안쪽으로 데리고 들어갔다.

가면 갈수록 시체들은 더 많았다. 시체들 주위로 흩어진 곡괭이며, 삽, 짐수레 등으로 보아 이들은 갱도 토굴 노역에 동원된 인력이었음이 틀림없었다. 이들은 마치 쓰다 버린 연장처럼 아무렇게나 버려진 채 몇 년이 넘도록 이런 굴속에 남겨져 있었던 것이다.

일국은 밀려오는 분노와 슬픔에 이를 물었다.

렌즈데일의 뒤를 따라 걸으며, 아무런 내색하지 않으려 안간힘을 썼지만, 모퉁이 모퉁이를 돌 때마다 모습을 드러내는 동족의 참혹한 죽음은 일국의 마음을 갈기갈기 찢어 놓았다.

한참 만에 렌즈데일이 걸음을 멈췄다.

렌즈데일이 멈춰선 곳은 굴의 막다른 끝이었다. 그 끝은 굉장히 의외의 순간 나타났다. 길을 가다가 갑자기 한순간 '턱' 하고 막힌 벽이 나타난 느낌이랄까? 일국이 느끼는 의아함이 바로 렌즈데일이 원하는 것이었다.

렌즈데일은 일국에게 어떻게 생각하느냐고 물었다.

일국은 그가 무엇을 묻는지 모르는 척했다. 그저 '동굴이 여기서 끝났군요.'라는 표정으로 어수룩하게 행동하려는데, 렌즈데일은 그런 일국을 보며 아주 재미있어 했다. 그는 이미 오래전부터 일국이 영어를 알아듣고 있음을 눈치채고 있었다. 그리고 일국이 그 사실을 들키지 않으려고 조심해 왔다는 사실까지도 알고 있었다. 심리를 넘어선 심리를 알고 조종하는 것. 그것이 렌즈데일의 전공이라는 것을 일국은 모르고 있었던 것이다.

비록 일국이 자신의 모든 마음을 숨기는 데에는 성공하지 못했지만, 마음을 숨기기 위해 일국이 택한 방식은 렌즈데일을 만족시켰다. 최소한 이 자는 가볍게 움직이는 사내는 아니다. 경거망동하기보다 입을 다무는 타입이고, 일단 마음을 주면 쉽게 변하지 않는 지조가 있다. 그건 다시 말해 내 편으로 만들 수 있다면 최고의 수하가 될 것이라는 뜻이었다.

이후로 렌즈데일과 일국은 다른 두어 곳의 굴을 더 돌았다.

그때마다 렌즈데일은 일국이 함께 들어가도록 했고, 굴 안에서도 아주 이상한 형태의 통로를 찾아들어 갔다. 일반적으로 그런 곳에 통로가 있다는 것도 발견하기 어려운, 의외의 통로로만 렌즈데일은 찾아들어 갔다. 그곳에는 언제나 수많은 시체들이 있었다. 일국은 어느 곳에서는 눈을 감아 버렸다. 질식해서 죽은 듯한 시체들은 벽을 긁느라 손이 뭉그러지고, 또 고통을 견디다 못해 스스로 제 목을 조른 시체들, 바위에 머리를 찧어 두개골이 터져 버린 시체들이 즐비했다.

렌즈데일은 이런 광경에 전혀 개의치 않는 표정이었다. 아마 지금까지 동굴을 드나들면서 수도 없이 보아 왔기 때문일 것이었다. 아니, 그런 광경이 있는 장소만을 더 찾아서 돌아다니기 때문에, 그에게 시체는 두려움보다는 반가움의 대상이 되어 버린 듯했다.

렌즈데일이 걸음을 멈춰 섰을 때, 그곳 역시 어딘가 인위적으로 통로가 끊긴 느낌이 있었다.

"어디가 이상해 보이나?"

렌즈데일은 물었다. 일국은 본능적인 판단대로 우측 벽으로 다가갔다. 나중에 되돌아보며 깨달은 것이지만, 그것은 어디까지나 감이었다. 수많은 동굴들을 어린 시절부터 돌아다니며 얻게 된, 동굴의 형태에 대한 감. 보통 사람들이 보면 어디가 이상한지 아닌지도 알아챌 수 없지만, 일국은 본능적으로 자연스럽지 않은 형태를 감지해 낼 수 있었다. 벽은 매우 정교하게 만들어져 진짜와 다름없어 보였지만, 분명 일국에게는 그 차이가 느껴졌던 것이었다. 다가가서 벽면을 쓸어 본 일국은 자신의 예감이 정확하다는 것을 알았다. 온도, 촉감, 그리고 설명할 수는 없지만 밀도가 달랐다. 자연의 암벽이 아니었다.

렌즈데일은 그런 일국의 모습을 만족스러운 표정으로 지켜보았다.

악몽, 양심의 싸움

집으로 돌아온 후 일국은 그날 늦게까지 잠을 이루지 못했다.

아무리 잊으려 해도 바싹 말라 가던 해골의 형상이 머릿속을 떠나지 않았다. 셀 수 없이 흩어져 있던 해골들. 해골에 입혀져 있던 낡은 바지 저고리는 거리에서 흔하게 보던 것들이었다. 지금도 거리에 나가면 그런 입성의 사람들이 돌아다녔다. 일국은 실종된 지인들의 얼굴이 자꾸만 그 해골에 겹쳐 보였다. 어쩌면 그들 중에 누군가는 실제로 그 동굴에서 죽었는지도 몰랐다. 그리고 지금도 그 동굴 속에서 썩어 가고 있을지도 몰랐다. 유해도 찾지 못한 가족들은 빈묘를 만들어 기일마다 눈물로 제를 받들고 있는데, 정작 유해는 저렇게 어둡고 음습한 동굴 속에 버려져 있었다. 그것도 저렇게 고통스러운 죽음의 순간을 그대로 간직한 채.

그 시체들은 아마 처음 렌즈데일 일행이 굴에 들어갔을 무렵에 이미 발견되었을 것이다. 그런데도 이들은 시체들을 묻어 주거나 가족을 찾아 주겠다는 생각조차 하지 않았다. 그저 쓰레기처럼 그들을 그곳에 방치해 버렸던 것이었다.

그날부터 일국은 밤마다 악몽에 시달렸다.

누군가의 아버지, 누군가의 아들, 누군가의 남편이었을 이들, 축축하고 어두운 동굴 안에서 썩어 가는 일국이 아는 얼굴을 단 시체들이 뇌리에서 사라지지 않았다.

자다가 괴로움에 잠에서 깨면, 당장이라도 달려가서 직접 시체들을 매장해 주고 싶었다.

하지만 그런 짓을 했다가는 미군들이 가만 있지 않을 것이었다. 자기도 그 시체들 중 하나가 될 것이었다. 그런 두려움에 떨며, 일국은 자신의 비겁함을 자책했다. 자신이 할 수 있는 일은 아무것도 없다는 사실이 그를 더욱 괴롭게 했다.

이후로도 일국과 렌즈데일 단 둘만의 조사는 계속되었다.

제주 전역을 함께 돌아다니며 렌즈데일은 더욱 일국을 가깝게 대했다. 마치 제주에서 자신의 오른팔로서의 일국의 위치를 굳혀 가려는 것 같았다. 미 군정 지휘관들조차도 어려워하는 렌즈데일이 뒤를 봐준다는 것은 일국 입장에서는 세상 얻기 힘든 든든한 뒷배일 수밖에 없었다. 만약 일국이 원한다면, 렌즈데일이 배급품 독점권만이 아니라 미군 내 자리를 줄 수도 있다는 것을 그는 알았다. 그리고 내심 그런 눈치를 보이고 있었다.

일국이 영어를 못 알아듣는 것으로 되어 있었기 때문에, 처음엔 렌즈데일은 일방적으로 말을 하고, 일국이 눈치로 움직이는 식이었지만, 단둘이 다니는 시간이 많아지자 일국은 그런 연기가 굉장히 불편하게 되었다.

그래서 마치 그제야 영어를 배워 가는 척하며 간단한 단어들은 알아듣는 시늉을 하였다. 사실 일국은 그보다 더 많은 내용을 이해하고 있었다. 그러다 보니 자기도 모르게 말을 알아듣고 나오는 반응은 숨기지 못할 때도 있었다. 본래 누굴 속이고 하는 데 그다지 섬세하지 못한 일국이다 보니, 이런 실수가 잦았다.

특히 렌즈데일이 빈말처럼 미국 구경 한번 갈 생각이 없냐고 묻거나, 일 때문에 오가는 필리핀에서 있던 일들을 들려주며 일국의 생각을 묻거나 할 때는 더욱 그랬다. 애써 못 알아듣는 척 묵묵히 있었지만, 자신을 향해 날아오는 질문들을 모르는 척하기란 쉽지 않았다.

때로는 렌즈데일이 일부러 자신을 시험하기 위해 질문을 던지는 것이 아닌가 하는 의심까지도 들었다.

그런 질문들은 일국의 마음을 혼란스럽게 했다.

표면적으로 못 알아듣는 것으로 되어 있어서 다행이지, 그렇지 않고 무언가 대답을 해야만 했다면 무척 난처했을 것이었다. 렌즈데일에게 어떻게 답을 하는 것이 옳은지 일국은 결정할 수 없었다. 솔직한 자신의 생각을 말해야 하는 것인지, 아니면 그의 마음에 드는 대답을 해야 하는 것인지, 그렇다면 그가 원하는 답은 어떤 것인지 도저히 짐작할 수 없었다.

한 가지 분명한 것은 렌즈데일이 일국을 마음에 들어 한다는 것이었다. 그는 일국을 옆에 두고 싶어 했다. 일국은 렌즈데일이 자신을 단순히 부리기 편한 하수로 대하지 않는다는 것을 알고 있었다. 다른 통역관이나 운전병들을 대할 때의 렌즈데일은 거만하고 냉혹하기 이를 데 없었다. 조금이라도 무능력하거나 평범한 인간은 대놓고 무시했다.

하지만 일국에게는 달랐다. 렌즈데일은 일국을 신뢰했고, 그를 인정해 주었다. 그런 척 추켜세워 주는 것이 아니라, 일국의 능력에 진심으로 감탄하고 높이 평가했다.

일국은 그런 렌즈데일에게 저도 모르게 점점 끌리고 있었다.

본래 일국은 타고난 대장 기질로, 누구 밑에 들어가거나 수그리는 성격이 아니었다. 어릴 때부터도 골목대장을 맡아 아이들의 존경을 받아야 직성이 풀렸지, 반대로 자기가 누군가에게 인정받기를 바란 적은 단 한 번도 없었다.

하지만 렌즈데일과의 관계에서는 달랐다.

이역만리에서 찾아온 렌즈데일은 일국 자신이 갖고 있는 것 이상의 큰 그림을 그리는 사내였다. 남자라면 누구나 가슴 뛰며 꿈꾸어 볼 만한 범위를 렌즈데일은 이미 넘어서고 있었다. 그가 보여 주는 세계가 일국을 설레게 했고 그것이 렌즈데일의 손에 있다는 사실을 알게 되자, 그에게는 거절하는 것조차 쉽지 않았다.

거절한다 한들 그가 받아들이기나 할 것인지, 그런 선택이 자신에게 있는 것인지조차 확신할 수 없었다.

그러면서 일국은 어느 새 그의 눈치를 보게 되었고, 그에게 인정받는 것을 뿌듯하게 여기는 자신을 발견했다. 마음속에는 렌즈데일과 같은 배에 타는 것도 나쁘지 않을 것이라는 생각이 조금씩 싹트고 있었다. 그것이 잘못된 선택임을 본능적으로 느끼고 있음에도 불구하고, 유혹은 너무나 크고 달콤했다. 내면의 기준을 흔들어 버리다 못해 무시해 버리고 싶어질 정도로 강렬했다.

답 없는 고민은 길게 이어졌고, 잠 못 이루는 밤이 늘어 갔다.

한 손에는 렌즈데일, 다른 한 손에는 해골. 어느 한쪽으로 기울 수 없는 저울추는 팽팽하게 일국의 마음을 줄다리기했다. 결정은 오로지 일국에게 달려 있었다. 어느 한쪽을 놓아 버리는 순간, 다른 한쪽은 더없이 깊이 그의 마음을 차지하게 될 것이었다.

무엇을 선택해야 하는가. 무엇이 옳은 결정인가.

처음엔 몰랐던 정화도, 어느 순간 한밤중에 잠자리에서 빠져나가 홀로 고민하는 남편의 이상스런 행동을 알아채게 되었다.

매일 밤 깊은 어둠에 잠겨 마당에 앉아 있는 남편의 등을 바라보며, 정화는 말하지 않아도 일국의 고민이 얼마나 깊은지 가늠할 수 있었다. 함부로 건드렸다가는 순식간에 더 깊은 곳으로 빨려 들어가 버릴 것만 같아, 함부로 다가가지 못한 채 멀리서 지켜만 볼 뿐이었다.

렌즈데일 제안, 일국의 결심, 섬을 떠나다

새해에 접어들고, 필리핀과 제주를 오가던 렌즈데일은 제주에서 머무는 시간이 길어졌다. 아직은 오름마다 눈으로 뒤덮여 무언가를 찾는다는 게 쉽지 않았지만, 날씨만 풀리면 당장이라도 적극적인 움직임을 시작할 분위기였다.

그러던 어느 날 렌즈데일은 일국을 해변으로 데려갔다.

가파른 협곡이 장관으로 겨울을 제외하곤 늘 관광객으로 붐비는 곳이었지만, 그날은 둘 말고는 아무도 없었다. 순간순간 흩뿌리며 지나가는 비를 맞으며, 렌즈데일은 한참이나 먼 바다를 바라보고 있었다.

일국은 바다 저 멀리, 묵직하게 쌓인 먹구름이 서서히 섬 쪽으로 다가오는 것이 보였다. 곧 큰 비를 뿌려 댈 것이 틀림없었다.

"일국, 체스를 둘 줄 아나?"

"체스? 그게 뭡니까?"

"왜 중국인들이 장기라고 하는 것 말이야. 서양 장기지."

"모릅니다."

일국은 갑자기 뜬금없이 체스 이야기를 꺼내는 렌즈데일의 의도를 알지 못해 조금 떨떠름하게 대답했다. 렌즈데일은 별로 상관없다는 듯 말을 이었다.

"뭐, 비슷해. 체스나 장기나. 그런 게임에서 이기는 방법이 뭔 줄 아나? 플레이하면서 생각하면 안 돼. 시작하기 전에 생각해 놓고 플레이를 해야지."

쉬운 표현이었지만 조금 이해하기가 어려웠다. 렌즈데일은 일국이 이해하건 말건 이야기를 계속 해 나갔다.

"흔히들 수를 읽어야 한다고 생각하지만 말야, 완벽한 승리를 위해서는 수를 만들어야 해."

그리고는 하얀 치아가 드러나도록 씨익 웃었다.

무언가 즐거워 보였다. 다른 사람들 앞에서는 절대 보이지 않는 태도였다. 유독 일국 앞에서만 렌즈데일은 떠들기도 하고, 웃기도 하고, 때론 친근하게 굴었다. 물론 대등하게가 아닌, 주는 사람과 받는 사람의 위계는 분명히 존재했지만.

"자네는 싸움꾼이라며?"

이미 일국에 대해서는 다 알고 있는 말투였다.

"이기는 싸움을 하는 사람들은 그 방법을 알지 않나? '내'가 만든 게임을 해야 하는 거. 그래야 이겨도 쉽게 이기니까."

일국은 그의 말이 무슨 뜻인 줄 이해할 수 있었다. 내 방식으로 상대를 끌어들여야 페이스를 잃지 않고 이길 수 있었다. 그런 이야기를 하는 것은 알겠는데, 뜬금없이 이 이야기를 하는 의중은 알아채기가 쉽지 않았다.

"나는 말이야. 더러운 판은 싫어. 구질구질하고, 조마조마하고…. 처절하게 물고 늘어지다 승패가 결정되는 거. 그런 게임은 딱 질색이야."

일국은 동의할 수 없었다. 일국이 아는 싸움은 늘 끈적거리는 땀 내음과 맞부딪치는 살갗의 열기 끝에 폭발하는 힘과 함께 결정지어지는 것이었다. 월등한 실력 차가 있다 한들, 싸움은 늘 뜨거웠다. 승리는 늘 그런 이글거리는 열기의 느낌이라고 일국은 생각했다.

그러나 렌즈데일이 말하는 승리는 달랐다.

겪어 보지 않아도 그의 승리에는 말할 수 없는 차가움만이 존재한다는 것을 알 수 있었다. 지난 승리를 회고하는 듯한 렌즈데일의 미소는 머리를 세운 독사처럼 도도한 독기를 품고 있었다.

"정말 게임에서 이기려면 처음부터 끝까지 승세를 놓치는 일 따윈 있어선 안 돼. 그게 판을 지배하는 거야."

일국은 굳은 표정으로 바다로 떨어지는 석양을 물끄러미 바라보았다. 일국은 '그건 게임을 하는 게 아니잖소.'라는 말이 목구멍까지 올라왔지만, 말하지 않았다. 렌즈데일은 그런 일국을 바라보더니 불쑥 물었다.

"일국, 내 편에 서겠는가?"

일국은 갑작스러운 렌즈데일의 질문에 당황했다.

앞뒤 없이 네 편, 내 편 가르기라니. 일국은 언제나처럼 웃어넘기려 했다. 그러나 이번에는 달랐다. 그는 일국에게 대답을 요구했다.

"내 편에 서겠는가? 앞으로 제주도에 큰일이 닥칠 거야. 그때 내 편에 서지 않으면 살아남을 수 없어."

매섭게 몰아치는 겨울 바다의 물결을 뒤로하고, 흔들림 없이 자신을 바라보던 렌즈데일의 푸른 눈. 일국의 목숨 정도는 손바닥에 놓고 장난치는 절대자 같은 그의 눈을, 일국은 집에 돌아온 후에도 잊을 수가 없었다.

섬에 닥칠 큰일. 그것이 무엇인지 알 수 없으나, 몇 달 전부터 이유를 알 수 없이 꾸역꾸역 섬으로 몰려드는 이북 출신 육지 청년들과 미군, 경비대원들과 무관하지 않을 것이었다.

항구 소식에 정통한 대양상회 영감의 계산에 의하면 벌써 수백 명이 넘는 육지 청년들이 제주도로 들어왔다고 했다. 이들은 이미 섬의 각지로 퍼져 폭행, 갈취, 강간 등 여러 가지 문제들을 일으키고 있었다.

그리고 렌즈데일이 '큰일'이라고 말했다면 그것은 분명 이런 자질구레한 골칫거리들을 의미하지는 않을 것이었다. 그 큰일에서 살아남을 동아줄을 그는 지금 자신에게 내밀고 있었다. 그것을 잡을 것인가. 그 줄을 잡으면 자신은 살아남을 것이다. 만약 거부한다면? 그 대가로 잃을 것이 떠오르자, 일국은 난생 처음으로 두려워졌다. 그 두려움이 일국을 약하게 만들었고, 순간 그는 자신이 역겹게 느껴졌다.

마음이 무거워 잠들 수 없었다. 뒤척일수록 머릿속은 점점 더 또렷해졌다. 일국은 옆에서 곤히 잠든 정화를 깨우지 않으려고 살그머니 방을 빠져나왔다.

마당에 걸터앉아 바라보니 달빛이 눈이 시리게 희었다.

매일 밤 이 달빛을 이불 삼아 지내던 시절이 있었다. 그때는 너무 외로웠다. 그 외로움이 사무치게 싫어서 앞만 보고 살아왔다. 그래서 지금에 이르렀고, 그 대가로 잃은 것은 다름 아닌 자유였다. 되찾고 싶었다. 그러려면 지금 가진 것을 잃어야 할 것이다. 사실 그런 것은 하나도 아깝지 않았다. 하지만 단 하나, 정화는 어쩔 것인가.

깊게 새어 나오는 한숨에 고개를 무릎에 파묻는데, 살그머니 옆으로 다가와 앉는 기척이 느껴졌다. 일국이 고개를 돌리자 잠결에 흐트러진 머리를 넘기며 정화가 웃고 있었다.

"왜 깼어, 안 자고."

"당신이 안 자니까요."

배시시 웃는 정화를 일국은 끌어당겨 꼬옥 안았다.

품 안 넣어 둔 작은 새같이 마냥 지켜 줘야 할 것 같은 아내. 정화는 일국의 넓은 품에 볼을 부비었다.

둘은 한참이나 그렇게 앉아 있었다. 각기 마음속에는 언제 꺼내야 할지 모를 이야기를 담고서. 먼저 마음을 정한 것은 정화였다. 정화는 빼꼼 고개를 들고 남편을 바라보았다.

"할 이야기가 있는데요….."

"뭔데?"

정화는 조금 수줍은 듯이 머뭇머뭇하다가, 일국의 크고 거친 손을 잡아 제 배로 가져갔다. 갑작스런 행동이 무슨 뜻인지 몰라 멍하게 쳐다보는 일국을 향해 정화는 속삭였다.

"우리 아기."

처음에 일국은 마치 물속에 들어간 듯한 멍멍함을 느꼈다.

무슨 소리지? 현실감 없이 부유하는 단어들은 그의 머릿속에 차례차례 정렬하기까지 시간이 걸렸다. 비로소 '아기'라는 말이 실체를 갖고 떠올랐을 때 일국은 무지막지한 물체로 뒤통수를 얻어맞은 것만 같았다. 기쁨도, 놀라움도, 두려움도 아니었다. 그것은 마치 사정없이 꾸짖는 호통 같았다. 네가 그럴 만한 자격이 있느냐?

일국의 표정이 너무나 이상해서, 정화는 움츠러들었다.

이 남자는 이 아기를 바라지 않는 것일까? 기쁘지 않은 것일까? 하지만 이내 일국의 커다란 두 눈에 눈물이 차오르는 것을 보았다. 그리고 그 안에서 말할 수 없는 슬픔을 보았다.

'자신을 책하고 있구나.'

이유는 알 수 없었지만, 정화는 일국이 걷고 있는 길의 무게를 느꼈다. 자신이 모르는 새 그가 감당하고 있던 짐이 이처럼 무거웠나 깨닫게 되자, 남편이 말할 수 없이 안쓰러워졌다. 그 굳은 어깨에 자신의 삶조차 얹혀 있다는 것이, 자신이 그에게 짐이 되고 있는 것이 미안하고 또 고마웠다.

정화는 두 손에 고개를 파묻고 우는 일국의 얼굴을 자신의 품으로 끌어당겼다. 끝없이 머리를 쓸어 주며 '괜찮다'고, 왜 그렇게 말하는지도 모른 채 정화는 오랜 시간 그를 달래 주었다.

뜬눈으로 밤을 지새운 일국은 다음 날 아침 일찍 집을 나섰다.

아무 말 하지 않았지만, 그의 표정은 차분했다. 전 같은 의욕에 들뜬 모습이 아니어서, 정화는 그가 어딘가 변했다는 것을 알았다. 그 변화는 아마 자신의 삶의 변화가 될 것이었다. 그것이 무엇이든 일국이 그렇게 선택했다면 자신은 그 결정을 믿고 따라가겠노라고 막연한 각오를 하게 되는 것이었다.

일국은 가장 먼저 미 군정의 스티븐슨 대위를 찾아갔다.

난데없는 일국의 방문에 스티븐슨은 당황했다. 이미 자신이 끼어들 수 없게 렌즈데일과 가까운 사이인 일국이었다. 일국은 앞으로는 길 안내를 하지 않겠다는 말을 렌즈데일에게 전해 달라 했다. 이유도 재고도 없었다. 그리고 미 군정에서 받던 모든 특혜 또한 받지 않을 것임을 분명히 했다.

그리고 대양상회 영감을 찾아갔다.

더 이상 미 군정의 특혜로 물건을 조달할 수 없다는 사정을 이야기했을 때, 영감은 주름 가득한 얼굴에 핏줄이 터져 나도록 화를 내었다. 그리고 일국에게 당장 나가 버리라며 저주를 퍼부었다.

"영감님, 미안하오. 한 번 사는 인생, 맘 편하게 삽시다."

일국의 표정에 미련 따윈 없었다.

그다음에는 가깝게 거래하던 친일 사업가 중 한 명을 찾아갔다. 그에게 자신의 집을 사라고 제안했다. 일국이 집을 얻어내었을 때, 그

집을 가장 탐내던 사내였다. 그는 신구간도 지나서 매매를 하는 것을 꺼림칙해했지만, 당신이 사지 않으면 다른 사람에게 넘기겠다는 일국의 말에 더 이상 망설이지 않았다.

그러면서도 갑작스런 일국의 제안에 어리둥절해했다.

"전 섬을 떠날 겁니다. 가능한 빨리 정리하고 육지로 갈 거예요."

그리고 마지막으로 일국은 항구의 선박회사를 찾아갔다.

구정 전이라 귀향객이며 수송물량이 늘어 육지로 가는 배에는 자리가 없었다. 하는 수 없이 구정 후 자리가 나는 첫 배로 예약을 했다. 배는 보름 후에 있었다. 일국은 세 사람의 배 삯을 지불했다.

일국이 섬을 뜬다는 소문은 정오도 못 되어 삽시간에 읍내에 퍼졌다.

모두 이유를 알 수 없었고, 일간에서는 미 군정에 큰 실수를 저지르는 바람에 쫓겨나는 것이라는 소문이 돌았다.

일국은 누구에게도 설명하지 않았고, 신중하게, 하지만 신속하게 주변을 정리해 갔다. 어디로 가서 무엇을 할지 묻는 사람들이 많았지만, 아무에게도 대답하지 않았다. 사실 그 자신도 몰랐다. 거기까지는 결정하지 못했다. 일단 섬을 떠난 후에 고민해 볼 생각이었다.

흑돼지구잇집, 신림의 과거, 협박전화

6시가 조금 못 된 이른 시간, 태훈과 신림은 흑돼지구잇집에 마주 앉았다. 가타부타 말은 없었지만, 둘 모두 서로에게 남은 앙금이 없음을 알고 있었다. 싸우고 화해하고 싸우고 화해하고 싸우고, 그러고도 여전히 상대에 대해 미련이 남는 것을 보면서 상대의, 또 자신의 본심을 깨닫게 되었다고나 할까? 둘은 또 함께 앉아 술잔을 기울이고 있었다.

이제는 분명 이전과는 다른 신뢰의 단계에 접어들었음을 느끼고 있었다.

"오후에 석주명 포럼에 다녀왔거든요."

"아… 오늘이었구나. 가 보고 싶었는데, 너무 정신이 없어서 잊었네요."

"참 대단한 사람이더라고요."

태훈은 불판 위에 익어 가는 돼지 살점을 뒤집으며 감동한 마음을 감추지 않았다. 신림도 수긍하는 듯 고개를 끄덕였다. 태훈은 문득 신림네들 역시 그와 같은 삶을 살고 있다고 생각했다. 돈도 안 되고, 누가 시켜서도 아닌데, 막연히 더 나은 세상을 후손들에게 남겨 주고 싶다는 마음에 인생을 바치는 사람들. 그 마음의 근원에는 무엇이 있는 것일까?

"강연 들으면서, 우리는 거인의 어깨에 서 있다라는 말이 새삼 떠올랐다고나 할까요? 지금 우리가 하고 있는 모든 일들이, 결국 과거 누군가가 희생해 놓은 덕분에 수월하게 진행될 수 있는 거잖아요."

태훈은 신림 앞으로 잘 익은 고기 서너 점을 밀어 놓아 주었다. 마치 '고생했으니 먹어요.'라고 말하는 듯이. 신림은 엷게 웃으며 소주병을 땄다. 그리고는 잠시 망설이다가 입을 열었다.

"할아버지는요, 아시는지 모르겠지만 4년을 옥살이하셨어요."

태훈은 몰랐다. 재빨리 머리를 굴려 보니 그가 4·3으로 잘 알려진 소설가임이 떠올랐다.

"4·3··· 때문에?"

"음··· 반쯤은 맞고, 반쯤은 틀려요."

신림은 예의 그 장난기 어린 표정으로 돌아가 고개를 끄덕였다. 식욕이 도는지 고기를 냉큼 집어들면서.

"할아버지는 4·3 당시엔 완벽하게 숨어 계셨대요. 다른 친구들이나 어른들이나 죽임을 당하고, 잡혀가고 하는 동안에도 누구도 찾을 수 없는 안전한 장소에 숨어서 목숨을 유지하신 거죠. 그러다가 사태가 다 진정되고 나서 제주도를 떠나 서울에 올라오셨고, 나중에서야 4·3에 대한 소설을 쓰기 시작하셨어요. 그런데 그때가 한참 시끄러울 때라, 잡혀 들어가 옥살이를 하신 거죠."

"일종의 부채의식 같은 거였나요? 그들과 함께 싸우지 못했다, 비겁하게 살아남았다라는?"

"그건 아니고요, 나중에 들은 이야기인데. 아버지 때문이었대요."

"신림 씨 아버지요?"

"네, 원래 할아버지는 4·3 당시 학생 리더로 요주의 인물이었어요. 원래대로라면 그때 죽거나 제일 먼저 잡혀 들어갔어야 맞는 건데, 아버지가 태어나는 바람에, 아기를 살리려고 저항이고 투쟁이고 다 접어두고 산으로 숨어들어 가셨대요. 그러다가 사태가 다 끝나고 서울로 올라왔고, 아버지를 어느 정도 키우고 난 후에, 비로소 원래의 신념으로 되돌아가신 거죠."

아들을 위해 신념을 포기했다? 어딘가 투사에는 어울리지 않는 행동이었다. 가족과 처자식 내버리고 신념을 위해 싸우다 장렬하게 죽는 것이 일반적이지 않나? 그리고 이세영은 충분히 그러고도 남을 이미지였다. 자기 자식 살리려고 목숨을 구걸할 인물로는 보이지 않았다. 일전에 들은 신림과의 각별한 애정도 의외였지만, 이 이야기는 더욱 의아했다.

"어울리지 않죠?"

"네, 솔직히 말하면."

"저도 그게 미스터리에요. 할아버지답지 않다는 것. 특히 소설을 내고 옥살이를 하고 그 이후에 4·3을 위해 바친 삶들을 생각해 보면, 오직 그때의 그 행동만이, 뭐랄까 좀 튄다고 해야 할까요? 마치 그때만 할아버지 자신의 삶이 아닌 다른 사람의 삶을 산 것처럼 느껴지기까지 하거든요."

'이유는 알 수 없지만', '돌아보면 이해할 수 없는 것이'라는 말들은 사실 따지고 보면 다 그럴 만한 이유들이 숨겨져 있게 마련이다. 겉으로 드러나지 않을 뿐, 분명 큰 물줄기를 돌려놓을 만한 숨겨진 돌덩이가 물길을 흐트리고 있는 탓이다. 그것이 10년 이상 기자생활을 하면서 태훈이 터득한 진리였다. 언제나 그럴 만한 충분한 동기가 입력되어야 이상스런 행동이라는 결과가 도출된다.

그러니까 여기에도 무언가 그럴 만한 이유가 있고, 그게 무엇일지 태훈의 흥미를 끌었다. 신림에 관한 일이어서 더 관심이 가는 것일까? 태훈은 물끄러미 신림을 바라보며 생각에 잠겼다.

신림은 태훈의 시선이 더 이상 부담스럽지 않았다.

이 남자가 상당히 자신에게 빠져 있다는 사실이 오히려 그녀를 안심하게 했다. 한편으로는 어색했지만 설레었고, 또 다른 한편으로는 고맙게 느껴지는 난생 처음 겪는 묘한 감정들이었다.

신림은 검게 그슬려 가는 불판 위에 놓인 고기들을 괜히 뒤적거렸다. 무언가 행동을 하지 않으면 불안해지는 심리가 그녀에게는 있었다.

스스로는 어린 시절의 애정결핍 탓이라고 결론 지었는데, 알면서도 달라지지 않았다. 아는 것과 이를 극복하는 것에는 차이가 있다. 그렇다면 자신의 상태를 아는 것이 무슨 소용이 있을까? 그저 남들에게 알리고 나를 좀 이해해 달라고, 원래 이런 사람이니 어쩔 수 없다고?

"저는요, 강남에서 자랐거든요. 아버지는 돈을 제법 잘 버셨어요. 그리고 아주 보수적이셨죠. 어렸을 때 우리집은 조선, 동아, 매경을 정기구독 했어요. 한겨레신문은 봤다간 큰일 나는 걸로 알았죠. 빨갱이들만 보는 걸로 알았거든요. 놀랍죠?"

태훈 입장에서는 진심으로 놀랐다. 자기네 신문사가 불쑥 거론된 것도 그렇지만, 이세영의 자식네 집안 이야기로는 믿을 수 없었기 때문이다.

여기까지 말해 놓고, 신림은 평생 누구에게도 꺼내지 않았던 자신의 속살을 드러내 보이는 것이 잘하는 일인지 슬몃 불안한 마음이 들었다. 하지만 그것은 자신에 대한 불안이었지, 태훈이 자신을 판단할지도 모른다는 불안은 아니었다. 이 남자는 분명 내 편에 서 줄 것이다, 나를 이해할 것이라는 확신이 있었다.

"할아버지가 4·3 소설 내고 잡혀 들어가시고 고문당하고 하면서, 당시 대학 졸업반이었던 아버지도 취직이 안 됐대요. 뭐 공무원 시험을 보건, 대기업 면접을 보건 뭘 하건 좌익 가족 딱지가 붙어 있었던 거죠. 그래서 할 수 있는 게 장사밖에 없었는데, 더 악착같이 하게 되더래요. 그래서 돈 좀 버셨죠. 강남에 사 둔 땅값도 좀 오르고, 그 밑천으로 처음엔 대중탕으로 시작해서 노래방, 편의점, 카페… 그 시절에 유행하던 거 안 해 본 게 없으세요. 그리고 늦게 결혼해서 마흔 다 돼서 저 하나 낳으셨죠. 그 덕분에 전 어릴 때 어려움 모르고 자랐어요. 예중 예고 나오고, 유행하던 신발, 가방 그런 거 다 제일 먼저 입고 쓰고 했어요.

그러다 IMF 나고 집안이 어려워져서 전세에, 월세에, 서울에서 밀려나 경기도권에서도 분당이나 일산으로는 못 가고, 더 외곽으로 밀려나면서도 부모님은 끝까지 여당을 지지하셨어요. 생활이 어려워져도 정신은 바뀌지 않아요. 정치적 견해라는 건, 자신이 처한 위치와는 상관없어요.

뭐 전 그런 데는 아무 관심 없이 자랐어요. 좌파 딱지로 아버지는 고생했지만 3대째인 제가 불이익 받을 게 뭐 있나요? 뭐, 그래도 어릴 때 나름 억울한 일 겪은 건 좀 있었어요. 초등학교 때였나? 우리 할아버지가 누구랜다 하는 것 때문에 수근거리는 선생님들도 있었고, 친구 집 놀러 가면 엄마들이 은근히 저한테 데면데면하게 굴고. 내가 죄진 것도 아닌데, 우리 할아버지 그렇게 이상한 사람 아닌데 싶어 상처도 많이 받았어요. 솔직히 그때는 뭐가 어떻게 돌아가는지도 모르면서도 눈치만 빨라서 위축되고 그랬던 거죠. 뭔가 숨겨야 할 것 같고. 내가 이 집 딸이라는 거, 친구들이 몰랐으면 좋겠고. 그러면서도 또 한편으로는 내가 떳떳하지 못한 게 미칠 것 같았어요. 막 말해 주고 싶었어요. 우리 할아버지 그런 사람 아니다, 나 그렇게 이상한 애 아니다라고.

그러다 중 2 때였나? 담임선생이 좀 못난 사람이었는데, 한참 그렇게 사태 나서 할아버지 잡혀 들어가고 하실 때, 조례 시간에 애들 다 듣는 앞에서 나한테 부모님은 괜찮으시냐는 거예요. 순간 피가 솟구쳐서 머리가 멍해지더라고요. 그게 절 걱정해서 해 준 말이 아니라, 일부러 애들에게 알리려는 의도로 하는 말이었거든요. 얘네 집안 그런 집안이다 하고. 그 담임을 얼마나 원망했는지 몰라요.

다 크고 나서도 동창들 만나면 여전히 나를 그런 시각으로 보는 아이들이 있어요. 강남에서 나고 자란 애들이잖아요. 나이 먹고도 여전히 운동권은 북한 빨갱이 지령받은 애들이라고 생각하는 친구들이요. 그런 아이들한테 우리 할아버지 이야기, 못 하죠. 제일 친하다는 애들 중에서도 저희 집에 대해 아는 애가 없었어요.

그러다가 대학 졸업하고, 쉬던 무렵에 조총련계 학교 아이들 이야기인 '우리학교'라는 다큐멘터리 영화를 봤는데 그 아이들은 지금도 흰 저고리 검정 치마를 교복으로 입고 다닌대요. 그 때문에 놀림당하고, 차별받고 그러는데, 왜 굳이 그렇게 입고 다니냐고, 싫지 않냐고 한 학생한테 인터뷰했더니 뭐래는 줄 알아요? 내면에서만 지키고 있어도 외면에 나오지 않으면 그것이 점점 내면에도 침투해 가게 되기 때문이래요. 십대 아이가 이런 말을 하더라고요.

한 대 얻어맞는 느낌이었어요. 저는 '나'를 부인하고 살아왔거든요. 숨기려고만 하고. 근데 그게 바로 내 정체성이더라고요. 그래서 그때부터는 당당해지기로 했어요. 우리 할아버지 누구다, 이상한 사람 아니다, 빨갱이 아니다. 그러니까 또 그러려니 이해해 주더라고요. 사실 이제는 시간이 많이 지난 일이니까 별로 심각하게들 안 보는 거죠. 관심들이 없는 거예요. 괜히 저 혼자 눈치 보고 두려워했던 거지. 남들은, 말 그대로 남 일인 거예요."

담담하게 이야기하고 신림은 소주잔을 깨끗이 비웠다.
예쁜 아가씨가 의식이 있다 했더니, 상처 없이 만들어진 인생은 아니었다. 역시나. 밝은 사람 뒤에는 검은색 커튼이 쳐 있다는 말이 맞았다. 태훈은 진지하게 신림의 이야기를 마음에 담았다.

사실 학창시절 이야기를 할 때까지만 해도 조금 그녀를 어리게 생각하는 면이 있었다. 나이 한 사십쯤 먹다 보면 뭐라 시시콜콜 설명할 수 없는 크고 작은 고비를 많이 넘게 되고 그러다 보면 어지간한 건 인생에 큰 자국도 남기지 않게 되는 법이다. 이제 스물 중반을 갓 넘긴 아가씨의 인생 역경 정도야. 게다가 강남에서 자라 예중 예고 나온 삶이라면 딴에는 힘들었다고 해 보았자 어리광이나 다를 바 없기 때문이다. 그런 그녀가 우스운 한편 귀여웠다.

그러나 흰 저고리 검정 치마를 자신의 삶에 입히겠다는 선택은 우습지 않았다. 커밍아웃. 인생에 있어 모두가 해 보는 경험은 아니다. 누구나 숨기고 사는 어두운 부분이 있지만, 그것을 당당하게 남들 앞에 내놓고, 거기서부터 다시 시작하는 것은 아무나 할 수 있는 일은 아니니까. 그녀가 지금은 이렇게 별일 아닌 듯 이야기하지만 분명 그때 당시에는 쉽지 않았을 것이다. 어쩌면 지금까지도 쉽지 않을지도 모른다. 멋진 여자라는, 그리고 조금은 존경스럽다는 마음이 일었다.

"그래서 4·3연구소에서 일하기로 결정한 거예요? 스스로의 정체성을 찾기 위해?"

"그렇게 거창한 거 아녜요. 이제 와서 돌아보니 그랬다는 거죠. 그냥 그때 마침 다른 일을 찾고 있던 때였거든요. 원래는 대학 졸업하고 도자기를 구웠어요."

"도자기? 아티스트였군요?"

"노가다예요. 매일 흙투성이로. 흙 반죽하느라 팔뚝 근육만 붙고. 그러다 무리해서 손목이 망가져 버렸죠. 더 이상 작품하기 어려워져서 방향을 틀면서 큐레이터나 그런 쪽으로 알아보다가 일본에서 한동안 머물렀는데, 그때 만난 일본인 친구 중에 좀 사는 집안 자제가 있었어요. 과거에 아버지가 정치 실세였다나. 한번은 걔네 집에 놀러갔는데, 왜 그런 집 있잖아요. 드라마에 나오는, 대문부터 안채까지 5분은 걸어 들어가야 하는. 가정부가 차를 내오는데 다기가 고려청자더라고요. 어이없어서. 사실 우리나라 박물관에 가 보면 도자기 유물들별게 없거든요. 근데 걔네는 그걸 가져다가 차 마시고 꽃 꽂아서 거실에 진열해 놓고 있는 거예요. 나 원 참. 그 뒤로는 걔랑 전처럼 지내지 못하겠더라고요."

신림은 그날의 울분을 여전히 떨치지 못한 듯 씁쓸한 표정으로 잔을 비웠다.

"일본 박물관 가 보면, 아름답고 완성도 높은 도자 작품들을 어렵지 않게 찾아볼 수 있어요. 일제 강점기 때 총독 데라우치가 경복궁에 있던 4천 개의 방을 파괴하면서 그 안에 가득하던 예술품 중에 개인 소장용으로 600여 개를 골라내 갔대요. 다 그런 식으로 건너간 거죠. 너무 억울해서…. 그렇게 빼앗기고 묻혀 버린 과거가 한두 가지가 아님을 알고 나니까, 어릴 때부터 할아버지한테 보고 자라서 그런가? 그냥 4·3을 밝히는 것이 선택의 여지가 없는 다음 일이 되었어요. 별 망설임도 없이. 신기하죠?"

한 사람의 인생이 언제 어떻게 풀리게 될 줄 짐작할 수 있겠는가. 부유하게 태어난 서울 아가씨가 이 외따로 떨어진 섬까지 와서 케케묵은 시대의 흔적을 좇는 데 인생을 바치게 될 줄은. 물론 그 피를 타고나 보고 자란 게 다 그런 것이었으니, 어찌 보면 우연이 아닌 운명이었을지도.

"솔직히 저 정치나 역사에 크게 관심 없어요. 더군다나 사상에도요. 좌냐 우냐 관심없어요. 뭐가 진실인지도. 아무리 증언을 듣고 보고서를 파도, 결론은 양쪽이 똑같이 서로를 상처 입혔다는 사실밖에는 확인하지 못하더라고요. 서로 자기가 피해자래요.

가해자들조차도 자신들은 시키는 대로 했을 뿐이다, 조종당했다고 억울해해요. 그럼 조종한 자들은 누구인데요? 그들은 처음부터 그렇게 조종자의 역할로 정해져 있던 건가요? 그들도 시작은 보통 사람의 하나였겠죠. 기회를 잘 잡아, 또 살아남기 위해 양심을 좀 팔고 정의를 외면하고 운이 따라 준 덕분에 그 위치까지 가게 된 거죠. 또 일단 그 위치 가니까 떨려 내려오지 않으려고 발버둥쳐야 했을 거고. 죽을 순 없으니까. 살고 싶으니까. 다 마찬가지 마음 아닌가요?

하지만 사람들은 그들이 자신들과 똑같은 사람이고 나름 그럴 이유가 있었을 거라고 생각하지 않아요. 그러고 싶어 하지 않죠. 사람들은 위로 위로 끝까지 올라가면 세상을 이 모양으로 만든 책임을 물 누군가가 존재한다고 믿고 싶어 해요. 그렇게 단정 짓고 그 사람은 처음부터 끝까지 악당이라고 결론지어야 속이 풀려 하죠.

그게 올바른 답인가요? 예전에는 백성의 등골을 빼먹는 왕이라는 절대 존재가 있어서 공공의 적이 되고, 그가 사라지면 조금 나은 세상이 오는 듯했죠. 하지만 사회가 커지고 인구가 늘어나고 조직과 체계가 짜여진 지금, 그 자리에 누가 앉느냐는 더 이상 아무런 의미가 없잖아요. 누군가 다른 이가 또 거기 앉으면 그만이니까. 역사는 반복될 뿐인 거예요.

조금은 나은 세상을 만들 누군가가 있을지도 모른다? 이 역사 속에서 태어나고 자라서 이 안에서 보고 배운 게 전부인데, 이게 인간의 본성이 만들어 낸 사회인데, 어떻게 다른 무언가를 꿈꾸죠? 인간으로서 그게 가능한가요?"

"신은 가능하겠죠."

태훈은 웃었다.

그래도 싸워야 한다고, 조금이라도 더 나은 세상을 만들기 위해. 그게 그의 지론이었다. 맨땅에 헤딩이 되든, 골리앗을 맞선 다윗이 되든. 적이 권력을 가진 누군가이든, 시스템이든 싸워야 했다. 그렇지 않으면 결국 그 어떤 투쟁도 무의미한 것이 되고, 인간의 모든 노력도 이상도 불필요한 것이 될 테니. 비록 그것이 남들이 비웃는 유치한 이상주의고 정의감일지라도, 세상은 바뀔 수 있고, 그걸 해내는 것은 인간이라고 태훈은 믿었다.

양심을 따르는 인간. 양심은 신이 인간에게 준 등불이라고 하지 않는가. 가만히 들여다보면, 인간은 옳고 그름을 안에서부터 판단할 수 있게 만들어졌다. 양심이 흐려지지 않도록, 등불이 희미해지지 않도록 자신만의 싸움을 해 나가는 것이 짐승이 아닌, 인간으로서 최소한의 도리가 아닐까?

"신림 씨는 왜 4·3연구소에서 일을 하나요? 세상은 바뀌지 않고, 나아지지 않을 거라면?"

"안 됐으니까요. 선과 악, 착한 편 나쁜 편, 정의 불의, 하나의 답으로 정답을 낼 수는 없지만, 한 가지 확실한 건, 결국 그 안에 희생되는 것은 무고한 백성이고, 아주 평범한 사람들이라는 거예요. 그들이 불쌍해요. 그게 저의 관심사에요. 세상을 바꿔 보겠다는 거창한 꿈도 아니고요. 그냥 안됐으니까…. 잊지 말았으면 좋겠으니까."

"잊지 않으면 변하게 되죠. 언젠가."

신림은 동의했다.

바로 그 지점에서 태훈을 신뢰할 수 있었다. 세계 평화를 위해 뛰어드는 활동가는 신뢰가 가지 않는다. 하지만 들꽃을 보호하고 싶다고, 가정이 화목했으면 좋겠다고 말하는 이들에게선 기대를 걸게 된다. 그래서 신림은 지금 이 순간 자신이 하는 일에 실망하지 않기로 했다. 그것이 그다지 소용없어 보이는 일일지라도. 혹시 알겠는가? 언젠가 이것이 누군가를 위한 자그마한 어깨가 되어 줄지.

"하지만 쉽지 않네요. 잊지 않는다는 거."

"기억해야 하는 거니까. 게으르지 않아야죠. 머리를 계속 써야 하거든. TV를 보는 것처럼 그저 멍하게 앉아 있다 보면, 생각이나 글자를

141

해독하는 것 같은 적극적인 활동을 하기가 싫어지는 거죠. 뇌 근육도
안 쓰면 점점 퇴화된다고 하더라고요."

"글쟁이의 고민인가요? 읽어 줄 사람이 줄어들까 봐?"

"기자는 글을 쓰는 사람은 아니에요."

"그럼요?"

"말을 쓰는 사람이죠."

신림이 푸훗 웃었다. 주거니 받거니 어느새 소주에서 막걸리로 넘
어가 세 병이 비어 있었다. 기분 좋은 취기가 며칠간의 피로를 노곤
하게 녹였다. 비로 눅눅해진 습기를 뽀송뽀송하게 말린 삼베 이불에
살을 부비며 잠들고픈 기분이었다. 신림은 긴장감 따윈 이미 저만치
거둬 버린 눈으로 태훈을 바라보았다. 문득 몹시 편안하다는 느낌.
이 사람과 함께 있는 것이.

역시나 문 닫을 시간이 되어서야 고깃집을 나온 태훈은 신림이 화
장실에 간 사이에, 핸드폰을 열었다. 도저히 무시할 수 없이 끈질기
게 울리는 진동이 10분째 계속되고 있었다. 십장이었다.

"왜 이렇게 통화가 안 되는 거요! 불안해 죽는 줄 알았소."

"십장님, 걱정 마세요. 아무 일도 없어요."

"난 정말 이곳에 있는 게 싫소. 다른 곳으로 옮겨 주시오."

사촌동생 펜션으로 은신처를 삼은 후 십장은 거의 한 시간에 한 번
씩 전화로 불만을 표해 왔다. 이유는 단지 불안하다는 것이었다. 사
촌동생한테 연락을 취해 보니 아무 일도 없다고 했다. 주위에 미행
하는 낯선 차량이나 못 보던 사람도 눈에 띄지 않고, 심지어 낮 동안
전화도 얼마 오지 않았다고 했다. 숙박업소이다 보니 나름 사설 경비
업체에도 가입해 있었고, 외진 곳도 아니어서 조그만 소란이라도 나

면 바로 인근의 주목을 받게 마련이었다. 그리고 제법 충성스런 개도 세 마리나 기르고 있었다. 그런데도 십장은 자꾸만 불안하다고 보채는 것이었다.

처음에 몇 번은 달랬다. 제주도를 뜨지 않는 한, 이보다 더 안전한 장소는 별로 없을 것이라고. 알다시피 경찰청장까지 연루된 마당에 공권력에 보호를 요청한다 해도 안심할 수 없었다. 그리고 딱히 이렇다 할 범죄의 징후가 있었던 것도 아니기 때문에 태훈의 경험상 이 정도의 방비면 충분했다. 어디까지나 만약의 조치로 은신하게 한 것이었으니까.

그리고 정작 몸을 사려야 할 사람이 있다면 오히려 태훈 자신이었다.

많이 낫긴 했지만 여전히 부드럽지 못한 손목이 밤이 되어 쑤셔 왔다. 그런데 십장은 끝까지 고집을 부리며 불안하니 장소를 옮겨 달라고 조르는 것이었다. 태훈은 조금 단호하게 거절의 뜻을 표하고 전화를 끊었다. 처음엔 그렇게 안 봤는데 의외로 짜증스럽게 구는 성격이었다.

신림이 나오자 둘은 시내 쪽을 향해 걸었다.

오늘은 왠지 일찍 헤어지고 싶지 않았다. 슬슬 걸어서 집까지 데려다주고 싶다고 생각하는데, 가는 날이 장날이라고 빈 택시 한 대가 훌쩍 다가와 서는 것이었다. 다른 날보다 배는 빠르게. 신림도 어딘가 타고 싶지 않은 듯 머뭇거림이 느껴졌다. 태훈은 택시를 잡아 차문을 열고는 신림을 태웠다. 그리고는 냉큼 자신도 따라 올라탔다.

"바래다 줄게요."

태훈이 뒷좌석으로 마구잡이로 밀고 들어오는 바람에 엉겁결에 둘은 나란히 앉게 되었고, 그 바람에 팔뚝이 맞닿았다. 딱히 떨어져 앉기도 애매하게 타이밍을 놓쳐 버린 바람에 신림은 조금 난처해하고 있었다. 태훈은 아닌 척, 모르는 척 태연히 앞만 보고 있었다. 두근거린다기보다 당황스러움. 누가 남자 아니랄까 봐? 신림은 어찌해야 할지, 적극적으로 밀어내야 할지 마음을 정하지 못한 채 그대로 있었다.

의식적으로 맞붙은 두 사람의 팔은 덜컹이는 낡은 택시의 진동에도 불구하고 15분여 걸리는 신림의 집에 도착할 때까지 떨어지지 않은 채 꼬옥 붙어 있었다.

집에 도착하여 태훈은 택시비를 지불하고 차에서 내렸다.

그리고는 뒤따라 나오는 신림의 손을 붙잡아 주었다. '그럴 필요까지 없는데.' 싶으면서도 신림은 남자가 하는 대로 내버려 두었다. 그렇게 잡은 손은 놓일 기회가 오지 않았다. 집까지 둘은 쭈볏거리며 손을 잡고 걸어갔다. 신림의 아파트 현관에 도착했을 때, 태훈은 좀 망설이는 것 같았다. 그러더니 갑자기 신림을 향해 다가왔다.

설마 이 남자가 키스라도 하려고? 신림의 설마가 역시로 밝혀지는 듯 태훈의 얼굴이 점점 다가왔다. 내버려 두면 앞서가는 게 남자라더니…. 코앞까지 다가온 태훈의 가쁜 숨에서 짙은 담배 냄새가 풍겨 났다.

"담배 냄새…."

꼭 싫다는 뜻은 아니었는데, 신림의 말에 태훈은 약간 멈칫했다. 미안해하는 것 같았다. 그대로 멈춘 것인가 싶어 신림이 잡힌 손을 빼려는데, 태훈이 다시 밀고 들어왔다. 그의 까슬까슬한 턱이 불쑥 신림의 왼쪽 볼을 스쳐 오자 신림은 질끈 눈을 감아 버렸다.

그 순간 정적을 깨며 태훈의 핸드폰이 울렸다.

신림은 그를 살짝 밀어냈다. 늘 진동으로 해 두는 핸드폰이 하필 이 순간 목청을 울려 대는지, 태훈은 하는 수 없어 전화를 받았다.

"여보세요?"

상대는 침묵했다.

"여보세요?"

태훈은 전화 수신 상태가 좋지 않은가 싶어 방향을 돌리며 되물었다.

"너 실수한 거야."

낮은, 그리고 두툼한 수건으로 전화기를 감싼 듯 둔탁하게 들리는 목소리였다.

"네?"

"대가를 치르게 될 거야."

"당신 누구야!"

'뚜-뚜-' 유선 전화기에서나 들을 수 있는 통화 중지음이 길게 들려왔다. 신림은 심상찮은 태훈의 표정을 걱정스럽게 바라보았다. 태훈은 주위를 둘러보았다. 컴컴한 아파트 단지 곳곳에 노랗게 내리쬐는 가로등 외에는 어디에도 사람의 기척이 느껴지지 않았다.

"바로 들어가요. 어서."

태훈은 서둘러 신림을 현관문으로 들여보냈다. 신림은 남겨진 태훈이 걱정스러웠지만, 태훈은 이미 뒤돌아서 통화 버튼을 누르고 있었다.

태훈이 가장 먼저 연락한 곳은 사촌동생 집이었다.

통화 중이었다. 지금 시간이 자정을 넘어서고 있는데 통화 중이라니. 이상했다. 받을 때까지 계속 걸었다. 다섯 번째 통화에서야 연결이 되었다.

"너! 이 밤중에 무슨 전화를 길게 해?!"

"아니 누가 할 소리…. 내가 형한테 걸고 있었잖아."

"그랬어? 왜 무슨 일이야."

"좀 전에 이상한 전화가 걸려 왔어."

태훈의 직감이 맞았다. 뭔가 이쪽 사정을 알고 협박을 하는 것이었다.

"뭐라 그랬는데?"

"아, 거기 김 팀장 있는 거 다 안다. 그리고 형 원망하라고 그러고. 아니, 그건 별 문제가 아닌데, 그 전화 오고 나서 김 씨가 난리가 났어. 나간다고 막 짐 싸들고. 그래서 간신히 방에 붙잡아 놓고 지금 전화하던 참이야."

알 만한 상황이었다. 가뜩이나 불안해하던 김 씨였으니, 그 전화 한 통에 무슨 행동을 할지 모를 일이었다. 사촌동생이 맡기엔 역부족이었다.

"내가 지금 갈게. 김 씨한테 그렇게 말해 놔."

태훈은 바로 큰길 쪽으로 달려갔다.

비극의 시작

1947년 1월, 복시환 사건, 일국, 출도금지령

1947년에 들어서면서, 세계는 미국과 소련을 중심으로 하는 냉전 체제로 돌입하고 있었다.

미국과 소련이 가장 첨예하게 대립하는 지역은 바로 한반도였다.

남한과 북한의 골은 점점 깊어져 갔고, 이대로 나라가 두 동강 나는 것이 아니냐는 불길한 예감이 사람들 사이에 스멀스멀 퍼져 가고 있었다.

이런 상황에서 남한만의 단독 정부를 수립하는 것은 일시적으로 갈라진 남과 북의 분단을 고착화하는 것이므로, 남한 단독 선거를 거부해야 한다는 목소리가 커져 갔다. 지식인들과 언론에서는 점점 '해방'과 '자주독립'을 분리해서 이야기하기 시작했고, '자주적 통일 독립이 안 됐다.'거나 일본으로부터 해방은 되었지만 '진정한 해방이 아니다.'란 말이 유행했다.

그리고 남한 내에서도 좌우익 간의 분열 양상이 고조되었다.

이념이나 사상에 의한 좌우 구분은 아니었다. 해방 이전부터 권력을 잡고 있던 이들은 우익, 해방과 함께 새롭게 대두된 세력은 좌익으로 불렸다. 언론 공격과 집회 등으로 시작된 이 둘 사이의 싸움은 점차 암살과 테러, 폭력으로 치달았고, 중도 노선을 지지하던 수많은 민중 지도자들이 먼저 제거되기 시작하였다.

경제는 나날이 어려워져 석탄이 부족하여 기관차가 멈춰 버리는 날도 많았고, 서울에서는 쌀을 구하지 못해 굶는 일이 빈번했는데, 참다못한 서울 사람들이 고향으로 쌀을 구하러 가는 바람에 기차표가 매진되는 웃지 못할 상황이 벌어지기까지 했다.

육지와의 연결이 원활하지 않은 제주도의 경제 상황은 한층 더 심각했다. 생필품을 공급받기 힘들었고, 그나마 생산품을 육지에 가져다 팔기도 쉽지 않았다. 도제 실시 이후 전라도에서 분리되는 바람에 목포항에서는 제주도에서 배로 싣고 온 상품에 세금을 매겼고, 여행자들에게는 상륙비를 거두었다.

하다못한 섬사람들은 일본과의 밀무역에 오히려 치중할 수밖에 없었다. 당시 제주도에는 조국으로 귀환하는 동포들이 많아서, 이들이 귀국하면서 갖고 들어오는 생필품이 적지 않았다. 이는 곧바로 모리배들의 표적이 되었다.

그러나 이를 단속하는 전담 기관이 없다 보니, 경찰, 세관, 해안경비대, 항무서, 물가감찰서 등이 너도나도 밀무역 단속에 나섰다. 이렇게 단속된 물품은 모리꾼들에게 뒷거래로 넘겨졌고, 나중에는 모리배와 단속기관이 결탁하여, 단속이라는 명목으로 물건을 빼돌려 뒤로 거래하는 일들이 잦아졌다.

음지에서 거둬들인 물건들이 세상으로 통용되는 대표적인 창구는 대양상회였다. 일국은 대양상회 영감의 손발이 되어 중간의 모든 일을 감독했다. 그런데 일국이 제주를 뜬다고 하니, 당황한 이들이 한둘이 아니었다. 관련된 미 군정 고위 관리들이며 모리배들까지 일국의 존재는 그대로 내보내기에는 너무 위험했다.

그러던 와중에 '복시환 사건'이 터졌다.

1947년 1월 11일 일본에서 화물을 싣고 서귀포항으로 가던 화물선 '복시환'이 성산포 근처에서 목포 해안경비대에 의해 나포되었다. 이 배에는 서귀포 법환 마을 출신 재일동포 친목단체가 고향의 전기가설 사업을 위해 기증한 전기가설 자재들과 학교에 보내는 학용품,

그리고 개인 물건 등이 실려 있었다. 이 물건들을 모리꾼들이 가로 챈 것이었다.

이들은 밀수품은 목포로 끌려가면 모두 몰수되므로, 그전에 자신들에 헐값에 넘기라고 화물 운반 책임자를 협박했다. 늘 해 오던 방식이었다. 이들 뒤에는 미군 고문관이 있었고, 당시 제주감찰청장의 조카인 감찰청 경사도 끼어 있었다.

그러나 이번에도 제대로 한몫 잡겠다고 희희낙락하던 이들에게 한 가지 문제가 생겼으니, 평소처럼 손쉽게 물건을 처리해 줄 중개상을 구할 수 없게 된 것이었다. 일국이 없었기 때문이었다.

하는 수 없이 이들은 다른 중개업자와 접촉하기 시작했다. 그런 기회를 잡으려는 상인들은 얼마든지 널려 있었다. 일국만큼 재빠르고 능숙하지는 못했지만 일은 그럭저럭 잘 처리되는 듯했다.

그러나 어디서 새어 나갔는지 이것이 교포들이 기증한 물자임이 알려지게 되었고, 마침내 1947년 1월 28일, 〈제주신보〉에는 '모리배 천하인가?'라는 제목의 사설이 실렸다. 사설에서는 복시환선 화물을 가로챈 모리배들의 악랄한 범죄를 비난하며, 그 배후에는 감찰청장이 있음을 폭로하였다. 섬의 여론은 밀수꾼들과 부패 경찰, 뒤를 보아준 미군에 대한 분노로 들끓기 시작했고, 사태는 걷잡을 수 없이 커져 갔다. 결국 이 사건은 중앙 신문에까지 보도되어, 곧 전국적인 문제로 퍼져 갔다.

여론이 들끓자 중앙의 감찰당국이 이 사건을 조사하기 위하여 제주도에 내려왔다. 그 과정에서 이를 비호해 주던 미 군정의 패드릿치 대위의 연관 관계가 드러나게 되었고, 이는 부패 상관에 반기를 드는 소장파 젊은 경찰관들의 반발로 이어졌다. 이들은 감찰청장과 그 조카 등 사건에 개입된 이들의 퇴직을 요구하였고, 친일계 인사들로 구성된 경찰 상층부와 젊은 하층부 경찰들 사이의 대립을 불러왔다.

마치 벼르고 있었던 것처럼 일대 정리가 시작되었다. 관련자에 대한 무자비한 조사와 처벌이 진행되었고, 섬은 대혼란에 휩싸였다. 수

많은 사람이 조사를 받았다. 일국 역시 빠져나갈 수 없었다. 비록 이번 사건과는 관련이 없었지만, 그가 바로 전까지만 해도 가장 수완 좋은 중개상이었음을 알 만한 사람들은 다 알고 있었기 때문이었다. 그리고 사건 직전에 집과 재산을 처분해 섬을 떠나려 한 것이 오비이락이 되어 도주하려 했던 것이라는 의혹까지 받게 되었다. 일국에게는 섬을 떠나지 못하도록 금지 조치가 떨어졌다.

출도 금지 조치만이라도 풀기 위해 정화는 평소 가깝게 지내던 미군들을 찾아가 도움을 청했다. 그러나 당장 제 발등에 불이 떨어진 이들은 큰 도움을 주지 못했다. 이 일로 제주도 미군 군정장관이 교체되었고, 경찰과 미군에 대한 도민들의 불신은 말할 수 없이 악화되었기 때문이었다.

가뜩이나 엄청난 이권이 달려 있는 적산 부동산 처리 문제에 있어서도 도민들의 불신이 커져 가고 있던 터에, 밀무역, 밀거래로 제 살 찌우기 급급한 모리배들과 이와 결탁한 부정부패 관리들, 그리고 어느샌가 미 군정에 재등용되어 당당하게 활개치고 다니는 대일 협력자들의 모습은 현 정권과 미 군정에 대한 불신과 반발을 불러일으키기에 충분했다.

미군은 뇌물과 향응, 여자를 제공받는 것만 좋아한다는 식의 부정적인 인상이 퍼져 가고, 일간에서는 경제 파탄이 현실을 모르는 미군의 실정 때문이라는 비난까지 일고 있었다. 이런 상황에서 미군이 친일파들과 한통속이 되어 불법적인 뒷거래를 해 온 사실이 밝혀졌으니, 섬 주민들의 분노는 모리배들을 넘어 미 군정 자체에 대한 배척 움직임으로 옮겨 갈 조짐을 보이고 있었다.

그러던 중 박경훈 도지사는 정화에게 한 가지 비밀을 귀띔해 주었다.

일국에게 내려진 출도 금지 조치는 실은 복시환 사건과는 무관하며, 미군 쪽에서 내려졌다는 것이었다. 들리는 소문에 의하면 중앙의 미 군정장관으로부터 직접 내려왔다고 했다.

정화는 예상치 않은 정보에 충격을 받았다. 일국이 미 군정 높은 분들과 민감한 일을 진행하고 있다는 것은 알았지만, 남편이 얼마나 대단한 일을 한다고 중앙에서까지 신경을 쓰고 제재를 가한단 말인가? 이런 상황이라면 제주도를 떠난다 한들 전국 어디로 가도 자유로울 수 없을 터였다.

정화는 이 일을 일국에게 솔직히 털어놓았다. 어떻게 된 사정인지 모르나 무언가 오해가 있다고 생각했기 때문이었다. 그녀는 남편이 그렇게 큰 잘못을 할 사람이 아니라고 굳게 믿고 있었다.

일국은 사정도 모른 채 무조건 남편을 믿어 주는 아내를 물끄러미 바라보았다. 중앙이라는 말을 들었을 때, 일국은 가장 먼저 파이프의 남자를 떠올렸다. 그러다 곧 그 뒤에 있는 렌즈데일의 존재를 깨달았다.

'내 편에 서라.'

그의 말을 거절했을 때, 어떤 일들을 겪게 될지를 보여 주고 있는 것이었다.

일국은 깨달았다. 이미 고민하거나 망설일 때가 지났다는 것을. 그에게 선택의 여지 같은 것은 없었다. 거절한다면? 그럼 끝이었다. 렌즈데일은 누군가를 제거하는 데 망설이거나 할 사람이 아니었다.

화란 상인, 밀항 준비, 게임의 시작

상황이 희망적이진 않았지만, 일국은 포기하지 않았다.

제아무리 렌즈데일이라 해도, 섬에서는 일국을 당할 수 없었다. 일국에게는 렌즈데일의 감시망에 드러나지 않은 은밀한 친구들이 많았다. 그들 중에는 제법 세계 여러 곳을 돌아본 무역상들도 있었다. 일국의 아비 때부터 말 거래로 얼굴을 익혀 온 이들은 일국에게 진작부터 섬을 뜨라고 충동질하곤 했었다. 섬을 나가면 더 넓은 세상이 펼쳐져 있고, 셀 수 없이 많은 기회들이 넘쳐 나고 있다고 그를 부추겼다. 젊은 시절이라면 그런 미지의 세계에 대해 심장이 일렁이기도 했겠지만, 결혼 후 일국은 오로지 자신의 가정을 굳건히 하는 데에만 기쁨을 느꼈다. 그래서 모험이며 도전 같은 데에는 조금도 미련을 두지 않았다.

그런데 미군의 시야에서 벗어나야 하는 상황이 되자, 가장 먼저 떠오른 것이 그들이었다. 어디에도 속박되지 않고 독자적으로 움직이는 이들. 마침 일본에서 유럽 상인들과 거래를 하던 무역상들이 화란을 추천했던 것이 떠올랐다. 날씨도 좋고 꽃이 많은 나라라고 했다. 목축을 많이 하는 나라라 일국이 가도 자리 잡기 좋을 것이라고 했다.

일국은 당장 그들에게 연락을 넣었다. 우연인지 홍콩 무역상의 배가 조만간 목포에 들어온다는 소식을 전해 주었다. 그 배를 타고 일단 홍콩으로 가면, 화란까지 가는 배편을 구할 수 있을 것이라고 했다. 배가 들어오는 날짜는 2월 중순 이후였다. 하지만 일국은 가능한 그보다 일찍 섬을 떠날 생각이었다. 섬 날씨는 늘 예측불가여서, 뜰 수 있을 때 가급적 빨리 뜨는 편이 안전했다. 일단 육지로 나가고, 거기서 필요한 것들을 조달하기로 하고 최대한 섬에서 빨리 나가기로 계획을 세웠다.

일국은 모든 상황을 고려하고 점검했다. 계획대로 안 될 경우의 차선책, 대비책, 믿을 만한 사람들에 대한 점검, 또 점검. 기회는 생각보다 적을지도 몰랐다. 당연하게 생각했던 첫 출발이 무산된 이후, 일국은 이것이 결코 쉽게 되어가지 않을 것임을 깨달았다. 게임. 시작된지도 모르고 움직인 일국의 첫 번째 말은 사정없이 제거되었다. 렌즈데일이 어디까지 내다보고 있을지 모르지만, 그의 말대로 수를 만들어 움직이지 않는다면, 자신은 절대 그의 손에서 벗어날 수 없을 것임에 틀림없었다.

출도 금지를 받은 이상 밤을 틈타 밀항하는 수밖에 없었다. 적당한 배편을 알아보고, 도와줄 이들을 찾고, 선금을 전하기까지 혹시나 말이 날까 일국은 모두 직접 전달하고 다짐을 받았다. 다행히 맺어 놓은 신망이 두터워 대체로 도움을 거절하지 않았다. 사정은 모르나 미 군정에 미움을 받고 있는 것으로 알려져 있어서, 도리어 더 유리했다. 잘 알던 추자도 멸치잡이 최 씨의 배에 자리를 얻어 2월 9일, 감시가 소홀한 일요일 밤에 떠나는 것으로 결정되었다.

"조만간 섬을 뜰 거야."

일국이 말했을 때, 정화는 놀라지 않았다.

내심 각오가 되어 있었다. 일국이 시시콜콜 남자들의 일을 설명해주는 세심한 성격은 아니었지만, 정화는 긴박하게 돌아가는 상황을 짐작하지 못할 만큼 아둔한 아낙이 아니었다. 미 군정에서 내려진 출도 금지만 해도 심상치 않았는데, 섬을 떠날 생각까지 한다는 것은 무언가 심각한 문제가 생겼음을 의미했다. 그리고 지금 상황에서 미군정을 적으로 돌리게 된다면 그때부터는 음지로 숨어드는 것밖에는 살아날 길이 없었다.

"어디로 갈 생각인데요?"

만약 일본으로 간다면, 어떤 식으로든 아버지가 힘을 써 줄 수 있을지도 몰랐다. 이미 버린 자식 취급이겠지만, 일국과 아기를 살리기 위해서라면 정화는 아버지 앞에 무릎을 꿇고 빌 각오까지도 되어 있었다.

"화란으로 갈 생각이야."

화란. 네덜란드. 풍차와 튤립의 나라. 정화는 일국의 의외의 계획에 놀랐다. 말도 안 통하는 나라에 맨몸으로 갈 생각을 하다니. 물론 그런저런 고민할 겨를이 없었겠지만, 참 일국다운 결정이어서 웃음이 났다.

'가서 뭘 어쩔 건데요.' 하는 질문은 저만치 넣어 두었다. 그와 함께라면 어디든 무엇을 하든 두렵지 않았다. 정화는 남편의 결정에 따라 드러나지 않게 섬을 떠날 채비를 시작했다.

2월, 섬의 분위기는 점점 험악해져 갔다.

섬에 들어온 청년들 중 상당수는 이승만을 새 대통령으로 지지하는 친위대 성향을 지닌 이들이었다. 특히 북한 정권의 친일 청산의 칼날을 피해 월남한 이북 출신들이 많았는데, 이들은 좌파 진영이나 사회주의자들에 대한 극심한 저항의식을 갖고 있었기에, 섬의 좌익 계열 청년들과 가치관이나 사상에서 큰 차이가 있었고, 이들 사이의 갈등은 눈에 띄게 불거졌다.

상점에서, 길에서 크고 작은 충돌이 심심치 않게 일어났다.

청년들이나 성인 남자들이 모인 곳에서는 언제나 고성과 격한 함성이 울렸다. 밤길이 더 이상 안전하지 않았고, 섬의 젊은 처자들이 봉변을 당하는 일이 생겼다는 소문도 돌았다. 긴장 일로의 하루하루가 지나고 있었다.

일국의 마음은 급해졌다.

집을 나서면 거리를 가득 메운 불길한 기운을 느낄 수 있었다. 무언가 당장이라도 터져 나올 듯한 억눌린 압박감이 그를 불안하게 했다.

'제발 9일까지만….'

복시환 사건에 대한 조사는 여전히 진행 중이었고, 신문에서는 연일 새로운 정황 증거와 함께 비판적인 논조를 높여 가고 있었다. 그의 출도 금지는 풀릴 기미도 보이지 않았다. 게다가 정화의 배는 나날이 불러 오고 있었다. 아직 예정일까지는 석 달이나 남아 있지만, 먼 거리를 이동하려면 서둘러야 했다. 화란까지 얼마나 걸리는지 알 수 없지만, 자칫하다간 배 위에서 아이를 낳아야 하는 상황이 올지도 몰랐다. 그러고 싶지는 않았다. 그녀에게 그런 험한 일을 겪게 할 수는 없었다.

이 와중에 어머니를 모시러 갈 생각으로 일국은 조천에 다녀왔다. 그러나 일국 어미는 죽어도 섬에서 죽겠다며 떠나지 않겠다고 완강히 버텼다. 어르고 달래고 윽박지르고, 그런 식으로 어미의 뜻을 꺾을 수 없다는 것을 일국은 잘 알고 있었다. 정 상황이 이상하면 육지로라도 나가라는 말과 함께 적지 않은 돈을 남기고 읍내로 돌아왔다.

세계적인 투자 거물, 평화박물관, 일본 종교단체

   지난 밤 태훈은 사촌동생 집에서 김 씨를 자신이 머무는 호텔로 데려왔다. 사촌동생과 경호 무술 도장 사범이라는 친구까지 불러다, 차를 앞뒤로 호위하는 등 오밤에 생쇼를 다 했지만, 정작 별다른 일은 없었다.

   "겁주는 거구만."

   그랬다. 진짜 무슨 위해를 가할 것이었다면, 태훈 때처럼 몰래 숨어 있다 들이받았겠지. 협박 전화는 어딘가 그들답지 않았다. 단순히 겁주는 것 말고는 별 의미 없는 행동이 아닌가? 심리적으로 압박을 받으라고? 어딘가 이상했다. 아무튼 만에 하나, 혹시나 사촌동생네까지 피해가 가면 안 된다는 생각에 태훈은 김 씨를 호텔로 데려오기로 결정했다.

   호텔이 사촌동생 집보다 나을 것은 하나도 없었지만, 일단 태훈의 옆에 있다는 것만으로도 김 씨는 안심하는 느낌이었다. 호텔로 온 이후로 김 씨는 불과 몇 시간 전까지 태훈의 통화 목록을 도배하던 강박증 환자와 같은 인물이라고 생각되지 않을 정도로 얌전히 행동했다.

   난리를 피운 탓에 잠이 다 달아난 것도 있고, 갑작스레 낯선 이와 한 방에서 지낸다는 사실이 편치 않아, 태훈은 자는 둥 마는 둥 밤새 가수면 상태를 오갔다. 막 잠이 좀 들려는 찰나 전화벨이 울렸다. 6시

7분. 애써 지금까지 기다렸음이 분명한 국장의 전화였다.

　"여…보세요."

　"야, 일어났냐? 오늘 너 하나 따라붙어야겠다."

　"하아…. 이 시간부터 왜 이러세요."

　"7시 반 비행기로 내려간대서 그래."

　국장의 설명이 길게 이어졌다. 어제 한국에 도착한 세계적인 투자 거물인 워렌 펫이 오늘 제주를 방문한다는 것이었다. 아침에 개인 전용기로 이동 예정이니 하루 종일 따라붙으라는 지시였다. 정철은 오늘 예정된 백골 도굴 사건에 대한 검찰 조사 발표로 움직이기 힘들었다.

　"니가 엉뚱한 데 쑤셔 놔서 일 더 복잡해진 거잖아."

　어제 '생매장'에 관한 연구소 공식 발표 이후로 일본대사관의 유감 성명과 일본 우파의 반발 기자회견 등 일이 외교 문제로 번질 조짐을 보이고 있었다. 정부 누군가로부터 한마디 들어야 했다는 국장의 궁시렁거림은, 늘상 있는 입에 달린 불평이 아니었다. 태훈에 대한 은근한 주의였다. 아무래도 윗선의 심기가 심상찮은 듯하니 당분간은 좀 몸조심할 필요가 있었다.

　공항까지는 20분도 안 걸리는 거리이니, 한잠 더 자도 괜찮았다. 단지 취재로 방을 비워야 하는 동안 김 씨를 방에 혼자 두는 것이 좀 불안했다. 7층 VIP 투숙 때문에 호텔 경비가 삼엄해서, 신변보호 걱정은 없었는데, 김 씨의 생각이 어떨까가 문제였다.

　"난 괜찮으니까 일 보러 가슈."

　마침 잠이 깬 김 씨는 전화 내용을 들었는지 태훈에게 대답했다. 문 잠그고 방 안에만 있을 테니 걱정 말라며 도리어 태훈을 안심시켰다.

'묘한 사람일세.'

그리고는 다시 잠으로 돌아가 드르렁 드르렁 코를 골기 시작했다. 무슨 '탁' 하고 스위치라도 켠 듯 빠른 전환에 태훈은 헛웃음을 지었다.

호텔 조식으로 아침을 해결한 태훈이 택시를 잡아타고 공항으로 향하는데, 신림으로부터 전화가 걸려 왔다. 그러고 보니 어제 그렇게 헤어지고 미처 연락도 못 했던 터였다.

"걱정했잖아요."

약간은 삐진 듯, 하지만 무사하다는 데 안심한 여자의 말투에 태훈은 조금 설레었다. 누군가 자신을 걱정하는 상황을 겪어 본 것이 얼마 만인지.

"걱정은 뭘…."

내친김에 신림은 그의 팔목 걱정도 해 주었다. 좀 덜 쓰고 쉬라는 충고에 태훈은 웃었다. 절대 따를 수 없는 충고. 하지만 그런 말들을 주고받으며 관심을 표하는 게 남녀 사이 아니겠나. 걱정해 준 여자에 대한 답례랄까, 태훈은 지금 공항으로 가는 중이라고, 늘 돌발 상황 속에 살아야 하는 자신의 직업적 애로사항을 들려주었다. 쉽게 놔두질 않는 국장에 대한 투덜거림을 섞어서. 좋은 모습만 보이고 싶지만 다른 한편으로는 약한 모습, 짜증, 불평불만의 모습을 내보일 수 있을 때 비로소 진정 거리감 없는 사이가 되는 모순.

태훈은 자기도 모르게 신림에게 칭얼거리고 있었다. 점점 여려지는 남자와 반대로 이런 남자를 받아 주는 여자는 오히려 강인해져 갔다. 신림은 오히려 침착해지고 객관적으로 상황을 바라보며 이런저런 조언을 해 주었다. 마치 자식을 대하는 어머니같이? 원래 여자는

159

사랑하는 남자를 지키고 성장시키기 위해 강해진다고 하지 않는가.

"요즘 어떤 생각이 드냐면요, 지금 제주도 상황이 꼭 1946, 47년 같
아요. 이상한 일 투성이에, 너무 많은 사람들이 찾아오고, 많은 일들
이 일어나요. 아마 뒤에서 뭔가 진행되고 있는 것 같은데, 나같이 평
범한 사람 눈에는 그게 뭔지 보이지 않는 기분이랄까요?"

1947년. 솔직히 태훈은 그때 제주에서 무슨 일이 일어났는지는 잘
몰랐다. 다만 지금 뒤에서 무언가가 이루어지고 있다는 신림의 말에
는 동의했다. 여자여서 그런가? 여자의 직감은 놀라울 만큼 정확하
기도 하니까. 어쩌면 그녀에게 몇 가지 정보를 더 주면 훨씬 사실에
가까운 추론을 해 낼 수 있을지도 모른다는 생각이 들었다. 취재에
도움이 될지도. 그 핑계로 저녁이나 같이 먹어야겠다.
태훈은 신림의 오후 일정을 물었다.

"아마 선흘굴에 있을 거예요. 조사 재개됐으니까 이제 좀 여유 있게
현장 검증도 하고 그래야죠. 아직 '생매장'된 백골들이 어디로 들어
왔는지도 못 밝히고 있으니까요."

태훈이 벌인 일의 뒤처리하느라 심술이 난다는 듯 신림의 말투가
삐죽거렸다.

공항에 도착해서 보니 이미 한 무리의 기자들이 대기 중이었다. 예
상대로 경식도 나와 있었다. 늘 그렇듯이 잔뜩 미간을 구기고, 샤워
후 황급히 나왔는지 머리는 채 마르지 않은 상태였다.

"아니, 무슨 놈의 사건이 이렇게 많아."

"그러게 갑자기 말이다. 생전 안 오던 사람들이 하필 이 시기에 작정
하고 몰려오냐 재수가 없으려니…. 그나저나 너 그것 좀 알아봤냐?
그 보고서?"

"아, 그러잖아도 메일 왔는데, 4·3 때 미군보고서 쪽 빠삭한 연구소가 있다더라. 제주대 부설인 것 같던데? 손학순 박사라는 사람이 소장으로 있다던가?"

"그래?"

경식이 적어 둔 메모를 꺼내려는데, 때마침 워렌 펫 일행이 게이트로 모습을 드러냈다. 기자들은 우르르 몰려들었다. 한국 측 수행원 대표로 보이는 사람이 워렌 펫의 오늘 일정을 기자들에게 공개했다.

"평화박물관?"

일정표를 받아든 태훈은 의외의 스케줄에 놀랐다. 국제컨벤션센터도 아니고 뜬금없이 박물관이라니. 평화박물관이 뭐하는 곳이지? 생각할 틈도 없이 워렌 펫 일행은 준비된 차로 이동했다. 기자들은 각기 준비한 차량으로 따라나섰다. 박물관의 위치는 대정읍이었다. 태훈은 장거리 운전이 힘들어 경식의 차를 얻어 타기로 했다.

보조석에 앉자마자 태훈은 평화박물관에 대해 검색했다.

가장 먼저 뜬 기사는 평화박물관 매각 진행에 관한 기사였다. 적자를 감당 못 한 박물관 측이 매각을 진행 중인데, 한 일본 단체가 적극적으로 구입 의사를 밝히고 있다는 것이었다. 이에 네티즌들이 반대하고 나섰고, 결국 문화재청과 제주시에서 박물관을 인수하려는 의사를 밝히고 있다고 했다.

"근데 워렌 펫이 박물관엔 왜 간대?"

"뭐, 평화에 관심이 있거나, 아니면 투자 가치가 있다든가 그런가 보지."

"박물관에? 박물관에 무슨 투자 가치가 있어서? 뭐하는 박물관인데?"

태훈이 찾은 기사에는 박물관 자체에 대한 설명이 없었다. 박물관 사이트에 들어가자, 홈페이지 첫 화면이 느리게 떠올랐다. 메인 사진이 모습을 드러냈을 때, 태훈은 순간 등줄기로 소름이 돋는 것을 느꼈다.

그곳은 갱도였다.

일제 강점기 일본군에 의해 만들어진 제주도에서 가장 긴 갱도. 갱도를 기반으로 만들어진 박물관이었다. 태훈의 머릿속에 나즈막한 경고음이 울렸다. 평화박물관은 가마오름의 일본군 갱도를 일반인이 체험할 수 있도록 공개하고, 그 굴 안에서 나온 유물들을 전시한 박물관이었다. 최근 와서는 일본인 관광객이 부쩍 늘어 한일 양국 간 화해와 평화의 상징으로 자리 잡고 있었다. 그런 박물관을 일본에 매각하려고 하니 여론이 들고 일어날 수밖에 없는 게 당연했다.

"그런 곳이 있는 줄 몰랐네. 그런데 워렌 펫이 거긴 왜 간대? 그거 관련된 내용은 없어?"

"없는데…."

시큰둥하게 대답하며, 태훈은 재빠르게 가마오름과 평화박물관에 대한 추가 자료들을 검색했다. 박물관 관장은 본래 작은 운수회사 대표였는데, 어느 날 회사를 모두 정리하고 가마오름을 포함한 인근 땅을 모두 구입한 후 이곳에 틀어박혀 지난 10여 년간 갱도 발굴에 미쳐 살고 있다는 것이었다.

그 이유를 그는 자신의 아버지 때문이라고 밝혔다.

일제 강점기 바로 이 갱도에서 노역했던 아버지는 2년 간의 고된 노역 탓에 눈이 멀어 버렸는데, 그 당시의 일을 아들에게 자세히 알려 주었다고 했다. 그래서 아버지의 흔적을 쫓기 위해 갱도 발굴을 시작했다고 관장은 인터뷰에서 밝히고 있었다.

'엄청난 효자, 애국자, 아니면…?'

태훈은 묘하게 그어지는 선이 보이는 듯했다.

가마오름에 위치한 평화박물관까지 한 시간이 걸렸다.

미리 대기하고 있던 박물관 측 관계자들과 시의원인지 구의원인지 하는 사람들이 워렌 펫 일행을 맞아주었다. 박물관에서의 일정은 크게 대단할 것이 없었다. 워렌 펫은 박물관을 보는 둥 마는 둥 지나쳐서는, 곧 바로 갱도로 향했다.

제주도에서 가장 긴 갱도인 가마오름 갱도는 총 3층으로 1,901km까지 발굴된 상태인데 민간에는 아주 일부만 개방하고 있었다. 지도에 보이는 갱도의 구조는 미로형으로 마치 개미굴처럼 복잡했다.

태훈도 워렌 펫 일행을 따라 굴에 들어갔다.

선흘굴만 생각하고 있어서 그런지 가마오름 갱도는 전혀 낯선 느낌이었다. 갱도는 완전군장을 한 군인 1명이 겨우 지날 정도로 폭이 좁았다. 몇 미터 들어가자 폐소공포증이 바로 이런 것을 말하나 싶을 정도로 답답함이 느껴졌다. 관람용 전등이 아니었다면, 갱도 내부는 마치 무덤 속이라 해도 이상하지 않을 만큼 어둡고 음산했다. 이런 규모라면 어디에 무엇을 숨겨 놓기도 마땅치 않아 보였다. 그럴 만한 공간 자체가 없었다. 물론 민간에 공개된 부분만 보아서는 확신할 수 없는 것이지만 말이다.

갱도 방문 이후, 워렌 펫은 박물관장과 제주시 관계자들과의 면담 약속이 잡혀 있었다. 기자들에게 공개되지 않는 만남이었기에 태훈 네들은 밖에서 대기해야 했다. 경식은 박물관에 진열된 다양한 일본 군 무기와 도구들 촬영에 열중했다.

태훈은 어슬렁거리며 박물관을 돌아보다가 문득 매표소 겸 사무실 앞에 나와 있는 직원을 발견했다. 유명 인사 방문 때문에 나름 긴장하고 있는 모습이었다.

"저, 혹시 여기 직원이시죠?"

"네, 그런데요. 뭐 필요하신가요?"

"아니요, 궁금한 게 있어서 그런데, 그 여기 인수하고 싶어 한다는 일본인 단체가 있다면서요?"

"네, 그것 때문에 말들이 많죠."

"어디에요?"

"종교 단체래요."

전혀 의외의 대답이었다. 종교 단체? 무슨 종교? 태훈의 표정이 더 상세한 대답을 요구했다. 청년은 별로 비밀도 아니라는 듯이 이야기했다.

"왜 제주도에 우호적인 일본 종교 단체 있잖아요."

예감이 좋지 않았다.

그러지 않아도 제주도에서 한창 세를 펼치고 있다는 그 종교 단체에 대해 들은 기억이 있었다. 대표적인 친한 단체로 심지어 제주도 지사 표창까지 받은 것으로 알고 있었다. 정확히 어떤 공로인지는 알 수 없지만 제주도에 대한 그들의 관심은 유별난 구석이 있었다. 그리고 그들은 독도는 한국 땅이라고 주장하는 것으로 한국 내에서 호감도를 높이고 있기도 했다. 지인으로부터는 그들이 울릉도 포교에도 열을 올리고 있다는 이야기도 들은 적이 있었다.

'그러니까 한일 관계 개선을 위해 양국 화해의 상징인 박물관을 인수해 주시겠다? 적자에 사채 대출금이 누적되어 수백 억의 빚을 지고 있는 박물관을?'

그들이 얼마나 돈이 많은지는 모르지만, 이 박물관이 그만한 가치가 있다고 생각하는 것은 분명했다.

그리고 워렌 펫도. 만약 그가 박물관을 인수하려는 것이라면, 그건 이곳이 진짜 수백 억짜리 투자처임을 입증하는 것이었다. 태훈의 예감에 그건 박물관이 아닌 갱도의 가치일 것이었다.

태훈은 국장에게 전화를 넣었다.

"국장님, 워렌 펫 한국에 언제 들어왔죠? 어제 일정이 뭐였죠?"

"어제, 영월에 있는 구리 광산 방문했다. 그쪽 매각 소문 돌아서 투
  자자들 난리 나고."

구리 광산? 재빨리 인터넷에 검색했다.

영월에 있는 구리 광산, 워렌 펫의 방문으로 주가가 폭등한 광산
이었다. 좋은 세상이야. 태훈은 불과 3분 만에 이곳이 1923년 채굴
을 시작하여 일본군에 군수 물자를 공급하던 광산이라는 것을 알 수
있었다.

워렌 펫의 동정을 전하는 기사들은 왜 그가 이 광산에 관심을 갖는
지 알 수 없다는 이야기를 덧붙이고 있었다. 이미 폐광이 된 지 오랜
구리 광산, 일각에서는 구리의 재채굴이 가능할 수도 있기 때문이라
는 분석도 있었고, 워렌 펫의 이번 방문이 한국의 중소업체를 인수
하기 위한 것이므로 그와 관련하여 광산까지 구입하려는 것이 아닌
가 하는 추측도 있었다.

이 중소업체는 또 뭐하는 회사지? 꼬리에 꼬리를 물고 선이 그어졌
다. 알아보니 회사를 인수하는 것은 워렌 펫이 아니었다. 워렌 펫이
제1주주로 투자하고 있는 기업이었다. 세계 굴삭 업계의 1위인 이스
라엘을 근거로 둔 기업이었다. 이스라엘…. 이쯤 가자 태훈은 문득
국장이 맨 처음에 경고했던 말이 떠올랐다.

'많이 파야 된다.'

거문오름, 보물사냥꾼, 의문의 노파

워렌 펫의 오후 일정은 거문오름이었다.

사실 태훈은 그 스케줄을 듣기 전부터 그가 거문오름에 갈 것임을 직감했다. 오히려 제발 거긴 아니길 바라는 심경이었다.

워렌 펫이 거문오름에 방문하는 핑계는 그럴 듯했다. 세계자연문화유산을 보고 싶다는 것이었다. 그렇다고 그가 한 시간 반 코스의 오름을 오를 것이라고 생각되지 않았다. 역시나 도착하자마자 그는 거문오름의 안쪽, 일본군 갱도가 있는 곳자왈로 향했다.

마침 안내 일행으로 나와 있던 최영재가 태훈을 향해 알은체해 주었다. 곳에서도 워렌 펫은 여러 곳을 돌아보지 않았다. 뭔가 다 알고 온 듯이 몇몇 굴을 찾아가, 굴 안으로 들어가 볼 수 있는지를 물었다. 안전상의 이유로 출입금지된 곳들이었지만, 한 곳이 특별히 공개되었다. 워렌 펫과 몇 명이 들어간 동안, 태훈은 최영재에게 그 안에 무엇이 있느냐고 물었다.

"아무것도. 그저 벽과 이끼와 돌?"

생각보다 크지 않은 굴이고, 가다가 얼마 못 가 끊기는 짧은 굴이여서, 딱히 볼 것도 없다며 세계적인 거물이 이 동굴에 왜 관심을 갖는지 이유를 모르겠다고 의아해했다.

거문오름 투어를 마쳤을 때는 해가 뉘엿뉘엿 져 가고 있었다. 부지사가 준비했다는 저녁 만찬을 위해 제주읍으로 출발하기에 딱 적당한 시간이었다.

그런데 워렌 펫은 불쑥 최근에 발견된 선흘굴 현장을 방문하고 싶다는 의사를 비쳤다.

'크레믈린.'

처음부터 그곳에 가려고 굳이 거문오름에 온 의도가 뻔히 보였다. 하지만 아무것도 모르는 부지사는 즉흥적인 투자자의 변덕에 맞추어 기꺼이 그를 발굴 현장으로 안내했다.

현장에 도착하자마자 태훈은 한눈에 신림의 하늘색 경차를 알아보았다. 지금쯤 한참 조사 중일 텐데, 이 인원이 들이닥치면 몹시 놀랄 것이 틀림없었다. 이럴 줄 알았으면 미리 연락이라도 해 줄 걸 후회가 들었다.

다행히도 선흘굴 발굴 지역으로 들어서니 신림과 동굴 연구팀들이 마침 밖에 나와 있는 것이 보였다. 워렌 펫 일행이 이곳으로 올 것이라는 연락을 미리 받았던 듯했다. 멀리서 보아도 신림을 포함해 연구원들 모두 경계하는 표정이었다.

부지사는 냉큼 그들에게로 다가가서 사정을 설명했다. 세계적인 거물이 보고 싶다고 하니 아주 잠깐만 둘러보게 하자는 것이었다. 본다고 닳는 것도 아니고. 그런 생각이 연구소 사람들을 분노하게 만든다는 것을 눈치 채지 못하고 있었다. 도리어 부지사는 꽉 막힌 상아탑 사람들이 말 안 통하게 나오면 엄포를 놓아서라도 굴 안에 들어갈 생각이었다. 도지사 권한대행으로 은근히 기세등등한 요즘이었다. 게다가 만약 잘 되어서 제주도에 워렌 펫 투자가 유치되기라도 한다면, 섬 역사에 남을 치적이 아닐 수 없었다.

세영도 세영이지만 신림이 더 나서서 반대했다.

일반에도 공개되지 않고, 기자 출입까지 통제해 온 굴이었다. 도굴 사건 문제도 있고 해서 조사단조차 아직 정밀한 현장 조사가 부족한 상황인데, 난데없이 외국인이 보고 싶어 한다고 허락하다니. 이런 말도 안 되는 일이 어디 있나. 그리고 굴 안을 보고 싶다고 하는 의도 자체도 수상했다.

예상치 않은 실랑이가 계속되는 동안 워렌 펫은 잠자코 기다렸다.

급작스럽게 변경된 일정이긴 하지만, 언제고 무사통과되는 것이 당연한 삶을 살아온 그로서는 이런 상황에 불쾌해할 법도 한데 그는 그런 내색조차 보이지 않았다. 대신 기어이 보고야 말겠다는 듯 흔들림 없는 표정으로 서서 기다리고 있었다.

그 무언의 압박에 내몰린 부지사는 더 억지를 부리며 밀어붙이려 했고, 그럴수록 신림은 더 독하게 일행을 저지했다.

그때였다.

요란한 차 소리가 들리더니, 새카맣게 선팅이 된 무지막지한 규모의 밴 두 대와 고급 승용차 한 대가 연거푸 발굴 현장으로 들어왔다.

차 문이 열리더니 잽싸게 튀어나오는 라틴계 젊은이 뒤로 에드먼드가 모습을 드러냈다.

"Hey everybody, It's Party time!?"

태훈은 저도 모르게 '엇?' 하고 탄성을 내질렀다. 보물사냥꾼들이었다. 에드먼드의 뒤를 이어, 반쯤은 히피스럽기도 하고 반쯤은 군인 같기도 한 독특한 차림의 외국인들이 우르르 따라 내렸다. 그들은 마치 전투라도 나서는 사람들처럼 성큼성큼 발굴 현장으로 걸어들어왔다.

보물사냥꾼들이 선흘굴 쪽으로 관심을 돌렸다더니 그래서 이곳까지 찾아온 것인가? 하필 이 타이밍에? 의외의 순간, 의외의 장소에서 이들과 마주치게 되다니, 우연 참 대단하다고 생각하는데 더 놀라운 일이 일어났다. 워렌 펫이 그들을 보고는 알은체를 하는 것이었다.

"에드먼드…."

워렌 펫은 자신을 향해 성큼성큼 다가오는 보물사냥꾼들에게 조금
은 어색하게 아는 체를 했다. 마주선 두 사람은 양쪽 모두 웃고는 있
었지만 서로의 존재를 달가워하지 않는 것이 분명했다. 특히 워렌 펫
의 태도는 매우 들쩍지근했다. 마치 이곳에 왔다는 것을 들킨 것이
몹시 난처한 기색이었다.

"자네들… 만 온 건가?"
"뎁도 와 계세요. 만찬 일정만 아니었으면 함께 저녁이라도 하고 싶
 어 하셨는데요."

말과 함께 에드먼드는 뒤쪽의 차를 가리켰다.
창문이 내려지더니 세단 안에 노파의 모습이 나타났다. 노파는 가
볍게 고개를 끄덕여 인사를 보냈다.
워렌 펫의 얼굴이 일그러졌다.
그는 긴 말 없이 수행 비서를 향해 고갯짓을 해 보였다. 그리고는
더 이상 굴에 미련을 두지 않고 걸음을 돌려 차로 돌아가 버렸다.
갑작스런 워렌 펫의 변심에 당황한 부지사는 신림 때문에 일이 틀
어진 줄 알고 역정을 내며 재빨리 워렌 펫의 뒤를 쫓았다. '아이 엠 소
리, 아이 엠 소리.' 하는 부지사의 외침이 민망하리만큼 크게 들렸다.
기자들 역시 그를 따라 우르르 이동했다.
태훈은 경식에게 혼자 가라는 손짓을 하고 자신은 선흘굴 현장에
남았다. 만찬 메뉴보다는 선흘을 찾은 보물사냥꾼들과 신림이 더 흥
미진진했기 때문이다.

방해꾼이 사라지자 보물사냥꾼들은 신림 일행에게로 다가갔다.
그리고 에드먼드는 세영을 알고 있다는 듯이 대번에 그를 향해 자
신들을 소개했다. 허리를 깊게 숙이고 인사하는 그의 태도는 매우 깍

듯하여 동양 문화권에 대해 잘 이해하고 있다는 느낌을 주었다. 에드먼드 곁에는 어느새 임마누엘이 함께하고 있었다.

"사실 저희도 굴에 한번 들어가 보고 싶습니다. 하지만 허락하지 않
으시겠죠?"

세영이 낮게 고개를 저었다. 에드먼드는 당연히 그럴 줄 알았다는 듯 흔쾌히 거절을 받아들이고 자기 일행들에게 손짓을 했다. 어지간해서는 남의 말 듣지 않게 생긴, 거칠어 보이는 그들은 에드먼드의 신호가 떨어지자 망설임 없이 차로 되돌아갔다. 마치 처음부터 굴에 들어가는 것은 목적이 아니었다는 투였다. 그렇다면 여기 왜 온 거지?

워렌 펫을 쫓아내려고? 분명 그 역할을 제대로 하긴 했다. 그들을 보자마자 워렌 펫은 마치 남의 집에 숨어들어 가려다가 집 지키는 개를 보고는 지레 포기해 버린 도둑처럼 황급히 자리를 떠 버렸으니까.

돌아가던 에드먼드가 태훈을 알아보았다.

태훈이 인사를 하며 다가가자 에드먼드는 드디어 만났다는 표정으로 태훈을 향해 손가락 총을 쏴 보였다. 임마누엘도 웃으며 태훈에게로 다가왔다.

"마침내… 이렇게 만났으니 '차라도 한 잔' 할까요? 한국식으로?"

보물사냥꾼, 보물 지도

신림과 태훈, 에드먼드, 그리고 임마누엘은 근처의 작은 카페에 들어갔다. 데이트족이나 관광객을 상대로 하는 아기자기한 카페에 들어선 네 사람의 모습은 주변과 무척이나 어울리지 않았다.

"연락 못 드려서 죄송합니다. 좀 정신이 없어서…."

그동안 끈질기게 이들과의 만남을 피해 왔던 태훈이 선수를 쳤다. 의외로 에드먼드는 이해한다는 표정이었다. 살해 위협까지 받은 사실을 신문에서 읽고 있었다. 어딘가 어색한 분위기에서 태훈이 간단하게 보물사냥꾼들에게 들었던 내용을 신림에게 설명했다.

"이 보물사냥꾼들은 선흘굴에 일본군이 남기고 간 금이 숨겨져 있다
고 생각해요. 워렌 펫도 왠지 그런 듯하고."

"말도 안 돼요, 그런 게 어딨다고."

신림이 코웃음을 치는데 에드먼드의 표정은 여유로웠지만 미소 아래는 '니가 뭘 알겠냐.'는 듯한 거만함이 묻어 있었다. 아직 신림은 사태 파악이 안 되었겠지만, 태훈은 오늘 워렌 펫의 행동을 본 후 보물사냥꾼들의 말이 어느 정도는 사실일지도 모른다는 생각을 하게 되었다. 이들이 선흘굴을 보고 싶어 하는 이유는 오직 하나였다. 보물이 숨겨져 있는 굴인지 확인하고 싶은 것이다. 워렌 펫도, 보물사냥

꾼들도. 그리고 혹시… 도지사도? 그렇다면 그렇게 무식하리만치 밤중에 훔치러 들어갔던 것도 설명이 되긴 하지. 단순히 도자기 몇 개가 아니라 산더미만큼 쌓인 금괴라면….

"선흘굴 안에 금 같은 건 없었어요. 유물들이 있긴 하지만…."

이 부분에 있어서는 신림이 단언할 수 있었다. 그 누구보다 오랜 시간을 동굴에서 보내고 샅샅이 살펴본 장본인이었다. 굴에는 무언가 숨겨진 흔적 따위 없었다. 오히려 너무 흔적이 없어서 문제일 정도였다. 희생자들이 이 밀실과 같은 굴에 어떻게 들어오게 되었는지도 못 찾고 있는 상황이니까. 하긴 그렇게 보면 이들이 들어온 길을 찾는다면, 그곳은 보물이 숨겨진 어딘가로 이어져 있을지도 몰랐다. 가능성이 없진 않았다.

"겉으로는 드러나 보이지 않겠죠. 애당초 그렇게 쉽게 찾을 수 있는 금이었다면, 일본이 애써 묻을 필요가 있었겠어? 정확한 장소를 모르면 절대 찾을 수 없게 장치를 해 놓았다는 거지."

"그럼 당신들은 그 숨겨진 금을 찾을 수 있다는 거예요?"

에드먼드는 약간은 거만하게 웃었다. 분명한 대답 대신 애매한 자신감만 내비쳤다.

"우린 그런 면에서 전문가들이니까. 장비부터 차원이 달라요."

신림은 그 말을 들으니 동굴연구팀이 사용하고 있다는 첨단 장비가 떠올랐다. 동굴 벽 너머에 존재하는 공간까지 파악할 수 있는 장비로 이미 발견된 굴 주위 270도까지 탐사를 마친 상태였다. 결과는 전무였다. 발견된 선흘굴 주위 300m 근방에는 이어진 가지굴이나 빈 공간은 없었다. 아직 남은 부분이 있었지만, 지형상 가지굴이 존재할 가능성은 희박했다. 그렇다면 그 보물사냥꾼들이 갖고 있다는 장비가 제아무리 최첨단이라 한들 이곳에서 무언가를 찾아낼 수 있을 리가 없었다.

"불가능할 거예요. 우리도 조사할 만큼 조사해 본 걸요. 나름 첨단 장비 갖고서. 하지만 그런 거 없었어요."

신림의 단언에 에드먼드는 개의치 않는다는 미소를 지었다.

"그렇다면 아닌지도 모르지. 아무튼 확인해 볼 가치는 있으니까. 뭐 꼭 선흘굴은 아니더라도 우리는 이 섬에 금이 있다고 확신하고 있소."

"금들은 일본으로 가져가다가 바다에 침몰한 거 아닌가요?"

"그런 금들도 있고, 안 가져가고 숨겨 놓은 것도 있죠. 언젠가는 다시 와서 찾아가겠다고. 제주도쯤은 다시 먹어 버릴 수 있다고 생각한 거지."

제주에 터를 잡고 살아가는 신림으로서는 그런 속셈이 불쾌했다. 가뜩이나 늘어 가는 외국인 관광객에, 근래에는 외국인의 토지 매매가 날이 갈수록 늘어 도민들은 위기의식을 느끼는 중이었다. 육지고 일본이고 중국이고 왜 다들 이 섬을 가만 두지 않는 걸까?

"그런 관점에서 보면 독도 먹으려는 것도 그런 이유겠네요?"

에드먼드가 바로 맞췄다는 표정을 지었다. 그러자 문득 태훈의 머릿속에 선흘 지역 풍력발전 공사를 맡은 것도 일본계 기업이라는 것이 떠올랐다. 죽죽 뻗어 나간 의문의 가지들이 의외의 곳에서 만나고 있었다.

에드먼드는 주위를 둘러보더니 재떨이를 보고는 담배를 꺼내 물었다. 태훈이 홀린 듯 저도 모르게 담배를 멍하니 쳐다보자, 에드먼드는 불쑥 한 대 권했다. 태훈은 사양했다.

"웬일이에요?"

신림이 태훈을 향해 의외라는 표정을 지었다.

"무언가를 얻고 싶으면, 무언가를 포기해야 한다… 더라고."

조금은 쑥스러워하는 태훈에게 개의치 않고, 에드먼드는 탁 소리
나게 라이타 불을 붙여 맛깔나게 담배 연기를 빨았다. 태훈은 낮게
한숨을 내쉬며 물을 홀짝였다.

"그럼 이제 어떻게 할 건데요? 우리는 당신들을 동굴에 들여보낼 생
각이 없어요."
"그건 안타까운 일이군요. 만약 그럴 수 있다면 우린 충분한 보상을
할 거요. 원래 발견된 장소의 정부와 1대1로 나눈다는 국제규약 역
시 지킬 의사가 있소."

에드먼드는 신림에게 충분한 시간을 갖고 생각해 볼 것을 제안했
다. 사실 신림 혼자 결정할 일은 아니었다. 정식으로 발굴을 하게 된
다면 도에 신청을 하고 절차를 밟고 하겠지만, 일단은 그런지 아닌지
한번 보기라도 하자는 것이었다. 그게 그렇게 어려운 일은 아니지 않
냐는 이들의 솔직한 제안을 거절할 명분은 딱히 없었다. 사실 그래서
더 의심스럽기도 했다. 대개 이런 캐릭터들은 공정하게 보물을 나누
고 하지 않는 게 영화나 소설 속에서 일반적이지 않나? 현실이라 그
런가? 이렇게 쉽게 물러나는 게 정상인가?

신림의 마음이 움직이지 않자 에드먼드는 잠시 생각을 하더니 셔
츠 앞주머니에서 낡은 종이를 한 장 꺼냈다. 그리고는 신림을 향해
내밀었다.

"아무래도 우리를 못 믿는 것 같으니…."
"이게 뭔데요?"

말과 함께 종이를 받아 든 신림은 저도 모르게 입이 벌어졌다. 그
건 낡은 지도였다. 미로처럼 복잡하게 그려진 길들은 얼핏 보아도 동

굴 내부 지도임에 틀림없었다.

"우리가 필리핀에서 입수한 지도요. 처음엔 필리핀 갱도의 지도라고
생각했지만, 이 아래 있는 심볼이 보이시오? 이건 제주도를 뜻하는
것이요. 이곳 갱도의 지도라는 거지."

에드먼드의 말이 아니어도 이것이 제주도 지도라는 것을 신림은 한
눈에 알아볼 수 있었다. 지도를 받아 든 신림의 심장이 세차게 뛰었
다. 거짓이 아닌 너무나도 확실한 증거가 아닌가.

"그럼 굴이 어디 있는지만 알면, 그 안에 보물이 있는지 알 수 있다
는 건가요?"

"그렇지."

태훈은 지도의 모양을 머릿속에 담으려고 뚫어지게 바라보았다.
에드먼드는 그런 모습이 우스운지 한동안 바라보다가, 선뜻 그 종이
지도를 내밀었다.

"카피본이오. 당신들에게 주겠소."

예상치 않은 에드먼드의 말에 신림과 태훈 모두 깜짝 놀랐다. 믿어
지지 않는 일이었다.

"왜 우리에게 이런 호의를…."

"어차피 동굴의 위치를 모른다면 지도만으로는 아무 소용이 없으니
까. 우리가 진심이라는 것을 보여 주는 증표라고 생각하시오."

에드먼드와 임마누엘은 이상으로 볼일이 끝났다는 듯 미련 없이
자리에서 일어났다.

태훈과 신림은 설마 하는 심정에 창밖으로 보물사냥꾼들이 떠나
는 모습을 지켜보다가, 검은색 밴이 출발하자 그제서야 서로 생각
을 교환했다.

"믿어도 될까?"

"그렇게 정직해 보이진 않지만…."

손에 들린 지도는 그들의 의심을 흔들어 놓았다.

"고도의 심리전일까요?"

"일단 지도를 받았으니 미안해서라도 동굴에 들여보내 줄 거라고 생
각하는 건지도…."

태훈은 그들의 의중이 무엇일지 고민에 빠졌다. 의도는 모르겠지
만 한 가지는 확실했다.

"지금은 이렇게 우호적으로 우리를 설득하려 하겠지만, 만약 이 방
법이 안 통한다면, 그때는 어떤 식으로든 동굴에 들어가려 할 거요.
이대로 포기할 리는 없으니까, 아마 힘으로라도 들어가려 하겠지."

"그럼 어쩌죠?"

"먼저 찾아야지."

갑작스런 태훈의 말에 신림은 놀랐다. 보물을 찾는다고? 5천 톤 금
괴를? 허황된 꿈 같은 것은 아예 안 꾸고 살아온 인생이어서 갑자기
떨어진 금덩어리를 어떻게 처리해야 할지를 몰랐다. 그것이 비록 상
상 속에서라 해도.

"어떻게요?"

"뭐, 지도도 있겠다. 보물사냥꾼들은 계속 선흘굴을 보고 싶어 했으
니까. 선흘굴에서부터 시작하죠. 그리고 또 뭔가 의심스러운 게 있
다면 그걸 살펴봐야지. 어쨌든 우리가 더 많은 패를 갖고 있는 셈이
니까."

신림은 어딘가 짚이는 게 있었다. 시체들의 배치. 그게 계속 걸렸
다. 이때까지는 그렇게 해 놓을 이유가 없어서 더 깊이 생각하지 않

고 넘어갔지만 이제는 달랐다. 그게 만약 무언가를 가리키는 암호라면, 다시 한번 살펴볼 필요가 있었다.

의문의 노파, 석주명의 일지, 황금나비

  세영은 집에 돌아온 후 혼자 멍하니 방 안에 앉아 있었다.

  날이 저물어 가도록 불도 켜지 않고 빈 방에 앉아 곰곰이 생각에 생각을 더듬어 갔다. 보물사냥꾼들과 함께 찾아온 노파. 그 노파가 자꾸만 마음에 걸렸다. 멀어서 자세히 알아볼 수는 없었지만, 이상하게 신경이 쓰였다.

  무엇이 그렇게 그의 관심을 끌었을까? 워렌 펫을 단번에 돌아가게 만들 만한 영향력? 보물사냥꾼들을 수족처럼 거느리는 재력? 나이에 비해 꼿꼿하게 무너지지 않는 카리스마? 그도 아니면 늙어도 여전히 아름다운 외모? 아니었다. 그런 게 느껴질 정도로 자세히 보지도 못했을 뿐더러 그녀는 이미 그런 나이를 훨씬 지나 있었다. 말 그대로 노파였던 것이다.

  노파… 그러다 불현듯 세영은 깨달았다.

  여든이 넘은 세영의 눈에도 그녀는 노인으로 보였다는 것이다. 이 나이쯤 먹고 보면 자신보다 더 나이 먹은 사람은 보기가 쉽지 않았다. 그런데 그런 그의 눈에도 그녀는 노인같이 보였던 것이다.

  현관문 소리가 들렸다. 11시. 신림의 귀가가 늦었던 모양이었다. 제 어미가 걱정 어린 타박을 하는 소리가 들렸다. 오후에 태훈과 그 보물사냥꾼이라는 치들하고 함께 나가더니 지금까지 같이 있었던 모양이었다.

태훈. 나쁘게 보이지 않는 청년이었다. 신림이 녀석, 제 눈에도 그리 보였는지, 요즘 밤마다 집에 붙어 있질 않았다. 20대 아닌가? 20대에는 길을 가다가 어깨만 스쳐도 사랑에 빠질 기회가 있다고들 하잖나. 세영은 문득 자신의 20대를 생각하며 쓴웃음을 지었다.

'똑똑'

노크와 함께 신림이 빼쭉 고개를 들이밀었다.

"할아버지, 아직 안 주무시면 얘기 좀."
"그래, 들어와라."

뭐가 그리 급했던지, 아직 옷도 안 갈아입은 신림은 대뜸 보물사냥꾼과 야마시타 골드에 대한 이야기를 풀어놓았다.

"근데 이건 제 생각인데요, 그 백골 대형 말이에요. 거기에 뭔가 있을 거 같아요. 아무 이유 없이 그렇게 해 놓을 리가 없잖아요? 그 열악한 상황에서. 할아버지 보시기엔 어떠세요?"

잠자코 이야기를 듣던 세영은 아무 대답이 없었다.
끌어들이고 싶지 않았던 손녀가 어느 틈에 비밀의 한가운데로 턱하니 들어와 앉아 있었다.

'무엇이 너를 그리로 부르는 것이냐.'

세영의 착잡한 마음도 모른 채 신림은 눈을 반짝이며 제 할애비만 바라보고 있었다. 천진한 것. 아무것도 모르고 살아가라고 멀리로 밀어냈건만, 기어이 이 섬 구석까지 찾아들어 와서는. 세영은 저항할 수 없는 힘이 신림에게까지 손을 뻗는 것을 무력하게 바라볼 수밖에 없었다. 생각해 보겠노라고만 하고 신림을 돌려보낸 후, 세영은 한참을 멍하니 앉아 있었다.
그러다 석유진이 주고 간 석주명의 일지를 꺼냈다.

'금접(金蝶, 황금나비)'

석주명이 제주를 떠나기 전, 세영을 선흘곶에서 만났을 때, 석주명은 이상한 나비에 대해 이야기했었다. 황금빛 나비. 섬을 떠난 후 1945년 후반기 그의 일지에는 '금접'이라는 단어가 불쑥 불쑥 적혀 있었다. 그는 섬으로 돌아가야 한다고, 그리고 확인해야 한다고 적었다. 1946년, 47년에도 몇 번이나 제주행을 준비했으나 그때마다 중요한 일들이 터져 내려올 수 없었다. 계획이 틀어질 때마다 그는 병적으로 초조해했고, 제주가 불바다가 되어 가던 1948년에 이르러서는 그는 거의 정서불안 환자처럼 산만한 낙서들을 남기고 있었다.

1948년 초의 일지에는 빈 여백이 없을 정도로 금접이라는 단어를 채워 놓았다.

그리고 마지막에는 '금, 접'이라고 하여 둘을 나눠 놓고 있었다.

2월 9일, D-day, 세영의 방문

2월 9일, 섬을 떠나기로 예정된 바로 그 일요일 밤.

출발 시간을 불과 몇 시간 앞두고 세영이 찾아왔다. 일국과 정화는 갑작스런 세영의 방문에 조금 당황했다. 무엇을 알고 온 것은 아닌가 긴장했으나, 그런 기미는 전혀 없었다.

"새해 인사 드리려고요."

밝게 인사하며 어머니가 보내온 마른 미역을 건네는 세영을 보며 정화는 괜히 눈시울이 뜨거워졌다.

'마지막으로 얼굴이나 보고 가라고 찾아왔구나.'

일국도 한동안 서먹했던 세영과의 사이가 한순간에 누그러지는 듯 근래 드물게 온화한 표정이었다. 누구보다 아꼈던 세영이었다. 정화를 알아 온 시간보다 열 배는 더 오랜 시간을 함께했고 친형처럼 자신을 믿고 따르던 동생이 아닌가.

"아기, 이제 몇 달 안 남았네요."

"5월 정도에 나오겠지."

"우와, 기대된다. 빨리 보고 싶어요."

그때 세영에게 아기를 보여 줄 수 없다는 생각에 정화는 마음이 아팠다. 일국도 같은 마음인지 편치 않은 기색이었다. 이런 상황도 모른 채 세영은 연신 싱글벙글 이야기를 이어 갔다.

"이름은 정하셨어요?"

"이름?"

"네. 아기 이름요. 형은 어때? 애기 이름은 뭘로 하고 싶어?"

사실 그동안 너무 정신이 없어서 아기 이름 같은 건 생각도 못 했던 일국이었다. 뭐가 좋을까 생각하니 문득 떠오르는 글자가 있었다.

"림…?"

"림? 무슨 림?"

"수풀 림자를 넣었으면 좋겠다. 숲이 더 많아졌으면 좋겠으니까."

세영은 그럴 줄 알았다는 표정으로 피식 웃었다.

"곶자왈 생각하는 거지? 곶이 숲이야? 참내. 선생님은요?"

"난 새 시대에 어울리는 이름을 지어 주고 싶어. 새로운 나라. 신국이 어때?"

"신국. 좋네요. 근데 남자 이름이네요. 딸이면 어쩌게요?"

"그럼… 일국 씨 소원대로 림자를 넣어 주지. 신림이. 일국 씨 어때요?"

"신림, 신국. 뭐 괜찮네."

세 사람은 모처럼 밝게 웃었다. 아들일지 딸일지 어느 쪽이 되었든 어려운 시절에 태어나 상상도 할 수 없는 앞날을 겪게 될지 몰랐다. 그래도 지금만큼은, 그 아이가 새로운 나라에서 행복하게 자랄 거라고 믿고 싶은 마음은 모두 같았다.

"공부는 잘되고 있고?"

정화는 화제를 돌리며 얼마 전 콜린스 중위로부터 신년 선물로 받은 양과자를 접시에 내왔다. 가지런히 담긴 여러 종류의 비스킷과 캔디를 바라보는 세영의 눈빛이 약간 떨렸다.

"아, 양과자 안 먹나? 미안."

정화는 실수했다는 생각에 어쩔 줄을 몰라 했다.

올 초부터 학생들을 중심으로 양과자 반대 움직임이 시작되고 있었다. 일제 강점기 때 처음으로 눈깔사탕이 들어왔을 때와 같았다. 난생 처음 맛본 달콤한 과자에 대한 사람들의 열광도 잠시, 그 달콤함에 길들여져 무분별하게 수입되는 초콜릿과 비스킷으로 인한 빚이 눈덩이처럼 불어나고 있다는 발표가 나오자 사람들은 양과자를 먹지 말자는 운동을 펼치고 있었던 것이다.

"선물받은 것이라, 괜찮지 않을까 했어. 미안해."

"아니에요. 선생님. 저도 양과자 좋아해요. 맛있죠. 너무 맛있으니까.
한번 먹으면 못 그만둘 것 같아서 두려운 거예요."

빨간 딸기잼이 가운데 박힌 비스킷을 입에 물며 세영은 고개를 들지 못했다. 정화도 그런 세영에게 미안해 고개를 들지 못했다. 정화 입장에서는 일본에서 자라면서 일찍부터 신문물에 익숙해져 양과자에 거부감이 전혀 없었던 탓이었지만, 불과 몇 달 전까지 교사의 신분이었던 자신이 이런 실수를 했다는 게 부끄러웠다.

"사실은… 드릴 말씀이 있어요."

세영은 일국과 정화 앞에 무릎을 꿇고 자세를 고쳐 앉았다.

그러면서 생각했다. 내가 지금 왜 여기 와 앉아 있는가? 왜 이들에게 이런 이야기를 하려고 하는지 알 수가 없었다. 아니 사실 처음이 집에 찾아온 순간부터 세영은 모순된 자신의 마음을 설명할 수가 없었다.

"월요일에 학생들이 시위를 할 거예요."

갑작스런 세영의 말에 정화도 일국도 대답을 못 했다.

"제주 시내의 중학교와 고등학교 학생들이 연합하여, 미 군정에 반대
하는 시위를 할 겁니다."

누가 시켜서 하는 것은 아니었지만, 사전에 이덕구 선생님이나 몇
몇 인민위원회 어른들과도 상의된 일이었다. 학생들이 원해서, 자발
적으로 일어나는 것이지만 분명 뒤에는 어른들이 있었다.

그럼에도 세영은 알 수 없는 꺼림직함을 느꼈다. 옳은 선택인가?
이 갈등은 무엇인가? 두려움인가? 앞으로 벌어질 일에 대해, 어떻게
번져 갈지 모를 불길을 처음 일으키는 데 대해 책임져야 한다는 자각
탓인가? 왜 이제와 아무 상관도 없는 이 두 사람에게 사전에 누설되
면 안 되는 시위 계획에 대해 이야기하고 있는 것일까? 말을 해서는
안 된다는 외침과 참지 못하고 너무나 말하고 싶은 충동 사이에서,
세영은 자기도 모르게 말을 하고 있는 스스로를 보았다. 왜 하필 이
들에게 말하는지 알 수 없었다. 무슨 이야기가 듣고 싶은 걸까? 인정
받고 싶은 걸까? 나는 이렇게 정의롭게 살아가고 있다고? 개인의 행
복이 아닌 대의를 택해서 나아가고 있다고?

"관덕정에서 시위를 한 후에는, 공군 비행장으로 갈 겁니다. 그런 후
에 미군 기지에….."

세영은 잠시 호흡을 가다듬었다. 그러나 망설이지 않았다. 멈추면
말하지 못해 버릴 것 같았기 때문이다.

"무기고에 불을 지를 거예요."

'아.' 정화의 짧은 신음만 길게 남겨졌다. 일국은 미동도 않고 세영
을 바라보았다. 고개를 들지 못하는 것은 오히려 세영이었다.

이런 이들의 결정에 대해 들은 어른들은 누구도 '하지 말라.'라고 말하지 않았다. '하라.'고도 하지 않았지만, '하지 말라.'라고도 하지 않았다. 그 사실이 세영을 지옥으로 몰아넣었다. 왜 누구도 말려 주지 않는 것일까? 감당할 수 없는, 책임질 수 없는 길의 시발점에 선 자신에게 어째서 모두가 침묵하는 것일까?

더욱 세영을 힘들게 한 것은, 친구들 중 누구도 이 계획에 대해 고민하지 않는다는 것이었다. 오히려 몇몇은 기대감에 흥분을 느끼고 있었다. 물론 개중에는 두려워하는 아이들도 있을 것이다. 하지만 누구도 왜 어른들이 그들을 만류하지 않는지 의문을 갖는 이는 없어 보였다.

물론 자신들은 이제 더 이상 초등학생도 아니고 다 큰 중학생이었다. 이런 결정 정도는 스스로 내리고 책임질 줄 알아야 했다.

하지만 세영은 두려웠다.

누군가 '하라.', '하지 마라.', 그리고 '잘못이다.', '아니다.'라는 책망과 칭찬으로 자신의 선택이 바른지를 확인해 주길 바랐다. 누가 그럴 수 있을까? 마음속을 할퀴는 그 질문의 답이 바로 지금 세영이 이곳에 와 있는 이유였다.

"하지 마."

일국의 어조는 단호했다.

정화는 옆에서 눈을 내리깔았다. 세영은 일국의 그 엄한 한마디가 다른 어떤 격려와 환호보다도 든든하게 느껴졌다.

"할 거예요."

"하지 말라고. 미쳤냐? 학생이 지금 그게 할 일이야? 니가 뭐야? 독립투사야?"

"투사는 날 때부터 정해져 있나요? 지금 일어서지 않으면 언제까지 앉아서 보고만 있을 거예요?!"

세영은 이를 악물고 대들었다.

그 순간 한 치의 망설임 없이 일국의 거센 주먹이 세영의 턱으로 날아들었다.

"픽!"

"꺅!"

정화가 튀어오르듯 달려가 넘어지는 세영을 감쌌다.

"때리지 말아요!"

세영의 뺨은 순식간에 부어오르고 찢어진 입가에서는 피가 흘렀다.

일국은 어차피 더 이상 때릴 생각이 없었다. 하지만 위로하거나 사과할 생각도 없었다.

"저 자식 당장 돌려보내."

뒤도 돌아보지 않고 거실을 나가 버리는 일국의 뒷모습을 보며, 세영은 쿨럭쿨럭 웃었다. 정화는 이러지도 저러지도 못한 채 피 묻은 세영의 입가를 손수건으로 닦아 주었다. 누구의 편도 들 수 없었다. 자신의 판단 따위는 중요치 않았다. 세영과 일국, 둘 모두의 진심을 이해하니까.

"갈게요."

세영은 떨어진 모자를 주워 들고 몸을 일으켰다.

정화는 자신과 눈을 마주치지 않는 세영을 안타까운 표정으로 바라보았다. 현관까지 배웅하며 어느새 자신의 키만큼 커 버린 어린 세영의 뒷모습이 더 없이 애처롭게 느껴졌다. 이게 마지막인가 싶어 무엇이라도 말하고 싶은데 차마 입이 떨어지지 않았다.

대문을 나서며 세영은 슬픔인지 후회인지 알 수 없는 표정으로 정화를 돌아보았다. 정화는 눈물을 참으려고 이를 꼭 깨물었다. 세영은 자기도 모르게 정화의 뺨을 찬 손으로 어루만졌다.

"선생님….."

뒷말을 잇지 못하고, 세영은 몸을 돌려 떠났다. 무슨 말을 하고 싶었던 걸까? 세영 자신도 알 수 없었다.

세영이 돌아가고 일국은 아무 말이 없었다.
그저 마당에 앉아 멍하니 밤이 깊어 가는 것을 바라보고만 있었다. 배가 떠날 시간이 다가오도록 일국은 움직이지 않았다. 정화는 그런 남편의 뒷모습을 보며, 그가 오늘 떠나지 않을 것임을 깨달았다.

"차나 한 잔 할까요?"

정화는 난로에서 하얀 김을 내뿜는 주전자를 내려, 다기에 찻물을 부었다. 연녹빛으로 우러나는 녹차 잎이 더 없이 싱그러운 풀내음을 내뿜고 있었다.

1947년 2월, 양과자 배격시위, 육지 응원경찰대, 2월의 마지막 밤

1947년 2월 10일 월요일, 제주 시내 중·고생들은 관덕정 광장에 모여 양과자 배격시위를 벌였다.

'조선의 식민지화는 양과자로부터 막자'는 표어를 내걸고 양과자 수입 반대 시위를 한 제주농고, 오현중, 제주중 학생들은 무려 수백 명이 넘었다. 학생들이 단순히 양과자나 양담배 수입에 반대하는 것이었다면 미 군정에서 이를 덜 심각하게 받아들였을지도 몰랐다. 하지만 이들이 내건 표어 중에는 '미 군정과 결속하여 사리사욕을 채우는 데 급급한 모리 간상배를 배격하자' 등의 보다 구체적이고 정치적인 내용도 포함되어 있었다.

애시당초 미 군정에서는 이날 시위를 단순히 학생들만의 자체적인 움직임으로 보고 있지는 않았다. 물론 양과자 수입에 대한 비판이야 한반도 곳곳에서 좌익, 우익 모두가 한목소리를 내고 있는 상황이었지만, 학생들이 직접적으로 행동을 취하게 된 데에는 진보적 좌파 의식을 가진 교사나 근래 들어 강경하게 반대 입장을 취해 온 좌익 단체 측의 영향이 크다는 것을 알고 있었기 때문이었다.

관덕정의 시위 학생들은 미 군정 중대에 의해 해산된 후, 읍내 밖으로 나와 공항으로 이동했다. 그리고 미리 준비해 간 기름을 붓고

활주로 잔디에 불을 질렀다.

다행히 큰 문제는 없었다. 마침 제51야전포병대가 소화용구를 준비한 채 미리 대기하고 있었기 때문이었다. 불은 군사시설 근처까지도 옮겨붙지 못하고 곧 진화되었다. 학생도, 군인도 희생자는 한 명도 없었고, 체포된 사람도 없었다. 뒤탈 없이 시위는 마무리되었다.

사실 그날 새벽, 일국은 과거 친분이 있던 미군 하사를 찾아갔었다. 치기 어린 아이들이 저지를지 모를 위험한 선택이 큰 사고나 사회문제로 확대되지 않도록 하기 위해서였다.

시위가 끝나고 저녁 늦도록 혹시 모를 비보에 귀를 기울이던 일국은, 시위가 무사히 진정되었다는 소식에 안도했다.

그런 후 일국은 바로 다시 본래의 계획으로 돌아갔다.

일국은 포기하지 않았다. 다행히 중순 이후에 들어온다던 홍콩 무역선이 늦어지고 있다는 소식이었다. 바로 다음 주말 배편으로 섬을 뜨는 것으로 일정을 잡고 일을 진행했다.

그런데 예상치 못한 곳에서 문제가 터졌다.

가볍게 시작된 정화의 복부 통증이 불규칙하게 계속되더니, 결국은 조산 기미가 있으므로 절대 안정을 취해야 한다는 의사의 진단이 내려진 것이었다. 출산 예정까지는 두 달 반은 남아 있었다. 지금 태어난다면 아기가 살아날 가능성이 희박했다. 하는 수 없이 일국은 다시 한번 일정을 미루고, 정화의 상태가 진정되길 기다릴 수밖에 없었다.

그러나 그다음 주말이 오도록 정화는 나아지지 않았다. 통증은 점점 더 심해져 하루를 장담할 수 없는 상태가 되었다. 일국과 정화는 만약을 대비해 도립병원에 입원하기로 결정했다. 하루라도 더 어머니 뱃속에 있는 것만이 아이를 살릴 수 있는 유일한 희망이었다.

정화는 아기를 무사히 낳는 것 외에는 다른 어떤 생각도 할 수 없었다. 당연히 일국도 움직일 수 없었다. 홍콩 무역선이 이미 목포에 정박했다는 소식이 전해졌다.

2월 23일 일요일 오전, 제주도에는 100명의 육지 응원경찰대가 도착했다.

닭장 안에 들고양이를 밀어 넣을 때는 그 결과를 어느 정도는 예상하게 마련이다. 어쩌면 그런 결과를 도출하기 위한 설정이라고 보는 편이 더 정확하다. 그렇지 않다면 적잖은 혼란과 유혈사태가 자명한 일을 구태여 벌일 이유가 무엇이겠는가. 훗날 굉장히 이상한 결정이었다고 평가되는 육지 경찰의 입도는 그 당시로도 이유를 알 수 없는 것이었다.

제주 역사에서 육지의 응원경찰이 입도한 경우는 여러 번 있었는데, 가깝게는 일제 강점기 때 조천만세사건, 제주농교 동맹 휴학사건, 해녀봉기사건 등 일본에 항거하여 일어난 독립운동 성격의 시위를 진압하기 위해서였다. 일단 육지 경찰들이 도착하면 구타, 체포 등 무자비한 탄압으로 도민들을 압박했기에, 이들의 등장만으로도 도내 분위기가 어두워지기에 충분했다.

하지만 이번 응원경찰의 입도는 이전과는 달랐다.

충남·충북경찰청 소속 각 50명씩 100명으로 편성된 이들이 도착했을 때, 제주경찰서장을 비롯한 섬의 경찰 수뇌부들은 사전에 이를 알지 못했다. 당시 육지에서는 10월 대구 사태와 73개 지역에서 유혈사태가 일어나는 등 정치적으로 혼란스러운 상황이었지만, 이와는 달리 섬에는 외부 지원을 받아야 할 만큼 심각한 문제가 없었다. 제주도의 좌파 조직은 육지와는 다르게 온건적이었고, 그때까지 미군정과는 이렇다 할 충돌도 일으키지 않은 상태였다. 물론 3·1절 기념식을 둘러싸고 미 군정과 준비위원회 측의 의견 대립이 커져 가고 있긴 했지만 어디까지나 서로의 입장을 물리지 않으려는 신경전이었지, 물리적 충돌이 표면화된 상황은 아니었다. 행사를 평화롭게 치러내야 한다는 데에 양쪽 모두가 동의하고 있었다.

한마디로 '아무런 일도 없는' 상태에서, 그날 아침 응원경찰대가 섬에 도착했다. 배에서 줄지어 내리는 굳은 표정의 경찰들의 모습에 항구의 사람들은 의아함을 감추지 못했다.

섬에 들어온 육지 경찰들은 섬의 현지 경찰들과 처음부터 잘 맞지 않았다. 제주 경찰들은 대부분이 섬 출신 청년들이었다. 순박하고 나라를 위한다는 정의감에 불타는, 그래서 육지에서 파견된 친일계 상관들보다는 오히려 마을 어른들에게 심정적으로 더 동조하는 향토애 넘치는 이들이었다.

당시 마을의 리더들은 실제로는 민족주의자들이 대부분이었지만, 친일파와 대척점에 서 있다는 점에서, 사회주의자들과 같은 편으로 치부되고 있었다. 제주 청년들 역시 친일 상관들에게 반기를 들고 있었기 때문에 자연히 사회주의 성향을 띄는 무리로 보여질 수밖에 없었다.

반면 이때 입도한 육지 경찰들은 불과 두어 달 전 대구에서 좌익 세력과의 전투로 200여 명의 동료를 잃은 피비린내 나는 전장을 경험한 이들이었다. 좌익 세력에 대한 극도의 분노와 전시의 긴장감으로 무장한 이들은 입도 전부터 제주도는 좌익 사상에 물든 '빨간 섬'이라는 소식을 들어 온 터였다. 당연히 제주도민들에 대한 강한 거부감과 경계심을 갖고 있었고, 애시당초 주민들 편에 선 제주 경찰들을 인정하지 않았다. 이들은 섬 출신 경찰들을 자신들의 하수 취급하거나 반대 세력의 프락치로 여겨 중요한 지령에서 의도적으로 제외시켰다. 제주 경찰들은 졸지에 허수아비 꼴이 되었다. 당연히 이러한 부당한 처우에 항의했고, 둘 사이의 불만과 불신의 골은 점점 더 깊어져 갔다.

양과자 반대 시위 이후, 세영은 다가올 28주년 3·1절 기념행사 준비 작업에 합류하였다. 행사를 위해 조직된 준비위원회에는 세영의 아버지를 포함한 조천의 인민위원회 인사들은 물론 한림, 대정, 안덕, 중문, 서귀, 남원, 표선, 구좌 등지까지 제주도 전역의 지역 대표들이 참여하고 있었다. 위원회에서는 대대적인 기념행사를 계획했으나 미 군정에서는 이에 반대했다. 기념집회는 각 지역별로 모여 소규모로 개최하고, 가두시위는 절대로 허락할 수 없다는 입장이었다.

또 준비위원회는 제주북국민학교에서 모이길 바랐으나, 미 군정은 제주 읍내 안에서의 집회를 허락하지 않았다. 둘 사이의 치열한 논쟁이 있었으나, 3월 1일 바로 전날까지도 둘 사이의 의견 차이는 좁혀지지 않았다.

결국 위원회는 면 단위별로 기념식을 갖는 것으로 한 발 물러났다. 그 대신 제주읍, 애월면, 조천면 지역만은 제주북국민학교에서의 합동 기념식을 감행하기로 하였다. 미 군정에서는 허락하지 않은 일이므로 다소간의 충돌을 피할 수 없을 것이었지만, 그건 그때 가서 해결하고 일단은 제주 인근 지역이라도 다 함께 모이기로 밀어붙였다.

이 합동 기념식은 조금씩 분열되어 가고 있는 섬사람들의 화합과 단결을 위해 꼭 성사되어야만 했다. 특히나 좌파와 우파가 함께 모이기로 했다는 점에서 더욱 그랬다. 육지에서는 좌익과 우익의 대립이 심화되어 3·1절 기념행사를 각자 따로 치르는 상황이었지만 제주는 그 정도는 아니었다. 아직은 갈라설 만큼 이념의 골이 깊지 않고, 본래 저항의 역사가 깊은 지역이다 보니 전반적으로 좌파 성향이 우세했다. 대립이란 어디까지나 양측이 비등할 때 치열한 법 아닌가. 대다수 주민들이 대립하는 유일한 대상은 미 군정을 등에 업은 친일계 인사들이었다. 그들이 오른쪽이었기에, 자연스럽게 주민들은 왼쪽을 택했을 뿐이었다.

사실 밭일하고 물질하며 하루하루 먹고 살기도 바쁜 주민들은 좌우 개념 자체가 별로 없었다. 대부분이 남로당, 민전, 인민위원회, 민청, 부녀동맹 등 좌파 성향의 단체들에 이름을 올리고 있다 보니 좌파 세력들이 주민을 강제적으로 동원한 듯 보여지기도 하지만, 실제로는 부녀들은 부녀들끼리 모이는 공동체에서, 또 학생들은 학생들 모임을 통해 소식을 전해 듣고 모이는 식이었다.

평범하고 사상이나 정치에 무지한 섬 주민들은 시국 돌아가는 상황에도 어두웠고, 좌파 지식인들의 주장이 무엇을 의미하는지조차 잘 모르는 경우가 대부분이었다. 그저 국토가 분단되지 않을 수 있다면 그것이 곧 자신들이 지지하는 일이고, 각박한 삶에 3·1정신을 기리고 나아가 그날의 독립정신으로 현재의 불안정한 분단 정국을 헤쳐 나갈 수 있으면 하는 마음들이었던 것이다.

3·1절 기념행사 하루 전인 2월 마지막 날, 일국의 집은 손님들로 붐볐다. 일국의 어미와 몇몇 조천 이웃들이 내일 아침 일찍 3·1절 기념행사에 참석하려고 전날 미리 읍내에 온 것이었다. 넓은 일국의 집은 조천 사람들로 가득 찼다. 아낙들은 가져온 먹거리들을 나누고, 밥을 짓고 웃고 떠들며 마치 명절날 같은 시간을 보냈다.

그 와중에 일국 어미는 장차 태어날 손자를 위하여 짊어지고 온 아기 배내옷이며 기저귀, 이불 등을 차곡차곡 서랍에 넣고, 집 안 대청소를 하느라 정신없었다. 일국이 만류하는데도 기어코 이불을 빨아 아직은 어설픈 햇빛에 내다 널었다. 새아기가 입원 중이니 준비는 당연히 시어머니 몫이라며 의기충천하여 두 팔을 걷어붙였다. 사실 아들과 며느리가 섬을 떠나지 않은 것이 은근히 기쁜 일국 어미였다. 이참에 한동안 읍내에 머물며 일국의 집 살림과 며느리 산바라지를 하겠노라며 힘든 줄 모르고 집 안을 오갔다.

이런 상황은 일국네만이 아니었다.

세영의 하숙방에도 세영의 어머니와 할머니, 아버지가 미리 옮겨 왔다. 모처럼 모인 네 가족은 세영 어미가 준비한 음식으로 함께 맛있는 저녁식사를 하였다. 너무 오랜만이기도 하고, 또 지난 몇 년간 몸도 마음도 부쩍 자라 버린 탓에 세영은 도란도란 모여 앉은 가족들과의 자리가 어색하게 느껴졌다. 그러나 귀한 외손자에게 넘치도록 사랑을 쏟아 주는 할머니와 무조건적으로 아들을 믿어 주는 어머니, 그리고 묵직한 미소로 지켜봐 주는 아버지는 조금도 변함이 없었다. 늘 든든하게 그 자리에 있어 주는 이들. 세영은 문득 가슴이 울컥해지는 것이었다.

2월의 마지막 밤.

읍내의 모든 여관과 거리마다 사람들은 늦게까지 잠을 이루지 못했다. 섬은 다가올 내일에 대한 기대감으로 두근거리고 있었다.

선흘리, 신국의 묘

　선흘리의 한 오름.

　작아 보이지만 암팡진 것이 제법 경사가 있어서 태훈은 금세 숨이 가빠 왔다. 원래 오름이란 것이 허수루해 보여도 오르다 보면 만만치 않은 게 많았다. 이곳 역시 세영이 전화로 설명할 때는, 그다지 높지 않을 듯했는데 막상 올라 보니 예상 외로 높았다.

　한참을 오른 것 같은데도 말해 준 지점이 나타나지 않자 태훈은 자신이 길을 잘못 든 것이 아닌가 망설여졌다. 딱히 물어볼 곳도 없어 오도 가도 못 할 판이었다. 조금만 더 올라가 보고 아니면 되돌아가야겠다 생각하며 둔덕을 넘으니, 눈앞에 곧 자그마한 평지가 모습을 드러내었다. 오르는 동안은 나무에 가려서 보이지 않았는데, 막상 도달하고 보니 한눈에 바다가 내려다보이는 양지바른 명당 터였다. 중앙에 볼록하게 튀어나온 자그마한 무덤이 하나. 노인은 그 옆에 걸터앉아 지그시 눈을 감고 있었다.

　태훈이 기척을 내며 다가가자 세영은 그제서야 알고 손짓을 해 주었다.

　"잘 찾아왔구만."

　"중간에 도로 내려갈 뻔했습니다."

　태훈이 이마에 맺힌 땀을 닦으며 앉자, 세영은 웃으며 종이컵에 막

걸리 한 잔을 채워 주었다. 예상 밖의 막걸리에 침이 고였다. 등에 땀이 고이는 산행이라 목이 컬컬하던 터였다. 그다지 시원하지 않았지만 태훈은 달게 들이키며, 문득 묘 옆의 비석에 시선을 주었다.

이신국의 묘.

"내 아들이라네."

태훈의 시선에 대답하듯 세영이 입을 열었다. 신림의 아버지 묘였다.

"어떻게 선흘리 쪽에 아드님 묘를 두셨어요? 조천이 고향이시라고 들었는데."

"정든 곳이라… 돈 좀 모아 땅을 사 두었지. 제주 오면 쉬면서 조용하게 글도 쓸 겸 작은 집도 한 채 지었고."

"아, 일종의 작업실 같은 건가 보죠?"

"허허, 거창하게 그런 것까지는 아니고…."

제주시에서 사는 신림네 집과 제법 떨어져 있어서 왕래가 불편할 텐데, 굳이 이런 곳에 작업실을 둔 것은 심정적으로라도 아들과 가까이 있고 싶어서였을까?

태훈은 문득 자신을 이곳으로 부른 노인의 의중이 궁금하였다. 아침에 불쑥 전화해서 점심이나 함께 먹자는 제안도 그랬지만, 굳이 이곳까지 불러 올린 까닭은 무엇인지.

"신림이가 어제 집에 와서 금괴 이야기를 하더구만."

"아, 네…."

"자네는 만약 그런 금괴가 주어진다면, 무엇을 하고 싶나?"

전혀 뜻밖의 질문에 태훈은 선뜻 대답을 못 했다. 무엇을 하고 싶지? 박봉의 신문기자 일로 먹고살면서, 돈 좀 더 벌었으면 좋겠다 싶었던 적이 하루 이틀은 아니었다. 하지만 딱히 큰돈 생긴다 해도 쓸 데는 별로 없었다. 차도 바꾸면 좋겠지만, 뭐 지금 타는 구형 코란도로도 크게 불편한 건 없었다. 옷이야 늘상 청바지에 남방이면 되었고, 집은 어차피 잠만 자고 나오는 곳, 회사 가까운 원룸형 오피스텔이면 족했다. 결혼도 하면 좋겠지만 그건 돈 있다고 할 수 있고 없고의 문제는 아니니까. 그래도 만약 큰돈이 주어진다면, 하고 싶은 건….

"사진 찍고 싶어요. 돈 걱정 안 하고, 사진만 찍으며 살 수 있으면 좋겠어요."

불쑥 말하며, 태훈은 이 대답 앞에 온전한 자신의 마음을 보았다. 세영이 피식 웃음을 터트렸다. 거짓이 아니라는 게 와닿았기 때문이다.

"그렇구만."

세영 자신도 이 질문을 스스로에게 던져 본 적이 있었다.

그때 자신의 대답은 '글을 쓰고 싶다.'였다. 돈 걱정 없이, 밥 굶을 걱정 없이, 글 쓰며 살고 싶다. 그리고 돌아보니 그런 큰돈이 없어도 자신은 이미 글을 쓰며 살고 있었다. 그때 비로소 알았다. 나는 참 행복한 사람이구나.

세영은 남은 막걸리 병을 비워 태훈의 잔에 채워 주었다.

"아래 내려가서 점심이나 먹음세. 신림 어멈이 아랫집에 와 있어. 국수를 삶겠다고 했으니, 시간 맞춰 가야지."

둘은 앞서거니 뒷서거니 비탈을 따라 내려왔다.

세영의 작업실, 손학순 교수

세영의 작업실은 간소하게 지은 단층집이었다.

오름에서 지척이라 오가기도 쉽고, 공기도 맑았다. 집 안에 들어서니 구수한 냄새가 가득했다.

"아버님, 어서 오세요. 손 교수님 벌써 와 계세요."

자그마한 체구에 전형적인 가정주부 차림의 여성이 문을 열어 주었다. 신림의 어머니였다. 응접실에는 손 교수라는 노신사가 앉아 있었다.

"이 친구야, 사람 초대해 놓고 어딜 갔다 오는 거야?"

"아, 미안허이. 아들놈 먹이고 왔지. 허허."

뒤따라 서 있던 태훈은 멋쩍게 노교수와 신림의 어머니에게 목례를 했다. 신림의 모습은 보이지 않았다.

"이 청년은 H신문 유 기자. 신림이가 하도 이야기를 많이 해서 내 밥 한번 같이 먹으려고 불렀어."

뜻밖의 세영의 말에 태훈은 당황스럽게 웃었다. 도굴 사건 때문에 부른 줄 알았는데, 알고 보니 '손녀딸이 만나고 다니는 녀석'이어서 부른 것이었다. 신림의 어머니가 꽤나 관심 있는 표정으로 태훈을 바라보았다.

"그리고 이쪽은 내 오랜 친구인 손학순이. 제주대학교에서 선생질
하고 있지."

"아, 네. 처음 뵙겠습니다. 유태훈입니다."

어색하게 악수를 건네며 어디서 들어 본 듯한 그의 이름에 태훈은
기억을 더듬었다. '제주대학교'라는 단어에 퍼뜩 떠오르는 게 있었다.

"아, 혹시 제주학연구소에 계십니까?"

"그렇소. 내가 그렇게 유명했던가? 하하하."

경식이 말했던 바로 그 연구소였다.

4·3 관련 미 군정 자료들을 꿰고 있는 대학원생들이 모여 있다는
곳이었다. 우연치곤 기통찼다. 아니면, 이세영이 알고 엮은 인연일
지도.

난데없는 금괴 이야기도 어딘가 이상스러웠다. 금에 초연한 성품
답지 않게 허무맹랑한 보물 탐사 이야기를 무시하지 않는 것 또한.
오늘 자신을 부른 이유가 사뭇 궁금해졌다.

"국수 불기 전에 식사부터 하세요."

세 사람은 김치와 잔치국수만 놓인 단촐한 식탁에 둘러앉아 점심을
먹었다. 멸치와 다시마를 듬뿍 넣고 우려낸 국물이 어찌나 속을 시
원하게 훑고 내려가는지, 어지간한 고깃국보다 더한 감칠맛이었다.

"국물이 정말 시원한데요?"

태훈은 진심으로 감동했다.

"이거 뭐, 술꾼 시아비 해장국 한두 번 끓인 솜씨가 아니구만. 하하."

학순이 걸걸하게 농을 치며 웃었다. 세영이 부정하지 않고 허허 마

주 웃었다. 이제 환갑이 넘어 같이 늙어 가는 며느리이건만 한 번도 시아비 밥해 내는 데 싫은 표정 지은 적 없는 효부였다. 늘 엇나가기만 하던 아들과의 사이에서 완충 역할을 해 주었던 며느리에게 세영은 늘 고마운 마음이었다.

세 남자 모두 제 몫을 뚝딱 비워 내고 두 번째 그릇을 내밀었다.

신림의 어미는 입에 맞아 다행이라며 넉넉히 준비한 국수에 국물을 부어 주었다. 흔한 요리일수록 정말 맛있게 만들기는 힘든 법인데…. 태훈은 이렇게 맛깔난 잔치국수를 먹어 본 게 언제였는지 기억도 할 수 없었다. 딸은 어머니 요리 솜씨를 닮는다고, 괜히 그런 점까지 기대가 되었다.

"신림 씨도 요리 좀 하겠네요, 어머님 솜씨가 이 정도이시니?"

"호호, 전혀 아니에요."

"네?"

"걔는 지 아비를 쏙 빼서…."

뭔가 부정적인 면만 잔뜩 닮았다는 투였다. 신림 정도면 더할 나위 없다고 생각하던 태훈은 슬쩍 당황하였다. 숨겨진 단점이 많은가?

"사내로 태어났다면 더 좋았을 성격이지. 허허."

세영의 말에 신림의 어미가 수긍하며 웃었다.

무슨 뜻인지 알 만했다. 다소곳하지도, 속으로 참아 내는 스타일도 아닌 신림의 성격이야 태훈도 이미 겪은 바였다. 분명 현모양처감은 아니었다. 아쉽긴 했지만, 그런 거침없는 면에 자신이 이렇게 끌린 것이 아니겠는가. 또 자신도 그다지 완벽한 남편감은 아니라고 내심 합리화하는 태훈이었다.

"근데 신림 씨는 어디 갔나 보네요?"

"아침에 동굴연구소 들렀다 온다고 나갔는데 늦는구만…."

"좀 전에 연락 왔는데 선흘굴에 뭐 찾아볼 게 있다고 가 본다네요. 식
사 먼저 하시라고 하더라고요."

신림의 어미가 이런 식으로 약속을 펑크를 내는 것이 그리 대수롭
지도 않다는 듯 신림의 연락을 전달했다.

"뭐가 그리 급하다고, 밥이나 먹고 갈 것이지…."

세영이 못 말린다는 듯 고개를 절레절레 흔들었다.

'그러게. 밥 먹고 나랑 같이 갔어도 좋았을 걸…'

태훈도 한 번 더 굴에 들어가 보고 싶긴 했다.
어제 보물사냥꾼들의 이야기를 들은 다음에는 더더욱 내부를 확인
하고 싶었다. 좀 다른 관점에서 굴을 바라볼 수 있을 것 같았기 때문
이다. 자신이 오는 줄 뻔히 알면서도 혼자 훌쩍 가 버리는 신림이 조
금 섭섭하게 느껴졌다.

"걔가 그런 성격이에요. 하지 말란다고 듣지도 않고."

신림의 어머니는 어쩔 수 없다는 듯 고개를 저었다.

"신림 씨 아버지도 맘 먹으면 당장 하는 성격이셨나 보죠?"
"말도 못 하죠. 옳다고 생각하는 건 꼭 해야 되고, 밀어붙이는 것도
엄청나고. 호호."

신림의 어머니는 한때는 무척이나 힘들었지만 어차피 다 지난 일
이라는 듯 웃었다. 세영의 핏줄이라기에는 조금 유별난 아들이었나
보다 싶었다. 험한 일 다 하며 자수성가하신 분이라는 신림의 이야기
를 들었을 때도 느낀 것이지만, 선비 타입의 내성적인 세영과는 전혀
닮은 점이 없는 것 같았기 때문이었다.

정작 세영은 묘한 표정으로 입을 다물고 있는데, 신림의 어머니가

주절주절 말을 이었다.

"아마 태생이 그래서 그랬던 거 같아요."

"태생이요?"

"그이가 3·1절 날 태어났거든요."

"독립운동 날이요?"

태훈은 순간 별생각 없이 내뱉었다. 독립운동 베이비라 성격이 강한 건가?

"예끼! 이 양반아, 그건 1919년이지. 나도 그거보다 늦게 태어났는데. 허허."

듣고 있던 학순이 냉큼 한마디했다. 그제서야 태훈은 연도를 되짚어 보았다. 그럴 연배는 당연히 아니었다. 그때 태어났으면 지금 거의 100살이 넘었을 테니. 신림의 아버지 정도면 몇 년생이었을까? 194, 50년대생 정도였을까?

"하지만 딱히 틀린 말도 아니지. 1947년 3월 1일에도 기념시위를 했다고. 험하기는 그때나 일제 강점기나 진배없었어."

잠자코 있던 세영이 한마디하자, 학순도 묵직이 고개를 끄덕였다. 1947년 3월 1일? 그때 제주도에 무슨 일이 있었나, 태훈이 기억나는 사실들을 떠올려 보았다. 4·3사건은 1948년에 일어났으니 그쯤에는 슬슬 뭔가 기미가 보였던 것일까? 알 수 없는 침묵이 감돌았다.
태훈은 분위기가 너무 무거워지는 것 같아서 화제를 돌렸다.

"손 교수님, 그러잖아도 한번 찾아뵙고 싶었는데요, 계시는 연구소에서 해방 전후 미군 리포트들에 정통해 있다고 들었습니다."

"우리가 주로 하는 일들이 그거니까."

"선흘굴에서… 무기 나온 건 알고 계시죠?"

세영에게 뒷소식을 듣고 있던 학순이라 순순히 고개를 끄덕였다.

역시나 학순은 알고 있었다. 그가 어디까지 알고 있을까? 태훈은 잠시 망설였지만, 어차피 그의 견해를 들으려면 현 상황을 다 털어놓는 수밖에 없었다.

"이건 들으셨는지 모르겠는데, 그 무기들이 미군 거라고 하더라고요."

"미군?"

학순보다 더 놀란 것은 세영이었다.

세영 역시 그쪽으로는 전혀 들은 바가 없었다. 태훈은 괜히 좀 미안한 맘이 들었다. 그들과 무관하다고 생각은 하지만, 그래도 도지사건 때도 그렇고, 이번도 그렇고 이들은 주위의 다른 일들에 치여 휘둘리고만 있는 셈이니까. 학순 역시 처음 들은 정보인지, 잔뜩 미간을 찌푸리고 생각에 잠겼다.

"그게 어떻게 거기 들어갔을까요? 혹시 4·3 때 남로당들이 숨겨 둔 것이었을까요?"

태훈은 잽싸게 이번 사건의 가장 의문스러운 부분 중의 하나를 질문했다. 국공내전 때 미국이 지원했던 무기라는 말은 하지 않았다. 어차피 그 무기들이 섬까지 오게 된 것은 일본군에 의한 것이 맞았다. 문제는 어떻게 그 안에 있느냐였다. 일본군이 가져다 넣었겠지. 하지만 그 이후 들어간 시체들은? 4·3 때였다면 그 어느 때보다 무기들이 필요했을 텐데 왜 그냥 두었을까? 그리고 나란히 정돈된 시체와 유물.

아무리 생각해도 답이 없었다. 결국 그 안에 가장 마지막에 있었던 사람이 비밀의 열쇠였다. 그리고 그것은 4·3 때 사람들일 수밖에 없었다.

태훈은 학순이 무언가를 더 계산하기 전에 첫 견해를 듣고 싶었다.

때론 논리가 아닌 직관이 가장 확실한 답이라는 것을 누구보다 확신하는 태훈이었다. 게다가 이번 일처럼 정치적이고 이해관계가 복잡하게 얽힌 일에서 사람들은 진실을 말하기보다, 상황이나 입장에 따라 대답을 정하게 마련이다. 그러다 보니 늘 필터에 거쳐 나오는 정제된 대답만을 들을 뿐이었다. 태훈은 그런 것을 원하지 않았다. 학순은 조금도 망설임 없이 고개를 저었다.

"남로당? 그들이 미군 무기를 갖고 있었다고? 그거야말로 더 이상한 일이지. 물론 전투 중간에 어느 정도 탈취하거나 했을 수는 있지만, 그렇게 대량으로 빼돌렸다는 이야기는 들어 본 적이 없는데? 그럴 능력이나 있었을까?"

"뭐, 중앙에서 남로당 쪽 협조가 있었다면, 가능할 수도 있죠."

태훈의 말에 학순은 어림없는 소리라는 듯이 코웃음을 쳤다.

"그럴 가능성은 별로 없어. 당시 제주도 남로당이 북한의 남로당 중앙지부와 직접적인 연관은 없었다는 연구 결과들이 나오고 있어. 미국무성 정보조사국 분석관도 4·3과 남로당의 중앙지령설은 근거가 없다고 발표했고, 소련 잠수함이 제주 근처에 출몰해서 섬의 남로당들하고 교신을 했다는 설들도 미군 자료 분석에 의하면 근거 없는 것이라고 결론 내렸네.

섬의 남로당은 어디까지나 자체적으로 일어나 움직인 주민들에 의한 조직이었어. 물론 이후에는 중앙과 연결되었다고 하지만, 그건 여기 쪽에서 성과가 나오니까 그제야 인정을 해 주는 식이었달까? 처음부터 지령을 받아 움직이는 건 아니었네."

"그럼, 더 이상한데요. 중앙과 연관 없이 섬사람들이 자체적으로 저항한 거라면, 왜 정부에서는 그렇게 기를 쓰고 민간인들을 죽이려 한 거죠? 공산주의도 뭐도 아닌 주민들의 항거 정도였던 거라면?"

학순은 골치 아픈 이야기라는 듯 안경을 벗고 손바닥으로 얼굴을 쓸었다.

"당시 서로 못 잡아먹어 안달이었으니까.

일본 놈들 밑에서 경찰하던 것들이 수틀리면 뒤집어씌우고, 눈에 불 켜고 잡아 죽이려고 괴롭히고 하니까 살려고 산으로 도망친 것이고, 일단 산으로 들어가면 군경 입장에서는 빨치산이다 남로당이다 그 랬던 거고.

물론 개중에는 실제로 사회주의 사상 배운 놈들도 있었어.

주로 일본에서 배워 갖고 들어온 녀석들이었는데, 그들이 순진한 사람들 부추기고 선동하고 그런 건 맞아. 하지만 그거야 극히 일부고, 어디 그런 말만 듣고 사람들이 목숨 걸고 나서나? 저마다 그럴 만한 다른 이유가 있었던 거지.

섬사람들 입장에서는 괘씸한 친일파 놈들한테 당한 원한이 주원동 력이었을 것이고, 그러다 목숨이 위태롭게 되자 도망쳐 올라간 것은 생존본능인 거고. 죽이러 들어온 경찰들이나 군대 입장에서는 섬사 람들은 전부 다 빨갱이다 그렇게 듣고 왔으니까, 이를 갈고 죽이는 게 당연했던 거지."

나름 융통성 있게 양측을 이해하는 시각이었다. 어느 쪽이든 나름의 이유가 있었을 것이다. 그것도 목숨을 걸고 필사적이 될 만큼.

"그런 오해가 쌓여 수만 명이 죽음을 당했다는 게 놀랍네요."

"그게 4·3의 미스터리지. 어떻게 그렇게까지 될 수 있었냐는 거."

학순과 세영은 누가 먼저랄 것 없이 깊은 한숨을 쉬었다.

굳게 팔짱을 낀 채 침묵하는 세영을 두고, 입을 연 것은 학순이었다. 이미 그의 대화는 태훈이 아닌 세영을 향하고 있었다.

"사실 나는 말이야. 나중에 몇 번이나 되돌아봤어. 아니 수십 번을 되

돌아보고, 지금까지도 그러고 있네만… 그때 왜 그런 일이 일어나야
했을까? 무엇이 어디서부터 잘못되었을까 하고."

그게 그의 인생의 화두라는 것은 벌써 십수 년째 제주학연구소에서
진행하고 있는 연구로도 증명이 되었다. 그는 남은 인생 모두를 걸고
그 답을 찾고 있었다. 세영은 별다른 말없이 듣고만 있었다.

"자네도 알겠지만, 사실 상황이 그렇게까지 되지 않을 수 있는 몇 번
의 기회가 있었거든. 그런데 그 기회들이 납득할 수 없는 이유로 틀어
졌지. 마치 자잘한 방해물들은 마구 밀치고 폭주하는 기관차처럼 말
이야. 난 이 비유가 정확하다고 생각하네. 상황이 마구 달려갔지. 마
치 4·3이라는 목표를 향해 곧장 직진했다는 표현이 맞을 정도로. 4·3
은 일어날 수밖에 없었던 거야."

세영은 마른 손으로 희끗희끗 돋아난 턱수염을 쓸었다. 생각은 많
았다. 다만 말이 되어 나올 수 있는 이야기가 있고, 평생 생각 속에서
만 머물다 끝나야 하는 이야기가 있을 뿐이다.

사실 학순은 한 번쯤 세영을 만나서 진지하게 이야기를 나누고 싶
었다. 4·3에 관하여 수많은 생존자들의 증언을 듣고 상황을 재구성
했지만 답은 모호했다. 사적인 단상이 아닌 큰 시야로 시대를 읽어
줄 누군가가 필요했다. 아니면 최소한 중심에서 뛰었던 사람들의 진
짜 이야기라도. 문제는 정작 그런 이들은 당대에 이미 세상을 떠났
다는 것이었다.

그 시대를 주변인이 아닌 주인공으로 겪어 냈다는 것은, 곧 그 격
랑의 회오리 속에 사라질 수밖에 없었음을 의미하는 것이니까. 결국
역사는 살아남은 자들의 시각대로 기록될 뿐이고 학순은 그것이 늘
안타까웠다.

특히 4·3은 여전히 그 답이 납득할 수 없이 남겨진 채였기 때문에,
1990년대에 공개된 미군보고서를 제외하면 생존자들의 이야기가 진

실을 밝히는 거의 유일한 열쇠였다.

학순이 기억하는 한 세영은 4·3 내내 늘 중심에 있었다. 물론 이후에 구차하게 살아남았다는 자책으로 입을 열기를 꺼린다는 소문이었지만 이제는 그도 바뀌어야 할 때라고 생각했다. 학순은 최소한 자신이 맞게 가고 있는지 정도는 확인받고 싶었다.

"자네도 알겠지만 그때는, 아니 이미 시작은 1946년 중순부터였다고 생각하네. 민심은 터지기 일보 직전의 화약고였어. 그러다가 차곡차곡 쌓여서 1947년 3월 1일을 기점으로 불이 붙은 거지. '팡' 하고. 결국… 4·3은 절정에 지나지 않았어."

세영은 쉽게 입을 열지 못했다.

그의 기억 속에 여전히 어제 일처럼 남아 있는 그날들은 여전히 무거운 빗장으로 잠겨 있는 문 같은 것이었다. 낮은 한숨과 함께 세영은 담담한 어조로 내뱉었다.

"미리 정해져 있었던 것이라는 게 맞는 표현이겠지."

1947년, 3·1절 발포 사건, 악몽의 시작

1947년 3월 1일. 섬 전역에서 사람들은 이른 시간부터 제주읍을 향해 출발하였다.

미 군정이 제주 읍내 집회를 허락하지 않는다는 사실을 모르는 채 주민들은 그저 기념식 장소인 제주북국민학교로 발걸음을 서둘렀다. 행사를 강행하는 준비위원회 측 임원들은 긴장된 분위기 속에 사태를 지켜보고 있었다. 일단 사람들이 모여들면 설사 미 군정이라 한들 어쩌지 못할 것이라는 계산이 있었으나, 과연 그만한 사람들이 모일 것인가는 장담할 수 없었다. 오늘 하루 어떻게 풀려 갈지 누구도 짐작하기 어려운 상황이었다.

이런 움직임을 감지한 미 군정은 만약의 사태에 대비하여 비상경계 태세에 들어갔다. 경찰들은 미군 카빈총으로 무장하고 읍내의 곳곳에서 대기했다. 그리고 제주 성안으로 들어오는 길목인 동문교, 한천교, 서문교 등에 무장경관들을 배치하여 출입하는 사람들을 검문하기 시작했다. 이상한 것은 사람들이 기념대회에 참석하기 위해 모여들고 있는 것이 분명함에도 이를 제지하지는 않았다는 것이다.

이런 사실도 모른 채, 준비위원회에서는 지난 밤 논의한 대로, 미 군정의 관심을 분산시킬 작전을 시작했다.

첫 번째 바람잡이는 학생들이었다. 세영을 위시로 한 오현중 학생들은 이미 지난겨울 맹휴 사건과 양과자 배척 시위 등으로 자신감에 차 있었다. 이번에도 학생들이 전면에 섰다.

오전 9시, 제주 읍내 중학생들은 오현중 교정으로 속속들이 모여들었다. 제주농업고등학교, 오현중, 제주중 학생들과 후에 합류한 제주고등여학교 학생, 그리고 주변의 일반인들까지 모인 무리들은 순식간에 2천여 명에 이르렀다. 급속도로 늘어나는 군중에 경찰들은 당황했다. 이날 제주 읍내에 대기한 경찰의 수는 제주도 전체 경찰의 3분의 1 이상이었다. 그렇다 해도 수천 명의 학생들을 막기에는 역부족이었다.

뒤늦게 소식을 들은 경찰고문관 패드릿치 대위가 미군과 기마경찰, 기동대원들을 거느리고 와서 학생들을 해산시키려 하였다. 하지만 학생들은 강경하게 이들과 맞섰다. 불과 3주 전 양과자 반대 시위 때의 앙금이 남아 있던 터라 미군에 대한 학생들의 감정은 상당히 격해져 있었다. 실랑이가 오가고, 영어교사가 통역으로 나서 중재를 맡았다. 해산하라, 못한다 시간 끌기식 대치국면이 오현중에서 계속되는 사이, 제주 읍내에는 걷잡을 수 없이 여러 방면으로 사람들이 밀려들어 오기 시작했다.

길목마다 배치된 경찰 검문이 무의미하게, 조천, 신촌, 화북 등의 동쪽 마을 주민들은 동문통으로, 애월, 신엄, 하귀, 도두 등 서쪽 마을 주민들은 서문통으로, 오라, 노형, 아라 등 읍내 외곽 마을 주민들은 서문통으로, 남문통으로 제주북국민학교로 모여들었다.

정화의 상태가 염려되었던 일국은 기념행사에 참석하지 않고 병원에 머물 생각이었다.

며칠 전부터 배가 아래로 많이 내려온 것이 조산 기미가 보인다는 의사의 진단이 있었기 때문이었다. 아침에 일국은 자신의 트럭으로 어머니와 동네 주민들을 제주북국민학교까지 모셔다 드렸다. 그리고 병원으로 차를 돌렸다. 그러나 이미 제주북국민학교에는 수많은 인파가 모여들고 있어서 도저히 차로 그들을 뚫고 통과해 지나갈 수가 없었다. 하는 수 없이 일국은 차를 근처 골목에 세워 두고 걸어서 병원으로 향했다.

제주북국민학교로 모여드는 인파는 상상외로 많았고, 기하급수적으로 늘어 갔다. 반대로 거슬러 나아가는 것은 쉽지 않은 일이었다. 사람들은 거대한 물결처럼 같은 방향으로 밀려 내려왔다. 하는 수 없이 일국은 길가의 상점 쪽에 붙어 조심스럽게 나아갔다.

그러다 문득 상점 골목 안쪽에서 인기척을 느꼈다. 무심코 바라본 일국은 그곳에서 예상치 못한 광경과 마주쳤다. 골목 안에 렌즈데일이 있었던 것이다. 먼저 그를 알아본 일국은 잽싸게 벽에 붙어 몸을 숨겼다. 낡은 판자더미에 몸을 숨기고 살펴보니 렌즈데일은 서너 명의 미국인들과 함께 있었다.

낯선 얼굴들. 주로 측근에 두는 미군들이 아니었다. 아니 그들은 군인이라기엔 외모부터 달랐다. 근육이라곤 찾아볼 수 없는 호리호리한 체격들이었다. 하지만 몸가짐이 흐트러지지 않고 긴장감이 흐르는 것이 나름 단련된 이들이라는 것을 알 수 있었다.

렌즈데일은 그들과 무엇인가를 바쁘게 논의하고 있었다. 얼마지 않아 몇 명의 한인 경찰들이 다가왔다. 일국을 제외하고는, 렌즈데일이 한국인들과 직접 만나는 일이 없었기 때문에 일국은 이 광경에 몹시 놀랐다. 게다가 한인 경찰들 역시 이전에 한 번도 본 적이 없는 얼굴들이었다. 섬 전역을 돌아다니는 일 특성상 일국은 경찰들을 잘 알았다. 조천이나 애월, 서귀, 대정 등지 경찰들과 안면 정도는 있었다. 게다가 제주 읍내 경찰들과는 가끔씩 함께 유도 대련을 하는 막역한 사이였다. 그런데 지금 눈앞의 경찰들은 일국이 한 번도 본 적 없는 낯선 얼굴들이었다. 이번에 새로 들어왔다는 육지 경찰들임에 틀림없었다.

렌즈데일은 이들에게 낮은 어조로 무언가를 지시하고, 경찰들은 한층 굳은 표정으로 듣고 있었다.

'무엇을 지시하는 것일까?'

오늘 같은 날, 전 도민이 이렇게 한마음으로 모인 자리에서 렌즈데일은 무슨 꿍꿍이를 꾸미는 것인지 일국은 불길한 생각이 들었다. 자세한 이야기를 듣고 싶었지만 더 이상 다가갔다가는 자신의 모습을 들킬 것 같았다. 일국은 더 시간을 지체할 수 없어 하는 수 없이 다시 병원으로 걸음을 옮겼다.

일국이 사라진 방향을 바라보는 렌즈데일의 눈빛이 희게 빛났다. 렌즈데일은 곁에 있던 젊은 경찰에게 무언가를 지시했다.

일국이 인파를 뚫고 가까스로 병원에 도착했을 때, 정화의 상태는 좋지 않았다. 밤새 진행된 가진통으로 눈에 띄게 핼쑥해져 있었다. 가쁜 호흡을 내쉬며 정화는 일국에게 말했다.

"뭔가 이상해요. 느낌이… 달라."

일국은 서둘러 의사를 불렀고, 정화의 상태를 살펴본 의사는 상태가 정상적인 경우가 아니어서 자신도 확신할 수 없으나, 오늘 중에 출산할 것 같다고 하였다.

아직 예정일까지 두 달이나 남아 있었다. 살아남는다 해도 팔삭둥이인 셈이었다. 정화는 걱정스럽게 자신을 바라보는 일국의 손을 도리어 꼬옥 잡아 주었다.

한 시간이 채 못 되어 양수가 터졌고 본격적인 통증이 시작되었다.

"으아아악…."

일반적인 산통과 달랐다. 규칙적이지 않았고, 한 번 시작되면 몇십 분씩 계속되었다. 정화는 통증이 시작되면 숨도 쉬지 못할 정도로 고통스러워했다. 통증이 멎으면 정화가 흘린 땀이 침대보를 축축하게 적셨다. 탈진한 듯 뻗어 버린 정화는 지쳐서 물도 삼키지 못했다. 일국은 침대 곁에서 어쩔 줄 모른 채 정화의 손을 부여잡고 괴로워했다.

오전 11시, 미 군정의 통제에도 불구하고 제주북국민학교와 관덕정 주변에는 3만 명이 넘는 군중이 모여들었다.

준비위원회에서 주민 동원에 신경을 쓰긴 했지만, 이 정도가 될 것이라고는 누구도 예상하지 못했다. 해방 이후 늘어난 섬의 인구는 20만 명 정도였다. 대정이나 남원, 서귀에서도 각자 기념식을 진행하고 있는 상황에서, 제주읍으로만 이만한 인원이 모여들었다는 것은 동원이나 계획으로는 이루어질 수 없는 일이었다. 남녀노소 모두가 조국의 독립과 3·1운동 정신을 기리고픈 자발적인 마음으로 이곳에 모였다는 사실이 그 자리에 있는 모두의 마음을 울렸다.

오현중에서 1차로 시위를 진행한 학생들은, 경찰들이 제주 읍내로 모여드는 인파에 신경 쓰는 틈을 타 잽싸게 거리로 뛰쳐나갔다. 애당초 수천 명이 넘는 학생들을 몇십 명의 경찰이 저지하기란 불가능했다. 세영의 신호에 따라 학생들은 제주북국민학교 쪽으로 이동했다. 입구를 막은 경찰들을 피해 학교 담장을 넘는 학생들의 발걸음이 힘찼다. 무서울 것이 없었다. 총을 겨눈 미군도, 기마경찰도 두렵지 않았다. 나라를 위해, 민족의 단결과 자유로운 삶을 위해서라면 죽음도 두렵지 않았다.

세영은 우렁찬 함성과 함께 달려가는 동무들의 발걸음에 코끝이 시큰했다. 감정이 벅차올라 심장이 터질 듯이 뛰었다. 재빠르고 당차게 달려가는 학생들의 무리는 시위 군중을 달아오르게 만들기 충분했다. 사람들은 마치 자석에 끌려가는 철가루처럼 앞서는 청년들의 뒤를 따랐다.

시위 행렬 한가운데 위치한 도립병원에서 정화는 생사를 넘나드는 진통을 계속하고 있었다. 병원에서 의사 보조역을 맡고 있는 산파 할

멈이 그녀를 보살펴 주고 있었지만, 수십 년간의 경험에도 이렇게 힘든 경우는 처음 본다며 쩔쩔매었다.

일국은 이러지도 저러지도 못한 채 안절부절했다. 제 어미에게 아기가 태어날 준비를 해야 한다고 알려야겠다는 생각이 들었으나, 병원 밖은 오가는 인파로 가득하여 발 디딜 틈이 없었다. 이 군중 속에서 어미를 어떻게 찾는다는 말인가. 게다가 행여 자신이 잠시 자리를 뜬 동안 정화에게 무슨 일이라도 생기면?

일국은 차마 집에 다녀올 수 없었다. 병원에서 심부름하는 아이에게 얼마간의 돈을 쥐어 주고 집에 연락을 전해 달라고 말을 해 두었으나, 시위 군중이 잦아들기 전에는 그 아이인들 별 도리가 없었다.

세 시간 넘게 진행된 '제28주년 3·1절 기념대회'는 수많은 사람들의 환호와 단결 속에 성공리에 끝이 났다. 사람들은 뜨거운 열망에 차올랐고 새 시대에 대한 희망과 용기로 끓어올랐다. 집회가 끝나자 사람들은 누가 시키지 않아도, 자연스럽게 거리로 나서 시위 행렬을 이루었다. 제주북국민학교에서부터 시작된 시위 행렬은 관덕정을 거쳐 서문통으로, 다른 한 대열은 북신작로를 거쳐 동문통까지 끝없이 이어졌다. 길목 곳곳에서 해산을 명령하는 기마경찰의 외침은 도민들의 함성에 볼품없이 묻혀 들었다.

골목골목, 읍내로 흘러드는 모든 길을 통해 사람들이 꾸역꾸역 흘러들어 왔다. 마치 산에서 흘러내린 물줄기가 거대한 바다로 향하듯 한라산 언저리 어디엔가 마을마다, 학교마다 개별적으로 기념식을 가졌던 사람들은 천천히 읍내로 흘러내려 왔다.

제주시는 군중의 타오르는 열기로 물들어 갔다.

시위를 불허한다는 입장이었던 미 군정도, 예상외로 집결 인원이 많은 탓에 당황하고 있었다. 섣부르게 대처했다간 군중을 해산시키기는커녕 더 큰 사태를 야기시킬 수도 있었다. 하는 수 없이 시위 주도자에 대한 검거는 이후로 미루고, 일단은 이날의 행사를 묵인한 채 곳곳에 경찰을 배치하여 소요나 불미한 사태로 번지는 것에 대비하고 있었다.

시위 행렬 중에는 마치 마을 운동회 때처럼 동네를 알리는 푯말과 장대에 건 플래카드를 들고 일행을 선도하는 이들도 있었다. 사람들은 제각기 주장하고 싶은 바를 미농지나 가마니에 적어 흔들기도 했는데 최근 상황과 맞지 않는 엉뚱한 표어들도 눈에 띄었다.

젊은이들은 서로 어깨동무를 하거나, 마치 기차놀이를 하듯이 서로 허리를 잡고 행진하기도 했다. 큰 소리로 노래를 불러제끼거나, 머리에 띠를 두르고 우렁차게 기합을 넣는 이들도 있었다.

아낙들이 물을 떠 놓고 지나는 이들에게 물을 나누어 주기도 했다.

시위 행렬은 처음과 끝을 알아볼 수 없을 정도로 하염없이 이어졌다. 섬에서 이날 시위 행렬에 참여하지 않은 사람을 찾아보기 힘들 정도였다.

시위대가 제주읍을 빠져나와 동쪽과 서쪽, 각기 자기 마을 쪽으로 진행할 무렵, 정화의 통증이 멈추었다.

한시름 돌린 정화는 설핏 잠이 들었다. 그렇게 제법 시간이 흘렀다. 이상한 정적이었다. 극심할 때도 두려웠지만 통증이 사라지자 그 불안감은 모두를 숨 막히게 만들었다. 산파 할멈은 무언가 잘못되었다는 것을 깨달았다. 당장이라도 아기를 꺼내지 않으면 위험하다는 판단에 의사는 곧장 수술 준비에 들어갔다. 정화를 수술실로 안아 옮기는 일국의 두 팔은 납처럼 무거웠다.

"괜찮을 거야. 다 잘 될 거야. 무사할 거야."

누구에게 말하는 것인지 모를 일국의 읊조림에 정화는 눈도 뜨지 못한 채 입술만 달싹였다. 정화가 수술실에 들어가고 문이 닫히자, 일국은 순간 먹먹한 적막 속에 혼자 남겨진 듯했다. 주위를 뒤덮던

긴급한 모든 소리들이 잦아들었다.

　바로 그때였다.
　'탕' 하는 화약 터지는 소리가 밖에서 들렸다. 그건 마치 총소리 같
다고 일국은 생각했다.

　'탕, 탕, 탕, 타타탕.'

　순간 병원 안의 모든 사람들은 창밖으로 시선을 주었다.

　"관덕정 쪽에서 나는 거 아녀?"

　팔목이 부러져 찾아온 노인 한 명이 중얼거렸다. 모두의 표정이 굳
어졌다. 일국은 저도 모르게 자리에서 일어나 황급히 현관으로 달려
갔다. 문을 열어젖히고 내다보는데, 밖에는 아직 아무런 징조도 보
이지 않고 있었다.
　그렇게 한참을 서 있었다. 얼마 지나지 않아 저 멀리에서 작은 움
직임이 보였다. 모습은 점점 커졌다. 병원으로 달려오는 사람들. 분
명 누군가를 들쳐 업고, 옆에서 부축하고, 울며, 소리 지르며 몰려
오고 있었다.
　일국은 망설임 없이 그들에게로 달려갔다.
　거리가 가까워지고 가장 먼저 눈에 들어온 것은 피투성이가 된 아
낙네와 자지러지게 울음을 터트리는 젖둥이의 피 묻은 머리통이었
다. 아낙네를 업은 사내는 사색이 된 얼굴로 울며 병원으로 내달렸
다. 그 뒤로 불과 국민학생쯤 됐음 직한 어린아이를 업은 중학생 아
이가 뒤따랐다.
　대신 업고 어쩌고도 할 수 없을 만큼 긴박하고 처참한 모습에 일국
은 서둘러 병원으로 앞서 달려갔다.
　사람들을 불러 사태를 알리고 의사를 부르러 병원 안으로 들어가
려는데, 불쑥 누군가 그의 앞을 가로막았다.

"비켜, 지금 급⋯."

일국이 사내를 밀치려는 순간 '탕' 하는 총소리와 함께 그 사내가 고꾸라졌다.

"어, 어엇!?"

일국은 자신을 향해 쓰러지는 사내를 부축했다. 순간 자신의 팔이 붉게 젖어드는 것을 보았다. 사내의 몸에서 뿜어져 나온 피였다. 세차게 뿜어져 나오는 피는 서서히 일국을 덮었다.

무슨 일이 일어난 것이지?

어리둥절한 상황에 일국이 고개를 돌리자, 사내의 몸 뒤로 이상한 표정을 짓고 서 있는 한 경찰의 모습이 보였다. 초점이 풀린 눈동자에 마비된 듯 무표정한 얼굴. 병원 현관을 정승처럼 가로막고 선 경찰의 손에는 화약연기가 피어오르는 카빈총이 들려 있었다.

경찰의 뒤로 병원 안에서는 겁에 질린 환자들의 비명이 들려왔다.

때마침 환자를 업은 사람들이 우르르 도착했다.

당장 병원으로 들어가려는데, 문을 가로막고 총을 겨눈 경찰을 보고는 그 자리에 멈춰 섰다. 아낙네의 흰저고리를 붉고 축축하게 적신 핏방울이 흙바닥을 점점이 물들여 가고 있었다.

"이러지 마시오. 지금 당장 치료를 받아야 하는 환자요."

아낙네를 업은 남자가 경찰에게 애원했다.

사람들이 병원 안으로 들어가려는 몸짓을 하자 경찰은 사람들을 향해 총을 겨눴다.

"꺄아아!"

시체처럼 무표정하면서도 붉게 충혈된 경찰의 눈은 마치 광견병에 걸린 개 같았다. 사람들은 모두 놀라 비명을 지르며 몸을 숙였다.

"오지마! 오면 다 죽여 버릴 거야!"

경찰은 미친 사람처럼 알아들을 수 없는 말을 혼자 중얼거리더니, 갑자기 일국에게로 시선을 옮겼다. 그러더니 입가를 묘하게 어그러뜨리며 웃었다.

기분 나쁜 미소 속에 일국은 그가 품은 살의를 읽었다. 경찰은 일국을 뚫어지게 바라보면서 몸을 돌려 병원 안을 향해 총을 겨누는 시늉을 하였다.

"그만둬. 무슨 짓이야!"

일국이 자기도 모르게 경찰을 향해 팔을 뻗었다.

총을 맞고 쓰러진 사내의 몸이 일국의 움직임을 방해하려는 찰나, 경찰은 망설임 없이 병원을 향해 '탕, 탕' 하고 무작위로 총을 쏘아 댔다.

"꺄악!"

환자들의 비명소리와 도망치는 발자국 소리가 요란스럽게 울려 퍼졌다. 일국은 온 힘을 다해 경찰에게 달려들었다.

"퍽!"

"억!"

경찰의 몸이 일국과 함께 바닥에 내동댕이쳐졌다. 광기 어린 경찰은 쓰러지면서도 총을 놓지 않았다.

"탕!"

총소리와 함께 일국의 몸이 뒤로 제쳐졌다.

"아악…."

타는 듯이 뜨거운 통증이 왼팔을 휘감았다. 미친듯이 두방망이질 치는 심장 박동과 함께, 일국의 팔꿈치에서 뿜어져 나온 새빨간 선혈이 경찰의 얼굴을 덮었다. 순간 경찰은 '으아악' 미친 듯이 괴성을 질렀다. 그리고 무차별로 총을 갈기기 시작했다.

"탕, 탕, 탕."

"꺄악!"

서너 발걸음 떨어져 있던 한 남자가 풀썩 바닥에 쓰러졌다. 사람들은 머리를 감싸고 바닥에 엎드리고, 사방으로 흩어졌다.

경찰의 두 눈은 핏줄이 터져 붉게 얼룩지고 피눈물은 창백한 두 뺨에 흘렀다. 일국은 있는 힘을 다해 경찰의 몸에 올라타 그의 얼굴과 목을 졸랐다. 힘을 주자 왼 팔뚝에서 분수처럼 피가 솟구쳤다. 근육이 찢겨 나가는 것 같은 고통이 몸을 타고 올랐다.

그래도 멈출 수 없었다. 악귀처럼 발악하며 몸부림치던 경찰은 목이 졸린 채로 일국의 몸을 사정없이 할퀴고 이로 물어뜯었다. 그는 정상적인 사람이라고 생각할 수 없을 만큼 괴력으로 끈질기게 발버둥쳤다. 악물은 어금니 탓에 일국의 목에는 실핏줄이 터지고 목을 부여잡은 손아귀가 부들부들 떨렸다.

일국에게서 흘러내린 피와 땀이 바닥에 흥건해질 무렵에야 놈은 사지를 늘어뜨렸다. 하아, 하아… 가쁜 숨을 내쉬며, 일국은 간신히 떨리는 팔을 떼어냈다.

천 근 쇳덩이처럼 무거운 몸을 일으켜 병원 현관을 향해 다가가는데, 일국의 다리가 허무하게 꺾였다. 안간힘을 써도 일어날 수 없었다. 눈앞이 하얗게 흐려졌다.

일국은 그대로 무너져 내렸다.

'정화야….'

감각도 느껴지지 않는 팔에서는 끝도 없이 피가 흘러나오고 있었
다.

팔삭둥이, 일국, 연행

정화가 눈을 떴을 때, 곁에 앉은 일국의 어미는 마치 세상이 무너지기라도 한 듯한 표정이었다. 정화는 늘 담대하고 대장부 같은 시어미가 그런 표정을 짓는 것을 처음 보았다.

"어머니…."

"아이구야. 정신이 드는구나…."

일국 어미는 옷소매로 눈물을 찍으며 몸도 일으키지 못하는 새아기의 손을 있는 힘껏 잡았다. 오랜 시간 그 자리에서 걱정하며 기다렸다는 것을 단번에 알 수 있었다.

"못 깨어나면 어쩌나… 얼마나 걱정을 했는지."

아직 정신이 몽롱했지만 정화는 누워 있는 곳이 병원이라는 것을 알 수 있었다. 그리고 곧 자신이 왜 그곳에 있는지 생각해 냈다.

"아기는요?"

정화는 납처럼 무거운 고개를 들어 주위를 둘러보았다. 일국 어미는 정화가 누워 있는 침대 왼편으로 몸을 돌리더니 작은 포대기에 싸인 어른 주먹 두 개만 한 아기를 안아 올렸다. 찌그러진 미간에 눈도 제대로 뜨지 못하지만 눈두덩이며 콧대며 시원하게 뻗어 있어 한눈에 일국을 쏙 빼닮았다는 것을 알 수 있었다. 정화의 얼굴은 차오르는 눈물로 일그러졌다. 아직은 힘이 없는 두 팔을 어설프게나마 내벌리자, 시어미는 잠든 아기를 정화의 품에 놓아 주었다. 작고 가볍고, 마치 없는 것처럼 무게감이 느껴지지 않아서 이것이 현실인지, 과연 내 뱃속에서 나온 것이 맞는지 정화는 순간 넘쳐나는 감정의 격랑에 어쩔 줄을 몰랐다.

"너 이거 낳고 혼절해서 하루가 넘게 못 깨어났어. 피를 얼마나 흘렸는지 의사가 죽을지도 모른다고…."

일국 어미는 마지막 말에 복받쳐 오르는 눈물을 참지 못했다. 정화는 시어미에게 죄송스러운 마음이었다. 이렇게 걱정을 끼쳐 드리다니. 아기는 사정도 모른 채 정화의 품에서 꼬물꼬물 몸을 움직였다.

"아들… 이죠?"

"그래. 아들이다."

단박에 알 수 있었다.

"신… 국아."

정화는 품 안에 차지도 않는 작은 아기를 온몸으로 감싸 안고, 젖은 눈으로 하염없이 바라보았다. 뭐가 그리 슬픈지, 웃어야 하는데 눈물만 나왔다. 일국 어미는 그런 정화를 애처롭게 바라보았다.

한참 만에 고개를 든 정화는 시어미의 태도가 무언가 꺼림직하다는 것을 깨달았다. 무언가를 망설이는 듯도 하고, 감추려는 듯도 했다. 물어보면 당장이라도 쏟아질 듯 억누르지 못하는 슬픔이 담긴 눈빛이었다. 왜?

그때였다. 병실 문이 열리면서 한 중년 여인이 들어왔다. 굉장히 낯이 익은 얼굴인데 누구인지 알아보지 못해 정화는 멍하니 바라만 보았다.

"아이고, 선생님 깨셨네. 아유, 천만다행이요."

"네….."

감사 인사를 하면서도 정화는 머릿속이 몽롱하여 바보가 된 듯한 느낌이었다. 일국 어미는 그 여인이 들어오자마자 애타는 표정으로 바라보았다. 그리고는 눈짓으로 잠깐 나가자는 신호를 하는 것을 정화는 놓치지 않았다. 무언가 불길했다. 왠지 자신이 알아야만 하는 사실을 숨기려는 것 같았다.

"무슨, 일이 있나요?"

갑작스러운 정화의 질문에 일국 어미와 여인 누구도 대답을 하지 못했다. 그 망설임이 정화에게 섬광 같은 깨달음을 주었다.

"일국 씨는요? 일국 씨에게 무슨 일이 있는 거예요?"

질문과 동시에 일국 어미의 시선이 그 중년 여인에게로 향했다. 일국 어미 역시 애타게 묻고 싶은 질문이었던 것이다. 정화의 눈치를 보며 망설이는 여인에게 일국 어미가 참지 못하고 다그쳐 물었다.

"어여 말해 봐. 어찌 되었다든가!"

이 이상 감추고 뭐고 없었다. 오랜 갈급함이 묻어 있었다.

"우리 세영이는 읍내 구치소에 갇혀 있고, 일국이는 다른 데로 끌려
   갔다는구만."

끌려가? 일국 씨가? 왜? 그리고 세영이?

동시다발적으로 몰려드는 질문과 함께 정화는 그 낯익은 여성이 세영의 어머니라는 사실을 깨달았다. 일국 어미는 더 자세한 정황을 바라는 눈빛으로 세영 어미를 재촉했다.

"다친 거는? 다친 데는 어찌 되었대?"

"모르겠어요. 일국이에 대해서는 아예 알 수가 없어요."

"일국 씨가 다쳤어요?"

넋이 나간 듯 묻는 정화에게 세영 어미는 어찌할 줄 모르며 고개를 끄덕였다. 일국 어미는 체념한 듯 침대 모서리에 털썩 주저앉았다.

"왜요?"

"어느 미친 경찰 놈이 거리에서 총질을 해 대는 거를 일국이가 막았
단다. 그러다가 팔을 다쳤어. 급하게 수술은 했는데…."

땅이 꺼져라 한숨을 내쉬는 일국 어미를 대신해서 세영의 어미가 일어난 일을 상세하게 들려주었다. 도무지 이해가 되지 않는 이야기였다. 이유도 없이 경찰이 사람들에게 총을 쐈다는 이야기며, 그가 일국을 공격했다는 이야기며, 그리고 일국이 팔을 심하게 다쳤다는 이야기까지.

이해가 되지 않기는 정화뿐 아니라 다른 모두가 마찬가지였다.

비단 일국의 일뿐이 아니었다. 그날 앞서 벌어진 관덕정 부근에서의 총격 사건까지 의문스러운 구석이 한두 군데가 아니었다. 사건은 시위가 끝난 후 한차례 사람들이 빠져나간 무렵에 일어났다. 기마경찰의 말 다리에 채어 6살가량의 꼬마 아이가 쓰러졌다. 그 사실을 아는지 모르는지 기마경찰은 아이를 내버려둔 채 지나갔고, 그 광경을 본 군중들은 화가 나서 기마경찰에게 야유를 보내기 시작했다. 몇몇은 경찰에게 돌을 던지며 항의를 했다. 성난 시민들에 당황한 경찰은 경찰서 쪽으로 달아났고, 몇몇 군중들은 뒤따라갔다. 그리고 경찰서 근처에 다다랐을 때였다. 스리쿼터와 기관총 등으로 무장하고 있던 경찰들이 발포를 시작한 것이었다. 네 명이 현장에서 즉사했고, 여덟 명이 중상을 입었다. 부상자들은 황급히 병원으로 옮겨졌지만, 병원에서는 이미 또 다른 총격 사건이 벌어지고 있어서 들어갈 수 없었다. 결국 두 명은 제 시간에 응급처치를 받지 못해 죽고 말았다.

왜 경찰은 시민들을 향해 총을 쏘았는가?

한창 시위가 진행 중인 때라면 예기치 않은 몸싸움이나 충돌이 오해를 낳았을 것이라는 추측이 가능했지만, 이미 집회도 시위도 끝나고 해산할 무렵이었다. 그리고 희생자는 항의 군중들이 아니라 젖먹이를 업은 아낙네와 국민학교 학생, 노인 등 당시 주변에서 구경하던 관중들이었다. 게다가 시체를 검시한 의사가 말하길 사망자와 부상자는 모두 등에 총상을 입고 있었다고 했다. 경찰에 덤비다 총에 맞은 것이 아니라 달아나다 맞은 것이었다.

그렇다면 경찰은 왜 달아나는 시민들 등에 총을 쏘았는가? 또 병원에서 일어난 경찰의 무작위 사격은 무엇 때문인가? 상식적으로 납득할 수 없는 사건에 섬 주민들은 충격에 휩싸였다.

그날 저녁부터 다음 날 새벽까지 통행금지령이 내려졌다. 병원에 와 있던 환자의 가족들과 친지들은 오도 가도 못한 채 병원에서 밤을 지새워야 했다.

그리고 다음 날, 목포로부터 100명의 특별경찰이 추가로 파견되어 입도하였다는 소식이 읍내에 퍼졌다. 경찰은 즉시 3·1절 시위 주동자 검거에 들어갔다. 준비위원회 간부들이 줄줄이 붙잡혀 들어갔고 중등학생 시위 관련자들이 잡혀갔다. 세영을 포함한 25명의 학생들이 학교로 들이닥친 경찰에 의해 연행되었고, 일국은 총상으로 입원 중인 상태에서 끌려갔다.

이 모든 일이 정화가 의식을 잃고 있던 하루 동안 벌어진 일이었다.

감금, 검은 방

일국은 자신이 끌려온 곳이 어디인지 알지 못했다.

눈을 가렸던 덮개가 벗겨졌을 때는 이미 창문 하나 없는 검은 방에 감금되어 있었다. 암흑으로 아무것도 보이지 않는 이런 공간은 난생 처음이었다. 그 방 안에 오랜 시간 홀로 남겨져 있었다. 얼마나 시간이 흘렀을까? 수만 가지 생각들이 머릿속을 오고 갔다. 시간을 되짚어보았다. 병원으로 갑자기 들이닥친 경찰들에 의해 이곳에 옮겨지기까지 오래 걸리지 않았다. 아마도 읍내 안에 위치한 어느 건물인 듯했다. 계단을 올라왔으니 2층일 테고, 이렇게 창이 하나도 없는 건물은 밖에서 본 적이 없으니 아마도 내부에 따로 이런 방을 만들어 놓은 것임이 틀림없었다.

그런 생각들을 하는 중간중간 팔이 욱신욱신 쑤셔 왔다.

뼛속까지 아려 오는 통증. 타는 듯이 뜨겁기도 하고 저리기도 했다. 볼 수 없으니 확실히 알 수 없지만 좋은 상태는 아니었다. 수술 후 벌써 몇 시간이 지나도록 치료를 받지 못해서 조금씩 피 고름 냄새가 풍겨 나고 있었다.

어쩌다 이 지경이 되었나? 정화는 어떻게 되었을까? 자신이 끌려 오기 직전까지만 해도 깨어나지 못하고 있었다. 두 달이나 일찍 태어난 신국이는 목청껏 울지도 못했다. 살아 주어서 그나마 다행이었다. 불쌍한 놈. 가까스로 세상에 나온 그 핏덩이 곁에 있어 주지 못

하다니. 순간 일국은 이런 알지 못하는 곳에 갇혀 있어야 하는 상황
에 화가 치밀어 올랐다.

"날 내보내 줘! 내보내 달라고!"

방향도 없이 미친 듯이 고함을 지르는 일국의 귓가에 자신의 목소
리 외에는 아무것도 들리지 않았다.

제주 민속박물관, 최영재, 마약

식사가 끝나도록 신림은 오지 않았다.

손학순 교수와 세영 사이에 무언가 논의할 일이 있는 듯하여 태훈은 먼저 자리를 떴다. 그대로 돌아가기 뭐해서 태훈은 선흘굴로 향했다. 선흘굴 입구 근처까지 다가가자 공사 현장 도로 초입부터 아예 들어가지 못하게 출입금지 팻말을 걸어 놓은 것이 보였다. 저 멀리 동굴연구소 사람들 차량인 듯한 승용차 두어 대가 보였다. 하지만 어디에도 신림의 하늘색 경차는 보이지 않았다.

'어디 간 거야?'

굴에 들어가 볼까 하다가 딱히 내키지 않아서, 그냥 제주시로 차를 돌렸다. 도심을 향해 오다가 민속박물관으로 가는 이정표가 눈에 띄었다. 문득 그곳에서 최영재가 문화 강의를 맡고 있다는 이야기가 떠올랐다. 오늘이 강의 날인지는 알 수 없으나, 박물관도 한번 둘러볼 겸 태훈은 민속박물관으로 차를 몰았다.

한낮의 박물관은 고요했다. 관람객은 한 명도 없었다. 역대 최대 관광 매출을 올리는 지금 그 많은 관광객은 제주에서 과연 무엇을 보고 가는 것일까? 안내원에게 물어보니 마침 최영재의 강의가 진행되고 있었다. 오늘의 주제는 제주도의 고구려 시대 역사 문화였다.

태훈은 뒷문으로 살짝 고개를 들이밀었다. 강의에 방해가 되지 않을 만큼 작은 움직임이었는데도, 최영재는 알아보고 눈인사를 해 주었다.

강좌가 끝나기까지 시간이 남았기에 태훈은 민속박물관 전시실들을 둘러보았다. 죽을 고비를 넘겨 가며 끌어모은 가지각색 전통 기구와 유물들로 박물관을 세운 초대 관장에 대한 설명이 눈길을 끌었다. 자비를 들여, 인생을 투자해 고향을 위해 희생한 사람들이 이처럼 많은 지역이 제주 말고 또 어디에 있을까.

유독 제주에는 그런 애향심에 불타는 사람이 많았다. 섬의 무엇이 사람들을 끌어당기는 것인지. 태훈은 은근한 자부심과 함께 그러지 못한 자신에 대한 부끄러움을 느꼈다.

얼마지 않아 강의실 문이 열리고 학생들이 하나둘 나오는 것이 보였다. 태훈이 들어가자 여전히 쾌활한 최영재의 목소리가 먼저 반겨 주었다.

"여, 기자 양반. 마침 잘 왔어. 안 그래도 전화하려 했는데."

"뭐 좋은 정보라도 알아내셨어요?"

"고민을 좀 해 봤지."

최영재는 태훈에게 앉으라는 시늉을 하며 맨 앞의 책상을 가리켰다. 그리고는 아직 강의의 여운이 남았는지 성큼 펜을 잡고는, 화이트보드에 큼지막하게 '무기'라는 단어를 써 넣었다.

"그 무기들이 왜 거기 있었을까? 어떻게 거기로 왔을까? 생각을 해 봤는데 말야, 아무래도 해방 후는 아닐 거 같애. 그때는 딱히 미국이 여기에 무기를 다량으로 가져다 놓을 필요가 없거든. 그렇다면 일제 강점기라는 말인데, 일본군이 훔친 무기를 가져다 놓았… 라고 보는 건 말이 되지. 일본군은 전쟁 마지막까지 미군과 붙을 생각이었으

228

니까. 그런데 당시로는 미군 무기가 제일 앞서 있었거든. 당시 일본은 무기 면에서 미군에 밀리고 있었어. 그러니까 아마 중국이나 이런 데서 승전 후에 훔친 게 아닐까? 그렇게 얻은 무기를 전쟁 말기에 이곳 제주도까지 가지고 온 거고."

태훈이 국장에게서 받은 자료의 내용과 일치했다. 국공내전 당시 무기라는 정보를 주지 않았음에도, 추리해 낸 것치고는 제법이었다. 태훈이 동의한다는 듯이 고개를 끄덕이자, 최영재는 더욱 자신만만하게 자신의 가설을 풀어놓았다.

"최후 저항 거점 기지인 이 섬에서 마지막까지 버티다가, 결국 막판에는 이것들을 굴에다가 숨겨 둔 거지. 항복하는 마당에 유물 같은 거 챙겨 갈 수 없으니까. 미국에게 빼앗길 바에는 차라리 감춰 두자. 뭐 그런 거?"

그 이론대로여야 중국의 유물들이 이곳에 숨겨진 이유도 설명이 가능했다. 한국처럼 일본이 초기에 점령했던 지역의 문화재라면 가장 먼저 일본으로 보내어졌을 것이다. 그러나 중국이나 종전 즈음에 약탈한 유물들은 상황상 일본 본토까지 운반되지는 못했을 것이다.

"그리고 또 알아본 게 있는데 말야⋯."

최영재는 목소리를 낮추며 태훈의 옆 의자에 다가와 앉았다. 그리고 강의실에 다른 사람이 없다는 것을 한 번 확인하더니 은밀하게 입을 열었다.

"⋯마약에 대해."

"마약이요?"

태훈은 뜬금없는 최영재의 이야기에 잠시 어리둥절했다. 갑자기 웬?

"그때 일본군이 제주도로 실어 나른 것 중에 무기와 유물 외에도 상
당량의 마약이 있었다는 거, 알아?"

영국이 중국 대륙을 제패할 때 아편을 앞세웠다는 것은 잘 알려진
이야기였지만, 일본군이 제주도에 마약을 갖고 들어왔다는 것은 금
시초문이었다. 최영재는 그쪽으로 제법 조사를 한 듯 관련 자료 프린
트를 태훈에게 건네주었다.

"일본이 남긴 잔해들이야. 2차 세계대전에서 중국을 지하부터 무너
뜨린 일본의 전술이 마약이었어. 일본은 갱단들에게 금과의 교환으
로 마약을 공급하면서 중국을 마약으로 뒤덮었어. 그때 세계에서 거
래되던 마약의 90%가 일본산이었다고 해."

"그 정도였어요?"

"일본은 마약으로 동아시아를 지배했다고 해도 틀린 말이 아니야. 심
지어는 그 마약공장의 상당수가 다 서울에 있었다더라고."

서울에? 서울의 뒷골목 어디에선가 중국군을 무너뜨릴 어마어마
한 양의 마약이 쉴 새 없이 제조되는 장면이 태훈의 머릿속에 떠올랐
다. 낡고 음습하고 은밀한 어딘가에서.

"혹시… 마약 안 나왔어?"

은근슬쩍 물어 오는 최영재의 의도가 순간 의심스러웠다. 이 양
반 지금 내가 사실을 숨기고 있다고 생각하는구먼. 하긴 송나라 시
대 유물에 대해서도 말해 주지 않았었으니까, 신문에서 보고 괘씸하
다 했겠지.

태훈은 고개를 가로저었다. 마약은 이번 사건과는 거리가 멀었다.
하지만 아닐 수도 있었다. 그 수많은 무기 상자 중 몇 개는 마약이었
다 한들 태훈으로서도 알 도리가 없었다. 아니면 발견되지 않은 또
다른 동굴들 어딘가에서 잠자고 있을지도.

"근데 제주도로 가져온 마약이 섬에 무슨 영향을 미쳤나요?"

"상당한 영향이 있었지. 4·3 때까지도 마약에 중독된 경찰 놈들이 제법 많았다고 하거든."

"마약 때문에 그런 학살을 자행했다고 생각하시는 거예요?"

"마약 때문이라고까지는 못해도, 최소한 둔감했을 수는 있지. 그러지 않고서야 전시도 아닌 때 일반인을 그렇게까지 학살한다는 게 말이 되나?"

베트남전에서 민간인 학살의 후유증을 겪고 있는 참전용사들의 소송이 바로 얼마 전에도 진행되었다는 기사가 떠올랐다. 죄 없는 이들을 떼로 몰아 죽이고 정상적인 정신 상태를 유지할 수 없는 게 당연했다.

"그래서, 그렇게 몰아간 것이 일본군이 갖고 들어온 마약이었다고요?"

"뭐 그럴 가능성이 있다는 거지. 4·3 당시 경찰 놈들 상당수는 일제 강점기 때부터 일본군 뒷꽁무니 빨아먹던 놈들이 많았으니까. 이미 오래전부터 약에 중독되어 있었을 수도."

최영재는 자신만의 추측을 확신하는 듯 설득력 있게 이야기를 몰아갔다. 정황 증거로 보면 아주 근거 없는 소리는 아니었다. 4·3 당시 악명 높았던 경찰 중에는 팔에 주사바늘을 꽂을 자리가 없을 정도로 지독한 마약중독자였다는 기록이 있었다. 군인들을 통제하기 위해 그런 수까지 동원되었을지 알 수 없지만 가능성 없는 이야기는 아니었다.

최영재는 어느 틈에 꺼내 든 담뱃갑에서 한 개피를 꺼내 물었다. 실내여서 차마 불을 붙이지는 못했지만 희미한 담배 향이 태훈을 자극했다. 최영재는 눈짓으로 밖으로 나가자는 시늉을 했다. 가방을 챙기고 둘은 강의실을 빠져나왔다.

이미 초여름을 넘긴 나뭇잎들마다 짙푸른 녹빛으로 물들어 가고 있었다. 끄트머리에 겨우 남겨진 싱그러운 연녹빛은 어느 틈에 사라지고, 섬은 깊고 어두운 푸르름의 시절로 접어들고 있었다.

입구를 나서자마자 담뱃불을 붙인 최영재는 아주 깊이 심호흡이라도 하듯 연기를 들이마셨다. 그러고 보니 태훈은 만나고 처음으로 그가 담배 피는 것을 본 것 같았다.

"담배 피셨어요? 몰랐네요."

"끊었어. 근데 다시 물었지. 기자 양반 때문에."

태훈은 최영재가 권하는 담배를 거절했다.

"저는 끊었습니다. 며칠 전부터."

최영재는 애매한 표정으로 웃었다. 끊었던 담배를 다시 무는 심정, 백 분 이해하고도 남았다. 태훈 역시 어쩌다 시작된 금연 이틀째였으나 그 고통은 과거 금연 때보다 배는 힘들었다. 자료 하나, 현장 한 곳에서도 매캐한 향 내음 없이는 참을 수 없는 답답함이 느껴졌다.

"서청이라고 들어 봤어?"

불현듯 침묵을 깨고 터져 나온 최영재의 질문은 이상하게도 오래도록 묵혀 둔 냄새가 났다. 이 질문을 진작부터 하고 싶었던 거라는 느낌이 들었다. 서청. 194, 50년대를 살아낸 섬사람들에게는 악몽과 같은 이름이었다.

"네, 서북청년단 말이죠? 이북에서 내려온 청년들로 이루어진 부대."

'잔혹하기 이를 데 없었다던'이라는 수식어를 태훈은 덧붙이지 않았다. 어쩐지 최영재가 불편해할 것 같은 생각이 들었기 때문이었다.

"그래. 북쪽에서 친일파 숙청 때 다 잃고 떨려 내려온 사람들, 공산주의에 가족 잃고 이 갈고 도망 내려온 사람들이야. 남한마저 공산화 되면 자기들은 그대로 끝이니까 더 기를 쓰고 공산화 반대에 앞장섰지. 그런 사람들 입장에서는 지리산에 공산당들이 숨어들어 대치한 다고 하니까 당연히 더 총부리를 겨눌 수밖에 없었던 거야. 실은 그냥 민간인들이 숨어들어 간 게 더 많았는데. 그걸 어떻게 구별하겠나."

"그래도 서청이 저질렀다는 일들을 보면, 잔혹함이 상식을 벗어나더라고요. 주민 처형하는 것을 다들 구경하게 하고, 구경하러 안 오면 또 죽였다면서요. 납득이 안 돼요. 그 잔혹한 정도가."

"서청만 그랬을 거 같애? 베트남전 때도 마찬가지였어. 마을 주민들 사이에 섞인 베트콩 잡으려면 마을을 통째로 불싸지르는 수밖에 없어. 안 그럼 어떻게 구별해? 한 명 한 명 면담하고 신원조회할까?"

최영재의 언성이 높아졌다. 변명처럼, 핑계처럼 들릴까 약간은 조바심 난 듯 빨라지는 말투. 억울하다고 말하지만, 말하면서도 스스로도 죄책감을 벗어나지 못하는 음색이었다.

"당시는 거의 광기였다고 봐야 돼. 미쳐 돌아갔어. 전쟁이라는 게 그래. 제정신으로 하는 게 아니야. 일단 전장에 들어서면 공기부터가 달라. 그 냄새라는 거. 비릿함, 매캐함, 구역질 나는 썩는 냄새. 난생처음 맡아 봐도 그게 죽음과 연관된 냄새라는 것을 직감적으로 느끼게 된다고. 그럼 그때부터 피가 날뛰는 거야. 심장에서 머리로 휭휭 돌아가는 피가 느껴진다고. 그게 뭔 줄 알아? 벌렁거리다 그 수준을 넘어서면 뒷골이 얼얼해. 감각이 없어. 그걸 못 잡아 내리면 미쳐 버리는 거야. 아, 딱 미치겠구나 싶어. 이성 판단, 옳고 그름 그런 거 그냥 모른 체해 버리는 거야. 그런 고민하다간 내가 돌아 버리겠는 걸. 그러다 보니 술 없으면 안 되고, 담배 없음 안 되고, 더 가면 그 이상까지 가는 거지."

마지막 말의 여운은 길었다. 마치 나는 사람도 죽였고, 미쳐 돌아가

봤고, 그래서 마약도 해 봤다고 이실직고하는 것처럼 들렸다. 태훈은 내색하지 않았지만 조금 충격을 받았다. 전쟁이 온갖 비리와 범죄, 불법이 허용되는 공간임을 모르지 않았지만, 내 조국 내 고향땅에서도 그런 어두운 뒷이야기가 있었다고는 미처 생각지 못했던 것이다.

일반적으로 알려진 전쟁의 이미지, 하지만 실체는 그것과는 전혀 다르다는 것을 누구보다 잘 알고 있었다. 직업이 기자이다 보니 보지 않아도 될 것, 듣지 않아도 될 이야기들에 어쩔 수 없이 노출되었다. 실제 TV나 신문에 보도되는 전쟁 사진은 극히 미화되었다고 보아도 좋았다. 전쟁 영화나 공포 영화에서 표현되는 죽음이나 참혹함은 즐길 수 있는 수준이다. 실제 종군기자들의 촬영 영상을 보면, 무섭다거나 징그럽다고 눈살을 찌푸리게 되지 않는다. 섬뜩함. 심장 안쪽으로부터 차갑게 퍼져 오는 냉기가 필름을 통해서조차 죽음을 실감하게 한다. 그래서 그런 영상들은 시청자들에게 전해지지 않는다. 그것이 전쟁이고 테러고 살육이지만, 그 어두움 밑면에는 그보다 더 추하고 더러운 모습이 깔려 있다. 돈과 부패라는. 죽음마저도 돈벌이로 이용하는 치들의 탐욕. 전쟁을 최고의 한탕거리로 생각하는 이들의 정신세계를 상상이나 할 수 있겠는가. 하물며 세계의 패권을 놓고 극한의 상황까지 치닫던 20세기 초의 세계전쟁 때야 그 극악함이 어디까지 치달았을지… 지금 같은 평화시대를 살아가는 사람들로서는 상상하기 어렵다. 전쟁을 겪은 세대와 그렇지 못한 세대의 차이는 아무리 자세히 설명한다 한들 그 간극을 넘을 수 없다. 죽음이 일상이었던 삶. 생존을 위해 다른 모든 것을 외면해야 하는 시절을 보낸 이들에게 비인륜이니 비도덕이니 정의니 양심이니 하는 말들이 어떻게 힘을 가질 수 있을까.

최영재는 그런 면에서는 전자에 속했다.

산전수전 다 겪고 마지막으로 이곳에 정착한 패잔병. 그리고 흥분하자 유독 귀에 들어오는 그의 독특한 ㄹ 발음은 그가 이북 출신일지도 모른다는 확신을 갖게 하였다. 서청 출신일까? 그러기엔 나이가

20년은 어렸다. 그의 과거를 알 수는 없지만 베트남전 참전쯤은 해봤던 듯 싶었다. 그러지 않고서야 전쟁과 죽음의 냄새가 저토록 각인된 채 살아갈 수는 없을 테니.

"조금 다른 이야기지만, 난 요즘이 참 불안해. 오싹할 정도로 닮아 있거든, 해방 직후랑. 과할 정도로 넘치는 정치 기사들에 트위터니 SNS니 사람들의 들끓는 관심, 똑똑하고 지적인 수많은 젊은이들의 정치 참여. 그렇게 커져 가는 진보세력, 중도파를 지향하는 합리적인 엘리트들. 그리고 때마침 밀려 내려오는 탈북자들. 1946, 7년 그때의 제주도랑 똑같아. 지난 대선에서 중도세력이 단일화다 뭐다 할때, 성공 못 할 줄 알았어. 결국 기권하는 거 보면서 등골이 싸했다니까. 반복되는 거야. 마치 시나리오를 따라가듯이. 해방 직후 그때와 똑같아. 다들 잊고 있을 뿐이지. 그대로 따라가고 있다고. 그래서 어떤 결과가 오게 되었는지 제주도를 보면 알 텐데 말야. 해 아래 새것이 없다지 않아."

"지금의 탈북자들은 서청이고, 그래서 4·3 같은 어떤 사단이 일어나게 될 거다, 이건가요?"

"딱 갖다 붙이긴 뭐 하지만, 탈북자들이 몰려와서 파생될 여파는 비슷할 수도 있지. 그렇다고 그들 모두를 매도하려는 건 아니야. 다만 살아남기 위해 할 수 있는 무엇이든 해야 하는 것이 인간의 본성이고, 그 본성이 어떻게 발현되는지는 이미 역사를 통해 겪어 보지 않았냐는 거야. 그래서 역사를 통해 배워야 하는 거고, 하지만 배우지 못하니까 비극은 되풀이되는 거고."

되풀이될 것이 기정사실화된 암담한 미래를 바라보는 최영재의 표정은 비관적이었다. 초면의 카랑카랑한 방어 자세는 어느새 사라져 버리고, 태훈의 눈앞에는 노쇠한 나귀처럼 삶에 지친 늙은이가 있을 뿐이었다.

"전에도 말했지만, 필요한 거 있으면 뭐든 말만 해. 나 밤에도 할 일 없는 홀아비라구."

농담인 줄 알지만 왠지 꼭 불러내 줘야 할 것만 같은 최영재의 표정에 태훈은 씁쓸하게 웃었다.

세영, 구타, 빨갱이, 총파업

세영은 태어나서 이렇게 많이 맞아 본 적은 처음이었다.

손은 뒤로 묶인 채여서 애시당초 저항따윈 할 수도 없었다. 처음엔 뺨을 맞았다. 이유고 뭐고 없이 열 대쯤 맞고 나니까 정신이 얼얼하고 귀가 잘 안 들렸다.

"어린 놈의 새끼가 설쳐 대긴."

딱히 무언가를 원하는 것 같지도 않았다. 왜 그런 짓을 했냐고 묻지도 않았다. 누가 시켰냐고 윽박지르지도 않았다. 물어본다 한들 할 이야기도 없다고 세영은 생각했다. 아무도 시키지 않았고, 왜 했는지는 의문의 여지가 없었으니까. 대한민국 국민이 독립운동을 기념하는 데 무슨 이유가 필요한가.

그런 세영의 생각을 미리 알기라도 하는 듯 경찰들은 아무것도 묻지 않았다. 대답할 녀석이 아니라는 것을 진작에 알고 있었기 때문이다. 인민위원회에서 대쪽 같은 성격으로 입바른 소리 해 대는 이가 놈의 아들이었다. 오현중 동맹 휴학 때도, 양과자 시위 때도 앞장서서 아이들을 선동해 온 세영의 활약은 진작부터 잘 알려져 있었다. 그저 곤봉으로 등짝을, 구둣발로 정강이를 다스려 주면 될 뿐이었다.

불과 몇 년 전까지 일제 치하에서 독립운동가들을 잡아들이던 경찰들이었다. 이미 식민 시대가 아니고, 학생들은 독립열사가 아니었건만 한 번 몸에 밴 습관은 쉬이 사라지지 않았다.

10분쯤 그렇게 맞았다. 세영은 고통을 잊어 보려고 본능적으로 숫자를 세는 데 집중했다. 서른 대쯤 맞았던 것 같았다. 독립운동을 하다 고문을 당했다는 용이 아버지 말로는 처음에는 아프다가 나중에는 감각이 없어진다던데, 세영은 맞는 내내 너무 아팠다. 아마 감각이 없어지려면 한참을 더 맞아야 하는가 보았다. 그렇게 맞은 후에는 유치장에 집어던져졌다.

유치장에 있던 다른 학생들이 우르르 다가와 세영을 부축했다. 생각보다 오래 맞지 않아 다행이라고 여기며, 구석에 눕는데 맞은 곳이 점차 다른 통증으로 바뀌어 온몸을 찢어 놓았다. 돌아누울 수조차 없었다.

세영 뒤로 몇 명이 더 끌려 나가 맞았다. 어떻게 알았는지 주로 발언권이 센 아이들이었다. 이들은 세영처럼 많이 맞지 않았다. 세영이 맞는 것을 보여 주는 것만으로도 충분했다. 아이들은 그날 있던 일들을 말했다.

"누가 시켰나?"

"저희들이 스스로…."

퍽 소리 나게 의자가 나동그라지고 곤봉이 몇 번 휘둘러지고는 다시 의자에 앉혀졌다.

"빨갱이 새끼들이 앞장섰지?"

"네."

"너희보고 오현중에서 소동을 일으키라고 시켰지?"

"네."

다른 대답은 생각할 수조차 없었다. 그저 '네'를 위해 학생들은 불려 나갔다.

총격 사건 진상조사는 간 데 없고, 난데없이 3·1절 기념식 관련자들을 잡아들이는 경찰의 행태에 주민들은 당황했다. 끌려간 학생들의 조사 과정에서까지 구타와 고문이 자행된다는 소문이 돌았다. 민심은 흉흉해졌다. 결정적으로 "시위군중들이 경찰서를 습격할 태세를 보였기 때문에 불가피하게 발포하게 됐다."는 경찰의 입장 발표가 나오자, 섬의 주민들과 언론은 일제히 들고 일어났다. 현장에 수십 명의 목격자들이 버젓이 있음에도, 경찰은 사실과는 다른 거짓 조사 결과를 발표했기 때문이었다. 경찰의 행태를 비난하는 글들이 쏟아져 나왔고, 육지에서도 중앙언론사 기자단을 파견하기에 이르렀다. 미군에서는 특별 조사단을 편성하여 섬으로 내려 보냈다. 상황을 지켜보는 주민들의 의혹은 점점 불신과 분노로 변해 갔다.

사건 후 열흘이 지나도록 경찰도 미 군정도 그날의 발포 사건에 대해 침묵했다. 제주신보에서는 희생자 유가족 돕기를 위한 조위금 모금에 들어갔고, 좌우파 할 것 없이 각계각층, 섬의 전 지역에서 성금이 모여들었다. 심지어는 응원경찰대와 발포 총책임자인 제주감찰청장까지도 성금을 보냈다. 먹고살기도 힘들어 하던 시기임을 생각하면 사건을 바라보는 섬사람들의 마음이 어느 정도로 뜨거운지를 증명하는 일이었다.

박경훈 도지사와 섬의 유지들은 거의 매일 밤 모였다. 이대로 잠자코 있을 수 없다, 미군을 등에 업은 친일계들에게 본때를 보여야 한다는 측과 일단은 미 군정에서도 조사단이 내려왔으니 조사 결과를 기다리며 지켜보자는 측이 팽팽하게 대립했다.

좌파 세력은 이런 상황을 유리하게 이용했다. 이들은 발포 경찰의 처벌과 경찰 수뇌부의 사퇴, 경찰의 무장해제 등을 요구하는 삐라를 만들어 배포하기 시작했다. 이런 요구사항은 심정적으로 주민들의 요구사항과 일치했기 때문에 많은 주민들이 삐라 배포에 동참했다.

하지만 날이 갈수록 삐라의 내용은 과장되고 선동적이 되어 갔다.

'경찰이 평화 군중에게 빗발같이 탄환을 퍼부어 많은 인민을 살상했다.'는 식의 문구로 경찰과 미 군정에 대한 반감을 조장해 갔다. 상황은 점점 좌파 세력과 미 군정의 힘겨루기로 변질되어 가는 분위기였다.

게다가 사건 조사를 위해 내려왔다는 미 군정 조사단들의 반응은 기대했던 것과 달랐다. 사령부의 카스티어 대령과 조선 주재 미 군정, 조선 미육군사령부의 주요 인물들로 구성된 합동조사반이 8일 섬에 도착했을 때, 예상외로 요직의 인물들이 대거 방문해 기대를 걸었던 것이 사실이었다.

그러나 이들은 섬 이곳저곳을 돌아다니며 시간을 보낼 뿐, 정작 현장의 목격자들과 부상자, 준비위원회 등에 대해서는 별다른 관심이 없어 보였다. 아직 공식적인 조사 결과는 나오지 않았으나 이번 사건을 도민들의 시각에서 바라봐 주리라는 기대감은 낮아져 갔고, 무언가 확실한 대책이 필요하다는 의견이 나오기 시작했다.

미 군정 조사단들이 섬에 있는 동안 보다 분명하게 섬 주민들의 의사를 드러낼 수 있는 방법이 필요했다. 물리적 충돌이나 대립이 아닌, 비폭력적이지만 더 적극적이고 분명한 방법. 무언의 시위. '총파업'이었다. 지역 유지들 전원이 동의한 가운데, 3월 10일로 총파업 날짜가 결정되었다.

10일 총파업의 시작을 알리는 동이 텄을 때, 관공서와 학교, 공장, 운송업체 등이 문을 닫았다.

다음 날인 11일에는 우편국, 무선소, 금융조합, 운수업체가, 12일에는 세무서, 세관 등 총 166개 기관에서 4만 1,211명이 파업에 동참하였고, 이밖에도 무수히 많은 개인 상점과 노동자들이 뜻을 같이하였다.

심지어는 미군 통역관들과 모슬포, 애월, 중문 지역에서는 제주 출신 경찰관들까지 파업에 합류하여 상황은 일파만파로 커져 갔다. 좌파, 우파, 민관을 초월하여 섬의 모두가 참여한 제주 역사 초유의 총파업인 셈이었다.

파업을 적극적으로 주도한 것은 좌파 계열이었다. 이러한 방식의 저항에 익숙했던 그들은 총파업을 제안하고 추진해 나가는 과정에서도 앞장섰다. 그러나 총파업은 미 군정으로 하여금, 작년 10월 대구 사건으로 이어진 조선공산당의 9월 총파업의 악몽을 되살렸다는 점에서 최악의 선택이 아닐 수 없었다.

파업은 도민들이 원하는 진상조사를 이루어내기는 커녕, 미 군정에게 제주도민들이 빨갱이 집단이라는 인식만을 굳혀 줄 뿐이었다.

당시 섬의 유지들은 그러한 시대의 흐름을 읽을 만큼의 경험이 없었다. 작은 불씨 하나가 무언의 시위를 유혈의 전장으로 돌변시킬 수 있다는 위험도 알지 못했다. 그저 비폭력이고 평화적인, 나름대로는 민초들의 의사를 표현할 가장 신사적인 방법이라는 판단하에 총파업을 택했을 뿐이었다.

문제는 발포 사건에 대한 비난 여론은 좌우를 떠나 도민 전체에 퍼져 있었기 때문에 이날 파업의 파장은 예상치 못할 정도로 커졌다는 데 있었다.

파업 사흘째 되던 날, 미 군정 조사단은 아무런 진상조사 발표 없이 섬을 떠났다.

콜린스 중위, CIC 제주 사무소, 정화와 렌즈데일

정화는 며칠이 지나도록 일국이 돌아오지 않자 거의 미칠 지경이 되었다. 처음에는 세영의 어미가 전해 주는 소식을 들으며 기다렸다. 세영이 감금된 동안 세영의 어미는 거의 경찰서에서 살다시피 오가며 아들의 상태를 살폈다.

다행히 며칠 만에 세영과 학생들은 풀려나게 되었다. 세영은 몸 여기저기가 멍들어 있었으나 그 외에 큰 부상은 없었다. 세영이 나오자 정화와 일국 어미는 일국 역시 곧 풀려날 것이라 기대했다. 그러나 수일이 지나도록 일국에게서는 소식이 없었다. 세영의 아비를 통해 인민위원회 쪽으로 물어보았으나 일국에 대해서는 누구도 아는 바가 없다고 했다. 정화는 몸도 추스르지 못한 채 아기는 시어머니에게 맡겨 두고, 일국의 행방을 찾아다녔다.

가장 먼저 찾아간 곳은 박경훈 도지사였다. 도지사는 이번 사건으로 초비상 사태에 걸려 낮밤 없이 섬 원로들과 해결방안을 찾는 중이었다. 그럼에도 정화가 찾아오자 반갑게 맞아주었다. 난산 끝에 득남한 정화에게 먼저 안부조차 묻지 못한 것을 미안해했다. 하지만 그 역시 일국의 행방은 알지 못했다. 제주읍과 주변 지역은 물론 연락할 수 있는 섬의 어느 지역에서도 일국을 데리고 있다는 이는 없었다. 어떻게든 알아봐 주겠노라 약속한 경훈의 말에 힘없이 고개를 끄덕이며 정화는 집으로 돌아올 수밖에 없었다.

그런데 바로 그다음 날 박경훈은 정화에게 뜻밖의 소식을 전해 주었다. 일국을 데려간 것은 경찰이 아닌 미군이라는 것이었다.

'미군?'

전혀 의외의 소식이었지만 정화로서는 짐작 가는 바가 있었다.

이제는 직접 부딪쳐 보는 수밖에 없었다. 정화는 당장이라도 쓰러질 것 같은 몸을 일으켜 이를 악물고 미 군정으로 찾아갔다. 섬의 분위기가 워낙 험악하여 한국인의 미 군정 출입조차 제한된 상태였다.

정화는 실낱같은 희망으로 개인적인 친분이 있는 콜린스 중위를 찾았다. 다행스럽게도 중위는 기꺼이 정화를 만나 주었다. 핏기 없는 정화의 모습을 본 콜린스는 대번에 그녀를 부축했다.

"정화 씨, 이게 어떻게 된 일입니까, 어쩌다 이렇게!"

"저 좀… 도와주세요."

정화는 진심으로 걱정스러워하는 콜린스를 보자마자 저도 모르게 와락 울음을 터트리고 말았다.

"정화 씨, 울지 말아요. 무슨 일이에요? 이야기해 봐요. 제가 돕겠습니다."

정화는 그에게 일국에 대해 부탁해야 한다는 것이 미안했다.

결혼 전부터 자신에게 따뜻하게 관심을 보여 준 콜린스였다. 물론 그에게는 미국에 약혼녀가 있었다. 하지만 긴 타국 생활 동안 자신을 만나 마음이 흔들리고 있다는 것을 정화는 눈치채고 있었다. 다행히 정화가 일국과 결혼한 후, 콜린스는 깨끗이 마음을 정리하고 예의 바른 친구로 돌아갔다. 예전처럼 스스럼없이 대하지 못하는 어색함이 존재하긴 했지만, 정화가 어떻게 해 줄 수 있는 부분이 아니었다. 그런 콜린스였기에 그에게 일국의 문제를 부탁하는 것은 어딘가 죄스러웠다. 마치 그를 이용하는 것 같은 기분이 들었기 때문이다.

"남편이… 일국 씨가 사라졌어요. 미군에 끌려갔대요."

잠시 콜린스의 표정이 굳어졌다. 정화는 고개를 들지 못했다. 하지만 콜린스 중위는 이내 자상한 친구로 돌아와 정화에게 어떻게 도움을 줄 수 있을지 고민했다. 물론 예상대로 그는 일국에 대해서는 전혀 아는 바가 없었다.

"죄송해요. 저는 들은 바가 없네요."

도와주지 못해 안타까운 마음을 전하려는 찰나, 콜린스의 머릿속을 스치고 지나가는 것이 있었다.

"아, 혹시 어쩌면…."
"네?"

정화는 실낱같은 희망으로 콜린스를 바라보았다. 콜린스는 갑자기 떠오른 것이지만, 왠지 이 생각이 맞을 것이라는 확신이 들었다.

"얼마 전에 CIC가 섬에 도착했어요. 이미 사무실도 구했고, 몇 주 안에 정식으로 업무를 시작할 겁니다. 그런데 그동안 일국이 미 군정일을 보면서 함께 다니던 사람들 중에 한 명이 이번에 CIC 책임자로 왔어요."

"CIC가 뭔데요?"

"아, 미군방위첩보부대입니다."

정화는 깜짝 놀랐다. 첩보부대라니? 그런 곳과 일국이 연관되어 있었단 말인가?

"저도 개인적으로 접촉할 수 있는 상대가 아니라, 어떻게 해 볼 수가 없는데…."

정화는 불길한 예감이 들었다. 일국이 위험한 치들과 어울린다는 것은 알고 있었지만, 그런 일을 하는 줄은 짐작도 못 했다. 그가 갑작스럽게 섬을 떠나려고 했던 이유도 이런 일과 무관하지 않으리라는 생각이 들었다. 더 이상은 정화로서도 할 수 있는 일이 없었다.

좌절하는 정화를 그냥 보낼 수 없었던 콜린스 중위는 그녀를 보다 적극적으로 돕기로 결심했다.

"CIC 제주사무소를 제주읍에 잡았다고 들었어요. 제가 그 위치를 알아봐 드릴게요."

"정말 그래 주실 수 있어요?"

정화는 콜린스가 마지막 희망의 끈을 내밀어 주었다는 것이 믿기지 않았다. 군 내부 정보를 밖으로 흘리는 것은 그에게 피해가 갈 수도 있는 일이었다. 콜린스는 마음을 정한 듯 굳게 고개를 끄덕였다.

"그럴게요. 하지만 제가 해 드릴 수 있는 것은 거기까지에요. 그 이후에는 정화 씨가 근처에서 기다리다가 책임자를 만나 부탁해 보거나 하는 수밖에 없어요."

콜린스는 미안한 듯 말했지만, 정화는 강하게 고개를 끄덕였다. 얼마든지 할 수 있었다. 일국을 찾기 위해서라면, 누구에게라도 부탁할 수 있었다.

"그 책임자가 누군가요?"

"렌즈데일 소령입니다. 정화 씨라면 설득 가능할지도 몰라요."

해 볼 수 있는 유일한 방법이었다. 렌즈데일. 어떻게든 찾아내고야 말겠다고 정화는 결심했다.

CIC 사무소는 읍내 중심에서 조금 떨어진 곳에 있었다.

일제 강점기에 은행 사택으로 이용되던 곳이었다. 정화가 CIC 사무소를 찾아갔을 때, 그곳에는 젊은 미국인 사무관 한 명이 자리를 지키고 있었다. 정화는 렌즈데일 소령과 만남을 청했으나 단번에 거절당했다. 소령은 현재 제주에 없으며 당분간 이곳에 오지 않을 것이라는 대답이었다. 일국에 대해서도 자신들은 전혀 모르는 일이라고 하였다. 그 사무관에게서 원하는 것을 얻어 낼 수 없음을 안 정화는 낙담하여 사무실을 내려왔다. 더 이상 무엇을 해야 할지 막막했다.

사무실을 나와 정화는 간신히 발을 옮겨 걸었다.

올 때는 기대에 차 힘든 줄도 몰랐으나, 막상 아무 소득 없이 돌아가려니 온몸이 납덩이처럼 무거웠다. 난산 끝에 팔삭둥이를 낳고 몸조리할 틈도 없이 일국을 찾아 돌아다니느라, 정화의 몸은 만신창이가 되어 있었다.

도저히 집까지 갈 기력이 없었던 정화는 길가에 보이는 찻집에 들어갔다. 창가 자리에 앉아 아무거나 주문하고 기다리니, 여종업원은 노란색 오렌지 주스를 가져다주었다. 막 인기를 끌기 시작한 미군제 주스였다. 하지만 그 새콤달콤함도 느끼지 못할 정도로 정화는 넋이 나가 있었다.

멍하니 수십 분을 그렇게 앉아 있는데, 문득 창 너머로 군용 지프가 지나가는 것이 보였다. 자신이 걸어온 방향이었다. 퍼뜩 떠오르는 것이 있어, 정화는 찻집 문을 박차고 달려 나갔다. 그 지프는 CIC 건물 앞에 정차했다. 곧이어 서너 명의 미국인들이 차에서 내렸다. 군인처럼 보이지는 않는, 섬에서는 낯선 무리들이었다. 그중에 가장 앞장선 남자가 눈에 띄었다. 먼 거리였음에도 검은 선글라스를 쓴 그 남자에게서는 상대를 압도하는 듯한 카리스마가 느껴졌다. 남자 혼자만 보았다면 몰랐을지 모르지만, 그와 다른 미국인들이 함께 있는 그 광경에서 그들 사이의 권력 관계는 한눈에 드러났다. 정화는 단번에 그가 렌즈데일임을 알아보았다.

'그가 여기 있다!'

순간 정화는 사무관이 자신에게 거짓말했다는 것을 깨달았다. 그들은 모든 것을 비밀로 하고 있는 것이었다. 순진하게 그 말만 듣고 돌아갈 뻔한 자신이 바보처럼 느껴졌다. 이렇게 쉽게 포기하려 했다니.

렌즈데일과 그의 일행은 건물로 올라갔다.

정화는 곧바로 쫓아 올라가려다 잠시 머뭇거렸다. 올라간다 한들 어쩔 것인가? 가서 렌즈데일을 만난다 한들 그들이 순순히 자신의 말을 들어줄 것인가? 처음부터 일국을 데려간 것도, 그 사실을 비밀에 붙이는 것도 심상치 않은 일이었다. 아녀자 하나가 찾아가 요구한다고, 사정 봐주고 마음을 돌이킬 일이 아니지 않은가. 어떻게 해야 할까?

정화는 고민 끝에 대양상회로 향했다.

박 도지사도, 콜린스 중위도 힘써 주지 못하는 일이라면 다른 쪽으로 접근해 볼 수밖에 없었다. 정화가 가게에 들어서자, 감정 없기로 소문난 대양상회 영감조차도 그녀의 상한 모습에 놀라 황급히 나와 맞아주었다.

"아니, 이 몸으로 어딜 돌아다녀!"

"저 좀 도와주세요."

영감을 보자마자 정화는 그의 팔을 붙잡고 사정했다. 정화의 설명을 듣지 않아도 대양상회 영감은 이미 돌아가는 사정을 알고 있었다. 이번 일은 친일 인사들 쪽에 훨씬 소식이 빨랐다. CIC 사무실 개설 관련해서도 건물 매매나, 건물 안에 특수한 방을 건축하는 데 필요한 자재를 조달한 것도 영감을 통해서였다. 그곳으로 일국이 끌려가 갇혀 있다는 소문은 암암리에 퍼져 있었다. 사실인지는 알 수 없으나 빛도 들어오지 않는 방에서 상상할 수 없는 고문을 당하고 있다는 소리도 들려왔다.

낭군이 그 짓 당하는데, 아낙 심정이 어떨지 말해 무엇하겠나. 피가 마르고, 살이 떨어지는 심정일 것이었다. 당장 길에서 쓰러져도 이상하지 않을 만큼 쇠약해진 몸은 아랑곳 않은 채, 오로지 남편의 생사에 매달리는 정화에게 영감은 혀를 찼다. 일국에게 성이 날대로 난 대양상회 영감이었지만, 누구보다 그를 아끼는 입장이었다.

지금 일국의 상황이 억세게 재수없고 위험하게 돌아가고 있다는 것을 알고 있었다. 정화가 아니었어도, 일국의 상황을 예의주시하고 있는 중이었다. 그래 봤자 잡혀 들어간 날부터 며칠이나 흘렀나 셈하고, 아직은 죽어 나왔다는 소식이 없는 것을 확인하는 정도였지만 말이다.

영감 역시 어떻게든 CIC 사람들과 엮어 보려고 애쓰고 있었지만, 아직은 밀고 당길 정도의 뿌리를 박아 넣지는 못한 상태였다. 늙은 너구리 같은 영감 눈치에 딱 봐도 CIC는 몇 달 못 채우고 교체되는 미 군정 인사들과는 다른 진짜배기들이었다. 이런 치들과 알아 두어야 뒷걱정이 없는데, 호락호락하지가 않았다. 긁어 낼 틈을 줘야 거래고 뭐고를 할 텐데, 그럴 틈이 없었다. 그들은 관계라고 부를 만한 상황 자체를 맺지 않았다.

영감으로서도 당장은 정화에게 도움이 될 만큼 힘이 없었다. 일단 돌아가는 상황을 지켜보자고 하며, 뭔가 새로운 소식이 들리는 대로 정화에게 전해 주겠노라 약속하였다.

그런데 정화에게 소식이 전달되는 것보다 먼저, 렌즈데일에게 소식이 전달되었다. 일국의 아내라는 여자가 뒤를 캐고 다닌다는 이야기가 그의 귀에 들어갔다.

"똑똑한 여자라고 들었습니다. 한번 알아볼까요?"

"똑똑해 봤자, 섬 아낙네 아닌가?"

렌즈데일은 비웃어 넘겼다. 조선의 여자들은 독하기가 남자들 못지않다더니. 참 재미있는 민족이었다.

정화는 일국의 소식만 기다리며 잠자코 집에 앉아 있지 않았다.

신국을 돌보다가도 틈만 나면 어머니께 맡겨 둔 채, CIC 사무소 근처를 맴돌았다. 행여나 일국의 흔적을 찾을 수 있지나 않을까 하는 마음에서였다.

그렇게 며칠이 안 된 어느 날, 정화는 평소와는 다른 일행이 사무실을 방문하는 것을 보았다. 미 군정 관계 차량에서 통통하고 머리가 벗겨진 남자가 내렸을 때, 정화는 자신도 모르게 그에게로 달려갔다. 그는 미 군정 군의관 총책임자인 슈미트 대위였다.

"선생님!"

슈미트는 정화를 보고 깜짝 놀랐다. 이미 사교석상에서 여러 차례 만난 터라 정화와는 좋은 관계를 유지하고 있었다. 그런데 지금 오랜만에 본 정화의 몰골은 거의 병자나 다름없을 정도로 마르고 핏기가 없었다.

"Mrs. Jung, 이게 웬일입니까?"

"선생님, 지금 CIC 사무소에 방문하시는 거죠? 거기서 혹시 제 남편을 보셨나요?"

앞뒤 인사도 없이 다급하게 물어 오는 정화의 질문에 슈미트는 당황했다.

"남편이요? 당신의 남편이 이곳에 있을 이유가… 아! 혹시 그가 미세스 정의 남편이요? 팔이 잘린 남자?"

슈미트의 말을 듣는 순간 정화는 정수리를 치는 충격과 함께 그가 말하는 사람이 일국임을 단번에 알아차렸다.

"네… 그 사람입니다. 어떤가요? 살아 있나요?"

"그는…."

"닥터, 그런 이야기는 금지된 것으로 아는데요."

슈미트의 말을 단호하게 끊어 버리는 목소리에, 슈미트와 정화는 놀라서 뒤를 돌아보았다. 마치 칼날 같은 짙푸른 눈동자가 자신들을 쏘아보고 있었다. 렌즈데일이었다. 주절대는 혓바닥을 잡아채 버리기라도 할 듯 그의 길고 하얀 손가락이 뱀처럼 흔들리고 있었다.

"소령, 아… 미안하오. 나는….."

"닥터를 위로 모셔."

렌즈데일의 명령에 따라 CIC 사무관 한 명이 슈미트를 건물로 데리고 올라갔다.

정화는 온몸이 얼어붙는 듯한 한기를 느끼며 렌즈데일 앞에 서 있었다. 하늘을 활강하는 솔개의 시선에 들어온 새끼 병아리처럼 죽음의 그림자가 온몸을 덮는 것이 느껴졌다. 하지만 정화는 떨지 않았다. 정면으로 렌즈데일을 노려보았다.

"내 남편을 돌려주시오."

유창한 영어로 정화는 요구했다.

렌즈데일의 얼굴에 놀라움이 스치더니 이내 흥미롭다는 미소로 바뀌었다.

"똑똑하다더니… 영어도 할 줄 아나?"

이 돌발 상황을 어떻게 해결할까 잠시 고민하는 표정으로 렌즈데일은 정화를 바라보았다. 걱정스럽다기보다 매우 재미있어 하는 표정이었다. 그의 결정에 기죽지 않으려고 눈을 부릅뜨는 어린 동양 여자의 모습이 그를 자극했다.

"다카야마의 딸입니다."

옆에 서 있던 사무관이 렌즈데일에게 낮게 읊조렸다.

"다카야마? 무슨 다카야마?"

"신주쿠의…."

"아하!"

순간 렌즈데일은 이 기막힌 우연에 탄성을 내뱉었다. 인생은 영화와 같다더니, 가끔은 상상도 못 할 시나리오가 펼쳐지기도 하는 것이다. 그중에서도 이런 재미있는 연출이라니.

"정일국이 결혼 한번 기막히게 잘했구만."

뭐가 그리 우스운지 렌즈데일은 한참이나 혼자 키득거렸다.

"풀어 줘."

"네?"

"정일국을 풀어 주라고."

"아… 네."

사무관은 잠시 소령의 명령을 이해할 수 없어 망설였으나, 곧 사무실로 올라갔다. 정화는 갑작스럽게 결정된 상황에 어리둥절하다가 렌즈데일이 올라가 보라는 손짓을 해 보이자 서둘러 사무실로 올라갔다. 사무실 문을 열고 들어가니, 마침 닥터 슈미트의 부축을 받으며 일국이 걸어 나오고 있었다. 해골처럼 핼쑥해진 얼굴과 땀과 오물에 쩔은 몸, 붕대가 감긴 왼팔이 팔꿈치까지 밖에 없는 것이 한눈에 들어왔다.

"일국 씨!"

정화는 터져 나오는 눈물을 감추려 일국의 가슴에 얼굴을 묻었다. 일국은 넋이 나간 표정으로 정화에게 무너지듯 기댔다.

"집에 가요."

정화는 간신히 일국을 부축하며 밖으로 나왔다.

건물을 나서니 렌즈데일이 팔짱을 끼고 기다리고 있었다. 슈미트를 데려왔던 미군 차량이 대기하고 있었다.

"닥터, 함께 가 주시지요."

슈미트가 당연하다는 듯 고개를 끄덕이며 차 문을 열었다.

정화는 순간 그 차를 탈 것인가 망설였다. 하지만 일국은 당장 걷지도 못할 만큼 쇠약해져 있었다. 자존심은 필요 없었다. 남편을 살리기 위해서, 지키기 위해서라면 무엇도 망설이지 않을 것이다.

슈미트의 부축으로 일국을 차에 태우고 정화는 뒤를 돌아 렌즈데일을 보았다. 렌즈데일의 얼굴에 의미를 짐작할 수 없는 미소가 흘렀다.

차가 떠나가는 모습을 보며 렌즈데일의 오른팔 격인 사무관이 조심스럽게 말했다.

"지금… 놔주면 문제가 될지도 모릅니다."

"뭐, 성가시게 굴겠지."

렌즈데일은 그쯤은 충분히 예상하고 있었다.

발버둥치겠지, 마지막까지. 그걸 알면서 놓아주는 심리가 무엇인지는 자신도 알 수 없었다. 사무관의 얼굴에 의혹스러운 표정이 슬몃 지나갔다. 렌즈데일은 냉소했다. 즐길 줄 모르는 녀석.

"불씨를 흩뿌려 놓으면 어느 볏단에선가는 불이 붙는 법이야."

"네?"

렌즈데일은 더 이상의 설명은 귀찮다는 듯 훌쩍 큰 길로 걸어갔다.

세영, 삐라, 정화의 간병, 전쟁의 시작

감옥에서 풀려난 후 세영의 삶에는 큰 변화가 있었다.

난생 처음 불합리하게 물리적 억압을 당한 경험은 섬세한 그의 감성에 지워지지 않는 상처를 남겼다. 상처는 흑백 간에서 미묘하게 흔들리던 풍향계의 화살을 멈추고, 세영으로 하여금 주저 없이 극단적인 선택을 하도록 밀어붙였다. 이전까지는 유치한 호승심이나 치기 어린 반항심에 일을 저질렀다면, 이제는 애국 애족이라는 사명감과 대의명분을 갖고 전진하는 열차에 타 버린 것이었다.

총파업 기간 중 섬의 모든 국민학교와 중학교도 문을 닫았다.

다른 기관들이 파업을 해제하고 업무에 복귀할 때까지도 학교는 마지막까지 버텼다. 매일 교복을 입고 집을 나섰지만, 세영의 주된 일과는 시위 계획을 세우고, 삐라를 돌리는 데 동원될 학생들을 모집하는 것이었다.

칠성통의 한 인쇄소에서는 밤새도록 문을 걸어 잠그고 삐라를 찍어 냈다. 야간통행이 금지되어 들개들만 서성이는 야심한 시간, 인쇄소 뒷골목으로 청년들이 하나둘 모여들었고, 막 인쇄되어 잉크 냄새도 가시지 않은 삐라를 받아 들고 각기 맡은 구역으로 흩어졌다.

밤새 삐라를 붙이느라 피곤한 몸으로 이른 새벽 등교하다가, 찬란히 떠오른 아침 햇살에 비친 삐라를 보노라면 사춘기 감수성에 젖은 학생들은 가슴이 뭉클해짐을 느꼈다. 아무리 힘들어도 나라를 위해 이 한 몸 바친다는 감격과 함께 더 큰 도약의 결의를 다지게 되는 것이었다.

학생들이 야음을 틈타 삐라를 붙이면 아침에 경찰들은 그 삐라를 떼어 냈다. 찢겨져 나간 자리에는 다시 삐라를 붙였다. 붙이면 떼어 내고 붙이면 떼어 내고, 끝도 없는 전쟁이 계속되었다. 나중에는 밤이 아닌 대낮에도, 경찰이 지나간 후에는 귀신같이 잽싸게 다시 삐라가 붙었다. 동참하는 학생들의 수는 기하급수적으로 늘어 갔고 머릿수에서 당할 수 없는 경찰들은 하릴없는 숨바꼭질에 지쳐 결국 삐라 제거를 포기하고 말았다.

세영과 학생들은 자신들의 작은 승리에 환호했다. 이렇게 하나하나 끈질기게 밀어붙이면 언젠가 경찰도 손을 들고 마는 날이 올 것이라 확신했다.

그러나 어른들의 싸움은 그리 만만하지 않았다.

파업 관련자로 수배령이 내려진 교사들은 체포되어 취조 명목으로 모진 고문을 당했다. 제주 청년들에게 막대한 영향력을 행사하던 조천중학교 교사 이덕구는 한 달 이상 구금된 채 취조를 받았으며, 구타와 폭행으로 고막이 터져 한쪽 귀가 멀게 되었다. 이덕구는 풀려난 후 장기 휴가원을 내고 몸을 추스르다가 결국 학교를 그만두고 말았다.

조천중학교에서의 마지막 수업, 덕구는 학생들에게 자신은 육지로 가게 되었다며 작별을 알렸다. 학생들은 갑작스러운 덕구의 행동에 당황했다. 다른 누구보다 섬에 대한 열정으로 학생들을 이끌었던 이덕구가 아닌가. 그만큼 몸이 많이 상했기 때문에 치료차 어쩔 수 없이 섬을 떠나는 것이라는 해석도 있었지만, 어쨌거나 그 후로 한동안 이덕구는 모습을 감추었다.

실은 그가 육지가 아닌 산으로 들어간 것이었다는 사실이 사람들에게 알려진 건, 그 이듬해 4·3 발발 이후였다.

이 밖에도 많은 교사들이 체포되거나 경찰을 피해 달아나야 했기 때문에, 학교에서는 정상적으로 수업이 이루어질 수 없었다.

학부형들은 임시 교사를 채용해서라도 자녀들의 학업이 계속될 수 있길 원했으나 형편은 여의치 않았다. 나중에는 육지에서 교사를 파견해 왔는데, 그중 상당수는 이북에서 내려온 이들로, 일부 학교에서는 섬 출신보다 이북 출신 교사들이 더 많은 수를 차지하는 아이러니한 상황까지 연출되었다.

중문에서는 육지 응원경찰과 주민들 간의 충돌로 경찰이 발포하여 주민들이 부상을 입는 일이 일어났다.

중문 지역 응원경찰들이 뒤늦게 3·1절 시위 가담자들을 체포하기 시작한 것이 사건의 발단이었다. 이들을 석방해 줄 것을 요구하며 천여 명의 시민들이 경찰서로 몰려갔고, 치열한 대치 끝에 경찰은 이들을 해산시키려 발포하였고, 그 상황에서 총에 맞은 주민들이 죽거나 부상을 당했다.

우도에서는 좌익 계열 청년 조직 단원들이 경찰서를 습격하였는데, 이들은 압수한 삐라를 돌려줄 것을 요구하며 경찰서 간판을 불태워 버리는 등 과격하게 맞섰다.

뒤늦게 소식이 전해져 본도에서 응원경찰을 보냈을 때는 이미 보름이나 지난 후였고, 관련자들은 모두 도망가 그대로 마무리 지을 수밖에 없었지만, 이러한 섬 주민들의 반발심과 이를 뒤에서 부추기고 이용하려는 공산주의 세력에 대해 경찰과 미 군정은 더욱 촉각을 세우게 되었다.

주민들의 성난 민심에 대해서는 섬을 다녀간 육지의 언론들도 우려를 표했다. 경찰 측의 사과와 관련자 처벌 등이 선행되어 민심을 수습하는 것이 우선이라는 기사들이 발표되었지만, 경찰 측은 이를 받아들이지 않았다.

그리고 파업 주동자들에 대한 전면적인 조사와 대대적인 체포를 시작하였다. 3일 만에 200명이 구금되었고, 유치장은 사람들로 차고 넘쳐 구속자들은 발을 뻗지 못하고 새우잠을 자야 하는 지경에 이르렀다.

정화는 일국의 약을 타 오기 위해 오전 일찍 병원으로 향했다.

대낮임에도 읍내는 총파업으로 쓸쓸하리만치 휑한 분위기였다. 굳게 닫힌 상점 문 만큼이나 지나는 사람들의 표정도 단호해 보였다. 육지에서 새로 온 경무부장과 육지 경찰들은 파업 주모자를 잡아들이고, 섬 전역에서 도민들과 경찰 사이에 크고 작은 무력 충돌이 일어나고 있다는 소식이 전해졌다. 풍문처럼 들려오는 불길한 기운들은 차가운 바닷바람처럼 사람들의 마음을 얼어붙게 했다.

총파업 와중이었지만 병원은 문을 열었다.

정화의 마음 같아서는 일국을 데리고 병원에 와서 직접 의사에게 상태를 보이고 싶었지만, 일국은 외출을 완강히 거절했다. 왕진이라도 모시고 싶지만, 섬 역사 유래 없는 응급환자들이 넘쳐 나 의사들 역시 자리를 비울 수 없었다.

"남편의 상태는 괜찮소?"

"네, 붕대도 갈아 주고 소독도… 알려 주신 대로 철저히 하고 있습니다."

심각한 총상을 열흘 가까이 방치한 탓에 일국의 왼팔은 절단할 수밖에 없었다. 닥터 슈미트가 솜씨 좋게 처리하여 팔꿈치에서 잘려 나간 부위는 어느 정도 아물어 가고 있었지만, 마음의 상처는 조금도 나아지지 않았다.

여전히 자다가도 악몽에 소스라치며 깨어나는 일국이었다. 그런 밤이면 미친 듯이 고함을 지르며, 정화조차도 다가오지 못하게 몸부

림치곤 했다. 그런 남편의 모습을 보며, 정화는 마치 자신의 팔이 잘
려진 듯한 아픔을 느꼈다.

"시기가 좋지 않지만, 영양가 있는 것을 잘 먹도록 해야 합니다. 신선
한 과일이나 채소 같은 것들을 구할 수 있다면 좋겠네요."

"네, 알겠습니다."

의사의 처방대로 약을 받아 나오며 정화는 깊은 한숨을 내쉬었다.
다른 무엇보다 일국의 마음이 문제였다. 집에 돌아온 후 남편은 입
을 굳게 다문 채 누구에게도 마음을 열지 않았다. 무슨 생각을 하는
지 어디 불편한 데는 없는지 물어도 대답이 없었다. 걱정한 지인들이
기운을 회복할 만한 것들을 가져와도 만나지도, 먹으려 하지도 않으
니 곁에서 간호하는 정화의 마음만 시커멓게 타들어 갈 따름이었다.

정화가 다음으로 들른 곳은 대양상회였다.
총파업의 와중에도 양쪽의 눈치를 보며 뒷문을 열어 놓고 영업을
하고 있었다. 정화는 문을 두드려 주인 영감을 찾았다. 마침 주인 영
감은 자리를 비우고 없었다. 종업원 한 명이 정화를 알아보고는 큼지
막한 식료품이 가득 든 나무 상자와 쌀 한 포대를 갖고 나왔다.

"이거 영감님이 드리라고 했어요."

주인 영감으로부터 잠깐 들르라는 전갈을 받고 찾아온 것이었는
데, 예상치 못한 마음 씀씀이에 정화는 놀랐다. 돈이 있어도 물건을
구하기 힘든 시기였다. 영감이 아니라면 이렇게 다양한 음식들을 마
련할 수 있는 사람이 섬에 누가 또 있겠는가.
종업원은 가녀린 정화가 가져가기에 짐이 과하다는 것을 알아채고
는 재빠르게 상자를 자전거에 실었다.

"댁에 가 계시면, 좀 있다 제가 날라다 드릴게요."

정화는 고개를 끄덕이며 감사를 표했다. 일국이 저렇게 된 후로 그가 맺어 놓은 관계들이 그들을 먹여 살리고 있었다. 돈으로도 구할 수 없는 것들이 부탁하지 않아도 마련되었다.

물론 그 배경에는 아직은 애매한 일국의 입장이 있었다.

일국이 미 군정으로 끌려 들어가 열흘이 넘도록 소식이 없을 때 사람들은 그가 죽었다고 생각했다. 하지만 그는 살아서 돌아왔고 이후로 미군도, 경찰도 그를 괴롭히지 않았다. 미군에 밀보였다는 수근거림이 돌았지만, 경찰들이 그에게 함부로 대하지 못했다.

눈치 빠른 친일 인사들이나 대양상회 영감의 직감에 미군은 여전히 일국의 뒤에 있었다. 아직 이용가치가 있다는 말이었다. 마음만 돌려먹으면 일국은 언제고 예전의 위치로 돌아갈 수 있을 것이다. 아니 그보다 훨씬 막강한 힘을 갖게 될지도 몰랐다. 왼팔은 잃었지만, 더 큰 팔에 기대 있다면 그깟 하나쯤 잃은들 어떻겠는가. 때문에 지금 같은 어려운 때 일국에게 잘해 두는 것이 앞으로를 위해 남는 장사였다.

"어머니, 저 다녀왔어요."

정화가 도착할 때에 맞춰 대양상회의 배달 자전거도 함께 도착했다.

정화는 배달원의 도움을 받아 쌀과 식료품 상자를 부엌에 옮겨 놓았다. 시어미가 신국을 등에 업고 거실에서 나왔다. 정화는 부지런히 통조림이며 설탕, 밀가루 등 부엌 선반마다 식료품들을 챙겨 넣고는 서둘러 신국을 받아들었다.

"세상에, 그 귀한 것들을 어서 구했냐?"

"대양상회 영감님이 챙겨 주셨어요."

"그 양반, 친일파 놈들하고 붙어먹고 댕겨도 속은 있는 모양이구만."

고맙긴 하지만 일국 어미는 마음 한구석이 찜찜하여 낮은 한숨을 내쉬었다.

신국이 한참 만에 돌아온 제 어미 품이 반가운지, 안기며 와앙 하고 울음을 터트렸다. 정화는 신국의 이마에 볼을 부볐다. 한시라도 떨어져 있고 싶지 않은 아들이었다. 어쩔 수 없이 떼어 놓고 나갈 일이 잦았지만, 그래서 더욱 정화는 신국이 눈에 밟혔다.

"아범은 어때요?"

"여태 암것도 안 먹었다. 또 성질부리고…."

일국 어미는 도저히 아들을 상대할 이력이 안 난다는 듯 고개를 저으며, 정화에게 방으로 들어가 보라는 손짓을 하였다. 정화는 신국을 다독여 시어미에게 안기우고는 약 봉지를 챙겨 안방으로 들어갔다.

미농지를 붙여 어슴프레 빛이 들어오는 방 안.

일국은 이부자리에 몸을 일으키고 앉아 멍하니 허공을 바라보고 있었다.

"여보, 저 다녀왔어요."

정화는 작게 속삭이며 일국의 곁으로 다가 앉았다.

일국은 아무 대답이 없었다. 정화는 약 봉지를 꺼내어 소독약과 연고 등을 꺼내 놓고는 솜씨 좋게 일국의 붕대를 풀었다. 팔꿈치에서 잘려 나간 자국이 보기엔 흉측했지만, 정화는 남편이 살아 돌아온 것만으로도 감사한 마음이었다. 시간이 지나면 남편도 다시 건강해지고, 예전처럼 밝고 활력 넘치는 모습으로 돌아올 것이라 믿어 의심치 않았다.

그렇게 믿는 사람은 정화만이 아니었다.

섬의 모든 사람들은 지금의 상황이 금방 좋아지고 평화롭게 해결되어 자유과 정의가 우선시되는 시대가 곧 올 거라고 바라고 또 믿었다. 그리고 그들이 투쟁하는 모든 것이 그런 미래를 위한 최선의 선택이라고 생각했기에 보다 격렬하고 과감하게 행동에 나섰다.

그러나 그 생각이 완벽한 착각이었음이 19일 경찰의 조사 결과 발표를 통해 드러났다.

새로 발령받아 내려온 경무부장은 "3·1 사건의 원인은 북조선의 세력과 통모하고 미 군정을 전복하여 사회적 혼란을 유치하려는 일부의 책동으로 말미암은 것"이므로 정당방위였다는 경찰의 최종 입장을 발표했다. 발표와 함께 경찰은 3·1절 시위와 총파업 관련자들을 가차 없이 잡아들이기 시작하였고, 미 군정은 사건에 대한 모든 처리를 경찰에 일임하는 것으로 발표 내용에 지지함을 간접적으로 드러내었다.

무차별적인 경찰의 폭주에 도민들의 분노는 활화산처럼 폭발하였다. 더 이상은 설득도 타협도 불가능했다. 비폭력 평화주의를 표방하던 선구적 사상은 간 데 없고 힘에는 힘, 피에는 피라는 마음으로 곳곳에서 시위대와 경찰들 간의 무력충돌이 이어졌다.

그리고 24일 육지로부터 421명의 응원경찰이 추가로 투입되었다.

시철, 제9연대

때마침 모슬포의 조선경비대 제9연대에서는 제주 청년들을 대상으로 모병 활동이 한창이었다. 경비대는 제주 전역을 돌며 시범 훈련을 선보였는데, 3월 25일에는 제주북국민학교 운동장에서 제식 훈련이 있었다. 소식을 들은 사람들과 학생들은 흔치 않은 재밋거리를 구경하러 운동장에 많이 모여들었는데, 그중에는 세영도 끼어 있었다.

세영이 그곳에 간 이유는 단순히 구경을 위해서가 아니었다. 제9연대는 고향 친구인 시철이 있는 곳이었다. 지난겨울 자원하여 입대한 이후 시철은 섬의 정반대에 위치한 모슬포로 보내졌고, 그 후로 소식이 끊겼다. 그런데 제9연대가 제주읍에 도착했다니, 세영은 몇 달 만에 시철을 만날 수 있는 절호의 기회라고 생각했던 것이다.

구경꾼들이 제법 많이 모여들자 제9연대는 시범 훈련을 시작했다.

그러나 일인 기마경찰들의 행진같이 무언가 으리으리하고 위엄 있어 보이는 모습을 기대했던 사람들은 시작부터 실망하지 않을 수 없었다. 군복이라고 입은 옷들도 모두 낡은 것이었고, 중화기로 무장한 경찰들보다 차량이나 무기 면에서도 초라했기 때문이었다. 그 당시 경찰들은 전원이 카빈소총과 일본군의 92식 중기관총을 소지했고, 미군의 수송 장비 등 막강한 기동력과 화력을 가지고 있었다. 주민들은 지나가다 경찰들과 마주치기만 해도 기가 죽었다.

그러나 제9연대는 보급품 지원은 물론, 당장의 음식 보급에도 어려움을 겪고 있는 상황이었다. 당시 미 군정은 경비대보다 경찰들을 더 신임했기 때문에, 치안 유지는 전적으로 경찰이 맡고 있었다. 당연히 보급도 경찰이 우선이었고, 조직력이나 경험 면에서도 경찰이 훨씬 우세하였다. 아직 창설도 되지 않은 예비 군대인 경비대는 그저 경찰 보조역이나 맡으면 다행인 애매한 입장이었던 것이다. 모병 활동은 그런 제9연대의 입지를 대번에 드러내는 자리였다.

하지만 일단 시범이 시작되자, 경비대는 이런 주민들의 생각을 단번에 바꿔 놓았다. 완벽하게 열과 행을 맞추어 행진하고, 좌로 우로 움직이며 제식 훈련을 선보이는 청년들의 패기는 보는 이로 하여금 저절로 탄성을 자아내게 하였다. 손끝은 높이까지 딱딱 맞았고, 걸음 폭조차 일치하여 마치 전원이 하나의 생물체처럼 절도 있게 움직였다.

딱히 할 일이 없어서 매일같이 훈련한 덕분이었지만, 아무튼 이들의 노력은 구경꾼들을 열광하게 만들었고, 제9연대원들이 멋진 동작을 선보일 때마다 사람들은 큰 박수로 이들을 응원해 주었다.

그 가운데서 세영은 한눈에 시철을 알아보았다.

찾을 것도 없이 단번에 눈에 띄었다. 불과 몇 달 사이 시철은 놀라울 만큼 키가 커서, 다른 동료들보다 머리 하나는 삐쭉 솟아올라 있었기 때문이었다. 절로 눈이 갈 수밖에 없었다. 아마 키로는 일국 삼촌보다 더 커진 듯했다. 세영은 놀라움과 부러움이 절로 들었다. 자신도 겨우내 조금 자라긴 했지만, 여전히 왜소하고 샌님 같아 보이는 체형이었기 때문이었다. 총검을 번쩍번쩍 들었다 내렸다 하며 각이 선 듯 움직이는 시철은 어느새 턱 밑도 거뭇거뭇한 어른으로 변해 있었다. 늘 삐딱하고 뭐든 흥미 없이 열심을 내지 않는 시철의 달라진 모습이 어딘가 뭉클하고 자랑스럽게 느껴졌다. 세영도 시철을 향해 있는 힘껏 박수를 보냈다.

시범 훈련이 끝나자 지휘관이 앞으로 나와 주민들에게 연설을 시작했다.

"해방 후 2년이 지났지만 자주독립과 평화의 길은 아직 멀고 멉니다. 순박한 인민들은 정치모리배들의 간계에 넘어 좌우 양 진영으로 나뉘었고, 서로 골육상쟁하는 어리석은 멸망의 길로만 달려가고 있습니다. 조국이 존망의 기로에 서 있는데, 이 위급한 순간에 주의나 이론은 무용지물일 뿐입니다.

오직 행동만이 능히 조국을 구출할 수 있는 유일한 길입니다.

국방경비대는 좌도 아니고 우도 아닙니다. 동포를 사랑하고 조국을 위하여 순국하려는 피 끓는 젊은이들의 애국군사기관입니다. 외국의 앞잡이도 아니고, 일개 정당의 이용기관도 아닙니다. 안으로는 자주독립을 이루고 밖으로는 국방의 중책을 완수하려는 국가의 방패입니다. 애국청년들은 다 오십시오. 군대는 그대들의 입대를 쌍수로 환영합니다!"

주민들의 열렬한 박수가 이어졌다.

좌도 아니고 우도 아니라는 지휘관의 말은 주민들의 마음에 사무치게 다가왔다. 어느새 네 편 내 편, 이 편 저 편이 나뉘어 말 한마디 잘못했다간 날벼락 맞기 십상이 되었으니, 주민들 입장에서는 지금의 세태가 답답하고 한심스럽기 이를 데 없었던 것이었다.

마지막으로 군인들은 청년들에게 입대 용지를 나눠 주었다. 청년들은 너도나도 용지를 받아 갔다. 지난 3·1절 시위와 총파업으로 많은 청년들이 수배 명단에 올랐고, 체포되고 있었기 때문이었다. 육지나 일본으로 달아난 이들도 있었고, 그럴 수 없어서 산으로 숨어들어 간 이들도 많았다. 그조차도 여의치 않게 되자 아예 군에 입대하거나 경찰학교에 자원해 들어가자는 분위기가 크게 일던 참이었다. 군대에서라면 적어도 굶어 죽을 염려도 없었고, 체포되어 고문당할 염려도 없다는 생각에서였다.

세영은 입대할 생각이 없었지만, 시철에게 말을 걸기 위해 입대 용지를 나눠 주는 경비대원들에게로 다가갔다. 청년들을 헤치고 시철의 앞까지 다가가자 어느 틈에 세영을 알아본 시철이 그다운 미소를 지으며 손을 들었다.

"여어, 이세영. 오랜만이다."

"그러게. 너 멋져졌다."

시철은 군복을 차려입은 자신의 모습을 친구에게 보이는 게 어색한 듯 하얀 이를 드러내고 씨익 웃었다. 훈련 때는 절도 있게 움직였으나 곁눈질로 지휘관의 눈치를 살피는 꼴이 타고난 삐딱함은 여전히 버리지 못한 듯했다. 시철은 불쑥 높아져 버린 고개를 낮추어 세영의 귓가에 속삭였다.

"끝나면 잠깐 볼 수 있을 테니까, 기다려."

겉모습은 변했어도 속은 조금도 달라지지 않은 시철의 모습에 세영은 안심했다. 모두 너무나 많이 변해 가고 있었다. 예전의 친구가 여전하다는 사실만으로도 가슴 깊은 곳이 따뜻해지는 느낌이었다.

시범 훈련이 끝나고 사람들이 돌아가자 경비대원들은 정해진 숙소로 이동하였다. 멀지 않은 곳이었기에 세영은 멀찍이서 따라갔다. 숙소에서 짐을 풀고 자유시간이 주어지자, 시철은 어수선한 틈을 타서 밖으로 나왔다. 마음대로 외출을 할 수는 없었지만, 근처에서 기다리던 세영과 오래간만에 안부를 물을 정도는 되었다. 잘 지냈냐, 건강해 보인다는 뻔한 인사말로는 표현하지 못할 뭉클함에 둘은 한참이나 말을 잇지 못했다. 세영이야 워낙 감상적인 성격이었으니 그렇다 치더라도, 시철 역시 같은 감회에 젖을 만큼 지난겨울은 십대 소년들에겐 혹독한 시간이었다. 하지만 어릴 적 친구는 평생 친구라고, 그들은 금세 예전으로 돌아가 치고받고 긁고 찌르며 서로에게 대거리를 하였다.

"동료들은 어때? 너같이 배배 꼬인 녀석을 잘 받아 주디?"

"받아 주긴. 개뿔, 내가 받아 줘야 할 판이야. 여기 놈들 사고뭉치, 불량배, 빨갱이들로 득실거리거든."

"그래? 보기엔 잘 훈련된 병사들 같던데."

시철은 어림없다는 표정으로 자신을 가리켰다.

"어디가 그래 보이냐?"

우스꽝스럽게 자신을 가리키는 시철의 표정에 세영은 웃지 않을 수 없었다. 말은 이렇게 하면서도 열심히 훈련하던 시철의 모습이 떠올랐다. 반사회적인 성격이지만, 그렇다고 크게 문제를 일으키거나 하지도 않는 것이 시철다웠다. 어쩌면 반항이나 문제를 일으키는 것도 적극적인 이들이나 할 수 있는 일일지 몰랐다. 늘 삐딱한 시철에겐 궁시렁거리면서도 시키는 건 따라가는 편이 어울렸다.

"나도 군대나 갈까?"

괜한 소리인 줄 알면서도 세영은 불쑥 내뱉었다. 시철은 망설임 없이 고개를 저었다.

"오지 마. 넌 일주일도 못 버틴다."

"그렇게 힘들어?"

"아니, 반대야. 너무 편해. 할 일도 없고, 목표도 없고, 무료하기 짝이 없다."

그러니까 나 같은 놈이나 남아 있을 수 있는 거다라고 말하는 듯 시철은 예의 그 자조적인 미소를 지었다. 이해가 안 되는 듯하면서도, 이해할 수 있었다. 지금 같은 치열한 시기에, 들끓는 청춘이 아무짝에도 쓸모없는 동작이나 반복하며 시간을 허비해야 하다니.

"이런저런 이유로들 입대하지만, 조만간 깨닫게 되지. 그래도 여기는
아니구나… 그리고는 뛰쳐나가지. 문제아든 아니든, 다들 군대 안에
숨을 정도로 졸렬하지는 않거든."

그럼에도 군대에 남아 있는 그의 선택이, 세영을 마음 아프게 했다.
시철은 늘 스스로를 비하하는 나쁜 습관이 있었는데, 그런 모습은 조
금도 바뀌지 않았다. 사람이라면 누구나 자기를 자랑스럽게 여기고,
하다못해 하찮은 순간조차 스스로를 합리화하려 하는데, 시철은 그
러지 않았다. 늘 자신에게 가혹했고, 스스로에게 실망하려 했다. 자
랑스럽게 여길 수 있는 부분이 많은 친구임에도 불구하고 시철은 늘
바닥을 택했다. 세영은 그런 시철이 어둠을 찾아 부러 그늘을 파고드
는 땅강아지 같다고 생각했다.

"그래도 이번에 새로 온 경비대장은 좀 마음에 들긴 해."

"그래? 누군데?"

"김익렬이라고. 지 욕심 차리는 사람은 아니야. 친일파 놈들 하고는
달라. 밑에서 아첨하는 놈들한테 휘둘리는 것 같지도 않고. 모처럼
군인다운 사람이라고나 할까?"

세영은 시철이 그에게 상당한 관심을 갖고 있다는 것을 알았다. 시
철의 입에서 이 정도로 순순히 칭찬이 나오는 적은 별로 없었다. 시
철은 그런 상황이 어색한지 서둘러 넘겨 버렸다.

"뭐 그렇다고 대장 하나 바뀌었다고 엄청나게 큰 변화가 있거나 하겠
냐? 이 나라 꼬라지가…."

어쨌든 함부로 희망을 거는 것은 두려운 일이었다. 또 실망하게 될
테니까. 그래도 희망을 걸고 싶은 마음은 또 어쩔 수 없었지만.

"전체 집합!"

숙소 안에서 지휘관의 고함소리가 들렸다.

시철이 반사적으로 일어서자 세영도 저도 모르게 벌떡 따라 일어섰다.

"간다."

시철은 아무렇지도 않다는 듯 세영의 어깨를 툭툭 치고는 숙소로 돌아갔다. 아쉬움을 느낄 새도 없이 끝나 버린 짧은 만남에 세영은 시철이 들어가 버린 대문을 한참 동안이나 바라보고 서 있었다.

그날 제9경비대의 시범 제식훈련 후 60명이 넘는 청년들이 경비대에 자원입대하였다.

검열 열풍은 쉽게 마무리될 조짐이 보이지 않았고, 청년들은 무언가를 선택하지 않고서는 무사히 있을 수 없는 상황이었던 것이다. 이후 수개월, 아니 해를 넘겨 다음 해까지 2천 명이 넘는 젊은이들이 체포되었고, 고문당했고, 일부는 사망했다.

박경훈의 충고, 일국, 읍내를 떠나다

분위기가 뒤숭숭해지자 사람들은 가급적 바깥 출입을 삼갔다.

아무 죄가 없어도 까딱하다가 눈이라도 잘못 마주쳐 경찰들에게 밉보이는 날엔 당장 취조 명목으로 끌려가기 십상이기 때문이었다. 남자들은 남자라는 이유만으로 죄가 되었고, 여자들은 또 나름의 이유로 몸을 사렸다. 육지에서 건너온 청년들 중에는 모리배나 다름없는 거칠고 무례한 무리들이 상당수 섞여 있었다. 몹쓸 일을 당한 처녀들의 이야기도 심심찮게 들려왔고, 큰일까지는 당하지는 않더라도 길에서 희롱당하는 일은 부지기수였다.

정화도 가급적이면 혼자 밖에 다니지 않으려고 했다.

결혼한 후 정화의 아름다움은 지나는 이도 한 번씩 뒤돌아볼 만큼 무르익어 있었다. 출산과 근 몇 주 동안 고생스러운 일을 겪으면서 많이 수척해지긴 했지만, 타고난 자태는 조금도 사그라들지 않았다. 오히려 엄동설한에 피어난 매화처럼 더욱 초연하고 고고하게 보였다.

아직은 일국이 건재하기에 마른 군침만 넘기고 있지, 일국만 없으면 당장이라도 그녀에게 달려들려고 호시탐탐 기회를 엿보는 놈팽이들이 한둘이 아니었다. 하물며 전후 사정 모르는 육지의 불량배들이야 일단 눈독을 들였다면 사정 볼 것이 있겠는가?

이런 눈치를 모를 일국 어미가 아니었기에, 며느리 단속에 한층 신경을 쓰지 않을 수 없었다. 일국의 약을 타러 가거나, 대양상회에 가는 일도 일국 어미가 직접 나섰다. 정화는 그런 시어미에게 늘 죄송한 마음이었다.

그날도 일국 어미는 병원에 다녀올 요량으로 출타 중이었다.

병원에 갔다가 내친김에 조천에 들러 마른 미역과 멸치를 가져오겠노라고 했다. 넉넉잡아 저녁 밥 먹기 전에는 돌아올 것이었다. 하루종일 정화는 신국을 돌보며 집에 있었다.

심부름하는 아이가 찾아와 박경훈 도지사의 전갈을 준 것은 점심 무렵이었다. 급한 이야기가 있으니 꼭 좀 다녀가라는 내용이었다. 처음엔 시어미가 돌아올 때까지 기다리려 했으나, 해가 저물어 가도록 일국 어미는 소식이 없었다. 툭하면 길에서 서 버리는 일주버스의 잔고장은 본래 유명하였기 때문에, 혹시나 가고 오는 길에 늦어져 해가 질 것 같으면 무리하지 말고 주무시고 오시라고 당부를 한 참이었다. 그대로 일국 어미가 돌아오지 않는다면 내일이 되어야 올 것이 틀림없었다.

정화는 어떡해야 하나 한참을 망설였다. 박경훈 도지사의 최근 상태가 얼마나 좋지 않은지, 섬의 상황이 얼마나 긴박하게 돌아가고 있는지를 모르지 않는 정화였다. 그런 그가 할 말이 있다고 했으면, 분명 중요한 일일 것이다. 결심한 정화는 해가 완전히 지기 전에 나서야 한다는 생각으로 신국을 들쳐 업었다. 박 도지사의 관사는 정화네 집에서 불과 5분여 밖에 떨어져 있지 않았다. 금세 다녀오면 크게 문제될 것도 없을 것이었다. 잠든 일국이 깨지 않게 정화는 살그머니 집을 나섰다.

박경훈 도지사의 집은 수많은 사람들로 북적이고 있었다.

말쑥한 양복 차림의 신사들과 낯익은 얼굴의 섬 유지들이 입구에서부터 삼삼오오 모여 심각한 표정으로 이야기를 나누고 있었다. 한

때는 익숙하게 드나들던 곳이었으나, 이처럼 무거운 분위기의 사람들 사이를 아이까지 업고 가로질러 지나려니 정화는 절로 위축되는 느낌이었다.

업무실까지 갔을 때, 큰 소리가 오가는 것이 들렸다.

무언가 중요한 이야기를 나누는 중임이 분명했다. 정화는 차마 그들의 대화를 끊을 수 없어서 한참을 문밖을 서성이다가 시간이 너무 지체되는 것 같아, 까치발로 사람들 어깨 너머를 살피며 박 도지사를 찾았다. 한가운데 놓인 소파에 넥타이를 풀어헤친 박경훈 도지사가 눈에 띄었다. 며칠 밤은 지새운 듯 초췌한 모습이었다.

무언가 시선을 느꼈는지 박경훈은 고개를 들었다. 단번에 정화와 시선이 마주쳤다.

"아, 정화 양."

박경훈은 정화를 향해 반색을 하였다.

그제서야 정화의 존재를 눈치챈 남자들이 흘끔거리며 그녀를 돌아보았다. 남자들의 회합에 갑자기 등장한 젊은 여성, 그것도 아기까지 업고 등장한 정화의 모습에 사람들은 적잖이 당황한 분위기였다. 절반쯤은 정화를 알아보았고, 또 절반쯤은 반가워하는 기미도 있었다. 하지만 대다수는 심각한 상황에 끼어든 아낙네에게 탐탁치 않은 시선을 보냈다.

박경훈은 잽싸게 자리에서 일어나 정화를 방에서 데리고 나왔다. 조금 조용한 복도에 이르자마자 그가 물었다.

"왜 이렇게 늦었소, 얼마나 기다렸는데…."

"죄송해요. 어머님이 출타 중이셔서 올 수가 없었습니다."

"부군은 좀 어떻소?"

"조금씩 회복하고 있어요."

"다행이구만. 그럼 이제 바깥 외출도 좀 하고 그러는가?"

"아니요. 그럴 정도는 못 됩니다. 집에서 안정을 취하고 있어요."

정화의 대답에 박경훈은 다소 실망한 기색이었다.

혹시나 남편에게 무슨 일을 시키려는가 싶었다. 방 안에서 한창 회의가 진행 중인 눈치였지만, 박경훈은 그다지 중요치도 않은 근황들을 물으며 시간을 끌었다. 뭔가 정작 할 말은 하지 못하고 빙 겉도는 느낌이었다.

"도지사님, 무슨 말씀이 있으셔서 저를 부르신 건가요? 편하게 이야기해 주세요."

단도직입적인 정화의 질문에 박경훈은 잠시 망설이더니, 이내 마음을 먹은 듯 낮은 목소리로 말했다.

"난 도지사직을 사퇴할 것이요."

"네?"

정화는 너무 놀라서 입을 다물지 못했다. 엄마의 동요에 놀란 신국이 칭얼거리며 울기 시작했다. 정화는 어설프게 아기를 어르며, 박경훈의 청천벽력 같은 결정에 놀라 하염없이 바라만 보았다.

"이번 일에 대해 나는 도지사로서 책임을 져야 하오."

"하지만 그건 도지사님의 잘못이 아니에요…."

"더 이상 섬 도민들과 대화도 타협도 하지 않으려는 경찰 수뇌부를 도저히 설득할 수 없소. 그렇기 때문에, 나는 더 이상 도지사로서 역할을 할 수 없다고 결정한 것이오."

박경훈은 격해지는 감정을 다스리지 못했다.

상황은 한 치 앞을 알 수 없게 돌아가고 있었다. 육지에서 새로 파견된 조병옥 경무부장은 섬에 대한 강한 반감을 갖고 있었다. 도착하자마자 파업 중인 도청 직원들을 불러 놓고, 제주도 사람들의 사상이 불온하며 조선 건국에 해를 끼치고 있다는 연설을 하였다. 그러면서 정 안 된다 싶으며 모두 쓸어버려야 한다는 식의 말을 내뱉어 모두를 충격에 빠뜨렸다.

그런 것이 아니라고 현지 사정을 설명하려 했으나 그는 듣지 않았다. 섬의 편을 드는 것을 보니 도지사부터가 좌익의 앞잡이라며, 상대도 하지 않으려 했다. 3·1 발포 사건의 부당함을 누구보다 절감하는 박경훈이었지만 도지사라는 입장 때문에 파업에는 동조하지도 않고 중립을 지켜 온 그였다. 오히려 장기간의 파업은 가뜩이나 심각한 경제와 민생 문제를 악화시키고, 원조를 기약하는 연합국 측에 반항하는 것으로 비춰질 수 있으므로 자중해야 한다는 담화문까지 발표하였다. 늘 섬사람들의 입장과 미 군정의 입장을 동시에 고려하고 접점을 찾으려 노력했기에, 미 군정도 박경훈의 의견에는 귀를 기울여 주었다.

그러나 조병옥은 달랐다. 섬의 사정에 전혀 관심이 없는 그에게 박경훈은 한낱 섬의 빨갱이 대장일 뿐이었다.

> "명색이 섬의 지도자이고, 주민의 대표인데, 주민들을 위해 할 수 있는 것이 아무것도 없다면, 어찌 해야겠소? 사퇴는 내가 할 수 있는 유일한 선택이요. 어차피 이름뿐인 직함이지, 이미 손발 다 묶인 허수아비나 다름없소."

정화는 낙담했다. 상황이 안 좋은 것은 알지만, 언제나 박 도지사 같은 사람이 중간에 있다면 개선의 여지가 있다고 생각했다. 양쪽을 조율하여 보다 나은 절충안을 찾을 수 있을 것이라 믿었다. 그러나 지금 박경훈은 그 역할을 포기한다고, 더 이상의 타협은 불가능하다고 말하고 있는 것이었다.

그렇다면 그다음은? 타협이 없다면 이 섬은 어떻게 되는 것인가?

사리판단이 빠른 정화였던 만큼 박경훈이 자신을 부른 이유를 대번에 알아챘다. 이 섬은 더 이상 희망이 없다고 말하고 있는 것이었다.

"섬을 떠나시오."

박경훈이 해 줄 수 있는 마지막 충고였다.

그는 늘 섬에서 정화에게 보호자와 같은 역할을 자처했다. 처음 정화를 제주읍으로 부른 것도, 미 군정에서의 확고한 위치를 이어 준 것도 박 도지사였다. 정화의 아버지에 대한 의리이기도 했고, 개인적으로도 영민한 정화를 아끼기 때문이었다. 지금도 사퇴 발표 바로 전날 굳이 정화를 불러 먼저 일러 주어야 한다는 마음이었다. 도지사직을 이임하고 나면 그는 분명 걷잡을 수 없는 격랑 속으로 휘말려 들어가게 될 것이다. 미 군정을 등지고 섬의 편에 서 버린다는 것은 이제까지 그가 도지사로서 갖던 모든 존중과 대우는 물론 최소한의 보호망 또한 내려 놓는다는 것을 뜻했다. 이제부터는 누군가를 위해 주거나 지켜 주기는커녕 자기 자신의 안위도 걱정해야 하는 입장이 될 것이었다. 그래서 이것이 어쩌면 그가 정화에게 베풀어 줄 수 있는 마지막 배려인지도 몰랐다.

정화는 가슴이 죄어 와서 무슨 말도 할 수 없었다. 박경훈은 자신의 안위 따윈 이미 안중에 없다는 듯, 치밀하게 준비된 계획을 정화에게 들려주었다.

"내일 새벽에 내 아내와 아이들이 목포로 가는 배를 탈 것이오. 그때 정화 씨네도 함께 타고 육지로 나가시오. 그다음엔 아버지께 연락해서…."

"하지만, 배를 타기에 일국 씨 상태가…."

"그럼 정화 씨와 아기라도 떠나요! 이제부터는 아녀자가 감당할 수 있는 상황이 아니오!"

남편을 버리고서라도 떠나라는 박경훈의 말에 정화는 충격을 받았다. 좀전의 망설임은 일국 때문이었다. 일국이 움직일 수 없다는 이야기를 들었기에, 박경훈은 정화에게 선뜻 떠나라는 말을 할 수 없었던 것이었다. 그러나 몇 번을 생각해도 이것이 최선이었다. 둘 다 남아 위험에 처하느니 하나라도 살아남는 편이 나았다. 그래서 자신도 아내와 아이들만이라도 배에 태울 결심을 했던 것이었다.

물론 정화가 남편을 버리고 배에 탈 여자가 아니라는 것을 이미 알고 있었다. 그러기에 지금 이런 이야기를 해야 하는 상황이 더 없이 서글프게 느껴지는 것이었다. 과연 이후에는 이 가녀린 여인에게 무슨 일들이 다가올 것인가? 어떻게 이 파국을 헤쳐 나갈 것인가.

박경훈의 관사를 나와 터벅터벅 집을 향해 가면서 정화는 이제껏 느껴 보지 못한 불안을 느꼈다. 사태가 이 정도로 심각한 줄은 모르고 있었다. 섬 곳곳에서 크고 작은 충돌이 일어나도 조심하면 별문제 없으리라 생각했다. 그러나 지금 박경훈의 말에 의하면 당장 이곳을 떠나는 것은 생사가 달린 일이었다.

터벅터벅 어둠속을 걸어가며, 정화는 고민에 빠졌다. 자신이 도대체 어떤 선택을 해야 한단 말인가? 일국을 버려? 그를 버리고 떠난다는 것은 상상조차 할 수 없었다.

깊은 생각에 잠겨 걸어가느라 정화는 자신을 뒤따르는 투박한 발소리들을 알아채지 못했다. 음흉하게 깔리는 남자들의 키득거림도 듣지 못한 채 어둠이 깔린 땅만을 바라보며 걸었다. 그러다 갑자기 낯선 그림자들이 자신을 황급히 둘러싸는 것을 보고 놀라 고개를 들었다. 정화는 섬뜩한 미소를 짓는 남자들 세 명이 가로막고 있는 것을 보았다.

"아, 이 아줌마가 뭔 공상을 하느라 애 우는 것도 모르나."

한 남자가 신국을 향해 손을 뻗었다. 정화는 화들짝 놀라 몸을 피했다. 본능적으로 벽쪽으로 등을 돌려서 업힌 신국을 보호했다. 남자들은 그 꼴이 우습다는 듯 클클거렸다. 겁에 질린 정화를 벽에 몰아넣고 장난치듯 남자들은 점점 더 가까이 다가섰다. 거리가 가까워질

수록 공포는 한층 살갗에 와닿았다.

"다가오지 마세요. 이게 뭐하는 짓입니까!"

"요거 앙칼지네?"

남자들의 음흉한 웃음소리가 밤거리를 더럽혔다.

주위를 둘러봐도 지나가는 행인 하나 없었다. 정화는 필사적으로 남자들을 노려보며 이를 악물었다.

"이거 가만히 보니 아주 미인이구만."

"애 엄마라고 늙다린가 했더니 탱글탱글하구만… 크크."

남자들은 노골적인 희롱과 함께 정화의 머리카락을 만지며, 억지로 손을 잡아채려 하였다.

"이거 놓으시오. 이게 무슨 짓이오. 놓으시오!"

정화의 비명에도 아랑곳 않고 남자들은 발톱 세운 발로 생쥐를 어르는 고양이처럼 잔인하게 그녀에게 치근거렸다. 신국은 벽과 어미의 등 사이에서 밤거리가 떠나갈 듯 '왁왁' 울부짖었다.

그때였다.

"뭐하는 짓이야!"

갑작스런 사내의 외침에 남자들이 놀라 뒤를 돌아보았다. 키가 작고 얼굴이 검은 경찰복 차림의 사내가 서 있었다.

"어, 반장님."

정화를 괴롭히던 남자들은 경찰복 차림의 사내의 등장에 적잖이 당황한 표정이었다.

"지금 뭐하는 거야."

"아니, 이 섬 에미나이가 건방을 떨길래."

"놔 드리라."

경찰복 사내의 명령에 남자들은 심기가 사나운 듯 입을 삐죽거리면서도 순순히 정화를 놔주었다. 그리고는 눈앞에서 놓친 먹이를 아쉬워하는 하이에나처럼 비척비척 뒤로 물러섰다. 경찰복 사내의 눈치에 뒷걸음질 치면서도 연신 돌아보며 아쉬운 입맛을 다셨다.

정화는 마음을 놓지 못해 신국을 움켜잡고 경찰복 사내를 노려보았다. 사내는 조심스럽게 물었다.

"어디 다친 데는 없소?"

아직 마음을 진정하지 못한 정화는 세차게 고개를 저었다.

이 경찰 역시 제주 사람이 아니었다. 억센 이북 사투리 억양이 귀에 들어왔다. 최근에 들어왔다는 이북 출신 경찰임에 틀림없었다.

"날 놔주시오."

"물론이오. 집까지 모셔다 드리겠소."

경찰관은 충격에 제대로 걷지도 못하는 정화를 부축하려 했으나, 정화는 소스라치게 놀라 몸을 움츠렸다. 경찰관은 정화를 향해 진정하라는 손짓을 해 보였다.

"당신에게 아무런 나쁜 짓도 하지 않을 것이오. 타카야마 상."

순간 정화는 자기 귀를 의심했다. 이 경찰관은 자신을 알고 있었다.

"누구시오? 날 아시오?"

"물론이요. 기억할지 모르겠소만, 나도 평안도 출신이요. 리중성이라고 혹시 아시오?"

"아…."

들은 적이 있었다. 일본에서 태어난 정화는 가 본 적이 없었지만, 아버지의 고향인 평안도 지방에 대해서는 어렸을 적부터 지겹도록 들었다. 그리고 아버지와 친했던 지주 리중성 씨와는 일본에 와서까지도 가까운 사이였다. 아버지는 일찌감치 일본에 자리를 잡고 뒤늦게 이북에서 내려온 동향 사람들이 일본에 정착하도록 여러모로 도움을 주었다. 그래서 평안도 출신 중에는 아버지에게 은혜를 입은 사람이 많았다. 리중성 역시 정화가 기억하는 한 오래도록 정화네 사랑채에 머물며 신세를 지던 사람 중 하나였다.

"리중성 씨가 내 아버지요."

사내의 말에 정화는 저도 모르게 눈물이 핑 돌았다.

아버지. 그렇게 미워하고 증오하던 아버지가 이역만리 섬에서까지 가장 든든한 보호자이자 은인이라니. 질끈 감은 정화의 눈에서 진한 눈물이 비어져 나왔다.

"내 부하 놈들이 못나게 군 것은 이해하시오. 다들 두려워서 그렇소. 빨갱이 소굴이라는 섬에 들어왔으니, 어떻게든 호기를 부려야 기죽지 않을 것 아니오. 전쟁에선 사기가 무엇보다 중요하니…. 물론 아녀자들에게 한 짓은 변명이 없지만…."

정화는 빨갱이니 전쟁이니 하는 말이 이해가 되지 않았다.

이 사람은 지금 무슨 소리를 하고 있는 것인가? 이 섬을 도대체 어떤 곳으로 생각하는 것일까? 정화의 생각도 모른 채 경찰복의 사내는 이해해 달라는 듯 자신의 난처한 입장을 주절주절 늘어놓았다.

"다들 고향 버리고 도망 온 떠돌이 같은 놈들이요. 불과 얼마 전까지는 고향에서 떵떵거리며 한자리하던 자들인데, 졸지에 북이 공산화되는 바람에, 돈 있고 땅 있던 자들은 하루 아침에 인민의 적이라는 이유로 전부 처형 대상이 되었으니 어쩌겠소? 가까스로 야반도주해 내려와 몸뚱아리 하나로 뭘 할 수 있겠소? 남조선엔 아무것도 없는데. 거렁뱅이짓부터 막일, 지겟일, 인력거 끌고 하루 종일 일해서 입에 풀칠도 제대로 못 하는 상황이 바로 얼마 전까지였소.

그런데 경성이 어떻게 된 줄 아시오? 공산주의자들이 온 사방천지에 깔렸소. 이 나라를 뒤집어엎고 남조선도 북조선처럼 공산국가로 만들겠다고 작심을 한 자들이 활개치고 있단 말이오. 그럼 우리는 어찌되겠소? 제 일순위로 제거되겠지. 타카야마 상이라고 무사할 것 같소? 그럼 우린 다 같이 죽은 목숨이오.”

정화는 말을 잇지 못했다.

이들의 나름의 절박함이 사내의 떨리는 목소리를 통해 전해져 왔다.

“육지에서는 섬의 9할이 빨갱이들이라고 악명이 높소. 우리는 그 빨갱이들을 다 처단할 것이오. 남조선이 빨갱이들 손아귀에 들어가게 보고만 있을 수 없소. 타카야마 상도 행여 빨갱이들에게 동조할 생각은 마시오. 우리와 함께여야 안전할 거요.”

당신의 생각이 틀렸다고, 섬은 그런 곳이 아니라고 항변하고 싶었지만, 이제는 정화도 상황이 어떻게 돌아가고 있는지 감을 잡을 수가 없었다.

근 몇 달간 섬은 너무나 크게 요동치고 있었다. 모두가 무언가 확신을 갖고 서로를 비난하며 끝 간 데 없이 달려 나가는 모습이 정화의 눈에는 몹시 이상하게 보였다. 어떻게 서로의 잘잘못을 가릴 수 있을까? 내가 아니면 남이 옳다는 극단적인 이분법적 사고가 죽고 죽이는 결말에까지 이어지고 있는 상황을 어떻게 납득할 수 있을까?

집에 다가가자 문 앞에 정승처럼 서 있는 남자의 모습이 보였다.
일국이었다.

"여보!"

정화는 일국의 모습을 알아보자마자 깜짝 놀라서 달려갔다.

부상당한 이후 처음으로 밖에 나온 것이었다. 정화가 사라진 것이 걱정되어 나와 있었음이 분명했다. 흐트러진 머리와 눈물이 얼룩진 얼굴의 정화가 달려와서 안기자, 일국은 무언가 큰 봉변을 당한 것으로 여기고 대노했다.

"내 아내에게 무슨 짓을 한 거야!"

일국은 경찰복의 사내에게 달려들어 단번에 멱살을 부여잡았다. 한쪽 팔은 없어도 본시 강골에 오랜 시간 다져진 일국의 근육은 사내를 부여잡아 발을 허공에 띄울 정도로 무시무시했다.

"여보! 그만둬요. 이분은 절 도와주셨어요!"

정화가 황급히 말리자 일국은 그제야 손을 놓았다. 경찰복의 사내는 놀란 듯했지만, 그다지 불쾌해하지는 않았다. 오히려 일국의 괴력에 감탄하는 표정이었다.

"말로만 들었던 정일국, 대단하오!"

경찰복의 사내는 옷매무새를 정돈하며 씨익 웃었다. 일국은 여전히 화가 삭여지지 않는 듯 뜨거운 숨을 멈추지 못했다.

"들어가요. 무리하면 안 돼요."

정화는 경찰복의 사내에게 눈인사로 감사를 표하고는, 서둘러 일국을 집 안으로 잡아끌었다. 남편을 두고 혼자 밖에 나갔던 것은 잘못한 일이었다는 후회가 들었다.

거실로 들어와 정화는 일국에게 거의 한 달 만에 섬의 돌아가는 상황을 전했다. 이제까지는 가급적 남편을 불편하게 할 이야기는 전하지 않고 있었다. 하지만 이제는 말해야 했다. 자신을 위해서도, 또 일국을 위해서도. 무언가 결단을 내려야 할 시기였다.

갑작스러운 정화의 이야기에 일국은 놀라지 않았다. 그는 마치 이모든 상황을 알고 있는 것처럼 담담하게 받아들였다. 일국은 암흑의 방에서 렌즈데일이 했던 말들을 떠올렸다.

'네가 뭘 할 수 있나. 당장 이 좁은 방에서 나갈 수조차 없지 않나? 팔도 하나뿐인데? 다리도 하나 잘라 줄 수 있다. 왼쪽으로 할까? 아니면 오른쪽? 네 목숨은 내 손에 있다. 난 당장이라도 널 죽일 수 있다. 네 아내? 아이? 살아 있을 거라고 믿나? 내가 살려 두었기 때문에 살아 있는 것이다. 아무런 가치 없어. 네 놈의 존재가치는 그 정도야. 내가 살려 주면 사는 거고, 끝내면 그대로 끝나는 것이다. 저항하지 마라. 날 거역하지 마. 너 따위가 할 수 있는 것은 아무것도 없다.'

'네 눈에는 지금 상황이 어떻게 보이나?

이 모든 일들이 단 하나의 목표를 위해 놓여지는 포석들이다. 물론 너 같은 무식한 꼬레안이 알 리가 없지. 지금 섬은 하나하나 나의 계획대로 되어 가고 있다. 네 놈은 수를 읽을 수 있다고 생각하겠지. 그렇다고 이길 수 있다고는 생각하지 마. 이건 내가 만든 판이니까. 일국 나는 너를 높이 산다. 너의 그 다듬어지지 않은 가능성이 마음에 들어. 만약 네가 살아남는다면, 난 분명히 너를 내 팀에 넣어 주겠다.'

끝나지 않을 것만 같던 암흑의 방에서 렌즈데일이 내뱉던 말들에서 일국은 이 모든 상황을, 아니 이보다 더 절망적인 순간을 이미 예감하고 있었다.

정화는 상황 설명을 하다가, 문득 멍하니 자신만의 생각 속에 잠겨 있는 일국을 바라보았다. 남편이 지금 자신의 이야기를 듣고 있는 것인지 확신이 들지 않았다. 이제 그가 무언가를 결정해 주기를 바랄 수 없게 된 것일까?

어둠 속에 잠긴 시간이 정화와 일국의 사이를 무겁게 내리눌렀다. 한참 만에 일국이 입을 열었다.

"일본으로 가시오. 아이를 데리고 부모님에게로."

"여보!"

갑작스런 일국의 말에 정화는 가슴이 철렁했다. 가라고? 자신을 떠나서 가라고? 이 남자는 어떻게 그런 말을 이처럼 쉽게 할 수가 있는가?

"그럴 수는 없어요. 당신을 두고 떠날 수 없어요."

일국은 깊게 한숨을 내쉬었다. 말해도 들을 정화가 아니라는 것은 알았지만, 어떻게든 결정을 내려야 했다.

"…지켜 주지 못할지도 몰라."

짙게 어둠이 깔린 허공 너머로 일국의 두 눈이 시리게 빛났다. 둘 모두 시선을 주지 않았지만 일국의 잘려 나간 왼팔이 소리 없이 울고 있었다.

정화는 자리에서 일어나 일국의 곁으로 다가갔다. 그리곤 그 옆에 다소곳이 무릎을 꿇었다. 잡으려 해도 그 자리에 없는, 주인 잃은 텅 빈 소매 끝을 잠시 바라보다가 정화는 뜨거운 일국의 어깨에 얼굴을 기댔다. 처음 그의 등에 기댔던 그 순간부터 정화는 단 한 번도 망설여 본 적 없었다.

"당신의 곁을 떠나지 않을 거예요."

끝까지 함께.

그 끝이 죽음일지, 삶일지 몰라도 그것만이 선택이고 결론이라고 정화는 이미 마음을 정했다.

일국은 나즈막히 한숨을 내쉬며 남아 있는 한 팔로 아내의 머리를 감싸 안았다.

"읍내를 떠나는 게 좋을 것 같아."

일국의 품속에서 정화는 작게 고개를 끄덕였다.

박경훈 도지사 사임, 3.1 사건 재판, 조천으로 이사

4월 7일, 박경훈의 사표가 수리되었고, 20일자 제주신보에는 박 지사의 사임사가 실렸다. '금번 본도 3·1 사건과 그 후 계속 발생한 제 사건은 오로지 치정 역량과 덕화력이 미약한 불초의 책임'이라는 말로 모든 잘못을 본인이 떠안고, 민관 어느 편에도 책임을 돌리지 않는 깔끔한 퇴장이었다.

박경훈을 시작으로 섬의 수뇌부는 전면 교체되었다.

제주도 군정장관은 스타우드 소령이 베로스 중령으로 교체되었고, 청장, 모슬포 주둔 9연대장, 경찰서장 등이 모두 바뀌었다. 제주 출신들은 배제되고, 육지인들이 주를 이루었으며 열혈 우익 인사들로 배치되었다.

일국과 정화가 조천으로 이사하는 날, 세영은 학교 친구들 몇 명과 함께 아침 일찍 찾아와 이삿짐 옮기는 것을 도왔다. 학생들은 3·1절 발포사건 이후 일국을 영웅처럼 생각했다. 일국이 미친 경찰을 저지한 덕분에 사람들이 목숨을 건졌고, 게다가 그로 인해 인민의 적인 미군에게 끌려가 팔까지 잃었으니, 영웅의 조건으로 더없이 완벽했던 것이다.

정작 일국은 그런 학생들의 동경 어린 눈빛에 관심도 두지 않았다.

과거 동네 아이들을 끌고 대장놀이 하던 일국의 치기 어린 모습은 이미 사라진 지 오래였다. 하지만 학생들은 그런 그의 무심함마저도 아나키스트의 원형이라고 동경해 마지않는 것이었다.

학생들은 정화가 꾸려 놓은 짐들을 바지런히 트럭에 실었다. 한 손을 쓰지 못하는 일국이나, 신국을 보살펴야 하는 정화에게는 손 까딱하지 말라며 지들끼리 으쌰으쌰 열을 내었다. 이삿짐이라고 하지만 대단할 것은 없었다. 이미 몇 달 전 화란행을 준비하며 꼭 필요한 짐만 따로 챙겨 둔 데에 신국의 기저귀며 옷가지와 이불, 먹을거리 등만 더해졌을 뿐이었다. 더 필요한 것은 아들 내외가 머무를 방을 정돈하느라 전날 미리 조천으로 떠난 일국 어미가 알아서 준비할 것이었다.

제주 집에 있던 세간과 가구들은 새로 이사 올 이에게 그대로 넘기는 것으로 이야기가 되어 있었다. 사실 일국의 집은 진작에 팔린 상태였다. 일국의 딱한 사정을 아는 터라 몇 달 더 머무르도록 사정을 봐주었던 것이어서, 보답도 할 겸 세간까지 함께 넘기기로 한 것이었다. 농이며 침대, 소파 할 것 없이 무역상들 통해 들여온 외제들이어서 팔면 제대로 한몫 챙길 수 있는 괜찮은 물건들이었다. 천천히 시간을 두고 찾으면 보다 비싼 값을 지불할 구매자들을 찾을 수도 있을 것이었지만, 일국 입장에서는 어차피 다 두고 떠날 생각이었던 터라 아무런 미련이 없었다.

이삿짐을 싣는 일은 생각 외로 금방 끝났다. 어려서부터 노동이 손에 익은 섬 아이들이라 손이 여물고 재빨랐다. 짐이 빠져나간 방 뒷정리는 학생들이 맡기로 하고 일국과 정화는 트럭에 올랐다. 세영이 잽싸게 트럭 짐칸에 올라탔다.

"넌 왜 타?"

"도착해서 짐 내리는 거 도와야지."

일국이 괜찮으니 내리라는 손짓을 했으나, 세영은 마치 제 차인 양 다리까지 펴고 앉아 들은 척도 안 했다. 말려도 내리지 않을 것을 알

앉는지 일국은 세영을 불렀다.

"앞으로 와."

괜찮다고 뒤가 좋다고 손사래 치는 세영을 정화가 다시 한번 불렀다.

"이리 와요. 위험해."

정화는 차 앞문을 열어 주고는 운전석 쪽으로 바짝 붙어 앉았다. 세영이 하는 수 없이 트럭 앞좌석으로 자리를 옮겼다.

일국은 천천히 차의 시동을 걸었다. 만나기만 하면 각을 세우며 으르렁거리던 둘이었지만, 어느새 서로 자존심 부리지 않게 되었다. 정화는 그런 두 남자를 보며 남몰래 웃었다. 품에 안긴 신국도 어미의 마음을 아는지 까륵까륵 소리를 내며 배냇짓을 하였다. 세영은 그런 신국을 신기한 듯 바라보다가, 어설프게 까꿍 하며 장난을 걸었다.

"우리 신국이도 세영 삼촌처럼 좋은 청년이 되어야 해."

정화의 말을 알아듣기라도 하는 듯, 신국은 세영을 향해 손을 버둥거리며 웃었다.

그날 밤 일국의 집에는 제법 많은 사람이 몰려들었다.

몇 해 만에 돌아온 일국에게 안부 인사도 할 겸 그의 상태가 염려가 되어 찾아온 사람들이었다. 고향 어른 한 분 한 분을 깍듯하게 맞았지만, 전처럼 유들유들하고 활기 넘치는 모습의 일국은 찾아볼 수 없었다. 늘 자신만만한 미소를 머금던 일국의 얼굴도 더 이상은 없었다. 조용하고 차분하여졌다고, 일국이도 이제 진중하니 어른이 되었다고 흡족해하는 어른들도 있었지만, 다른 한편에선 안쓰러움에 눈물을 찍어 내는 아낙들도 있었다.

세영도 그날 밤은 모처럼 집에서 잠을 청했다. 세영의 어미는 진작부터 조천으로 돌아오라고 성화였다. 감옥에서 구타를 당한 후로 한층 과격해지고 대담해진 아들을 더 이상 밖에 두기가 불안했던 것이다.

어차피 총파업 이후로 읍내든 조천이든 학교에서는 제대로 된 수업받기가 어려워진 건 마찬가지였다. 읍내에 있다고 반드시 더 나은 교육을 받는다는 보장도 없다면, 그곳에 있을 이유가 없었다. 오히려 읍내는 더 시끄럽고 위험했다. 차라리 아들을 시야 안에 얌전히 붙들어 두는 편이 낫겠다고 생각했다.

세영은 이런 어미의 결정에 당황했다. 실제로 수업은 제대로 이루어지지 못했고, 학교에 가도 거의 배우는 것이 없는 것은 맞았다. 학업을 위해 부모로부터 경제적 지원을 받는 세영으로서는 돌아오라고 하면 꼼짝없이 돌아올 수밖에 없었다. 하지만 지금 읍내에서 세영은 당장 삐라를 찍어 내고 분배하는 임무를 수행하기 위해서는 없어서는 안 될 존재였다. 일국 삼촌까지 읍내를 뜬 상황에서 혼자 남아 있겠다고 우길 명분이 별로 없었지만, 일단 어떻게든 읍내에 남을 수 있도록 어미를 설득해야만 했다. 세영은 주말까지 며칠 더 집에 머물며 어미의 비위를 맞춰야겠다고 생각했다.

4월에 접어들면서, 3·1 사건 연루자들의 재판이 시작되었다.

법무관 스티븐슨 대위의 심리하에 진행된 재판은 신속하게 이루어지지 못했다. 통역관의 부족으로 미 군정 재판관과 피고 사이의 의사소통이 어려웠을 뿐더러, 재판 때마다 법정은 일반인 방청객으로 초만원을 이루었기 때문이었다. 사람들에게 불합리한 재판은 연일 이슈가 되었다. 구속자들은 늘어 가고 도저히 군정재판만으로는 재판을 진행할 수 없다고 판단한 미 군정은, 사건을 한국인 재판소로 넘기기로 결정했다.

당연하게도 한국인들에게 재판이 맡겨지자 판결은 융통성 있게 진행되었다. 약식재판으로 끝나거나 증거불충분 등으로 풀려나는 사례들도 많았다. 애당초 '미 군정에 불응하며 사회 질서를 교란시킨다.'는 죄목으로 체포된 사람들의 대부분은 단순히 분위기에 휩쓸려 시위나 파업에 동참한 것이었기 때문이었다.

재판이 진행될수록 경찰 측 입장은 점점 더 난처해져 갔다. 체포된 일반 시민들은 취조 과정에서 경찰에게 고문당하는 바람에 거짓 자백을 할 수밖에 없었다는 불만과 항의를 재판정에서 쏟아 내는가 하면, 경찰 측 조사 결과가 거짓이라는 증거들이 속속 드러나게 되었기 때문이다.

가장 충격적인 결과는 5월부터 열린 3·1절 행사 준비위원회 핵심 간부들에 대한 공판이었다. 본래 경찰의 조사 결과 발표에 의하면, 3·1절 기념행사는 북측 세력과 연계되어 미 군정을 전복하려는 시도라고 하였으나, 공판 결과는 달랐다. 당일 행사는 경찰 측으로부터 허가를 받은 것이었으며, 실제로 기념행사 현장에 여러 경찰관이 참석하고 있었다는 사실이 밝혀진 것이다. 심지어 감찰청장과 패드릿치 대위도 참석하여 순조로운 기념식 진행을 당부하는 연설을 한 사실까지 밝혀지자, 경찰의 조사는 송두리째 거짓이었음이 드러났다.

결국 3·1절 사건으로 공판에 회부된 328명의 사람들 중에 실형을 선고받은 이들은 52명에 불과했다. 이들은 목포형무소로 보내졌고, 기소유예, 불기소 등으로 풀려났다. 물론 이런 심리 결과는 미 군정이 주도하던 공판이 한인들에게로 넘어와 판사나 검찰관들의 상당수가 섬 출신이었던 탓도 크게 작용하였다. 이 일로 인해 육지 경찰의 불만은 이루 말할 수 없을 정도로 커졌고, 이는 제주 법조인들에 대한 불신과 악감정으로 바뀌어 또 다른 공격의 시발점이 되었다.

용이와 세영, 전투훈련, 산으로

그다음 날 날이 밝자, 세영은 모처럼 고향 친구들을 찾았다.

학순은 서울로 유학을 갔고, 시철은 군인이 되어 서귀포에 갔으니 남은 건 용이 하나였다. 예상대로 용이는 학교가 아닌 인민위원회 사무실에 있었다. 지역 유지들과 함께 모여 앉아 논의에 참여하는 그는 더 이상 학생이 아닌 투사에 가까운 모습으로 변해 있었다. 용이는 마치 어른들처럼 악수로 오랜만에 만난 불알친구를 맞아 주었다.

"어이 이세영 동무, 민중을 위해 몸을 사리지 않는다고 소문이 자자해."

"그 정도야 뭐. 너야말로 죽다 살아났다며?"

용이는 불쑥 윗옷을 가슴까지 끌어올렸다.

왼쪽 갈빗대를 지나 옆구리까지 몸 한편이 마치 패인 듯이 움푹했다. 지난번 3·1절 시위로 구속되었을 때, 경찰들에게 구타당하여 갈빗대가 무너져 버린 탓이었다. 흉한 모습이었지만 용이는 마치 그것을 훈장처럼 여기는 투였다.

"인민의 상생과 조국의 평화를 위해서라면 이 몸 하나쯤이야."

용이는 나이답지 않게 단단해 보이는 아래턱을 비틀며 씨익 웃었다. 마치 어른처럼 푸르스름하게 자란 턱수염이 짧지만 산전수전 다

겪은 그의 지난 몇 달을 대변해 주었다. 그에 비해 세영은 여전히 학생다운 앳된 용모였다. 나름은 험한 시절을 보내 왔다고 생각했는데, 배는 거칠어진 용이를 보니 자신은 한낱 아이들 장난을 해 온 것이 아닌가 주눅이 들었다.

"그래 요즘은 어떻게 투쟁하고 있나?"

용이는 제주읍의 학생들의 상황을 듣고 싶어 했다. 세영은 매일 밤 삐라를 돌리기 위해 바삐 움직이는 제주 학생들의 일과를 마치 소설처럼 흥미진진하게 들려주었다.

감탄할 줄 알았던 용이의 표정에는 오히려 약간의 비웃음이 비쳤다. 그런 용이의 반응이 세영의 기분을 상하게 했다.

"그러는 너는 요즘 뭘 하고 있는데?"

세영이 물어 주기를 기다렸다는 듯이 용이는 얼굴에 의기양양한 표정이 떠올랐다. 그리고는 헛기침으로 목을 가다듬으며 뜸을 들이더니 슬쩍 주위를 둘러보았다. 마치 엄청난 기밀이 누설될까 주위를 살피는 투였다. 세영은 그런 용이의 거들먹거림이 재수없게 느껴졌지만, 어디 얼마나 대단한 일을 하고 있기에 저러는지가 궁금하여 참고 기다렸다. 용이는 세영에게로 몸을 숙이더니 귓가에 대고 나지막히 말했다.

"이건 정말 비밀인데 말야… 우린 밤마다 산에 올라가 전투기술을 배우고 있어."

"뭐?"

"총, 칼, 창 다루는 법도 배우고, 맨손으로 상대를 제압하는 살상용 무술과 함정 만드는 법, 산의 지형지물들을 이용하여 상대를 공격하는 법, 흔적 없이 숨는 법 같은 것들 말이야."

용이의 표정은 들개처럼 거칠면서도 예리해 보였다. 불과 몇 해 전만 해도 이런 눈빛을 가진 친구가 아니었다. 세영은 불현듯 그가 낯설게 느껴졌다. 지금 용이의 모습은 얼마 전까지 산과 바다를 뛰놀던 섬 아이가 아니라, 막 전장에서 돌아온 군인 같았다. 그가 받는다는 훈련이 무엇인지 몰라도, 평범한 사람을 전사로 만들어 가고 있는 것만은 분명했다.

"그런 훈련을 왜 하는 건데?"

"왜? 당연히 전투를 위해서지."

"무슨 전투?"

세영의 어리숙한 질문에 용이는 어이없다는 듯이 웃었다.

"이거 이거, 읍내 도련님들 정신 상태가 이러니, 맨날 경찰 새끼들한
테 깨지고 있지. 쯧쯧."

세영은 자신을 얕잡아 보는 용이의 태도가 불쾌했지만, 겁도 없이 내뱉는 경찰에 대한 그의 강한 적개심과 읍내 학생들의 활동을 애송이 장난으로 취급할 정도로 과격하게 준비되고 있는 용이네의 전투 활동에 충격을 받아 화를 내지도 못했다.

"우리는 말이야, 밤마다 다리에 모래주머니를 차고 맨손으로 울타리
를 뛰어넘는 훈련을 한다고. 근육이 끊어지고, 뼈가 으스러지는 고통
속에서 자신을 단련하고 있어. 그래야지나 겨우 이길 수 있는 거야.
그런 싸움의 때가 다가오고 있다고!"

당장이라도 총칼의 전장에 뛰어들기라도 할 듯이 용이의 표정은 비장하기 이를 데 없었다.

세영은 나름 목숨을 걸고 삐라를 돌리고 있었지만, 단 한 번도 자신들의 싸움이 죽고 죽이는 혈전이 될 것이라는 생각을 해 본 적은 없었다. 잘못이 있다면 재판정에서 판가름 날 것이고, 부정부패한 경찰들은 정죄당하게 될 것이라고 막연히 생각해 왔다.

그런데 용이네의 생각은 달랐다. 이들은 무력으로 맞서 상대를 쓰러트릴 생각을 하고 있었다. 세영이 보기엔 굉장히 위험하고 옳지 않은 발상 같았다.

"그렇게까지 하지 않아도 방법이 있을 것 같은데, 내 생각엔 말야. 너희 판단은 잘못된 것 같아."

"무슨 헛소리야? 그렇게 당하고도 정신을 못 차렸어?"

"잘못된 경찰들이 있지. 하지만 그런 자들은 법에 따라 처리될 거야. 폭력을 시작하면 오히려 정당성을 잃게 된다고."

"정당성? 장난하냐, 지금? 그런 게 먹혀들기나 할 것 같아? 공명정대한 재판 같은 게 있기나 할 거 같냐고?"

"당연하지, 일제 강점기가 아니잖아. 우린 새 나라…."

"이세영. 너 정신 못 차렸구나?"

용이는 더 이상 대화할 필요를 못 느낀다는 듯이 자리에서 일어났다. 세영은 그대로 용이를 보낼 수가 없었다. 그가 보기에 용이의 판단은 잘못되었고 몹시 위험해 보였다. 언젠가 큰일을 치르고 말 것이 분명했다. 세영은 용이를 잡아 세웠다.

"내 말을 들어. 네 판단은 잘못되었어. 우리는 폭력 이전에 대화로…."

"이덕구 선생님 판단이야! 내 판단이 아니라."

"뭐?"

순간 세영은 자기의 귀를 의심했다. 이덕구 선생님이 폭력적인 방법을 선택했다고?

"그래, 이 시대착오적인 놈아. 지금이 아직도 문학소설 읽으며 평화롭게 살아가는 시대로 보이냐? 이젠 투쟁의 시대야. 무력과 힘으로 맞서야 하는 칼과 총의 시대라고. 모두가 그렇게 생각해. 이덕구 선생님은 이미 산으로 올라갔어. 그곳에서 청년들에게 전투 훈련을 시키고 있다고! 선생님이 틀렸다고? 선생님이 틀리고 네가 옳다고?"

용이의 외침에 세영은 아무런 생각도 할 수 없었다. 순간 자신의 판단에 대한 확신이 무너지고 엄청난 혼란이 밀려왔다. 자신이 무언가 한참 뒤떨어져 시대의 흐름을 놓치고 있다는 생각이 들었다. 내가 모르는 새 용이도, 덕구 선생님도 마구 달려 한참을 앞질러 가 버린 것인가? 하지만 세영이 믿고 따르는 이상은 누구보다도 이덕구 선생님에 의해 키워진 조화롭고 합리적인 세상을 목표로 하고 있었다. 자신이 따르는 것이 곧 이덕구 선생님이 믿고 따르는 것이라고 믿어 왔다.

그런데 이제는 더 이상 그 둘은 하나가 아니었다. 무엇이 어디서부터 잘못되었는지 알 수 없었지만, 세영을 지탱하던 버팀목은 중심을 잃고 내팽개쳐졌고, 그 안의 나침반은 더 이상 옳고 그름을 판단해 줄 수 없게 되어 버렸다.

용이와 헤어져 터덜터덜 집으로 돌아오면서 세영은 앞으로 무엇을 해야 할지조차 막막했다. 무엇보다 중요하다고 생각했던 삐라를 붙이는 일이 갑자기 하찮게 느껴졌다. 읍내로 돌아가야만 할 이유도 희미해졌다. 그렇다면 조천으로 와서 산에 올라야 할까? 용이와 함께 밤마다 이덕구 선생님을 찾아가 앞으로 있을 전투를 위한 훈련을 시작해야 할까? 세영의 머릿속은 답이 없는 의문들로 어지럽혀졌다.

세영이 답을 얻고자 일국을 찾아간 것은 어찌 보면 당연한 일이었다. 이덕구 선생님을 만나기 전까지, 세영의 세상에서 일국은 가장 빛나고 위대한 존재였다. 물론 그런 일국 역시 이제는 바싹 말라 버린 고목처럼 시들어 가고 있긴 했지만, 그래도 지금 상황에서 누군가에게 길을 물어야 한다면 일국 외에는 선택의 여지가 없었다.

본래 일국은 몸을 쓰는 사람이었고, 전투라고 한다면 비록 한쪽 팔이 없다 하더라도, 이덕구 선생님보다 서너 수는 위일 것이 분명하였다. 그럼에도 세영은 그가 경찰들과 무력으로 맞서는 데에는 찬성하지 않을 것이라고 생각했다. 꼭 친일 인사들과 친분이 있어서만은 아니었다.

일국의 싸움에는 늘 기준이 있었다. 붙으면 누구에게도 지지 않았지만, 아무하고나 싸우지 않았다. 타고난 싸움꾼답게 몸으로 싸워야 할 때와 그렇지 않아야 할 때를 그 누구보다도 정확하게 파악하는 사람이 일국이었다. 그렇기에 세영은 자연스레 일국에게 답을 묻고자 찾아간 것이었다.

세영의 이야기를 들은 일국은 한참이나 말이 없었다.

단번에 "뭐하는 짓이냐!"고 비난을 하지도, "그놈들은 그래야 정신 차리지!" 하고 호탕하게 편을 들지도 않았다. 일국은 말을 아꼈다.

아무쪼록 어느 쪽이든 결론이 내려질 것이라 기대했던 세영으로서는 여간 실망스러운 일이 아니었다. 팔을 잃고 소심해졌는가? 행동이 신중해진 것은 나름 좋게 보이기도 했지만, 결정도 따라서 더디어진 것은 아닌가 내심 우려가 되었다. 신중은 때론 비굴의 다른 이름일 수도 있으니까. 일국 삼촌에게만은 실망하고 싶지 않았는데….

"산… 어디라더냐?"

무겁게 열린 일국의 입에서는 의외의 질문이 흘러나왔다.

세영은 잠시 그의 말을 알아듣지 못했다.

"누가? 아, 이덕구 선생님?"

일국이 눈동자를 껌뻑 하는 것으로 대답을 대신했다.

"몰라. 그런 건 안 물어봤는데…."

"알아봐."

동조하려는 것인지 말리려는 것인지는 알 수 없었지만, 삼촌은 선생님을 만나 보려는 것이 틀림없었다.

세영은 얼른 자리에서 일어났다.

옳은 선택이었다. 이덕구 선생님을 직접 만나기 전에는 어떠한 결정도 내릴 수 없었다. 세영은 인민위원회의 용이에게로 발걸음을 서둘렀다.

그날 밤 늦게 일국은 정화와 마주 앉았다.

"나 좀 다녀올게."

"어딜요?"

"산에."

"산에는 왜?"

"이덕구를 만나야겠어."

일국의 입에서 덕구의 이름이 나온 순간 정화는 자기도 모르게 헛웃음이 나왔다. 사실 산으로 들어간 이덕구에 대해 들었을 때부터 남몰래 걱정은 하고 있었다. 이덕구가 남로당 훈련 담당을 맡고 있다는 소식을 들은 후에는 더욱 마음이 편치 않았다.

하지만 일국이 그곳에 다녀오겠다는 말을 들은 순간의 철렁함은 그와 비할 바가 아니었다. 남편은 자신에게 허락을 구하는 것이 아니었다. 그는 이미 마음을 정했고, 그곳에 다녀오겠다는 것은 절반쯤은 그들에게 합류할 생각이 있다는 의미였다. 그렇지 않았다면 일국은 굳이 실없는 관심으로 다니러 갔다 오고 할 사람이 아니었다. 왠지 이번에 가면, 그것이 시작이 되어 버릴 것 같은 불길한 예감에 정화는 마음이 무거워졌다. 단지 예감이 아니었다. 정화는 이미 기정사실이 되어 버린 일을 받아들이며 체념하는 스스로를 보았다.

"곧 돌아올게."

"그래요."

장담할 수 없는 약속을 하는 남편이 야속했지만, 정화는 붙잡지 않았다. 쓰러지지 않기 위해서는 달리는 방법밖에 없다는 것을 너무나 잘 알고 있었기 때문이었다.

다음 날 아침, 일국은 작은 보따리를 챙겨 들고 산으로 향했다.

산길은 휜했지만, 시간을 절약하기 위해 이덕구의 위치를 아는 용이가 앞장을 섰다. 신국을 안고 배웅하는 정화에게 일국은 말했다.

"금방 올 거야."

"네, 알아요."

정화는 품 안에 잠든 신국을 안고 담담하게 웃어 보였다.

그리고 일국은 그해 겨울까지 돌아오지 않았다.

산군 비밀 훈련장, 이덕구와 정일국

새벽 무렵 산군 본부에 전갈이 왔다.

"정일국이 산을 온대요! 용이 동무가 데리고 오고 있습니다. 산군에
합류할 모양입니다!"

산의 동지들은 정일국이 오고 있다는 소식에 환호하며 오전 내내
기대감에 들떴다.

하지만 이덕구는 마음이 좋지 않았다.

일국의 결혼식 이후로 처음 만나는 어색한 재회였다. 사실 이런 시
국이 아니었다면 정일국과 맞대면할 상황 같은 건 아예 만들고 싶지
않았다. 이미 다 지난 일이고 남은 감정 따위 없다고 믿었으나 일국
이 이곳으로 오고 있다는 소식을 들었을 때, 마음 깊은 곳에 떠오른
거북스러운 감정을 덕구는 부인할 수 없었다.

정일국이 합류해 준다면 전력상으로 엄청난 도움이 될 것임은 분
명했다. 그러나 마냥 팔 벌리고 환영할 수가 없었다. 마음이 허락지
를 않았다. 정화에 대한 연모의 정이야 사라진 지 오래였다. 다른 사
내에게 안긴 여자라고 생각하면 미련이 남다가도 꺼림직해 서둘러
마음을 닫게 되었다.

다만 패배감은 쉽게 사라지지 않았다.

일국이 승승장구하고, 섬에서 유명해질수록 그에 대한 자신의 마

음은 점점 더 옹졸해져만 갔다. 물론 덕구 자신도 지역 유지들에게 나, 학생들에게나 두루 신망을 얻으며 섬의 새로운 지도자로 떠오르고 있었다. 자격지심 따위는 전혀 느낄 필요 없었다.

그럼에도 이상하게 정일국 앞에서만은 저도 모르게 위축되는 이유를 알 수 없었다. 그런 제 마음이 싫어서 덕구는 애써 그를 피해 왔다.

그런데 하필 이런 곳에서 맞닥뜨리게 되다니.

아침을 먹자마자 덕구는 산군 본부가 있는 오름 아래 미리 내려와 있었다.

"아직 어떤 마음으로 찾아오는 것인지 알 수 없으니까, 속단은 금물이다."

왠지 덕구는 일국을 본부에 들이기가 싫었다. 물론 자신의 근거 없는 반대로 일국의 입성을 막을 수 없을 것이다. 다만 모두가 떠받드는 분위기에서 정일국과의 첫 대면을 하고 싶지는 않았다. 그래서 아직 속내를 밝히지 않은 외부인에게 우리의 근거지를 공개할 수 없다는 핑계로 혼자 내려온 것이었다.

일제 강점기 독립운동가 출신들이 많은 남로당이다 보니 조직에 대한 보안을 생명처럼 여기고 있었다. 말단 단원은 가장 윗 지도급이 누구인지도 모르는 경우가 태반이었다. 그런데 하물며 낯선 사람이 불쑥 본부에 찾아온다니 있을 수 없는 일이었다. 물론 일국은 낯선 사람이 아니고, 그를 신뢰할 수 없기보다 신뢰하고 싶지 않은 마음이 더 크다는 것이 덕구의 솔직한 심정이었지만.

아무튼 이런 싱숭생숭한 마음으로 덕구는 일국을 기다리고 있었다.

일국과 용이가 비밀 훈련장이 있는 한 오름에 도착했을 때, 저 멀리 서 있는 땅딸막한 이덕구의 모습이 먼저 눈에 띄었다. 이를 알아본 용이는 신이 나서 손을 번쩍 치켜들고는 덕구에게로 걸음을 재촉했다. 일국과 덕구의 눈이 멀리에서 마주쳤다. 둘은 담담한 표정으로 마주보며 고개를 끄덕였다.

"오랜만이요, 정일국 씨."

가까이서 보니 일국의 얼굴은 몰라볼 정도로 상해 있었다. 소문으로 들었던 왼팔은 깡뚱하게 잘려 옆구리께를 휑하니 드러내었고, 움푹 패인 볼은 마치 폐병 환자 같았다.

그러나 그의 단단한 육체만은 여전했다. 한창 때에 비해 마르긴 했지만, 나약하게 무너지는 살덩어리가 아닌, 카랑카랑하게 정신을 밝히는 깡마른 장작처럼 타오르고 있었다.

'죽지 않았구만.'

이덕구는 다시금 몰려드는 패배감에 쓴웃음을 지었다.

격식 차린 첫인사 따위 개의치 않는다는 듯, 일국은 표정도 바꾸지 않고 단도직입적으로 말했다.

"도움을 청하러 왔소."

덕구에게는 전혀 뜻밖의 말이었다. 도움을 주러 온 것이 아니라 도움을 청하러 왔다?

"우리한테 무슨 도움을 청한단 말이요?"

"사람이 필요하오, 잘 훈련된 자들로. 그리고 폭약도."

갑작스런 제안에 덕구는 어처구니가 없었다.

늘 제멋대로 원하는 것은 다 가져 왔던 놈다운 자신감과 당당함이 그의 비위를 긁었다. 팔 한쪽 날린 것 정도로는 정일국의 기를 꺾기에 턱도 없었음이 분명했다.

"허, 우리가 그 부탁을 들어줄 것 같소?"

"들어줘야만 하오. 조국을 위한 일이오."

심각하게 말하는 일국의 면전에 덕구는 망설임 없이 비웃음을 날렸다.

건방진 놈, 어디서 조국 운운해? 자기가 무슨 독립투사라고 우리 앞에서 이래라 저래라 대장 노릇을 하려 하는지 가소롭기 짝이 없었다. 어디 한번 당해 봐라, 하는 심사가 폭발하여 덕구는 한껏 거드름을 피웠다.

"조국을 위한 일이라면, 우리가 더 잘 알고 있소. 그러니 정일국 씨가 우리 일을 돕는 편이 더 빠를 것이오."

"당신들은 모르오. 얼마나 중요한 일인지!"

다급해진 일국이 소리를 지르며 불쑥 다가가자, 덕구는 눈알을 부라리며 그의 멱살을 잡았다.

"네깟 미군 똥구멍 빨던 놈보다는 훨씬 잘 알고 있어!"

"뭐라고!"

순식간에 두 남자는 서로의 멱살을 부여잡고 힘겨루기를 하였다. 아무래도 한손이 없는 일국의 몸이 밀리자, 그는 저도 모르게 허리 기술로 덕구를 넘겨 버렸다.

넘어진다고 손을 놓을 덕구가 아니었다. 앙팡지게 부여잡은 멱살 그대로 일국을 끌고 함께 바닥으로 떨어졌다.

"으아앗."

"죽어라, 이 자식!"

엉겁결에 바닥에 깔린 일국을 올라탄 덕구는 마구 주먹을 휘둘렀다. 맞고 있을 일국이 아니었다. 돌덩이 같은 무릎으로 덕구의 등을 걷어차 올리자, '헉' 하는 비명과 함께 덕구의 몸이 옆으로 비틀렸다. 그 여새를 타 전세를 역전한 일국이 덕구를 내리누르며 머리로 그의 코를 내리찍었다.

"으악!"

길잡이를 하던 용이는 갑작스런 상황에 어쩔 줄을 몰라 했다. 정일 국을 데려오면 덕구 선생님한테 칭찬을 들을 것이라 기대했는데, 이 게 웬 날벼락인가.

말리려고 허둥지둥 다가가 보았으나, 거칠기로는 소싸움 저리 가 라인 판이라, 함부로 끼어들었다가는 자기까지 맞아죽기 십상이었 다.

하지만 방법이 없었다.

"이러지들 마세요!"

용이는 에라 모르겠다 둘 사이로 뛰어들었다.

둘을 떼어 놓으려는 의도는 좋았으나 힘에서 한참은 부족했다. 고 래싸움에 새우등 터지는 격으로 용이는 양쪽에서 얻어맞으며, 셋은 누가 누구를 공격하는지도 모르게 서로를 치고받는 어이없는 상황 이 되었다.

한몸뚱이가 되어 뒹구느라 세 남자는 입가가 터지고 코피가 흐르 고 머리카락과 온몸은 바닥에 짓이겨져 진흙과 소똥으로 범벅이 되 었다. 짐승인지 사람인지, 지나가던 똥돼지도 끌끌거리며 놀라 피해 갈 지경이었다.

이런 셋의 모습을 저만치에서 구경하는 무리가 있었다.

처음에는 싸움을 말리고자 했으나, 그중 가장 마르고 날렵한 사내 가 이를 제지했다. 이런 구경 다시 없다며 그는 한참 동안이나 키득 거리며 싸움을 지켜보았다.

산군 본부, 김달삼, 금 레이스의 시작

손끝 하나 까딱 못 할 정도로 진이 빠져 바닥에 나동그라진 후에야, 일국과 덕구, 용이 세 사람은 숨을 헐떡이며 떨어졌다.

그제야 마른 사내는 세 사람에게로 다가갔다.

"정일국, 아직도 싸움질이냐! 장가도 갔으면 어른이 돼야지."

덕구와 용이가 그를 먼저 알아보았다.

"대장!"

"형님, 어떻게 여기까지…?"

청년들이 우두머리로 따르는 김달삼이었다.

그러나 일국의 눈에는 다르게 보였다.

"승진이 형?"

남로당 내 급진 세력의 중심 인물인 김달삼이자, 과거 대정중학교 사회과 교사였던 이승진이 빙그레 웃었다.

"잘 왔다."

일국이 이승진을 마지막으로 본 것은 대정으로 신혼 인사를 갔을 때였다. 모슬포 해변에서 일본군 갱도를 조사하던 승진 일행과 마주친 후 몇 년 만에 처음이었다. 일국은 갑작스러운 승진의 등장에 얼떨떨했다. 게다가 '대장'이라니. 대정에 있을 때부터 좌중을 휘어잡는 능력이 뛰어나 청년 무리의 머리 노릇을 하곤 했지만, 그럼에도 잉크 냄새 가시지 않는 동경대 예과 출신의 엘리트였다.

그런데 지금 승진의 모습은 많이 달라져 있었다. 단도를 품에 넣고 다니던 독기 어린 눈빛은 여전했지만, 연약하고 하얀 피부는 검고 거칠게 변해 있었으며 도시 처녀의 것처럼 매끄럽던 손 역시 마디마다 굳은살이 박여 나무 등걸 같았다. 아마도 달라진 모습만큼 그의 인생도 역경을 겪은 탓인 듯했다.

뜻밖에 자신들의 대장이 정일국과 알은체를 하자, 어리둥절해진 것은 덕구와 용이였다. 그것도 무척이나 막역하게 맘을 열고 일국을 대하는 모습은 지금까지 김달삼에게 보지 못했던 새로운 모습이었다.

산군 본부에서 김달삼은 일국을 극진히 대접했다.

한창때 같은 산해진미는 없었지만, 소를 잡아 모닥불에 구워 막걸리와 함께 나눠 마시며 새로운 동지의 등장을 축하하였다.

예상치 못한 환영에 일국은 어리둥절했으나, 오랜만에 맛보는 야생의 밤에 절로 마음이 풀어지는 느낌이었다. 장작불에 그슬린 육고기의 향 또한 과거 테우리 시절을 떠올리는 열쇠가 되어 주었다. 불과 몇 년 사이에 너무나 멀리까지 와 버린 자신의 삶이 주마등같이 스쳐 갔다.

술자리 내내 김달삼은 일국의 곁에서 떨어지지 않았다. 그간 지내온 이야기며 고향마을 사람 이야기도 주고받았지만, 지금 읍내 상황이나 미군들의 의중에 대해서도 궁금한 게 많은 까닭이었다. 김달삼은 연신 일국의 이야기를 귀 기울여 들었고, 일국에 대한 그의 신뢰는 누가 보아도 한눈에 알 수 있었다. 일국을 데려온 용이며, 본래부터 일국과 안면이 있던 조천 지역 청년들은 덩달아 어깨가 으쓱해져 과거 일국의 무용담을 자랑스레 떠들어 댔다. 일국의 위상은 단숨에 김달삼의 언저리까지 올라갔다.

술자리가 어느 정도 파하고 청년들이 하나둘 잠에 빠지자 마지막까지 남은 일국과 승진은 아스러져 가는 불씨를 뒤적이며 오래도록 이야기를 나누었다.

"사람들과 폭약으로 뭘 하려는 건데?"

승진은 이제야 비로소 낮에 들었던 이야기를 끄집어냈다.

"찾아야 할 것이 있어. 일본 놈들이 남기고 간 것인데, 주로 동굴이나 갱도에 숨겨져 있어. 지금 미군은 그걸 찾으려고 혈안이야."

"알고 있어."

승진의 대답에 일국은 놀랐다. 알고 있다고?

"미군이 관심을 갖는지는 몰랐지만, 그러지 않아도 해방 직후부터 일본군들이 남기고 간 것들을 찾기 위해 여러 방향으로 조사해 왔어. 대정과 서귀 지역은 어느 정도 조사가 끝났다."

"제주 쪽은 내가 확실히 알고 있소. 미군 안내하면서 후보지가 될 만한 곳을 대강 추렸지."

승진은 잘했다는 듯이 흡족한 표정을 지었다. 일국이 합류해 준 것이 더없이 든든하게 느껴졌다. 이제는 한판 제대로 붙어도 승산 있겠다는 확신이 생겼다.

"만약 일본 놈들이 숨겨 둔 무기를 찾을 수 있다면, 앞으로의 전투에서 우리가 확실한 우위를 점할 수 있을 거야."

승진의 말에 일국은 순간 당황했다. 무기? 일국은 물끄러미 승진을 바라보았다.

"형은 일본군들이 숨기고 간 것이 무기라고 생각하시오?"

"당연하지. 일본 놈들이 미국과의 마지막 결전을 준비하며 모아 둔 무기. 어쩌면 식량도 있을지 모르고. 그것만 차지할 수 있다면 미군과의 결전에서….'"

"금이오."

일국의 말을 승진은 순간적으로 이해하지 못했다.

"뭐?"

"먹을 수도 없고, 싸울 때 쓸 수도 없는 금덩어리란 말이오."

일국은 렌즈데일과 미 군정 관리들의 대화에서 엿들은 사실들을 승진에게 들려주었다. 미군이 찾으려고 혈안이 되어 있는 일본군의 아시아 획략 금에 대하여. 셀 수도 없을 정도로 어마어마한 양으로 추정되는 금덩어리들에 대하여.

"허나 이 좁은 섬 안에서 그렇게 많은 금이 있어 보았자 무엇을 하겠소? 당장 먹을 끼니도 부족한 판에. 섬사람들에게는 아무 필요도 없는 돌덩이일 뿐이오. 설사 그 금을 발견한다 치더라도, 지금 상황에서는 미군 봉쇄에 막혀 섬 밖으로 한 줌도 갖고 나갈 수 없지 않소. 그래서 일본군조차 섬에 두고 간 것이고. 그러니 무슨 소용이란 말이요, 아무 의미 없소."

승진은 뜻밖의 이야기에 차분하게 귀를 기울였다.

놀랍다면 놀랍고, 난감하다면 난감한 일이었다. 인간인지라 순간적으로 욕심이 나지 않는 것은 아니었으나, 과연 필요에 의한 욕심인가 하는 질문이 따라왔다. 일국의 말대로 지금의 자신들에겐 소용이 없는 물건이었다. 하지만 지금이 아니라면…? 승진의 머리는 빠르게 돌아갔다.

만약 정말 그런 막대한 금이 있다면, 육지로 가져갈 수 있고 중앙의 동지들에게 전달할 수 있다면, 새 나라를 일으키기 위한 든든한 밑자금이 될 것이었다.

그렇다면 지금 시기를 잘 넘기는 것이 더욱 중요했다. 금을 빼앗기지 않고 섬에서 미군을 몰아낼 수 있는 방법이 무엇이 있을 것인가?

"도와주겠소?"

"빼앗길 수는 없지."

일국의 말에 승진은 눈빛을 번뜩이며 고개를 끄덕였다.

일국은 승진의 머릿속이 훤하게 들여다보았다. 가질 수 있을 것 같겠지. 일국 자신도 지난 수개월간 그런 고민을 했었다. 어떻게 하면 미군들보다 먼저 금을 발견할 수 있을까? 어떻게 그들 몰래 금을 빼돌릴 수 있을까, 어떻게 금을 숨길 수 있을까. 그런 욕심에 눈이 먼 고민의 밤들을 보냈다.

그리고 결국 깨달았다. 불가능하다는 것을.

처음에 일국은 렌즈데일을 얕보았다. 그도 누군가의 말이라고 생각했다. 그러나 그는 조종자였다. 군정장관이 베로스 중령으로 교체되는 순간, 일국은 확실히 깨달았다. 렌즈데일은 미 군정 위에 있다는 것을.

불과 38세의 베로스 중령은 이미 개인적으로 제주도를 방문한 적이 있었다. 일국이 직접 렌즈데일과 함께 그를 맞았다. 그때는 그를 렌즈데일의 친구 정도로 생각했다. 함께 필리핀에 있었다는 이야기며, 입대 전에는 미국에서 같은 신문사에서 일했었다는 이야기도 들었다.

그런 베로스가 제주도 군정장관이 되어 나타난 것이다.

그가 아무리 유능하다한들, 군대 경험도 몇 년 안 된 삼십 대의 사내를 섬의 최고 수뇌로 보낸다는 게 연합군에서는 상식적인 일인가? 렌즈데일의 포석이 아니라면 어림없는 일이었다. 베로스는 앞으로 섬의 운명을 렌즈데일의 뜻대로 끌어가기 위한 허수아비 역할로 이곳에 온 것이었다.

생각하는 것보다 그들의 힘은 거대했다. 그리고 집요했다. 그들은 이제 섬의 운명 전체를 뒤바꿔 버릴 계획을 짜고 있었다. 아무리 머리를 굴리고 발버둥 친다한들, 하늘이 두 쪽 나도 그들과의 경쟁에서 이길 수는 없었다.

금 하나만을 보고 지구 반대편에서부터 온 이들. 그 집념과 노력과 거기에 투자한 시간의 크기는, 이제 와서 얕게 머리 굴리며 만만하게 찔러 보는 자신들하고는 차원이 달랐다.

그리고 그들은 자신들의 금에 눈길 주는 자들을 가만두지 않았다.

금을 마음에 품은 대가는 반드시 치러져야 했다. 일국은 그 사실을 죽음과 같은 암흑 속에서 깨달았다. 금을 향해 뻗은 탐욕의 팔은 잘려나갔고, 경고는 영원히 잊혀지지 않게 아로새겨졌다.

더 이상 금에 대한 미련따윈 조금도 없었다.

모든 걸 그만두고 싶은 마음뿐이었다. 그러나 이미 레이스에 발을 담근 이상 중도 포기란 불가능했다. 죽거나 그들의 말이 되어 이용당하거나, 살아도 사는 것이 아닌 굴욕의 선택만이 일국의 앞에 놓여 있었다.

지옥 같은 시간이 흘렀고, 매일 눈을 감고 뜨고만을 반복했다.

그러다 문득 다른 생각이 들었다. 금을 발견하고, 그것을 갖겠다는 욕심에는 절대로 승산이 없다. 하지만 둘 중 하나만이라면?

욕심을 버리니 길이 보였다. 내가 가질 수는 없지만, 다른 누구도 갖지 못하게는 할 수 있을 것이었다. 그마저도 쉬운 길은 아니었지만, 적어도 승산은 있었다. 그렇다면 충분히 목숨을 걸어 볼 만하다고 일국은 생각했다.

결심이 서자마자 그는 산에 올랐다. 혼자는 불가능했기에 함께할 동지들을 모아야 했다. 하지만 아무도 승자가 될 수 없는 게임에 뛰어들어달라고 말할 수는 없었다. 그저 황금을 미끼로 던져 놓고 제

스스로 들어오도록 기다릴밖에.

　그리고 역시나 승진은 미끼를 물었다. 잘 만든 덫이란 늘 죽음의 위험을 잊을 만큼 탐스러운 먹이로 가리어져 있게 마련이다. 승진이 이 싸움의 실체를 깨닫기까지는 시간이 걸릴 것이다. 그때까지 승진은 일국의 말이었다. 죄책감이 없진 않지만 결국은 자기 욕심에 미혹되는 것이니.

　일국은 망설이지 않기로 했다. 어차피 모두가 살아남기 힘든 싸움이었다. 어차피 죽게 될 거라면 마지막까지 황금에 눈이 먼 채로 황홀하게 있다 가는 편이 더 나을지도….

　다음 날, 아침 일찍 김달삼은 산행에 익숙한 청년 열댓 명을 추렸다. 발이 빠르고 입이 무거운 이들이었다. 이덕구는 못마땅해했다. 수뇌부 어른들도 허락하지 않을 것이라고 주장했다. 그러나 앞으로의 긴 싸움을 위해 반드시 필요한 일이라며 김달삼은 일국과 청년들을 데리고 은신처를 떠났다.

악몽의 시작

민족애국청년단, 조천 청년들, 세영의 고민

　1947년, 경찰과 좌파 세력의 충돌은 전국적으로 퍼져 갔다. 제주 못지 않게 육지에서도 둘 사이의 충돌이 잦았고, 우파 세력과 좌파 세력 간의 무력 충돌로 치안유지를 위한 경찰 인력이 턱없이 부족했다.

　육지로부터 파견 온 응원경찰들은 본래 지역으로 복귀해야 했기에, 제주 경찰 수뇌부는 특별 수당을 지급하여 제주 근무를 희망하는 경찰들을 전국적으로 모집하였다.

　때마침 철도역에서 개찰, 화물 검색 등을 맡던 철도경찰들이 대거 실직하면서 자원하여 섬으로 내려오게 되었다. 3·1 사건 이후, 섬 출신 경찰 중에는 파면당하거나 스스로 경찰을 그만두어 수가 줄어든 반면, 육지에서 내려온 경찰들은 점점 더 수가 많아졌다. 섬의 각 지역으로 나뉘어 배치된 육지 출신 경찰들은 섬 출신보다 그 숫자가 더 많은 곳도 있었다.

　문제는 이들이 처음부터 섬 주민들을 빨갱이 집단이라는 시선으로 보았다는 데 있었다. 이들을 지휘하는 경찰 수뇌부 또한 좌익 사상에 물든 섬을 소탕해야 한다는 인식으로 주민들을 대하기 시작했다. 주민들은 이런 상황에 강한 반발심을 드러내었고, 이들에게 방을 빌려주지 않거나 음식을 제공하지 않는 등의 배타적인 행동도 서슴지 않았다.

경찰과 주민들 간의 골은 점점 더 깊어만 갔다.

세영이 어미의 성화에 못 이겨 조천에 머물고 있는 동안, 읍내에서는 대대적인 좌익 단속이 있었다.

경찰이 인쇄소를 급습하여 제작 중이던 수천 장의 삐라를 압수하고, 삐라를 살포한 혐의로 읍내의 중학생 20여 명이 잡혀 들어갔다. 만약 세영이 읍내에 있었더라면 일순위로 잡혀 들어갔을 터였다.

소식이 전해지고 세영이 요주의 학생으로 수배 명단에 오르자, 세영의 어미는 당장 아들을 집 뒤편 고팡에 숨겼다. 놀란 세영도 제 발로 숨어들어 갔다. 한 번 체포당해 고문을 겪고 나니, 두 번 끌려가서는 안 되겠다는 생각이 들었던 것이다. 싸우더라도 밖에 있어야 했고, 몸이 성해야 했다. 체포되는 일은 최대한 피해야 했다.

다행히 한 주가 지나고 사건은 그럭저럭 마무리되었다. 체포되었던 아이들 중 몇몇은 재판에 넘겨지기도 하였으나, 대부분은 집행유예나 체형을 받고 나오게 되었다.

하지만 다시 삐라를 만드는 일은 어렵게 되었다. 리더급이 부재한 상태에서 세영과 함께하던 학생들의 대부분은 버텨 내지 못한 채 흩어졌고, 경찰의 무자비한 검속과 감시에 몰려 활동을 그만두는 학생들이 늘어 갔기 때문이었다.

또 그 틈을 타 대동청년단이라는 우파 청년 단체의 활동이 본격화되었다. 새로 부임한 유해진 도지사는 미 군정의 자금 지원과 CIC의 기술적 도움을 받아, 기존의 청년 조직을 견제할 우파 청년 조직을 양성했다. 그 결과 세영 같은 학생들은 북의 지령을 받아 나라를 소련에 갖다 바치려는 빨갱이로 매도되었고, 새 나라 건설을 진심으로 걱정하며 유력한 대선 후보인 이승만 박사를 지지하는 새로운 청년 무리들이 급부상하게 되었다.

상황이 이렇게 되자, 자연히 세영으로서는 읍내로 돌아갈 이유가 없어졌다. 마침 더 이상 읍내에서 삐라를 돌리는 일에 흥미를 잃은 터였다. 그의 관심은 오로지 산이었다. 일국이 산으로 떠난 후 세영은 하루도 산을 생각하지 않은 날이 없었다.

일국이 산으로 간 것은 세영에게는 너무나 큰 충격이었다.

그건 이덕구 선생님이 산을 택한 것과는 차원이 달랐다. 고문 후유증으로 이덕구 선생의 한쪽 귀가 멀었다는 이야기도 들었고, 자신도 경찰이 너무나 미웠다. 그러나 그럼에도 불구하고, 아니 그러면 그럴수록 비폭력, 무저항의 평화로운 방식으로 대항해야 한다고 생각했다. 그래야 우리가 바라는 평화로운 세상에 대한 정당성을 지닐 수 있는 것 아니겠는가.

철없는 소리이고 문학소년다운 이야기일지 몰라도 세영이 생각하는 새 나라는 그랬다. 비록 한때는 과격한 길을 가겠노라 결심했던 치기 어린 순간도 있었지만, 남을 아프게 하고 다른 사람의 피를 흘리면서 얻은 승리는 기쁘지 않았다. 아프고 고통스러웠다. 그건 내가 맞을 때나 남이 맞을 때가 다르지 않았다.

그 심정을 일국 삼촌은 알 거라 믿었다. 삼촌은 자기와 같은 마음일 거라고, 어쩌면 자신이 흔들렸던 순간조차도 삼촌은 늘 그런 마음이었다고 생각했다. 삼촌은 강하니까.

그런데 삼촌이 산으로 갔다. 이덕구 선생님을 만나러. 그것도 정화 선생님과 태어난 지 백 일도 채 안 된 신국이를 남겨 두고서.

세영은 이해할 수가 없었다. 용이야 이덕구 선생님을 따라 유혈 투쟁의 길을 선택했지만 세영은 그럴 수 없었다. 자신은 어떤 선택을 해야 하는지 갈피를 잡을 수가 없었다. 삼촌의 선택이 아닌, 선생님의 선택이 아닌, 세영 자신의 선택이 무엇인지 알 수가 없었다.

'산이 옳은 것인가? 정말 그런 것인가?'

누가 들으면 무슨 잡생각이 그리 많냐고 비웃을지도 모르지만, 어느 편이 옳은지를 판단할 수 없는데 어떻게 목숨을 걸고 뛰어들 수 있느냔 말이다. 용기가 없어서도 아니고 나약해서도 아닌데, 우물쭈

물 비겁한 놈처럼 주저앉아 있을 수밖에 없는 현실이 그를 괴롭혔다.

그나마 다행인 것은 행여 철딱서니 없는 아들이 읍내로 갔다가 체포되기라도 할까 세영 어미와 할미가 눈에 불을 켜고 그를 감시하고 있다는 사실이었다. 세영은 조천 마을은커녕 집 밖에도 제대로 나가지 못했다. 핑계가 좋았다. 세영은 한동안은 그렇게 집 안에 틀어박혀 답없는 자신만의 고민에 씨름할 수 있었다.

하지만 하던 빨이 있는데 주위에서 그냥 놔둘 리 있겠는가. 얼마 못가 용이는 뻔질나게 세영의 집에 드나들기 시작했다. 세영을 '민족애국청년단'에 합류시키기 위해서였다.

민애청이라고 불리는 '민족애국청년단'은 민청의 뒤를 이어 새롭게 결성된 청년 단체였다. 본래 청년 단체는 인민위원회 산하 청년 조직인 민청민족청년단이 있었으나, 미 군정에 의해 해산되었다. 이유는 민청의 세력이 점점 커져 갔기 때문이다. 1947년 초여름까지, 민청에는 전국적으로 2만 개 지부에 80만 명의 회원들이 소속되어 있었다. 당시에는 마을 어른이라면 대부분이 인민위원회에, 그리고 청년들은 자동적으로 민족청년단에 소속되는 분위기였다.

그 규모와 영향력을 우려한 미 군정은 민청을 불법단체로 규정하여 해산을 명령하였고, 이와 함께 이북 청년들이 주축이 된 우파 청년 조직인 서청서북청년단도 동시에 해산하도록 명령하였다.

그러나 당시 경찰들은 치안유지의 상당 부분을 서청에게 맡기고 있었다. 경찰 수뇌부는 반발했고, 결국 서청은 그대로 남긴 채 민청만 해산하는 것으로 결정되었다.

이런 불공정한 처사에 대해 청년들은 강하게 반발했고, 결국 민청의 뒤를 잇는 민애청민족애국청년단이라는 새로운 이름의 합법적인 좌파 청년 단체가 새롭게 탄생하게 된 것이었다.

세영은 용이의 성화에 못 이겨 몇 번 회합에 참석하였다.

학생 리더로서 경력이 있다 보니, 그에게 거는 기대들이 많았던 탓이었다. 그러나 세영의 어머니와 할머니가 귀신같이 눈을 부라리며 감시하는 통에, 크게 활동하지는 못하고 뒤에서 돌아가는 소식이나 전해 듣곤 하였다.

새로 발족한 민애청이 자리를 잡는 데는 큰 어려움이 없었다.

특히 세영과 용이가 있는 조천 지역에서는 민애청의 세력이 특히 더 강했는데, 본래 조천은 제주 남로당의 본거지가 있던 마을답게 지역 유지들의 입김이 세고 타 지역과의 연계도 원활해서 내부적으로 활기가 있었기 때문이었다.

물론 집회나 시위에 있어서는 경찰의 눈치를 보아야 했고, 여차하면 불법집회로 간주당해 체포되기 일쑤였지만 그럼에도 주도권은 분명 마을 사람들 편에 있었다.

게다가 청년들도 이덕구를 비롯한 민족주의 계열 지도자들의 영향으로 결속력이 강해, 조천 민애청 청년들의 기세는 읍내와는 비할 바가 아니었다. 대동청년단 같은 우파 조직은 조천에 발도 붙이지 못했다.

하지만 그런 단결력 탓에 조천을 중심으로 읍 동쪽은 곧바로 경찰 수뇌부의 표적이 되었다.

6월 6일, 조천 옆 마을인 구좌의 종달리에서는 경찰들이 집회 장소에 들이닥치는 일이 있었다.

문제는 경찰들보다 청년들의 힘이 더 우세한 탓에, 오히려 경찰들이 폭행을 당하고 말았다. 순간적인 감정으로 경찰을 폭행하긴 했지만, 그것이 얼마나 큰 죄인 줄 깨달은 청년들은 모두 제 살길을 찾아 달아났고, 곧바로 경찰은 보복성 검거에 들어갔다. 죄 없는 마을 사람들과 어른들이 줄줄이 경찰에 붙잡혀 들어갔고, 알지도 못하는 진실을 자백하기 위해 고문을 당해야 했다.

구좌는 조천과 거리상으로나 심정적으로 가까운 지역이었던 탓에,

청년들 중에는 조천으로 도망쳐 온 이들이 많았다. 이를 핑계로 조천까지 경찰들이 들이닥쳤다. 미운털 박힌 조천 청년들까지 한데 엮어 끌고 들어가려는 심사였다.

평소 블랙리스트에 올라 있던 용이와 민애청 청년들이 가장 먼저 붙잡혀 들어갔다. 구좌의 사건과는 아무 관련이 없다는 것을 경찰도 마을 사람들도 모두 알고 있었지만, 일단 붙잡아 괴롭히려는 속셈이었다. 경찰들은 용이가 단지 민애청 단원만이 아닌 남로당 측과 연관이 있음을 알고 있었기 때문에 더욱 그에게 가혹하게 대했다.

폭행과 고문으로 시달리는 자식들을 구해 내기 위해 가족들은 경찰서에서 몇 날 며칠 북새통을 이루었다. 한편에서는 비난하고, 다른 한편으로는 사정하며 자식을 빼내기 위해 갖은 애를 써야 했다. 이 기회를 틈타 한몫 보려는 육지 경찰들은 뒷돈을 요구하기도 했다.

이래저래 안팎으로 고통스런 상황이 계속되었고, 무차별적인 폭행과 검속을 견디다 못한 청년들은 하나둘 산으로 올라가거나 일본이나 육지로 피신해 마을을 떠나기 시작했다.

세영의 집에서도 세영을 일본으로 보내느니, 육지로 보내느니 하는 논의가 진행되고 있었다. 어머니와 할머니가 세영의 아버지를 진저리 나도록 들볶고 있었지만, 정작 세영 본인은 섬을 떠날 생각이 조금도 없었다. 일국 삼촌이 산으로 가 버린 이상, 정화 선생님과 신국을 돌볼 사람은 자신밖에 없다고 세영은 생각하고 있었다.

도지사 석방, 페이퍼 컴퍼니

태훈이 국장의 전화를 받은 것은, 막 흑돼지구잇집에 도착해 들어가려는 찰나였다.

"도지사 석방이란다."

"무슨 소리에요, 그게? 눈앞에 버젓이 증거가 깔렸는데."

"몰라, 뭔 뒷거래가 있었는지 국정원에서 커버하고 나섰어. 한중일 관계를 위해 자기들이 미리 지시가 있었다나 어쨌다나."

"말도 안 되는!"

"도지사가 빼낸 유물들 고스란히 국정원이 갖고 있다더라. 아주 잘 구슬렸나 봐."

태훈은 저도 모르게 뒷목을 잡았다. 처음부터 느낌 싸하더니만, 역시나 제대로 뒷통수를 치는구나. 갑자기 국장으로부터 전화가 왔을 때부터 안 좋은 소식일 거라는 느낌이 왔었다. 이 정도일 줄은 몰랐지만.

태훈은 습관적으로 주머니에 손을 넣었다. 텅 빈 주머니. 아, 담배 끊었지. 순간적으로 짜증이 몰려왔다. 걍 다시 펴? 태훈의 조바심을 아는지 모르는지 국장은 낮은 한숨으로 주절거렸다.

"뭐, 아직 완전 판결난 건 아니고 검찰 조사는 진행 중인데, 이 지경

됐으니 좀 더 지나면 무혐의로 마무리 짓겠지. 하여튼 도주 가능성
없다고 일단 석방이란다."

"그럼 저 뺑소니는요!"

태훈이 빽 소리를 질렀다.

"그건 도지사 짓 아니라고 판명 났잖아. 알리바이 있다고. 아무튼 너
몸 조심해."

몸이고 나발이고, 뭘 어떻게 더 조심하라고. 죽다 살아났는데도 범
인 멀쩡히 풀어 주는 판에, 이건 제대로 받혀서 골로 가야 그제야 관
심이나 줄까. 정권에 이쁨 못 받는 신문사에서 별별 억울한 일 다 당
해 봤지만, 이번처럼 열통 터지기도 처음이었다.

소식을 전하는 국장은 되레 담담해 보였다. 이미 한 번 폭발하고
태훈 앞이라 애써 태연한 척하는 것인지는 알 수 없었으나, 자기가
죽을 고비 안 넘겨서 그런 거라고, 태훈은 유치한 심통까지 나는 것
이었다.

"이 참에 서울 올라와라."

"에?"

"뭐, 더 있을 거 없잖아? 마무리 취재는 어차피 정철이 제주에 있을
거니까 그쪽에 넘기고, 넌 올라와."

이건 또 예상 못 한 결론이었다.

물론 돌아가야지. 여기에 계속 있을 수는 없으니까. 그런데 태훈은
돌아가야 한다는 생각조차 안 하고 있었다.

그 이유가 태훈에게 눈인사를 하고 지나쳐 흑돼지구잇집 안으로 들
어갔다. 슬쩍 손목시계를 보았다. 6시 8분. 딴에는 저녁 약속에 늦지
않게 미리 왔는데, 국장 전화 받는 사이 신림이 도착한 것이었다. 이

317

왕 이렇게 된 거 어쩌겠나, 일단 저녁이나 먹자고 태훈은 전화를 마무리 지으려는데, 국장이 다른 이야기를 시작했다.

"아, 그리고 그 풍력발전 하는 일본 자본 회사 좀 알아봤는데 말야…."

국장이 뜸을 들였다.

태훈은 안에서 기다리는 신림이 신경 쓰여 '네, 네.' 하고 건성으로 이야기를 재촉했다.

"그거 유령회사더라."

"뭐요?"

"페이퍼 컴퍼니. 소유주는 확실히 알 수 없는데, 대충 흘러가는 소문 모아 보니까 일본 우익 정치가들 자금 세탁하는 일에 연관되어 있는 거 같더라."

또 한 번의 뒷통수. 이번엔 처음보다 더 낮고 묵직했다.

"역사가 꽤 됐어. 197, 80년대엔 필리핀 쪽에 토목 사업도 좀 벌였고, 일본 내에서는 미 군수품 납품하는 일에도 한몫 맡고 있고. 정작 본사는 케이맨 군도인가에 있다더라. 구리지?"

구렸다. 구려도 구려도 이렇게 지독한 구린내는 처음이었다.

"몸 조심해라. 이상하다. 빨리 돌아와."

국장과의 통화가 끝나고도 태훈은 생각에 잠겨 한참이나 식당 안으로 들어가지 못했다.

울럭울럭한 기압 변화가 들이닥칠 태풍의 전조인 듯하였다.

벵뒤굴, 태훈과 신림, 마지막 식사

태훈이 전화를 끊고 음식점으로 들어가니 신림은 알아서 고기를 시켜 굽고 있었다. 이미 지글지글 기름이 끓는 돼지고기들이 당장 먹어도 좋게 익어 있었다.

"아, 갑자기 회사에서 전화가 와서…."

자리에 앉으며 태훈이 멋쩍게 변명을 늘어놓았다. 신림은 새침한 표정으로 말도 없이 고기를 집어 들더니, 기다란 가위로 살점을 슥슥 잘라, 태훈 앞에 와르르 몰아주었다.

"이모 여기 소주 한 병 주세요."

담배는 끊어도 술은 못 끊는다고, 담배 끊고 나니 술이 더 땡기는 것 같았다. 태훈은 가장자리가 검게 그을려 가는 돼지고기 두어 점을 낼름 집어 먹고는 바쁘게 손을 놀려 잔을 채웠다.

"돌아가는 상황이 이상해요. 그 선흘굴 공사한 풍력단체, 어쩌면 그 자들도 금을 찾고 있었는지도 몰라요."

태훈은 딴에 새 소식이라고 전했으나, 신림은 별 흥미 없는 듯 떨떠름한 표정이었다. 태훈은 신림의 관심을 끌어 보려고 자신의 추측을 좀 더 자세히 설명했다.

"생각해 보면 진짜 이상한 게, 하필 왜 그런 중산간 지대 한가운데
에 풍력 단지를 짓냐고? 환경단체들 만나 보니까, 그런 데는 허가도
안 나는 걸, 도지사 쪽에 뒷돈 대고 해서, 불법인데 밀어붙인 거라더
라고요."

신림이 여전히 아무 대답이 없었다. 태훈은 은근 오기가 발동하는
기분이었다. 빤히 쳐다보는 태훈의 재촉에 못 이겨 신림은 어딘가 피
곤한 표정으로, 그녀답지 않게 시큰둥하게 말했다.

"정말 금이 있을까요?"

"뭐… 있겠죠. 이렇게 많은 사람들이 달려드는 걸 보면."

"전 모르겠어요."

어제와는 전혀 다르게 회의적으로 변한 신림의 어조는 사뭇 단호해
보였다. 금 따위는 없다고 나름의 결론을 내린 듯했다. 반나절 사이
에 무슨 일이 있었나? 태훈은 불현듯 떠오르는 게 있었다.

"낮에 무슨 일 있었어요?"

"굴을 좀 돌아봤어요."

"굴에 없던데? 내가 가 봤는데."

"선흘굴 말고요."

"그럼 어딜?"

"벵뒤굴."

벵뒤굴? 4·3 때 사람들 많이 죽었던 곳. 그리고 환경단체들 만났을
때도, 거문오름을 방문했을 때도 들었던 이름이었다.

"거긴 왜요?"

"동굴연구소에서 선흘굴 주위를 360도 투시 영상 찍은 결과가 나왔
거든요. 뭐 대단할 건 없었어요. 사방이 다 암벽이고, 연결된 길 같

은 건 없었어요."

거칠게 불판을 뒤적이는 신림의 손길에서 실망한 그녀의 심사를 읽을 수 있었다. 일확천금을 기대했던 것은 아니었지만, '혹시'나 했던 기대가 물거품이 되어 버리자 태훈 역시 김이 빠지기는 마찬가지였다. 하지만 신림 쪽에서 너무 기운이 빠져 하니 위로라도 해야 하나 망설이는데, 신림이 이야기를 이어 갔다.

"근데 아예 아무것도 없는 것은 아니고. 서쪽 방향으로 한 3, 40m 암반 구간 이후에 빈 공간이 있긴 하더라고요. 작은 굴로 추정되는데, 그렇게 드문드문, 작은 굴들 서너 개가 서쪽 방향으로 진행되듯이 존재하더라고요. 뭐, 그렇다고 해서 선흘굴과 이어졌다고 볼 가능성은 전혀 없고요. 너무 떨어져 있어서. 근데 그 뒤로 200m 정도 떨어져서 굉장히 큰 굴이 이어져 있는 거예요."

"벵뒤굴이군요."

신림은 고개를 끄덕였다.

"지도에서 본다면, 선흘굴과 벵뒤굴이 이어져 있는데, 중간중간이 막힌 듯한 형태인 거예요. 물론 막힌 구간이 몇 십 미터 이상이 되니까, 막혔다기보다는 이어지지 않았다고 보는 게 맞겠지만요. 그래도 혹시나 해서 한번 들어가 봤어요. 동굴연구소 아는 후배 졸라서."

"어딜요? 벵뒤굴에?"

신림은 어깨를 으쓱해 보였다.

태훈이 들은 바로는 벵뒤굴은 폐쇄되어서 일 년에 한 번 정도만 개방한다고 했다. 굴 내부도 복잡하고, 지질 상태도 위험해서 일반 관광객에게 공개하지 않는 곳으로 알고 있는데, 아무리 동굴연구소팀과 함께라고는 하지만 정식 절차 밟을 시간적 여유는 없었을 테니 보나마나 몰래 들어간 것이 틀림없었다.

신림은 그런 건 별로 개의치 않는다는 듯 이야기를 이었다.

"일단 그 방향으로 나아가 봤어요. 선흘굴로 뻗은 가지굴로, GPS 이용하니까 방향 찾기가 쉽더라고요. 그런데…."

그녀의 행동들이 눈앞에 그려지며 몰입되려는 찰나 신림이 불쑥 흥을 깼다.

"…별거 없었어요."

풍선 바람 빠지듯 긴장감이 순식간에 사그러들었다. 너무 쉽게 포기해 버리는 듯한 신림의 말투가 태훈의 비위를 거슬렸다.

"길이 없어요? 막힌 거야?"

"길이 없는 건 아닌데, 갈수록 공간이 좁아져서 더 이상 나아갈 수 없더라고요."

"그럼 끝난 게 아니네. 어떻게든 좀 더 들어가 봤어야지."

태훈의 말투에서 약간의 비난조가 묻어났다. 분명히 아니라는 확인도 못한 채 끝내 버린 것 아닌가. 이런 식의 미적지근한 마무리는 영 마음에 들지 않았다. 태훈의 성격이 그랬다. 누가 중간에 포기했다는 이야기를 들으면 늘 양에 차지 않았다. 자기라면 달랐을 것이다, 더 밀어붙여서 뭔가 해냈을 것이라는 미련이 남게 되는 것이었다.

그리고 실제로 그렇게 해서 이루어 낸 적이 많았다. 물론 때론 틀린 적도 있지만, 전반적으로는 태훈이어서 해냈다는 소리를 들을 때가 더 많았다.

그러다 보니 본의 아니게 앞서 포기한 사람들을 무능하거나 나약한 인간으로 만들어 버리는 일이 종종 있었다. 적도 생겼다. 그래도 자기 잘못이라는 생각은 들지 않았다. 중간에서 포기한 놈이 못난 거 아닌가? 그렇게 태훈의 능력은 인정받아 왔고, 지금도 그런 기질이

스멀스멀 기어나오는 것이었다.

태훈의 묘한 뉘앙스 변화를 신림은 대번에 알아차렸다. 무딘 성격이라면 말속에 칼이 담겼어도 아픈지도 몰랐겠지만, 신림 또한 예민하기가 칼날 같고, 뾰족하기로도 별사탕은 저리 가라 하는 성격이었다. 동굴에 대해 잘 알지도 못하면서 저런 식으로 남의 판단을 무시하는 것도 열 받지만, 하루종일 고생하고 돌아온 사람한테 저 따위로 말하는 건 두고 볼 수가 없었다.

신림은 탁 소리 나게 젓가락을 내려놓고 태훈에게 쏘아붙이기 시작했다.

"무슨 인디아나 존스 찍는 줄 알아요? 동굴에 실제로 들어가 본 적이
나 있어요? 어디 만장굴 같은 관광지나 다녔겠지. 좁은 데는 엎드려
서 겨우 기어가는 데도 많아요. 그런 상태로 10m, 20m를 가야 한다
고요. 태훈 씨 같았으면 내가 간 거 반도 못 갔을 걸요?"

신림이 발끈하자 태훈은 피식 웃었다.

자기도 모나지만, 거기에 일 초도 망설임 없이 대거리하는 그녀의 성격도 만만치 않았다. 보통내기가 아니다 싶었지만, 그런 그녀가 못나 보이기보다 제 짝을 만났구나 싶달까? 그러면서 본의 아니게 그녀를 무시한 자신의 교만함이 부끄러워지는 것이었다.

"알았어요. 미안해요."

태훈이 물러서자 신림도 곧 칼날을 거뒀다.

이 남자는 맘에 안 들게 굴다가도, 맞서 찌르면 푹 하고 찔려 주는 인자함이 좋았다. 인자함이라기보다 희생정신인가? 아무튼 맞받아쳐 챙챙챙 싸우는 그런 속 좁은 남자들에게 데일 대로 데인 터라, 방어 없이 당해 주는 태훈이 마음에 들었다. 낯설었지만, 다른 한편으로는 미안함을 느끼게 했고 그러다 보면 신림 스스로 수그러들게 만드는 마력을 발휘했기 때문이었다.

'이 남자는 나를 다룰 줄 아는구나.' 하는 생각이 들자, 신림은 어느새 별 볼 것 없는 태훈을 대단하게 여기는 자신을 발견하게 되었다. 이럴 때 기대고 싶어지는 것이 여자의 본성. 신림은 저도 모르게 풀어진 말투로 실망한 마음을 털어놓았다.

"벵뒤굴에서는 4·3 때 백골들 좀 나오고 해서, 내심 기대를 했었거든요."

사실 누구보다 신림 본인의 실망이 가장 컸다. 직접 벵뒤굴을 찾아 들어갈 때만 해도, 뭔가 확실한 단서를 발견할 것만 같은 예감이 들었기 때문이다. 분명 뭔가 있다는 심증은 있는데 확증을 찾을 수 없으니…. 애써 고집 부려 동굴에 들어간 성과도 없고. 안 된다는 걸 막무가내로 끌고 들어간 동굴연구소 후배 보기가 여간 민망한 게 아니었다. 졸지에 실없는 소문에 휘둘려 금 찾겠다고 설치는, 급 떨어지는 삼류 인간이 되어 버렸으니까. 이래저래 화딱지가 나서 뾰루퉁해 있었던 것이다.

"아무튼 그래서 나랑 할아버지 점심 약속까지 내팽개친 거군요?"
"그건 미안하게 됐어요. 근데 할아버지가 갑자기 약속 잡은 거라 내 잘못은 아니었다구요."

분위기를 돌리며 여유 있게 웃는 태훈에게 신림은 코맹맹이 소리로 투정을 부렸다. 그런 신림이 귀여워서 태훈은 문득 멍하니 웃으며 그녀를 바라보았다. 이럴 때면, 자신이 바보가 되어 버린 것 같았다. 황금이고 나발이고 세상만사 심각하고 귀찮은 거 다 뭔 소용이냐. 그냥 내 아내, 새끼 데리고 알콩달콩 살다 가면 그만이라는 말이 가슴에 팍팍 와닿는 것이었다.

이참에 결혼이나 해야겠다고, 이제 혼자는 지겹다는 생각이 불쑥 들었다. 20년 부모랑 살고, 20년 혼자 살고, 이제는 둘이 살아 볼 때도 되지 않았나, 지금 눈앞에 앉아 발그레 볼을 붉히는 신림을 보자 태훈의 마음이 괜히 달아올랐다.

"저, 신림 씨."

"네?

"우리 다음엔 다른 데서 만날까요?"

"왜요?"

"미안해서. 맨날 이거만 먹으니까."

"그게 뭐 어때요? 뭐… 데이트하는 것도 아니고."

"아… 그렇죠."

"쓸데없는 소리 말고 고기나 먹어요. 탄다."

단칼에 '쓸데없는 생각'이 되어 버린 태훈의 짝사랑은 뜨거운 돌판 위의 마늘마냥 바삭바삭 부서져 버렸다. 알다가도 모를 게 여자의 마음이라더니, 나한테 관심 있는 게 아니었나.

어리버리하게 있는 태훈에게 신림은 새침한 표정으로 잔을 내밀었다.

"뭐해요, 안 따르고?"

찰랑거리게 차오르는 소주 향이 달콤쌉쌀하게 날아올랐다.

음식점을 나와 대로변을 따라 걸으면서, 태훈은 다른 날보다 유독 빨리 끝난 술자리가 못내 아쉬웠다. 다른 때는 그래도 세 병은 나누어 마셨는데, 오늘은 꼴랑 한 병 먹더니 배부르다고 일어나자는 것이었다. 뭔가 수가 틀렸는지. 당장 내일이라도 서울로 돌아가야 할지도 모르는 태훈 입장에서는 이대로 신림과 끝나 버리는 것은 아닌지 답답해졌다.

"회사에서 돌아오라고 난리예요."

"아… 그렇군요."

신림은 대답까지 잠시 여운을 두었다.

태훈은 그녀가 섭섭해하는지 눈치를 살폈다. 미묘한 기색이라도 보이면 한번 질러 볼 용기가 나련만, 동요 없이 태연한 신림의 가면은 너무나 완벽했다. 가면이 아닌 진심일지 모른다는 생각에 태훈은 자신을 잃었다. 그래, 예쁘고 젊은 여자애가 똑부러지기까지 한데 나 같은 늙다리한테 관심이나 있겠냐. 일이었던 거지, 일.

태훈은 재빨리 마음을 접었다. 상처받기 싫어서 미리 거두는 나쁜 버릇. 결국 또 버리지 못했다. 애써 아닌 척 화제를 돌리려다 보니, 올라가기 전에 정리해야 할 일이 몇 가지 떠올랐다.

"아, 혹시 제가 떠나게 되면 부탁이 있는데요. 그 선흘굴 발굴 당시 목격자인 십장을 어떻게 좀 안전하게 지내게 할 만한 데 있을까요?"

태훈의 질문에 신림은 잠시 생각하다가 대뜸 자기네 연구소가 어떻겠냐고 했다.

"숙소로 쓰는 뒷방이 있거든요, 연구소 사람들도 거의 상주하다시 피 하고. 이야기하면 한동안 돌아가면서 당직을 서거나 할 수도 있 을 거예요."

"연구소 분들이 그런 거 할 수 있겠어요? 위험할 수도 있는데."

못 미더워하는 태훈의 반응에 신림이 쐐기를 박았다.

"이래 봬도 이력들이 다양해요. 보디가드 출신도 한 명 있고. 경찰 대 나온 친구도 있고. 뭐 다들 기본적으로 자기 몸 지킬 수준들은 되 거든요."

"의외네요."

"몰랐어요? 제주도는 원래 무술가들이 많아요. 격투기 학원도 깔렸

고. 기본적으로 내 몸은 내가 지켜야 한다는 생각들이 있어서…. 독
자노선인 섬이잖아요."

독자노선. '그래서 탈이지.' 하고 신림은 생각했다.

항상 적극적이고 자발적이고, 속된 말로 나대는 곳이니 말이다. 게
다가 머리들은 좋아서 이치에 딱딱 맞는 말이며 생각이 어디에도 뒤
지지 않으니, 해방 후에도 육지보다 훨씬 빠르게 도민이 단합하고 또
사회주의가 뿌리를 내린 것도 이상한 일이 아니었다. 물론 인구의
70퍼센트가 좌익이었다는 증언은 말도 안 되는 매도였지만 말이다.

"무슨 생각해요, 또?"

둘이 걸어가는데도 신림은 혼자만의 생각에 빠져서 태훈에게 관심
도 주지 않고 있었다.

정말 이대로 끝인가? 이대로 돌아가야 하나? 진짜 마지막 밤이 될
지도 모른다는 생각에 태훈은 은근 애가 탔다. 말 없는 신림이 어쩌
면 무언가 기다리고 있을지도 모른다는 생각이 들었다. 태훈은 괜히
손이나 한번 잡아 볼까 흘깃흘깃 눈치를 주는데 신림은 전혀 무반
응이었다. 태훈이 우연인 척 손을 슬쩍 신림의 손등에 가져다 댔다.

"말이 되냐고요!"

"에?"

신림이 버럭 소리치자 태훈은 깜짝 놀라 움찔 물러섰다.

"전체 인구의 70퍼센트라는 게 말이 되냐고요. 10세 미만 60세 이상
을 뺀 나머지 전부 다 해도 70퍼센트 될까 말까일 텐데, 그럼 섬에서
생각 있고 활동 가능한 사람은 전부 사회주의자였다는 소리냐고요!"

뭔 생각을 그리 깊이 하나 했더니 정신은 1940년대로 가 있는 것
이었다. 거참, 이 무드 없는 여자 같으니라고. 넌 머릿속에 일밖에 없

냐? 태훈은 완전히 김이 새서 듣는 둥 마는 둥 하는데 신림은 어쩌다 거기 제대로 꽂혔는지 멈출 줄을 몰랐다.

"게다가 그중에 절반 이상은 여자였잖아요. 사상이고 뭐고 알았겠어요?"

"신림 씨 같이 똑똑한 여자들이었나 보죠."

퉁명스러운 태훈의 말이 비꼬는 것을 아는지 모르는지 신림은 나름의 논리를 펴느라 정신이 없었다.

"요즘같이 똑똑하고 사리분별 다 하는 여자들이 아니라 하루에 두 번씩 바다에서 전복 따고, 종일 밭에서 돌 골라내고, 2, 3㎞씩 물동이 져 나르던 여자들이었다구요. 그 시대에는요, 여자는 사람 취급도 못 받았어요. 밥 먹을 때도요, 남자들만 제 밥그릇에 덜어 줬지 여자랑 아이들은 양푼에 한데 담아서 머리 디밀며 퍼먹었다구요. 마치 가축들이 먹이 먹듯이요. 그런 사람들이 사상이고 이념이고 하는 게 뭔지나 알았을 거 같애요?"

답변을 구하는 신림의 눈빛에 태훈은 마지못해 수긍을 해 주었다.

"기근이다 전염병이다 살아남기도 힘들었죠."

"그니까요. 지금이야 인터넷이니 SNS니 매체도 잘 돼 있고, 다 대학 물 먹고 하니까 나름 생각이나 있고 하지, 그때는 서울에서 오늘 난 기사가 1주일은 지나야 제주도에서 기사화되던 시기였다구요. 그 소식이 또 마을마다 퍼지기는 며칠이 걸리고. 그런데 물질하고, 밭 매고, 소 치고 그런 사람들이 남로당 당원이었다고? 남로당이 정확히 뭐하는 건지 아는 사람이 얼마나 되었을까요? 경찰 리스트에 올라서 주시받는 몇몇 우두머리 외에 나머지는 그냥 동원된 무지한 민중들이었다구요."

신림은 진심으로 열 받은 것 같았다. 마치 자기가 남로당이라고 매

도당하기라도 한 것처럼. 하긴 실제 그런 오해의 사춘기를 보냈다고
는 했으니까, 더 감정이입이 되는지도 몰랐다. 이래서 트라우마라는
건 무서운 거다. 한 번 씌워지면 어지간해서는 빠져나올 수가 없다.

　태훈은 과열된 신림의 시각에 중심을 잡아 주려고 슬쩍 반론을 들
이밀었다.

　"하지만 옛날 사람이라고 그렇게 무식하지 않았을지도 몰라요. 제주
　도는 육지보다 교육 수준도 높았다고 알고 있는데요?"

　"그건 맞아요. 그 당시 초등학교 진학률이 35퍼센트로 전국 최고였
　거든요. 하지만 초등교육 받으면 사상적으로 자기 판단이 가능해지
　나요? 지금도 사회주의가 뭐냐고 물으면 정확히 아는 사람 얼마 안
　될걸요? 빨갱이고 공산당, 나쁜 거 아니면 마르크스, 레닌… 뭐 이런
　정도의 키워드나 떠올리겠죠. 그냥 휩쓸리는 거예요. 잘 알지도 못하
　면서 분위기에, 말발 좋은 여론에."

　태훈은 문득 신림의 본심이 궁금해졌다.

　"그런데 신림 씨는 우파예요, 좌파예요?"

　"꼭 둘 중에서 하나를 골라야 돼요? 둘 다 싫으면 어쩔 건데요?"

　그런 답을 할 것 같았기에, 태훈은 피식 웃었다. 누가 제주도 여자
아니랄까 봐. 그때나 지금이나 조금도 달라지지 않았다. 전국에서 가
장 반골 기질이 높은 지역이었다. 그래서 제주도를 대하는 육지의 시
선 역시 곱지 않았을지도 모른다. 언제라도 튕겨져 나가 탐라국으로
돌아가겠노라 선언해 버릴지 모르는 불안정한 섬나라.

　"구실이 필요했던 거겠죠. 빨갱이로 몰아서라도 한 번쯤 쓸어버릴.
　그러니까 3·1절 시위니 뭐니 다 건수가 된 거고. 지금이라면 뭐… 촛
　불집회 같은 정도? 그런 데 참가했다 오면 전부 빨갱이라고 체포해
　버리고, 그런 식이 아니었을까요?"

"저희 아버지였다면, 당연하게 생각하셨을 거예요. 촛불집회? 그런데 가는 사람은 당연히 빨갱이라고 믿는 분이셨거든요. 물론 아버지 살아 계실 때는 촛불집회가 없었지만."

신림의 표정이 찌푸려졌다. 아버지에 대한 심사는 여전히 그렇게 뒤틀려 있다는 것을 증명하듯이. 딱히 좌파에 동의하지도 않으면서 너무 강경한 부모의 우파 편애가 못마땅해 왼쪽으로 돌아서는 자식들도 있으니까. 일종의 반작용이랄까? 아니면 사춘기 반항 심리에서 아직 탈피하지 못한 것일 수도.

"하긴 신림 씨 아버지의 판단이 꼭 억지스러운 건 아니에요. 자연스러운 시민 행동이지만, 어느새 좌파의 전매특허처럼 되어 버린 것도 사실이니까."

"어쩔 수 없죠. 기득권층에 대항하는 세력의 전술이라는 게 뻔하잖아요. 게릴라전이거나 군중 동원이거나. 정면 승부는 어차피 상대가 안 되니까."

이야기를 하다 말고 신림은 또 생각에 잠겼다. 무언가 머릿속에서 마구 가지가 뻗어 나가고 있는 표정이었다.

"사실 군중 동원이 더 평화적인 것처럼 보이지만, 그건 어디까지나 기득권층이 평화적으로 대우를 해 줬을 때 이야기죠. 아님 군중은 방패막이밖에 안 돼요. 전 차라리 게릴라전이 낫다고 생각해요. 성공하면 최소한의 피해로 이루어 낸 것이니까 효율면에서 낫죠. 실패한다면 나 하나 나쁜 놈으로 끝나면 되고. 어쩌면 실제 역사를 움직인 건 그런 사람들 아닐까요? 우리 같은 평범한 사람들은 무슨 일이 일어났는지도 모르게, 뒤에서 싸워 온…."

태훈은 어이없는 표정으로 신림을 쳐다보았다. 날카로운 가위를 들고 설치는 세 살짜리 아이를 보는 듯한 기분이었다.

"신림 씨는 가끔씩 보면 굉장히 위험한 생각을 하는 거 같아요. 그러면서 그게 위험한지도 모른다는 게 더 문제지만요. 사회주의 공부해 본 적 없죠?"

"없어요."

"그니까. 잘 알지도 못하면서…."

"공부 안 하면 모르나요? 어차피 테러니 암살이니 역사에서 다 있던 일이잖아요? 지금도 그렇고요. 의문의 자살, 자살을 위장한 타살, 사고사, 실족사. 그런 거 다 진실은 모르는 거잖아요."

"테러리스트에 음모론자이기까지…."

태훈은 못 말리겠다는 듯 웃어 넘겼다. 아직 20대구나 했던, 신림에 대한 초반의 인상이 다시금 뇌리를 스쳤다. 신림 역시 지지 않으려고 버둥거리는 그때의 모습으로 돌아가 있었다.

"그거 알아요? 지금이야 테러가 체제 전복을 위해 반체제 인사들이 행하는 것처럼 인식되고 있지만, 최초의 테러는 프랑스 대혁명 때 정권을 가진 자들이 이를 유지하기 위해서, 대중의 복종을 이끌어 내기 위해서 행한 폭력적 수단을 말하는 것이었다구요."

"어쨌든 테러는 보복과 복수를 낳아, 폭력의 악순환이 될 뿐이죠."

"그건 트위터에서 읽은 거 같은데, 트로츠키 아니에요?"

"맞아요, 신림 씨는 촘스키구요."

둘은 웃었다.

"우리 둘 다 자기 생각이 아닌 남의 생각을 되뇌이고 있네요."

신림은 허탈하다는 듯 콧바람을 내쉬었다. 태훈은 그런 신림을 위로하듯 어깨를 툭툭 쳐 주었다.

"자괴감 가질 필요는 없어요. 그들의 생각에 동조해서 그런 거니까.

어쨌든 우린 알 만큼 아는 시대를 사는 거잖아요. 지나온 시간들의 과오를 통해 좀 다른 선택을 할 수 있는 시대. 똑똑한 시대?"

"똑똑하게 굴어야 말이죠."

어느새 신림의 집 앞이었다. 늘 택시로 오던 거리를 정신없이 걸었는데 깨닫지도 못하고 있었다. 갑자기 이별의 순간이 점프를 해서 둘 앞에 다가온 것 같았다. 무언가 시간을 늦출 핑계마저도 궁색해진, 헤어지기에 너무나 적절한 타이밍.

태훈은 약간은 어색하게 손을 들어 좌우로 흔들었다.

"잘 들어가요."

"유 기자님도요…, 몸 조심하세요."

신림은 눈을 내리깔며 인사하고는 망설임 없이 돌아섰다.

끝이구나. 자동 현관등의 점등에 맞춰 성큼성큼 계단을 올라가는 신림의 모습을 바라보며, 태훈은 씁쓸한 입맛을 다셨다. 뭐랄까 조금 센치하게 말하자면 '한여름 밤의 꿈'?

돌아가면 장마는 한풀 꺾여 있을 것이다.

신림, 제주역사연구소, 압수수색

아파트 계단을 성큼성큼 올라 단숨에 집에 도착한 신림은 들어가지 않고 한참이나 대문 밖에 서 있었다. 아파트 복도 창 너머로 멀어져 가는 태훈의 뒷모습이 가물가물 작아졌다.

'밤바다 보러 가자고 말하고 싶었는데….'

운전하려고 술도 덜 먹고 나름 설레며 타이밍을 보고 있었건만 다 부질없는 일이었다. 어차피 가 버릴 사람.

신림은 미련을 떨치며 집으로 들어갔다.

"다녀왔습니다."

"신림아, 너 어디 갔다 이제 와. 전화는 왜 안 받고!"

신림이 현관에 들어서자마자, 애타게 기다렸다는 듯이 신림의 어미가 달음질해 나왔다.

"어, 유 기자랑 밥 먹었는데…. 왜, 전화했었어?"

그제야 핸드폰을 확인한 신림은 배터리가 나간 것을 발견하였다. 태훈이랑 있느라 정신이 빠져서 핸드폰이 꺼졌는지도 몰랐던 것이다.

"아이구, 얼마나 연락을 했는데…. 지금 연구소 난리 났어!"

"뭐? 왜요?"

"국정원에서 자료 다 압수해 갔단다!"

어미의 다급한 설명과 동시에 배터리를 교체한 신림의 핸드폰에는 정신없이 문자가 쏟아져 들어왔다. 부재중 통화 48건. 전화 달라는 연구소 직원들의 긴급 메시지가 끝없이 이어졌다.

"저 나갔다 올게요!"

신림은 그대로 집을 뛰쳐나갔다.

연구소까지는 차로 10분 거리였다.

가면서 전화를 하자, 거의 초죽음이 된 후배 연구원이 힘없이 전화를 받았다.

"왜 전화 안 받으셨어요."

"미안, 미안. 어떻게 돼 가고 있어?!"

"국정원에서 들이닥쳐서 우리 연구소가 선흘굴 유물 도난과 관련되었다는 첩보를 받았다나 어쨌다나…. 암튼 말도 안 되는 어처구니없는 핑계를 대면서 들이닥치더니, 백골 관련 자료는 물론이고 연구소 기존 자료들까지 싹 다 가져갔어요."

"뭐! 그걸 그냥 뒀어!?"

신림은 빽 소리를 질렀다. 자기가 그 자리에 있었으면 머리끄덩이를 잡아서라도 말렸을 텐데. 하지만 자신은 그 자리에 없었다. 남자한테 정신 팔려서….

"손 쓸 틈도 없이 검산지 뭔지 하는 사람들이 마구 들이닥쳐서, 사무실에 책들이랑 데스크탑, 개인 노트북 있던 거랑 벽에 붙은 지도까지 싹 다 뜯어 갔어요."

"그걸 가져가게 그냥 놔뒀냐고!?"

"그럼 어떡해요. 수색영장까지 갖고 왔는데!"

다 빼앗겼다고 울먹이다시피 말하는 후배보다 신림은 자기 자신에게 더 화가 났다. 난 도대체 뭐하고 있었던 거냐.

"할아버지는?"

"선생님도 계속 전화 안 받으세요."

아까 집에 안 계셨던 걸 보면, 선흘 작업실에서 주무시고 오시는 것이 틀림없었다. 외진 곳인데다 근처 오름에 막혀 핸드폰이 안 터지는 일이 잦았다.

"그 자식들 아직도 있어?"

"돌아간 지 얼마 안 됐어요. 한 십오 분? 엄청 서둘더라고요. 오늘 밤에 싹 다 끝내 버리려는 듯이…."

싹 다 정리해?

신림은 순간적으로 태훈이 떠올랐다. 선흘굴 관련 자료들을 모조리 제거하려는 거라면 분명히 그에게도 찾아갈 것이 틀림없었다. 후배 연구원과의 전화를 끊자마자 신림은 서둘러 태훈의 핸드폰 번호를 눌렀다.

"뚜, 뚜――"

"제발 좀 받아!"

몇 번을 걸어도 매정한 통화 중 신호만 계속될 뿐이었다.

1947년 8월, 조천 삐라 소년 총격 사건, 정화 체포

한여름이 되도록 일국이 돌아오지 않자, 정화는 밥벌이를 위해 무언가 하지 않을 수 없었다. 조천으로 건너온 후 대양상회 영감의 지원도 끊겼고, 일국이 집을 처분하면서 남긴 돈도 거의 바닥나고 있었다. 일국 어미가 물질로 벌어들이는 수입으로는 점점 먹성이 늘어가는 신국까지 세 사람의 끼니를 해결하기가 빠듯했다. 조천중학교에서는 정화에게 교사 자리를 제의해 왔지만 무보수나 다름없는 박봉이었고, 신국을 돌봐야 했던 정화로서는 정식으로 학교에 나갈 수 없었다.

하는 수 없이 야학 비슷하게 글방을 열고 한글과 영어를 가르치기 시작했다. 돈 대신 감자나 이런저런 먹을거리를 학비로 가져오는 학생들이었지만, 그래도 정화네에겐 큰 도움이 되었다.

제주로 옮겨 온 후 학교를 중단한 세영 역시 정화의 학생 중 한 명이었다. 이미 한글도 다 떼고 영어도 곧잘 읽는 실력의 세영이 굳이 글방에 나온 것은, 공부를 멈추면 안 된다는 세영 어미의 닦달도 있었지만, 그보다 세영 자신이 공부를 핑계로 정화네 집에 찾아오고 싶었기 때문이었다.

세영은 공부를 하러 갈 때마다 정화가 다른 집안일을 할 수 있도록 신국이와 놀아 주기도 하고 이런저런 힘쓸 일들을 도맡아, 일국의 부재로 궐이 나는 부분을 메웠다. 확실히 집안에는 남자가 있어야 한다고 일국 어미는 어엿하게 한몫을 하는 세영을 칭찬했고, 정화는 그런 세영에게 미안해하면서도 크게 의지하게 되었다.

그날도 세영은 수업이 끝나고 남아서 부러진 갈고리며 쟁기 등을 손봐 주었다. 정화는 하얗게 빨아 온 신국의 기저귀감을 팡팡 털어 대나무 장대 줄에 널었고, 이제 막 목을 가누게 된 신국은 그런 두 사람의 모습을 호기심 있게 바라보고 있었다.

불현듯 생각났다는 듯이 세영이 몸을 일으키더니, 책보에 넣어 두었던 지난주 신문을 꺼냈다.

"선생님, 읍내 소식을 들었는데요. 박경훈 도지사가 민전 의장으로 추대되었다네요."

"뭐? 박 선생님께서?"

정화는 젖은 손을 치마에 닦고는 황급히 신문을 받아들었다. 신문을 펼치자마자 얼핏 여운형 암살 기사가 눈에 띄었다. 그 역시 충격이었으나 정화는 우선 박경훈의 기사를 찾아 읽었다.

신문에서도 말하고 있었지만, 박경훈 도지사의 정계 등장은 모두에게 전혀 뜻밖의 일이었다. 본래 섬을 생각하고 새 나라를 위한 강한 열망을 가진 박경훈을 모르는 바 아니었지만, 늘 대립보다는 타협을 택하며 현실적인 답을 얻어 가려 노력하는 그였다. 그런 그가 도지사직을 사퇴한 지 불과 3개월 만에 경찰과 극한 대립관계에 있는 좌파 계열 민전의 수장직을 수락했다는 것은 누가 보아도 놀랄 일이 아닐 수 없었다. 아마도 경찰이나 미 군정 입장에서는 배신으로까지 여겨질 수도 있는 일이었다.

정화는 자신에게 섬을 떠나라고 했던 그의 마지막 말이 새삼 떠올랐다. 아내와 아이들을 육지로 내보내고 홀로 섬에 남기로 했을 때, 그는 무엇을 각오했던 것일까? 제주 민전 의장이라는 그의 선택은 마치 마지막을 각오한 독립투사의 결연함으로까지 느껴지는 것이었다.

"다들 반가워는 하면서도 또 안쓰러워하기도 하고 그러더라고요."

정화 역시 같은 마음인지라 절로 고개가 끄덕여졌다.

한 치 앞을 예측할 수가 없었다. 섬의 미래는 물론, 육지의 미래도 불투명했다. 경성에서는 수많은 암살과 테러가 끊이질 않는다고 했다. 민중의 지도자로 추앙되던 이들이 폭탄, 자동차 사고, 권총 테러 등에 의해 죽어 나갔다. 누가 배후에 있고, 누가 누굴 조정하는지 일반 사람들은 알 수도 없었다. 그저 하룻밤 새 세상에서 사라진 인물들의 이름을 신문 기사에서 확인할 뿐이었다.

그러나 섬 주민들 입장에서는 육지의 테러 따위에 신경 쓸 겨를이 없었다. 7월에 들어가면서 식량 사정은 최악이 되었기 때문이다.

사태를 개선하고자 미 군정은 기존의 자유시장 정책을 대폭 수정한 하곡 공출을 시작하였지만, 이는 섬을 더욱 큰 궁지로 몰아넣었다. 본래 섬에서는 자급자족이 불가능했는데, 공출이 시작되면서 전남 등의 육지로부터 곡물 반입이 완전히 중지되어 버렸기 때문이다. 설상가상으로 작년에 이어 2년 연속으로 대흉작이었다. 톳밥이나 조밥조차 구경하기 힘들었다.

이런 상황에서 보리 공출은 생명을 내놓으라는 것이나 다름없었다. 전국적으로는 97.9%의 공출률을 달성하였으나, 제주는 18.8%에 그쳤다. 좌익 세력이 하곡 공출에 집단적으로 저항한 탓도 있었지만, 실제로 섬에는 당장 하루 먹을 것도 없었기 때문이었다.

이런 섬의 상황을 아는지 모르는지, 새 도지사는 '농민의 애국심과 민족애'를 강조하며 읍면 관리들에게 공출 수집을 독려했고, 도민들의 민심은 걷잡을 수 없이 악화되었다. 한림면 명월리, 안덕면 동광리 등 중산간 지역에서는 하곡 수집에 거부하는 주민들이 관리들을 폭행하는 사건이 일어났다. 섬 전역은 크고 작은 충돌로 하루도 조용한 날이 없었다.

이런 와중에 광견병이 유행했고, 미친개에게 물린 사람 수십 명이 사망했다. 민심은 흉흉해지고, 점차 우파 세력을 늘려 가려는 미 군정에 반발하여, 좌파 계열은 본격적인 반미 움직임을 시작하였다. 모든 문제의 근원인 미군을 내쫓아야 한다는 반미 삐라가 마을마다 나붙기 시작했다. 강제적인 보리 공출에 반발하는 주민들의 심리를 교묘히 이용하여 반미 감정을 불러일으키는 것이었다.

좌파 세력의 선동 문구들은 날이 갈수록 과격해져 갔고 주민들과 미 군정 사이의 대립을 점점 더 심화시켰다. 기본적인 생존을 위한 투쟁은 어느새 정치적 대립으로 변질되었고, 미 군정으로 하여금 주민들이 곧 폭도라는 극단적인 시각을 갖게 만들었다.

어느 날 정화의 수업 시간, 학생들이 아무도 오지 않았다.

어른과 아이가 골고루 섞여 있는 수업이라 일 바쁘면 어른들이 빠지거나 할 때는 있어도 모두가 오지 않는 경우는 처음이었다. 광복절을 이틀 앞두고 기념 행사를 준비하는 인민위원회와 경찰 측의 신경전이 가열되던 때라, 뭔가 사단이 있는 것은 아닌지 정화는 걱정이 되었다.

"무슨 일이 있나…."

정화의 집은 마을에서 조금 떨어져 있었다.

사람들이 오가는 길이 아니다 보니 본래 소식이 늦었고, 물질 나간 시어미도 돌아오지 않고 있어서 무슨 일이 있는지 알 방도가 없었다. 신국은 배부르게 먹은 젖내를 풍기며 아기 구덕에서 새근새근 잠들어 있었다. 잠시 나가서 둘러보고 온다고 별일은 없을 터였다.

정화는 살며시 올레를 나섰다.

세영이네 집이 있는 해변 마을까지 내려가는 동안, 정화는 단 한 사람과도 마주치지 못했다. 뛰어노는 아이들이나 밭일하는 아낙 한둘쯤은 마주칠 법한 거리임에도 이상하리만큼 마을은 텅 비어 있었다.

저 멀리서 경찰 둘이 지나가는 것이 보였다.

분위기상 경찰하고는 마주치지 않는 것이 좋겠기에 정화는 근처 돌담 뒤로 몸을 숨기려는데, 그쪽에서 정화를 발견하곤 손짓을 하였다.

"어이! 거기, 이리 와!"

정화는 하는 수 없이, 경찰들에게로 다가갔다.

낯선 육지 경찰들이었다. 정화는 애써 그들의 신경을 거스르지 않으려고 고분고분하게 눈을 내리깔았다. 하지만 그런 시늉도 소용없이 경찰들은 정화가 젊고 무식해 보이지 않다는 것만으로 다짜고짜 윽박지르기 시작했다. 그리고는 개머리판으로 정화의 등을 밀어 근처에 있던 쓰리쿼터로 보냈다. 차 뒤편에는 이미 몇 명의 젊은이가 실려 있었다.

"올라 타!"

어디로 가는지도 모른 채 그대로 잡혀갈 수는 없었다.

정화는 집에 두고 온 아기가 있으니 한 번만 봐 달라고 빌었다. 그러자 뒤에 서 있던 경찰이 정화의 머리채를 움켜쥐더니, 가녀린 그녀의 몸이 휘둘릴 정도로 거칠게 흔들다가 바닥으로 내동댕이쳤다. 쓰러진 정화의 치마 위로 뜯겨진 검은 머리카락이 우수수 흩뿌려졌다. 정화는 끝까지 트럭에 타지 않으려고 버티다, 결국 경찰의 구둣발에 서너 차례 채이고서 강제로 떼밀어 넣어졌다. 허리를 펼 수조차 없는 통증에 괴로워하면서도 정화의 머릿속은 오로지 신국뿐이었다. 잦아드는 목소리로 자신은 죄가 없다고 풀어 달라고 말해 보았자, 아무도 신경 쓰지 않았다.

몇 분 남짓 마을 사방으로 퍼진 경찰들은 저마다 숨어 있던 마을 사람들을 끌고 나왔다. 늙은이들을 제외하고 스무 명 남짓의 젊은 사람들이 트럭에 태워졌다. 트럭 구석에 몸을 웅크린 채, 정화는 다행히 일국 어미도, 세영 어미도 잡혀 오지 않았다는 데 안심했다. 시

어미라도 무사하여 어서 빨리 집으로 돌아가 주기를 바랄 뿐이었다.

　트럭은 제주경찰서 유도장에 임시로 마련된 유치장으로 향했다. 유치장에 도착해서야 정화는 자신이 잡혀 온 이유를 알게 되었다. 사건의 전말은 이랬다.

　북촌리에서 삐라를 붙이던 한 소년이 경찰에 쫓기게 되었는데, 워낙 날래게 도망가니까 화가 난 경찰이 제멋대로 총을 발포하였다. 좁은 마을에서 그렇게 총을 쏘아 댔으니 당연히 주변으로 불똥이 튀었고, 마침 밭에서 돌아오던 한 소녀와 마을 사람 3명이 총에 맞아 쓰러졌다. 주민들이 중상을 당했다는 소식은 삽시간에 마을 전체로 퍼졌고, 상식적으로 납득할 수 없는 경찰의 행동에 흥분한 마을 주민들은 항의하러 함덕 지서까지 떼를 지어 몰려갔다.

　수백 명의 주민들이 경찰서를 에워싸고 시위를 벌이자 처음엔 겁이 나서 숨어 있던 경찰들이 나중엔 기관총으로 공포를 쏘며 군중을 쫓았다. 놀란 주민들은 사방으로 흩어졌고, 그 정도로는 분이 풀리지 않은 경찰은 곧바로 마을을 수색하여, 도망간 주민들을 모조리 잡아들이기 시작한 것이었다.

　시위에 참여했던 청년들은 대다수가 산으로 숨어들었고, 아낙네들이나 노인들은 겁이 나서 배를 타고 인근 다려도로 건너갔다. 세영 어미와 일국 어미도 얼떨결에 배를 타는 바람에 저녁 늦게까지 집에 돌아올 수 없었다. 결국 마을엔 시위에 참가하지도 않고 돌아가는 상황도 모르는 무고한 사람들만 남아 희생양이 되었다.

　정화 역시 재수없게 마을에 내려왔다가 변을 당한 것이었다. 억울하기 그지없었지만 이미 경찰들은 죄가 있고 없고는 개의치 않았다. 조천 마을 주민이라는 것만으로도 검속의 이유는 충분하였다.

　일이 벌어진 날 오전, 세영은 용이 등과 함께 이덕구의 오름에 가 있다가 총격 소식을 듣고 헐레벌떡 마을로 내려왔다.

이미 함덕 지서 앞에서의 시위는 해산되어 다들 산으로 바다로 달아나느라 정신이 없는 중이었다. 용이와 동료들은 그냥 오름으로 되돌아가자고 하는데, 세영은 다녀올 데가 있다면서 홀로 마을까지 내려왔다.

세영이 자기 집보다도 먼저 향한 곳은 정화네였다.

세영이 도착했을 때, 정화네 집은 비어 있었다. 다행히 대피하셨나 보다고 돌아 나가려는데, 신국이 칭얼대는 소리가 들렸다. 깜짝 놀라 찾아보니 아기 구덕 안에 신국이 잠에서 깨어난 듯 손짓을 하고 있었다. 집 어디에서도 정화의 모습은 보이지 않았다. 신국을 혼자 남겨 두고 멀리 가실 리가 없기에 불길한 예감이 들었다. 마을에는 이미 검속을 위해 들이닥친 경찰들의 트럭 소리가 들려오고 있었다.

세영은 조심스럽게 몸을 숨겨 마을로 내려가 보았다.

멀리 해안가에 세워진 트럭 앞에서 경찰에게 맞고 있는 여자의 모습이 보였다. 정화였다. 경찰들은 쓰러진 정화를 구둣발로 짓이기더니, 강제로 트럭에 태웠다. 안간힘을 쓰며 벗어나려던 정화의 눈이 순간 세영과 마주쳤다. 알아보기도 힘든 먼 거리지만, 정화의 눈은 분명 세영을 향하고 있었다. 당장이라도 뛰어나가 선생님을 구하고픈 마음에 세영의 작은 주먹이 떨렸다. 하지만 정화의 눈은 분명히 말하고 있었다. 오면 안 돼. 피로 얼룩진 입술이 달싹거렸다.

'신국이를... 부탁해.'

세영은 그 말을 너무나 분명하게 알아들을 수 있었다.

카빈총을 어깨에 둘러메고 둘씩 쌍을 이룬 경찰들이 마을을 쥐 잡듯 훑으며 올라오고 있었다. 방법이 없었다. 세영은 하는 수 없이 서둘러 몸을 돌려 정화네 집으로 돌아갔다. 일단은 신국을 지켜야 한다. 산으로 도망가자니 이미 길목마다 경찰이 쫙 깔린 상황이니 근처에 숨을 수밖에 없었다. 다행히 일국네 집이라면 자기 집 만큼이나 훤한 세영이었다. 집 뒤편 돌담 옆으로 난 작은 굴이라면 발각되지 않고 몸을 숨기기 제격이었다. 경찰을 피해 숨어든 세영의 품 안에서 신국은 세상 모르고 단잠에 빠져 있었다.

CIC 제주사무소, 렌즈데일, 모욕, 리중성의 아들

정화가 갇힌 다음 날, 유치장에는 뜻밖의 인물들이 대거 끌려 들어 왔다. 가장 놀라운 인물은 박경훈 민전 의장이었다. 박경훈을 비롯하여 수많은 민전 간부들과 남로당 가입 공무원들이 무더기로 끌려 들어오자, 이를 알아본 사람들이 술렁였다. 광복절을 앞두고, 불법 집회를 준비하는 기미가 포착되었다는 죄목이었다.

박경훈은 손을 써볼 수도 없이 검속당한 무력한 자신의 처지에 허탈해하고 있었다. 정화는 너무 마음 아파서 차마 그에게 아는 체도 하지 못한 채, 유치장 반대편 구석에 쪼그리고 앉아 밤을 지새웠다.

유치장에 감금된 지 이틀째 되던 날, 경찰이 정화를 불러내었다.

불안한 마음으로 나가니, 젊은 경찰이 못마땅한 표정으로 정일국을 아느냐고 물었다. 갑자기 여기서 '정일국'의 이름이 튀어나오는 것이 느낌이 좋지 않았다. 관련이 있다고 인정해서 유리할 것이 없다는 생각이 들었지만, 어쩔 수 없이 그녀는 정일국의 안사람이었다. 감당해야 할지 모를 모든 상황을 각오한 채, 정화는 그가 자신의 남편이라고 대답했다.

그러자 곧바로 밖으로 내보내졌고, 대기하던 지프에 태워졌다. 정화가 타자마자 지프는 바로 출발했다. 어디로, 왜 옮겨지는 것인지도 알려 주지 않았지만, 얼마 지나지 않아 정화는 자신이 어디로 끌려가고 있는지 알아챘다. CIC 사무실이었다.

사무실 앞에 차가 멈추고 정화가 내리자, 안면이 있는 미국인 사무관이 기다리고 있었다. 사무관이 정화를 사무실로 데리고 올라가자, 예상대로 그곳에는 렌즈데일이 있었다.

"오랜만이요, 다카야마 양."

렌즈데일은 예의 그 날카로운 미소로 정화를 맞았다.

서양인 특유의 매너로 의자를 권하더니, 곧이어 사무관이 준비해 두었던 커피와 비스킷을 내왔다. 취조나 폭행을 각오했던 정화로서는 전혀 뜻밖의 환대였다. 무슨 꿍꿍이로 자신에게 이런 호의를 베푸는지 불안한 마음을 지울 수 없었지만 그들의 기세에 밀리지 않으려고 겉으로는 최대한 담담한 척해 보였다.

그런 정화를 렌즈데일은 흥미롭게 바라보았다.

대부분의 이 나라 사람들은 미군을 어려워하고 무서워하기까지 하여 길에서라도 마주치면 흘끔거리며 피하게 마련이었다. 그도 아니면 자신들에게 잘 보이려고 꼬리 치며 주위를 맴돌든지. 그런데 이 여자는 달랐다. 흙먼지로 더럽혀진 꼴을 하고, 이제 막 구치소에서 풀려난 주제임에도 조금도 주눅 들지 않은 채 도도하게 자신과 눈을 마주치고 있었다.

하기야 첫인상부터도 만만치 않았다. 다짜고짜 내 남편 내놓아라, 하는데 순간 렌즈데일은 자기도 모르게 '돌려줘야겠다.'는 생각이 들었던 것이다. 정일국도 예삿놈이 아니었지만, 와이프는 또 와이프대로 보통이 아니었다. 그의 흥미를 끌었다.

"일국은 잘 지내고 있소?"

정화는 대답하지 않았다. 정말 궁금해서 물어보는 것인지, 자신을 떠보는 것인지 알 수 없었기 때문이었다.

"아, 잘 모르겠구만. 일국은 산에 있으니까."

역시나 렌즈데일은 일국의 행방을 이미 알고 있었다.

CIC 사무실에서 남편을 빼내온 후, 정화는 이들과는 가급적 거리를 두는 편이 좋겠다고 생각하고 있었다. 그럼에도 그가 자신들을 놓아주지 않을 것이라는 사실 또한 알고 있었다. 어쩌면 산으로 간 일국조차도 그의 감시망에서 벗어나지 못하고 있는지도 몰랐다.

"조선 사내들은 좀 무책임해. 아내와 자식은 굶주리더라도 상관없다는 것인가? 몇 달씩 집을 떠나 있다니… 어떻소? 요즘은 지내기가 수월치 않을 텐데."

얼핏 들으면 걱정 어린 질문처럼 느껴질 수도 있겠지만, 정화의 영어 실력은 말투에 담긴 비아냥조를 읽어 낼 수 있는 수준이었다. 이 사내는 그저 힘들다는 약한 소리나, 살려 달라는 애원, 그도 아니면 아닌 척 허세 부리는 모습을 보고 싶은 것일까? 고양이 생쥐 대하는 듯 확연한 힘의 차이를 사이에 두고 미묘하게 마음을 농락하는 렌즈데일의 태도가 모욕적으로 느껴졌다.

정화는 그가 원하는 반응은 절대로 보여 주지 않으리라 다짐했다.

"공출만 없다면 좀 나을 겁니다."

마치 남의 이야기처럼 차분하고 담담했지만 말투에는 분명 가시가 돋아 있었다. 마치 그가 이 모든 상황에 책임이 있기라도 하다는 듯이.

정화의 대답에 렌즈데일은 갑자기 소리를 내어 웃었다.

역시나 기대를 저버리지 않았다. 만약 다른 누가 이딴 식으로 말대꾸를 했다면 당장 밟아 놓았겠지만, 이 여자는 재미가 있었다. 지루하지가 않았다.

"공출쯤이야 얼마든지 제외시켜 줄 수도 있지. 당신이 어떻게 하느냐에 따라서."

렌즈데일은 소파 등받이에 길게 기대 누우며 정화를 향해 묘한 눈빛을 던졌다. 남자의 눈길이 정화의 하얀 이마에서부터 긴장한 목선을 타고 가슴께로 흘렀다. 마침 얼룩덜룩 번진 흙물자국이 꽃송이처럼 볼록하니 솟아 있었다. 마른 숨을 내쉬는 정화의 가녀린 어깨가 떨렸다. 렌즈데일은 자신이 어디를 보고 있는지를 정화가 알아챌 수 있도록 충분히 시선을 주었다. 그의 두 눈은 출산 후 완전히 사라지지 않은 여자의 아담한 아랫배에 오래도록 머물렀다.

순간 정화는 발가벗겨져 욕보인다 해도 이보다 더 수치스럽지 않을 거라고 생각했다. 더 이상은 참을 수 없었다. 정화는 자기도 모르게 벌떡 일어서서, 문을 향해 성큼성큼 걸어갔다. 대기하던 사무관 두 명이 황급히 그녀를 가로막았다.

"으하하하하!"

렌즈데일의 웃음소리가 사무실에 쩌렁쩌렁 울려 퍼졌다. 그의 이런 행동에 사무관들이 도리어 더 놀랐다. 냉철하고 자기 감정을 드러내 보이지 않는 평소의 렌즈데일에게는 있을 수 없는 일이었다.

손톱이 손바닥을 파고들도록 주먹을 꼭 쥐고 부들부들 떨면서 분노를 참아내는 정화의 모습이 렌즈데일은 몹시 만족스러운 듯했다. 렌즈데일은 당장이라도 박장대소하고 싶은 마음을 억누르는 듯 큭큭거리며 정화에게 다가왔다.

정화는 할 수만 있다면 당장이라도 이 사무실에서 뛰쳐나가 버리고 싶었다. 그러나 그럴 수 없는 자신의 상황이 치 떨리게 원망스러웠다. 렌즈데일은 정화를 부여잡은 사무관들에게 손을 놓아주라고 지시하고는 좀 전의 음흉한 미소 대신, 한껏 느긋한 표정으로 말했다.

"어떻소? 우리에게 협조한다면, 공출에서 제외되는 것은 물론이고,
아들에게 더 나은 환경을 제공해 줄 수 있소. 영양가 있는 먹을거리와

안전도 보장할 수 있지. 아들을 굶겨 죽일 수야 없지 않소?"

신국에 대한 이야기가 정화의 발목을 잡았다. 렌즈데일의 표정도 이 부분에선 진심인 듯했다. 하지만 진심이라 한들 이런 제안을 받아들일 생각은 추호도 없었다. 그 사실을 모르지 않을 텐데, 굳이 자신에게 이런 제안을 하는 의도를 알 수 없었다. 그는 일국을 원하는 것일까?

"난 남편이 있는 곳을 모릅니다."

"아, 물론이지. 난 그걸 바라는 게 아니오. 아무리 아내라도 알 수가 없겠지. 하루에도 수십 곳의 오름을 오가며 동에 번쩍 서에 번쩍 낮도깨비같이 돌아다니는데, 알 턱이 있나."

렌즈데일은 뭐가 그리 재미있는지 신이 난 표정이었다. 곁에 있는 사무관들도 어색하게 덩달아 웃었다. 일국이 그렇게 지내고 있다니…. 정화는 남편의 근황을 렌즈데일을 통해 듣게 되는 상황이 아이러니하게 느껴졌다.

"난 그저 능력 있는 통역관이 필요할 뿐이요. 사내놈들은 감성이 부족해서 말이야. 어떻소, 다카야마 양, 미군에서 일해 볼 생각 없소?"

이건 또 무슨 뜬금없는 제안인지 정화는 어이가 없었다.

또 다른 식의 술수인지, 아니면 그만한 이용 가치를 보았기 때문인지 알 수 없지만, 선의에서 우러나온 제안일 리는 없었기에 정화는 굳게 입을 다물었다. 렌즈데일은 대답을 강요하지 않았다. 마치 지금이 아니어도 언제라도 기회는 있다는 듯 여유를 보이며, 사무관들에게 정화를 내보내 주도록 했다. 사무실을 나서는 정화의 귀에, 협박인지 조언인지 모를 렌즈데일의 말이 따라왔다.

"앞으로 조천은 그다지 지내기에 좋은 곳은 아닐 것이오."

사무실을 나오자 낡은 트럭 한 대가 대기하고 있었다.

정화를 조천까지 데려다주기 위해 준비시킨 차량이었다. 정화는 운전사에게 거절의 뜻을 전하고 일주버스를 탈 수 있는 정류장을 향해 걸었다. 배는 시간이 걸릴 테지만, 더 이상 경찰과도 미군과도 엮이고 싶지 않았다.

정화는 혼란스러웠다.

어떻게 행동하는 것이 자신과 일국, 그리고 신국을 위해 최선인지 판단이 되지 않았다. 일국이 산으로 간 지 벌써 석 달째, 소식 한 번 전해오지 않는 남편을 원망하진 않았지만, 섭섭함은 있었다. 그의 결정을 믿고 따르고 있지만, 그러기 위해 자신 또한 선택을 해야 했다. 어떻게든 신국은 키워야 하니까. 밥벌이를 위해 당장 뭐라도 해야만 했다. 그게 아니라 더 믿고 기다려야 하는 것이라면, 제발 그럴 수 있게 하늘에서 쌀알이라도 쏟아 내려 주길 바라는 마음이었다.

일주버스 정류장에 도착한 정화는 그제야 자신에게 돈이 한 푼도 없다는 것을 깨달았다. 예전 같았으면 버스비를 나중에 준다고 했겠지만, 요즘은 시국이 너무 어려워서 통하지 않을 것이었다.

한참을 그렇게 난감해하고 있는데, 어디선가 많이 본 트럭이 나타났다. 예전에 일국이 트럭 여러 대를 움직일 때, 소유하고 있던 일본 군용트럭이었다. 설마 일국 씨가?

마침 트럭도 정화에게로 다가왔다. 정화는 황급히 트럭을 향해 마주 나아갔다. 차가 멈춰서고 문이 열리자 운전석에는 낯익은 얼굴이 타고 있었다.

"강정화 양, 여기 있었구려."

"아…!"

리중성의 아들이라는 사내였다.

정화는 처음엔 그의 얼굴을 알아보지 못했다. 딱 한 번 만난 사이인데다 그때는 어두운 밤중에 너무 경황이 없었으니까. 하지만 억센 이북 사투리는 정화로 하여금 단번에 그를 떠올리게 하였다.

"내래 정화 양 찾아 한참을 돌아다녔다오. 뭔 아낙이 발이 그리 빠르오."

"어떻게 저를…?"

"읍에서 돌아가는 일 중에 내 귀에 들어오지 않는 일은 없소."

리는 은근히 으스대는 말투로 이야기하며, 정화에게 차에 타라는 손짓을 하였다. 정화는 망설였다. 정류장의 많은 눈동자가 자신을 주시하고 있다는 것을 알았다. 남의 눈을 의식하진 않았지만, 이 자를 믿어도 되는지는 의심스러웠다. 하지만 딱히 집까지 갈 차비도, 걸을 기력도, 아무 방도도 없었다. 정화는 트럭 앞좌석에 올라탔다.

"CIC에서 데려갔다기에 황급히 달려오던 길이었소. 이래 봬도 우리가 CIC 하고는 좀 친분이 있어 놔서. 근데 잘 살아나왔구려, 허허허."

리는 몇 달 새, 직위가 훨씬 더 높아진 듯 경찰 측 사정이며, 미군 분위기까지 섬의 돌아가는 상황을 꿰고 있었다. 그는 박경훈을 비롯하여 다른 연행자들이 며칠 안에 석방될 것이라는 이야기도 들려주었다. 사실 처음부터 연행될 혐의도 없었다. 그저 광복절을 앞두고 다른 일을 벌이지 못하도록 경찰이 선수를 친 것뿐이었다. 정화는 그 모든 이야기를 묵묵히 듣기만 했다. 도움은 받지만 이 자는 결국 경찰들과 미군의 수족이나 다름없지 않나.

그런 정화의 마음을 읽은 듯, 리는 이야기를 돌렸다.

"남편이 참 대단하더군."

뜬금없이 일국에 대해 아는 척을 하자 정화는 저도 모르게 돌아보았다.

"산에서 몇 번 남편 패거리랑 붙었소. 큰 싸움 날 뻔했으나 어찌나 날
래게 달아나는지, 과연 산에서는 정일국을 따를 자가 없다는 말에 절
로 수긍이 되더군."

"남편과 싸웠다고요?"

정화는 자기도 모르게 트럭 문 손잡이를 잡았다. 얻어 타지 말아야
할 차에 올랐구나 싶었다.

"걱정 마시오. 그리 쉽게 죽지는 않을 거요. 정일국 이름 석자에 붙
은 값이 얼만데…."

농담인지 진담인지 알 수 없게 남자는 웃어 넘겼으나, 정화에게는
쉬이 넘길 수 없는 이야기였다. 일국에게 현상금이라도 붙어 있다는
말인가. 차는 어느새 읍내를 벗어나 일주도로를 따라 달리고 있었다.
간혹 있는 검문에서도 리의 얼굴만으로 통과되었다.

"정일국이 미군 가는 데마다 따라다니며 훼방을 놓고 있소. 미군들이
눈여겨봐 둔 동굴들을 벌써 여덟 군데나 폭파시켰단 말이요."

정화는 섬뜩한 느낌이 들었다. 미군을 대항해 싸우고 있다고? 일
국 씨가?

"웃긴 건 말이요. 그렇게 사사건건 방해를 하는데도 미군들은 정일
국을 반드시 생포해야 한다고 하는 거요. 행여 죽기라도 할까 오히려
더 불안해하고 있지."

리는 이해할 수 없다는 듯이 고개를 저었다.

이걸 좋은 소식으로 받아들여야 할지 정화는 판단이 서질 않았다.
모르긴 해도 이런 상황이라면 오늘 CIC에서 자신이 더 가혹한 일을
당했더라도 이상하지 않았다. 정일국을 잡기 위해 자신을 미끼로 사
용할 수도 있었다. 하지만 오늘 그들은 그렇게 하지 않았다. 게다가

결과적으로 렌즈데일은 구치소에 수감된 자신을 빼내준 것이지 않나? 그들의 의도가 무엇인지 짐작하기 어려웠다.

리의 속마음 역시 알 수 없었다. 남편과 싸우면서 자신을 도와주는 심사가 무엇인지, 자신한테 뭘 원하는 것인지 접근하는 사람들의 본심을 알 수 없었다. 도움을 받아도 잘못하는 것은 아닌지 불편하기만 했다.

리는 그런 정화의 마음을 아는 듯 나직이 덧붙였다.

"내 특별히 정화 씨네 친분으로 알려 드리는 건데, 조심하시오. 다들 정화 씨 움직임에 눈 팍 박고 있으니까. 그리고 남편을 만나거들랑 이 덕구니, 김달삼이니 하는 빨갱이 놈들이랑 산에 있어 봤자, 결국 개죽음 당하게 될 테니 다 그만두고 내려오라고 전하시오."

"그 사람들은 빨갱이가 아니에요. 그저 도망간⋯."

"빨갱이들이요. 정화 씨가 모르고 있는 것이지."

리의 어투는 단호했다.

호의를 베풀지만 이것만큼은 양보할 수 없다는 태도가 분명히 드러났다. 정화가 시선을 떨구자, 리는 자신이 조금 지나치게 군 것을 깨달은 듯 목소리를 낮춰 말했다.

"누구나 자기가 아는 세계가 전부라고 생각하지만, 세상은 그렇게 간단하지가 않다오. 열 길 물속 알아도 한 길 사람 속 모른다고. 정화 씨가 보기엔 다 착한 사람들 같지만, 속에 음흉한 계략을 품고 있는 이들도 있는 법이오."

정화는 대답하지 않았다. 그래도 덕구 오빠나 그의 동료들이 잘못되었다고 생각되지 않았다.

"모두가 전부 정화 씨 마음 같다고 확신할 수 있소? 정말 모두가 한마음으로 순수하다고? 한때는 그랬을지도 모르지. 하지만 시대는 하루가 다르게 변하고 있소. 착한 마음? 그걸 이용하는 작자들이 세상에 널렸다오. 그 자들에게 넘어가지 않았다고 자신하시오? 내가 한마디만 충고하겠소. 그냥 잠자코 계시오. 모르면 나서지 말고."

차는 어느새 조천 마을 입구에 도착했다. 리가 차를 멈추자 정화는 목례를 하고 서둘러 차에서 내리려 하였다.

"잠시만…."

리는 뒷좌석으로 팔을 뻗더니 제법 묵직한 주머니 하나를 꺼내어, 정화에게 넘겨주었다. 밀가루였다.

"이건…."
"받아 두시오. 아기 먹여야잖소."

정화는 차마 받지 않겠다고 거절할 수가 없었다. 갑자기 주책없이 눈물이 차올랐다.

"몸 조심하시오."

리는 낮은 목소리로 인사하고는 차를 몰고 돌아갔다.
품 안의 밀가루 포대만큼이나 무거운 무언가가 정화의 마음에 묵직이 내려앉았다.

돌아온 일구, 선흘 마을, 피난의 시작

여름이 가고, 가을이 왔다.

한반도의 정치 상황은 혼돈 그 자체였다. 남한만의 선거를 주장하는 이승만과 남북총선거를 주장하는 김구, 김규식, 8·15 검거를 기점으로 지하 활동에 들어간 좌익 계열과 민족주의 중도파까지, 사람들은 저마다의 정의를 부르짖으며 서로를 향해 총칼을 겨누었다.

이들이 가장 첨예하게 대립한 지점은 남한의 단독 정부를 수립할 것이냐, 아니면 남북 통일 정부를 수립할 것이냐였다. 또 한다면 어떤 방식으로 하고, 누가 주도권을 잡을 것이냐 하는 부분 역시 대립을 심화시키는 부분이었다.

정치권과 무관하게 보통 사람들의 분위기는 설마 한반도가 둘로 나뉘는 일이 벌어지겠느냐는 쪽이었다. 북위 38도에 휴전선은 세워져 있었지만 밤이면 어둠을 틈타 오가는 사람들도 많았다. 트럭까지 끌고 와 물건을 잔뜩 싣고 돌아가는 배짱 있는 장사꾼들도 있었다.

당장 내일이라도 분단이 확정되어 휴전선이 막혀 버릴 것이란 불안감도 돌았지만, 모두들 '설마'라고 생각했다. 같은 모습과 같은 언어를 사용하는 한민족이 맨땅에 세워진 철망 하나 때문에 둘로 나뉠 수 있다고 생각하는 사람들은 별로 없었다. 당장 소련과 미국이 사라지기만 하면 이깟 철조망이야 단번에 넘어뜨리고 과거 수백 년 동안 그래 왔던 것처럼 남북을 오가며 지내리라 생각했다.

남과 북을 잡고 있는 미국과 소련의 대립은 지지부진하게 길어지고 있었다. 어린아이들 놀이처럼 '하나, 둘, 셋.' 하고 동시에 새총을 내려놓을 용기를 내기란 결코 쉽지 않은 것이다. 내가 손을 놓는 순간 상대가 뒤통수를 쳐서 이 먹음직한 한반도를 삼켜 버릴 것만 같은 불안함에 양측은 서로 먼저 손을 놓으라는 실현 불가능한 요구만을 주고받았다.

외교와 정치라는 그럴듯한 포장을 두르고, 영국과 중국이라는 들러리까지 끼워 넣으며 수개월을 대치한 분단 상황은 점점 중증으로 흘러갔고, 장기간의 긴장 상태에 지친 나머지 나 몰라라 하는 무책임한 선택으로 기울고 있었다.

소련에서는 자기는 정말로 손을 뗄 것이니 단 둘이서 해결하게 하자는 배짱을 부렸고, 미국에서는 누가 먼저 손을 놓을지를 결정해 줄 제3자를 부르자고 제안했다. 그리고 자기 친구를 심판관으로 데려왔다. 결국 타협은 실패했고, 둘은 돌아섰다.

게임은 승패 없이 흐지부지 중단되어 버렸고, 흙바닥에 그어진 실선만이 남겨졌다.

그리고 이제 본격적인 뒷정리가 시작되었다.

남한에서의 사회주의 활동은 불법이 되었고, 경찰들은 남로당을 비롯하여 모든 좌익 계열 사람들에 대한 무력 진압에 나섰다.

제주도 또한 예외는 아니었다. 좌익 성향의 공무원들도 권고사직되었고, 8월부터는 마을 주민 남녀노소 불문하고 국민학교 학생에서부터 제주농업고등학교, 제주중학교 교사까지 수많은 사람들이 남로당 계열과 관련이 있다는 이유로 검거되었다.

그리고 12월 초, 제주도의 군정장관은 베로스 중령에서 맨스필드 중령으로 교체되었다.

대설도 지나고 동지를 앞둔 어느 날 밤, 일국이 돌아왔다.

감기 기운이 있는지 미열로 칭얼대는 신국을 간신히 재우고, 정화와 일국 어미는 마주 앉아 세를 꼬고 바느질을 하고 있었다. 밖에는 저녁 무렵부터 시작된 빗줄기에 매서운 밤바람까지 더해져, 투두둑 투두둑 굵은 빗방울이 사정없이 문에 내리꽂혔다. 겨울비는 추위를 데리고 오는 법이라 작은 화로로는 냉기를 물리치기에 턱도 없었다. 솜옷에 목도리까지 하고도 등허리가 으슬으슬한 것이 올 겨울을 어떻게 나야 하나 걱정이 되어 정화는 어린 신국을 물끄러미 바라보았다.

'컹컹' 멀리서 요란하니 개 짖는 소리가 들려왔다.

동네에 개 있는 집이 몇 없어서, 이건 세 집 건너 화순이네 개일 것이었다.

"누가 다니나? 이 야심한 시간에….."

일국 어미의 말이 채 끝나기도 전에, 갑자기 터벅터벅 부러 크게 내는 발소리가 마당에 들어서는 게 들렸다. 방문객이? 긴장한 정화와 일국 어미는 동시에 문쪽으로 시선을 주었다. 일국 어미가 '게 뉘요?' 하고 목청을 높이려는 순간, 방문이 벌컥 열리면서 시커먼 사내의 형상이 방으로 불쑥 들어왔다.

"에그머니나!"

두 여자는 놀라서 동시에 비명을 질렀다.

"어머니, 나요."

산짐승처럼 털투성이에 팻국물로 얼룩덜룩한 얼굴. 일국이 눈만 하얗게 번뜩이며 웃었다.

"여보!"

정화는 자기도 모르게 벌떡 일어나 일국에게로 달려갔다.

일국 역시 어미 앞이라고 가리고 자시고도 없이 반년 만에 만난 아내를 힘껏 품에 안았다. 잠에서 깨어난 신국은 제 아비인 줄도 모르고 '와악' 하는 벅찬 울음을 터트렸다.

일국 어미는 뭔가 뜨끈하게 먹을 것을 차린다고 부엌으로 나가고, 정화는 빗속을 뚫고 오느라 쫄딱 젖은 남편의 옷을 벗겼다. 차마 옷이라고 부를 수도 없을 넝마조각을 세 겹, 네 겹 겹쳐 입고 있었는데, 목욕이라곤 여섯 달 동안 한 적이 없는지 하나씩 벗겨낼 때마다 시큼한 냄새에 정신이 어지러울 지경이었다.

정화는 남편을 나무라듯 등을 찰싹찰싹 때리며 젖어서 벗겨지지 않는 옷들을 간신히 끌어내렸다. 차가운 12월 빗줄기에 속옷까지 몽땅 젖었지만 쉼 없이 달려온 탓인지 남편의 몸에선 훈훈한 열기가 피어올랐다.

일국은 옷도 벗다 말고 미소를 지으며 신국에게로 다가갔다.

신국은 아비 얼굴 따윈 기억도 못 하는 듯 여전히 서럽게 잠투정을 하였다. 산에서 노숙하며 수개월을 지내다가 집에 돌아와서 본 아들이 너무 작고 여려서 일국은 차마 손도 대지 못하였다.

그래도 아들을 얼러 보겠다고 서툴게 까꿍거리는 곰 같은 남편의 뒷모습을, 정화는 차마 똑바로 바라볼 수가 없었다. 그의 등은 전에는 한 번도 본 적 없던 검붉게 할퀴고 패인 상처들로 울긋불긋해져 있었다. 일국이 보낸 지난 6개월의 시간들에 가슴이 아려 와 정화는 아랫입술을 힘껏 깨물었다.

그날 밤은 땔나무를 아끼지 않고 등이 델 정도로 뜨끈뜨끈하게 군불을 지폈다. 두툼하게 내리누르는 솜이불의 무게와 품 안에서 간질이는 아내의 숨결에 일국은 몸속 깊은 곳에서부터 흘러나오는 충만함을 느꼈다.

다음 날 아침, 일찍부터 일국 어미와 정화가 차린 아침상에 온 식구가 둘러앉았다. 없는 반찬에 조밥도 귀한 형편이었으나 일국 어미가 만약을 위해 숨겨 놓은 보리쌀로 밥을 짓고, 자리젓을 내놓은 잔칫상이었다.

아침을 다 먹을 때까지 일국은 별말이 없었다.

상을 내가며 일국 어미가 '오늘은 하루종일 푹 집에서 자라.'는 말이 떨어지자마자, 일국은 기다렸다는 듯이 청천벽력 같은 말을 꺼냈다.

"이사 갑시다. 짐 꾸려요."

"무슨 소리냐? 가긴 어딜 가!"

"선흘로 가요."

호화 저택을 마련해 놓았다고 해도 꿈쩍 안 했을 일국 어미였으나, 이번에는 달랐다. 선흘. 한때 고향이라고 반가워할 수만은 없는 것이 지금은 한창 경찰을 피해 사람들이 숨어들어 가는 중산간 지대 마을이었다. 말이 이사지, 선흘로 간다는 것은 피신을 의미했다.

정화는 어지간한 일에는 다 각오가 되어 있었지만, 막상 일이 닥치자 가슴이 철렁해지는 것을 어쩔 수 없었다. 이 계절에 중산간 지대는 한라산의 추위가 한껏 내려와 해변 마을 조천과는 비교도 할 수 없이 살기 고될 것이었다. 그곳으로 이사를 가야 한다고, 반년 만에 나타난 남편이 말하고 있는 것이었다.

선흘에 가 본 적 없는 정화는 어림짐작으로 그런가 보다, 그래야 하는 상황인가 보다 받아들였지만, 일국 어미는 방바닥이 꺼져라 한숨을 내쉬었다.

"난 못 간다. 그냥 여기서 죽을란다."

"제가 업어서라도 모시고 갈 거예요."

아들의 단호한 표정에 일국 어미는 눈을 감았다. 어떤 말로도, 행동으로도 아들의 고집을 꺾을 수 없다는 것을 알았다. 선흘로 가야 했다.

"가면 필요한 것들 좀 챙기고, 며칠 있다가 가면 어때요?"

"안 돼. 오늘 출발하자. 해 떨어지기 전에 도착해야 하니까, 점심 전에."

말과 함께 일국은 개켜 놓은 이부자리를 내려 이불보에 놓고 싸매기 시작했다. 일국 어미는 신음 같은 한숨을 내쉬며 방을 나섰다. 정화는 무엇을 챙겨야 할지 몰라 허둥지둥 신국의 기저귀며 옷가지 등을 두서없이 꺼내 들었다.

결국 정화가 생각했던 짐의 반도 가져가지 못했다.

예전처럼 트럭이 있는 것도 아니었고, 이삿짐이라곤 들고 이고 갈수 있는 수준까지밖에 허락되지 않았기 때문이다. 그나마도 도와주겠다고 나선 세영이 얼마 안 되는 좁쌀과 말려 놓은 무말랭이, 그리고 유채나물을 들고 따라와 주어 다행이었다. 일국은 이불짐과 솥을 짊어지고 들고, 정화는 신국을 업고 신국의 보따리를 양손에 들었다. 일국 어미는 꼭 필요한 옷가지와 생필품들을 머리에 이고 들고 했다.

비는 밤새 멎었으나, 표 나게 떨어진 기온에 바람이 어찌나 찬지 머리에 둘러싼 수건으로 얼굴의 태반을 가리지 않았다면 도착하기 전에 코가 떨어져 버릴 지경이었다.

다행히 곶으로 들어서서는 지하에서 올라오는 열기로 훈훈해 한결 수월하게 진행할 수 있었다. 일국과 세영에게는 내 집 안마당 같은 곳이었으나 익숙지 않은 정화와 일국 어미를 위해 쉬엄쉬엄 더디게 나아가는 수밖에 없었다. 그래도 워낙이 지름길이라 해 떨어지기 전에 선흘 마을에 도착할 수 있었다.

일국은 미리 봐 둔 빈집으로 가족들을 데려갔다. 그럭저럭 비 새지 않고, 무너진 데 없어 네 식구 단출하게 머물만 하였다. 일국과 세영이 땔나무를 주워다 불을 지펴 냉기를 물리는 동안, 일국 어미는 옛 이웃들에게 얻어 온 고구마를 삶았다. 간단하게 요기를 하고 지친 몸을 방에 뉘자마자 모두는 세상모르게 곯아떨어졌다.

다음 날 조천로 돌아가는 세영에게 일국 어미는 가는 동안 먹으라고 남은 고구마를 챙겨 주었다. 해 줄 수 있는 것이 그것뿐이라 미안한 마음에 일국 어미는 연신 세영의 손을 잡고 '고맙다.'만 되풀이하였다.

일국은 곶이 시작되는 곳까지 세영을 배웅했다. 이번에 헤어지면 언제 다시 볼지 알 수 없다는 생각에 둘 다 발걸음이 절로 느려졌다. 세영은 참았던 질문을 했다.

"왜 갑자기 이리로 이사 온 거야?"

"군정장관이 바뀌었으니까."

"그게 뭔 상관인데?"

"그 사람 계획에 차질이 생겼다는 거지. 그러니까 분명히 다른 수를 낼 거야."

"무슨 소리야? 당췌 못 알아 듣겠네."

"그런 게 있어."

일국은 더 이상의 설명을 해 줄 생각은 없어 보였다. 세영은 그놈의 어른 흉내는 아직도 못 버렸냐며 입을 삐죽였다.

"그래도 삼촌이 돌아와서 다행이요. 선생님이랑 아주머니랑 그간 고생이 많으셨는데…."

"난, 다시 떠나야 해."

일국의 말에 세영은 놀랐다. 그리고 순간 화가 치밀어 올랐다. 이런 중산간에 선생님이랑 어린 신국이까지 데려다 놓고 또 떠난다고? 그럼 이제 이들을 누가 돌본단 말인가?

세영은 자기도 모르게 일국의 팔을 부여잡았다.

"안 돼! 가지 마!"

"세영아, 난 해야 할 일이 있어."

"그럼, 선생님은 누가 지키냐고!"

악에 받쳐 소리치는 세영에게 일국은 조금 놀란 듯했다. 그러나 곧 그의 얼굴에는 아련한, 그러나 안심한 듯한 미소가 떠올랐다.

"니가 있잖니."

세영은 순간 당황해서 말문이 막혀 버렸다.

삼촌이 제정신이 아닌 것 같았다. 내가 어떻게 선생님을 돌보라는 말인가. 왜 나에게…. 무언가 감추어야 하는 비밀을 들킨 것 같은 당혹감에 세영은 일국의 시선을 피했다.

하지만 그런 세영을 바라보는 일국의 눈빛은 더 없이 따뜻했다.

"너도 이리로 와."

"내가 어떻게 와."

아닌 척, 말도 안 된다는 듯 넘겨 버리려는 세영에 비해 일국의 말투는 단호했다.

"무조건 와. 아버지 설득해서. 1월 넘기면 안 된다."

"왜 그래? 무슨 일 있는 거야?"

그제야 무언가 있음을 느낀 세영은 삼촌의 눈을 빤히 바라보았다. 일국은 무겁게 고개를 끄덕였다.

"그냥 내 말 믿고 와."

세영은 다른 어떤 때보다 절박해 보이는 일국의 말을 깊이 마음에 담았다. 어지간한 일에는 꿈쩍도 않는 삼촌이 저럴 정도면 앞으로 어떤 일이 벌어질지 솔직히 상상하고 싶지 않았다. 확실한 것은 읍내는 위험하다는 것. 집으로 돌아가는 세영의 마음은 불길한 예감으로 점점 어두워졌다.

국정원 급습, 7층의 VIP, 탈출

태훈이 국장의 전화를 받은 것은 신림을 데려다주고 돌아오는 택시에서 내려 막 호텔로 들어서려는 찰나였다.

"야, 지금 국정원에서 나와서 그 선흘굴 관련 자료 다 긁어 가고 있다."

"네?"

"니가 보냈던 사진 자료 있잖아. 그 도지사 사건 찍은 것…."

국장이 낮게 목소리를 읊조리는 것을 보아, 근처에서 한창 작업이 벌어지고 있는 듯했다. 긴박한 현장 상황을 증명하듯 날카로운 고함 소리와 둔탁한 파열음들이 수화기로 전해졌다.

"알겠어요. 제가 챙길게요."

태훈은 서둘러 객실로 올라가는 엘리베이터를 탔다. 4, 5, 6, 8층을 지나 거북이처럼 답답하게 15층에 도착했다. 1507호. 엘리베이터를 내려 객실 복도를 걸어갈수록 느낌이 좋지 않았다. 멀리서 보아도 문이 열린 것처럼 보이는 객실이 있었다. 어쩐지 1507호인 것 같은 위치였다. 황급히 달려가니 역시나, 태훈의 방은 활짝 열린 채 조금 전에 당한 침입의 흔적으로 처참해져 있었다. 옷장과 서랍은 모두 열려 있고, 옷이며 짐은 전부 바닥에 내팽개쳐져 있었다. 심지어 침대 시트까지 벗겨져 있고, 냉장고 안의 음료까지 모두 꺼내져 병들이 바닥에 깨져있었다. 당연히 방 안에 놓아둔 노트북은 보이지 않았다.

"이거 너무 심하잖아?"

국가기관이면 이따위로 굴어도 되는 거야? 절대 가만둘 수 없다고 생각하며 태훈은 본능적으로 현장 사진을 증거로 남겼다. 여기저기를 찍으며 침대 모서리 쪽으로 다가가자 바닥에 쓰러진 남자가 보였다.

화들짝 놀라 뒤로 물러서서 보니 김 씨였다.

"십장님!"

김 씨는 뭣에 얻어맞았는지 바닥에 쓰러진 채 기절해 있었다. 태훈은 김 씨를 흔들어 깨우며 안아 일으켰다.

"으으… 유 기자."

"십장님! 괜찮으세요. 어떻게 된 거예요?"

"아까, 어떤 놈들이 갑자기 들이닥치더니, 다 부수고 유 기자 가방이랑 가져갔어. 난 얻어맞고…."

"국정원 놈들이요?"

"국정원? 아니, 그런 거 같지 않던데?"

김 씨는 갑자기 국정원이 튀어나오자 어리둥절한 표정이었다. 다행히 생명에는 지장이 없는지 김 씨는 뒤통수를 문지르며 일어났다. 국정원이 아니라고? 그럼 누가?

"때르르릉."

바닥에 굴러떨어진 객실 전화기가 울렸다. 태훈이 한걸음에 달려가 받았다.

"여보세요?"

"여기 데스크입니다. 방금 국정원에서 나왔다며 여분 키를 가지고
올라갔어요."

김 씨를 숨겨 두며 혹시 몰라, 누군가 경찰이네 하면서 자신에 대
해 묻거나 하면 꼭 전화를 달라고 부탁해 둔 덕이었다.

태훈은 다급해졌다. 노트북까지 모두 빼앗긴 상태였지만, 아직 메
모리카드가 남아 있었다. 늘 가지고 다니는 카메라에는 제주에 도착
한 이후 찍은 모든 사진이 그대로 들어 있었다.

"여길 빠져나가야겠어요."

태훈은 서둘러 김 씨를 일으켰다. 김 씨는 사정도 모르면서 겁에 질
려 허둥지둥 태훈을 따라 나왔다. 도주할 거라고 생각 못 할 테니 아
마 국정원 놈들은 엘리베이터로 올라오고 있을 터였다.

태훈은 망설임 없이 비상구 문을 열고 계단으로 달려 내려갔다. 14
층, 13층, 12층, 11층. 너무 높았다. 이대로라면 방이 빈 것을 확인
한 국정원 놈들에게 1층에서 잡힐 것이 틀림없었다.

8층에서 7층으로 내려오는 계단을 지나는데, 7층? 태훈은 잠시 망
설이다 되짚어 올라 7층 비상구 손잡이를 돌렸다. 잠겨 있었다.

"역시…."

태훈은 '쾅, 쾅' 문을 두드리기 시작했다.

"지금 뭐하는 거요?"

김 씨가 가쁜 숨을 내쉬면서 태훈의 행동을 이상하다는 듯이 바라
보았다. 태훈은 대답도 없이 미친 듯이 문을 두드렸다. 행여 보물사
냥꾼 멤버들이 문을 열어 준다면, 운 좋게 VIP 전용 엘리베이터를 이
용할 수 있을 것이라는 계산이었다.

"철컥."

굳게 닫힌 철문의 자물쇠가 내려가고 비상구 문이 열렸다.

"죄송합니다. 상황이 너무 급해서… 이리로 좀 지나갑시다."

태훈의 눈앞에 족히 2m는 됨직한 거대한 백인 남자가 나타났다. 백인 남자는 들어가려는 태훈에게 고개를 저어 거절을 나타냈다. 그대로 문이 다시 닫히려는데, 태훈이 물러설 수 없다는 듯 발을 밀어 넣어 막았다.

'철컹, 타타탁.'

"이쪽인가 봐!"

계단 위쪽에서 사람들이 뛰어 내려오는 소리가 들렸다.

"아, 저 H신문 유 기자입니다. 지금 쫓기고 있어서요. 한 번만 지나가게 해 주세요."

다급해진 태훈이 남자를 밀치며 몸을 반쯤 안으로 밀어 넣었다. 남자는 갑자기 무례하게 들이닥친 침입자를 허용할 수 없다는 듯 힘으로 태훈을 밀어냈다.

"앗!"

거의 자빠지다시피 떠밀리는 태훈을 김 씨가 뒤에서 받았다.

"그냥 빨리 계단으로 내려갑시다!"

김 씨가 다급하게 소리를 질렀다. 그때였다.

"들여 보내."

비상구 안쪽에서 나직한 여자 목소리가 들렸다.

그러자 백인 남자는 비상구 문을 활짝 열고는 태훈의 손을 잡아 일으켰다. 계단을 내려오는 사람들의 발자국 소리가 바로 윗층에서 들려오는 찰나, 태훈과 김 씨는 서둘러 비상구 문안으로 들어갔다.

"철컥."

철문이 다시 닫히자 복도는 고요한 정적에 휩싸였다. 마치 방음 장치로 둘러싸이기라도 한 듯 주변의 모든 소음이 멎었다. 조명도 벽지까지도 완벽하게 다른 공간이 주는 이질감이 태훈을 긴장하게 했다.

그리고 그 낯선 장면의 중심에 한 노파가 있었다. 태훈과 김 씨가 들어올 수 있도록 허락한 장본인이었다.

"감사합니다."

다급한 중이었지만, 태훈은 노파에게 정중하게 인사했다. 전에 본 기억이 있었다. 보물사냥꾼을 수하에 거느린, 큰손이라는 여자였다. 가까이에서 보니 놀랍게도 노파는 동양계였다. 머리는 백발이고 골격도 서양인스러웠지만, 분명한 동양인이었다.

"저쪽 엘리베이터를 이용하면 될 거예요."

친절하면서도 예리하게 태훈이 원하는 것을 바로 제공해 주었다. 태훈과 김 씨는 지체하지 않고 엘리베이터를 향해 달렸다. 문이 열리고 아래로 내려가면서 태훈은 노파의 입가에 머문 묘한 미소를 보았다. 자애로워보였지만, 짙은 주름에 가리워져 도저히 그녀의 의중을 읽기는 어렵겠다고 태훈은 생각했다.

엘리베이터가 1층에 다다르자, 태훈과 김 씨 모두 당황했다.
엘리베이터는 메인 로비와는 떨어진 VIP 전용 출입구로 이어져 있었기 때문이었다. 한 번도 와 본 적 없는 위치여서 잠시 헤매었으나, 곧 방향을 잡고 밖으로 나왔다.

입구는 호텔 뒤편으로 나 있었다.

태훈은 곧바로 큰길 쪽으로 돌아서 지상 주차장에 주차해 놓은 자신의 차로 향했다. 차를 불과 10여 m 앞두고, 바로 옆에 검은 정장 차림의 남자가 서 있는 것이 보였다. 국정원 직원인지는 알 수 없지만, 만약 그렇다면?

차는 포기하는 수밖에 없었다.

택시를 잡으려고 좌우를 살피는데, 태훈의 눈앞에 믿을 수 없는 광경이 펼쳐졌다. 신림의 연하늘색 경차가 호텔로 들어서고 있었던 것이었다. 번호까지 같은 분명 신림의 차였다.

태훈은 서둘러 핸드폰을 꺼냈다. 신림으로부터 수십 통의 부재중 전화가 걸려 와 있었다.

"뭔 일이 있었구나."

직감적으로 신림도 무슨 일을 당한 것임을 깨달았다. 태훈은 신림에게 전화를 걸었다. 1초도 안 되어 신림의 다급한 목소리가 튀어나왔다.

"도대체 지금 어디 있는 거예요? 무사해요? 국정원에서….."
"알아요, 알아요. 지금 신림 씨 차 보고 있어요. 여기 여기! 호텔 뒤
쪽이요. 화단 옆에."

신림은 잽싸게 차를 돌려 호텔 뒤쪽으로 다가왔다. 차창 너머로 신림과 태훈의 눈이 마주쳤다. 신림은 화단 최대한 가까이 차를 갖다 댔고, 태훈과 김 씨는 번개 같은 몸놀림으로 차에 뛰어들었다.

"가요, 가. 어서!"

신림은 전속력으로 엑셀레이터를 밟았다.

1948년 1월, 조천 남로당 검거, 세영 아버지의 죽음

사건은 1948년 새해 정월 중순 무렵, 중문에서 시작되었다.

남로당 중간 간부 한 명이 경찰에 검거되었다. 그는 자신이 알고 있던 당 연락책의 이름을 불었고, 경찰기동대는 남로당 핵심 본부가 있던 조천면 신촌리에서 그를 검거하였다.

그리고 그로부터 남로당 조직망을 끄집어내기 위한 잔인한 심문이 이어졌다. 일제 강점기 순사 출신들의 고문 방법이 총동원되었는데, 물을 두 드럼통이나 먹였다는 말이 돌았다. 결국 그는 빈사 상태에서 그들의 회유책에 넘어가 자신이 알고 있는 것들을 남김없이 불었다.

이 정보를 바탕으로 경찰은 1월 22일 조천면 남로당 집회장을 급습했다. 남로당 간부 106명은 그 자리에서 체포되었다. 안세훈 제주도당 위원장을 비롯하여 용이 아버지와 세영이 아버지, 민청단을 이끌던 용이까지 마을에서 한자리한다 하는 어른들과 청년들은 모두 경찰에 끌려갔다.

검거 작전은 전도로 확대되어 수백 명의 제주 남로당 핵심부의 대부분이 검거되었다. 조직과 구성을 비밀리에 유지하던 남로당의 본모습이 만천하에 드러난 치명적인 사건이었다.

일국이 선흘로 피신한 직후 세영은 집에 돌아와 이사를 가야 한다고 강력하게 주장했다. 그러나 세영의 부모는 이런 아들의 의견을 받아들이지 않았다. 조천 인민위원회에서나 남로당에서나 요직을 맡고 있던 세영의 아비의 입장도 입장이려니와 살던 곳을 뜬다는 것이 어디 쉬운 일인가. 위험할지도 모른다는 우려는 있었으나, 실행하긴 쉽지 않은 일이었다. 오로지 세영의 할미만은 피신해야 하는 것 아니냐고 연신 맘 약한 소리를 되뇌었다.

그런데 한 달이 채 못 되어 조천 남로당 검속 사건이 터지고 말았다. 일국의 말을 따랐어야 했다고 세영 어미는 후회에 후회를 했지만, 이미 엎질러진 물이었다. 잡힌 인물들이 워낙 큰 급들이라 용이 같은 청년들은 차라리 안전했다.

욕을 본 것은 세영의 아비였다. 평소에 두뇌 역할을 한다고 하여 경찰들이 벼르던 인물이었다. 앞에 나서지 않으니 건수가 없어 검속하지 못했는데, 이번에 집회 현장에서 체포되었으니 절호의 기회가 아니겠는가. 핵심 정보를 상당수 알고 있으니 이놈 하나만 제대로 털면 남로당은 일망타진이라며 경찰들은 세영 아비의 심문에 공을 들였다.

경찰서 문지방이 닳도록 찾아다니며, 이불보 안에 숨겨 두었던 돈까지 꺼내어 뒷돈을 대는 세영 어미의 노력에도 불구하고, 그는 수차례에 걸쳐 고문을 당했다. 그러나 본래 발을 절었고 지병까지 있어 고통에 익숙했던 세영 아비의 대쪽 같은 정신은 쉽게 무너지지 않았다.

그게 경찰들의 심기를 더욱 건드렸다.

비굴하게 빌거나 앓는 소리라도 했다면 좋으련만, 세영 아비는 뒤로 묶은 팔을 천장에 매달아 쇠좆매로 온몸을 두들겨 맞으면서도 신음소리조차 내지 않았다고 한다. 매달기만 해도 근육이 파열되어 고통으로 숨을 쉴 수 없는데, 세영 아비는 어깨 관절이 양쪽 모두 탈골되면서도 남들의 배를 버텼다.

세영 아비가 한 달 만에 석방되었을 때, 아홉 개의 손톱이 빠져 손끝은 시커멓게 썩어 들어가고, 부러진 갈빗대가 폐와 내장에 구멍을 내 숨조차 제대로 쉬지 못하는 시체나 다름없는 몰골이었다.

더 해도 불지 않을 놈이고, 조만간 죽을 테니 내보내는 것이라고 보는 이마다 혀를 찼다. 걷지도 못해 세영의 등에 업혀 경찰서를 나와 집까지 가는 내내, 대성통곡하는 세영 어미의 울음소리가 조천 마을을 가득 메웠다.

1948년 2월 초, 남북한 총선거 여부를 확정 짓기 위해 한반도에 와 있던 UN 위원단은 남한만의 단독 선거가 불가피하다는 결정을 내렸다.

예견된 일이었다. 미국이 UN에 한국 문제를 상정할 것을 제의했을 때부터, 소련은 이에 반대했다. 소련의 거절로 UN 위원단의 입북이 불가능하게 되자, UN 총회 임시위원회는 남한에서만이라도 선거를 실시해야 한다는 미국 측의 주장을 놓고 토론에 들어갔다.

이승만과 김성수 휘하를 제외한, 남한 내의 모든 당과 단체들이 반대 성명을 발표하였다. 그전까지 이승만과 뜻을 같이하던 김구나 김규식도 격렬하게 반발하고 나섰다. 남한만을 통치하는 지도자를 선출하고 남한만의 정부가 세워진다는 것은 남북 분단을 제도적으로, 또 외교적으로 확정함을 의미했다. 이는 건너면 돌아올 수 없는 마지막 강과도 같았다.

김구는 남북통일을 위한 북한 방문 일정을 잡았고, 지하운동으로 이미 무력투쟁의 길로 들어선 남로당과 유수의 좌파 조직들은 남한 단독선거를 저지하기 위한 구체적인 계획을 추진하였다. 전국 총파업이었다. 날짜는 2월 7일로 정해졌고, 총파업 당일 이를 저지하기 위한 경찰 측과 좌파 조직의 충돌이 전국에서 일어났다.

제주도에서는 하루 늦게 8일부터 시위가 시작되었다.

성산과 함덕 등지에서는 청년들이 시위를 하며 도로에 담을 쌓고 교통을 차단하자 경찰들이 발포하는 등의 충돌이 벌어졌다. 안덕면에서 경찰관 2명을 납치하여 집단 구타하는 사건이 일어났고, 저지에서는 마을 청년들이 지서를 습격하였다. 고산에서는 마을 청년 300여 명이 경찰지서를 습격하려다가 경찰의 발포로 군중이 총상을 입는 사건이 벌어졌다. 하도, 대정 등에 총 20여 건의 시위가 있었는데, 삼양, 화북에서는 약 100명의 사람들이 관공서를 습격하려고 야간에 읍내에 침입하여 도청에 방화를 하는 일도 있었다.

조천에서도 조천 중학생들을 중심으로 시위가 있었지만, 다른 때에 비하면 약소한 편이었다. 다행일지 불과 두어 주 전에 불어닥친 남로당 검거 사건으로 마을 사람 태반이 경찰서에 잡혀 있는 상태라, 정작 2·7 총파업 당시에는 주도적으로 시위에 나설 수 없었기 때문이었다. 세영은 어미와 함께 초주검이 되어 풀려난 아비 병수발을 하느라 시위에 참여하지 못했다.

일촉즉발의 며칠이 지나자마자 또다시 대대적인 경찰의 검속이 시작되었다. 야간 통행금지와 비상경계령이 전도에 내려지고, 시위 주모자를 찾아 경찰과 서청들은 집집을 뒤지며 청년이란 청년은 모조리 체포했다. 검속된 인원이 100명이라면 그중 94명은 이후에 단순한 '부화뇌동'으로 석방되었지만, 일단 검속은 일방적이고 무조건적으로 진행되었다. 시위 참여 여부를 불문하고 무고하든 아니든 젊은 이라면 검거 대상이었다. 그리고 경찰서에 끌려가면 심문이라는 명목으로 폭행과 고문이 진행되었다.

무슨 사건만 하나 일어나면 이런 수순이 반복되는 판이니, 젊은 사람이라면 무서워서 집에 있을 수가 없을 지경이었다. 죄가 없어도 일단 경찰이 보이면 숨어야 했고, 도망쳐서 체포되지 않는 것이 맞지 않고 살아날 수 있는 유일한 길이었다.

운을 기대할 수 없었다. 망설일 때는 지났고, 이제는 결정해야 했다. 산으로 숨든, 부산, 일본 등으로 떠나든, 그도 아니면 군에 지원하든 어떻게든 살아남기 위한 방법을 찾아야만 했다. 그중에서 가장 확실한 방법은 경찰 편에 서는 것이었다.

조천 검거 사건과 2·7 사건 이후 남로당 탈퇴 성명서가 줄을 이었다. 제주도의 신문에는 수많은 청년들이 남로당을 탈퇴하여, 대동청년단에 가입한다는 성명서가 발표되었다.

그 즈음 남로당원 수는 5천 명 이상으로 추정되고 있었다. 이는 이전까지 섬의 분위기가 남로당에 가입하는 것이 대세인 것처럼 흘러가고 있었기 때문이다. 뭣 모르는 사람들도 자주독립을 부르짖고, 남북분단을 막아야 한다는 남로당 측의 주장에 이의가 없었고, 또 너도나도 남로당에 가입하는 상황에서 대세에 따르지 않는 것이 오히려 이상한 행동처럼 여겨졌기 때문이었다.

그러나 2·7 사건 이후 남로당 명단에 등재된 사람들이 검찰의 집중 공격을 받게 되었고, 경찰서에서는 취조 후 탈당 성명서에 서명하고 신문에 내는 절차를 밟도록 강요했기 때문에 사람들은 줄지어 탈당하게 되었다.

엄밀히 말해 이들은 남로당이 무엇을 하는 곳인지도 정확히 몰랐고, 그저 죽지 않고 불이익을 당하지 않기 위해 이름뿐인 입당과 탈당을 반복했을 뿐이었다.

2월 26일 UN총회에서는 소련을 위시한 그의 위성국들이 모두 불참한 가운데, 31대 2, 기권 11표로 미국의 결의안을 가결하였고, 1948년 5월 10일 이전에 가능한 지역에서만 총선거를 치르는 것으로 결론이 내려졌다. '가능한 지역'이란 물론 남한만을 의미했다.

그리고 얼마 후 제주도 남로당 조직을 뒤집어 놓은 '조천 남로당 검거 사건'의 핵심 인물들은 모두 석방되었다. 제주 남로당은 육지와는 분리되어 독자노선으로 움직이는 경향이 강했기에, 이런 결과는 당연한 것이었다. 처음부터 미 군정에 반발하거나 폭동을 일으키려는 음모 같은 것은 없었다.

그러나 이 사건으로 인해 남로당의 많은 부분이 약화되었고, 조직

내부적으로는 기존의 지도부가 힘을 잃고 강경파 청년들의 입지가 강해졌다. 이덕구와 김달삼 등을 위시로 무장투쟁을 주장하는 이들이 주도권을 잡음으로써 제주 남로당은 보다 본격적인 유혈의 길로 들어서게 된 것이었다.

세영 아비는 집에 돌아온 후 고문 후유증으로 자리에서 일어날 수 없었다. 탈골된 어깨로 양손을 쓸 수 없어 밥도 떠먹여야 하고, 대소변을 받아낼 때마다 피를 쏟았다. 숨도 제대로 쉴 수 없어 비명 같은 신음만 내뱉는 산송장이나 다름없는 아들의 모습에 정신을 놓은 것은 할머니 쪽이었다. 크게 아픈 곳도 없던 할머니였으나 아버지가 돌아온 날부터 시름시름 앓더니, 보름 만에 그대로 숨을 거두셨다.

아무도 아버지에게 할머니의 죽음을 전하지 못했다. 하지만 아버지는 알았다. 할머니를 묻고 온 날, 아버지의 눈에서 하염없이 흐르던 눈물을 세영은 보았던 것이다.

그날부터 아버지는 음식을 먹지 않았다.

어머니가 강제로 입을 벌리고 땅을 치고 밥상을 엎으며 울고불고 해도 아버지는 굳게 입을 다문 채 눈을 감고만 있었다. 뼈도 추리기 힘든 몸인데도, 그렇게 3일을 더 버텼다. 보다 못한 어미가 읍내까지 가서 병원에서 수액 주사를 얻어 왔으나 온 힘을 다해 삶을 거부하는 아비를 막지 못했다.

다음 날 새벽, 신음처럼 힘겨운 세영 아비의 숨소리는 더 이상 들리지 않았다.

늘 자신보다 손주를 챙기고, 어찌 보면 어머니보다도 더 세영의 편이 되어 주던 할머니, 그리고 살갑고 정 많은 아비는 아니었으나 늘 정도를 지키고 바르게 사는 삶의 본을 보인 존경할 만한 아버지였다.

세영은 무방비 상태가 되었다.

이들의 부재는 노력으로 감당할 수 있는 것이 아니었다. 좁은 집이 괴물같이 커졌고, 비어 버린 공간의 무게가 남겨진 이들을 사정

없이 짓눌렀다. 세영은 두려워졌다. 이 상황에 어떻게 대처해야 하는지, 아무 생각도 들지 않았다. 그저 이제는 어느 쪽이 옳은지를 따질 필요도 없었다.

그리고 며칠 후 한 사람이 더 죽었다.

조천중학원 2학년 김용철이었다. 섬 전역으로 퍼진 서청 단원들은 경찰과 협조하며 연일 청년들에 대한 검거와 폭행, 고문을 자행하고 있었다. 그 와중에 3월 4일 조천지서에 붙들려 간 김용철이 이틀 만에 시체로 나타난 것이었다.

민심은 크게 동요하였다. 하지만 정확한 사인을 모르기 때문에 숨죽이고 상황을 지켜보았다. 시체는 부검되었고, 첫 부검에서는 지병에 의한 사망으로 결론이 내려졌다.

그러나 유족들은 검시 과정에 여러 훼방이 있었음을 알아채고 재부검을 요청하였다. 반발 여론이 거세어지자 미군 고문관은 두 번째 부검을 지시하였다. 검찰관, CIC 요원, 조천중학원 교사까지 입회하여 이례적으로 실시된 재부검에서 사망 원인은 외부 충격에 의한 뇌출혈로 밝혀졌다. 경찰의 과도한 고문이 사망 원인임이 증명된 것이었다.

이로 인해 경찰서장을 비롯하여 지서 경관 5명이 모두 구속되는 초유의 사태가 벌어졌다.

격분한 조천중학원 학생들과 주민들은 즉각 항의 시위에 나섰고, 세영도 가만히 있지 않았다. 세영은 학생들과 경찰서로 몰려가 과격한 시위대의 전면에 섰고, 돌을 던지며 죽음에 항거하여 목소리를 높였다. 당연히 다음 날에는 주동자들에 대한 검속이 시작되었다. 학생들은 잡히면 죽는다는 두려움에 필사적으로 달아났지만, 세영은 태연히 집에 있다가 체포되어 제 발로 경찰서까지 걸어 들어갔다.

산군과 갈라서는 일국, 남은 세 곳의 동굴

조천에서의 김용철 고문치사사건은 산으로 숨어든 학생들을 통해 빠르게 전해졌다. 김달삼을 중심으로 개편된 남로당에서는 더 이상 가만히 보고 있을 수 없다는 목소리가 높아졌다. 이제 바야흐로 경찰에 대한 본격적인 무장투쟁을 시작하여 갈고 닦은 자신들의 실력을 보여 줄 때가 되었다는 것이다.

벌써 수개월째 샛별오름이나 한림 저지의 한수기 곶 지대, 선흘 등 섬의 각 거점에 마련된 훈련 장소에서는 수백 명이 넘는 청년들이 실전 기술과 갖가지 전술들을 익혀 오고 있었다. 청년들은 당장이라도 달려 나가 싸우고픈 패기로 울끈불끈해 있었다.

그에 비해 당의 어른들은 아직은 시기상조라는 입장이었다.

바로 얼마 전 샛별오름 훈련장이 노출되어 경찰과 서청대원 등 200여 명의 습격이 있었다. 다행히 인근에 있던 지원인력이 제때에 도착하여 큰 부상자나 검거된 인원은 없었지만, 산군이 전투준비를 하고 있다는 사실은 이미 경찰 측에 알려졌고 과거 일본군이 사용하던 99소총 등도 압수되었다.

또 한수기 훈련장 역시 마을 사람에 의해 발각되었다는 소문이 있었다. 그쪽으로는 딱히 경찰의 검속이 없었지만, 그게 더 불안했다. 알면서 놔두는 느낌이랄까? 일제 강점기부터 독립군 경험을 통해 갈고닦아 온 촉은 지진을 예측하는 땅강아지의 그것만큼이나 예민했

376

다. 승리를 장담할 순 없어도, 패배가 확실할 때 피해 갈 줄은 알았다. 아직은 때가 아니었다.

그러나 조천 검거 사건 이후, 청년들은 이미 기존 지도부의 의견에 귀 기울이지 않았다. 청년들은 자신들의 힘을 과신하여 '미적지근하게 나가니까 그 꼴을 당하는 것'이라며, 새 시대에는 새로운 방식이 필요함을 역설했다. 이들에게서 끓는 피를 진정시킬 차가운 이성 따위 찾아볼 수 없었다. 사기가 솟을 대로 솟아 기세등등한 청년들에게 김달삼의 말이 곧 당의 결정이었고 행동의 시작이었다.

일국은 산군 내부의 분위기가 이렇게 바뀌어 가고 있는 것을 알지 못했다. 거의 반년 이상 이들과 함께해 오고 있었지만, 일국은 나름의 작전을 진행하며 따로 움직이고 있었기 때문이었다.

일국은 김달삼이 붙여 준 스무 명의 청년들과 함께 섬 곳곳에서 일본군들이 만든 갱도들을 폭파시켰다. 때때로 미군 보초병들과 대치하기도 했지만, 치고 빠지는 데는 섬 청년들을 당할 수 없었다.

게다가 빼앗거나 점령하기 위한 것이 아니라 파괴하기 위한 싸움이었다. 행여 위험해지면 후퇴했다가, 다른 방식으로 때를 노리면 되었다. 제아무리 미군이라도 그 많은 오름을 다 지킬 인원은 없는 데다가, 섬의 온갖 지형지물을 완벽하게 꿰고 있는 일국에게는 상대가 되지 않았다.

렌즈데일과도 몇 번 마주쳤다.

근거리에서는 아니었지만 풀숲이나 바위틈에 몸을 가린 채 폭파할 장소를 염탐을 하다가, 보초들에게 지시하는 렌즈데일을 보았다. 일국은 그와 함께 이곳들을 다니던 지난날을 떠올리지 않을 수 없었다.

'다른 식으로 만났더라면 좋았을 텐데….'

어쩔 수 없이 적이 되어 그와 대결해야 하는 상황이 가혹하게 느껴졌다.

렌즈데일은 알고 있을 것이었다. 갱도를 파괴하며 계획을 틀어 놓는 골칫덩이가 일국 자신이라는 것을. 아마 다음에 마주치게 된다면, 그는 자신을 살려 두지 않을 것이다.

그럼에도 갱도와 함께 렌즈데일을 날려 버릴 수 있는 기회가 왔을 때, 일국은 폭약에 불을 붙이지 못했다.

'그를 죽이면 모든 일이 간단해진다.'

렌즈데일이 충분히 멀어진 이후 도화선에 불꽃을 붙이며, 일국은 언젠가 이 순간을 후회할 날이 올지도 모른다고 생각했다.

그렇게 렌즈데일이 후보로 생각하던 장소들은 하나씩 하나씩 무너져 내렸다. 이제는 설사 어디에 금이 있는지 안다 하더라도 무너져 내린 산을 통째로 들어내지 않는 한 발굴해 낸다는 것 자체가 불가능하게 되었다.

그리고 이제 단 세 곳이 남았다.

그중의 하나가 선흘리에 있었다. 가장 가깝고 쉬운 표적이라 진작 폭파시킬 수도 있었지만, 남로당 훈련장으로 사용되고 있는 한 안전하리라 여겨 마지막으로 남겨 둔 곳이었다. 그러나 남로당이 미 군정의 표적이 되고 있는 이상, 더 이상 선흘도 안전하지 않았다. 할 수 있을 때 작업을 하는 편이 나았다. 갱도를 폭파시키면 오름의 일부가 무너져 내리거나 할 위험이 있으므로, 먼저 김달삼과 논의가 필요했다.

오랜만에 선흘 본부에 찾아온 일국은 북적이는 청년들에 깜짝 놀랐다. 산으로 들어오는 이들이 늘었다는 이야기는 들었지만, 몇 달 사이 서너 배는 늘은 듯 이제는 산채가 비좁을 지경이었다. 인원이 많아지면 노출될 위험도 높았다. 일국은 김달삼에게 인원을 나누어 분산 배치할 필요가 있지 않겠냐는 의견을 내놓았다.

"걱정 마, 여기 오래 있지 않을 테니까. 이제 곧 결전이다!"

"지금 뭐라 했소?"

뜻밖의 소리에 일국은 자신의 귀를 의심했다. 결전?

"총공격이라고, 일국. 섬의 전 지서를 한날한시에 동시에 치는 거다. 우리의 힘을 보여 주는 거지."

"지금 그게 먹혀들 것이라 생각하오?"

일국은 김달삼의 말이 당황스럽다 못해 기가 막혀서 저도 모르게 언성이 높아졌다. 주위의 몇몇 동지들이 힐끔거리며 돌아보았다. 김달삼은 대뜸 불쾌한 표정을 지으며 입가를 틀었다. 미군과의 전투에서 늘 승전보를 올리는 일국의 업적에 대해서는 누구보다 잘 알고 있었다. 자신이 붙여 주었던 청년들이 이제는 진심으로 그를 따른다는 사실도 알고 있었다. 일국은 산군 청년들의 영웅이었다. 그 사실이 묘하게 불쾌해지는 것이었다.

찾아내겠다던 금에 대해서 일국은 매번 이곳이 아니었다는 말만 되풀이하고 있었다. 의심 가는 갱도란 갱도는 다 폭파시키고, 그럼 도대체 그 금이라는 것은 어디에 숨겨져 있단 말인가? 어느 순간 김달삼은 일국이 자신을 이용하는 것이 아닌가 하는 의심을 갖게 되었다. 미국이 적이라는 공통점은 있었으나 그가 과연 자기편인지는 확신이 가지 않았다.

"나는 네가 선봉에 서 줄 것이라 기대했는데?"

김달삼의 말이 일국을 죄어들었다. 이때까지 그가 베푼 것들을 생각하면, 당연히 일국은 이의가 없어야 했다. 그리고 실제로 일국은 산에 오른 순간 목숨을 걸 각오를 했다. 그러나 이런 개죽음은 아니었다.

"우리 전력으로는 승산이 없소. 경찰과의 전투는 곧 미군과의 싸움을 의미한다는 것을 알잖소!"

"소련이 도와줄 것이다. 중앙에서 조만간 동지들을 보내 줄 것이니 조금만 버티면…."

"미쳤소? 난데없이 소련이라니?"

일국은 김달삼의 갑작스런 심경변화 뒤에 있는 배후가 소련이라는 사실에 어처구니가 없었다. 미국과 소련이야 하루가 멀다 하고 신문에 등장하는 이름이었지만, 뜬금없이 소련이 도와줄 거라니. 이거야 원 용왕을 믿는 것보다 더 얼토당토않았다. 하지만 김달삼은 진지했다.

"소련은 제주도에 큰 기대를 걸고 있다. 우리가 미군에 대항해 조금만 시간을 끌면 그 사이 북에서 내려와 협공을…."

"뭐 피하려다 뭐 만난다고. 그래서 지금 미국에게서 애써 지킨 금을 소련 입구멍에 갖다 던지자는 말이오?"

"금이 있긴 있나?"

김달삼의 질문에 일국은 멈칫했다. 대답할 말이 없어서가 아니라, 그런 질문을 던지는 김달삼의 의중에 이미 자신에 대한 신뢰가 남아 있지 않음을 알았기 때문이었다.

"있소."

낮고 짧은 일국의 대답에 흔들린 것은 김달삼 쪽이었다. 정일국은 모리꾼이 아니었다. 얕은 수 쓰고 거짓말할 성격이 아니라는 것은 어린 시절부터 잘 알았다. 그가 있다면 분명 있을 것이었다. 결전을 앞두고 초조해진 마음 탓에 애꿎은 아우를 의심했나 싶어 김달삼은 멋쩍어졌다.

"아무튼, 소련은 그런 게 아니다. 우리를 도와주는 거야. 우리를 먹으려는 게 아니야."

"누가 그럽디까? 소련에서? 그 말을 믿소?"

"소련은 미국과는 달라."

"똑같소. 다른 나라에 기대다니, 형도 결국 친일파 놈들하고 다를 게 없는 거요."

김달삼은 단번에 일국의 멱살을 쥐었다.

"입 조심하라 동무. 너만 혼자 똑똑하고, 너 혼자 애국하냐? 잘난 척도 적당히 해."

일국은 물러서지 않았다. 지금 김달삼을 놓치면 섬의 운명이 위태로울 수도 있었다. 일국은 애끓는 심정으로 김달삼의 눈을 똑바로 바라보며 말했다.

"지금 이렇게 움직이는 것이 그 사람이 바라는 일이란 말이오."

"또 그 CIC인가 하는 미국인 이야기냐?"

김달삼은 못 말린다는 듯 고개를 저었다. 일국은 있는 힘을 다해 그를 말렸다.

"경찰들이 우리가 전투 준비를 하는 것을 알고 있으면서 왜 가만히 놔둔다고 생각하시오? 그들은 우리가 행동하기를 바라는 것이오. 쓸어버릴 명분이 되니까!"

"쓸어버려? 우리가 진다고 확신하는 말투로구나. 아니, 마치 그러기를 바라는 것 같은데?"

김달삼의 눈에는 일국에 대한 실망과 멸시가 담겨 있었다. 이제 더 이상 무슨 말을 하든 믿지 않고, 듣지 않겠다는 닫힌 마음이 전해졌다.

김달삼은 멱살 잡은 손을 뿌리치듯 놓고 일국에게서 돌아섰다. 그의 뒷모습에는 망설임이 없었다.

"승진이 형!"

일국은 마지막으로 그를 불렀다.

저만치 나아가던 김달삼이 그 자리에 멈췄다. 낮은 한숨과 함께 타협을 모르는 남로당 제1대장 김달삼이 아닌, 대정의 이승진이 뒤돌아보았다. 그의 눈은 화났다기보다 지쳐 보였다. 지난 몇 달간 얼마나 많은 이들로부터 배신당하고, 얼마나 많은 과거를 끊어 내야 했던가.

"네가 나와 같은 마음이라면, 결전에 함께 나서지 않을 이유가 없
   지 않니?"

아주 짧은 기다림이 있었다.

만약 승낙을 한다면 기회는 바로 지금뿐이었다. 하지만 일국은 대답하지 못했고, 김달삼은 역시나 그럴 줄 알았다는 듯한 미소로 뒤돌아 가 버렸다.

죽음을 자초하며 불길을 향해 날아드는 불나방처럼, 빨갛게 타오르는 형의 뒷모습을 일국은 오래도록 바라보았다. 결국 이렇게 될 것이었지만, 막아 내지 못한 자신의 무력함에 일국의 가슴은 터져 버릴 것만 같았다.

이제 남은 갱도는 일국 혼자 처리하는 수밖에 없었다. 시간이 별로 없었다. 남로당이 유혈 공격을 감행한다면 전면전의 불이 붙을 것이고, 이는 미군에게 섬을 소탕할 명분을 주는 것이었다. 그렇게 된다면 섬은 끝장이었다.

그 전에 가능한 빨리 남은 세 곳의 오름을 무너뜨려야 했다. 다행히 함께하던 청년들은 일국에게 남겠다는 뜻을 밝혔다. 그들은 자신들이 하고 있는 일이 나라를 위한 것임을 알았고, 일국을 믿고 그와

운명을 함께하기로 스스로 결정했다. 일국 일행은 서둘러 남은 두 곳의 오름을 향해 떠났다. 선흘의 거문오름은 마지막으로 남겨 둔 채.

고문당하는 세영, 석주명의 등장

조천지서로 끌려간 세영은 생각처럼 심한 고문을 당하진 않았다. 김용철 사건 직후라 경찰들도 나름 많이 참고 있던 덕분이었다. 그러나 이들은 중상은 입히지 않으면서도 고통을 줄 수 있는 방법 또한 잘 알고 있었다.

세영의 등과 다리는 첫날 이미 피멍으로 물들어 감각이 없을 정도가 되었다. 고통스러웠지만, 차라리 후련했다. 숨도 쉴 수 없이 맞다가 고문이 그치고 감옥 안으로 내던져지면, 그 안에서 원 없이 울었다. 아버지와 김용철이 죽어 간 이곳에서 자신도 죽어 버렸으면 좋겠다고 생각했다.

세영의 어미는 아들이 잡혀 들어갔다는 소식을 듣자마자 맨발로 지서까지 달려왔다. 아들마저 잃을 수 없었던 어미는 집을 팔아서라도 세영을 빼낼 결심이었다. 하지만 김용철 사건으로 실추된 경찰의 위신 때문에라도 쉽게 풀려나지는 못할 분위기였다.

게다가 세영은 이미 읍내에서 삐라 배포를 주동했던 요주의 불순분자로 찍혀 있었다. 핑계도 좋은데 그 아버지의 아들 아니랄까 봐 숨거나 도망가지도 않고 뻔뻔하게 집에 있다가 제 발로 잡혀 들어온 것부터 경찰의 비위를 긁었다. 목숨에 치명적인 고문은 할 수 없으나, 어디까지 버티는지 서서히 피 마르게 해 주겠다고 경찰들은 단단히 벼르고 있었다.

이렇다 보니 세영의 어미가 제아무리 돈을 봇짐으로 싸들고 와도 소용이 없었다. 석방은커녕 면회조차 허락하지 않았다. 아들의 비명을 밖에서 들으며 세영 어미는 애간장이 타들어 가 지서 문밖에서 목 놓아 울다가 실신하길 반복했다.

해 질 무렵이었다.

그날도 아프지 않은 부분이 없을 정도로 골고루 얻어맞은 세영은 구치소 철장 안으로 내던져졌다. 고통을 느낄 수 있을 정도까지만 맞고 돌려보내지기를 며칠째, 아물만 하면 터지고 나을만 하면 덧나는 상처에 세영의 온몸은 곪아 가고 있었다. 끝없이 계속되는 구타에 정신마저 혼미해져 반항심은커녕 아침이 오기 전에 죽어 버렸으면 좋겠다는 생각만 들었다. 자다 통증에 놀라 깨기를 몇 차례 반복하다 세영은 간신히 잠이 들었다.

잠결에 미군 지프의 엔진 소리가 들렸다.

좀처럼 볼 수 없어 어쩌다 지나가기라도 하면 아이들을 매혹시키곤 했던 그 묵직하고 우렁찬 엔진음.

처음 지프를 보았던 순간이 떠올랐다. 매캐한 냄새를 뿜으며 산길을 거침없이 달리던 투박하고 든든한 무쇠덩어리가 세영의 집 앞에 떡하니 세워져 있었던 그날. 집 안에 들어서니 안절부절못하는 어미와 할미가 반색하며 세영을 맞아들이던 모습이 아직도 눈에 선했다. 할미 눈가의 주름살 하나까지도 세영은 생생히 떠올릴 수가 있었다.

꿈인 줄 알면서도 세영은 할미의 주름진 손을 잡아 어루만지며 눈물을 흘렸다. 찝찔한 눈물의 맛이 혀에 느껴지고, 곧이어 낯익은 목소리가 들렸다.

"나는 석주명이라 하오."

선생님. 그날의 선생님 목소리가 마치 귓가에 들리는 듯했다.

"세영 군, 데리러 왔소."

거짓말 같은 선생님의 목소리. 꿈이어도 이보다 더 좋을 수는 없었다. 세영은 마치 선생님이 자신을 구해 주러 찾아온 것이 사실처럼 느껴져 저도 모르게 자면서 웃음을 지었다.

너무나 행복한 꿈인데 누군가 자신의 몸을 흔드는 것이 느껴졌다. 왜 방해하는가. 잠 속으로 빠져들고픈 세영의 피곤한 육체는 흐려져 가는 정신을 잡아 올리려 하지 않았다. 흔들림이 점점 더 세어졌다. 이제는 어깨까지 마구 들썩였다. 세영은 간신히 정신을 추스르고, 힘겹게 눈꺼풀을 밀어 올렸다.

"세영 군!"

자신을 내려다보는 남자의 얼굴이 뿌옇게 나타났다. 누구지? 낯익은 얼굴. 알아보기까지 한참이 걸렸다. 설마 하는 마음이 판단을 흐렸다. 미간을 잔뜩 찌푸려 초점을 맞춘 세영의 두 눈이 커졌다. 석주명이 자신을 바라보고 있었다. 아하, 이건 꿈이구나. 세영은 희미하게 미소 지었다. 그리고 다시 눈을 감으려 했다.

그 순간 석주명이 세영의 뺨을 세차게 후려쳤다.

"잠들면 안 돼! 여기서 나가야지."

하도 맞아서 고통을 느끼지 못할 줄 알았는데, 뺨에서 불이 나자 순식간에 정신이 돌아왔다.

현실이었다. 석주명이었다. 선생님이 구치소 안에 들어와 자신을 부축해 일으키고 있었다. 세영은 상황판단이 되지 않아 뭐라고 묻지도 못한 채 눈만 깜빡였다. 부어터져 제대로 떠지지 않는 눈이지만, 선생님 등 뒤로 못마땅한 표정으로 바라보고 있는 경찰들과 서청대원들의 모습이 보였다.

석주명은 망설임 없이 세영을 부축해 철창을 빠져나왔다. 누구도 제지하지 않았고, 오히려 석주명에게 고개를 숙이며 길을 터주었다. 선생님이 지서에 수감된 자신을 빼내고 있다니. 세영은 이 상황이 꿈인지 현실인지 구분이 되지 않았다.

지서에서 밖으로 나오자 세영 어미가 기다렸다는 듯 달려와 세영을 안았다.

"아이구, 내 새끼야. 이게 웬 꼴이냐!"

세영 어미의 한 맺힌 울음이 세영을 단번에 현실로 데려왔다.

석주명은 지서 앞에 세워 둔 지프 뒷좌석 문을 열어 세영과 세영 어미를 태웠다. 운전을 하는 사람은 미군이었다. 석주명은 옆좌석에 올라 세영의 집까지 가는 길을 영어로 지시했다.

우렁찬 지프의 엔진음과 함께 돌투성이 노면을 지나는 진동이 느껴지자, 그제서야 세영은 석주명이 눈앞에 있는 것이 꿈이 아님을 확신했다.

"선생님, 여긴 어떻게…?"

"걱정이 되어 내려왔지. 제일 먼저 세영 군을 찾아왔는데, 이런 상황일 줄이야…."

세영을 돌아보는 석주명의 얼굴은 몹시 고통스러워 보였다. 만신창이가 된 세영의 얼굴을 차마 더 바라보지 못하고 석주명은 고개를 돌렸다. 마지막으로 본 것이 불과 몇 년 전인데, 그 사이 끔찍하리만큼 달라진 세영의 상황이 그의 마음을 사정없이 할퀴었다.

집에 도착해서 세영을 방에 누이고, 세영 어미는 죽을 쑤러 밖으로 나갔다. 단 둘이 남자 석주명은 황급히 자신이 내려오게 된 이유를 들려주었다. 그는 서울에서 미 군정 국립과학관 동물학부장직을 맡고 있었다. 늘 제주도의 상황에 마음을 두고 있었는데 최근 긴박하게 돌아가는 분위기를 보고 더 이상 머뭇거릴 시간이 없다고 여겨 입도를 감행한 것이었다.

"세영 군이 알아야 할 일이 있소. 그 동굴, 세영 군이 발견했던 그 동굴 기억나오?"

세영은 고개를 끄덕였다. 어떻게 잊을 수 있겠는가. 그 후로도 혼자 몇 번 가 보았다. 2년 전 그곳에 갔을 때가 마지막이었다. 부쩍 자란 세영의 몸에 비해 동굴 틈은 턱없이 좁아 더 이상은 들어갈 수 없기 때문이었다.

"내가 그곳에서 황금빛 나비를 발견했던 거 기억하오?"

"네."

"그때 나는 그 나비를 상당히 멀리 떨어진 다른 곳에서 또 발견했소. 오랜 시간 기다려서 간신히 잡았지. 근데 잡고 보니 그건 황금색이 아니었어. 그냥 보통 제비나비였어. 다만 황금빛을 띄고 있었던 거야. 왜 그랬을까?"

어리둥절해 하는 세영을 향해 석주명의 눈빛이 빛났다.

"황금 가루가 묻어 있었거든."

세영의 얼굴에 의아함이 일었다. 전혀 뜻밖의 말을 석주명은 하고 있었다. 그의 등장부터 모든 것이 놀라움의 연속이었다. 석주명은 자기만의 세계에 파묻혀 마구 이야기를 쏟아내었다.

"나중에 확인해 보았더니 그건 진짜 황금이었어. 나비가 어딘가에서 금가루를 묻혀 온 거야. 그래서 나는 생각했지. 이 나비들이 드나드는 그 동굴에 무언가 황금으로 된 것이 있는 것이다. 그리고 이렇게 멀리 떨어진 곳에서 나비가 발견되었다면, 그 동굴로 이어진 다른 입구가 있을지도 모른다고."

"…발견하셨군요."

석주명이 확신에 찬 표정으로 고개를 끄덕였다.

"그 동굴로 들어가는 다른 입구가 있었던 거지. 세영 군한테 그걸 꼭 말해야 했소. 그래서 온 거야."

석주명은 품 안의 지갑을 꺼내더니 낡은 종이 한 장을 꺼내어 펼쳤다. 그것은 석주명이 만들던 섬의 동굴지도였다. 꼼꼼하게 손수 펜으로 그린 지도에는 선흘 지역의 굴 위치들이 자세히 표시되어 있었다. 그중에서도 세 곳에 가장 뚜렷한 표시가 되어 있었다.

"여기는 벵뒤굴이군요?"

"맞아. 이곳에서 일본군들이 오랜 시간 작업을 했지. 분명 그들은 그 깊은 곳에 금을 숨겼을 거야. 그리고 그 굴은 가지굴을 통해 다른 굴들과 이어져 있었던 거지. 하나가 동백동산 쪽에 우리가 발견한 그 동굴이야."

"하지만 동백동산과 벵뒤굴은 정말 먼데요."

"하지만 이어져 있어. 사람이 다닐 정도의 크기는 아니었지만, 나비들은 분명 오갈 수 있는 길이었던 거야. 하지만 벵뒤굴로 금이 있는 곳까지 난 길은 일본군이 막아 버렸지. 동백동산 굴로도 들어갈 수 없어. 하지만 다른 길이 또 있었고, 난 찾아냈어. 나비를 따라 들어갔거든."

"거기가 어딘데요?"

"선흘 곶자왈."

석주명은 세영이 알아볼 수 있게, 지도상에 위치를 표시해 주었다. 선흘곶을 꿰고 있는 세영이다 보니 대략 어느 부근인지 짐작이 갔다. 하지만 굴을 본 기억이 없었다. 세영이 갸우뚱한 표정을 짓자 석주명은 지형지물을 묘사하며 설명을 했다.

"놀랍게도 가장 따뜻한 곳, 숨골 중의 하나야. 지하 동굴로부터 열기가 올라오지. 몰랐던 게 오히려 이상할 지경이라니까. 겨울에 가면 더 쉽게 찾을 수 있어."

"가 보면…, 찾을 수 있을 것도 같아요."

세영의 말에 석주명은 크게 고개를 끄덕이며 표정이 밝아졌다. 그리고 이내 진지한 표정이 되어 세영의 두 어깨를 부여잡았다.

"그 동굴을 지켜야 하오. 발각되면 안 돼. 미국에도 일본에도 빼앗기면 안 되는 우리 새 나라를 위한 것이야."

석주명은 비장하다 못해 떨리는 목소리로 강조했다.

"돌이킬 세월이 너무 많아. 바로잡을 것이 너무 많아. 부탁하오, 세영 군. 그곳을 부탁해. 아무에게도 뺏기지 않도록."

세영은 너무나 큰 비밀과 막중한 책임에 가슴께가 무거워지는 것을 느꼈다. 석주명이, 선생님이 지키려는 것이 금이 아닌, 섬이고 나라라는 것이 그를 뜨겁게 했다.

석주명은 그날 바로 돌아갔다.

미 군정 허가를 얻어 미군기 편에 잠깐 들를 수 있었던 것이었기 때문에 오래 지체할 수 없었다. 세영은 불편한 몸으로 간신히 집 앞까지 그를 배웅했다. 석주명은 어린 세영에게 모든 것을 맡기고 가야 하는 상황에 안타까워하면서도 다른 누구에게도 나눌 수 없는 비밀을 이 어린 친구가 끝까지 지켜 낼 것임을 믿었다.

"문제를 일으키면 안 되오. 지금은 무엇이든 도화선이 될 수 있으니까."

"네, 선생님."

마치 꿈처럼 석주명은 떠나갔다.

그리고 그 주말부터 청년들의 연이은 죽음이 시작되었다.

모슬포 지서에서 유치 중이던 대정면의 양은하 청년이 경찰의 구타로 사망했다. 한림에서는 마을 출신 청년 박행구가 폭행 후 총살당했다. 그들의 죽음은 예정된 것이었다.

세영이 걸을 수 있게 되자마자 세영 어미는 당장 선흘리로 집을 옮겼다.

세영의 작업실, '보물사냥꾼 방문', 일국의 암호를 풀다

　세영은 종일 학순과 이야기를 나누다가 며느리가 끓여 놓은 육개
장을 데워 먹고는 깜빡 잠이 들었다. 눈을 떠보니 밤 10시. 식곤증
치고는 지나치게 깊이 잠든 탓에 사방이 어둠에 덮이는 것도 모르
고 있었다.

　그대로 작업실에서 밤을 보낼까 하다가 어딘가 내키지 않아 세영
은 차를 몰고 나섰다. 올레를 막 빠져나가려는데 정면으로 큼직한 밴
차량이 들어서는 것이 보였다. 인가라고는 세영의 작업실 하나뿐인
외길목이라 그의 손님이 아니라면 찾아올 이가 없었다. 상대는 기어
이 들어가야겠다는 듯 꼼짝도 하지 않았다.

　하는 수 없이 세영은 후진으로 차를 물렸다.

　세영은 한밤중에 들이닥친 손님맞이를 위해 녹차를 우렸다.

　상대가 외국인이라는 것을 생각하면 커피라도 내면 좋겠지만, 평
소 커피를 즐기지 않아 낼 것이 녹차뿐이었다. 차를 권하자 에드먼드
와 통역을 맡은 임마누엘은 익숙한 몸짓으로 잔을 들었다. 하지만 그
들은 느긋하게 차의 향을 음미할 마음은 없는 듯 단숨에 잔을 비우고
는 단도직입적으로 원하는 바를 말했다.

　"선생님 도움이 필요합니다."

"이 늙은이한테 무슨….”

"과거에 섬을 아주 잘 아셨다지요? 선생님이 굴이란 굴은 다 꿰고 계
신다는 말을 들었습니다.”

세영은 찻잔에서 시선을 거두지 않았다. 그러잖아도 선흘굴에서
의 짧은 만남 후 언젠가 한 번은 다시 마주칠 날이 올 것이라는 생각
은 했지만, 이렇게 갑자기 들이닥칠 줄은 몰랐다. 어차피 대답은 같
았지만.

"한낱 늙은이일 뿐이오.”

에드먼드는 세영이 쉽게 도와주지 않으리라는 것쯤은 예상했다는
듯 말을 이었다.

"저희를 도와주시면 사례는 충분히 하겠습니다. 지금이 마지막 기회
입니다. 선생님이 말씀 안 하셔도 어차피 누군가가 발견하게 될 겁
니다. 국정원과 군에서 지금 굴로 갔어요. 오늘 밤이면 끝입니다.”

세영은 실소했다. 황금에 눈이 먼 인간들은 백 년이 흘러도 변하
지 않는다.

"섬을 불태우고 빗질하듯 훑었을 때도 찾지 못했는데, 당신들이 무슨
수로 찾겠단 말이오?”

"이번엔 다르지요. 선흘굴이 발견되었으니까. 범위는 수백 분의 일이
된 겁니다. 그리고 우리에겐 일본군이 남긴 지도가 있어요. 들어갈 수
만 있다면 우리가 앞설 수 있습니다.”

"금을 찾아서 뭘 하려고.”

에드먼드가 순간 웃음을 터트렸다.

"금으로 뭘 하냐니요. 할 일이 수백만 가지 아니겠소.”

질문이 너무 어처구니없어서 에드먼드는 키득키득 웃음을 감추지 못했다.

세영은 말없이 테이블 위에 흩어진 다기들을 바라보다가, 하나씩 차반에 담아 들고는 자리에서 일어섰다. 주방으로 향하는 세영의 뒷모습은 마치 이제 볼일이 끝났으니 정리나 해야겠다는 투였다.

에드먼드의 입가가 일그러졌다. 말할 가치도 없다? 꽉 막힌 늙은이 같으니라고. 에드먼드는 세영을 쫓아 주방으로 들어갔다.

　"당신은 갑부가 될 기회를 놓치는 거요. 도대체 그게 얼마만 한 값어
　　치인 줄이나 아시오? 멍청한 늙은이 같으니라고."

임마누엘이 적당한 말로 통역하려고 머뭇거리며 말을 골랐지만, 에드먼드의 무례한 표현을 눈치채지 못할 세영이 아니었다. 욕설보다 그의 탐욕스러움이 세영을 불쾌하게 만들었다. 그놈의 '값어치' 때문에 얼마나 큰 대가를 치러야 했는가. ·

　"그 굴에 남겨진 값진 것이 무엇인지 아시오? 진실이오. 역사가 감춰
　　놓은 진실. 돌아가시오."

단호한 세영의 표정에서 에드먼드는 그의 마음이 절대로 변하지 않을 것임을 알았다. 하지만 그대로 물러날 수는 없었다. 늙은이는 마지막 열쇠였다. 에드먼드의 표정에 순간 잔인한 번뜩임이 스쳐 갔다. 세영은 본능적으로 위험을 감지하고 뒤로 한 발 물러섰다. 몸을 피할 곳이 없다는 것을 깨닫고 급한 마음에 사기 주전자에 손을 뻗는 순간, 대문이 벌컥 열리면서 신림이 달려 들어왔다.

　"할아버지!"

신림의 뒤를 이어 태훈과 김 씨가 소란스럽게 들어오며, 심상치 않은 분위기를 느낀 태훈이 얼른 세영에게로 달려갔다.

"무슨 짓들이야? 여기도 털러 왔나?"

"뭐?"

"호텔에서 노트북과 자료들을 가져간 거 당신들 아니야?"

"우리가 그랬다고?"

"아닌가?"

"그랬다면 이렇게 와서 부탁하겠나?"

에드먼드는 발톱을 거둬들이고 아무 일도 없었다는 듯 태연했다. 태훈은 세영을 돌아보았다. 세영이 고개를 끄덕여 에드먼드의 말을 확인해 주었다. 태훈은 어쩔 수 없이 물러섰다.

"그렇다고 남의 집을 방문하기에는 너무 늦은 시간이네요. 그만 돌아가 주세요."

신림이 현관으로 다가가 불청객을 쫓아 보내려 대문을 열었다. 에드먼드는 못마땅한 표정이었지만, 순순히 물러날 수밖에 없었다. 신림과 태훈, 게다가 김 씨까지. 일이 너무 커졌다. 에드먼드가 나가 버리자, 임마누엘은 험악해진 분위기를 만들어 버린 것에 대해 사과하듯 깊이 허리를 숙이고는 문을 빠져나갔다.

보물사냥꾼 일행이 집을 나서기가 무섭게 신림은 할아버지에게 다친 곳은 없는지 묻고, 곧바로 연구소가 습격당한 소식을 전하였다.

"국정원에서 선흘굴도 완전히 통제했대요. 오늘부터 그곳에서 밤샘 조사를 한다더라고요. 이상해요. 단순히 도굴 건은 아니고 뭔가 있는 게 틀림없어요."

신림은 세영을 바라보았다. 정말 그 안에 금이든 보물이든 있는 거라면, 그리고 그 정일국이라는 남자가 남긴 암호가 그것과 관계가 있다면, 풀 수 있는 사람은 할아버지뿐이었다. 신림은 핸드폰에서 시체 배치가 찍힌 사진을 찾아 세영에게 내밀었다. 보물사냥꾼들이 이 곳에 찾아온 이유이자, 국정원에서 연구소를 뒤져서까지 빼내 간 그 사진이었다.

"제 생각에는 이 사진에 답이 있어요. 반대로 된 上자 두 개라고 생각했던 것이 잘못인지도 몰라요. 일부가 지워졌거나 아니면, 한자가 아닐지도 모르죠. 일본어일 수도 있고 아예 아무 글자도 아닐 수 있죠. 그냥 무늬이거나, 아니면 자기들끼리 쓰는 암호일 수도 있고. 할아버지, 그 정일국이라는 사람과 잘 아는 사이셨다면서요? 혹시 짐작 가는 것 없으세요?"

신림의 말이 세영의 뇌리를 스치고 지나갔다. 정일국이 아는 암호? 아니 어쩌면 정일국이 알던 사람이 사용하던 암호라면?

순간 세영은 이 메시지가 자신을 향해 보내진 것임을 깨달았다. 삼촌은 알고 있었던 것이다. 자신이 비밀스럽게 적어 가던 일기장 글자의 비밀을. 이것은 거울글자였다. 글자의 상하좌우를 반대로 써서 거울에 비추어 보아야만 그 참 의미를 알아볼 수 있게 거꾸로 글자를 쓰는 것이었다. 세영의 학창 시절에 이런 식의 거울글자 쓰기가 유행했었다. 아이들은 장난처럼 선생님이나 어른들이 알아보지 못하게 일본어나 한자를 거울글자로 썼는데, 나중에는 한글로도 거울글자를 연습해 비밀 기록을 남기는 데 사용했다. 대부분의 아이들은 글자를 익히는 것이 지겨워 장난처럼 쓰다 말았지만, 세영은 꾸준히 연습하여 일기까지 거울글자로 쓰곤 했던 것이다. 같은 방에 사는 삼촌이 알아보지 못하게 하기 위해서였다. 그럼으로써 모든 게 안전하다고, 비밀은 완벽히 지켜질 거라 생각했다.

그런데 삼촌은 알고 있었던 것이다.

자신의 마음, 정화 선생님에 대한 자신의 마음과 일국 삼촌에 대한 증오, 그 무수한 원망과 미움과 분노를 모두 알고 있었던 것이다. 알면서도 자신을 대했던 삼촌의 말, 표정, 행동, 그의 마지막 결정과 선택까지. 모든 것이 자신의 마음을 위한 배려였고, 애정이었던 것이다.

세영은 마치 바로 며칠 전의 일처럼 얼굴이 화끈거리고 마음이 아려 왔다.

"할아버지? 무슨 생각나는 것 있으세요?"

신림이 재촉하듯 물었다. 세영은 그런 손녀를 바라보았다. 일국 삼촌을 그대로 빼닮은 커다란 눈동자. 오전 내내 학순과 머리를 싸매고 고민해도 얻지 못한 답을 세영은 순간적으로 알아 버렸다. 그리고 이제 그 암호의 답을 그 손녀가 요구하고 있었다. 세영은 낮게 한숨을 쉬었다.

"이건 거울글자다."

거울글자? 난생 처음 들어 보는 말에 태훈은 어리둥절했으나, 신림은 단번에 말을 알아들었다.

"그럼 윗 상上 자가 아니라…"

허공에 그려지는 신림의 손가락 글자는 상하좌우가 대칭으로 바뀐 아래 하下 자였다.

"下, 下. 아래 하下 자 두 개. 그러면…?"

신림이 소름 끼치는 표정으로 태훈을 바라보았다. 아래의 아래. 지하의 지하.

"정일국의 아래로군."

"그래서 360도 주위를 투시해도 공간이 잡히지 않은 것이었어. 이미 그곳이 지하니까 더 지하가 존재한다고 생각 못 했던 거야! 이런 기발한! 굉장한 트릭이네요!"

신림은 비밀을 밝혀낸 것이 신나서 탄성을 내질렀다.

"의도했다기보다, 그런 식으로 굴이 형성되어 있었던 것이겠지. 다만 그걸 눈치 채지 못하게 가려 놓은 것일 테고."

굴에 입구가 없었음을 생각하면, 그 지하 굴로 이어진 길을 막음으로써 그들은 스스로를 고립시킨 것이 틀림없었다. 최후의 문 위에 지키고 서서, 굴 안에서 다가오는 죽음을 기다렸을 일국과 수많은 사람들의 모습이 보이는 듯해 세영은 마음이 아려 왔다.

"아무튼 그렇다면, 그 무언가가 정일국과 시체들이 놓여 있는 바로 그 아래에 묻혀 있다는 말이로군요?"

태훈은 뜻밖의 발견에 흥분했다. 정말 보물사냥꾼들이 말하는 수천 톤의 금이 쌓여 있을지도 몰랐다. 반신반의하던 일확천금의 꿈이 불쑥 현실로 다가오자 가슴께로 사르르 긴장감이 느껴졌다.

"그럼 뭐해요. 이미 선흘굴에는 들어갈 수 없게 되었는데."

신림이 현실을 직시하라는 듯 툭 쏘아붙였다. 그녀 스스로도 한껏 실망한 말투였다. 몇 번이나 기회가 있었는데, 그때를 놓쳐 버린 자신이 한심스러웠다.

"다른 입구가 있다."

세영의 말에 신림과 태훈, 김 씨까지도 놀라서 그를 돌아보았다. 세영은 재킷에 팔을 꿰어 넣으며 외출 차비를 하였다.

"동굴로 가자."

숨겨진 동굴

동굴의 입구로 일행을 데려가면서 세영은 석주명을 생각했다.

1948년 3월, 피비린내 나는 혈전의 직전에 찾아와 자신을 구해 주고 돌아간 석주명 선생님. 그 후 선생님은 조선산악회에 가입하여 전국 방방곡곡 산들을 돌며 일본군이 박은 말뚝을 찾는 일을 하셨다. 신문에서 석주명의 소식을 접할 때마다 세영은 늘 그를 응원했다. 그리고 그가 평생을 걸쳐 집필한 원고들을 짊어지고 6·25 전쟁 중에 피난을 다니다가 의문의 타살을 당하게 되었다는 소식을 들었을 때, 세영은 모든 책임이 자신에게 넘어왔음을 알았다.

그때부터 세영은 글을 쓰기 시작했고, 돈을 버는 족족 땅을 사들였다. 고향 조천이 아닌 선흘리의 땅들이었다. 선생님이 예측했던 지도상의 동굴들을 소유해야만 했다.

그렇게 50년 동안 지켜 온 빗장을 이제 제 손으로 열려 하고 있었다. 옳은 선택인지 알 수 없었다. 지키기 위해 묻어 놔야 했던 시절은 이미 지나고, 빼앗기지 않기 위해 차지해야 하는 때가 왔을 뿐이다.

신림은 할아버지가 집 뒤편으로 돌아가는 것이 의아했다. 동굴로 가자고 하시더니, 마당에 주차된 차 쪽으로 가지 않고, 손전등을 켜 들고는 아버지 무덤이 있는 오름을 향해 가고 있었다. 설마 이곳에 동굴 입구가 있다고? 우리 집 뒷동산에? 갑자기 섬뜩한 기분이 들었다. 할아버지는 도대체 무얼 얼마나 알고 계신 걸까? 앞서가는 그의 뒷모습이 낯설게 느껴졌다. 평생을 알아 온 할아버지가 아닌 것만 같았다.

한참을 더 나아가 나무들이 우거진 지역에 접어들었다. 노면이 고르지 않아 보행이 쉽지 않았다. 밤길이다 보니 발밑도 보이지 않아, 처음 길을 걷는 태훈이나 김 씨는 애를 먹었다.

"조심들 하게나."

"아니, 여긴 길이 왜 이렇죠?"

"곶이었으니까. 지금은 개발되어서 나무를 다 베어 버렸지만."

"곶이요?"

신림이 의외라는 듯 할아버지를 바라보았다. 이 근방의 곶이라면….

"동백동산이다. 과거에는 이곳까지 동백동산이 이어져 있었어. 지금의 동백동산은 매우 축소되었지만."

세영은 멈추지 않고 계속 나아갔다. 태훈은 열심히 뒤를 따르면서 이곳에서 선흘굴까지의 거리를 가늠해 보았다. 적어도 4, 5㎞는 될 것이었다. 걸어간다면 대략 한 시간 남짓 걸릴까? 물론 잘 닦여진 평지일 경우고, 이런 길이라면 두 시간은 족히 걸릴 것이었다.

몇 미터쯤 더 가다가 세영이 걸음을 멈추었다. 그의 앞에는 울창한 찔레나무 덤불이 있었다.

"이 나무를 베게."

세영이 태훈에게 지시했다. 집을 나설 때 들고 오라던 손도끼는 여기에 쓰기 위한 것이었다. 거의 10년 이상은 자란 듯 보이는 나무라

베어 내기 망설여졌지만, 세영이 이유 없이 그럴 리 없으므로 태훈은 곧바로 도끼를 휘둘렀다. 한 번, 두 번, 아무래도 왼손이 시원찮은 태훈의 도끼질이 어설퍼 보였는지 김 씨가 나섰다.

몸 쓰는 일에 익숙한 그답게 몇 번 휘두르지 않아 찔레나무는 '쩌적' 소리를 내며 반으로 갈라졌다. 김 씨가 쓰러진 덤불을 옆으로 치워 내자 나무뿌리 뒤편으로 움푹 패인 숨골이 나타났다. 얼핏 보아서는 그저 오목한 홈 정도로 보였는데, 주위를 덮은 낙엽과 나무뿌리들을 거둬 내니 어른 몸 하나 들어갈 만한 구멍이 나타났다.

세영은 손전등을 비추어 내부를 살펴보더니 몸을 돌려 들어가자는 고갯짓을 하였다. 여든이 넘은 노인이 이 굴 안으로 들어간다고? 신림이 말릴 것도 없이 태훈이 나섰다.

"제가 앞장서겠습니다."

"아래는 미로나 다름없네."

"일단 시작 방향을 아니까요."

태훈이 스마트폰을 켜 보였다. 현재의 위치가 GPS와 연결되어 선흘굴까지의 방향을 지시하고 있었다. 세영이 허탈하게 웃었다.

"좋은 세상이구만."

굴로 들어가려고 고개를 디밀다가, 태훈은 무엇인가 생각난 듯 스마트폰으로 누군가에게 문자를 날렸다.

"만약을 위해서."

그리고는 날렵하게 굴 안으로 미끄러져 내려갔다.

황금의 시작, 결전의 끝

1948년 3월 말, 4.3 사건, 벵뒤굴로

한라산의 겨울은 3월이 지나도록 물러날 줄 몰랐다.

조금은 길어진 낮 기운이 쌓인 눈을 녹일 틈도 없이 조석으로 산등성에서는 한기가 흘러내렸다. 선흘 마을 사람들은 마른 소나무 가지가 만드는 잔불로 밤새 곱은 몸을 녹이고 힘겹게 하루를 시작했다. 산꿩이며 곳소를 잡기 위해 곳곳에 덫을 놓았지만, 미끼로 쓸 것도 마땅치 않아 기대할 수 없었다. 묻어 놓은 감자가 떨어진 지도 이미 오래, 남은 한 달만 버티면 산나물이라도 나기 시작하련만, 겨울은 무던히도 길게 이어졌다.

정화네와 세영네 모두 사정은 말이 아니었다.

그나마 가끔 집에 들르는 일국이 가져다주는 조나 보리쌀 덕에 죽지 않고 버티기는 했지만, 급하게 들어온 산 생활이 만만할 리 없었다.

특히 한 번도 해안가를 떠나본 적 없는 세영 어미에게, 중산간은 남편과 시어미를 떠나보내고도 살아야 하는 모진 삶 그 자체였다. 오로지 아들 하나만을 바라보고 세영 어미는 악착같이 목숨을 부지했다.

그런 그들에게 4월 3일은 조용히 찾아왔다.

저녁부터 내린 비가 대기를 한껏 차게 만든 새벽 1시 무렵, 한라산 중산간 오름에 봉화가 올랐다. 이어 섬의 각 마을 인근에 대기하던 하얀 어깨띠를 맨 좌익 무장 결사대는 섬에 퍼져 있는 11개 경찰 지서를 동시에 습격했다.

아무런 대비 없이 무장대의 공격을 받은 경찰들은 속수무책으로 무너져 내렸고, 무장대는 이어 서북청년단의 숙소와 우익 단체 주요 인사들의 집으로 옮겨 갔다. 사제 폭탄을 이용하여 건물을 폭격하고, 달아나는 사람들을 붙잡아 99형 소총, 칼, 죽창으로 인정사정없이 때리고 찔러 댔다. 아비규환 중에 습격 대상뿐 아니라 그들의 가족들까지도 무작위로 희생되었다.

후에 4·3 사건으로 불리게 되는 대참사의 시작이었다.

경찰은 4·3 사건이 좌익 세력이 일으킨 폭동으로, 조선의 소련 연방화를 기도하는 공산당의 파괴공작이며, 5월 10일로 예정된 남한 단독 총선거를 방해하기 위한 것이라고 단정짓고, 이에 대한 대대적인 검거작전에 돌입했다. 미 군정은 육지의 각 도 경찰청에서 1개 중대씩, 총 8개 중대 1,700명에 이르는 경찰들을 제주로 내려보냈다. 4월 5일 제주경찰감찰청 '제주비상경비사령부'가 설치되었다.

4월 8일 미 군함은 제주 해안을 봉쇄하고, 그동안 섬의 치안 문제에 적극적으로 참여하지 않던 모슬포 주둔 경비대 제9연대로 하여금 경찰의 협조 아래 진압작전에 참여하도록 명령하였다.

세영네는 마을을 떠나 있던 탓에 이런 모든 일들이 일어났다는 사실조차 알지 못했다. 일을 알게 된 것은 며칠이 지나 용이네 가족이 불쑥 선흘 마을을 찾아왔을 때였다. 진작부터 용이 아버지와 용이는 산으로 올라가고, 용이 어머니와 여동생만 조천에 남아 있었다.

그런데 용이 아버지가 남은 가족들을 모두 선흘로 불러들인 것이었다. 용이 어머니의 말에 의하면 조천 마을의 모든 사람들이 달아났는데, 그나마 밭을 가진 사람들은 농사에 손을 뗄 수가 없어서 낮에는 일을 하고 밤에는 산의 은신처에서 생활하는 식으로 지내고 있고, 밭도 없고 경찰과의 관계가 좋지 않던 사람들은 아예 짐을 싸들고 산으로 들어왔다고 했다.

물론 마을에서 지내는 이들도 있었다.

재주 있게 시기를 잘 타고 경찰 편에 붙은 이들이었다. 지원금이라도 넣을 형편이 되었거나 자식이 경찰에 지원한 경우, 그도 아니면 딸을 경찰에게 시집보내기라도 하여, 이른바 '경찰 가족'이 된 경우였다. 숨겨 보았자 어차피 빼앗길 돈이었고, 한 번 눈에 든 처자는 강제로라도 데려가는 판이니 차라리 먼저 내놓고 살아남는 길을 택한 것이다. 기회주의일 수도, 배신일 수도 있었다. 중요한 건 죽지 않고 살아남는 데 있었다.

도망친 주민들의 대부분이 죄가 없었다. 문제는 자신이 죄가 없다는 것을 어떻게 알려야 하는지를 모르는 무지한 이들이었다. 무식이 죄라고 주변머리도 없고 흐름을 볼 줄도 모르는 대다수 주민들은 이러지도 저러지도 못한 채 무조건 도망치는 수밖에 없었다. 도망치니 쫓겼고, 그게 죄가 되어 더 도망쳐야 했다.

중산간으로 주민들이 몰려들자, 이 지역에 대한 경찰들의 움직임이 빨라졌다. 거문오름에 집결지를 두고 있던 무장대는 자신들의 영역인 선흘리를 지키기 위해 경찰들에 대한 선제공격을 감행했다.

이제까지와는 달랐다. 경찰지서 습격으로 그치지 않고 무고한 경찰 가족에 대한 보복성 공격이 이어졌다. 살해한 경찰 가족의 시체를 훼손하여 대문에 걸어 놓는 무자비한 짓도 서슴지 않았다.

일국 어미와 함께 꿩덫을 살펴보고 돌아오던 세영 어미는 마을 초입에 있던 김 순경의 집 앞에 전시되어 있는 노모의 시체를 보고는 충격을 받아 그 자리에 주저앉아 버렸다. 세영이 와서 간신히 업어 모셔온 후에도 방구석에 틀어박혀 꼼짝도 않으려 했다.

세영이 받은 충격 역시 적지 않았다. 잘못되어도 상당히 잘못되어 가고 있었다. 무고하게 돌아가신 할머니를 생각하면 경찰 놈들이 죽일 만큼 미웠지만, 그렇다고 그 가족을 똑같이 죽여도 된다는 생각은

406

들지 않았다. 그렇게 한다고 상처가 치유될 것 같지도 않았다. 아픔과 상처는 나눌수록 배가 될 뿐, 이제부터는 피 흘리기 경쟁일 뿐이었다. 어느 편도 옳지 않았다.

상황은 점점 더 심각해져 갔다. 경찰과 무장대 양측은 서로를 향한 습격과 총격을 연일 계속했고, 사망자와 부상자는 기하급수적으로 늘어갔다. 전선과 통신이 끊기고 미군기가 공항에서 총격을 받는 일도 일어났다. 다리가 파괴되고 마을 어귀에 도랑이 파여 차량 출입이 통제되었다. 마을 사람들에 대한 납치와 약탈, 운반 중인 군수품, 의료품에 대한 압수 혹은 강탈이 일어났고, 북촌이나 토산에서는 경찰 가족을 제외한 마을 주민 전원을 한 장소에서 모조리 총살하는 대량학살 사건까지 일어났다.

선흘 마을에서도 심심찮게 총소리가 들리고, 자칫 잘못하여 싸움에 말려 죽거나 다치는 사람이 늘어 갔다. 죽고 다치는 게 '재수 없으면' 생기는 일이 아니라, 재수가 좋아야지나 무사할 수 있었다.

정화와 세영네 가족은 한 방 안에 틀어박혀, 행여 신국이 울음이라도 터뜨릴라치면 이불을 뒤집어쓰고 숨을 죽였다. 두어 줌 남은 좁쌀을 하루에 한 수저씩 입에 불려 먹으며 문자 그대로 입에 풀칠이나 하는 생활을 이어 갔다. 살아간다는 것이, 살아남는다는 것이 막막하고 어떻게 해야 할지 가늠조차 할 수 없었다.

선흘리의 상황을 뒤늦게 전해 들은 일국이 집에 온 것은 상황이 한창 심각해지던 4월 하순 무렵이었다. 함께 움직이는 청년들까지 몰고 왔으나, 집에는 대접할 것이 아무것도 없었다. 먹을 것 없기는 일국 일행 역시 마찬가지였으나, 최소한 사냥이 가능한 이들이었기에 산에서 잡은 사슴이나 꿩고기 말린 것 정도는 마련해 두고 있었다.

그들은 정화와 세영네 가족을 위해 갖고 있던 육포를 내놓았다. 아귀같이 허겁지겁 마른 고기를 뜯는 가족들의 모습을 일국은 한참이나 말없이 바라보았다. 이제 걸음마를 겨우 뗀 신국은 씹지도 못하는 고기를 손에 쥐고 윗옷이 침으로 흥건히 젖도록 빨아 댔다.

"이곳을 떠야겠어."

"또?"

내키지는 않았지만, 반대하는 사람은 아무도 없었다.

그날로 짐을 싸서 거처를 옮겼다. 이번에는 이불 보따리나 옷가지조차 챙기지 않았다. 이번엔 정말로 이사가 아닌 피신이었기 때문이다.

하지만 그 와중에도 세영은 남들 몰래 한 가지 물건을 챙겼다. 조천에서 떠나오던 날, 안방 서랍에서 몰래 꺼내어 챙겨 두었던 총이었다. 어미가 물질하다 주워 와 서랍에 넣어 두었던 것으로 어미 자신도 잊고 있었지만, 세영은 언젠가 만약의 상황이 생긴다면 이 총이 분명 큰 도움이 될 것이라 생각하고 있었다.

한 번도 사용해 본 적은 없었지만, 용이를 슬쩍 떠서 쏘는 법을 배워 두었기에 충분히 다룰 수 있을 것이었다. 세영은 자신이 가장 아끼는 〈젊은 베르테르의 슬픔〉과 함께 이 총을 가방의 가장 깊은 곳에 집어넣었다.

일국이 가족들을 데려간 곳은 벵뒤굴이었다.

"굴에서 지내란 말이냐?"

세영 어미가 난색을 표했지만, 이미 벵뒤굴에는 수십 명의 사람들이 피신해서 지내고 있었다. 조천 사람들도 제법 있었다. 낯익은 얼굴들을 보니 어처구니없게도 반가운 마음이 앞섰다. 사람들은 없는 형편에도 가져온 식량을 나누며 하루하루를 이어 갔다.

일국도 떠나지 않고 함께 지냈다. 이미 모든 후보 오름들을 무너뜨리고, 남은 곳은 선흘리 거문오름뿐이었다. 마음 같아서는 모두 끝낸 후 돌아오고 싶었지만, 더 이상 가족들을 내버려 둘 수는 없었다. 이들과 함께 선흘리에서 기회를 보며 무장대가 거문오름을 뜨기를 기다리는 수밖에 없었다.

일국과 그를 따르는 청년들 모두 주민들을 지키며 함께 벵뒤굴에서 지냈다. 확실히 젊은 남자들이 있으니 사냥이나 습격으로 구해 오는 식량이 제법 되어서, 사람들은 더 이상 배를 곯지 않을 수 있었다. 하다못해 나무뿌리나 꿩고기 한 쪽이라도 입에 넣고 잠드는 호사를 누렸다.

매일 굴로 피신해 오는 사람이 조금씩 늘었는데, 4월 말쯤에는 용이네 가족이 벵뒤굴로 찾아왔다. 용이 아버지가 경찰과의 전투에서 부상을 입고 쫓기게 되자, 가족이 모두 굴로 숨어든 것이었다. 용이 아버지는 사람들에게 뜻밖의 좋은 소식을 전해 주었다.

"무장대와 경찰 사이의 긴장관계에 큰 변화가 생겼어. 제9연대장 김익렬이라는 사람이 중재역으로 나서 평화 회담을 성사시켜, 산 측의 요구사항을 미 군정에 전달했다고 하는군."

"아이고, 잘 되었네요. 그럼 이제 서로 안 싸우는 거래요?"

"더 이상 싸울 필요 없어요. 새로 온 맨스필드 군정장관도 온건파라 더 이상 유혈 사태가 계속되길 바라지 않는다는구먼. 김달삼이랑 김익렬이 만나서 회담을 했어. 양쪽이 휴전에 들어갔고, 이제 전투도 더 이상 없을 거고, 최종 휴전기일인 5월 2일만 지나면 다 끝이야. 이제 집으로 돌아갈 수 있어요."

용이 아버지의 소식에 벵뒤굴에 숨어 있던 사람들은 모두 기쁨의 탄성을 질렀다. 여자들은 안도의 한숨을 내쉬며, 두고 온 밭농사를 망치기 전에 집에 돌아갈 수 있겠다고 은근 기대에 들뜨기도 하였다.

제9연대 이야기가 나오자 세영은 자연스레 시철을 떠올렸다. 김익렬이라는 사람이 시철이 말했던 새로 온 대장일지도 몰랐다. 말이 통하는 사람이라고 했는데, 중간에서 대단한 역할을 한 것이 분명했다.

혹시 시철도 그 중간에서 무슨 역할을 맡지는 않았을까? 그런 대장 옆에서 분명 신이 나 있을 것이었다. 세영은 시철이 있다는 것만으로 제9연대가 자랑스럽게 느껴졌다.

하지만 같은 이야기를 들어도 용이의 생각은 달랐다.

"우리가 강하게 나가니까 저들이 우리의 요구에 귀를 기울이게 된 거야. 결국 우리가 원하는 바를 얻게 될 거야!"

용이는 김익렬과의 회담을 통해 미 군정에게 원하는 바를 얻어낼 수 있었던 것은 김달삼의 전략이 적중한 덕분이라며 그에게 공을 돌렸다.

일국은 가타부타 말이 없었다. 이런 식으로 일이 마무리될 것이라고는 상상도 하지 못했기 때문이었다. 아마 렌즈데일도 마찬가지일 것이다. 베로스가 전출되고 온건파 인물이 군정장관으로 섬에 오게 된 것부터 의아하더니, 이제는 렌즈데일의 계획 자체가 중지되려 하고 있었다. 그의 능력도 무소불위는 아니었던 것일까?

뒤에서 무슨 일이 벌어지고 있는지는 알 수 없지만, 어쩌면 그와의 싸움을 이대로 끝낼 수 있을지 모른다는 희망적인 기대가 일국에게도 슬며시 들었다. 다만 완전히 마음을 놓을 수 없는 것은, 일국이 아는 한 렌즈데일은 패배나 타협을 받아들일 수 있는 인물이 아니라는 것이었다. 승리 아니면 죽음.

어쩌면 이제야 비로소 땅내 진동하는 싸움에 뛰어들기 시작할 지도 모를 일이었다.

그리고 5월 1일.

휴전 최종 기한을 불과 반나절을 앞둔 그날, 오라리에서 한 사건이 일어났다. 훗날 '제주도 메이데이'라는 흑백 무성영화의 자료가 되는 이날, 산군 폭도들이 오라리로 내려와 주민들을 총살하고 마을을 불태우는 장면이 미군 카메라에 고스란히 잡혔다. 경찰은 이 촬영 영상

을 증거로 휴전 약속을 어긴 것이 폭도들임을 주장했다. 이 영상에는
폭도들이 온갖 악행을 저지르는 모습이 항공 촬영을 비롯하여, 다양
한 각도의 카메라로 생생하게 찍혀 있었다.

회담은 물거품이 되었고, 평화는 사라졌다. 섬에는 전면전을 알리
는 총성이 울려 퍼졌다.

제주도 메이데이

　미 군정에 의해 촬영된 오라리 방화사건(1948. 5. 1.) 등 4·3 관련 토벌 모습이 담긴 흑백 무성 기록 필름.

　김익렬(국방경비대 9연대장)과 김달삼(인민유격대 사령관)의 4·28 평화회담으로 4·3이 종결되는 듯했으나, 사흘 후 이를 무산시키려는 세력에 의한 오라리 방화사건으로 확전의 도화선이 됨.

　[출처] [오승철] 제주도 메이데이｜작성자 이우디 이명숙
　[영상링크] https://youtu.be/WSyxkoffmkA

제주도 메이데이의 실체

　제주특별자치도 제주시에서 제작된, 「제주도 메이데이」의 분석에 관한 다큐멘터리.

　「제주도 메이데이」는 제주 4·3 관련 무성 기록 필름으로 제주 4·3 발발 초기 제주 현지 상황과 미 군정 및 경찰의 토벌 모습을 영상으로 전해 주는 유일한 필름이다. 또한, 「제주도 메이데이」는 국내 방송국에서 제주 4·3 관련 각종 방송 프로그램에 자주 등장하는 영상이기도 하다.

공연상황

　1998년 초에 제작되어 1998년 4월 3일 제주 중소기업지원센터에서 상영되었다. 김동만이 작가와 감독을 맡았으며, 상영 시간은 약 15분 정도이다.

구성

「제주도 메이데이의 실체」는 「제주도 메이데이」의 내용을 분석하고 제작 경위를 파악해 제주 4·3 당시 미 군정의 역할을 규명해 나간 다큐멘터리로 미 군정이 제주 4·3 당시 촬영한 필름이 어떠한 목적으로 촬영되었고, 어떠한 사건을 촬영했는지를 영상 분석을 통해 그 진상을 밝혀 나가고 있다.

내용

「제주도 메이데이」라는 의미심장한 제목이 붙은 이 무성 기록 영화 필름은 1948년 5월 초 제주 지역의 현지 상황을 생생히 전달하고 있다. 제주사삼연구소에서 입수한 「제주도의 메이데이」의 내용을 정리해 보면 다음과 같다.

「제주도 메이데이」는 오라리 연미마을에서 가옥 방화로 피어오른 연기의 모습과 함께 비행기 한 대가 섬 전체를 선회하고 있는 장면으로 시작한다. 그리고 트럭에 탄 경찰이 마치 게릴라를 공격하는 것인 양 보리밭을 지나 진격하는 장면으로 이어진다. 불타는 가옥으로 접근하는 경찰과 안타까운 듯 전소된 초가집을 바라보는 여인들, 상황을 설명하는 정체불명의 여인이 보인다. 이어서 항공에서 바라본 제주 산지항과 정뜨르비행장, 비행기로 제주 지역을 방문한 딘 미 군정 장관과 민정장관 안재홍, 경비대사령관 송호성 등이 비춰지고, 딘 소장이 제주군정본부와 항만 시설을 시찰하는 장면이 잠시 보인다.

들판에 토벌 나온 경찰과 경찰에 잡힌 노인과 어린이들의 모습도 보인다. 제주읍 내에서 경찰에 잡힌 주민들의 모습, 살해된 남녀의 시체들이 잠깐 비추어진 뒤, 카메라는 나무로 관을 만들고 있는 한

장의사의 모습을 클로즈업한다. 장의사의 손길은 점점 바빠지고 있다. 그리고 마지막으로 관덕정 앞 경찰 방어선과 진지들을 클로즈업하면서 끝을 맺고 있다.

항공과 지상에서 입체적으로 촬영된 「제주도 메이데이」의 주요 내용은 당시 제주읍 오라리 사건과 미 군정장관 딘 소장의 제주읍 내 주요 시설물 시찰 및 경찰의 토벌 작전 모습 등이다.

「제주도 메이데이」는 미국립문서보관소에서 입수한 촬영 원본으로 촬영처와 촬영일도 기록되어 있다. 이를 토대로 살펴보면, 「제주도 메이데이」는 16㎜ 흑백 무성 필름에 기록된 것으로 미군 SIGNAL CORPS(미군 통신부대-촬영팀)에서 Shaydak이라는 카메라맨이 촬영하였다. 촬영은 1948년 5월 1일에서 5월 5일까지 또는 그 이상 제주 지역에 거주하면서 진행된 것이다. 분량은 약 14분 정도이다.

촬영팀은 딘 소장의 제주도 방문에 맞추어 움직이고 있는데, 딘 군정장관의 방문을 전후해 발생한 5월 1일 오라리 방화사건, 5월 3일 경찰이 폭도로 가장해 경비대와 미군을 공격한 사건, 딘 군정장관의 제주 방문, 5월 5일 최고 수뇌부회의, 연대장 교체, 강경 토벌 작전으로 선회하는 중요한 기로에 필요한 영상들을 담고 있다.

「제주도 메이데이」를 분석해 보면, 이때 촬영된 내용들은 제주 현지 상황을 스케치한 정보 분석용이라기보다는 '제주도 내에서는 불순분자들에 의해 방화와 민간인 살해가 자행되고 있다.'는 점에 초점이 맞추어져 있다고 볼 수 있다. 즉 앞으로 진행될 강경 토벌 작전의 사전 작업에 더 치중하고 있는 것이다.

오라리 사건에 대해 제9연대에서 각종 사진 및 물증, 범인까지 검거하고 제시했음에도 불구하고 그러한 내용은 전혀 촬영되어 있지 않은 점, 촬영한 내용이 경찰의 입장, 또는 미 군정의 토벌 작전의 정당성을 알리기 위한 내용이라는 점 등이 이를 뒷받침한다. 이렇게 촬영된 필름은 정보 보고 및 미 군정의 강경 토벌 작전의 정당성을 알리는 홍보용으로 쓰였음은 두말할 필요가 없을 것이다.

의의와 평가

「제주도 메이데이의 실체」는 「제주도 메이데이」가 미 군정의 강경 토벌 작전의 정당성을 알리기 위한 홍보용 필름을 제작하기 위해 오라리 사건을 연출하여 촬영하였던 진상을 밝혀 내고 있다.

참고문헌

김동만, 「역사재현에 있어서 영상자료의 해석과 활용에 관한 연구」(2004)

[네이버 지식백과] 「제주도 메이데이의 실체」 [濟州道−實體] (한국향토문화전자대전)

동굴, 지하 낙원

동굴에 들어서자마자 태훈이 가장 먼저 느낀 것은 호흡곤란이었다. 아무리 숨을 크게 들이마셔도 답답함이 느껴졌다. 질식할 것만 같은 두려움을 떨치기 위해 태훈은 여러 차례 심호흡을 했다.

가파르게 지하로 이어지는 돌들은 초입부터 미끄러운 이끼로 뒤덮여 있었다. 조심해야겠다는 생각을 하며 발을 디디는 찰나 태훈은 미끄러졌다. 중심을 잃은 몸은 비좁은 동굴 사면에 사정없이 부딪치며 떨어져 내렸다.

"어엇!"

메아리처럼 귓가를 울리는 신림의 비명 속에서 태훈은 그녀가 했던 말들을 절감했다.

'동굴에 들어간다는 것은 결코 쉬운 일이 아니다.'

바닥에 도착한 태훈은 '괜찮냐'는 일행의 걱정 어린 외침을 들으며 몸을 이리저리 움직여 보았다. 문자 그대로 안 아픈 곳이 없었으나 다행히도 걱정할 수준은 아니었다. 옷을 벗어 보면 온몸이 멍으로 얼룩덜룩하겠지만.

"저는 괜찮습니다. 조심들 하세요. 미끄러워요."

태훈의 실족을 목격한 탓에 뒤따르는 일행들은 더 신중하게 발 디 딜 곳을 찾으며 내려왔다.

태훈은 서둘러 일어나 손을 내밀어 버팀목이 되어 주었다. 앞장섰 다가 넘어진 것이 망신스럽긴 했지만, 태훈은 그래도 자신이 앞장서 서 다행이라고 생각했다. 만약 선생님이 낙상하기라도 했다면 어쩔 뻔했는가.

신림은 내려오자마자 네 사람이 맘대로 움직이기도 힘든 비좁은 동 굴의 형상에 당황했다. 선흘굴로 이어져 있다고 해서 넓은 굴일 줄 알았는데 당장 눈앞에는 성인 한 명이 겨우 지나갈 만한 길이 암벽 사이를 비집고 나 있었기 때문이다. 나란히 설 수도 없이 줄줄이 늘 어서 앞 사람 뒷통수만 보고 나아가야 하는 외길이었다.

"그럼 가 볼까요?"

이미 군데군데 찢기고 흙투성이가 된 태훈이 거침없이 앞장을 섰 다. 세영이 그 뒤에 서고, 다음에 신림, 마지막에 김 씨가 따라왔다. 집에서 가져온 손전등으로 비추며 앞으로 나아갔다. 지하여서 GPS 는 더 이상 잡히지 않았지만, 일단 시작은 길이 하나뿐이었다. 태훈 은 계속 앞으로 걸었다.

얼마 못 가 길이 끊기고 '틈'만 남은 구역이 나타났다. 그 틈으로 기어 들어가면 어디로 연결되기나 할 지 알 수 없었으나, 세영은 무 슨 확신에선지 무조건 전진을 지시했다. 옆으로 게걸음을 걷거나 몸 을 C자 형으로 만들어야 지날 수 있는 협소한 구역, 허리도 펼 수 없 이 낮아서 포복자세로 옷이 진흙범벅이 되며 지나야 하는 구역이 이 어졌다.

그렇게 가도 가도 끝이 보이지 않자 태훈은 조금씩 걱정이 되기 시 작했다. 만약 저 앞에 출구가 없어서 왔던 길을 돌아 나가야 한다면? 도저히 할 수 없을 것만 같았다. 예전에 동굴 취재를 갔다가 중간에 길을 잃어 카메라에 유언을 남겼던 동료의 말이 떠올랐다. 왠지 분신이나 다름없는 카메라에 자신의 마지막 모습이 담길 것만 같은 재수없는 생각이 들었다. 늘 몸의 일부처럼 갖고 다녀서 카메라를 두고 온다는 건 생각조차 하지 않았지만, 지금은 그마저도 후회하던 참이었다. 당장 몸이 쓸려 팔이며 목, 등 온몸에 찰과상을 입는 판에 카메라까지 돌보기가 쉽지 않았기 때문이다.

습기가 심하다는 세영의 충고에 따라 방수커버 안에 넣어 오기는 했지만 암벽에 부딪치고 긁히고 난리도 아니었다.

태훈 자신은 이렇게 오만가지 망상에 쩔쩔매는데, 뒤따른 세영은 별다른 기색 없이 묵묵히 따라오고 있었다. 아흔에 가까운 나이가 아니었나, 새삼 놀랍게 느껴졌다.

"선생님, 어떻게 이렇게 잘 오십니까? 젊은 저도 힘들어 죽겠는데."

"내 앞마당 같은 곳이니까."

"자주 오셨었다는 뜻인가요?"

"1948년에 경찰들, 폭도들 피해 여기에 살았었네. 3개월 동안."

"네?!"

신림의 놀라움이 가장 컸다. 그 시기에 숨어 지낸 덕분에 살아남을 수 있었다는 이야기는 들었지만, 이런 동굴 안에서 지냈다는 건 처음 들었다. 게다가 아기인 신국도 데리고 있었던 것으로 알았는데?

"이 길을 아빠를 데리고 지나가셨다는 거예요?"

"그랬지. 그때는 몸도 더 작고 날래서 힘들지 않았다. 그리고 죽을 마당인데 이쯤이 뭐가 힘들겠니."

이런 숨도 제대로 못 쉬는 동굴 속에 3개월이나 숨어 살았다니. 태훈은 절로 한숨이 나왔다. 하지만 그 말은 이 안 어딘가에 그럴 만한 넓은 공간 정도는 있다는 뜻일 테니, 태훈은 거기에 희망을 걸었다.

거의 30분 만에 조금 넓은 공간이 나왔다. 일행은 잠시 바닥에 앉아 쉬었다. 동굴작업에 익숙한 신림이나 세영은 괜찮은데, 태훈과 김 씨는 많이 지쳐 있었다. 실제로 온 길은 몇백 미터 안 되었지만, 심정적으로는 몇 킬로미터 이상은 지나온 기분이었다.

"어떻게 이런 곳에서 3개월을 살 수 있으셨어요?"

"지금이 밤이어서 그렇지, 낮에 여기부터는 빛이 들어온다네."

"빛이요? 그럼 틈이 있다는 거네요?"

"그렇지. 사람 다닐 공간은 아니지만, 공기도 흐르고 나비나 곤충들은 드나들 수 있는 정도지."

어쩐지 아까보다는 숨 쉬기가 훨씬 낫다 싶었더니, 바깥 공기가 들어오고 있는 것이었다. 태훈은 혹시나 하는 마음에 스마트폰을 확인했다. 희미하지만 GPS가 잡히고 있었다. 어딘가 뚫려 있다는 말인데. 태훈은 손전등으로 주위를 비춰 보았다. 겉으로 보아서는 어떤 틈이 밖으로 이어져 있는지 알 수 없었지만, 눈앞에는 제법 사람이 다닐 수 있을 법한 큰 틈이 세 군데 정도 보였다.

"이제 어디로 가야 되오?"

김 씨의 물음에 태훈이 GPS 지시 방향을 가리켰다. 틈은 태훈의 머리 높이에 있었다.

"저 위까지 어떻게 올라간단 말이요?"

태훈의 어깨를 밟고 오른다면 가능할 것이었다. 하지만 세영이 고개를 저었다.

"나는 저곳으로 다니지 않았네. 그때는 내 키로 갈 수 없던 길이었어."

"하지만 다른 길들은 선흘굴 방향이 아닌데요?"

"이쪽으로 가면 이어지게 되어 있네."

세영은 전혀 반대 방향으로 난 틈을 가리켰다.

"확실한가요?"

몇십 년 전 길을 과연 노인이 정확히 기억할 수 있을까? 세영은 한 치의 망설임 없이 고개를 끄덕였다. 태훈은 하는 수 없이 그 길로 들어섰다.

좁진 않았지만 굉장히 낮은 길이었다. 포복까진 아니어도 오리걸음으로나 지나갈 법한 높이었다. 게다가 점점 지하로 내려가는 듯 길이 경사져 있어서 몸은 자연스레 앞쪽으로 쏠렸다.

5분도 못 가 다리가 끊어질 것 같았다. 하지만 천장이 낮아 몸을 일으킬 수도 없었다. 뒤따르는 세영이나 신림은 이미 무릎으로 기다시피 하고 있었다. 설마 이 길이 몇 킬로미터나 되는 것은 아니겠지?

"조금만 더 가면 되네."

마치 마음을 읽었다는 듯 세영이 말했다. 세영은 일행을 북돋으려는 듯 더 희망적인 이야기를 들려주었다.

"조금만 더 가면 아주 신기한 곳이 나온다네. 햇빛도 들어오고 식물도 있는 일종의 온실 같은 곳이지. 나는 그곳에서 주로 지냈다네."

온실? 좀 과장된 비유라고 태훈은 생각했다.

하지만 진중한 노작가의 묘사는 정확했다. 몇 분 지나지 않아 세영이 말한 곳이 나타나자마자 그의 말에 과장이 없었음이 증명되었다. 굴의 높이가 점점 높아지는 듯하더니 어느 지점에 이르자 갑자기 휑하니 천장이 높아졌다. 상하좌우가 높고 넓게 끝없이 펼쳐져 마치 밖에 나온 것만 같았다. 그런 착각이 들게 하는 또 다른 이유는 물소리였다.

장마철 물이 많아진 개천에서나 들을 수 있는 수량이 많고 유속이 빠른 경쾌한 물소리가 동굴 전체에 퍼지고 있었다. 밤이어서 보이지 않지만, 멀지 않은 곳에서 개울이 흐르고 있음을 알 수 있었다.

공기도 달랐다. 비닐하우스 화원에 들어갔을 때나 느낄 법한 싱그러우면서도 달콤한 온기가 단번에 일행을 감싸 왔다.

"여긴 대체…."

김 씨가 어리둥절한 표정으로 근처의 나무 둥치를 만져 보았다. 지상이나 다름없이 가지도 있고 잎도 있고, 가까이서 보니 열매도 열려 있었다. 신림은 손전등을 비춰 이곳의 식물들을 세심하게 살펴보았다. 바닥에는 온통 고사리들로 덮여 있었고, 나무들은 다양한 이끼와 덩굴식물들로 휘감겨 있었지만 지상에서 보던 것과 크게 다르지 않은 종류들이었다.

"이곳은 도대체 뭐죠?"

"지하의 물들이 모이는 곳이란다. 지상과의 틈을 통해 햇빛이 들어온 덕에 이렇게 식물들이 살 수 있게 된 것이지."

"이 위는 뭐죠?"

"동백동산."

세영의 대답에 신림은 그제야 알 것 같다는 표정을 지었다. 곶자왈. 이곳의 모양은 깊은 곶자왈의 모습을 그대로 닮아 있었다. 아니 오히려 지상의 곶자왈보다 더 야생이 남아 있는, 아마도 개발이 되지 않은 50년 전쯤의 곳은 이랬을 것이라 짐작되는 바로 그 모습이었다.

"놀랍네요."

입을 다물지 못하고 손전등으로 이곳저곳을 비춰보던 신림은 나뭇가지에 날개를 접고 잠들어 있는 나비들을 발견했다.

"나비에요!"

세영이 웃었다. 그를 이곳까지 이끌어 준 것이 바로 나비였으니까.

"꽃이 피고, 열매도 맺으니까. 낮에 보면 훨씬 아름답단다."

"이런 곳이라면 3개월을 지내고도 남겠네요."

세영의 입가에 쓸쓸한 미소가 떠올랐다.

신국을 부둥켜안고, 해가 뜨고 날이 지고 또 다음 해가 뜨고 지기를 수백 일, 언제 바깥으로 나갈 수 있을지 마음 졸이던 그때의 기억이 물밀듯이 밀려왔다.

김 씨는 꽃나무 같은 데는 관심이 없다는 듯, 갈 길을 재촉했다.

"그럼 여기서 어디로 가야 선흘굴까지 갈 수 있소?"

"나도 가 보지는 않아서 모르오."

"모른다고? 당신이 길을 안다고 했잖소!"

세영의 말에 당황한 김 씨가 버럭 화를 내었다. 이 고생을 하고 들어왔는데, 길을 모른다고?

"길이 없는 것 아니야? 설마 그럼 지금 온 길을 다시 돌아나가야 한단 말이야!"

"선흘굴까지 가는 길은 분명히 있소."

세영은 단호했다. 가 보지 못한 곳이었지만 그곳으로 연결되어 있을 것이라고 생각하는 데는 그만의 이유가 있었다.

그것은 바로 나비였다. 이곳을 돌아다니는 나비 중에는 석주명이 일지에서 '금접'이라고 이름 붙였던, 금가루 묻은 나비들이 심심찮게 있었던 것이다. 나비들은 동굴의 서쪽 틈에서 날아왔다. 그곳 어딘가에서 금을 묻혀 오는 것이라고 세영은 확신했다.

"선생님이 확신하신다면, 찾아보죠 뭐."

태훈은 걱정할 것 없다는 투로 GPS를 켰다. 신림은 보물사냥꾼에게 받은 지도를 꺼내 들었다. 하지만 그 지도의 시작점은 이곳이 아닌 듯 길은 전혀 맞지 않았다. 신림이 아쉬워하며 지도를 접어 넣고 태훈에게로 다가갔다. GPS 신호는 잡힐 듯 잡힐 듯 애타게 깜빡이며 시간을 끌고 있었다.

태훈은 이리저리로 방향을 옮기며 전파가 닿는 곳을 찾아다녔다. 세영은 동굴을 둘러보며 반세기 전 자신이 머물렀던 흔적들을 뒤적이고 있었다. 신국을 먹이고 재우며 지내던 잠자리 터는 고사리 떼로 뒤덮여 이미 흔적도 남아 있지 않았다.

하지만 세영이 옮겨 놓은 넓고 편편한 돌덩이들과 모닥불 터의 돌무더기는 그대로 남아 있었다. 세영은 눈에 익은 자리 근처의 고사리들을 헤쳐 냈다. 당시에 보관해 두었던 몇 가지 물건들이 고스란히 모습을 드러냈다. 선흘 마을의 빈집에서 주워 온 검게 그을린 냄비와 정화 선생님이 선물한 〈젊은 베르테르의 슬픔〉 필사본도 반쯤은 부스러진 채로 남아 있었다. 세영은 복받쳐 오르는 마음을 누르며 책을 집어 들었다. 그러자 그 아래 예상치 못한 물건이 모습을 드러냈다.

그때, 태훈의 GPS 신호 연결음이 울렸다.

"잡혔다!"

신호가 연결되었다. 느리지만 지도가 서서히 화면에 펼쳐졌다.

"선흘굴 방향이 어디냐…."

GPS 신호를 바라보는 일행의 눈이 한곳으로 모였다. 남서쪽 8시 방향. 서둘러 그쪽을 향해 나아간 일행의 앞에는 암벽 틈에서 세차게 뿜어 나오는 물줄기만 놓여 있었다.

"이거 뭐야. 길이 없잖아!"

"없는 건 아니죠."

태훈은 물줄기가 뿜어져 나오는 암벽에 손을 댔다. 돌에서 미세한 진동이 느껴졌다. 세차다고는 해도 개천 물줄기 수압 정도에 흔들리는 돌이라면 그다지 견고하지 않다는 뜻이었다.

다행히 김 씨는 나무 패던 도끼를 여전히 갖고 있었다. 태훈은 그에게서 도끼를 빼앗아 암벽을 향해 있는 힘껏 내리쳤다. 작은 돌과 물방물이 사방으로 튀어 올랐다. 태훈은 미묘한 균열이 있는 틈을 목표로 두 번, 세 번 사정없이 내리찍었다.

효과가 있었다. 암벽의 약해진 틈들로 물줄기가 물총처럼 비집고 뿜어져 나오기 시작했다. 태훈은 멈추지 않고 계속 도끼로 암벽을 내리쳤다. 얼마지 않아 쩍 하고 금이 가더니 암벽은 아래로 무너져 내렸다.

"쿠르르릉."

순간적으로 쌓였던 물들이 왈칵왈칵 뿜어져 나오면서 암벽의 남은 부분을 사정없이 무너뜨렸다. 길이 넓어지자 물살은 점차 약해졌고, 태훈의 눈앞에는 어린아이 키 만한 구멍이 모습을 드러냈다.

"그럼 가 볼까요?"

태훈이 신발을 벗어 들고는 개울에 발을 담갔다.

여기서부터는 세영조차도 모르는 세계였다. 일행은 개울로 들어가 낮게 몸을 숙이고 벽 아래를 지나갔다.

금가루

암벽으로 가로막힌 뒷부분은 지금까지와는 또 다른 세계였다.

나무와 꽃들이 있는 것은 같았으나 밀도가 달랐다. 어찌나 많은 식물들이 비좁게 자라고 있는지 마치 정글이나 다름없었다. 나무들은 햇빛을 향해 끝없이 뻗어 올라가며 양옆으로 서로를 밀치도록 잎을 뻗고 있었다.

지금까지는 암벽 사이를 비집고 지나느라 힘이 들었다면, 이제는 나무뿌리와 잎들을 헤치고, 뚫고 나아가야 하는 상황이었다. 어지간한 담요 두께의 잎들을 끝도 없이 제치며 길을 내느라 태훈은 숨이 가쁘다 못해 입에서 단내가 날 지경이었다. 신림은 할아버지를 부축하고 태훈의 뒤에 바짝 붙어 따라갔다.

얼마 지나지 않아 공간이 점점 넓어지더니, 빽빽하던 식물들도 넓게 퍼지고 세영이 전에 지내던 곳과 비슷한 느낌의 장소가 나타났다. 일행은 그곳에 도착하자마자 누가 먼저랄 것 없이 바닥에 주저앉았다. 처음 접하는 공기 탓인지 몸이 저절로 축축 쳐졌다. 세영이 상당히 지친 기색이어서, 신림은 조금 걱정이 되었다. 할아버지가 입이라도 적실 수 있도록 해 드리려고, 신림은 물줄기를 찾아 서성였다.

태훈은 얼마만큼 나아왔는지를 확인하기 위해 GPS를 켰다. 위성 신호를 잡기 위한 신호는 오래도록 깜빡였다.

"아, 제발…."

아무리 기다려도 신호가 잡히지 않았다. 너무 깊이 들어온 탓이었다.

"신호가 잡히지 않습니다."

태훈의 말에 김 씨는 화낼 기력도 없다는 듯 그대로 벌러덩 누워 버렸다. 세영은 낮은 한숨과 함께 눈을 감았다. 무언가 방법을 찾아야 했지만, 동서남북도 구분 안 되는 이 지하에서 딱히 무슨 수가 있겠는가. 태훈은 초조하게 사방을 둘러보았다. 동굴이 너무 넓어서 어디로 가야 할지 갈피를 잡을 수 없었다.

그때 저만치에서 신림의 외침이 들렸다.

"이것 좀 보세요!"

김 씨는 고개만 들썩하고 모른 체했지만, 태훈은 일어나 목소리가 들리는 쪽으로 갔다. 신림은 개울 곁에 서서 손전등으로 물 안을 비추고 있었다.

"무슨 일이에요?"

태훈의 질문에 신림은 어서 와서 보라는 손짓만 했다. 물고기라도 발견한 건가? 태훈은 신림에게로 가서 물속으로 시선을 주었다. 신림이 만든 타원형의 비스듬한 손전등 불빛 속에는, 물살에 몸을 맡기고 부유하는 물벌레처럼 금빛 모래가 사르륵 사르륵 흘러가고 있었다.

"이거 뭐야? 혹시 금?"

혹시나 하고 뒤따라온 김 씨는 물살이 느려진 돌 틈에 소복이 쌓인 금빛 모래에 눈이 휘둥그래져, 단숨에 물속에 손을 담갔다. 마구 움켜도 태반이 손가락 사이로 빠져나갔지만 손바닥에는 반짝이는 가루가 묻어났다. 손전등에 비춰 보니 누런 금 그 자체였다.

"그, 금이다!"

김 씨는 허둥지둥 손으로 물을 움키기 시작했다. 하지만 금가루들은 그를 약 올리듯 요리조리 빠져나가고, 휘저어진 개울은 순식간에 금빛 물로 변하였다.

태훈도 저도 모르게 물 안으로 손을 넣어 보았다. 손가락 사이를 스치고 지나가는 금가루의 느낌이 왠지 짜릿하게 느껴졌다. 한 줌 쥐어 갖고 싶다는 마음이 불쑥 솟아올랐다. 김 씨는 벌써 양말을 벗어 물에 담가 금가루를 건져내고 있었다.

뒤늦게 다가온 세영은 그런 모습에 낮은 한숨을 내쉬었다. 신림이 한껏 들뜬 표정으로 할아버지를 돌아보았다.

"금이 정말 있었어요."

세영이 고개를 끄덕였다. 누굴 탓할 수 있겠는가. 뭐 앞에 장사 없다고 문자 그대로 금가루가 물처럼 흘러나오는데 혹하지 않을 사람이 어디 있겠는가. 다들 금빛 물줄기에 넋을 잃는 것도 당연하였다.

"이쪽으로 가는 게 맞겠구먼."

세영의 말에 모두 동의했다. 신림과 태훈, 헐레벌떡 신발을 꿰어 신은 김 씨까지도 서둘러 물길을 따라 걷기 시작했다. 금가루는 물살에 따라 빠르게, 또는 바닥에 소복이 쌓이며 계속 이어지고 있었다. 기분이 좋은지 김 씨는 이런저런 감탄사들이 멈추지 않았다.

"아니, 저 끝에 가면 도대체 얼마나 많은 금이 있기에 이렇게 끝도 없이 흘러오는 거야?"

바지 주머니며 남방 안주머니를 짚어 보는 폼이, 아마도 산더미처럼 쌓인 금가루를 어디에 담아 가면 좋을지를 고민하고 있음이 틀림없었다. 여전히 손에는 물에 젖은 양말을 꼭 움켜쥐고 있었다.

"설마 수십 년 동안 이렇게 흘러나왔을 리는 없겠죠. 그러려면 무한정으로 있어도 불가능하니까."
"쌓인 양으로 봐서는 그리 오래된 것 같지는 않은데요. 어쩌면 선흘굴 붕괴가 원인이 되어 흘러나오기 시작했는지도 모르죠."

태훈의 말에 신림도 일리가 있다는 듯 고개를 끄덕였다. 아주 적절한 타이밍에 굴에 들어온 것이었다. 더 지나면 흘러나온 금이 어딘가 지상으로 빠져나가 세간에 알려졌을지도 모를 일이었다. 그럼 엉뚱한 사람들이 금 찾기에 뛰어들었을지도.
태훈은 문득 세영이 예전에 물었던 질문이 떠올랐다.

'금이 있다면 어쩔 건가?'

원 없이 사진 찍는 거 말고는 욕심 없다고 했는데, 막상 금을 눈앞에서 보자 말도 안 되게 다양한 가능성들이 순식간에 떠올랐다. 평소에 갖고 싶다고 생각지도 못했던 것까지 '있으면 좋지.'가 되어 관대해진 마음을 비집고 들어왔다. 정말 저 앞에 산더미처럼 쌓인 금이 있다면…. 요즘 금값이 얼마나 되나? 얼마나 갖고 나갈 수 있을까? 몇 번에 걸쳐 날라야 할까? 수많은 생각들이 꼬리에 꼬리를 물고 일어났다.
다들 한동안 말이 없었다. 신림은 문득 그 침묵이 민망하게 느껴졌다.

'황금에 눈이 먼다는 말이 괜히 있는 것이 아니구나….'

욕심은 밀반죽처럼 부풀어 올라, 모두가 자신만의 번쩍이는 꿈에 젖어 있어 보였다.
신림은 세영의 눈치를 살폈다. 할아버지는 굴에 들어온 이후 시종

일관 착잡한 표정이었다. 사람들을 데리고 들어온 것을 후회하는 지도 몰랐다.

"할아버지, 일본군은 왜 애써서 이런 곳에 금을 숨겨 두었을까요? 어차피 일본으로 돌아가고 나면 끝인 건데요."

신림이 입을 열자, 물길 사이 돌 틈에 쌓인 금가루를 카메라에 담으며 뒤따라오던 태훈도 돌아보았다. 세영은 나지막이 대답했다.

"예전에 말이다. 전쟁이 나서 피난을 갈 때, 사람들은 갖고 갈 수 없는 식량이나, 금붙이 같은 것을 집 천장이나 장독 밑을 파서 숨겨 두고 떠났단다. 왜 그랬겠니?"

"그거야… 언젠가 다시 돌아왔을 때 찾으려고 그런 거겠죠."

신림은 말하면서 자기 말에 소름이 돋았다.

"돌아올 생각이었던 거군요."

세영이 고개를 저었다. 그 정도로는 충분치 않았다.

"돌아올 거라고 확신한 거지."

태훈은 섬뜩함을 느꼈다. 마치 금을 갖고 말겠다는 망자들의 집념이 여전히 서려 있는 듯 누군가 자신들을 지켜보고 있는 것 같은 기분까지 들었다.

괜히 태훈은 고개를 들어 주위를 둘러보았다. 어둠 외에는 아무것도 보이지 않았다. 기분 탓이다. 이 첩첩 동굴 안에 누가 자신들을 볼수 있겠는가. 만약 여기서 자신들이 실종되어도 아마 앞으로 또 수십년, 수백 년 동안은 아무도 발견하지 못할 것이다.

"근데 그럼, 그 정일국이라는 분도 우리가 온 이런 길로 선흘굴까지들어간 걸까요?"

"아니다. 그는 이 길을 몰랐다. 이런 길이 있다는 사실을 알았다면…
도망칠 수 있었겠지."

"그럼 어디로 들어간 걸까요?"

세영은 잠시 침묵했다. 그 이름을 말하는 것만으로도 되살아나는
기억이 너무 많았다.

"벵뒤굴."

1948년 5월, 벵뒤굴과 거문오름, 굴 파기

오라리 사건으로 평화 회담이 물거품이 되자, 순진하게 돌아갈 날을 기다리던 주민들은 혼란에 휩싸였다. 집으로 돌아갈 수 없다는 당혹스러움보다 더 컸던 것은, 어둡고 답답한 굴에서의 생활이 지속된다는 데 대한 절망감이었다. 사람들은 우왕좌왕 제각기 다른 목소리를 내며 각자의 판단에 따라 갈라서기 시작했다. 일부는 굴에 남고 일부는 마을로 돌아가기로 결정했다.

여전히 오라리 사건에 대해서는 '경찰의 조작극이다.', '아니다. 무장대가 먼저 주민을 납치한 것이다.'는 상반된 의견이 대립하고 있었고, 무장대와 김익렬, 미군과 경찰 사이의 설전이 마무리되지 않은 상태였다. 그러나 최소한 귀순하여 하산하는 사람들에게 안전을 보장한다는 경찰 측의 약속은 여전히 유효하다고 믿고 읍내로 내려가는 이들이 많았다.

그런 이들의 믿음을 무너뜨리는 사건이 일어났다.

5월 3일, 하산하여 귀순하던 사람들에게 정체불명의 이들이 나타나 총격을 퍼부었다. 카빈과 중기관총으로 중무장하고 나타난 이들은 미군에 의해 제주비행장에 설치된 수용소로 호송되던 200여 명의 귀순자에게 무차별 사격을 가하였다. 많은 이들이 그 자리에서 죽고, 살아남은 자들은 간신히 다시 산으로 도망쳐야 했다.

산의 분위기는 단숨에 얼어붙었다. 귀순을 권유해 놓고, 그 말에 따라 내려간 이들에게 총질을 해대다니. 무장대에서는 거짓 미끼로 사람들을 꼬여 낸 경찰들에 분노하였고, 경찰들은 미군과 자신들을 이간질하려는 폭도들의 위장이라고 비난하였다.

서로가 서로를 탓하는 와중에 대화의 여지는 온데간데없이 사라져 버렸다. 상대를 향한 적대감은 휘발유를 두른 불꽃처럼 커져 갔으며, 원한과 불신의 골은 점점 더 깊어 갔다. 무엇이 누구의 잘못인지를 가늠할 틈도 없이, 그저 내 편이 아니면 적이 되어 서로가 서로를 죽여야 하는 극단적인 상황으로 치달아 갔다.

거문오름 주변의 경계태세는 그 어느 때보다도 강화되었다.

도저히 일국이 폭파하려는 갱도까지 다가갈 수 없었다. 상황이 나아질 기미는 조금도 보이지 않았다. 일국의 계획은 점점 미궁으로 빠져들었다.

엎친 데 덮친 격으로 일국은 벵뒤굴에 남아 있는 가족과 이웃 주민들을 지켜야 하는 부담까지 짊어져야 했다. 일국과 청년들은 매일 굴 주위 보초를 서고 사냥을 하거나 경찰지서를 급습하여 먹을 것을 조달했고, 힘없고 싸울 줄도 모르는 주민들은 오로지 그들만 바라보며 하루하루를 버텼다.

그러던 중 일국은 선흘 주민들로부터 벵뒤굴로 노역하러 갔던 일본군 징용자들이 해방 후에 돌아오지 못했다는 이야기를 듣게 되었다. 그들을 찾기 위해 조천 인민위원회에서 대대적인 탐색을 했으나 아무런 단서도 찾지 못했다는 사실까지 알게 되었을 때, 일국은 벵뒤굴과 거문오름 사이에 무언가 비밀이 존재할지 모른다는 사실을 알아챘다.

원래 벵뒤굴은 후보에 없었다. 너무 크고 공개된 굴이었기 때문이다. 그런데 그곳에서 일본군 징용자들이 사라졌다? 일국은 당장 청년들과 함께 벵뒤굴 안쪽을 조사하기 시작했다. 그리고 렌즈데일의 다른 굴들에서와 마찬가지로 어색하게 길이 끊긴, 위장된 암반지역을 발견해 냈다. 놀라운 것은 다른 어떤 지역보다 이곳의 위장은 감쪽같다는 사실이었다. 선흘이 일국의 고향이나 다름없고, 이 굴에 수도 없이 왔었던 경험이 아니라면, 제아무리 일국이라 해도 발견하기 힘들 정도였다.

일국은 위장된 암반 뒤에 좁은 틈이 있었고, 그 뒤는 점점 더 좁아져 강아지 한 마리나 오고갈 만한 구멍이 있던 것을 기억해 냈다. 분명 그 구멍 너머로 더 큰 공간이 있고, 일본군들이 그 공간까지의 길을 만들었던 것이 틀림없었다. 만약 금을 그곳에 넣어 둔 후에 돌아 나오는 길을 메워 버렸다면? 그래서 이곳을 통해 금이 있는 곳까지 갈 수 있다면? 거문오름 곶자왈의 굴들을 통하지 않고도 금이 있는 곳을 폭파시킬 수 있을 것이었다.

문제는 폭약의 양이었다. 일국에게는 금 창고를 터트릴 정도의 양밖에 남아 있지 않았다. 그곳까지 도달하기 위한 통로는 손수 파는 수밖에 없었다. 만만찮은 작업이었지만 선택의 여지가 없었다. 일국과 청년들은 의기투합하여 메워진 암반을 파내기 시작했다.

세영은 일국이 굴을 파고 있다는 것은 알았지만, 그 이유는 알 수 없었다. 일국과 청년들은 마치 벙어리라도 된 듯 입을 굳게 다물고 매일 노역에만 매달렸다. 마을 사람들은 더 깊이 숨을 곳을 파나 보다 생각하고 자진해서 돌 더미를 나르는 일을 도왔다. 딱히 할 일도 없었고, 이들 덕에 굶지 않고 무사히 살아남을 수 있었으므로, 당연히 한마음이 되었다. 어느 틈에 조천 마을, 선흘 마을 피난민들은 모두 함께 굴을 파게 되었다.

남한만의 총선거, 선거 무효 결정, 중산간 토벌 시작

5월 초, 총선거를 앞두고 군정 당국은 1,700명의 응원경찰, 500명의 서청 단원들과 부산의 5연대 1개 대대, 수원의 11연대 1개 대대를 제주에 추가로 파병하였다. 통금이 저녁 10시에서 8시로 앞당겨졌고, 섬에 거주하고 있던 미군의 가족들은 모두 육지로 이주되었다.

선거일이 가까워지면서 마을에 남아 있던 주민들은 남한만의 정부를 세우는 선거에 참여하지 않기 위해 산에 올랐다. 그나마 밭 때문에라도 마을 언저리에서 지내던 주민들마저 모두 중산간으로 숨어들었다. 날씨도 풀려 초막이나 동굴에서도 지내기가 나쁘지 않았기에 사람들은 마을을 뜨는 데 망설임이 없었다.

마을은 텅 빈 폐허로 변하였다. 인적 하나 없는 마을에 남겨진 경찰들은 극도의 긴장감과 적막감에 신경을 곤두세워야 했다. 언제 무장대의 공격을 받을지 모르는 우익 인사들은 불안감에 떨었다. 누구도 더 이상 안전을 보장할 수 없었다. 심지어는 같은 편끼리도 서로 오인하여 공격하는 피해가 속출했다. 사실 누가 누구의 편이라는 기준조차 애매했다.

5월 10일, 총선거는 내전을 방불케 하는 상황 속에서 치러졌다.
대부분의 마을 사람들이 투표를 기권한 상황에서 이장 등이 100여명의 마을 사람 투표 용지를 한 후보에게 몰아서 투표하는 식의 대리투표까지 있었다. 투표함 수송을 습격하는 무장대와 군경 간의 전투가 곳곳에서 벌어졌고, 투표소가 폭격당하기도 했다. 선거관리위원들은 납치되거나 사임하였고, 투표 불참자들에 대한 수배령이 내려져 산으로 도망친 마을 사람들은 마을로 돌아갈 수 없게 되었다.

결국 제주도는 전국에서 유일하게 투표수 과반수 미달로 선거 무효가 결정되었고, 이는 성공적인 선거를 원하던 미 군정에게 당혹감을 안겨 주었다. 어떻게든 한 달 안에 재선거를 치르고자 총력을 기울였다. 제주도 사태를 진정시키기 위해 브라운 대령을 제주 최고사령관으로 내려보내고, 경비대와 경찰력을 대폭 증강시켰다.

그럼에도 제주도의 상황은 점점 더 악화되었다. 결국 6월 10일 행정명령 제22호를 발표, 제주도 재선거를 무기한 연기한다고 선언하였다. 이는 제주도 내 선거의 실패를 넘어 남한에서의 미군 장악력의 실패로 평가되었고, 이후 제주 폭도들에 대한 한층 높은 수위의 진압작전을 예고하는 것이었다.

5월 중순, 미20연대장 브라운 대령이 섬에 파견되어 오면서, 중산간 지역 토벌에 가속도가 붙었다. 제주 지역 미군 사령관으로 모든 진압작전을 통솔한 그는 전쟁 경험이 풍부한 강경파답게 단기간에 게릴라 무장대를 토벌해 나갔다.

가장 집중적인 수색 대상이 된 곳은 동굴이었다. 경찰과 경비대는 한라산과 오름 구석구석에 박혀 있는 굴이란 굴은 모두 찾아내었고, 개미 새끼 한 마리 남기지 않게 샅샅이 뒤지기 시작했다. 하루에도 수백 명의 사람들이 발각되었고, 사살되거나 생포되어 끌려 내려왔다.

비교적 널리 알려진 큰 굴이었던 뱅뒤굴은 당연히 경비대의 우선적인 표적이 되었다. 일국과 청년들은 보초로 세워 둔 빗개를 통해 경찰과 경비대가 뱅뒤굴로 몰려오는 것을 한 발 먼저 알아차렸다. 굴에 숨어 있던 조천 마을, 선흘 마을 사람들 모두를 대피시키려 했으나 노인이나 아이, 부녀들까지 대비시키기엔 시간이 부족했다.

하는 수 없이 요주의 인물들과 잡히면 목숨이 위험한 청년들은 대피를 하고 더 이상의 피난을 원치 않는 노약자나 부녀자들은 그대로 남기로 했다. 세영와 정화는 피난 일행에 합류했다. 일국의 처이니 남아서 무슨 일을 당할지 모르기 때문이었다. 일국 어미와 세영 어미는 동굴에 남았다. 두 노인은 오랜 중산간 피난 생활에 이미 지칠 대로 지쳐 있었다.

> "이 늙은이가 앞으로 산다한들 얼마나 더 살겠느냐. 그리고 경찰 놈
> 들도 할망한테 그리 가혹하게 하지는 않을 게다."

남녀노소 가리지 않고 총살을 당하고 맞아 죽는 시국임을 모르지 않았지만, 이 이상 아들과 함께 있는 것이 오히려 짐이 된다는 것을 알기에 내린 결정이었다.

담담한 일국 어미에 비해, 세영 어미는 눈물로 아들의 손을 놓지 못했다. 무조건 콕 박혀 숨어 있다가 난리가 다 끝나고 나서 내려오라고 신신당부를 했다. 산에 남기로 한 이들이 떠나고 얼마지 않아, 경찰은 벵뒤굴에 들이닥쳤고, 모두 포로로 붙잡혀 내려갔다.

토벌 한 달 만에 6천여 명의 포로가 생포되었다.

비행장이나 농업학교 천막 수용소로 끌려간 이들의 생활은 비참했다. 피난 생활에도 풍족하게 먹지 못했지만 일단 포로가 된 후로는 먹는 날보다 굶는 날이 더 많았다. 죽지 않을 정도의 밀반죽 배급만으로 목숨을 유지해야 했다.

수십 일 넘게 수용소에서 보낸 후에야 석방증을 받고 마을로 돌아갈 수 있었고, 그나마 노인이나 어린아이들의 경우이고 젊거나 의심의 여지가 조금이라도 있는 이들은 육지의 형무소로 보내졌다.

산에 남겨진 이들은 불과 수백 명에 지나지 않았다.

그중에 절반 이상은 죽임을 당하지 않기 위해 도망 온 청년들이었

고, 일부만이 '폭도'로 불리는 김달삼 무리들이었다. 처음에는 마을 청년들이 곧 '폭도'에 동참한 무리들이었으나, 경찰과 경비대가 날이 갈수록 압박해 오자 치기 어린 마음으로 합류했던 젊은이들의 태반이 무너져 내렸다.

이러한 분위기는 제주 남로당의 노선 변화 탓이 컸다.

이제까지 자체 행동을 이어 왔던 제주 남로당이 올해 들어서면서 남로당 중앙당의 영향권 아래 편입되기 시작했고, 이를 이어받은 김달삼 일행은 보다 공격적이고 과격한 태세로 산군을 이끌기 시작한 것이었다.

처음 제주 남로당에 동조했던 젊은이들의 대다수는 남로당을 이끄는 지역 유지들의 신념과 평화적인 저항 방식에 동참했던 이들이었다. 이들은 살아 보려고 산에 오른 것이지 죽으려고 찾아온 것이 아니었다. 당연히 산 쪽의 분위기가 점차 사생결단 쪽으로 옮겨질수록 이들은 주춤주춤 눈치를 보며 제 살 궁리를 할 수밖에 없었다. 결국 순식간에 대열은 와해되었다. 투쟁의 깃발 아래 목숨을 바칠 각오로 전투를 임하는 이들은 극소수에 불과했고, 산군의 승리는 눈에 띄게 멀어져 갔다.

패전을 향해 급속도로 나아가는 분위기를 감지하지 못할 김달삼이 아니었다. 날이 갈수록 피가 마르는 상황에서 그는 중앙의 지원을 요청하기로 결심했다.

곶자왈 생활, 신국의 병, 읍내로 가는 세영과 정화

일국과 함께한 피난길에 오른 사람들은 곶자왈에 자리를 잡았다.

여름에도 겨울에도 한결같이 푸르른 곶자왈. 곶자왈에서는 큰 나무와 여린 풀들, 가지와 뿌리, 수백 년 된 고목과 새로 씨를 틔운 새싹들이 함께 어울려 살고 죽고, 또 그 위에 다시 자라나고 있었다. 손가락 한두 마디 깊이의 흙이면 어디나 뿌리를 내리고 악착같이 살아남은 식물들.

곶에서 생명이 없는 틈이란 존재하지 않았다. 그 삶과 죽음이 한 몸뚱어리 된 곶자왈에서 하루에도 수십 번씩 무장대와 경찰은 죽고 죽이는 전투를 계속했다. 일국 일행은 곶자왈 곳곳에 퍼진 크고 작은 동굴들에 몸을 숨기고, 숨도 제대로 쉬지 못하며 하루하루를 버텼다. 일부러 나서서 싸우지는 않았지만, 자신들을 지키기 위한 전투는 피할 수 없었다. 은신처가 발각되지 않기 위해 일국과 청년들은 많은 이들을 죽이고 또 죽임당해야만 했다.

그 와중에 일국은 매일 벵뒤굴을 오갔다.

굴 안쪽으로 제법 많이 파 들어가 일본군이 막아 놓은 통로까지 상당 부분 진행된 상태였다. 서둘러 도망치느라 파 놓은 곳을 미처 가리지도 못했던 터라 맘먹고 찾으려고만 한다면 당장이라도 발각될 것이었다.

경찰은 벵뒤굴 입구를 판자로 막아 출입금지 지역으로 만들어 놓고 보초를 세워 아무도 통행하지 못하게 했다. 일국은 당장 내일이라도 렌즈데일이 나타나지나 않을까 초조해하며 벵뒤굴 주위를 떠나지 못했다. 만약 그가 나타난다면 그때는 죽음을 불사하고라도 이를 저지할 생각이었다.

한편 세영은 정화와 신국을 보살폈다.

다행히도 여름의 곶자왈에는 먹을 것이 풍성했다. 고사리며 나무 껍질이며 갖가지 열매들을 모으기도 하고, 인근 밭에서 제멋대로 자란 곡식들을 거둬들이고, 불을 피워도 연기가 나지 않는 청미래 덩굴을 모았다. 벵뒤굴에서부터 함께 산에 들어온 몇몇 아낙들이 밥 짓는 일을 맡았다.

정화는 신국을 돌보는 것만으로도 몸이 두 개라도 모자랄 지경이었다. 먹을 것이 부족해 젖도 모자란 데다, 태어날 때부터 약했던 신국은 병치레가 잦았다. 오랜 기간 어둡고 눅눅한 굴속에 웅크리고 있은 탓인지 감기가 떨어질 줄 몰라 콧물에 무른 인중은 상시 벌겋게 벗겨져 있었다. 천지분간 못 하는 아기임에도 어른들의 긴장되고 삼엄한 분위기를 느끼는지 신국은 늘 겁에 질린 표정으로 낮게 울었다. 행여 칭얼거림이나 울음소리라도 새어나갈까 정화는 신국을 한시도 떼어 놓지 못했다.

안타깝게도 일국은 이런 아내와 아들과 함께할 겨를이 없었다. 경찰과 산군 사이의 불똥이 자신들에게 튀지 않도록 지켜야 했고, 일행이 굶지 않도록 사냥을 해야 했다. 간혹 아침에 일어나면 밤새 일국이 잡아다 놓은 고기가 굴 안에 놓여 있었다. 워낙 솜씨 있는 일국이었지만, 어떻게 그렇게 끊임없이 고기를 가져올 수 있는지 놀라울 따름이었다. 피난 중인 일행들은 배를 곯지 않을 수 있다면 상관 않는 눈치였지만, 세영은 언제부터인가 일국이 가져오는 고기가 말고기라는 사실이 마음 아팠다.

7월이 되고 장마에 접어들면서, 산군과 경찰 간의 전투는 현저하게 줄어들었다. 특히 산군의 움직임은 이상할 정도로 없었다. 경찰과 미 군정의 움직임 역시 소극적이 되어 전면전은 거의 없다시피 되었다. 경찰 측에서는 토벌이 성공한 것으로 여기고 "제주도 사태는 일단락되었다."는 기자회견을 하기에 이르렀다.

조용한 나날이 계속되자, 곶자왈에 숨어 있던 주민들은 이제 슬슬 피신 생활을 그만해도 되는 것인지 눈치를 살폈다. 먹을 것을 조달할 수 있고, 날씨도 나쁘지 않았지만 곶자왈의 동굴 안에서만 머무는 것은 결코 쉽지 않았다. 장마철의 곶자왈은 안개로 항상 눅눅했는데, 사람들이 지내는 굴 안은 벽에서 줄줄 물이 흐를 정도였다. 사람들은 하나둘 병들기 시작했다. 누구는 숲의 기에 눌리는 것이라고도 하고, 음기가 너무 강하다고도 했다. 미신적인 말을 믿지는 않았지만, 정화는 해를 보지 못하는 것이 어린 신국의 건강에 좋지 않다는 것을 알 수 있었다.

신국은 조금씩 약해졌고, 갸릉거리던 숨소리는 점점 거칠어졌다. 기침이 시작된 후로는 멈추지 않더니 점점 열도 심해졌다. 정화는 비상용으로 갖고 있던 마지막 아스피린 한 알을 아들에게 먹였다. 신국의 열은 내릴 기미도 보이지 않았다. 눈도 뜨지 못하고 예전처럼 칭얼거리지도 않은 채 색색 힘겹게 숨만 내쉬는 아들을 바라보는 정화의 마음은 타들어 가는 것만 같았다. 신국을 이대로 둔다면 당장 내일 하루를 장담할 수 없었다.

보다 못한 세영이 일국을 찾아 나섰다.

벌써 한 달 가까이 뱅뒤굴을 감시하던 일국은 여지껏 렌즈데일도 나타나지 않는 상황을 이상하게 여기고 있었다. 진작 굴을 뒤졌어야 맞는데, 그는 코빼기도 비추지 않고 있었다. 한동안 보초를 서던 두어 명의 경찰들도 얼마 전부터는 자리를 떠 그저 굳게 박힌 출입금지 푯말만이 뱅뒤굴을 지키고 있을 뿐이었다. 자신을 유인하려는 함정인가? 그렇게 보기엔 너무 방치되어 있었다.

일국 일행이 은밀하고 철저하게 주변을 조사했지만 경찰의 감시나 매복 흔적은 전혀 찾을 수 없었다. 이미 처리가 끝난 곳이니 더 신경 쓰지 않는 투였다. 그렇다면 벵뒤굴이 일본군의 창고로 쓰였다는 것을 아예 모르고 있는 것일까? 하지만 그런 낙관적인 기대를 하기에 렌즈데일은 빈틈이 없는 사람이었다. 이런 후보지를 빠트리는 실수는 있을 수 없었다. 차라리 그게 아니라면….

"삼촌!"

생각을 깨트리는 목소리에 돌아보니 세영이었다. 길목을 지키던 청년 한 명이 세영을 발견하여 데려온 것이었다. 일국은 곶자왈 쪽에 무슨 큰일이라도 생겼나 하여 순간 긴장하였지만, 세영의 표정에서 그런 기미는 없었다.

"사람들은 어쩌고 여긴 웬일이야?"

세영은 일국에게 신국의 상태에 대해 설명하였다. 당장 치료를 받아야 하고, 지금처럼 눅눅하고 퀴퀴한 환경에서 벗어나야 한다는 정화의 말을 그대로 전달했다. 일국은 낮은 한숨을 쉬었다. 산군 본부에 가 본다 하더라도 아기 폐렴에 쓸 만한 약품은 없을 것이었다.

신국을 살리려면 병원에 데려가는 수밖에 없었다. 조천이나 인근 의원은 오히려 경찰의 감시가 더 심했다. 내려갈 수만 있다면 읍내 인파에 섞이는 쪽이 안전할 것이었다. 일국 자신은 불가능하겠지만 정화와 아기만이라면 어떻게 눈에 띄지 않게 읍내로 들어갈 수 있을지 몰랐다.

그리고 그러기 위한 최적기가 바로 지금이었다. 일국은 어쩌면 렌즈데일이 지금 섬에 없을지도 모른다는 생각이 자꾸만 드는 것이었다. 몰아치듯 산으로 파고 들어오는 경비대와 경찰 병력은 위협적이었다. 그러나 어딘가 허술했다. 렌즈데일이라면 이런 식으로 무지막지하게 밀어붙이지 않았을 것이다.

기껏 차지한 벵뒤굴에 관심이 없는 것만 봐도 그랬다. 그저 확보만

해 두는 느낌이었다. 그렇다면 적장이 출타한 지금은 새로운 작전을 실행할 절호의 기회였다. 게다가 신국의 상태가 그런 결정을 등 떠밀고 있지 않나.

"좋아."

일국은 곶자왈로 돌아와 정화에게 자신의 계획을 이야기했다.

제주시 쪽으로 내려가는 길까지는 자신이 함께 갈 것이고 야음을 틈타 읍내로 들어가라는 것이었다. 정화는 겁에 질렸지만, 신국을 위해 다른 방법이 없었다.

"치료한 후에는 어떻게 돌아오나요?"

일국은 정화의 질문에 전혀 뜻밖의 대답을 하였다.

"일본으로 가."

"네?!"

정화 뿐 아니라 세영까지도 놀라 일국을 빤히 쳐다보았다.

"밀항선들이 제법 있다고 들었어. 대양상회 영감을 찾아가 부탁하면 길을 놔 줄 거야. 아마 읍내에서도 오래 머물지는 못할 테니, 신국이 응급처치만 한 후에는 가능한 빨리 배를 타도록 해."

"싫어요, 당신이 없이는 안 가요!"

"가야 돼! 나도 곧 따라갈 테니… 먼저 가."

일국은 세차게 도리질하는 정화의 가녀린 두 어깨를 꽉 부여잡았다. 함께 갈 수 있다면 얼마나 좋겠는가. 그러나 이 일을 끝마치지 않는다면, 절대 섬을 떠날 수 없었다. 지키지 못할 약속임을 아는 정화의 두 눈은 절망감으로 검게 물들었다. 일국은 몇 번이나 아내를 확신시키려 웃음 지었다. 하지만 정화는 남편 없이 이 모든 일을 해

낼 자신이 없었다. 병든 신국만큼이나 정화의 몸도 마음도 쇠약해져 있었다.

"제가 같이 갈게요."

불쑥 세영이 말했을 때, 세영은 자신이 무엇을 하겠다고 자원한 건지도 몰랐다. 읍내가 어떤 상황인지, 그곳에서 어떤 일을 당할 것인지, 만약 성공하지 못한다면 죽을지도 모른다는 두려움 따윈 조금도 떠오르지 않고, 오로지 정화 선생님과 신국을 안전하게 일본행 배에 태우는 모습만이 머릿속에 그려졌다.

"제가 선생님을 배에 태우고 올게요. 저만큼 읍내나 이곳 지리에 빠삭한 사람도 없잖아요? 게다가 읍에는 친구들도 제법 있고 하니까, 어떻게든 될 거예요."

일국은 주저했다. 세영을 못 믿어서가 아니었다. 세영을 그런 사지로 몰아넣어도 되는지, 그런 결정을 내려도 되는지 자신이 없었기 때문이었다.

하지만 세영은 이미 결정 내린 표정으로 조금도 망설임이 없었다. 일국이 아내를 바라보았을 때, 정화는 안도한 표정이었다. 어린 세영에게 의지하는 것이 미안했지만, 세영이 함께해 준다는 말에 마음이 놓이는 듯했다.

일국은 세영을 밖으로 불러냈다.

"너도 읍내에선 수배 대상이잖아."

"읍내 떠난 지 꽤 돼서, 새로 온 육지 경찰들은 거의 저를 모를 거예요. 그냥 태연한 척하면 학생인 줄 알겠죠."

세영의 표정은 밝았다. 그리고 확신에 넘쳤다. 자신이 할 수 없는 부분을 세영이 해 줄 수 있다는 사실이 일국은 눈물겹게 미안했다.

"그래."

실행 날짜는 바로 다음 날 밤으로 결정되었다.

읍내로 숨어들다, 의사 선생 댁, 신국의 치료

일은 생각보다 수월하게 진행되었다.

4·3으로 소실된 격전지 관음사 지역까지는 일국이 같이 내려갔고, 이후는 세영이 맡았다. 제주읍 주위에는 울타리가 쳐져 있었지만, 세영의 도움으로 정화도 충분히 넘을 수 있었고, 어둠을 틈타 읍내로 숨어들어 가 본래 친분이 있던 의사 선생 자택까지 찾아갈 수 있었다.

"어머, 정화 씨…!"

한밤중의 방문객에 놀라 문을 열었던 의사 사모는, 황급히 목소리를 낮추고 재빨리 정화 일행을 집으로 들였다. 전후 사정을 듣기도 전에 아픈 신국부터 방에 뉘이고, 의사 선생은 진찰을 시작했다.

비상시국이었다. 의사를 찾아오는 이들은 밤이건 낮이건 위급한 상황이었고, 이런 갑작스러운 방문이 놀랍지 않은 요즘이었다. 의사 선생 내외의 신속한 대처에 놀란 것은 오히려 정화와 세영이었다. 혹시나 자신들을 받아 주지 않으면 어쩌나 내심 걱정하며 내려왔던 것이다.

"몸이 너무 약해졌구만…."

필요한 약들이 모두 집에 있지 않아서 일단 응급조치뿐이었지만,

푹신한 이불 위에 눕힌 것만으로도 신국은 한결 편안한 표정이었다.

긴장이 풀어져 넋을 놓고 있는 세영과 정화에게 사모가 따끈한 밥상을 차려 왔다.

"이렇게 신세를 질 수는…."

"그냥, 먹어요."

망설이는 정화의 손에 힘 있게 숟가락을 쥐어 주는 사모의 표정에서 그간 얼마나 많은 일을 겪었는지 알 수 있었다. 전쟁터를 방불케 하는 상황, 몇 달간 숨어만 있던 정화네보다 오히려 더 섬 사정을 잘 아는 이들이었다. 평생 다뤄 본 적도 없는 총상, 창상, 고문에 의한 상처까지 온갖 험하게 망가진 환자들이 모여드는 곳이 병원 아닌가. 넘쳐 나는 비명과 손쓸 수 없는 죽음. 누가 누구를 상처 입혔느냐보다 중요한 것은, 실려 오는 환자들이 모두 내 가족, 내 친구, 내 이웃 사람들이었다는 데 있었다.

본래 정화와 세영은 그 밤에 바로 치료를 받고 의사 선생 댁을 떠날 생각이었다. 혹시나 발각되면 큰 폐를 끼치게 되는 것이기 때문이다. 그러나 의사 선생 내외는 신국의 상태가 나아질 때까지는 절대로 보내 주지 않겠다며, 뒷채에 숨어 지낼 방까지 마련해 주었다.

사양하기에는 미안함보다 감사함이 너무 큰 제안이었다. 세영과 정화는 이를 받아들이고, 몇 달 만에 편안한 이부자리에서 잠들 수 있었다.

다음 날 낮, 정화는 일본행 배편을 알아보러 대양상회를 찾아갔다. 정화를 본 주인 영감은 소스라치게 놀랐지만, 기꺼이 밀항선 자리를 알아봐 주겠노라고 했다.

대양상회 영감이 도와줄 것이라는 일국의 확신은 틀리지 않았지만, 영감의 속셈은 다른 데 있었다. 이미 가치 없어진 일국과의 관계 때문이 아닌, 정화 아버지 때문이었다.

CIC 쪽과의 친분을 통해 정화의 배경에 대해 주워듣게 된 영감은 정화를 무사히 일본까지 보내 놓는다면 분명 그쪽과의 줄을 대는 데 도움이 될 것이라는 계산이 있었던 것이다.

일본으로 떠나는 배는 8월 7일에 있었다. 일주일 뒤였다. 원래 세영은 배편만 정해지면 산으로 돌아갈 예정이었으나, 일을 확실히 하기 위해 출항일까지 정화와 신국과 함께 읍내에 머물기로 하였다. 선생님과 신국을 제대로 태워 보내는 모습을 제 눈으로 보지 않고는 마음이 안 놓이기 때문이었다.

세영은 읍내에 있던 산군 연락책을 통해 일국에게 진행 상황을 알렸다. 산군이 섬 전체의 당원들에게 연락을 할 때는 주로 봉화를 이용하였지만, 반대로 읍내에서 산으로 정보를 보낼 때는 약속 장소에 쪽지를 묻어 두면, 밤을 틈타 가지러 내려오는 식이었다.

정화와 세영이 읍내로 내려간 동안 일국과 청년들은 뱅뒤굴로 들어가 중단된 작업을 계속했다. 위험한 결정이었지만, 일국은 정화를 내려 보냈을 때 이미 렌즈데일이 섬에 없다는 쪽으로 마음을 굳혔다. 승부수를 던진 것이다. 일단 정했으니 가능한 빨리 밀고 나갈 수밖에 없었다. 몇몇은 밖에서 보초를 서고 나머지는 전원 굴을 파내는 데 참여했다. 그리고 이제 넓은 공간이 나타나기까지 불과 몇 미터도 남지 않은 상태였다. 청년들은 팔뚝이 끊어져라 곡괭이질을 하며 굴을 파는 데 열중했다.

밀항, 실패

신국이 어느 정도 나아진 후, 세영과 정화는 대양상회 영감이 마련해 준 여관방으로 거처를 옮겼다. 커튼도 열지 못하고 숨어 지내야 했지만 영양가 있는 먹거리와 안락한 잠자리만으로도 신국의 상태는 눈에 띄게 호전되었다. 출항을 앞두고는 제법 웃고 장난도 치며 건강해져 정화와 세영 모두 마음을 놓을 수 있었다.

미리 출항지인 화북리로 갈까도 생각했지만, 대양상회에서 멀리 떨어지면 무슨 일이 생겼을 때 도움받기도 마땅치 않을 것 같아 당일까지 읍내에 머물다가 저녁 무렵 가게 트럭을 얻어 타고 화북 포구로 이동하기로 하였다. 화북리 상점으로 보낼 생필품 상자 틈에 숨어서 가면 안전할 터였다.

출항일 오전까지도 혹시 가는 동안 필요할지 모를 의료품과 먹을거리들을 챙기느라 세영과 정화는 분주한 시간을 보냈다.

통금 두어 시간 전, 충분히 사방이 어둑해진 시간에 둘은 차에 올랐다. 납품할 물건들을 가득 실은 트럭은 머뭇거림 없이 시원하게 해안도로를 달려갔다. 조천에 접어들어 얼마 전까지 살던 곳을 스쳐 가려니 먼저 내려가신 어머니 생각에 세영은 마음이 아려 왔다.

몰래 짐 틈으로 바라본 조천은 많이 달라져 있었다. 저녁 식사 무렵인데도 굴뚝에 연기가 오르는 집은 하나도 없었다. 거리엔 사람 그림자도 보이지 않고, 그 흔한 개들조차 보이지 않았다.

조천을 지나 화북리로 들어서는 길목에 다다랐을 즈음이었다. 우거진 나무 아래를 지나자마자 불쑥 경찰 두 명이 튀어나와 차를 세웠다. 불심검문이었다. 정화와 세영은 행여 자신들의 옷자락이라도 드러날까 짐 사이로 한껏 더 몸을 움츠렸다.

운전기사는 이런 심문에 익숙하다는 듯 준비해 두었던 돈을 찔러주며 넘어가려 하였다. 보통 때라면 그렇게 통과되어야 하는데, 그날따라 경찰의 반응이 이상했다. 갑자기 흥분을 하더니 다짜고짜 운전기사를 끌어내렸다. 그리고는 운전기사를 향해 개머리판을 휘두르며 발길질을 해 대기 시작했다. 운전기사의 비명과 '살려 달라'는 외침이 짐 뒤편의 세영과 정화에게까지 생생하게 들려왔다. 정화는 바들바들 떨며 신국을 꼭 끌어안았고, 세영은 그런 정화를 보호하려 자기 몸으로 둘을 감쌌다. 운전기사가 무언가 말실수를 한 모양이었다.

잠시 후 짐을 덮은 천이 들춰졌다. 경찰은 손전등으로 짐칸 여기저기를 살펴보기 시작했다. 상자와 상자가 맞물리고 앞뒤로 다른 짐들을 빈틈없이 채워 놓아, 안에 사람이 숨어 있는지는 알 수 없을 터였지만, 드문드문 안까지 새어 들어오는 손전등 불빛이 정화와 세영의 심장을 얼어붙게 했다.

경찰들은 괜히 상자를 발로 차며 안이 비었는지를 살펴보았다. 행여 상자를 들어내지 않을까 노심초사하였으나, 딱히 짐을 건드리진 않았다. 이미 대양상회 영감이 정기적으로 쥐어주는 돈에 맛 들어 관계를 해칠 생각은 없지만, 그래도 가끔 이렇게 엄포를 놓아야 자신들을 얕보지 않는다는 속셈이었다.

다행히 경찰은 건성으로 짐들을 훑어보고는 차에서 내렸다. 세영과 정화는 안도의 한숨을 내쉬었다. 하지만 그 후로도 좀처럼 차는 출발하지 못했다. 시계가 없으니 알 수는 없지만 못해도 한 시간 이상은 지난 것 같았다.

경찰 둘은 트럭을 세워 둔 채 쓰러진 운전기사를 일으켜 세우더니 담배를 권하고는 히히덕거리기 시작했다. 미안하게 됐다는 둥, 영감은 잘 있냐는 둥 꽤나 심심했던지 쓸데없는 이야기들로 시간을 보내며 한참을 노닥거렸다.

운전기사가 굽신굽신 인사를 하며 그들 손에서 빠져나온 것은 거의 출항 시간이 다 되어서였다. 약속 시간까지는 불과 10여 분밖에 남지 않은 상태였다. 운전기사는 길가에 흙먼지가 구름처럼 피어오르도록 액셀러레이터를 밟아서, 가까스로 화북 포구에 도착하였다.

포구 인근에 있는 상점에 차가 멈추자마자, 세영은 날래게 차에서 뛰어내렸다. 운전기사가 짐을 내리는 척하며 정화와 신국을 내려 주는 동안, 세영은 서둘러 포구를 살펴 배를 찾았다. 포구에는 크고 작은 많은 배들이 있었지만, 이야기되었던 대양호는 보이지 않았다. 포구 좌우를 달리며 정신없이 찾았지만 어디에도 배는 보이지 않았다. 세영은 상점으로 가 접선책인 문 씨를 찾았다. 그는 세영을 보자마자 이렇게 늦게 오면 어떻게 하냐며 이미 배가 떠났다고 말했다.

"아직 시간이나 남았는데요!"

"어쩔 수가 없었어. 경찰이 출동한다는 소식이 있어서 하는 수 없이 일찍 출발했소."

정화는 땅이 무너져 내리는 심정으로 바닥에 주저앉았다. 배가 떠났다는 사실이 믿어지지 않았다. 세영도 예기치 못한 상황에 할 말을 잃었다.

상점에서 걸어 나와 세영과 정화는 어찌 할 바를 모르고 망연자실 바다만 바라보며 서 있었다. 밤바다는 어디가 하늘이고 어디가 바다인지도 알아볼 수 없는 깊은 어둠으로 이어져 있었다. 밝게 빛나는 별들만 총총히 박혀 어둠을 뚫고 빛나고 있었다. 이미 떠나 버린 배가 당장이라도 자신들을 태우러 다시 와 줄 것만 같았다.

"이제 어떻게 하지?"

마치 자신을 보호자라도 되듯 바라보는 정화에게 세영은 어떤 말도 할 수 없었다. 미리 왔어야 했는데, 안심하고 만일의 사태에 대비하지 않은 자신이 원망스러웠다. 뒤늦은 후회가 밀려왔다. 이제 어떻게 해야 하나. 일국 삼촌이었다면 이럴 때 어떻게 했을까? 일국이라면 어떻게든 배를 구해서 그 배를 따라갔을지도 몰랐다. 하지만 자신은 도저히 그렇게 할 수 없었다. 마음은 당장이라도 남자답게 선생님을 이 위험에서 구해 내고 싶었으나 현실은 아무것도 할 수 없는 무력한 소년에 불과했다.

바로 그때였다. 멀리 바다에서 불빛이 보였다. 별빛인가? 세영은 자신의 눈을 의심했다. 빛은 점점 일렁이며 항구 쪽으로 다가왔다. 별이 아니었다. 선박의 불빛이었다. 배가 항구로 다가오고 있었다. 설마? 세영은 서둘러 항구 끝까지 다가갔다.

배가 점점 가까워져 대양호라는 글자를 알아볼 수 있을 정도가 되었을 때, 세영은 뒤따르는 또 다른 배의 모습을 보았다. 해양 순찰선이었다. 대양호는 경찰에 의해 끌려오는 중이었다.

놀란 세영은 정화를 데리고 서둘러 근처에 정박되어 있던 뱃머리에 몸을 숨겼다. 그들을 버려두고 출항했던 대양호는 얼마 못 가 해양 순찰선에 발각되어 되돌아온 것이었다.

배가 정박하고 경찰들의 요란한 외침과 함께, 배에 숨어 있던 사람들이 줄줄이 끌려 나왔다. 모두 일본으로 밀항을 하려던 사람들이었다. 숫자는 거의 100명이 넘었다. 젊은이들은 육지에 내리는 순간부터 사정없이 얻어맞았고, 노인과 아낙들의 비명소리와 어린 것들이 울부짖는 소리로 항구는 순식간에 난장판이 되었다.

전화위복.

저 배에 타지 않은 것이 하늘의 도움이었다는 안도와 함께, 한순간에 지옥으로 떨어질 뻔했다는 공포심이 몰려와 심장이 미친 듯이 뛰고 다리가 후들후들 떨려 왔다.

이제 어떻게 해야 하나. 세영은 오도 가도 못 하는 막다른 길 앞에 남겨진 기분이었다. 아무 생각도 들지 않았지만, 정화와 신국 때문에 정신을 바짝 차렸다. 방법을 생각해야 했다. 일단 다시 읍내로 돌아가서 다음 배를 기다려야 하나? 아니면 정화와 신국을 데리고 산으로 숨어들어야 하나? 화북에서 선흘까지는 15㎞가 넘는 거리였다. 자기 걸음으로 쉼 없이 나아가도 꼬박 반나절은 걸어야 하는 산길을 이 두 사람을 들키지 않고 데리고 갈 방도가 없었다. 하는 수 없이 일단 타고 온 짐차에 다시 올라 읍내로 돌아가기로 하였다.

후에 세영은 그날 밤의 결정을 두고두고 후회하였다.

그때가 산으로 돌아갈 수 있는 마지막 기회였다. 이후 상황은 마치 섬 중간에 울타리라도 두른 것처럼 해안과 산 쪽이 철저히 분리되었기 때문이다.

치안유지를 위해 민보단이라는 것이 구성되어, 반강제적으로 '향토방위 임무'가 주민들에게 주어졌다. 다시 말해 남녀노소 할 것 없이 읍내 주변 성벽 쌓기에 동원되었다. 노인들은 지게에 돌을 져 날랐고 부녀자와 아이까지 앞치마와 가마니에 돌덩이들을 담아 옮겼다. 먹을 것도 제대로 주어지지 않는 상황에서 사람들은 높이 5m, 폭 3.5m의 엄청난 규모의 성벽을 쌓아야 했다. 성벽에는 15m 간격으로 망루가 설치되었고, 밤마다 주민들은 죽창과 철장을 들고 교대로 보초를 서야 했다. 부녀자들은 보초들의 야식을 마련하는 일을 맡았다.

섬을 오가는 선박도 철저히 제한되었다.

읍내에서 일주일이 넘게 기다렸지만, 일본행 배는커녕 목포로 가는 배조차도 구할 수 없었다. 이처럼 삼엄한 경비가 시작된 이유는, 김달삼이 황해도 해주에서 열리는 인민대표자회의에 참석하기 위해 7월 말, 섬을 빠져나갔다는 사실이 밝혀졌기 때문이었다.

김달삼은 대표자회의에서 '제주 4·3 투쟁에 관한 보고'를 통해 제주

무장대를 성공적으로 이끌었다는 연설로 남한 공산당의 기세를 드높였고, 회의 참석자들로부터 열렬한 환호를 받았다고 했다. 대표자회의 내내 제주도의 빨치산 활동은 주된 화제였는데, 이는 북측으로 하여금 남쪽에서 자신들의 영향력을 증명하는 훌륭한 증거가 되었다.

미국으로서는 5·10 총선거를 성공적으로 치러 내지 못함으로써 가뜩이나 상처 입은 자존심에, 남한을 완벽하게 통제하지 못한 것 아니냐는 국제 사회의 시선을 받고 있었다.

이런 상황에서 제주 사태는 치열하게 대립하던 남북관계에 기름을 붓는 격이었다. 미 군정과 제주 경찰은 제주 남로당 퇴치에 사활을 걸게 되었고, 일본은 물론 섬 밖으로 나가는 모든 길은 완벽하게 막혀 버렸다.

그리고 멈췄던 산군에 대한 대대적인 공습이 재개되었다.

1948년 8월 15일 대한민국 정부가 수립되자 반정부 무리에 대한 철퇴는 이전과 비교할 수 없을 만큼 가혹해졌다. 28일 육지 경찰 800여 명이 제주도에 도착한 것을 시작으로 9월부터는 남은 폭도 잔당 섬멸을 위한 중산간 마을에 대한 토끼몰이식 수사가 시작되었다. 단 한 명의 폭도도 달아나지 못하도록 경찰들이 일렬로 늘어서 동시에 산에 올랐다. 일명 '빗개 작전'이라고도 불리는 이 작전은 섬을 빗으로 한번 훑는다는 생각으로, 섬의 모든 곳을 샅샅이 뒤지는 것이었다.

은둔생활, 시철, 탈영 준비

정화와 세영은 읍내에서 한 달이 넘게 숨어 지냈다.

처음 대양상회 영감이 잡아 준 여관은 시내에서 조금 떨어진 외진 곳에 위치하고 있었다. 하지만 체류 기간이 길어지자 어쩔 수 없이 사람들의 눈에 띄게 되었고, 앳된 외모의 남학생과 눈에 띄게 아름다운 아기 엄마의 동행은 주위 사람들로 하여금 호기심을 불러일으켰다.

어느 날 세영은 심부름하는 아이에게서 묘한 의심의 눈초리를 읽어 냈다. 별일 아닐 수도 있지만, 만의 하나를 대비하기 위해 그날로 당장 다른 여관으로 옮겼다. 수상한 시국이다 보니 남들이 보기에 의심스러운 손님은 자연히 말이 나기 마련이었다. 한곳에 오래 머물 수가 없었다. 어딜 가나 오지랖 넓은 사람들이 있으니까. 처음에는 대양상회 영감에게 도움을 청했지만, 위급할 때 마냥 기다릴 수 없어서 나중에는 세영이 직접 여관을 구하러 다녔다.

하지만 경찰이며 군인이며 워낙 외지에서 들어온 사람이 많아서 방을 구하기가 쉽지 않았다. 기껏 방을 구해도 오래 머물 수 없고, 섬을 떠날 수도, 산으로 돌아갈 수도 없는 고통스러운 시간이 계속됐다. 뱅뒤굴에 있던 것보다 배는 더 불안하고 숨 막히는 심정으로 세영과 정화는 읍내에서의 하루하루를 버텼다. 일국으로부터의 연락이 오기만을 초조하게 기다리면서.

어느 날, 세영이 나갔다 돌아오니 정화는 바느질을 하고 있었다.

"뭐 뜯어졌어요?"

"아니…."

베시시 웃는 정화의 표정이 드물게 밝았다. 세영이 궁금해서 다가가 보니, 정화는 어디서 구했는지 낡은 군복 윗도리를 꿰매고 있었다.

"이게 뭐예요?"

세영이 묻자, 정화는 자랑스럽게 웃으며 옷을 펼쳐 들었다. 순간 무슨 의미인지 몰라 세영이 어리둥절해하는데 정화는 군복을 세영의 어깨에 갖다 대며 크기를 맞춰 보았다.

"음, 쫌 크려나? 한번 입어 봐!"

내 옷? 세영은 예상치 못한 정화의 행동에 주춤거리면서도, 순순히 소매에 팔을 끼워 넣었다. 그제야 세영은 자신이 입고 다니던 윗도리가 심하게 해어져 옆구리께에 큰 구멍이 나 있었다는 것을 알아챘다. 선생님이 마련해 준 옷을 입는 기분은 무척이나 어색하면서도 설레었다.

"쫌 큰가? 그래도 세영이는 금방 자랄 거니까."

정화는 세영의 옷매무새를 어루만지며, 흡족해했다. 세영은 저도 모르게 얼굴이 붉어지는 것을 느꼈다. 선생님이 잘해 주고 신경 써 줄 때마다 너무 고맙고 기분이 좋았지만, 한편으론 곤혹스러워지기도 하는 것이었다. 그럴 때마다 세영은 아직도 선생님에 대한 마음을 버리지 못한 자신이 죄스럽고 원망스러웠다. 그러면서도 다른 한편으로는 이렇게라도 선생님을 돕고 곁에서 힘이 될 수 있다는 사실이 행복했다.

정화는 세영에게서 윗도리를 벗겨 내더니, 자랑하듯이 안쪽을 뒤집어 보여 주었다.

"여기에 안주머니도 달았어. 중요한 것을 넣을 수 있게."

군복에 전혀 어울리지 않는 모양이었지만, 정화는 그런 생각을 해 낸 것이 스스로 기특하게 느껴졌는지 매우 뿌듯한 표정이었다. 세영은 그런 선생님이 꼭 어린아이 같아서 푸훗 웃음을 터뜨렸다.

"아주 요긴하게 쓸 수 있을 것 같아요."

세영은 정화에게서 다시금 군복을 받아 입었다. 가슴께에 닿는 안주머니의 감촉이 아까와는 달리 더 따뜻하게 느껴졌다.

일주일쯤 지난 어느 날, 여관으로 한 사람이 찾아왔다.

예상치 못한 방문에 정화와 세영은 심장이 멎을 듯 놀랐으나, 방문자는 세영이 너무나 잘 아는 사람이었다.

"시철아!"

옛 친구의 방문에 세영은 모든 긴장감이 녹는 듯했다. 그러나 이내 시철이 경비대 소속임이 떠올랐다. 그는 자신들이 이곳에 있는 것을 어떻게 알았을까? 설마 체포해 가기 위해 온 것인가?

"어떻게 여길 알고…."

"산군 연락책을 통해 알았지."

순간 세영은 자신들의 연락책이 경비대에 발각되었다는 뜻인 줄 알았다. 그러나 시철은 놀랄 만한 사실을 들려주었다.

"나는 더 이상 경비대 편이 아니야. 산으로 올라갈 거야."

"산으로 올라가다니?"

"경비대에서 탈영할 생각이야."

산군과 경비대의 전투가 가열되고, 산으로 달아난 주민들에 대한 공격이 가혹해지면서 이에 복종할 수 없었던 제주 출신 청년 경비대원들은 자진하여 부대를 이탈해, 산군 편에 붙는 일이 속출하고 있었다. 심지어 하사관 11명과 경비대원 41명이 한꺼번에 탈영하면서 무기와 탄약 5천 발 이상을 훔쳐 산으로 달아난 일까지 있었다.

그런데 시철 역시 그런 결정을 하다니.

"김익렬 대장이 좌천되고 난 후 경비대는 더 볼 수 없을 지경이다. 사람 죽이기를 소나 돼지보다도 쉽게 여기고, 인륜지도는 땅에 떨어졌다. 경찰이나 경비대 놈들이 포로 주민들을 잡아서 어떤 장난을 치는 줄 알아? 늙은 시어머니와 며느리를 마주 앉혀 놓고 서로의 뺨을 치게 하는 거야. 세게 치지 않으면 당장에 발길질을 해대지. 그리고 어린 손주들에게 그 광경을 지켜보며 박수를 치라고 해. 그러면서 즐거워하는 거야. 이게 사람이냐?"

시철의 얼굴은 더 이상 무표정하지 않았다. 냉소적이지도 반항적이지도 않았다. 처참한 불길은 그의 마음에 가득 찬 분노에 불을 붙이고 무기력한 그의 삶을 뜨겁게 태우고 있었다. 더 이상 두고 보지 못할 경비대의 작태에 시철은 산군에 가담하기로 결심했고, 이를 준비하며 산 측과의 접선 도중 세영과 정화가 읍내에 숨어 있다는 소식을 듣게 되었던 것이었다.

"근데 위험하지 않겠어? 경비도 삼엄할 텐데…."

"생각해 둔 바가 있지. 성벽에 허술한 곳도 다 파악해 두었고. 이미 산 쪽 하고도 다 이야기가 되었어. 며칠 안에 출발할 거다. 그래서 말인데, 미안하지만 한 가지 부탁이 있다."

"뭔데?"

"산 쪽에서 가져오길 부탁한 물건들을 여기에 맡겨도 될까? 연락책을 통해 미리 넘기려 했는데, 그쪽도 은근히 감시당하는 눈치라… 전혀 모를 만한 곳이 필요해."

세영은 정화를 바라보았다. 정화는 떨떠름하게 고개를 끄덕였다. 위험한 일이었지만, 이런 일을 거절할 수 없었다. 시철은 처음부터 그 부탁을 하기 위해 찾아온 것이었다.

"그럼 매일 밤 자정 무렵에 찾아올게."

말이 마치기 무섭게 방을 나서는 시철을 정화가 잡았다.

"저 혹시 그때 우리도 같이 올라가면 안 될까?"

"에?"

시철은 당황해서 순간 눈이 휘둥그레졌다.

이 여자가 지금 무슨 소리를 하는 건가? 정화의 말에 세영 역시 당황했다. 하지만 정화도 그냥 해 보는 소리가 아니었다. 시철의 눈에 신국이 들어왔다. 정화의 바지자락을 잡고 이제 막 걸음마를 깨친 신국이 아장거리고 있었다. 시철의 입에서 얕은 한숨이 새어나왔다. 그 역시 이들이 적진 한가운데 놓여 있다는 사실을 모르지 않았다. 하지만 여자와 갓난아기까지 데리고 산에 오른다는 것은 불가능한 일이었다.

시철은 애타는 정화의 눈빛을 외면한 채 방을 나갔다.

해안선 5km 통행금지령

일국이 거문오름의 산채로 이덕구를 찾아간 것은 정화의 출항이 불발로 끝났다는 것을 알게 된 8월 중순 무렵이었다.

읍내에 있는 산군 연락책이 밀항선이 나포되었다는 소식을 전해 왔고, 김달삼의 부재시 산군을 이끌고 있던 이덕구는 재빠르게 일국에게 상황을 전달했다. 다행히 세영과 정화 모두 체포되지 않았으며 대양상회 영감이 뒤를 봐주고 있는 덕에 무사히 숨어 지내고 있다는 세영의 메모도 전달되었다. 일국은 적잖이 안도하였지만, 그렇다고 마냥 그대로 둘을 읍내에 둘 수는 없는 일이었다.

가장 좋은 것은 일국 자신이 내려가서 데리고 산을 오르든, 섬을 나가든 수를 내는 것이었다. 다행히 벵뒤굴은 거의 통로가 열린 상태여서 며칠만 더 파면 안으로 들어갈 수 있을 것 같았다. 일국은 벵뒤굴 작업에 더욱 속도를 냈다. 가능한 빨리 일을 마치고 정화에게 간다는 것이 그가 내릴 수 있는 최선의 계획이었다.

하지만 금새 끝에 다다를 듯 여겨졌던 통로는 생각보다 훨씬 깊었다. 얼마나 시멘트를 들이부어 막아 두었는지 족히 10여 m는 파 들어갔음에도 여전히 반대편 공간은 나타나지 않았다. 만약 일국이 그 뒤에 공간이 있다는 사실을 몰랐다면, 암석지대일 뿐이라고 여기고 진작 굴 파기를 포기했을 것이다.

'그렇다고 설마 100m를 막기야 했겠어?'

일국은 조만간 반대편 굴이 나올 것이라 믿으며, 파도 파도 나오지 않는 굴에 지쳐 버린 청년들을 달랬다.

그러던 중 8월 말에 접어들면서 한동안 뜸했던 경찰과 경비대가 다시금 공격을 해 오기 시작했다. 배는 늘어난 수의 경찰과 경비대는 토끼몰이를 하며 산을 올라왔고, 산군들은 발각되지 않기 위해 더 깊은 산으로 들어갈 수밖에 없었다. 제아무리 토끼몰이라 한들 산과 곶이 내 집 앞마당인 일국과 청년들에게 제 한 몸 피하는 것은 어렵지 않았지만, 벵뒤굴을 두고 물러날 수 없다는 사실이 그들의 발목을 잡았다. 하는 수 없이 한라산에 오르지 못하고 거문오름 곶자왈과 선흘리 언저리에서 경찰들과의 숨바꼭질에 들어갔다.

통로 완성을 코앞에 두고 굴에 들어가지 못하는 일국은 애가 탔다. 몇 번이나 잃었다 얻었다를 반복하며 좀처럼 자신에게 문을 열어 주지 않는 선흘 땅이 야속하게 느껴졌다.

그렇게 시간은 흘러 9월이 되었고, 읍내의 상황이 좋지 않다는 소식이 들려왔다. 섬으로 들어오는 육지 병력이 급속도로 늘어났고, 읍내는 온통 서청단원과 육지 군대로 가득했다. 여관이란 여관은 이들로 가득 차 빈 방이 없을 정도라고 했다.

그 속에 정화와 세영이 있는 것이었다. 다행히 아직은 들키지 않았지만, 발각된다면 그 이후의 상황은 상상하기조차 끔찍했다. 적진 한복판에 이들을 둔 일국은 한시도 마음을 놓을 수 없었다. 그대로 둘수도, 불러올릴 수도 없는 진퇴양난의 상황이었다.

거문오름 산채에 은신 중인 이덕구로부터 만나고 싶다는 전갈이 온 것은 그 즈음이었다. 같은 편이어도 거의 만나지도, 연락도 없는 사이였기에 이런 뜻밖의 요청에 일국은 의아함을 느꼈다.

"아직까지는 정화 씨도 세영이도 무사히 지내는 것 같더군."

뜻밖에 이덕구의 첫마디는 정화에 대한 것이었다. 그들의 소식을 전해 주러 자신을 부른 것인가? 이덕구가 그렇게 감상적인 사람일 리가 없었다.

"무슨 일로 부른 거요?"

"조만간 해안선에서 5km 지점 이상에 대한 통행금지령이 떨어질 거라는 소문이 있어."

"5km?"

"나도 내막은 몰라. 들리는 소문으로는 CIC 장교가 제시한 작전이라고 하던데?"

이덕구가 묘한 시선으로 일국을 바라보았다.

대한민국 정부 수립 후, 미 군정은 폐지되고 모든 행정권은 한국 정부에게로 이양되었지만, 8월 24일 체결된 한·미 잠정군사협정에 의해 국군에 대한 지휘권만은 여전히 한미군사령관에게 남아 있었고, CIC 역시 한국에서의 영향력을 여전히 발휘하고 있었던 것이다.

CIC로부터 나왔다는 말을 듣는 순간, 일국은 단번에 그 작전의 의도를 알아챘다. 해안선에서 5km면 그 안에는 뱅뒤굴은 물론이고, 그동안 목표가 되었던 거의 모든 동굴들이 포함되어 있었다.

"통행금지령이 떨어지면 5km 이상 지역에서 발견되는 모든 사람은 적이 되는 거지. 즉결 사살이 가능해지는 거야."

"통행금지는 언제부터야?"

"지금 분위기로는 10월 중순쯤 될 거야. 그러니까 적어도 10월 초에는…."

이덕구는 무언가 말하려다 멈췄다. 10월 초에는? 일국은 불현듯 덕구의 생각을 알아챘다.

"설마 그들과 붙으려는 거야?"

"해주로 간 김달삼 대장도 그때까지는 돌아와 줄 거야. 지원을 받아 올 수만 있다면, 우리에게 승산이 있다. 그때까지만 버티면 승산이 있어."

일국은 절망했다. 아직도 그렇게 상황파악이 안 되는 것인가? 미국을 이길 수 있다고, 남한 정부를 뒤엎을 수 있다고 이들은 믿고 있는 것인가? 아니면 믿고 싶은 것인지도 몰랐다. 이대로 끝나지 않을 거라고. 죽지 않을 거라고.

"이번 작전은 전과는 달라. 위협용이 아닌 총력전이다. 읍내 주요 요소들 폭파와 요인 암살까지 단번에, 동시에 펼칠 거야. 목숨을 건 최후의 전투다."

죽지 않을 거라 생각한 것이 아니라, 죽을 생각인 거구나. 덕구를 바라보는 일국의 눈빛이 어두워졌다.

"도와줄 거지?"

이덕구가 일국을 부른 이유였다. 일국은 묵직하게 고개를 끄덕였다. 거절할 수 없었다. 물론 이덕구가 바라는 식으로 돕지는 못하겠지만. 어찌되었건 이들과 행동을 같이할 수밖에 없었다. 그의 말대로라면, 남은 시간은 앞으로 2주뿐이었다. 이들의 결전일은 곧 일국의 결전일이기도 했다. 산군이 총력전에 나서면 그 틈을 놓치지 말고 거문오름 갱도를 처리해야 한다. 무조건 통로를 파서 굴 안에 들어가야 한다.

'과연 그것이 가능할까?'

일국은 세차게 고개를 저었다. 마음 약해지면 어쩔란 말인가. 무조

건 파내야 했다. 단 한 번뿐인 기회였다. 산군은 오래 버티지 못할 것
이다. 기습 즉시 전멸, 아니면 잘해야 몇 시간을 못 버티고 되쫓겨 올
라올 것이고, 일단 경찰 측에 기선을 빼앗기면 이후로는 중산간을 되
찾을 수 없을 것이다. 잘해야 한라산 고지대 굴로 숨어들어 가 목숨
만 연명하는 장기전에 돌입하거나 그 전에 전멸되고 말 테지.

정화와 세영을 불러들여야 하나 고민하던 일국의 마음이 정리되었
다. 그들은 읍내에 있는 것이 나았다. 한 치 앞을 내다볼 수 없는 사
지로 그들을 끌어들일 수는 없었다.

결전의 날, 시철의 죽음, 다이너마이트

"다이너마이트?"

세영은 시철이 자신들의 여관방에 가져다 놓은 상자의 정체를 알고 경악했다.

"이걸 뭐에다 쓰려고?!"

"모르지. 아무튼 산에서 지시한 거야. 이제 조금만 더 훔쳐 내면 바로 출발이다."

들키면 죽을 목숨인 줄은 알고 있었지만, 군에서 빼돌린 다이너마이트까지 갖고 있다는 것이 발각되면 한 번 죽는 것으로는 충분치 않을 것이었다. 이런 물건을 훔쳐 내는 시철 역시 목숨을 걸고 있다는 것을 알 수 있었다. 세영은 딱히 싫은 티도 내지 못하고 그저 시철이 갖다 두는 물건들을 불안한 눈길로 바라보았다.

"아, 그리고 말야. 용이… 소식 들었냐?"

"용이? 아니? 왜?"

벵뒤굴에서 헤어진 후 보지 못했지만 산군 쪽과 함께하려니 막연히 생각하고 있었다.

"죽었다."

"뭐?"

세영은 가타부타 더 이상의 설명 없는 시철의 뒷모습에서 그가 내린 결심의 이유를 조금은 이해할 수 있을 것 같았다.

사실 용이는 이때 죽지 않고 살아 있었다.

용이가 죽은 것은 이로부터 몇 년 후였다. 9월 이후 개시된 소탕작전에서 경비대와 전투 중에 체포된 후, 그는 섬의 각지에서 끌려온 주민들과 함께 농업학교 연병장 천막에 수용되었다. 수용소의 생활은 산보다 가혹했다. 아무 죄 없는 주민들조차도 산군들과 내통했다는 죄목으로 밤낮 없는 고문에 시달리는 마당에, 김달삼 부대의 행동대원 격이었던 용이를 그냥 둘리 없었다. 코에 주전자 물을 붓거나, 손가락에 전선을 연결하여 전기를 통하게 하는 식의 고문은 특별할 것도 없었다.

빨갱이와의 내통이라는 죄목으로 7년형을 받아 육지의 수용소로 보내질 무렵엔 용이는 이미 뇌신경 손상으로 말이 어줍어지고, 한쪽 다리를 절게 되었다. 목포형무소에 수감되어 2년이 채 못 되어 6·25가 터졌고, 1·4 후퇴 때 북한군이 남하시 협력 가능자 중의 한 명으로 판단되어 즉결 처형당하였다.

10월 초, 제주경찰청장이 평안북도 출신으로 교체되고, 서청 단원들이 대거 섬으로 들어왔다. 제주도 사태를 가능한 빨리 진압하겠다는 정부의 입장을 분명하게 드러내 보여 주는 것이었다. 총칼로 무장한 지원 병력은 기세등등하여 당장이라도 섬을 갈아엎어 버릴 듯했다.

이미 확연한 수적 열세를 감지한 산군들은 조여 오는 압박에 점점 몸을 움츠리며 산으로 숨어들어 갔다. 북한 지원을 받아 오겠다던 김달삼은 끝내 섬으로 돌아오지 않았다. 오지 않은 것인지 올 수 없었던 것인지는 알 수 없지만, 들리는 소문에 의하면 그는 민족 영웅 칭호를 들으며 평양에서 요직을 맡게 되었다고 했다.

돌아오지 않는 대장에게 좌절한 제주 남로당은 결국 제2대 대장으로 이덕구를 선출하였다. 더 이상은 기다릴 수 없었다.

"먼저 치지 않으면 승산이 없다."

이덕구의 말에 산채의 청년들은 분노에 찬 함성으로 동의했다.

오래전부터 기다리던 결정이었다. 지금까지 산에 남은 이들은 이미 오래전 생사를 던져 버린 이들이었다. 잡혀도 죽기는 마찬가지라면, 보다 가치 있는 죽음을 택하겠다. 이들의 각오는 한 명이 열 명, 스무 명을 대적하고도 남을 분노와 투지로 타오르고 있었다.

총공격의 순간 역시 성큼성큼 다가오고 있었다. 시철의 경비대 일행이 다이너마이트를 훔쳐내서 올라오는 바로 그 밤, 성벽과 지서 등을 터트리는 다이너마이트의 불꽃은 섬을 요동케 할 붉은 불꽃의 신호탄이 될 것이었다.

매일 밤, 자정 무렵에 찾아와 다이너마이트며 총 같은 것들을 조금씩 두고 가던 시철이 한동안 찾아오지 않았다. 세영은 혹시나 발각된 것은 아닌지 불안 속에서 그를 기다렸다.

10월 1일, 야간 통행금지 직전 갑작스레 시철이 찾아왔다.

이번엔 혼자가 아니었다. 동료로 보이는 경비대원 세 명과 시철은 오자마자 그동안 모아 놓은 다이너마이트와 무기들을 배낭에 챙겨 넣기 시작했다.

"지금 가는 거야?"

시철은 대답도 하지 못할 만큼 정신없어 보였다. 무언가 다급하게 상황이 돌아가는 느낌이었다. 이 순간을 기다렸던 세영과 정화는 잽싸게 자신들의 짐을 챙기고 문 앞을 막아섰다.

"데려가지 않으면, 아무도 못 가요."

정화의 단호한 말에 시철과 경비대원들은 잠시 충격을 받은 듯했다. 지금 이 여자가 제정신인가? 화가 난 한 경비대원이 거칠게 정화를 밀쳐 냈으나 바닥에 쓰러지면서도 그녀는 문손잡이를 부여잡은 손을 놓지 않았다. 당황한 시철이 동료들을 말리는 동안, 세영은 서둘러 정화를 부축했다. 그리고 두 사람은 그들 앞에 무릎 꿇었다.

"부탁합니다. 같이 가게 해 주세요. 절대로 폐를 끼치지 않을게요."

"안 돼."

경비대원들은 한 치의 물러섬도 없었다. 세영은 시철을 바라보았다. 설마 옛 친구를 모른 체할 만큼 모진 그가 아니길 바라는 마음이었다. 시철은 세영의 시선을 피했다. 상황을 모르는 바는 아니었지만 앞으로의 산 상황이 얼마나 위험할지 알았기에 시철은 이들을 데리고 갈 수 없었다. 이곳도 안전하진 않았지만, 지금처럼 숨어 있으면 눈에 띄지 않게 지낼 수 있지 않나. 애까지 데리고 산으로 숨어든다는 것은 미친 짓이었다.

"미안하다."

시철은 말과 함께 세영의 시선을 피했다. 그리고는 단호하게 정화의 손을 뿌리치고는 방문을 열었다. 세영과 정화는 절망적인 심정으로 이들의 모습을 바라보았다.

그때였다. 밖에서 망을 보던 경비대원 동료가 여관 복도로 달려 들어왔다.

"큰일 났어! 발각됐어. 당장 떠나야 돼."

"뭣?"

경비대원들은 아직 다 담지 못한 무기들을 되는 대로 손에 들고는 문을 박차고 나아갔다.

"이 사람들은 어떡해? 여관을 뒤질 거라고!"

시철의 외침에 동료들은 잠시 주춤했다. 자신들이 빼돌린 물건을 은닉했던 것이 발각된다면, 이들은 당장에 죽은 목숨이었다. 망설임은 길지 않았다.

"에이씨, 난 몰라. 알아서 해. 따라오든지 말든지."

시철은 그제야 밝은 표정으로 세영을 돌아보았다.

"다 같이 살아야지. 갈 데까지 가 보자."

세영은 정화로부터 신국을 받아 봇짐처럼 가슴에 둘러 묶었다. 행여 울음이 터지더라도 품에 안아 소리를 줄일 수 있도록 하기 위해서였다.

세영과 정화는 서둘러 경비대원들의 뒤를 따랐다.

뒷문으로 여관을 빠져나가 읍내 외곽에 미리 봐 두었던 성벽에서 감시가 소홀한 지점에 도착했을 무렵, 읍내에 사이렌 소리가 울려 퍼졌다. 여러 대의 지프가 질주하는 굉음이 심야의 정적을 깨고 터져 나왔다.

"서둘러!"

세영은 등줄기로 흐르는 땀을 느꼈다. 눈앞에는 5m가 넘는 성벽이 가로막고 있었다. 경비대원들은 갈고리가 달린 밧줄을 벽 위로 던져 걸고는 가뿐하게 매달려 벽을 넘었다. 세영은 정화를 먼저 밀어 올렸다. 연약한 정화의 팔은 제 몸뚱이 하나를 끌어 올리지 못했다. 아무리 애를 써도 중간 이상 오르지 못하고, 그만 팔에 힘이 빠져 대롱대롱 매달린 채로 울먹였다.

그때였다. 앞서가던 시철이 되돌아와 밧줄을 끌어당겨 주었다. 시철은 정화를 벽 위로 올리고, 이어 세영이 올라올 수 있도록 도와주었다.

"고맙다."

시철은 당연하다는 듯 고개를 끄덕이고 다시 걸음을 재촉했다. 험하기 이를 데 없는 제주의 밤길을 달빛에만 의지하여 나아가기는 쉽지 않았다.

그나마 감시초소의 위치, 경찰 주둔 길목을 훤히 알고 있는 경비대원들 덕분에 위험한 상황에 맞닥트리진 않았지만, 이를 위해 길도 없는 밭과 풀숲을 가로질러 나아가야 했다. 돌담을 넘고, 골을 건너는 험난한 진행에 정화는 몇 번이나 발을 헛디뎌 미끄러지고 넘어졌다. 세영은 품 안의 신국 때문에 행동이 자유롭지 못해 그녀를 도울 수 없었다. 그럴 때마다 시철은 걸음을 멈추고 정화를 일으켜 주었다. 예정보다 늦어져 계획에 차질이 생길까 조바심을 내었지만, 경비원들 중 누구도 이들을 버리고 가자는 말은 하지 않았다. 정화는 그것이 너무나 미안해 터져 나오는 울음을 애써 눌렀다. 발이 부르트고 피가 배어 나와도 이를 악물고 따라갈 수밖에 없었다.

일국과 덕구는 결전 시간 1시간 전 집결 장소에 도착해 있었다.

이미 지난 몇 년간 해 온 전투였지만 이번처럼 긴장되는 것은 처음이었다. 섬의 각 지점에 대기 중인 산군들 모두 같은 심정일 것이었다. 마지막. 지금이 아니면 이후는 없다는 것을 덕구는 누구보다도 잘 알고 있었다.

함께할 일국으로서는 여전히 이번 전투에 동의할 수 없었다. 지금이라도 이덕구를 말릴 수 있다면 말리고 싶은 심정이었다. 그러나 그럴 수 없지 않나.

밤의 한기가 긴장된 청년들의 열기를 식히도록, 읍내의 경비대원들은 도착하지 않았다. 그들의 걸음이면 약속시간 전에 도착하고도 남을 것이라 생각했는데, 일이 지연되는 것을 보면 뭔가 문제가 생겼는지도 모를 일이었다.

그렇다고 이들 없이 작전을 시작할 수는 없었다. 초소와 경찰지서, 군대 시설에 대한 폭격은 수적 열세를 가진 이들이 의지할 대비책이었기 때문이었다.

덕구는 초조하게 시계만 바라보다가 담배를 물고 일국을 뒤로 불러냈다.

"이놈들이 배신한 건 아니겠지?"

"설마 그런 일이 생기겠나."

"그렇지. 그럴 리는 없겠지."

목숨을 걸었지만 죽고 싶지 않은 심정. 일국은 문득 그런 덕구가 아련하게 느껴졌다.

"이 싸움이 의미가 있다고 생각하나?"

"개죽음이라는 말을 하고 싶은 거냐?"

덕구가 손가락에 잡히지도 않을 만큼 짧아진 꽁초를 비비며 웃었다. 일국은 아무것도 모른 채 격전의 순간을 기다리는 앳된 청년들을 물끄러미 바라보았다.

"상대를 죽이기 시작하는 순간, 상대에게도 죽일 수 있는 명분을 주는 것이니까."

덕구는 실소했다. 이상론적인 이야기. 이제 와서….

"그래서 늘 죽을 용기보다는 죽일 용기가 필요한 거지. 굴 안에 반드시 지켜야만 하는 것이 있다고? 아마 자네는 지금도 전투보다는 그게 더 중요하겠지."

일국은 자신들의 계획을 꿰뚫고 있는 덕구의 말에 아무 대답도 할수 없었다.

"좋아. 자네가 원하는 대로 해. 청년들도 데리고 가. 막지 않겠어. 자네 하나 돕는다고 결과가 크게 바뀌기라도 하겠나?"

덕구는 일국을 바라보며 웃었다. 일국은 그 웃음 뒤에서 죽음을 각오한 사내의 깊은 마음을 보았다.

"고맙소."

"고맙긴, 난 아직도 널 믿지 않아. 좋아하지도 않고."

"알고 있소."

"하지만 자네가 지키려고 하는 것이 정말 섬을 위한 것이고 이 나라를 위한 것이라면, 나도 거기에 어느 정도는 도움이 된 거 아닌가? 비록 이 정도뿐이지만."

"그 정도면 충분하오."

일국과 덕구는 자조 섞인 웃음을 나누었다. 이런 것도 화해라면 화해일까.

"우스운 말이지만, 갖기 위한 싸움이 아니요. 빼앗기지 않기 위한 싸움이지."

"처음부터 그랬지 않나?"

"알고 있었소?"

이덕구는 웃었다.

"네 이야기가 아니라, 내 이야기다."

알 듯 말 듯. 두 사내는 서로에게 작별을 고했다. 일국은 유언처럼 말했다.

"혹시 나보다 오래 살아남게 되면 정화를 지켜 주시오."

덕구는 놀랐다. 그러나 이내 부질없는 부탁임을 알고 웃었다.

"그러지. 허나 그럴 리가 없지 않나."

늦어지는 경비대원들을 기다리며 산군들이 초조한 시간을 보내고 있을 무렵, 시철 일행과 세영은 땀으로 발이 미끄러질 정도로 혼신을 다해 달리고 있었다.

읍내에서 이덕구의 산군이 기다리고 있을 선흘 초입의 접선 장소까지는 산길로 15km. 약속시간은 새벽 1시였다. 3시간을 쉼 없이 달리면 제시간에 도착할 수 있다는 계산은, 정화와 세영이 합류한 그 시점에서 이미 물 건너간 것이었다. 그나마 경비대원들이 속도를 늦춰 주고 있었지만, 정화는 물론이고 세영조차도 목에서 피 냄새가 올라올 지경이었다.

다행인지 불행인지 이들의 도주 사실이 알려지면서 경찰들의 야간 순찰 범위가 넓어져 중간중간 몸을 숨기고 기다려야 하는 일이 잦았다. 숨을 고를 수 있는 기회였지만, 약속시간까지의 도착은 점점 요원해졌다.

"이대로라면 제시간에 도착할 수 없어."

경비대원 중 한 명이 말을 꺼냈을 때, 이미 자정이 지난 시점이었다.

모두는 동시에 세영과 정화를 바라보았다. 그 시선이 무엇을 의미하는지 잘 알았지만, 세영과 정화 둘 중 누구도 자신들을 버리지 말아 달라는 말을 하지 못했다.

더 이상 임무에 걸림돌이 될 수는 없었다. 그저 내려질 결정을 받아들일 수밖에 없다고 체념하고는 고개를 떨궜다. 경비대원들 누구도 매정하게 나서지 못하고 어찌할 바를 몰라 망설였다. 이대로 남겨 두고 가면 정화와 세영은 분명 살아남기 힘들 것이다.

"내가 데려갈 테니, 너희들은 먼저 가."

시철이 불쑥 말했다. 세영과 시철의 눈이 마주쳤다. 세영은 자신들을 선택한 시철의 결정에 놀랐다. 경비대원들 역시 뜻밖의 상황에 당황했으나, 이보다 더 좋은 방법은 없다는 것을 깨닫고는 바로 몸을 일으켰다.

"살아서 만나자."

시철의 동료들은 짧은 인사를 마치자마자 산짐승처럼 빠르게 어둠 속으로 사라져 갔다.

"시철아…."
"고맙긴. 이제 우리도 출발하자."

멋쩍어하면서 시철은 지친 정화의 짐을 대신 들어 주었다. 이제는 동료들 눈치 볼 필요도 없으니 조금 천천히 갈 수 있었으나, 여유를 부릴 정도는 아니었다. 1시에 총공격이 시작되면 어디가 전장이 될지 모르니 가능한 빨리 선흘리에 도착해야 한다는 사실은 변함이 없었다.

시철이 앞에 서고 중간에 정화, 마지막에 세영이 뒤따랐다. 선흘리를 얼마 두지 않고, 야트막한 오름 하나를 넘을 즈음, 고막을 찢을 듯한 폭발음과 함께 요란한 총성이 들려왔다.

"꺄악!"

정화는 저도 모르게 비명을 지르며 바닥에 납작 엎드렸다. 세영도 본능적으로 신국을 감싸 안고 고개를 숙였다. 시철은 서둘러 시계를 보았다. 1시 15분이었다.

"늦지 않게 도착했구나."

폭격음으로 보아 전투가 벌어진 곳은 멀지 않은 듯했다.

그렇다면 경찰 병력들이 모두 그쪽으로 이동할 테니, 자연 다른 곳
은 감시가 수월해질 것이다.

'마을을 가로질러 가도 되지 않을까?'

마을을 통과한다면 선흘까지 단번에 도착할 수 있었다. 시철은 세
영과 정화를 안전한 곳에 데려다 놓고, 자신도 빨리 전투에 합류할
생각에 마음이 급해졌다. 제 몫의 다이너마이트를 전달하지 못하면
작전에 차질이 생길지도 몰랐다.

"이쪽으로 가자."

"마을로?"

세영은 시철의 말에 놀랐다. 경찰들이 있을 텐데?

"다들 전투지로 이동해서 괜찮을 거야."

시철은 확신에 찬 표정으로 일어섰다. 어딘가 불길했지만 세영은
마지못해 시철을 따라 일어섰다. 하지만 정화는 사방이 트인 마을로
들어선다는 게 불안하여 차마 발을 떼지 못했다.

"내가 먼저 가서 살필 테니 신호를 하면 따라와요."

시철은 총을 겨눈 채 주위를 살피며 마을 어귀로 들어섰다.

입구 근처에 위치한 두 집의 돌담 너머 동태를 살피고 아무도 없는
것을 확인한 후, 시철은 세영을 향해 손짓했다. 세영은 떨리는 정화
의 팔을 잡고 재빨리 시철의 뒤를 따라 마을로 들어섰다.

좁다란 올레를 지나 한 집, 두 집. 조금만 더 가면 바로 산으로 향하
는 오갱이밭이었다. 목적지에 가까워지자 세영은 없던 기운까지 솟

아나, 정화를 반쯤 끌고 가다시피 하며 속도를 내었다.

시철 역시 한시름 놓고 총구를 슬며시 낮추려는 찰나,

"탕!"

"으악!"

어디선가 날아온 총알이 시철의 허벅지를 관통했다.

"시철아!"

"탕! 타탕! 탕! 탕!"

"빨갱이 놈들 죽어라!"

불꽃을 뿜어 대며 날아오는 총알에 세영과 정화는 바닥으로 몸을 숙였고, 시철은 빗발치는 총알 속에 땅으로 고꾸라졌다.

"시철아!"

쓰러진 시철의 허벅지와 목에서 축축한 핏물이 스며 나오는 것이 어둠 속에서도 세영의 눈에는 분명히 보였다. 어떻게든 달려가서 빼내 오고 싶었지만, 쏟아지는 총알 속에 달려들 용기도 능력도 없었다. 얼어붙은 몸은 땅에 들러붙어 맘처럼 움직여 주지 않았다. 비겁한 겁쟁이인 자신이 원망스러워 세영은 눈앞에서 죽어 가는 시철을 향해 마구 소리를 질렀다.

"응아아앙…!"

상황도 모르는 신국이 놀라 울음을 터트렸다. 숨막힐 듯 짓누르는 세영의 몸이 작은 신국에게는 총알만큼이나 위협적이었다. 그럴수록 세영은 더욱 밀착시켜 신국을 품에 안았다. 스쳐 가는 총알 한 발도 건드릴 수 없도록.

잠시 후 총성이 멈추고, 철컥거리는 총신의 소리와 함께 서북청년단의 거친 발소리가 들려왔다. 정화와 세영은 이제 끝이구나 하는 절망감에 서로 두 손을 굳게 마주잡았다. 흙먼지를 일으키는 수십 개의 발소리가 불과 지척까지 다가왔을 때였다.

"타앙!"

"으악!"

등 뒤에서 들려온 총소리에 다가오던 서북청년단 하나가 바닥으로 쓰러졌다. 이어 무차별로 총알이 빗발치기 시작했다.

"탕, 탕, 타탕, 타타탕!"

"으아악!"

총에 맞은 서북청년단들은 끔찍한 비명을 지르며 세영과 정화의 주변에 쓰러졌다. 어떻게 된 상황인지 분간도 못 하고 덜덜 떨고 있는 정화를 강한 팔이 일으켜 세웠다.

"괜찮아? 다친 데 없어?"

귀에 익은 목소리. 뜨거운 팔근육의 꿈틀거림. 정화는 어둠 속에서도 단번에 그를 알아보았다.

"일국 씨!"

세영도 놀라 화들짝 돌아보았다.

바로 등 뒤에 그렇게도 보고 싶던 일국 삼촌이 서 있었다. 그의 양 옆으로 청년들은 총을 겨누고 있었다.

"삼촌!"

세영은 저도 모르게 일국에게 달려가 안겼다. 일국은 오른팔로 세영의 머리를 있는 힘껏 부여잡았다. 사이에 낀 신국의 애절한 울음소리가 일국의 넓은 가슴팍에 울려 퍼졌다.

"경비대원들이 너희가 뒤따라오고 있다고 알려 줘서, 서둘러 내려 왔어."

지난 몇 달간의 설움이 복받쳐 세영은 어린아이처럼 엉엉 울었다. 정화는 애써 감정을 억누르느라 소리 없이 흐느끼며 남편에게 안겼다. 두 사람을 품에 안은 채 일국은 자신이 제때 도착하지 못해 희생된 시철을 안타까운 눈으로 바라보았다. 청년들이 확인했으나, 시철은 이미 숨을 거둔 후였다.

그들은 시철의 시체를 짊어지고 마을 밖 곳에 내려놓았다. 긴박한 상황이지만 그대로 내버려 두고 갈 수는 없었다. 서너 삽 흙을 시체 위에 덮어 주어 임시로나마 무덤을 만들어 주었다.

"대장! 여기 좀 보세요!"

시철의 가방을 살피던 한 청년이 다급하게 일국을 불렀다.

믿을 수 없을 만큼 무거운 그의 가방에는 여러 정의 권총과 수류탄, 그리고 다이너마이트가 있었다. 산군의 계획을 알지 못했던 일국 일행에게는 천만뜻밖의 물건이었다.

순간 모두의 머릿속에 같은 생각이 스치고 지나갔다.

"벵뒤굴로 가야겠어."

일국과 청년들의 움직임이 빨라졌다.

Good-bye

엉겁결에 이들과 함께하게 된 정화와 세영은 영문도 모른 채 벵뒤굴까지 수십 리 길을 달려야 했다. 상황도 다급한데다, 청년들의 발놀림은 마치 고라니를 쫓는 승냥이 떼 같아서 가로막는 장애물은 무엇이든 헤치고 질주했다. 얼마 못 가 정화와 세영이 뒤쳐지자 일국은 신국을 받아들고 정화를 업었다. 장작개비처럼 가벼운 아내의 무게에 일국은 마음이 무너져 내릴 것만 같았다.

그렇게 달리기를 삼십 분이 못 되어 청년들은 벵뒤굴에 도착했다. 다행히 주위는 고요했다. 늘 그렇듯이 출입금지 푯말만이 덩그러니 입구를 가로막고 있었다.

"자, 들어갑시다."

"잠시만, 태규 녀석은 어딨지?"

항상 이곳을 감시하도록 지시한 태규가 보이지 않았다. 청년들은 조심스럽게 주위를 살폈다. 어디에도 태규는 없었다. 불길했다. 맘대로 제 위치를 이탈할 아이가 아니었다. 눈치도 빠르고 전투 능력도 좋았지만, 무엇보다 한 번 맡기면 끝까지 물고 늘어지는 집념이 있는 아이였다. 게다가 조천에 살 때부터 인연이 깊어 누구보다도 믿을 수 있었다. 그러기에 일국은 벵뒤굴을 뜰 때마다 태규를 이곳에 남겨 놓았다.

"전투가 시작되니까 그쪽에 합류한 건 아닐까요?"

절대 그럴 아이가 아니었다. 뭔가 이상했다. 일국은 청년들을 지시해서 굴 주위를 살피도록 했다. 이미 수도 없이 진행한 작전이라 청년들은 재빠르게 자기 구역을 탐색하고 돌아왔다.

"다른 특별한 흔적은 없습니다."

"아무도 없어요."

정화와 세영은 한구석에서 두려움에 떨며 청년들과 일국을 바라보고 있었다. 달라진 건 아무것도 없었다. 오로지 태규가 사라졌다는 것 말고는.

일국은 결정을 내려야 했다.

예감이 매우 좋지 않았다. 잘못된 길이라는 경고가 심장 안에서부터 세차게 울려 퍼졌다. 평소에 그랬다면 당연히 철수했을 것이다. 절대 이런 상황에서 밀어붙이지 않았을 것이다. 그러나 지금은 이 길을 가지 않을 수 없었다. 마지막 기회였으니까.

"둘 다 가질 수는 없다. 처음부터 결정은 그거였어."

일국은 고개를 들어 정화를 바라보았다.

남편만 바라보고 있던 아내는 단숨에 그의 시선을 읽었다. 하지 마세요. 하지 마요. 알 수 없지만, 그의 결정이 무엇이든 세차게 거부해야만 할 것 같은 두려움이 솟아올랐다.

일국은 세영과 정화에게로 성큼성큼 다가왔다.

"이제 우리는 벵뒤굴로 들어갈 거야."

세영은 무슨 이야기가 나올지 몰라 그저 고개만 끄덕거렸다.

"들어가면 힘든 상황이 올지도 몰라. 그러니까 둘은⋯ 여기 남아."

"여보, 저도 같이 갈 거예요!"

"남아! 남아서… 세영아, 우리 신국이를 부탁한다."

일국은 안고 있던 신국을 세영에게 내밀었다. 건네기 전 신국을 빤히 바라보던 일국의 눈빛은 마치 무언가 많은 말을 전해 주려는 듯 크게 일렁였다.

세영은 신국을 받아 들려다가 무슨 마음에서인지 입고 있던 윗도리를 벗었다. 선생님이 만들어 주신 군복. 매서운 날씨에 헐벗은 일국 삼촌을 보는 순간, 그 옷은 자신이 아니라 삼촌이 입어야 할 것만 같았다.

말없이 옷을 건네는 세영을 보며 일국은 웃었다.

"…녀석."

일국은 거절하지 않고 옷에 한쪽 팔을 꿰었다. 세영에겐 큰 윗옷이었지만 일국의 넓은 어깨에는 작았다. 그래도 한 팔이 없어 그럭저럭 맞았다. 말끔한 새 옷을 받아 입는 일국의 모습이 뭐랄까 새신랑마냥 수줍어 보였다. 평생 잊혀지지 않을 것 같은 모습이라고 세영은 생각했다.

그리고 일국은 정화를 돌아보았다.

남편의 입에서 나올 말이 작별의 인사가 될 것만 같은 예감에 정화의 얼굴은 일그러졌다. 안 된다고 말리고, 바짓가랑이를 붙잡아도 되돌릴 수 없다는 것을 누구보다도 잘 아는 정화였다. 말해 주지 않아도 늘 일국의 마음을 전부 알아들을 수 있었다. 그가 늘 진심이었기 때문에, 그 마음이 물결처럼 흘러들어 왔기 때문에. 울지 않고 보내고 싶은데, 그렇게 당당한 아내가 되지 못하는 자신이 원망스러웠다. 일국은 아내의 어깨를 따뜻하게 꼬옥 안아 주었다.

"다녀올게."

"네…."

품 안에서 끝없이 고개를 끄덕이는 정화의 어깨를 힘껏 부여안은 후, 일국은 돌아섰다.

일국의 신호에 따라 청년들은 재빠르게 벵뒤굴 입구로 다가갔다. 손에 익은 솜씨로 출입금지 팻말을 떼어 내고는 가로막힌 나무판자를 뜯어냈다. 입구가 열리자 일국은 잠시 청년들을 둘러보았다.

"원하지 않는 사람은 여기서 빠져도 된다."

아무도 대답하지 않았다.
두려워하지도 않았다. 대장을 향한 자신만만한 미소가 이들이 보여 줄 수 있는 대답이었다.

"못 말릴 녀석들."

일국은 웃었다. 그리고 당차게 벵뒤굴로 들어갔다. 청년들도 망설임 없이 일국의 뒤를 따랐다. 재빠르게, 하지만 기척도 없이 마치 뱀이 굴 안으로 스르륵 밀려들어 가듯이 서른 명이 넘는 청년들은 순식간에 모습을 감추었다.

세영과 정화는 풀숲에 숨어 벵뒤굴 입구를 바라보며 그들이 무사히 돌아 나오기만을 기도했다. 갑자기 신국이 칭얼거리자 정화는 갖고 있던 좁쌀을 씹어 먹이려고 뒤편 나무 밑에 걸터앉았다.

"아야!"

정화는 땅에 불쑥 튀어나온 무언가를 느꼈다. 나무뿌리려니 하고는 자리를 옮기며 흘긋 보니 모양이 요상했다. 무심코 흙을 이리저리 쓸어내던 정화는 소스라치게 놀랐다.

"아이구!"

땅 속에는 반쯤 묻힌 손가락이 삐죽 튀어나와 있었다. 투박하게 꺾인 관절 마디가 너무나 분명해서 세영은 차마 손을 댈 수가 없었다. 발로 슬쩍 흙을 치우자 어설프게 묻었는지 쉽게 팔과 어깨 모습이 드러났다. 순간 불현듯 세영의 머리를 스치고 가는 생각이 있었다. 세영은 펄썩 주저앉아 서둘러 흙을 파헤쳤다. 아직 썩지도 않은 시체의 얼굴이 드러났다.

"태규 형!"

세영은 단발마의 비명과 함께 벌떡 일어섰다.

일국 삼촌에게 알려야 했다. 세영이 벵뒤굴로 달려가려는 바로 그 순간, 날카로운 경적소리와 함께 무장 경찰의 거친 발소리가 벵뒤굴로 몰려갔다.

'함정이구나.'

이미 적은 일국이 이곳에 올 것을 알고 있었다.

족히 백 명은 될 경찰들이 순식간에 벵뒤굴 입구를 두 겹 세 겹으로 둘러쌌다. 경찰들은 입구를 향해 총을 겨누고, 누구든 나오기만 하면 당장 쏴 버릴 자세를 취했다. 지휘관으로 보이는 사내가 경찰들에게 호령하며 각자 맡은 위치를 지시했다. 몇몇이 풀숲으로 들어왔다.

"어떡하면 좋아!"

정화가 세영을 바라보며 발을 굴렀다. 아직 경찰들은 정화와 세영이 있는 쪽으로는 오지 않았다. 하지만 발각되는 건 시간문제였다. 달아나지 않으면 언제 죽을지 모를 목숨이었다. 하지만 일국을 저대로 두고 갈 수는 없었다. 나오면 죽는다는 사실을 일국에게 알려야 했다. 어떻게? 세영의 머릿속은 뒤죽박죽이 되어 버렸다.

그 순간 벵뒤굴 안에서 폭발음이 들렸다.

경찰들은 동요하기 시작했다. 몇 명이 지시에 따라 정황을 살피기 위해 굴 입구로 다가갔다.

그때였다. 벵뒤굴 안에서 무언가 밖으로 날아왔다. 탁. 탁. 탁. 묵직한 물체가 바닥에 떨어졌을 때, 근처에 있던 경찰은 무심결에 고개를 숙여 그것을 보았다.

"수, 수류탄이다!"

"콰광!"

"으악!"

사방으로 튀는 파편과 조각난 경찰들의 팔다리가 여기저기 날아가 흩어졌다. 솟아나는 연기 속에 경찰 병력의 3분의 1이 바닥에 쓰러졌다. 성난 지휘관은 또다시 수류탄 공격에 당하지 않도록 뭉쳐 있지 않게 대열을 흩으면서 무차별 사격을 지시했다.

"타다다다, 탕, 탕, 탕탕탕!"

경찰들은 동굴 안쪽을 향해 미친 듯이 총을 난사하며 한 걸음 한 걸음 입구로 다가갔다. 그리고 사격이 끝남과 동시에 뒷줄의 경찰들은 동굴 입구 앞에 마른 나뭇가지를 쌓았다.

"뭘 하려는 거지? 저런 정도로 입구를 막으려고?"

세영의 의문은 오래가지 않았다. 지휘관의 신호가 떨어지자마자 한 명의 경찰이 들고 있던 통 속의 액체를 나뭇가지에 부었다. 역한 석유 냄새가 순식간에 퍼졌다. 지휘관은 횃불을 망설임 없이 그 위로 던졌다.

'화악!'

석유를 머금은 불꽃은 시커먼 연기와 함께 재빠르게 커져 갔다. 경찰들은 연기가 굴 안으로 빨려 들어가도록 장작을 입구로 깊이 던져 넣었다. 목이 칼칼해지도록 매서운 연기는 꾸역꾸역 동굴로 줄지어 들어갔다.

"안 돼!"

정화가 저도 모르게 소리치며 동굴을 향해 다가려는 것을, 세영이 간신히 붙잡았다. 순간 지휘관의 시선이 소리가 난 쪽으로 향했다. 들켰나? 세영은 잠시 숨을 죽였다. 지휘관은 바로 옆의 부하들에게 손짓으로, 정확히 세영과 정화가 있는 방향을 가리켰다.

"들켰구나."

세영은 자리를 박차고 일어나 정화의 손을 잡고 달리기 시작했다.

"저기 누가 있다!"

경찰 서너 명이 동시에 풀숲으로 뛰어들었다.

"잡아라! 잡아!"

밤새도록 달렸다는 것이 믿기지 않을 정도로 세영과 정화의 다리는 자동적으로 움직였다. 선흘 지리는 누구보다 훤한 세영이니까 조금만 머리 쓰면 이들을 쉽게 따돌릴 수 있었다.

문제는 정화였다. 세영이 잡아끌며 뛰어도 정화는 생각만큼 빨리 따라와 주지 못했다. 추격하는 경찰들의 고함소리는 백 리를 지나도록 멀어지지 않았다. 가면 갈수록 지친 정화의 걸음은 늦어졌다. 하는 수 없이 세영은 급히 숨을 곳을 찾았다. 나무와 잔가지는 많았지만 두 사람이 몸을 가릴 정도는 못 되었다.

"아무래도 찢어져야 할 것 같아요."

세영은 다급하게 바위 더미 뒤로 정화를 데리고 가 앉혔다. 그리고 허겁지겁 품에 안고 있던 신국을 정화에게 건넸다. 선생님과 신국을 살리기 위해 자기가 미끼가 되어 유인하는 수밖에 없었다.

"선생님, 여기 꼼짝도 말고 계세요."

일어서는 세영의 옷자락을 정화가 잡았다.

"누가 더 살아남기 쉬울까?"

갑자기 벌떡 일어난 정화는 신국을 세영의 품에 떠밀어 주었다. 영문을 모르고 신국을 받아 든 세영에게 정화는 애달픈 미소를 지었다.

"신국이를... 부탁해."

말도 마치기 무섭게, 정화는 소리를 지르며 경찰들을 향해 뛰어나갔다. 세영이 말릴 틈도 없었다. 정화의 외침과 함께 경찰들의 이목이 단번에 한곳으로 모였다.

"저기 있다! 저리로 달아난다!"

경찰들이 정화에게로 몰려들었다.

"선생니이임!"

세영은 경찰의 발 앞에 쓰러지는 선생님을 멍하니 바라볼 수밖에 없었다. 돌아보는 정화의 눈이 세영과 마주쳤다. 가라, 어서 가라.

세영은 자신을 향해 달려오는 경찰들을 뒤로하고 무조건 달렸다. 품 안의 신국이 미친 듯이 울어 댔다. 울음소리가 곳을 뒤흔들건 말건, 세영 역시 마구 울며 달렸다. 너무 빨라서 경찰들은 따라오지 못했다. 신들린 사람처럼 미친 듯이 질주하는 세영은 바닥이 흙이건 돌이건, 앞에 나무가 있건 바위가 있건 개의치 않고 미친 듯이 발이 가는 대로 달리고 또 달렸다. 얼마나, 어디까지 달렸는지 알 수 없었다. 발이 저절로 움직여서 세상 끝까지 데려다줄 것처럼.

한 시간은 뛰었을까. 정신이 들었을 때, 세영의 눈에는 어슴프레 동이 터 오는 모습이 보였다.

어린 신국은 울다 지쳐 기절하듯 잠들어 있었다. 어디로 가야 하나. 이제 어떻게 해야 하나. 멍하니 주위를 둘러보니 사방에서 연기가 피어올랐다. 밥 짓는 굴뚝의 연기가 아니었다. 시커먼, 그리고 하늘을 뒤엎을 듯 크고 매캐한 연기였다.

세영은 정신을 차리고 자신이 어디쯤 와 있는지를 가늠해 보려고 애썼다. 아마도 선흘 마을 가까이까지 온 듯했다. 일단 상황이 어떻게 돌아가는지 알아야 했다. 방향을 잡아 마을 쪽으로 다가갔다. 마을이 가까워질수록 매캐한 연기는 점점 더 강해졌다.

'이게 어떻게 된 일이지?'

그리고 점차 후끈한 열기가 몸을 뒤덮었다.

마을로 향하는 세영의 발걸음은 마치 지옥의 화염을 향해 다가가는 죄인처럼 더디어졌다. 설마, 설마라는 마음의 부정은 붉고 검은 화염으로 으스러져 가는 낡은 초가와 무너져 내리는 돌담 앞에서 회백빛 재와 함께 날아가 버렸다. 마을이 있어야 할 자리. 마을이 있었던 자리는 세영의 기억 속에만 남겨진 채 검은 연기와 불나방처럼 날리는 잿가루와 함께 산화되고 있었다.

잠에서 깬 신국이 다시 칭얼거리기 시작했다. 너무 울어서 이미 목이 쉰 듯 까마귀처럼 끼륵끼륵 하는 소리밖에 내지 못했지만, 그 어린 것도 자기 집이 타들어 가는 아픔을 느끼고 있는지도 몰랐다. 마루 밑에 숨어 있다가 미처 달아나지 못하고 타 죽는 돼지 새끼의 비명이 기괴하게 울려 퍼졌다. 혹시나 누가 남아 있더라도, 살아 나올 수 없을 것이다. 숲과 하늘을 가득 채운 광대한 검은 연기는 바로 몰살된 마을을 위해 올리는 향 같았다.

상황을 살피고자 근처 오름에 오르니 지난 밤의 승패를 분명하게 알 수 있었다. 검은 연기는 섬의 이곳저곳에서 솟아오르고 있었다. 간밤에 불타 사라진 마을은 한두 곳이 아니었다. 수십 년을 일궈 온 사람들의 모든 것을 파괴하고, 그들의 마음과 희망을 짓밟아 버리기에 이보다 더 확실한 방법은 없었다. 쥐새끼 한 마리 숨지 못하게 만들기 위한 성공적인 전략이었다.

세영은 어디로 가야 할지 갈피를 잡을 수 없었다. 이 어린 것을 데리고, 자기가 무엇을 할 수 있겠는가. 그렇지만 선생님의, 그리고 삼촌의 부탁은 오로지 '신국' 하나였다. 세영은 그 때문에 자신이 살아날 수 있었고, 살아 있어야 했다.

'살아남아야 한다. 살아남을 것이다!'

굳은 결심과 함께 오름을 내려오면서, 세영의 머릿속에는 단 한 곳만이 떠올랐다. 동백동산. 석주명이 알려 준 그 굴로 간다면, 한동안 버틸 수 있을 것이다. 세영은 다시 한번 달리기 시작했다.

10월 17일 해안으로부터 5km 이상 지역에 대한 통행금지령이 내려졌고, 중산간 지역에 대한 '초토화 작전'이 시작되었다.

예정되었던 수순이었다. 육지에서 충원된 경찰과 경비대는 오름이며 곶이며, 동굴 어느 곳 하나 빠짐없이 샅샅이 수색하였다. 발각되는 사람은 이유를 막론하고 폭도로 간주하여 총살되었고, 들어갈 수 없는 동굴은 불을 피워 연기를 굴 안으로 흘려보내 안에 숨어 있던 사람들이 도망쳐 나오도록 했다.

밖으로 나가면 기다리던 경찰들에게 총알 세례를 받는다는 것을 안 사람들은 차라리 그 안에서 질식사하는 쪽을 택했다. 선흘곶의 목시물굴, 대섭이굴, 도틀굴 등 섬의 모든 굴들은 차례차례 비워지고 시체는 차곡차곡 쌓여 갔다.

텅 비어 버린 중산간 마을들은 모두 불에 타 사라졌다.

사람은커녕 개미새끼 한 마리 살아남지 못하도록 모조리 불태워졌고, 한라산 금족령이 풀린 1954년 9월 21일까지 7년 7개월 동안 중산간 지역은 사람의 발길이 닿을 수 없는 죽음의 땅으로 남겨지게 되었다.

정화, 집으로

정화가 눈을 떴을 때, 가장 먼저 본 것은 하얀 천장이었다.

마치 구름처럼, 혹은 한낮의 햇빛처럼 희고 밝아서 마치 그곳에는 아무것도 없는 것 같은 착각을 일으켰다. 몸을 일으켜 보려 했으나 몸의 어느 곳도 반응하지 않았다. 고개를 돌릴 수도, 손끝 하나 움직일 수도 없었다. 감각조차 없었다. 정화는 다시 눈을 감았다. 나는 죽었구나.

그러자 가장 먼저 떠오르는 것이 신국이었다. 마지막으로 힘껏 안아 주지도 못하고 떠나보낸 아들. 아직 밥도 먹지 못하는 어린 것이 어미를 떠나 며칠이나 살아남을 수 있을까. 차라리 이렇게 어미와 함께 생을 끝내는 것도 다행이라면 다행일 텐데.

스르르 감긴 정화의 눈에서 눈물이 흘렀다. 차가운 볼에 닿는 눈물이 따뜻했다. 따뜻해? 그 순간 정화는 번쩍 눈을 떴다. 눈물의 온기는 환상이라 하기에 너무나 생생했다. 정화의 눈이 미친 듯이 깜빡였다. 움직일 수 있는 유일한 것이 눈꺼풀뿐이었지만, 분명 정화의 의지에 따라 움직여졌다. 정화는 있는 힘을 다해 입을 움직였다.

"…아…"

마치 숨소리처럼 내뿜어지는 정화의 목소리가 절박하게 새어 나왔다. 한 번 더, 한 번 더.

"아… 아아…."

이번엔 작지만 소리가 되었다.

정화의 귀에도 분명히 들렸다. 그리고 잠시 후 발소리가 들렸다. 투박하지만 재빠른 발소리가 정화에게로 다가왔다.

"Mrs. Chung? Can you hear me?"

영어? 그리고 곧이어 정화의 눈앞에 닥터 슈미트의 얼굴이 나타났다. 깜짝 놀란 표정이 정화의 눈동자에 스쳐 갔다. 슈미트는 검안경으로 동공을 살피고, 정화가 반응을 나타내자 바로 이런저런 검사를 시작했다.

"움직이기 힘들 거요. 마취제 효과가 아직 남아 있을 테니."

마취제? 그렇다면 수술을 받은 것인가? 여기는 병원인가? 정화의 머릿속은 지난 일을 유추하며 거슬러 올라갔다.

마지막 기억은 밤이었다. 신국을 보낸 바로 그 밤. 인정사정없이 날아온 사내의 손이 뺨을 후려쳤을 때 느꼈던 얼얼함, 머리채를 잡히고 휘둘려질 때 머릿가죽이 찢어져 나가는 아픔, 그리고 연이어 날아온 주먹에 얼굴 전체로 퍼져 가던 통증과 턱을 적시고 흘러내리던 선혈의 뜨거움까지.

그러자 곧 아래턱에서 아린 느낌이 전해졌다. 입을 움직여 보았지만 자연스럽지 않았다. 둔하게 움직이는 혀뿌리가 어금니께를 스쳤을 때, 있어야 할 것들이 사라진 휑 비어 버린 공간을 발견했다. 그것이 무엇을 의미하는지 깨닫기까지는 한참 시간이 걸렸다.

하나, 둘… 어금니 두 개와 송곳니가 없었다. 앞니도 부러져 날카로운 단면이 혀를 할퀴었다. 이가 빠졌다는 사실은 정화에게 예상치 못한 충격을 주었다. 죽음조차 각오했지만, 몸이 망가진 채로 살아남을 거라고는 생각지 못했던 것이다.

정화는 있는 힘을 다해 몸 이곳저곳을 움직여 보았다.

움직일 수 있는 곳은 어디인가, 없는 곳은… 어디인가.

"미세스 정, 제발 진정하고 움직이지 말아요."

닥터 슈미트가 몸에 힘을 주며 기를 쓰는 정화를 진정시켰다. 정화의 표정에서 불안함을 읽은 그는 환자를 자극하지 않는 선에서 그녀의 상태를 차근차근 설명해 주기 시작했다.

"구타를 당해 양쪽 갈빗대가 부러졌고, 내장도 일부 파손되었습니다. 응급 수술을 통해 다행히 봉합은 잘 되었어요. 왼쪽 팔과 오른쪽 셋째 넷째 손가락도 부러져서 깁스를 한 상태입니다. 많이 다쳤어요. 하지만 다행히 생명에는 지장이 없어요. 당신은 살아난 거예요. 정말 운이 좋았습니다."

운이 좋았다는 말이 이처럼 공허하게 느껴질 수 있을까. 차라리 비꼬는 것이었다면 마음에 더 와닿았을지 몰랐다. 정화는 울음을 삼켰다. 그래도 죽지 않아 다행이라고 생각하는 것은 아직 일국도, 신국도 어떻게 되었을지 알 수 없기 때문이었다.

잠시 후 병실 문이 열리고 부산스러운 소리와 함께 여러 사람이 들어오는 기척이 느껴졌다. 정화는 가까스로 고개를 기울여 방문자가 있는 곳으로 시선을 돌렸다. 가장 먼저 눈에 들어온 것은 렌즈데일이었다.

"다시 만났군요."

렌즈데일은 무엇이 그리 재미있는지 연극배우 같은 과장된 제스쳐로 인사를 해 보였다. 다른 때였다면 불쾌했을 그런 그의 행동이나 그의 입가에 머문 비웃음 섞인 미소까지도 정화에게는 희망적으로 느껴졌다. 최소한 그는 일국의 소식을 알 수 있는 사람이니까.

정화는 굳어 있는 입술을 간신히 움직여 남편의 안부를 물었다.

그러나 그 절박한 질문은 입안에서만 웅얼거릴 뿐 소리가 되어 나오지 못했다. 렌즈데일은 입술을 달싹이는 이 불쌍한 여자가 듣고 싶어 하는 말이 무엇인지, 그녀가 원하는 것이 무엇인지 너무나 잘 알고 있었다. 그리고 그녀에게 친절을 베풀기 위해 이 자리에 와 있는 것이었다. 하지만 너무 쉽게 원하는 것을 줄 생각은 없었다.

렌즈데일은 침대 곁으로 다가와 정화의 머리를 쓰다듬었다.

"아무 걱정 마시오. 이제 곧 집으로 돌아가게 될 거요."

전혀 뜻밖의 말에 정화는 렌즈데일을 빤히 바라보았다.

정말? 정말? 정화의 질문에 렌즈데일은 의도를 짐작할 수 없는 미소만 짓고 있었다. 그리고는 뒤로 비켜서, 함께 있던 남자에게 자리를 내주었다.

정화의 시선이 남자의 검은 정장바지를 따라 천천히 위로 올라갔다.

훤칠한 키와 날씬한 몸매에 맵시 있게 맞춰 입은 양복. 옷감만 봐도 이태리제 고가의 수제품임을 알 수 있었다. 그 윤기 나는 옷감의 광택이 정화에게 불현듯 잊고 있던 과거를 떠오르게 했다. 어린 시절 너무나 익숙했던 그 빛깔, 그 촉감.

그 삶의 테두리에서 걸어 나온, 고생이라고는 한 번도 한 적 없는 듯 말갛고 하얀 얼굴의 신사가 자신을 내려다보고 있었다. 굉장히 낯이 익지만 오랫동안 묻어 두었던 얼굴.

"누나!"

정화는 처음엔 그를 알아보지 못했다. 4년이라는 시간, 그리고 이전의 삶을 떠올릴 수 없을 만큼 험난했던 일들로 가로막혀 있었기 때문이었다.

한참 멍하니 남자를 바라보던 정화의 눈에 눈물이 차올랐다.

"타츠야…?"

남자는 정화의 두 손을 덥석 잡았다.

"응, 누나. 이게 어찌된 일이야."

남자는 이태리제 양복이 애써 만들어 준 권위에 개의치 않고, 단번에 누나의 어깨에 고개를 묻었다. 그에게서 나는 미제 세제 냄새가 정화를 단번에 4년 전으로 데려다 주었다. 집을 떠나면서 닫아 둔 상자 안에서 온갖 기억들이 연달아 튀어나와 마취제보다 더한 몽롱함으로 정화를 사로잡았다.

"잘난 척하고 집 나가더니 겨우 이 꼴이냐?"

날카로운 비아냥거림이 바로 뒤따랐다. 보지 않아도 알 수 있는 목소리.

"오빠…."

장남 류조가 반짝이는 금테 안경을 치켜 올리며 못마땅한 표정으로 정화를 내려다보고 있었다. 그럼 그렇지. 아빠가 금이야 옥이야 하는 막내 타츠야를 혼자 한국까지 보냈을 리가 없었다. 류조를 볼 면목이 없어서 정화는 시선을 돌렸다. 타츠야가 환자에게 너무하는 거 아니냐고 항의를 했지만, 류조에게는 씨도 먹히지 않는 어린애 투정에 불과했다.

"내일 오전 미 공군기로 출발할 거다. 오늘 하루 딴 생각 말고 푹 쉬고 있어."

"뭐라고요…?"

일본으로 데려가겠다고? 정화는 말도 안 되는 상황에 거부하려 했으나 현실은 목소리조차 제대로 낼 수 없었다.

"안 돼요. 전… 안 가요."

몸부림치는 누이를 타츠야는 안쓰럽게 바라보며, 큰 형을 향해 며칠만 더 있으면 안 되겠냐는 애원의 눈빛을 보냈다. 류조는 조금도 개의치 않고 병실을 나가 버렸다. 그에게 No는 통하지 않았다. 그걸 누구보다 잘 아는 정화였다. 그런 모습은 아버지를 꼭 닮았다. 하라면 해야 했다. 싫다면 집을 나가 한국행 배를 타거나 혈혈단신으로 미지의 섬으로 달아나는 수밖에.

하지만 지금의 정화는 제 몸도 가누지 못하는 처지였다.

타츠야와 류조가 나가자 렌즈데일이 예의 그 야비한 미소를 지으며 다가왔다. 정화는 이를 악물고 그를 향해 말했다.

"당신이… 연락했지!"

"You're welcome. 나중에 꼭 갚아요."

병실을 나가는 렌즈데일의 뒷모습이 그 어느 때보다 야비하게 정화를 농락하고 있었다.

"으아아아…!"

정화는 있는 힘을 다해 소리 지르며 몸부림쳤다. 놀란 닥터 슈미트가 미처 붙잡을 새 없이 정화의 몸은 침대 모서리를 벗어나 바닥으로 굴러떨어졌다.

"아, 아, 미세스 정… 이러면 안 돼요!"

붕대로 동여맨 갈빗대 부근에서 수술 부위가 터졌는지 붉은 핏방울이 스며 나왔다. 정화는 몰려오는 통증에 신음하면서도 렌즈데일을 향해 손을 뻗었다.

렌즈데일이 뒤를 돌아보았다. 가련하고 불쌍한 동양 여자가 인생의 바닥에서 자신을 향해 손 내밀고 있었다. 닥터 슈미트가 그녀를 일으키려 했으나, 정화는 강하게 몸부림치며 저항했다.

"으아아아아아악!"

오로지 정화의 눈은 렌즈데일만을 노려보고 있었다. 그를 증오하고 또 애원하고 있었다. 이 광경을 지켜보는 것이 흥미롭다고 렌즈데일은 생각했다. 여기에 약간만 재미를 더할 수 있어도 나쁘지 않겠지.

렌즈데일은 정화에게로 다가왔다. 그리고는 피를 흘리며 바닥에 주저앉아 있는, 종잇장처럼 가벼운 정화를 한달음에 번쩍 안아 침대에 놓았다. 정화는 뜻밖의 그의 행동에 놀라 저항하지도 못했다.

렌즈데일이 손짓하자 닥터 슈미트는 곧바로 정화에게 진정제를 주사했다.

"아앗…"

렌즈데일은 정화의 머리맡에 걸터앉더니, 자상하게 머리를 쓰다듬었다. 마치 딸을 재우는 아빠처럼 포근하게.

"가만히 내 말을 들어 봐요. 이제 잠이 올 거야. 그래야 빨리 나을 수 있지. 잠들 때까지 내가 재미있는 이야기를 들려주겠소. 어떤 용감한 사내가 있었지. 그는 정말로 용감했다오. 얼마만큼 용감했냐면 자신이 소중히 여기는 것을 지키기 위해 목숨을 바칠 만큼 용감했지. 어느 날 그는 소중한 것을 빼앗길 순간이 오자, 다른 사람이 따라오지 못하게 깊고 깊은 굴 안으로 들어갔소. 그런 다음에 입구를 막아 버렸다오. 결국 그는 자신이 소중히 여기는 것을 지키게 되었지. 영원히…."

정화는 이를 악물었다. 몸을 찢을 듯한 아픔이 가슴께부터 목구멍을 타고 올라왔다. 렌즈데일은 떨리는 정화의 어깨를 안쓰럽다는 듯 쓰다듬어 주었다. 그 손바닥을 떨쳐 내고, 곁에서 들리는 그의 숨소리를 멈춰 버리고 싶다는 충동에도 불구하고, 정화는 아무것도 할 수 없이 눈꺼풀을 내리누르는 수면제의 무게조차 이기지 못하는 나약한 자신에게 절망했다.

"당신이… 그를… 죽였어."

렌즈데일은 고개를 저었다.

"내가? 내가 죽였다고? 그는 스스로를 죽인 거지."

보지 않아도 그가 웃고 있다는 것을 알 수 있었다.
떨리는 정화의 눈가를 비집고 새어 나오는 눈물을 렌즈데일은 부드럽게 닦아 주었다.

"슬퍼하지 말아요. 당신을 위해 특별한 선물을 마련했소. 사실은 내가 아니라 당신 남편이 보내는… 처음엔 없애 버릴까도 생각… 난 늘 흥미로운 걸 좋아하니까…. 아마 몇 달 후면 도착…"

그의 말을 마지막까지 놓치지 않으려 안간힘을 썼지만, 정화의 의식은 이어졌다 끊어졌다를 반복하며 서서히 잦아들었다.

"이제 자요. 깨고 나면 sweet home에 있을 테니까."

정화는 자신의 이마에 와닿는 렌즈데일의 키스를 느끼며 깊고 깊은 잠에 빠져들었다.

황금, 보물 지도, 탈출

신림이 발견한 금가루를 따라 나아갈수록 물길은 점점 좁아지고 수심은 점점 얕아졌다. 마지막에는 개울이라고 부를 수도 없는, 비 오는 날 경사면을 따라 흐르는 물줄기처럼 잦아들었다.

그리고 동굴의 막다른 곳이 나타났다. 물은 그 막다른 동굴 벽을 따라 흘러내리고 있었다. 물로 젖은 동굴 벽의 돌 틈마다 흘러내린 금가루가 쌓여 번쩍였다.

태훈은 주의 깊게 벽을 향해 손전등을 비춰 보았다.

"이 벽 너머에 뭔가 있나 본대요?"

"아니죠. 이 벽이 아니라…."

신림이 손가락으로 머리 위를 가리켰다. 물길은 천장에서부터 이어지고 있었다.

"아니, 그럼 우리가 보물창고 아래에 있다는 거요?"

김 씨가 들뜬 목소리로 끼어들었다. 김 씨의 손바닥은 주워담은 금가루가 묻어 번쩍번쩍했다. 신림은 김 씨를 데리고 들어온 것을 후회하며 말을 못 들은 체했다.

"물이 흘러나오는 것을 보면 틈이 있다는 건데…."

태훈은 손전등으로 동굴 벽과 천장을 꼼꼼하게 살피기 시작했다. 물은 이곳저곳에서 새어 나오고 있었지만, 딱히 눈에 띄는 틈은 보이지 않았다. 김 씨는 당장이라도 천장을 뚫겠다는 듯이 도끼를 어깨 위로 들어 보였다.

"빨리 빨리 말만 해. 어디를 찍어야 되는 건지."

그때였다. 김 씨의 머리 위로 '툭' 하고 무언가 떨어졌다.

"어?"

저도 모르게 머리 위로 손을 가져간 순간 김 씨는 불에 데는 듯한 고통에 비명을 질렀다.

"으악!"

태훈과 신림이 달려가자 김 씨는 진저리를 치고 호들갑을 떨며, 바닥을 가리켰다. 김 씨의 옆에는 어지간한 어린애 팔뚝만 한 지네가 꼬리의 침을 곧추 세우고 쉬쉬쉬 하는 위협음을 내고 있었다.

"지네?"

태훈의 눈이 커졌다. 그냥 지네가 아니었다. 몸이 절반쯤 누런빛으로 번쩍이는 황금 지네였다.

"이거 뭐야?"

"금가루가 묻은 건가 봐요."

태훈은 재빨리 지네가 떨어진 위쪽 천장으로 손전등을 비추었다. 어두워서 자세히 보이지는 않지만 돌 틈 사이로 제법 큰 구멍이 나 있는 것이 보였다. 그곳에서는 끊임없이 물이 흘러나오고 있었고, 물줄기는 마치 금 용액이라도 되는 듯이 번쩍였다.

"저기 같네요."

김 씨도 그곳을 발견하고는 입맛을 다셨다. 틈이 넓다 보니 지네 정도는 충분히 오갈 수 있어 보였다. 김 씨는 지네에 쏘인 곳이 부어올라 고통스러운 와중에도 욕심을 내어 도끼를 들었다.

"위험하지 않겠어요?"

"죽기야 하겠냐."

말이 떨어지기 무섭게 도끼는 동굴 천장을 향해 날아갔다.

"쿵, 쿵, 쿵… 쿠르릉."

천장의 돌들이 부서지면서 작은 파편들이 밑으로 떨어져 내렸다.

"꺄악…."

신림은 떨어지는 돌더미를 피했다. 태훈과 김 씨는 반사적으로 머리를 감쌌다. 흘러내리는 돌들이 멈추고 살펴보니, 무너진 곳은 극히 일부에 불과했다. 여전히 틈은 깊고 그 안쪽은 보이지 않았다.

김 씨는 두어 차례 더 천장에 도끼질을 해댔다. 그때마다 수많은 돌덩이들이 떨어져 내렸고, 간신히 몸을 피하기를 반복했지만, 천정만 까마득히 높아질 뿐이었다.

"이거 이런 식으로 안 되겠는데…."

"천장 뚫으려다 묻혀 죽겠네요."

하지만 김 씨는 포기하지 않고 단단한 돌을 골라 천장에 집어던지기 시작했다.

제법 조준력이 있어서 천장의 틈으로 돌들이 날아 들어가긴 했지만, 부스러기 돌만 긁어내릴 뿐이었다. 그런 김 씨를 보며 신림은 고개를 절레절레 저었다.

"아니 다들 멀뚱히 서서 보고만 있을 거요? 뭐라도 해야지!"

한참이나 몸부림치던 김 씨가 들고 있던 돌을 집어던지며 짜증을 냈다. 처음부터 저만치 물러서 남의 일처럼 있는 세영이나 말라빠진 신림은 그렇다 치고, 태훈조차 돕지 않는 것에 울화통이 터졌다. 이도 저도 아니면 어쩌자는 것인가.

"지루해서 더는 못 기다리겠구만…."

갑자기 뒤에서 사람 목소리가 들려왔다. 신림, 태훈, 세영, 김 씨가 동시에 뒤를 돌아보았다. 착각?

저만치 어둠 속에서 두런두런 사람 그림자들이 나타났다. 이런 곳에 사람이 있을 리가? 귀를 의심하며 꿈뻑이는 그들의 눈앞에 낯선 사내들이 튀어나왔다.

에드먼드의 보물사냥꾼 용병들이었다.

"아니 당신이 어떻게…."

놀라서 세영조차 자리에서 일어났다. 태훈도 신림도 어안이 벙벙해져 말을 못 하는데, 에드먼드는 손에 들고 있던 레이더 추적장치를 들어 보였다.

"안내해 주어서 고맙소."

에드먼드의 손가락이 신림의 앞주머니를 가리켰다. 거기에는 작게 접은 동굴 지도가 있었다. 보물사냥꾼이 주었던 지도.

그제야 지도가 발신 장치였다는 것을 안 신림은 화가 나서 당장에 지도를 찢어 버렸다.

"으하하하하."

에드먼드의 웃음소리가 동굴을 울렸다.

"이런 곳에 보물이 숨겨져 있었다니. 정말 멋지군. 실망스럽지 않아."

에드먼드가 손짓을 하자 보물사냥꾼들은 순식간에 김 씨가 뚫던 천장으로 몰려갔다. 그들의 손에는 다이너마이트와 기폭장치 등 다양한 장비들이 들려 있었다.

"말도 안 돼. 이건 내 거야! 다가오지 마!"

김 씨가 주위를 향해 도끼를 휘둘렀다. 이마에 혈관이 튀어나오도록 악을 쓰는 김 씨의 행동에 용병 출신 백인들은 코웃음 쳤다.

"Are you crazy?"

용병 한 명이 주머니에서 무언가를 꺼냈다. 총이었다. 깜짝 놀란 신림은 자기도 모르게 태훈의 등 뒤에 바짝 붙었다. 세영의 입술이 얇게 떨렸다. 김 씨는 순간 당황했지만, 그래도 쉽게 포기할 수는 없다는 듯, 도끼를 내려놓지 못했다.

"철컥."

권총을 장전하는 투박한 철제음은 위협이 진심이라는 것을 말하고 있었다. 에드먼드의 얼굴에 조소가 지나갔다. 김 씨는 그제야 절망적으로 도끼를 떨구고 비켜섰다.

보물사냥꾼들은 김 씨와 태훈, 신림, 세영을 저만치로 밀쳐 내고는 천장의 틈에 폭약을 장착하기 시작했다.

"결국… 여기까지 가는구나."

세영은 질끈 눈을 감았다.

"이런 불안정한 곳에서 폭탄을 터트리면 다 죽고 말 거예요!"

신림이 에드먼드를 향해 소리쳤다. 보물사냥꾼들은 클클거리는 웃음소리로 신림을 조롱했다.

"우린 프로야."

폭탄이 설치되고, 보물사냥꾼들과 에드먼드는 모두 저만치로 이동해 몸을 낮췄다.

"3, 2, 1."

에드먼드는 카운트다운을 읊조리며 기폭장치의 빨간 버튼을 눌렀다.

"콰과과광!"
"꺄악!"

엄청난 굉음을 내며 천정이 무너져 내렸고, 동굴 안은 자욱한 연기로 가득 찼다.

태훈과 신림은 연신 기침을 해대며 옷으로 코와 입을 가렸다. 김씨는 연기 따위는 개의치 않는다는 듯, 무너진 곳을 보기 위해 앞을 휘젓고 있었다.

"쏴아아아아—"

폭파 잔해가 굴러 떨어지는 소리 틈틈이 잔모래 흘러내리는 소리가 들려왔다. 마치 거대한 모래시계에서 떨어지는 모래 알갱이들의 충돌음 같은.

"Gold!"

한 보물사냥꾼의 외침과 함께 천장에서 쏟아져 내리는 금가루와 금조각 더미가 공사장 모래더미처럼 쌓이고 있는 것이 보였다.

"세상에!"

신림은 저도 모르게 탄성을 내질렀다.

김 씨는 입을 벌리고 그곳을 향해 다가갔다. 보물사냥꾼 중 몇 명이 가방에서 자루를 꺼내어 미친 듯이 금을 주워 담기 시작했다. 그 순간 개미지옥으로 빨려드는 먹잇감처럼 가죽 주머니들이 연달아 떨어져 내렸다. 떨어진 주머니 중 몇 개는 오랜 세월에 삭아 바닥에 닿자마자 '퍽' 하고 터졌고 그 안에서 온갖 금조각들이 튀어나왔다.

"우와!"

보물사냥꾼들은 벌어진 입을 다물지 못했다. 여전히 천장에서는 가죽 주머니들이 떨어져 내렸다. 금괴들도 사방으로 튀었다.

에드먼드가 재빨리 신호를 보냈다. 말이 떨어지자마자 보물사냥꾼들은 갈고리 로프를 천장 위로 쏘아 올렸다. 떨어지는 주머니에 맞을지도 모른다는 걱정 따윈 안중에 없었다. 오로지 이렇게 많은 금이 쏟아져 내리는 저 위는 과연 어떨지 보고 싶어 몸이 근질거리는 듯했다.

후두둑 후후둑 주머니들이 떨어져 내리는 틈으로 용병들은 재빠르게 올라갔다. 한 명, 두 명, 세 명, 네 명, 전원이 올라가고 마지막으로 에드먼드는 태훈 일행을 향해 고갯짓을 했다.

"올라가."

다행히 가죽 주머니들이 어느 정도 다 쏟아져 내렸는지 그리 위험하지는 않았다.

태훈은 자신들을 향해 겨눈 총을 거부하지 못하고 로프를 잡았다. 자동 도르래가 달려 어렵지 않게 오를 수 있을 것 같았다. 태훈은 가장 먼저 김 씨를 올려 보내고 다음으로 세영, 신림을 보낸 후, 자신이 마지막으로 로프를 잡았다.

위쪽 동굴은 예상보다 크지 않았다.

초등학교 교실 정도 되는 공간에 천장도 낮았다. 지하실 같다는 느낌도 들었는데 어딘가 답답하고 밀폐된 구조 탓이었다.

미리 도착한 보물사냥꾼들의 손전등에서 뻗어 나온 불줄기가 동굴 안을 정신없이 훑고 있었다. 동굴의 한쪽 벽에 나무 상자들이 차곡차곡 쌓여 있었다. 보물사냥꾼들은 이미 그 상자 중 몇 개를 부수어 그 안에 가득 담긴 금괴를 확인하고 있었다.

"저것이 다 금이여?"

김 씨는 벌어진 입을 다물지 못한 채 금괴 상자에 홀린 듯 바라보았다. 금은 정말로 있었다. 동굴에 들어왔을 때도, 금가루를 보았을 때도 설마 설마 하던 금괴 더미가 실제로 모두의 눈앞에 누리끼리한 빛깔을 드러내고 있었다.

보물사냥꾼들은 재빠른 손놀림으로 두툼한 검은 가방에 금을 담기 시작했다. 신이 나 휘파람을 불며 금괴를 집어넣었다. 보물사냥꾼들은 금에 정신이 팔려 이미 태훈 일행에게는 관심조차 두지 않았다. 태훈은 카메라를 꺼내어 몰래 이러한 광경들을 촬영했다. 김 씨는 보물사냥꾼들 눈치를 보며 은근슬쩍 바닥에 떨어진 금조각을 주워 주머니에 담았다. 모두 금에 온통 정신이 팔려 있었다.

하지만 세영은 전혀 다른 곳을 보고 있었다. 그의 시선은 오로지 에드먼드를 향하고 있었다. 에드먼드는 동굴에 올라오자마자 부하들 몇 명을 따로 불러 무언가 지시를 내렸다. 그들은 금을 담는 일을 하지 않고 이상한 기계로 동굴 벽면을 살피더니 여기저기에 다이너마이트를 설치하기 시작했다.

그동안 에드먼드는 동굴에 흩어져 있는 도자기나 드럼통들을 들추며 살펴보았다. 도자기 안에 손을 넣어 훑거나 뒤집어 털며 그 안에 들어 있는 무언가를 찾는 모양새였다. 에드먼드를 쫓는 세영의 예리한 시선이 태훈과 마주쳤다. 태훈 역시 몰래몰래 촬영을 하며 에드먼드를 지켜보던 참이었다. 태훈은 깊게 패인 세영의 눈가에서 그의 생각을 읽었다.

'이게 다가 아니다.'

금괴가 실재한다는 것은 충분히 놀랍지만, 5천 톤까지는 아니었다. 기껏해야 이삿짐 트럭 몇 개에 나를 수 있는 수준? 그렇다면 절대 이게 다가 아니다. 나머지는 어디에?

그때였다.

"쿠쿠쿵-"

그리 멀지 않은 곳에서 폭발음과 함께 희미한 진동이 전해져 왔다. 보물사냥꾼과 태훈 일행 모두 순간 움직임을 멈추고 주위를 둘러보았다. 동굴 벽에서 작은 돌덩어리들이 우수수 떨어져 내렸다. 선흘굴을 점거했다던 국정원에서 폭발을 진행 중임에 틀림없었다.

금괴를 담는 보물사냥꾼들의 손놀림이 빨라졌다. 마치 벽돌장처럼 금괴를 집어던지자 여기저기서 금속 부딪치는 소리가 까강까강 들려왔다.

에드먼드도 마음이 급한 듯 동굴을 거칠게 뒤지기 시작했다.

세영은 동굴 천장을 바라보았다. 만약 이곳이 정일국의 거울글자 메시지대로 선흘굴 바로 아래이고, 정일국이 이곳에 금을 모아 둔 후 위로 이어지는 통로를 막아 버린 것이라면? 원래 이곳에는 최소한 두 군데의 입구가 있었다는 뜻이 된다. 하나는 위로 이어진 통로, 다른 하나는 벵뒤굴로 이어진 통로. 벵뒤굴로 이어진 통로는 정일국이 지나온 후 스스로 폭파시켜 막아 버렸을 것이다. 아마도 지금 에드먼드의 부하들이 다이너마이트로 뚫으려는 곳이 그 통로일 가능성이 컸다.

그렇다면 위로 이어진 통로는 정확히 어디쯤이었을까? 예측컨대 아마 정일국의 시체가 서 있던 바로 그 위치임에 틀림없었다. 선흘굴의 우측 중간.

세영의 시선이 천천히 천장을 훑었다.

중앙 부분. 그의 눈이 예리하게 주위 암벽과 다른 형태를 찾아냈다. 마치 마개로 구멍을 메워 놓은 듯 평평한 돌이 눈에 띄었다.

'쿠쿠쿵-'

두 번째 폭발음. 더 큰 돌덩이들이 떨어져 내렸다.

"꺄아!"

신림이 머리를 손으로 감싸고 구석으로 피했다. 보물사냥꾼들 역시 잠시 움직임을 멈추고 상황을 살폈다. 천장에서 무수한 돌들이 흘러내리긴 했지만, 큰 균열은 없었다. 보물사냥꾼들은 이내 작업을 재개했다.

에드먼드는 동굴 상태 같은 것은 조금도 아랑곳 않고, 더욱 신경질적인 태도로 동굴을 뒤지고 있었다. 송나라 도자기들을 하나하나 뒤집어 흔들어 보며 그 안이 비어 있는지를 확인했다.

'무언가 찾고 있다!'

확신이 든 순간 태훈은 에드먼드의 움직임보다 더 빠르게 동굴 안을 눈으로 훑었다. 죽은 정일국이 숨겨 놓은 무언가. 그가 만들어 놓은 트릭 안에서 무엇을 찾고 있는 걸까? 에드먼드의 태도로 보아 무언가 부피가 큰 것을 찾는 건 아니었다. 구석에 숨겨져 있을 수 있는 정도의 작은 무언가. 그것도 그 자체로 수십 억대의 값어치를 지니는 도자기들보다 더 가치가 있는 것. 그런 것이 있나? 다이아몬드? 보석? 아니면…?

순간 직감적으로 태훈은 바지 주머니를 더듬었다. 뭉툭하고 부드러운 가죽덩어리. 정일국의 지갑이 잡혔다. 몇 번이나 신림에게 돌려주려 했으나 잊고 있던 물건이었다. 본능에 가까운 직감으로 태훈은 주머니에 손을 넣었다.

주머니 안에서 태훈의 손가락이 빠르게 지갑 안으로 파고들었다.

가죽이 반으로 접혀 들어간 지갑의 안쪽 틈. 가죽 아래의 아래. 거기 틈이 있었다. 두근거리는 태훈의 심장이 손가락 끝까지 전달되었다. 태훈은 그 틈 안으로 손을 넣었다. 부드러운 무언가가 만져졌다. 낡은 종이.

참다 못한 태훈은 에드먼드를 향해 등을 돌린 자세로 지갑을 꺼내어 틈 사이로 비어져 나온 종이를 슬그머니 꺼냈다. 손바닥 반만 한 크기로 접혀 있는 낡은 종이는 빛이 바래 있었지만, 지갑 속에 있던 덕에 삭거나 찢기지 않은 상태였다.

태훈은 조심스럽게 종이를 펼쳤다. 한 번, 두 번, 세 번, 네 번. 공책 두 쪽 크기로 펼쳐진 종이의 테두리에 찍혀 있는 숫자들을 본 순간 태훈의 손끝이 떨렸다. 위도와 경도. 누렇게 바래고 잉크도 삭아 희미했지만 틀림없는 지도였다. 우리나라 지도는 아니었다. 확실치는 않지만 해안선의 형태가 동남아시아 쪽 어디인 것 같았다. 태훈은 황급히 지도를 접었다.

지도를 도로 주머니에 넣으려던 태훈이 잠시 멈칫했다. 설명할 수 없는 본능적 직감으로 태훈은 신림에게 다가갔다. 백허그하듯이 신림을 감싸 안은 태훈은 아무도 모르게 신림 바지 뒷주머니에 지도를 넣었다. 갑작스러운 접촉에 놀란 신림이 얼떨떨해하자 태훈은 별일 아니라는 듯 뒤로 물러섰다.

순간 에드먼드가 태훈을 돌아보았다.

의심스러운 눈길로 다가오는 에드먼드의 발걸음은 정확히 태훈을 향하고 있었다.

"You! Stop!"

태훈은 두 손을 벌리는 제스쳐를 해 보이며 능청스럽게 모르는 척을 하였다.

에드먼드는 단번에 달려와 태훈에게 총을 겨누었다. 태훈이 두 손을 들고 무저항의 표시를 하자 에드먼드는 거칠게 태훈의 몸을 수색하기 시작했다. 주머니에서 지갑 안까지 샅샅이 살폈다. 하지만 별다른 것은 없었다. 그것 보라는 듯 태훈의 표정에 의기양양함이 떠올랐다.

증거는 없지만 무언가 숨기고 있다는 감을 잡은 에드먼드는 시선을 신림에게로 돌렸다. 아무것도 모르는 신림은 태연한 표정으로 자기도 주머니를 털어 보였다. 에드먼드의 시선이 신림의 표정을 예리하게 훑었다.

거짓 없는 표정. 이 여자는 아닌가? 에드먼드가 의심을 거두고 돌아서려는 찰나, 신림의 시선이 태훈과 마주쳤다. 태훈의 눈빛에서 무언의 신호를 읽은 신림의 얼굴에 순간 깨달음의 동요가 일었다.

그 반응을 에드먼드가 감지했다. 태훈이 말릴 틈도 없이 에드먼드는 거칠게 신림의 팔을 잡아챘다.

"뭘 감추고 있나, lady?"

그 순간 '탕' 하는 총성과 함께 천장에서 돌들이 떨어져 내렸다.

"뭐야!"

"탕, 탕!"

세영의 손에는 낡은 일본군용 총이 들려 있었다. 총에서 연달아 불꽃이 튀었다. 총알은 모두 천장의 한곳을 향해 날아갔다.

"탕!"

"쿠르르릉-"

무거운 파열음과 함께 천장의 일부분에 균열이 생기면서, 맷돌만한 돌들이 위협적으로 떨어져 내리기 시작했다.

"으아아!"

동굴 안의 모두는 떨어지는 돌을 피해 사방으로 흩어졌다.

세영은 몸을 피하지 않고, 떨어지는 돌들 속에서 한 발, 두 발, 세 발 천장의 입구를 메운 돌들이 무너질 때까지 끈질기게 총을 쏘았다.

"탕!"

세영의 마지막 총알이 정확히 정일국의 발밑에 놓인 마개 돌에 꽂혔다.

"이게 뭐야… 무너진다!"

"이 아래 동굴이 있다!"

위층 선흘굴에 모여 있던 군인들의 목소리가 들려왔다.

보물 창고가 발각된 것이다. 군인들이 상황 파악을 못 하고 두런거리는 사이, 보물사냥꾼들은 금괴가 가득한 가방을 짊어지고는 재빠르게 왔던 통로로 돌아 내려갔다. 설치해 두었던 다이너마이트를 채 터트릴 시간이 없자 장비들은 그대로 남겨 둔 채 왔던 길로 후퇴하는 것이었다.

태훈과 신림도 따라 내려가려는데, 보물사냥꾼들은 자신들이 내려가자마자 로프를 끌어내려 버렸다.

"아, 안 돼! 이 나쁜 놈들아!"

신림이 사라지는 보물사냥꾼들의 뒷통수에 소리를 질렀지만, 이미 소용없는 짓이었다.

"어쩌지…."

선흘굴의 군인들이 아래로 내려오려고 통로를 확보하는 소리가 들렸다.

세영 역시 체념한 표정으로 멈춰 서 있는데, 김 씨가 불쑥 다이너마이트가 장착된 곳으로 달려갔다. 슬쩍 훑어보더니 능숙한 솜씨로

선을 이어 마무리하고는 모두에게 멀리로 물러서라는 손짓을 했다. 태훈과 신림, 세영은 가능한 먼 곳까지 물러섰다.

"이쪽으로 갑시다."

"이러다 동굴이 붕괴되는 거 아니에요?"

"그럴 리 없어. 그 녀석들 프로잖아. 알아서 잘 해 놨을 거야."

김 씨는 달려오자마자 망설임 없이 기폭 스위치를 눌렀다.

동굴 벽에 장착된 다이너마이트는 엄청난 굉음을 내며 폭발하였다. 정말 프로답게 정확히 필요한 부분을 터트린 것인지 한쪽 벽면에 사람 키만 한 구멍이 뚫렸다.

"저 뒤에 길이 있다!"

태훈과 김 씨, 신림은 서둘러 구멍을 향해 달렸다. 그 순간!

"쾅!"

5m쯤 떨어진 다른 다이너마이트가 폭발했다.

"꺄아!"

신림은 저도 모르게 비명을 지르며 태훈에게 안겼다. 김 씨도 철퍼덕 개구리같이 바닥에 엎드렸다. 5, 4, 3, 2, 1초.

"쾅!"

연이어 또 다른 다이너마이트가 폭발했다.

"이게 어떻게 된 거야!"

보물사냥꾼이 장착해 놓은 다이너마이트들은 순차적으로 터지도록 되어 있었던 것이었다.

태훈은 재빨리 동굴을 살펴보았다. 하나, 둘, 셋, 넷… 다이너마이트들은 너무 많았다. 앞으로 적어도 네 군데 이상은 더 터질 것이었다.

"쾅!"

아무리 프로답게 조준을 잘 해 두었어도, 사방에서 날아오는 돌덩이는 당할 재간이 없었다. 다행인 것은 연이은 폭발 덕분에 선흘굴의 군인들이 내려올 엄두를 못 내고 있는 것이었다.

"그 전에 우리가 죽게 생겼구만…. 근데 어디로 나가야 되는 거야?"

폭발로 인해 생긴 입구는 벌써 두 군데였다.

태훈은 GPS로 가늠해 본 방향에 따라 거문오름 쪽으로 향한 입구를 선택했다.

"이쪽으로 갑시다."

"확실한 거요?"

김 씨가 들어가기를 망설이며 태훈을 의심했다.

쾅! 또 하나의 다이너마이트가 터졌다. 쿠르르. 폭발과 함께 천장의 돌들이 굉음을 내기 시작했다. 자잘한 흙과 자갈들이 빗물처럼 떨어져 내렸다. 윗층 선흘굴에서 '무너진다!'라는 다급한 외침과 비명이 터져 나왔다.

"지금 확실한 게 어디 있습니까!"

태훈은 망설임 없이 자신이 택한 굴로 들어갔다. 신림과 세영도 그 뒤를 따랐고, 김 씨도 잠시 망설이다 굴로 따라 들어갔다.

밖으로, 해후

무너진 돌더미들 사이를 뚫고 험한 길을 나아간 것은 불과 몇 미터에 불과했다. 얼마지 않아 그들의 눈앞에는 좁은 통로가 나타났다.

"길이 있어요!"

일본군들이 파 놓은 갱도 길이었다. 성인 한 명이 겨우 지나갈 수 있을 정도로 좁은 통로였지만 인위적으로 닦아 놓은 길이어서 이제까지의 동굴 길보다 훨씬 수월하게 지나갈 수 있었다.

태훈이 앞장서 거침없이 나아갔다. 간혹 갈림길이 나올 때면 우측 방향을 택했다. 이미 GPS 수신 신호는 닿지 않아 정확한 방향을 잡을 수 없었지만 그쪽이 거문오름 방향이었기 때문이다. 만약 이 통로가 미로라면? 태훈은 그렇지 않으리라 생각했다. 중산간 갱도들 중에서도 종전 직전 급하게 만들어진 곳들은 당연히 미로나 여러 층으로 설계될 만한 시간적 여유가 없었을 것이다.

이런 추측이 틀리다면, 그때는 영락없이 죽은 목숨이겠지만.

쫓기듯 정신없이 뛰어 움직였음에도 통로의 끝이 보이지 않았다.

그리고 갈림길들이 복잡하고 빈번하게 나오기 시작했다. 어떤 길이 맞는지 판단하기 애매한 상황이 되어 갔다. 신림은 조금씩 미쳐 버릴 것 같은 기분이 들었다. 만약 밖으로 나갈 수 없다면? 폐소공포

증의 기미와 함께 가빠지는 호흡이 느껴졌다. 세영의 표정은 변화가 없었지만, 김 씨는 조바심 내고 있음이 확연히 드러났다.

"어디로 가야 하는지 알지도 못하는 거 아니오! 어쩔 거야 이제."

태훈 역시 확실한 근거가 아닌 추측만으로 일행을 이끌어 가고 있다는 사실에 조금씩 자신감을 잃어 갔다. 운과 감을 믿고 여기까지 오긴 했는데, 그리고 거리상으로는 거의 다 온 것 같긴 한데…. 만약 예상과 달리 거문오름으로 이어진 통로가 없다면? 낙관적인 추론이 헛된 희망일 뿐이었다면?

그때였다. 어디선가 음악소리가 들려왔다.

"잠깐, 들려?"

"어? 음악소리에요!"

희미하게 들리는 소리는 최근 유행하는 K-pop 신곡이었다. 태훈은 서둘러 소리가 들리는 쪽으로 나아갔다. 오른쪽, 왼쪽, 신중하게 통로를 선택하여 소리가 들리는 곳으로 나아갔다.

"저기에요!"

소리가 나는 근원지는 바닥 가까이 나 있는 좁은 틈이었다. 사람 하나가 겨우 기어갈 수 있을 법한 틈으로부터 음악소리가 들려오고 있었다.

태훈은 망설임 없이 바닥에 엎드려 틈으로 기어들어 갔다. 김 씨가 뒤를 따랐다.

그렇게 제법 긴 통로를 지나자, 태훈 일행의 눈앞에 대롱대롱 줄에 매달린 라디오가 모습을 드러냈다. 라디오에서는 최대한 볼륨을 높인 음악이 흘러나오고 있었다.

간신히 기어 나온 신림은 라디오가 매달린 줄을 따라 고개를 들어 위를 보았다. 10여 m 위로 이어진 동굴 천장으로부터 빗물이 쏟아져 들어오고 있었다.

"저 위가 뚫려 있나 봐요!"

태훈은 고개를 끄덕이며 위를 향해 소리 질렀다.

"해설사님! 해설사님!"

태훈의 외침이 들리자마자 천장 위에서 손전등 불빛이 내려왔다. 눈이 부신 태훈 일행이 고개를 돌리자 불빛은 서둘러 움직였다. 곧이어 기다란 로프가 던져졌다.

"이게 어떻게 된 일이에요?"

신림이 어리둥절해서 태훈을 쳐다보았다. 태훈은 기다리라는 뜻으로 눈을 찡긋하고는 로프를 잡고 힘차게 동굴 위로 올라갔다. 위에서는 최영재가 손을 내밀어 올라오는 태훈을 끌어올려 주었다.

"감사합니다!"
"진짜 이리로 나올 줄이야. 크크 대단하네. 야, 한밤중에 문자받고 뛰쳐나와서 몇 시간을 대기한 보람이 있구만! 하하."

최영재는 신이 나는 듯 서둘러 다시 로프를 아래로 내려보냈다. 뒤이어 신림과 세영, 김 씨도 밖으로 나왔다. 나오자마자 신림은 이곳이 거문오름 수직굴임을 한눈에 알아보았다. 빗발이 쏟아지는 한밤중의 오름이지만 보름달에 가까운 달빛이 숲속을 환하게 비춰 주고 있었다. 수직굴의 입구를 가로막은 철망 자물쇠를 열고 거문오름 해설사 최영재는 태훈을 기다리고 있던 것이었다.

"설마 우리가 굴에 들어가기 전에 보낸 문자가 이분한테 보내는 거였어요?"
"응."

"처음부터 이리로 나올 줄 알았던 거예요?"

"그건 아닌데, 혹시나 하고요. 만약 거문오름 동굴계가 서로 연결되어 있다면, 수직굴로 이어질 수 있지 않을까 계속 생각했거든요. 수직굴 아래에는 수평으로 이어진 굴이 있다는 이야기가 왠지 걸렸어요. 선흘굴도 인위적으로 판 거니까. 어쩌면 연결되어 있을 수도 있겠다고…. 아무튼 해설사님께 부탁해 놔서 손해 볼 건 없으니까… 아니면 헛고생하시는 거지만… 하하하."

"아, 대단한 판단이야."

"운이 좋았죠."

태훈과 최영재는 빗물로 흘러내려 오는 머리칼을 쓸어 올리며 웃었다. 신림은 엉터리 같은 태훈의 직감에 어이가 없었지만, 어쨌든 살아나올 수 있었다는 데 안도했다.

"여기 이렇게 있을 때가 아니오."

세영의 말이 모두를 재촉했다. 쏟아지는 장대비를 맞으며 일행은 서둘러 거문오름을 내려갔다.

최영재는 바로 오름 아래, 차가 올라올 수 있는 최대한 가까운 지점에 자신의 SUV를 주차해 두었다.

모두 물에 빠진 생쥐 꼴로 서둘러 차에 올라탔다. 김 씨가 냉큼 운전석 옆자리에 오르자, 뒷자리에는 신림과 태훈, 세영이 앉았다. 차에 오르자마자 일행은 최영재가 가져온 수건으로 물기를 닦았다.

태훈은 방수 커버를 벗겨 카메라의 상태를 확인하더니 갑자기 신림의 바지 뒷주머니에 불쑥 손을 넣었다.

"꺅! 뭐예요."

"미안…."

태훈은 손에는 눅눅해진 낡은 종이가 들려 있었다. 비를 맞은 신림의 바지 안에서 있었던 탓에 물에 젖어 나달거리는 종이를 태훈은 조심스럽게 펼쳤다. 뭔가 예사롭지 않은 종이를 본 신림이 잽싸게 차량 등을 켰다.

"불빛이 밖으로 나가면 안 될 텐데…."

"잠시만요."

최영재에게 양해를 구하며, 태훈은 카메라 초점을 맞추어 지도를 찍었다.

"찰칵, 찰칵."

카메라에 물이 들어간 탓인지, 초점이 선명하게 잡히지 않았다. 급한 마음에 태훈은 핸드폰도 꺼내 들어 지도를 찍었다. 어두운 조명에, 물에 젖은 지도라 화질은 엉망이었다. 이대로는 알아볼 수 없었다.

하는 수 없이 태훈은 수건을 무릎에 펼쳐 놓고 카메라를 꼼꼼히 닦기 시작했다. 마음이 급해 물기가 잘 닦이지 않았다. 렌즈 주위, 배터리 투입구, 메모리 카드 투입구까지 열어서 틈틈이 스며든 빗물을 닦으려는 찰나,

"철컥."

차갑고 묵직한 쇠막대가 태훈의 관자놀이에 닿았다. 난생 처음 겪는 느낌이었지만 태훈은 보지 않아도 그것이 총이라는 것을 직감했다.

"지금 뭐하시는 거예요!"

신림이 저도 모르게 소리를 질렀다.

태훈의 관자놀이에 총구를 붙이고 있는 사람은 다름 아닌 김 씨였

다. 보조석에서 몸을 돌린 김 씨는 태훈에게 총을 겨누며 지도를 요구했다.

"지금 도대체 무슨 짓을 하고 있는지 아시오?"

세영이 격앙된 목소리로 김 씨를 꾸짖었다. 김 씨의 표정은 단호했다.

"잘 알지요. 이걸 위해서 당신들을 따라다닌 거니까."

"지도를 가져간다고 아저씨가 금을 찾으실 수 있을 거 같아요? 보셨잖아요. 아무나 할 수 있는 게 아니에요."

"금 때문이 아니야. 나도 어쩔 수 없어. 안 그러면 내 가족이 위험하니까. 그들이 원하는 걸 갖다 줘야 해."

김 씨는 일본계 건설사로부터 협박당하는 신세였다. 신림이 애원조로 설득했지만 소용없었다. 태훈을 향한 총구는 움직일 줄 몰랐다. 하는 수 없이 태훈은 펼쳐진 지도를 김 씨에게 건넸다.

"원래대로 잘 접어서 줘. 수작 부리지 말고."

태훈은 시키는 대로 천천히 지도를 접었다.

태훈의 눈동자가 재빨리 운전대를 잡고 있는 최영재에게 향했다. 곁눈질로 신호를 읽은 최영재가 무언가 시도하려는 찰나, 김 씨의 총구가 최영재를 향했다.

"허튼짓하지 마! 다 죽여 버릴 수 있어!"

태훈과 최영재를 향해 번갈아 총을 겨누는 김 씨의 위협이 날카롭게 차 안을 메웠다.

그 말에 반항하듯 최영재가 천천히 브레이크를 밟았다.

"뭐 하는 짓이야! 왜 멈춰? 어서 가지 못해?"

"어떻게 가라는 말이오."

냉정한 대답과 함께 최영재는 정면을 가리켰다.

김 씨는 등 뒤로 쏟아져 들어오는 불빛을 깨닫고 뒤를 돌아보았다. 도로 전면에 멈춰 선 차들이 불심검문이라도 하듯 헤드라이트를 밝히고 길을 막고 서 있었다.

"뭐야, 저건? 경찰이야?"

경찰 사이렌 소리도, 순찰차의 불빛도 없었다. 스피커 소리도 들리지 않았다. 태훈이나 최영재까지도 어찌할 바를 모르고 있는데, 순간 검은 옷을 입은 남자들이 달려와 차를 둘러쌌다. 마치 특전대원들처럼 방탄조끼에 야간 투시경까지 착용한 이들은 모두 총을 겨누고 있었다.

"Get out!"

차 문이 벌컥 열리고, 남자들은 거칠게 이들을 끌어냈다.

총을 들고 저항하려던 김 씨는 바로 제압당해 바닥에 쓰러졌다. 최영재와 태훈 역시 바로 팔이 뒤로 꺾여 꼼짝할 수 없게 되었다. 반항하는 신림조차도 팔목을 잡혔지만, 세영에게만은 아무도 손을 대지 않았다. 오히려 세영을 배려하는 듯한 태도로 뒤로 물러섰다.

의아한 기분으로 세영은 차에서 내려 정면을 바라보았다. 눈부신 헤드라이트 불빛 사이로 누군가 서 있는 모습이 보였다. 보디가드 같은 검은 양복의 백인 남자와 임마누엘이 우산을 높이 받쳐 들고 있었다. 그 우산 아래는 고상한 옷차림의 노파가 서 있었다.

세영은 저도 모르게 문을 열고 빗속의 노파에게로 걸어갔다. 노파는 세영이 다가오는 모습을 기다리며 바라보고 서 있었다.

한 걸음, 한 걸음. 다가가는 세영을 바라보는 노파의 얼굴에 옅은 미소가 흘렀다. 그 미소가 수십 년의 세월을 넘어 세영을 깨웠다.

떨리는 발걸음으로 노파와 마주 선 세영은 마음에 담아 두었던 온갖 회한이 빗물과 함께 흘러내리는 것을 느꼈다.

"오랜만이구나."

노파는 세영을 향해 속삭였다.

"…선생님."

세찬 비바람 속에 세영은 부들부들 떨다 이내 힘이 빠져 노파 앞에 무릎 꿇었다. 정화는 친절하게 그의 팔을 잡아 주었다.
선생님.
평생 다시는 부르지 못할 것이라 믿었던 말. 정화는 많은 의미가 담긴 미소를 띠우며 세영을 가만히 바라보았다. 세영은 죄 지은 사람처럼 아무 말도 하지 못하고 고개를 떨구었다.
정화의 곁에 있던 임마누엘이 보디가드들에게 제압당한 태훈에게 다가갔다. 보디가드들은 태훈의 손에서 보물지도를 빼앗았다.

"안 돼!"

태훈이 저항했으나 소용없는 짓이었다.

"미안합니다."

임마누엘은 고개를 숙이며 지도를 받아 정화에게로 가져갔다. 정화가 지도를 받아 든 순간, 신림의 날카로운 목소리가 들려왔다.

"이 나쁜 놈들아! 그건 우리나라 거야. 우리 조상들의 목숨을 앗아
간 세월에 대한 대가라고! 너희들처럼 돈밖에 모르는 놈들이 가져가
게 둘 수는 없어!"

신림이 피를 토하듯 고래고래 고함을 질러 댔다. 정화의 시선이 아주 잠시 신림을 향했다. 그러나 이내 개의치 않고, 비웃음 섞인 미소

를 던졌다. 조심스럽게 물에 젖은 지도를 펼치는 정화의 주름진 손을 막으려는 신림의 고함소리만이 덧없이 빗속에 울려 퍼졌다.

"신국의… 딸입니다."

정화를 올려다보며 세영은 말했다. 순간 지도를 펼쳐 든 정화의 손이 멈췄다. 정화는 잠시 이해할 수 없다는 표정으로 세영을 바라보았다. 빗물이 흥건한 세영의 얼굴에는 분명 빗물이 아닌 물줄기가 흐르고 있었다.

그제야 정화의 눈동자가 흔들렸다. 정화는 다급하게 저 멀리 소리 지르는 신림에게 시선을 주었다. 어두움과 빗줄기를 뚫고 드러나는 선명한 눈매와 콧날, 그리고 수그러들지 않는 기세. 정화는 알아볼 수 있었다. 일국의 청춘을 그대로 품은 여자아이를.

메마른 노파의 눈에도 물기가 서렸다.

평생 다시는 울지 않기로, 마음속 눈물샘을 스스로 막아 버렸던 여인이었다. 그렇게 거의 백 년의 세월을 보냈는데, 피의 울림은 의지보다도, 원한보다도 강했다.

물끄러미 신림을 바라보는 정화의 마음이 일렁였다.

"삐뽀, 삐뽀–"

멀리서 사이렌 소리가 들려왔다. 점점 가까워지는 소리와 함께 거친 군용 차량의 엔진 소리가 위협스럽게 주위를 둘러쌌다.

"모두 손을 들어라! 너희는 포위되었다."

당황한 보디가드들은 총을 앞세워 대응 태세를 취했지만, 이내 노파의 눈짓으로 모두 무기를 바닥에 내려놓았다. 조심스럽게 다가오던 군인들은 보디가드들이 무기를 버리자 빠르게 다가와 이들을 제압했다. 태훈과 김 씨, 최영재, 신림도 군인들에게 포박당했다.

정화는 어수선한 틈을 타 지도를 들고 있는 손을 우산 밖으로 내밀었다. 세차게 내리는 빗줄기는 가차 없이 지도를 먹어 들고, 눅눅해진 종이는 힘없이 찢겨졌다. 세영은 지도가 빗물에 녹아 흩어지는 모습을 잠자코 바라보았다.

"고마워."

정화의 속삭임이 세영의 귀에는 분명히 들렸다.

다가온 군인들이 세영을 일으켜 끌고 가고, 마침내는 정화의 주위로 몰려들었다. 정화는 가소롭다는 표정으로 군인들을 둘러보았다. 정화의 곁에 서 있던 임마누엘이 품에서 서류를 꺼내 보였다. 이 백발의 여인이 미국 대사관 관계자이고 한국 내에서의 면책 특권을 갖고 있음을 증명하는 서류였다.

당황한 군 지휘관은 급히 전화를 넣어 노파의 신분을 확인하였다. 절대로 놓칠 수 없다는 절박함이 있었지만, 뜻대로 되지 않는 듯 통화 내내 언성이 높아졌다. 결국 윗선으로부터 노파와 그녀의 일행을 모두 풀어 주라는 지시가 내려왔다.

정화는 당연한 결과라는 듯 군인들 사이를 당당하게 빠져나갔다.

"잠시만요! 잠시만요!"

군용 차량 옆을 지날 때, 체포당한 태훈이 좁은 창문 틈으로 소리쳤다. 노파가 그를 돌아보았다. 군인들이 저지했지만, 태훈은 한마디만 하고 싶다고 그녀를 불렀다. 노파가 창문가로 다가섰다. 연행하던 군인이 창문을 내려 주었다.

태훈은 불쑥 손을 내밀어 그녀에게 악수를 청했다.

옆의 군인이 저지했지만 태훈은 뚫어질 듯한 눈빛으로 노파를 끈질기게 바라보았다. 노파는 문득 태훈을 향해 손을 마주 내밀었다. 지휘관이 눈짓을 하자 제지하던 군인이 태훈의 팔을 놓아주었다.

태훈은 정화의 손을 마주 잡았다. 순간 노파의 한쪽 눈 끝이 미세하게 흔들렸다. 아주 작지만 단단한 무언가가 전달되었다.

태훈은 만족스러운 미소와 함께 손을 놓았고, 차 창문은 빠르게 닫혀 올라갔다.

한 달 후

서울 마포구의 H신문사.

오전에 일찌감치 만리포 해수욕장에 다녀와 취재 기사를 넘긴 태훈은 퇴근을 서두르고 있었다. 숨 쉴 틈도 없이 방방 뛰어도 일이 줄지를 않았다. 서울 올라오고 지난 한 달이 어떻게 흘러갔는지도 모를 지경이었다. 사건 조사 한다며 괜히 트집 잡아 시도 때도 없이 불러대는 국정원이랑 검찰 상대하랴, 일본계 건설사 고소 건 처리하랴. 변호사에, 시민단체에 만날 사람이 하루에도 수십 명이었다. 나 원 참, 자기들이 싹 다 쓸어 가 놓고, 없는 사진을 어떻게 더 내놓으라는 건지… 태훈은 혼자 궁시렁거리는 것에 습관이 들어 가고 있었다.

마우스 움직일 자리조차 없이 자료들로 가득 찬 책상에서 간신히 일을 마치고, 시계를 보니 벌써 6시 5분 전이었다.

"시간이… 아차차 벌써… 늦었다!"

늦었다간 날벼락이 떨어질 텐데. 의자를 박차고 사무실을 빠져나가는 태훈을 국장의 목소리가 붙잡았다.

"사진전 준비 잘되고 있냐?"

문을 빠져나가던 태훈은 일단 엘리베이터 버튼을 눌러 놓고, 사무실에 다시 고개를 들이밀었다.

"지금 막 사진 들어올 시간이에요. 빨리 가서 걸어야 돼요."

"고생해라!"

'땡' 하는 엘리베이터 도착음에 태훈은 국장의 뒷말도 듣지 못한 채 사무실을 빠져나갔다.

내일부터 사진전이 열릴 인사동 갤러리에 태훈이 도착했을 때, 이미 배달된 사진 액자를 인부들이 옮기고 있었다. 태훈이 사진 강좌를 나가는 문화센터 제자들이 도우러 와서 사진을 옮기고 포장을 뜯느라 분주했다. 태훈은 수고한다는 감사 인사를 날리며 헐레벌떡 갤러리로 들어섰다.

수많은 사진 액자들을 피해 가며 내부로 들어가니 중앙에서 신림이 떡하니 자리 잡고, 사진 배치를 하나하나 지시하고 있었다.

"고생했지?"

"20분 지각이에요."

신림은 곱게 눈을 흘겼다. 태훈은 은근슬쩍 신림의 어깨를 감싸 고마움을 표하려는데, 엉뚱한 액자를 옮기는 인부가 신림의 눈에 들어왔다.

"그거 아니에요! 그건 거기 놔두고, 저쪽 거부터!"

당차게 튀어나가며 작업 지시하는 신림의 추진력에 태훈은 웃으며 고개를 저었다.

때마침 제자 두 명이 엄청나게 큰 사진을 들고 들어왔다.

"선생님, 이거 도착했어요. 어디 둘까요?"

"아, 그건 여기, 중앙에."

이번 사진전의 메인이 될 사진이었다.

태훈은 사진을 받아 조심스레 포장을 벗겼다. 기대했던 만큼 만족스럽게 프린트되었다.

어느새 신림이 다가왔다. 둘은 함께 사진을 걸었다.

"하하하."

사진을 본 신림은 어처구니없다는 듯 웃음을 터트렸다. 태훈도 같이 웃었다. 한참을 웃다가 불쑥 신림이 태훈의 품 안에 안겨 왔다. 태훈을 올려다보는 신림의 눈에는 장난기와 행복함이 가득했다. 둘은 당연하다는 듯이 어깨동무를 하고 한 발 물러서서 한참 동안이나 사진을 바라보았다.

누가 보면 실패한 사진이라 생각될 작품이었다.

흐릿하게 번지고 초점도 맞지 않았다. 찢겨져 이미 형체도 알아볼 수 없었다. 도대체 무엇을 찍은 것인지도 애매한 빛바랜 옛 지도의 모습. 우측 하단에는 작품 이해를 더욱 어렵게 만드는 역설적인 제목이 붙어 있었다.

제목: '황금의 섬'

정화의 시작

에필로그

"부아아앙."

요란스러운 소리의 군용트럭들이 정글 속을 헤치고 달려 나갔다. 길도 없이 빽빽한 열대우림 속에는 분명 얼마 전에 지나간 듯한 바퀴 자국이 남아 있었다. 군인들은 거친 몸놀림과 전투태세를 갖추고 군사작전을 방불케 하는 긴박감 속에 정글을 달려나갔다.

앞서간 흔적을 따라 한참을 정글 속으로 들어가니 군인들 눈앞에 낡은 동굴이 모습을 드러냈다.

지휘관들의 지시에 따라 군인들은 훈련된 날렵한 동작으로 동굴 안으로 들어갔다. 요란한 군화 소리가 울려 퍼지고, 이미 터놓은 길을 따라 동굴의 중앙 홀에 도착했을 때, 그곳에는 놀라울 정도로 큰 공간이 펼쳐져 있었다.

선두 부대의 뒤를 따라 들어온 지휘관은 밀림의 지하에 펼쳐진 지하 공간에 놀라는 기색이 역력했다. 그러나 그보다 더 그를 당황하게 했던 것은 이 넓은 공간이 텅 비어 있다는 사실이었다. 날카로운 명령구호에 따라 군인들은 지하 곳곳을 뒤졌지만, 어디에서도 아무것도 발견하지 못했다.

순간 한 군인이 크게 외치는 소리가 들렸다.

지휘관은 소리가 들리는 곳으로 달려갔다. 군인은 한 방 앞에서 지휘관을 부르고 있었다. 방에 들어서자 텅 빈 공간의 한 가운데 무언가 놓여 있었다. 가까이로 다가간 지휘관의 입에서 괴성에 가까운 고함이 터져 나왔다.

그것은 마치 약 올리듯 남겨진 단 한 개의 금괴였다.

바다를 가로지르는 하얀 요트는 날렵한 물새처럼 바다 위를 나아가고 있었다.

요트 난간을 잡고 서 있는 백발의 노파. 망망대해를 바라보는 노파의 표정은 바다를 금빛으로 물들이는 태양만큼이나 밝았다.

선실에서 나온 임마누엘이 그녀에게 다가왔다.

"40분 후면, 한국 영해에 들어갑니다. 제주로 바로 갈까요?"

노파는 잠시 생각에 잠겼다.

"목포로 가지."

임마누엘은 고개를 끄덕이고는 지시사항을 전달하러 선실로 돌아갔다.

노파는 크게 숨을 들이마셨다. 마치 이제 장거리 마라톤을 시작할 선수처럼. 노파의 시선이 손에 들고 있는 사진을 향했다. 하도 꺼내봐서 이미 모퉁이가 나달나달해진 사진. 사진을 바라보는 노파의 얼굴에 행복한 미소가 피어올랐다.

사진 속에는 싱그러운 햇살처럼 신림이 미소 짓고 있었다.

– 끝 –

'황금의 섬'의 시작

창작 후기

(2015년 웹소설 사이트 문피아 연재 당시 올린 창작 후기입니다.)

처음 작품을 구상한 것은 2005년 가을이었습니다.

일본의 아시아 약탈 금에 대해 추적한 전 워싱턴 포스트 기자 스털링, 페기 시그레이브의 〈야마시타 골드〉라는 책이 출발점이었습니다. 시작은 금을 찾는 보물사냥꾼 이야기였던 것이, 2007년 아주 우연한 기회에 4·3에 흥미를 갖게 되었고, 어쩌면 '제주도에도 금이 있지 않았을까?'라는 말도 안 되는 상상을 하게 되었습니다. 누군가는 허무맹랑하다고 비웃고, 또 누군가는 그럴 듯하다고 공감하고… 그러면서 '제주도에 금이 있다.'는 상상은 제 안에서 조금씩 '확신'이 되어 갔습니다.

언젠가 한번은 반드시 이 이야기를 소설로 써야겠다. 그때부터 본격적으로 자료 수집을 시작했습니다. 그러다 2012년 겨울, 회사를 그만두고 짐을 싸 들고 제주도로 내려갔습니다. 몇 달 동안 제주도의 대학 도서관, 공립 도서관, 관공서, 지역 도서관, 연구소, 협회, 가지각색 단체, 헌책방 등을 돌아다니며 필요한 자료를 모았습니다. 지역 통계 조사서, 동굴 조사 보고서, 제주도 관련 소설, 신문자료, 미군 보고서 등은 물론 개인 자서전, 회고록이나 과거 졸업앨범, 초등학교 문집까지. 1940-50년대 제주도의 시대상을 알 수 있는 자료란

자료는 제가 할 수 있는 선에서는 모두 모았습니다.

알고 싶은 건, '사실'이었습니다. 그리고 그 사실의 뒤에 정말 '금'이 있을지도 모른다는 증거였지요. 일본인에게 매각이 진행 중이던 평화박물관 이야기를 알게 된 것이나, 제주도에 지대한 영향을 끼친 석주명을 알게 된 것, 제주도 메이데이 필름이 미군에 의해 촬영된 것이라는 논문 등을 발견하게 된 것은 저에게는 굉장히 기적 같은 일들이었습니다. 저의 허무맹랑한 상상들을 '사실'로 만드는 단초들이 되어 주었기 때문입니다.

문제는 흥미진진한 보물찾기 어드벤처로 시작한 계획이 진지한 역사 소설로 바뀌어 갔다는 데 있습니다. 재미있고 대박 날 베스트셀러 소설을 쓰고 싶었는데, 제주 역사에 대해 알면 알수록 이 이야기를 해야만 할 것 같았기 때문에 이렇게 쓸 수밖에 없었습니다.

그리고 실제 역사를 이야기해야 한다는 사실을 받아들이게 된 순간, 고증이라는 부담을 스스로 짊어져 버렸지요. 어처구니 없는 일입니다. 누가 제주도에 금이 있다고 말하는 소설에 역사 고증을 기대하겠습니까? 하지만 저는 이것이 사실임을 증명하고 싶었습니다.

그때부터 1945년부터 1954년까지 필리핀에서 일어난 야마시타 골드의 사건들과 제주에서의 역사 사건을 연대순으로 엮어 가는 구성에 들어갔습니다. 힘들었지만, 정말 즐거운 시간들이었습니다.

소설에 등장하는 모든 역사적 사건은 실제와 일치합니다. 예를 들어 석주명이 세영을 구해 주기 위해 제주에 왔다고 적은 그 시기에, 정말로 석주명은 제주에 내려왔습니다. 세영과 정화가 밀항에 실패했던 그때, 실제로 통행금지령이 내려졌고 수많은 밀항자들이 잡혀 돌아왔습니다. 박경훈이 퇴임하고, 시철이 입대하고, 세영이 삐라를 뿌리던 시기들도 모두 실제와 일치합니다. 에드워드 렌즈데일은 필리핀에서 금 수색을 맡았던 실존 인물입니다. 그가 제주에 왔다는 기록은 없지만, 필리핀과 미국에서 활동한 그의 행적 사이사이에 제주에서의 일정이 무리 없이 들어가도록 집어넣었습니다. 제주에 CIC

사무소가 생긴 날짜 역시 실제와 일치합니다. 섬을 방문했다는 미군 고위층에 대한 기록, 미군기지 설치 논란, 그리고 불가사의한 이유로 4·3이 진행된 모든 과정 역시 실제와 일치합니다.

이 모든 자료들을 한 번에 머리에 담고 서로 연결고리를 만들어 내는 것이 가장 큰 어려움이었습니다. 구슬은 서 말인데, 제대로 꿰지 못하는 절망감. 실제로 찾아 놓은 많은 자료들 중 상당수가 소설에 포함되지 못했습니다. 제 능력의 한계입니다.

제 작품은 완벽하지 않습니다.

작품에 대한 저의 확신과 무관하게, 저라는 인간이 완벽하지 않기 때문입니다. 누군가에게는 제가 이 소설에서 선택한 역사관이 마음에 들지 않을 수 있고, 읽기가 불편할 수도 있습니다. 저는 그저 최대한의 자료를 찾았고, '제주도에 금이 있다.'는 구상에 맞도록 역사적 사실과 증거들을 재조합했을 뿐입니다.

이후 기회가 된다면, '2부'와 '3부'를 집필할 생각입니다. 2부는 살아남아 일본으로 건너간 정화의 이야기입니다. 정화가 어떻게 엄청난 부와 권력을 지닌 노파로 나타나게 되었는지, 그녀의 파란만장한 인생 이야기가 될 것입니다.

3부는 현재의 이야기입니다. 21세기 대한민국과 일본, 미국. 본격적으로 발견된 금을 놓고 벌이는 전쟁 이야기입니다. 개인적으로는 이미 그 전쟁이 시작되었고, 몇몇 진실이 드러나지 않은 이상한 사건들의 이면에 '금'이 관련되어 있다고 생각합니다.

저는 지금도 순진하게(?) 제주도에 금이 있다고 믿습니다.

감사의 말

처음 책 구상을 시작한 2005년부터 지금까지 도와주시고, 응원해 주시고, 기다려 주신 모든 분들께 감사드립니다.

내가 아무것도 증명해 보이지 못할 때부터 날 믿어 준 정원, 수미, 아무 대가 없이 후원해 주시고 등 떠밀어 주신 전수경 님, 끝까지 내 편일 미경, 현경, 예상치 못한 순간 내게 기꺼이 도움을 주었던 소영, 진심 어린 애정으로 응원해 준 노수현 님, 현숙, 해나, 오시정 님, 이화정 님, 지은경 님, 따뜻한 마음으로 보살펴 주시고, 작업할 수 있는 환경을 제공해 주신 박대진 선생님 부모님, 이 소설의 시작의 기틀을 마련해 주신 현도정 대표님, 유년의 내가 지금의 모습으로 자라도록 결정적인 영향을 준 김진경 님, 지금은 돌아가셨지만 사춘기의 나에게 인생의 갈래를 잡아 주신 손성길 선생님, 물질과 안정이 아닌 꿈을 좇아 원하는 길을 선택하는 삶을 알려 주었던 아소토 유니온, 그리고 나의 문학적 세계관에 지대한 영향을 끼친 작가 타무라 유미. 당신의 작품에 대한 애정과 존경은 이 책의 여러 부분에 오마주로 담겨 있습니다.

그리고 내가 이 모든 것을 할 수 있는 인간으로 낳아 주시고 길러 주신 부모님과 힘든 시간을 함께 넘어온 전우 같은 준원, 민경과 사랑스런 조카들. 지쳐 주저앉은 나를 일으켜 이 책이 나올 수 있는 실질적 원동력이 되어 주신 정윤재 교수님과 한국출판문화산업진흥원,

그리고 나의 손과 발과 머리가 되어 주신 김진 팀장님, 나은수 님, 홍수진 디자이너님께 그 누구보다 큰 감사 인사를 드립니다. 당신들이 없었다면 이 책은 나올 수 없었습니다.

이외에도 너무나 긴 집필 과정 동안 무수히 많은 분들로부터 도움을 받았습니다. 빈약한 제 기억력으로 다 담아내지 못한 많은 분들께 깊은 사과를 드리며, 도와주시고 응원해 주신 모든 분들께 마음에서부터 우러나는 깊은 감사의 인사를 드립니다.

삶은 어디로 흘러갈지 알 수 없습니다.

하루하루를 버티며 쌓은 시간들이 결국 삶의 큰 물길이 되어 돌아오고, 늘 원대한 신의 손길이 나를 끌어가는 것을 봅니다. 때론 너무 아프고 고통스러워 거부하고 싶기도 하지만 지나고 보면 결국 가장 나에게 맞는 방법으로 보호하시는 과정이었음을 깨닫습니다.

소명 같았던 책을 마무리 지을 수 있게 해 주셔서 감사드립니다. 이 매듭을 딛고 일어나 다음으로 나아갈 방향을 보여 주시기를 기다립니다.